《南海文苑》2023年合刊
《武平作家优秀作品选（2019年—2022年）》

编辑委员会

顾　　问	李史明　张雅静　廖国联
主　　编	邱云安
副 主 编	林添红
本期编辑	周雪琼
编　　务	周梅英　李富昌　廖素平
主　　办	福建省武平县文学艺术界联合会
协　　办	刘亚楼文学院、南海书画艺术院

武平作家
优秀作品选

（2019年—2022年）

邱云安　主编

海峡出版发行集团｜海峡文艺出版社

图书在版编目(CIP)数据

　　武平作家优秀作品选:2019年－2022年/邱云安主编.－福州:海峡文艺出版社,2023.4
　　ISBN 978-7-5550-3317-2

　　Ⅰ.①武… Ⅱ.①邱… Ⅲ.①中国文学－当代文学－作品综合集 Ⅳ.①I217.2

　　中国国家版本馆CIP数据核字(2023)第047772号

武平作家优秀作品选(2019年－2022年)

邱云安　主编

出 版 人	林　滨
责任编辑	刘含章
出版发行	海峡文艺出版社
经　　销	福建新华发行(集团)有限责任公司
社　　址	福州市东水路76号14层
发 行 部	0591－87536797
印　　刷	福建新华联合印务集团有限公司
厂　　址	福州市晋安区福兴大道42号
开　　本	720毫米×1010毫米　1/16
字　　数	560千字
印　　张	30.75
版　　次	2023年4月第1版
印　　次	2023年4月第1次印刷
书　　号	ISBN 978-7-5550-3317-2
定　　价	98.00元

如发现印装质量问题,请寄承印厂调换

序

邱云安

　　武平这块红土地，山脉绵延，文脉深厚，水脉流长，血脉传承。中华人民共和国成立以来，这片沃土孕育出了林默涵、王光明等在全国具有重要影响力的著名作家、评论家。

　　近年来，在武平县委县政府的正确领导下，县文联团结带领全县广大文艺工作者，紧紧围绕县委县政府中心工作，积极主动参与到文艺抗疫、脱贫攻坚、乡村振兴、项目建设和改革发展稳定的各项事业中，从不同角度讴歌我县经济社会发展取得的巨大成就，为全县上下同心协力，共促发展、凝聚人心、提振信心、加油鼓劲。作家和文学爱好者用心用情抒写心灵文字，既讲好武平故事，又繁荣文学事业。一路走来，文学创作队伍不断壮大，创作热情空前高涨。目前，全县文学创作队伍逾百人。广大作家、文学爱好者聚焦时代变革、观照人民生活、把握创作规律、坚持艺术创新，把对家乡的热爱、对文学的热爱凝结在笔尖，以赞颂武平秀美山川、悠久历史、地域文化以及经济社会发展所取得的成就为主题，创作了大量充满时代气息、歌颂武平改革发展的好作品，为全县人民提供了精神食粮，为繁荣发展新武平提供了文化支撑，为我县的两个文明建设和社会经济发展做出了积极的贡献，一大批具有较高艺术性和思想性的文学作品在《人民日报》《光明日报》《北京文学》《中国艺术报》《小说月刊》《微型小说选刊》《解放军报》《工人日报》《中华辞赋》《福建文学》《散文选刊》等报刊上发表，引起县内外的关注，我县文学创作呈现出繁荣发展的新局面。

　　文化是一个国家、一个民族的灵魂。在党的二十大报告中，习近平总书记站在国家发展、民族复兴的高度，对推进文化自信自强、铸就社会主义文化新辉煌进行了部署。在深入学习宣传贯彻党的二十大精神之际，为全面展现我县广大作家和文学爱好者的丰硕创作成果，以文润心、以文兴业、以文强县，进一步提升我县文化软实力，县文联根据下属各文艺协会会员本人提供的2019—2022年间在市级以上报刊发表的所有文学作品结集出版《武平作家优秀作品选（2019年—2022年）》，既是对这段时期文学事业发展进程的回顾和总结，也是对近几年文学创作成果的盘点和展示，更是一种文化的延续和传承，它凝聚了我县老、中、青三代作家和文学爱好者的智慧和心血，是一本阶段性、地域性的文学创作档案。今后，为鼓励会员在市级以上报刊多发表作品，讲好武平故事，县文联将根据会员发表作品情况，择机结集出版，通过晾晒会员的创作成绩单，激发更多作者的创作热情。

  武平是一块历史悠久、文化灿烂的土地，深厚的底蕴、淳朴的民风、奋进的姿态、发展的新貌为广大文艺工作者提供了不竭的创作动力与源泉。面对火热滚烫的新时代新生活，全县广大文艺工作者要坚定文化自信，紧紧围绕文化强县的战略，充分利用武平历史文化底蕴深厚的优势，强化精品创作意识，深入挖掘武平红色文化、客家文化、生态绿色文化、林改"武平经验"等，潜心创作，在感知时代进步的脉动节拍中抒写出无愧于时代的壮丽史诗，在体悟人民生活的千姿百态中结出无愧于人民的文艺硕果，以精彩厚重的现实书写，承担起画像立传的时代使命，共同推动武平文艺事业高质量发展，为推动全县文艺大发展大繁荣做出应有的贡献，奋力在新时代新征程上展现武平文艺创作的新作为新气象。

（作者系福建省武平县文联主席）

目录

邱云安作品

- 1 麻二
- 2 新媒体时代的阅读
- 4 新媒介话语下诗歌精神品质的坚守与诗人的责任担当
- 8 重申诗歌创作的文化良知意识
- 9 一树独先天下春
- 11 堂前燕今何处寻
- 13 外婆菜
- 16 我在兴贤坊等你
- 23 号角声声战疫情
- 26 春天的点心
- 29 素味清欢
- 31 武平的味道
- 34 人间烟火锅灶始
- 36 古朴灵秀的长汀
- 38 竹海情深
- 42 唯有书香可入梦
- 46 云寨秋色
- 48 春到尧禄花满枝
- 50 小城小吃
- 51 寻梦
- 53 春的诗篇
- 55 秋

56	邀约
56	春天的等候（外一首）
58	捷文的春（外一首）
59	春风吻上我的脸（组诗）
64	红色圣地（组诗）
66	急行军（外一首）
68	唤醒春天的人（外二首）
71	最美的春光（外一首）
73	复工复产交响曲（组诗）
76	收割岁月（组诗）
79	云朵的呢喃（组诗）
82	十月的画卷
83	基点村的火种（组诗）
88	逐梦前行
89	水下写诗
90	时光埋没人世间的童话（组诗）
95	秋凉
96	烟火人间又一秋（组诗）
98	长征
99	划龙舟
100	老屋
101	倾心
102	相伴
102	开往春天的专列
104	鸟鸣在春天醒来（组诗）
107	我喜欢这秋天
108	花瓣一层层打开春天
109	春天点燃粉红的引线（外一首）

- 111　桃花岛（外一首）
- 112　六甲，织起如梦的仙境（外一首）

钟茂富作品

- 114　青猴
- 116　残画

张自贤作品

- 119　在农科队的日子里
- 121　初夏的梅子坝
- 123　静美千鹭湖
- 124　"五坊古道"斜阳里
- 126　沧桑大地发春华
- 130　古桥风韵
- 132　沁园春·武平
- 132　雨霖铃·千鹭湖
- 132　满江红·东留李花
- 132　武平风韵
- 133　赞颂王荷波
- 134　水调歌头·平川秋月
- 134　潮州行吟
- 136　诗词三首
- 137　诗词二首

洪炳东作品

- 138　山水阳民
- 139　父亲写诗
- 140　"老厅下"的红色故事

曾繁安作品

- 142　晨游碧水
- 142　鹧鸪天·过吊龙坑

142	对月抒怀
142	贺龙岩诗词学会成立二十五周年
143	悼玲秀
143	悼森金
143	暮春感吟
143	喝火令·远思
144	无题
144	题芷溪
144	自题
144	宏祥楼初遇
145	题岩前古城
145	题箫
146	题教文村
146	宏祥楼见廖金城大使有寄
146	散步有吟
146	赴上湖祭乌山战役革命烈士有寄
147	赞戍边英雄
147	访捷文
147	福建塔牌水泥厂所见
147	壬寅重阳偶题
148	凤凰岛所见

林坚作品

149	珍稀鸟儿进我家

郑启荣作品

151	眉峰聚处眼波横
153	夜宿龙山湖
155	亭头话沧桑
157	"九十九洞"的山乡

162　题兴贤坊祺园

林永芳作品

163　一头老牛的减负记忆

165　"箪食壶浆"背后

166　有一种恶看起来很美

168　一粒"豌豆"的发芽史

170　"下个路口"何以见

172　价值观的契合，是最深沉的相知

173　一只蝙蝠的那一夜

175　青山遮不住

176　当年火烧珠子岩

179　楹联三副

钟富民作品

180　再访"林改村"及其随想

181　武平拳源流考

王继峰作品

183　密运

185　英雄母亲

188　掩护

191　断肠

194　杀鸡

196　把柄

199　智勇三壮士

200　铁骨铮铮陈槐熙

202　外婆的红鸡蛋

203　风雨大阳桥

205　大山深处的守望

207　时代变迁说照相

209	晒谷坪上欢乐多
210	故园桂飘香
211	投父所好
213	馋嘴祖母
214	废墟中的生命
215	时间不会说谎
216	角落
218	花生有味

　　　　——读钟巧云散文集《一味难尽》

219	一包泡面
220	林伟将军的乡愁
221	千年榕母碧连天
223	慎终追远话扫墓
225	小学时代二三事
226	中秋之月
227	桂树与故乡
229	苹林晚秋
230	朋友圈点赞漫谈
232	成全愧疚
233	永远沉寂的微友
234	闲话仙草
236	为父则柔
237	七月，遇见芳华
238	我们正在老去
240	葱茏的艺术

　　　　——为东岗村金树枝盆景而歌

240	捷文水库
241	咏云寨瀑布

241	题北门坊古井
241	陌上春行
242	访友有得
242	携儿游松花寨
243	象洞鸡赋
243	古田会议赋
244	水泥赋
245	李花赋
245	龙门塔赋
246	石锣鼓公园赋
247	漳平水仙茶赋
248	张天堂烈士赋
249	五枚拳赋

蓝伟文作品

250	瑶前阁里咏诗联
251	争奇斗艳美斯坊
	——武平兴贤坊悬挂对联赏析
257	古体诗词与楹联

钟巧云作品

260	蛟子湖边思英烈
261	炊烟袅袅如召唤
262	我家屋后的柿子树
264	那年的那场电影
266	儿时过年华发忆
268	无法抹去的甘甜
269	守护一生若初见
278	补箩喽

刘友和作品

281　忆祖母，泪双流
283　我的自考经历
284　感恩，那5648双眼睛
285　遇见，在写诗路上
285　黑板
286　最近云和棉花干上了
287　烟花
287　牵手
288　高速路
288　池塘
289　钉子
289　潜伏
290　暮色
290　风中的狗尾巴草
291　一朵花
291　笊篱
291　跑圈
292　爆竹
293　飘
293　突破
294　角度
294　草叶上的蜻蜓
294　草坡
295　棚架
295　秧苗
296　随便坐坐
296　水边的石头

297	耕牛
297	千鹭湖上白鹭飞
298	六甲村的观澜桥
298	六甲水库上的游船
299	铁匠铺
299	影子
300	干丝瓜瓤
300	贵扬村肃正学校
301	忍

陈彩琼作品

302	屋顶上的春天
303	妈妈游乐场
305	梅酒一壶夏日长
306	藏龙卧佛狮岩洞
308	童年记忆中的零食
309	我的父亲母亲
311	听爷爷和外公讲那过去的故事
313	乡夏放牛班
314	那年我们一起奋斗的青春
316	晒冬

周雪琼作品

318	圆梦千鹭湖
319	禁毒有我　阳光同行
	——一位基层禁毒社工的感悟
320	罂粟花的诱惑
321	走进桂坑
323	又闻河畔捣衣声
324	情满千鹭湖

326	吾家有女初入编

钟卫军作品

328	每个像我故乡一样的村庄（外二首）
330	烈日黄金（外一首）
331	听她轻轻诉说黄昏的柔和（外三首）
335	秋思
336	穿越暮色（外二首）
338	秋夜
338	樟树
339	临水而歌
339	萱草的快乐
340	打开的村庄（组诗）
342	母亲的礼物（外一首）
344	在张畲，每棵树都站得很高（组诗）
346	兴贤坊的抒情（组诗）
349	清明（外一首）
351	春天的牵挂（外一首）

谢美永作品

353	赴圩
356	卖烟小记
359	丹桂花开
362	愿做河畔的枫杨树
365	雪落城门
369	济川古事
372	韵起龙苍

周洪庆作品

376	"吞海"新征程
377	未成年人切莫成为"棍棒"

377	疫情面前，每个人都躲不起
378	让诈骗者"狗咬刺猬"
380	取消寒暑假须注意善后问题
381	"减负不背包"是有益的"表面文章"
382	"省路"的快递企业走不远
382	家长必须负起防孩溺水责任
384	社会治理者应努力成为"上工"
384	甘愿当"草"的女友同样值得称赞

林东祥作品

386	老码头往事
387	林伟将军，永葆战士本色
390	高山有美食
391	林默涵的人生导师
393	《元初一》中的客家农耕生活
396	芙蓉院
398	汀江西岸烽火燃
401	难忘的童年往事
403	乡村狂欢夜

李顺仁作品

406	梁野山赋
406	党旗飘飘赋
407	青山赋
408	中国改革开放赋
409	三尺讲台赋
410	贺大型水陆两栖飞机海上首飞成功
411	长相思·中国结
411	长相思·挂红灯
411	习近平总书记颁授"七一"勋章

411　　赞三名航天员中国空间站首次太空授课

曹富欣作品

412　　年味

412　　樱花之魅

413　　柳

414　　烟花

414　　草叶上的蜻蜓

415　　餐桌上的蚂蚁

钟卫作品

416　　半山风景胜绝巅

刘春英作品

418　　有感父亲北京游

419　　爱与初心

420　　知青缘，客家情

421　　古镇情武东

423　　登山记

钟文芳作品

425　　龙岩枫叶分外红

426　　静待花开

427　　海棠花开

429　　遇见

431　　最美的"兰"

钟乾保作品

433　　青山片片茶飘香

郑兴华作品

434　　我居深山有明月

练丽丹作品

436　　阳光，温暖而幸福

437	白鹭，以雪花的身姿
438	送别
438	梦之湖
439	春画
440	好日子
440	烟雨田园
441	渔歌
442	古桥绿荫
442	那双手
444	山里的桃花
445	落桐花

王丽作品

446	武平千年榕母——外婆的情怀
447	保持热爱　终将可爱
448	祝福祖国
449	雨后彩虹映平川
450	秋天站立在家乡的路口
450	夕阳（外一首）
451	城里的月光
452	墙
452	萤火虫
453	风中的狗尾巴草（外一首）
454	邂逅女神
454	柳
455	冬日里的山茶花（外三首）
457	红嫁衣
458	暮色
458	独木桥（外一首）

459	夜晚的椅子
460	指尖上的光（外二首）
461	翻滚的云朵

邱美德作品

463	第一次出车险

吴小光作品

465	梁野山游记

文发添作品

467	弘扬伟大抗美援朝精神
467	庆祝中国共产党成立100周年
467	题兴贤坊国学馆
467	题兴贤坊茶楼

陈文荣作品

468	题中国共产党成立100周年
468	题陈云纪念馆
468	题中国人民抗日战争纪念馆
468	题残疾朋友
469	题均庆寺牌楼背面侧柱
469	迁居联
469	习联感悟
469	题捷文村

邱启彤作品

470	题兴贤坊国学馆

谢胜汉作品

471	春联

邱云安作品

麻 二

下坝圩是闽粤交界处的一个墟场，碧波荡漾的湍溪河穿镇而过，直达韩江，在靠水运运输的年代，下坝圩就成了一个水运枢纽，一时商贾云集。

渡口是最繁华的地方。渡口旁边几栋二层瓦房依山而建，上层全都是旅社，底层全都拿来开了店铺。麻二的剃头店就开在渡口上来的第一间店，通常坐船去潮州经商的客商回到下坝圩都要个把月，头发、胡子都有了些尺寸，因而都要进麻二的剃头店打理打理，麻二就把水烧热了，伸手摸摸水温，给客人围上围裙，用推剪三下五除二处理利索后，用毛巾轻轻地往客人头上撩水，打了肥皂，轻轻揉搓，然后从工具袋抽出父亲传下的德国剃刀，在椅背的磨布上使劲蹭了蹭，唰唰几下，客人已经头光脸净。放下剃刀，麻二手脚麻利地给人家掏耳朵、剪鼻毛、清眼睛，再从印堂穴入手，经神庭、太阳、百会、风池穴，再双肩双臂，最后到耳朵揉搓按摩起来，末了还要在油光铮亮的脑袋上敲敲打打，客人觉得浑身舒坦，一身的疲惫竟去得无影无踪，瞬间精神大振，舒服地睁开眼睛，照照镜子，拍拍衣服，然后高高兴兴回家和老婆、孩子团聚。麻二剃头手艺常常得到客人赞许，因此在下坝圩小有名气，剃头店生意一直很好。

这天，麻二送走最后一位客人，准备关门打烊。忽听街边那头枪声大作，不一会，店里闪进一个人影。别吭声，我是红军。来人气喘吁吁。麻二见这阵势，好一阵慌张，但听说是红军，迅即反应过来，叫那人赶紧脱了衣服和鞋子，换上自己的褂子、鞋子，坐在理发椅上，只几下，便理了个光头。追兵踏进理发店，朝坐在理发椅上的客人看了看，又拿起枪尖挑起围裙，问麻二，剃头的，看见匪军探子没？麻二摇摇头，气定神闲，心不慌手不乱帮客人刮面毛，追兵便转身朝其他方向追去。看着远去的追兵，麻二故作淡定却一直在扑通扑通乱跳的心才安静下来，长长地舒了一口气。红军战士告诉麻二，他是红军的情报员，前来打探钟绍葵民团的情况，谢过麻二后，即转身离去。

麻二在店门口目送红军战士淹没在夕晖里，擦了擦手心里的汗水，仍心有余悸。

其时恰是六月，渡口那株古老的木棉树上的蒴果正开裂，内里的椭圆形种子连同棉絮随风飘落，四散而去。朵朵轻盈的棉絮飘浮在空中，宛如六月飘雪，点缀着落日余晖下那一抹红晕，煞是好看。麻二拂去落在脸颊上的棉絮，想起了作恶乡里的民团，恨得咬牙切齿。下坝圩上多次遭民团袭击，攻打工农武装，烧杀抢掠无所不为，他们烧毁民房，杀害游击队、红军和村民，无恶不作。还放高利贷，使不少人倾家荡产，嫁妻卖子，弄得家破人散。麻二的叔叔被民团骗去赌博，输了不少钱。一天，他去赌场想把叔叔找回去，结果反被民团暴打了一顿。民团还诬说他们在赌场丢失了很多钱财，是麻二叔叔拿了，定要赔偿，否则不客气。麻二生怕危及自己的生命，只好求人说情，最后哑巴吃黄连赔了几十块大洋才算了结。

一天傍晚，钟绍葵部下林麻子来店里剃头。林麻子是名副其实的麻子，一张长脸如雨打沙滩布满豆大的坑。此人坑蒙拐骗偷，吃喝嫖赌抽它占了个全，后来追随钟绍葵，更加肆无忌惮。麻二帮林麻子理完头发后，顺手抄起剃刀在磨刀布上来回摩擦，磨刀布传出"刷、刷、刷"急切的响声，他用手试了试刀刃，刀锋正好，然后面不改色来到了林麻子面前，一把锋利的剃刀接近了林麻子的喉咙……只要他用力一抹，林麻子就会一命呜呼。林麻子睁了睁眼睛，对麻二说，刮干净了，明天民团开拔去广东泗水普滩，怕是要躲上一阵子才会回来剃头了。麻二问仔细了，才知道原来是红军追过来了，驻守在下坝圩的民团明天一大早坐船退守普滩。看着林麻子颓丧的神情，完全没了往日飞扬跋扈的骄横，麻二就从脖子上收回了剃刀。

帮林麻子理好头，麻二关了店门，往渡口奔去。

看着停在渡口的客船，麻二就有了想法。

翌日一大早，林麻子带着民团从麻二的店门经过，麻二目送他们上了那条客船，离岸往普滩方向开去，忽然感觉全身都很轻松。木棉絮迎着朝阳在木棉树漏下来的光线里上下翻舞，煞是好看。

傍晚时分，从潮州上来的客商来店里理发，都说在普滩回来的江面上看见一艘客船淹没在水中，水上横七竖八漂浮着民团的尸体，麻二听了，德国剃刀有如神助，只几下，就把客人剃得干干净净。

（原载于《小说月刊》2020年第4期）

新媒体时代的阅读

当下，随着互联网的快速发展，国民的阅读方式不再局限于报纸、书籍等传统阅读，手机、微博、微信等新媒体技术的出现，使网络特有的超文本链接方式、强大的信息搜索功能、多姿多彩的图文声像信息被发挥得淋漓尽致，新媒体的便捷、舒适、直观，不仅有文字、图像，还有音频、视频等各种多媒体技术，增加了阅读的趣味性,其互动互享的优点也使其显得更加富足和自由,为个人发表言论提供了前所未有的广阔空间,数字阅读内容丰富、检索便捷、互动性好、时效性强、共享性高等优点尽显,相对于传统媒体,以网络、手机为代表的新媒体的发展,给人们带来了很多新奇的阅读体验。加上手机、掌上电脑比书本携带更为方便,其存贮空间承载的信息量也是纸质文本无法比拟的。

新媒体,已然跃升为现代人最常使用的阅读方式。那么新媒体时代,我们该怎样阅读?

一、新媒体时代的阅读要有目的性。阅读能够使人开阔视野,滋养性情,增长见识,提高能力。数据显示,在全球生产总值的高速增长中,知识份额已经由20世纪初的5%上升到今天的80%至90%。近50年来,人类社会所创造的知识,比过去3000年的总和还要多。因此,不读书、不学习,必然跟不上时代潮流。活到老、学到老、读到老,是我们这个时代的需要,更是实现富民强国,实现中国梦的需要。把阅读中学到的有益知识转化为一种正能量,丰富自己的认知,塑造全新的自我,提升做人的思想品质和境界是我们阅读的目的。美学家朱光潜先生说:"读书并不在多,最重要的是选得精,读得彻底。"在阅读时,联系自己的思想、境遇、心情去读,从阅读中找到现实中自己的影子,这样的阅读才有益。

二、新媒体时代的阅读要懂得自我甄别。由于新媒体准入门槛低,它在为人们提供一种图文并茂、动静相宜的数字化阅读空间的同时,也为滋生低俗文化提供了温床,大量的信息垃圾腐蚀读者灵魂,污染数字阅读生态文明。面对良莠不齐,泥沙俱下,鱼龙混杂的数字化阅读环境,我们要善于甄别筛选海量而无序的信息,去伪存真,去粗取精,提高自辨能力和信息的免疫力,降低不良信息的影响程度。要读一些有思想性、正能量的文章,列宁曾经有一句话,说要读一些引起头疼的书,不要光是读吸引眼球的书。

三、新媒体时代的阅读要做到相互补充。新媒体阅读和纸质文本的阅读不是对立的,而是相互补充、相互拓展的。新媒体是纸质阅读的"佐料",数字化阅读带给人们一种视觉感官的愉悦和享受,好比走马观花,一目十行,甚至是囫囵吞枣,记忆只停留在表层,是一种"浅阅读""碎片化阅读"。新媒体虽然阅读方便,信息量大,但毕竟是零星的,缺乏上下文情境和创作背景,仅知其然,不知其所以然,因此,它不能替代系统化的学习,所以我们不能停留在网络上的阅读,还要延伸拓展阅读,把数字化阅读与走进书店、图书馆阅读结合起来。纸质阅读也可以借助新媒体快、全、杂的特点,补全系统,甚至找到不同的观点,丰富自己对知识的认知和理解,使知识更加系统、全面、客观、深刻。通过互相取长补短，从"浅阅读"向"深阅读"递进，借助更多方式来完善我们的知识体系。

四、新媒体时代更需要提倡全民阅读。古语云"穷不离猪，富不离书"。新媒体时代阅读方式的多样化给提倡全民阅读、打造书香社会提供了契机。要充分运用新媒体丰富的传播手段，调动起国民读书的热情，尤其是阅读要从少儿抓起，从小养成良好的读书习惯和高度的读书自觉。据资料分析，目前我国图书出版品种和总印数跃居已世界第一，但是中国人年均读书与发达国家相比仍处于较低水平。说明国人阅读书籍少之又少，而在公交、地铁、火车、飞机上，我们却看到大家都在埋头看手机和平板电脑，忙着刷微信，把时间大量花在了阅读微博、微信以及一些简短的新形态阅读产品上。当前，很多人认为看经典翻拍的电视剧就是阅读经典，其实，在翻拍过程中，经典原意被剧情需要常常被支离破碎破坏掉了。原汁原味的经典著作更能够培养人的逻辑思维和方式，阅读经典原著大都会有这样的感觉，随着阅读的深入，读者的精神成长仿佛是跟着原著重新发育的过程。在经过了长期的时间考验和广大读者的阅读考验之后，经典著作的人文和精神价值凸显，这和那些靠吸引眼球、胡编乱造来获取点击率的推文有很大的区别。也有一些人认为经典名著只能用作审美和积淀自身文化修养，不会直接运用到日常工作和生活中去，所以有相当一部分貌似有用的电子书横空出世。在大社会、大数据、大文化的新媒体背景之下，无论是电子书还是纸质书，只要能够传播阅读文明，打造书香社会，提高人文素养和审美情趣，就已足够，电子书的出现对于厚植经典阅读的群众基础，使经典阅读真正从社会精英及学人层面延伸扩展到普通老百姓层面，成为大众的一种生活方式、一种生活习惯，使经典阅读成为一种全民文化功不可没。现代社会秉持急功近利和浮躁心理的人们，更应该通过经典阅读来沉淀心灵，享受精神文化大餐，你会发现，只要去阅读，人生就是丰富的。每天花大量的时间在新媒体上刷热点、资讯、新知，不如手捧一本书，慢慢阅读，感受字里行间的温度，相对于电子产品的冷漠，带着体温的阅读往往更能让人找到心灵的归宿。

（原载于《北京文学》2019年第2期）

新媒介话语下诗歌精神品质的坚守与诗人的责任担当

近几年，借助新媒体、新媒介，诗歌以燎原之势在华夏大地形成一股复兴潮流，评论界频频以"狂欢""爆发式"等字眼来形容诗歌的兴盛景象。确实，进入21世纪以来,以数字技术、网络技术为传播手段的新媒体空前发达,以及包括博客、微信、微博、论坛等私人化、平民化、普泛化的自媒体平台迅猛增加,文字、图片、音视频立体呈现,纸媒、网站、微博、微信、自媒体、客户端、二维码悉数上阵,使得诗歌的生产机制、传播渠道、诗人的写作姿态、诗歌风格、诗歌精神和诗人形象都发生了改变,诗坛出现了整体回暖、空前繁荣的景象。

新媒体、新媒介借助链接和互通,打破了传统文本枯燥单一的表现和传播形式,集文字、图像、动画、视频、音频等多种符号系统于一身的叙述文体和抒情文体使诗歌文本形式多样、生动活泼。其优势更符合"读屏时代"的阅读期待。由于图像在一定程度上替代了繁复的场景描写,画外音以及配乐有效地烘托了气氛,而文字部分又可以不失"文学性"之美……这样的阅读调动了人的多种感官,无疑更适合速读时代的阅读。2014年老牌诗歌刊物《诗刊》试水新媒体,公众号短短几个月时间就积累了几万粉丝,促成了余秀华的一夜爆红;"为你读诗""读首诗再睡觉"错开微信公众号"早晚高峰",在每晚十点临睡前推送,精致打磨一首诗歌;甚至诸多古诗词微信号也趁势而起。"读首诗再睡觉""为你读诗""诗歌是一束光""第一朗读者"等一批诗歌微信公众号动辄破十万的阅读量,令人惊叹:微信时代,诗歌已经不再"小众",诗歌正在从阳春白雪走进普通寻常人的生活,"诗人的诗"正在变为"大众的诗",诗歌这一新气象的出现,开始恢复诗歌进入大众日常生活、提升国民审美力的功能。

新媒体、新媒介对诗歌传播和写作造成的巨大影响是功不可没的。据2017年的统计数字,微信使用量已经达到了9.63亿之多,诗歌其实正在进入一种微民写作和二维码的时代。微信自媒体不断刷屏众多诗歌活动、事件、奖项、诗歌节和诗歌出版物。随着自媒体以及大众化影像平台的参与,"由下而上"诗歌的传播范围和速度超越了以往任何时代。甚至移动自媒体已经直接对传统意义上的主流媒体和权威媒体发生各种效应。中国现在有成千上万个诗歌网站,每天在网络上发布的诗歌成千上万首,这在任何一个时代都是无法想象的。网络的盛行,准入门槛的拉低,发表平台的泛滥,使很多原来和文学疏离,和诗歌无缘的人群开始用键盘敲击出诗句。诗歌不仅出现在电脑上,也出现在手机屏幕上,有人认为,手机的小小屏幕,是传播诗歌的最好平台。也许这些每天出现在网络中的万千诗句大多是文字垃圾,热闹一时,留不下痕迹。虽然藏污纳垢,但也藏龙卧虎,沙里有金,鱼中有龙,其中不乏真正的好诗,经过读者的过滤和网络的传播后,进入公众的视野,甚至成为优秀的诗歌。不可否认,教育普及程度的提高,带动了文化和阅读的普及,也为诗歌走进寻常百姓创造了条件。更重要的是微博、微信等新媒介的出现，为诗歌的爆发式传播提供了更广泛的渠道，短小精悍的诗歌遇到了智能手机和微信等传播载体，尤其是移动互联网的到来，促进了诗歌作品的传播，互联网缩短了时空距离，加快了信息传递，创造了社会生活新空间，加强了诗人之间的互动与联系，在一定程度上提升了诗人的创作水平，也降低了诗歌传播交流的门槛和成本，让诗歌阅读成为速读时代的主要体裁。诗歌"分行即是诗"造就了大批诗人，今天的诗歌已逐渐脱离古人"两句三年得，一吟双泪流"的困境，成为人们随时随地可以写就的文字，人们在地铁、公交等各种公共场合凭借手机就可以轻松完成灵感的宣泄和文本的推送。新媒体时代，人人可以站在舞台上拥有发言权，人人都有表达的权力。新媒体时代文学的表达、思想的表现更趋多元化，呈现百花齐放、百家争鸣的局面，表面上看是文学的一种整体繁荣。

现代社会快节奏的生活，让人们进入速读时代。速读改变了诗歌的传播模式，也给诗人"碎片化"创作提供了空间和土壤。碎片化解构了诗歌的语言模式，使碎片化时代的诗歌带有很大的随意性、口语化，大量的诗歌由"口语"变"口水"，由"通俗"变"庸俗"，由"普及"变"垃圾"。个别诗人诗心沦丧，嘲吟淫靡，耽于声色，从平庸滑向恶俗，从个性走向任性，在鉴别和抵制能力相形见绌的部分受众那里，遂有了油腻的投合。加上新媒体、自媒体的出现，大大降低了诗歌创作和发表的准入门槛，全民写诗、全民读诗的全民狂欢，给"下半身写作""梨花体""撒娇派""羔羊体"等写作提供了机会，造成诗歌的低俗、庸俗和媚俗。这些诗歌尽管数量不是很多，只是注重迎合部分读者猎奇的心理需要，热衷于追求所谓的负面轰动效应，其内容大多脱离我们这个时代精神的需要和现实生活的主流意识，表现手法刻意张扬那些刺激性比较强的意象，读后容易让人在心底蒙上一层污垢，但它们释放出来的负面社会效果也令人担忧。

中国诗歌学会会长黄怒波在不同场合不止一次地呼吁"诗歌活动一定要回到诗歌本位，不要变成搭顺风车的载体，诗歌创作还是要坚持信、达、雅"。诗歌呼唤的是一种高品质的生活，不管传播形式如何演变，诗歌都不应该迷失自我。在鱼龙混杂、泥沙俱下的当下，抱持敬畏之心，坚持严肃态度，坚守诗歌精神实质和灵魂，是诗人的责任担当。习近平总书记说："我国作家艺术家应该成为时代风气的先觉者、先行者、先倡者，通过更多有筋骨、有道德、有温度的文艺作品，书写和记录人民的伟大实践、时代的进步要求，彰显信仰之美、崇高之美。"诗歌创作在坚持百花齐放、百家争鸣的方针上，必须始终坚持对人民负责，为人民大众服务，为时代放歌。人民性、时代性是中国诗歌的灵魂。诗歌，是时代的号角，是人民的心声。中国的古诗，体现了诗人的最高智慧，极简短的文字，朗朗上口，却能够描绘出阔大的意境，深邃的思想，丰富的画面，读后给人无尽的美感和遐想。诗歌是一种语言艺术，诗歌语言是文学语言皇冠中的皇冠、珍珠中的珍珠，它以高度的凝练性、形象性、音乐性、含蓄性，而卓立于艺术丛林。无论古今，无论中外，诗人常常是"吟安一个字，捻断数茎须"，甚至于"语不惊人死不休"。不管是以什么载体来写，什么形式传播，诗歌的情怀和美学永远不会改变。时代的责任感和使命感应成为诗人自我修养和内在的素质，为人民抒写、为人民抒情、为人民抒怀，而不是沦为娱乐化、大众化、消费化、媚俗化方向狂欢的帮凶和工具。

诗歌是心灵的呼唤，也是心灵的倾听。每个诗人都是一个世界，要用诗歌来构筑自己的温暖生活，用诗歌来记录人生。草根诗人余秀华走红后，很多人的注意力都集中在余秀华个人身上，却没有注意到余秀华背后的诗歌复兴潮流，其实在广大基层，还有千千万万个像余秀华一样的工人、农民在坚持写诗，他们写诗并不是为了当诗人，也不是为了发表，而是把诗歌融入自己的生活，当作自己抒发感情、记录生活的方式，他们用诗歌的语言揭示生存的艰辛和生活的压力，以及生命的意义和人生的价值等。真正的诗歌就应该回到社会现场，实现诗歌的社会责任，体现现场美、时代美，凸显社会张力，而不能超脱于想象虚构之上。对人生具有真诚、质朴、热爱的胸怀，是诗人终其一生努力的目标，诗人始终保持一颗敏感鲜活善思的心灵，他的诗才永远会保持鲜活的诗性，诗人的灵魂能走多远，他的诗就能走多远，这是诗歌的本质。屈原胸怀"美政"理想，赤胆忠心，怀沙沉江，他是真正的歌手，大地的行吟者，他用他的死捍卫了高洁的灵魂和属于他的楚辞。泰戈尔的《飞鸟集》《园丁集》让我们感受到了庄严肃穆与崇高。诗人的责任担当体现了一个诗人的良知。诗人应该直面历史与现实、自然与人生的思考，建立在"大我"又"忘我"之上，超然于功利和世俗，坚守诗人的精神品质和诗歌理想，表现人的真实情感和内心经验，进而触动整个世界，做到"我是诗人，我是中国人，我是人。我为自己而写，也为人类而写"，真正与世界融为一体，发出具有"世界性"的声音，具有以一己之心去捂热整个世界的英雄主义的高尚情怀。

诗人的责任担当还体现在另一方面：面对新媒体、新媒介在延伸和拓展诗歌发布、传播和获取途径，营造诗歌兴盛的大氛围中也夹杂着鱼目混珠、泥沙俱下的状况，诗人应该勇敢站出来，勇于承担主动厘清中国诗歌的责任担当，用正能量的言行传达和弘扬诗歌真正的精神品质，以强烈的现实忧患意识和高度的文化自觉引领着作者和读者去重构我们的民族信仰，去引导和矫正新媒体诗歌不偏离中国诗歌美而有内涵、韵而有情致、真而讲究表达的"诗艺"方向，从而推动当代中国诗歌受众品位的全面提升。

（原载于《闽西日报》2019年2月19日、《解放日报》2018年8月9日）

重申诗歌创作的文化良知意识

互联网的飞速发展，为新诗的发表与传播提供了广阔舞台，互联网缩短了时空距离，加快了信息传递，创造了社会生活新空间，加强了诗人之间的互动与联系，在一定程度上提升了诗人的创作水平，也降低了诗歌传播交流的门槛和成本，人们在地铁、公交等各种公共场合凭借手机就可以轻松完成灵感的宣泄和文本的推送。

现代社会快节奏的生活，让人们进入速读时代，也给诗人"碎片化"创作提供了空间和土壤。碎片化解构了诗歌的语言模式，使碎片化时代的诗歌带有很大的随意性、口语化，加上商业娱乐的盛行，消费至上理念广受追捧，种种诱惑与压力之下，很多诗人渐离诗心轨道，失去了对诗歌精神和旷达志向的追求，大量的诗歌由"口语"变"口水"，由"通俗"变"庸俗"，由"普及"变"垃圾"，给"下半身写作""梨花体""撒娇派""羔羊体"等提供了机会，脱离了我们这个时代精神的需要和现实生活的主流意识，其负面社会效果令人担忧。

面对当下诗歌创作存在的难度较小、发表门槛低、品质粗俗、艺术性不强的现象，重申诗歌写作的文化良知意识是十分必要和迫切的。诗歌，是时代的号角，是人民的心声。诗人肩负着推进和传承优秀文化的重任，其责任感、是非观、价值观将直接影响诗人是否抱着谦恭、严肃、认真的态度去创作，而强调诗人的文化良知意识，正是对这一文学体裁表达敬畏与虔诚的重要方式。时代可以变，但是诗人的真、善、美不能变。不管传播形式如何演变，诗人都不应该迷失自我。在鱼龙混杂、泥沙俱下的当下，抱持敬畏之心，坚持严肃态度，坚守诗歌精神实质和灵魂，是诗人首要的文化良知。诗歌创作在坚持百花齐放、百家争鸣的方针上，必须始终坚持对人民负责，为人民大众服务，为时代放歌。人民性、时代性是中国诗歌的灵魂。古人常常是"吟安一个字，捻断数茎须"，"语不惊人死不休"。重申诗人的文化良知意识，要求诗人必须增强责任感和使命感，提高诗人自我修养和内在的文化素质，形成正确的审美价值观，为人民抒写、为人民抒情、为人民抒怀，而不是沦为娱乐化、大众化、消费化、媚俗化、肤浅化方向纵情狂欢的帮凶和工具。

很多在基层的工人、农民坚持写诗并不是为了当诗人，也不是为了发表，而是把诗歌当作自己抒发感情、记录生活的方式，他们用诗歌的语言揭示生存的艰辛和生活的压力，以及生命的意义和人生的价值等。真正的诗歌就应该回到社会现场，实现诗歌的社会责任，体现现场美、时代美、凸显社会张力。对人生具有真诚、质朴、热爱的胸怀，是诗人终其一生努力的目标，诗人应该摒弃尘俗，抛开私心杂念，始终保持与社会和时代同频共振的步伐，有思想，有担当，有道义，有骨气，有家国情怀，坚守诗人的精神品质和诗歌理想，具有以一己之心去捂热整个世界的英雄主义的高尚情怀。艾青的《我爱这土地》等作品，紧紧地把握住时代，带着凸出的时代胎记，具有超越时代的生命力。在实现中国梦的历史时期，广大诗人和诗歌爱好者的创作，从生活到提炼、从题材到内容、从语言到技巧、从品格到境界，都应该扎根时代生活。

具有文化良知的诗人要用诗歌照亮人们的心灵，担当起精神指引的重任，用正能量的言行传达和弘扬诗歌真正的精神品质，驱散新媒体诗歌喧嚣沉浮、平庸弥散、低级趣味、浮躁空洞的"雾霾"，以强烈的现实忧患意识和高度的文化自觉引领广大作者去重构我们的诗歌精神，引导他们投身到时代发展的大潮之中、创作出反映时代韵律、人民心声，无愧于时代发展、社会向前、精神崇高的诗歌作品，从而去引领和矫正新媒体诗歌不偏离中国诗歌美而有内涵、韵而有情致、真而讲究表达的"诗艺"方向，推动当代中国诗歌受众品位的全面提升。

（原载于《闽西日报》2019年9月10日）

一树独先天下春

俗话说"小寒大寒，冻成冰团"，这不，小寒刚过，一场冬雨让南方的温度刷新了入冬以来的新低，强烈的"冰冻感"让人们直呼"冻掉下巴"。寒潮来袭，南方迎来天寒地冻、北风凛冽、滴水成冰的"速冻"模式，但就在这数九寒天，闽西观音井的千亩梅花却在冷风冻雨中迎寒绽放，千树万树梅花漫山遍野、亭亭玉立、蓬蓬勃勃、云蒸霞蔚，蔚为壮观，梅枝上开满了密密麻麻红色的、粉色的、白色的花骨朵，繁花从树枝开到树梢，不留一点儿缝隙，竟是这样饱满，这般豪放和烂漫，带着狂野和自信。冷冰冰、湿漉漉的空气中弥漫着袅袅梅香，沁人肺腑，这清新的香味，不像玉兰花那样浓郁猛烈，倒像兰花散发出的脉脉馨香。游人漫步其间，暗香浮动，如游香雪海。

放眼四周，万木萧疏，百花绝迹，唯有这铺天盖地的寒梅迎寒斗雪盛开。我们穿棉衣棉裤把自己包裹得严严实实，就连手上也戴上了棉套，可谓是全副武装，但在天寒地冻的山岗梅林漫步仍瑟瑟发抖，而眼前的梅花迎着正在下得欢的米粒雪开得正艳。无论是在山崖峭壁还是在山沟水圳、庭院墙角，都能看见梅花铮铮铁骨，虬枝疏斜，它不屈不挠，不畏严寒，不惧冰雪，扎根贫寒，卓尔不群，不与百花争艳，不以无人而不芳，凌寒绽放。

万花敢向雪中出，一树独先天下春。自古以来，梅花就以清雅俊逸的风度倾倒了多少文人墨客，宋人陈亮《梅花》："一朵忽先变，百花皆后香"，写出梅花不畏严寒、敢为天下先的品质。王安石《梅花》："遥知不是雪，为有暗香来"，表现其坚贞气节和高贵品格。元人王冕《墨梅》："不要人夸颜色好，只留清气满乾坤"，表现了梅花独立的人格魅力和不愿同流合污的个性。陆游的《咏梅》："零落成泥碾作尘，只有香如故"，表现出不屈不挠的高尚情操。世称"梅妻鹤子"的北宋诗人林和靖种梅养鹤成癖，终身不娶，眼中的梅含波带情，笔下的梅更是引人入胜，凭借"一味清新无我爱，十分孤静与伊愁"的名句，把天真、闲旷、清新、幽静的境界赋予了梅花，"疏影横斜水清浅，暗香浮动月黄昏"，花如人，人同花，人花合二为一，彰显梅花的精气神。就连伟大领袖毛泽东也赋予梅花凛然高洁的气质："俏也不争春，只把春来报，待到山花烂漫时，她在丛中笑。"

记得有一次看《江姐》的电视剧，里面有一首歌叫《红梅赞》："红岩上红梅开，千里冰霜脚下踩，三九严寒何所惧，一片丹心向阳开，向阳开。红梅花儿开，朵朵放光彩，昂首怒放花万朵，香飘云天外，唤醒百花齐开放，高歌欢庆新春来，新春来。"当时，江姐与狱中的姐妹们一边绣着红旗，一边唱着这首歌。前不久，到重庆接受红岩魂党性教育，授课老师现场表演再现了当时的情景，江姐那种不屈不挠的气节，那种气宇轩昂的气概，让我记忆犹新。而红梅，不惧困难，不为风雪低头，冰清傲骨的品质，不正是英雄的化身吗？我也是从那时起，对梅花的感情由喜爱发展到了敬佩。

闽西崇山峻岭，自古多梅树，这片红土地更因为无数先烈像梅花一样坚贞不屈，一树独先天下春，用生命谱写出一曲曲感天动地的英雄史诗。"红旗跃过汀江，直下龙岩上杭。收拾金瓯一片，分田分地真忙。"从 1929 年初开始，毛泽东、朱德、陈毅率领的红四军 3 次由赣入闽，播撒革命火种，摧毁反动统治，创建闽西革命根据地。闽西成为中央苏区的重要组成部分和毛泽东思想的重要发祥地之一，成了举世瞩目的"红土地"。在这片红土地上，闽西人民为中国革命做出了重大贡献，付出了巨大牺牲，仅在册的革命烈士就有2.4万人之多，而把血洒在闽西大地上的外地籍战士也有成千上万。他们用生命绘就的梅花在闽西乃至中国大地上绽放出烂漫的春色，为闽西赢得了"红旗不倒""红军之乡""将军之乡"的赞誉，铸就了"闹革命走前头，搞生产力争上游"的苏区光荣传统。古田会议的圣火，更是开启了中国革命"成功从这里开始、胜利从这里开始"的光辉起点。

穿越血与火的历史烟云，历经80多年风雨洗礼，作为原中央苏区的核心区，苏区革命传统早已深深地镌刻在闽西儿女心中，成为闽西人民谱写经济社会发展新篇章的精神力量。现在的闽西，已经很难见到当年鏖战的痕迹，闽西儿女在新长征的道路上，正秉承着革命先辈们的光荣传统，发扬"滴水穿石，人一我十"的精神，穿越一切险滩急流，战胜一切艰难险阻，续写新的传奇。

漫步观音井，这个十年前还是水土流失重灾区的荒山野岭，如今已然成为闽西有名的花果山。不只是观音井，在闽西，绿水青山就是金山银山的观念已经根植于人们脑海，闽西儿女把植被曾被严重破坏的山川，改造得郁郁葱葱，从昔日全国水土流失重灾区，到今朝南方水土流失治理的典范，从昔日用烈士鲜血染红的红土地到现如今处处青山绿水的"绿土地"，新时期闽西儿女更像是一朵朵寒冬蜡梅，傲雪凌霜，开百花之先，独天下而春。

我把从观音井带回来的红梅枝插在花瓶里，屋外寒风凛冽，屋内满屋清香，沁人肺腑，闻香识春，仿佛春天就要到来。

（原载于《闽西日报》2019年1月23日）

堂前燕今何处寻

从夫子庙熙熙攘攘、人流如织的人群里挤出身来，猛然一转身，就发现了这个依偎着秦淮河茕茕孑立的乌衣巷伫立在眼前，这个承载厚重文化的巷子里游人稀少，蜷缩在距离文德桥头几十米远的建筑群里，与夫子庙步行街热闹景象形成强烈反差，仿佛一位踽踽独行，被遗弃在街角，与繁华都市格格不入的清修道士。

我们去的时候，已是傍晚时分，太阳已经西斜，这个时间节点，不知是否与当年那位诗豪站在乌衣巷口的时间恰巧吻合？虽然无以考证，不过可以肯定的是，那时的乌衣巷口，一片衰败破落景象，断定不会像现在这样兴盛繁华：满街是摩肩接踵的人群，满街飘散着盐水鸭的清香，满街氤氲着桂花糕的芬芳。

"朱雀桥边野草花,乌衣巷口夕阳斜。"巷子是悠长的,站在乌衣巷口,夕阳正好在这个节点上投下长长的影子,仿佛投下那个时代的背影。

乌衣巷,一个浸润着六朝古都遗韵的名字。历史上,虽然乌衣巷的得名有多种说法,不管是东吴时期身着乌衣的禁军曾驻扎此地,还是东晋王导、谢安两大家族的子弟都喜欢穿乌衣以显身份尊贵得名,我认为这都是历史留给金陵的宝贵遗产,它的韵味,博大沉雄,深厚凝重,仿佛覆上最绚丽夺目的金粉和纱衣的女子,袅娜在秦淮河畔。

让这金粉女子吸引住历史目光的,是王导和谢安的传奇。

王导是东晋开国元勋。西晋末年八王之乱,他慧眼识人,审时度势,认为唯有琅琊王司马睿能振兴晋室,于是团结江南士族,辅佐他建立东晋政权,成为开国元勋。一时权势滔天,朝野侧目,据说司马睿登基当天,王导与他同受百官朝贺,在民间甚有"王与马,共天下"的说法,可见王导的权势如日中天。

谢安是救社稷于将倾的功臣。少年隐居东山、以孔明自喻的谢安,四十多岁才出任丞相,成语"东山再起"说的就是他。谢安出自同样的大族陈郡谢氏,指挥了著名的淝水之战,以少胜多,以八万精兵击败前秦八十余万大军。《晋书谢安传》载,淝水之战的捷报传来时,他正与人下棋。看完捷报后,面无表情,继续落子。与他下棋的人忍不住问他,他只淡淡地说:"小儿辈遂已破贼。"挽狂澜于既倒,救东晋社稷于将倾,他却镇静从容至此。淝水之战奠定了南朝三百年的安定局面,进而改变了中国的历史进程。

这金粉女子,有谢安,有王导,已是大名鼎鼎。但是,真正让乌衣巷名动八方,光耀千秋的,还有在乌衣巷的晨辉晚霞中,进进出出的一大帮风流才俊,随意一瞥,便让你星光满眼。

"蓬莱文章建安骨,中间小谢又清发""王家书法谢家诗",王谢两家豪门望族,门庭若市,冠盖云集,走出了书圣王羲之、王献之,以及中国山水诗派鼻祖谢灵运、谢朓等文化巨匠。就这,已足以让千年以后的人们,记起乌衣巷,记起她曾经的灿烂辉煌。

于是后人感慨,如果说王导和谢安令乌衣巷不凡,王羲之、谢灵运令乌衣巷不俗,那么刘禹锡、周邦彦则令它不朽。

这份不朽,沉淀在文人墨客流芳千古的诗词歌赋中。六朝古都战乱频仍,民不聊生,据史料记载,公元589年,隋文帝灭陈后荡平建康城邑,摧毁六朝宫苑,乌衣巷也化为一片废墟。唐朝诗人刘禹锡途经此地,见到的是一番衰败场景,面对断壁残垣、瓦砾遍地,感伤繁华不再,世事无常,发出"旧时王谢堂前燕,飞入寻常百姓家"的感慨。

谁知诗豪发自肺腑的感慨,却让乌衣巷走进世人内心深处,流芳百世,得以永恒。

此后,愈来愈多的文人骚客慕名而来,怀古、凭吊、寻找情思,留下一首首令人铭记的诗词和一曲曲幽婉绵长的千古绝唱,乌衣巷自此在中国文学史上留下浓墨重彩的一笔。

铅华洗去,飞红落尽,笙歌散后,旧梦不复。从豪门聚居地到断壁残垣的废墟,乌衣巷阅尽千年时光,已然成为金陵兴亡的象征。

徜徉在乌衣巷,感觉到历史的厚重。现在的乌衣巷,显然是后来重建的,巷子里早已没有了豪门士族的觥筹交错,取而代之的是零零星星的游人探访的脚步。王谢古居纪念馆游人罕至,门可罗雀,但纪念馆内陈列的东晋雕刻展、淝水之战壁画和王羲之书法复制作品等,无声地诉说着那段悠远的历史。

堂前燕早已杳无踪迹。夕阳归隐,暮色四合,秦淮河上渐渐生起热闹的桨声灯影。在人头攒动、花灯璀璨的秦淮河边,冷冷清清的乌衣巷愈发显得孤寂和沧桑。

(原载于《知识窗》2019年第3期、《闽西日报》2019年12月21日)

外婆菜

小时候,家里穷,青菜粥配糠粄,地瓜饭配南瓜是我们家的标配。记得好几次家里断炊了,我还曾经拿着米升筒(客家人量米的一种工具)到邻居家借过米呢。那时买不起猪油,父亲买来一小块肥猪肉,仅每餐煮菜时拿来擦一下锅,为了防止被老鼠和猫叼走,母亲用一根细铁丝挂在锅台上,直至反复擦得挤不出一丁点油腥了,才切成碎块,和青菜一起炒了。当时外公在外省的森工站工作,生活条件比我们家好,外婆生怕我们挨饿,为了给我们饥肠辘辘的肚子增添油水,每次我们去都催促外公要想尽办法多买些肉回来给我们解馋,然后变着法子给我们做好吃的,在我看来,外婆是资深的厨师,没有外婆不会做的菜,在外婆家,每次都能吃到我们最喜爱吃的"外婆菜"。

虽然每次去外婆家要经过一条湍急的大河,要走颤颤巍巍的木桥,但对美食的诱惑时常让我们对恐惧丢之脑后。这条河流是广东平远和福建武平的分界河。外婆家坐落在广东平远上举八社咸水自然村的半山腰上,村子三面环山,村口就是这条波澜壮阔的大河。在我的记忆里,河水常年碧波荡漾,川流不息,水流大的时候,经常冲毁架在河面上的木桥。木桥是当时咸水村民通往福建的必经之道，长达五十多米，桥面宽仅八十厘米，桥面几乎紧贴着水面，人行其上，胆战心惊，感觉每走一步都是对生命的考验，我们那时候还小，都怕过桥，父母只好在桥上来回几次把我们兄弟仨带过桥去。虽然木桥险峻难走，但由于对外婆家的"外婆菜"充满了无限的向往，每到逢年过节，我们都欢呼雀跃，迈开步子往外婆家飞奔而去。那时候没有自行车，就连耕田的拖拉机也很少，所以出门做客完全靠步行。从家里到外婆家至少有三十里的路，基本要走一上午。

"外婆菜"其实就是客家梅菜扣肉，是一种乡土菜。秋末冬初，天气晴朗，正是晒梅干菜的好天气。外婆见菜园里的芥菜抽了苔，有如拇指般粗细，芥菜心花蕾未绽，形如秋萄，脆嫩味甘，正适合采割。外婆进屋拿来菜刀砍下所有的芥菜，拿到晒谷坪的竹竿上晾挂几天。待叶子变软时，放进脚盆里，撒上盐，用手使劲揉搓，待芥菜渗出一些菜汁时，便把芥菜捆成团装入陶瓮，码放一层撒一层盐，装满后用芥菜叶把瓮口封严。过了十天半个月，取出晒干，便成色泽金黄、咸酸味甘的梅干菜。用梅干菜烹制的菜肴，其鲜香之味，皆令食者难以忘怀。外婆最拿手的是梅菜扣肉。外婆先把五花肉洗净，放水里煮熟，把煮熟的五花肉皮抹上酱油蜂蜜，再放到烧开的油锅里煎炸，待猪皮在油锅里不再有噼里啪啦声音后捞起猪肉，把猪肉放到冷水里浸皮，浸到猪皮发泡后切成小块，码放到大碗里，再把放酱油八角葱蒜炒熟入味的梅干菜铺在猪肉上，上锅蒸半小时后取出，拿一只盘子扣在大碗上把猪肉倒过来即可，一碗香喷喷、令人食指大动的梅菜扣肉即端上了桌子，直吃得我们大快朵颐、唇齿流油、满嘴生香。五花肉因渗入梅干菜清香变得肥而不腻，而梅干菜又因肉香滋润变得浓香扑鼻。

后来，广东上举通往福建的（上）举至（湍）溪公路开通，大桥横跨河面上，我们去咸水再不用走险象环生的木桥了。20世纪80年代后期，国家实施菜篮子工程，人们的餐桌也在悄然发生变化，分田到户后，我们家粮食开始充足起来，地瓜、芋头等粗粮食品逐渐从我们的餐桌上淡出，而大米、面条、米粉成为我们餐桌上的主角，炒米粉、炒面条、打糍粑……父亲经常变换着方式做给我们吃。90年代粮油副食品敞开供应，所有的票证都被逐出历史舞台，这时的菜市场肉类充足、菜品丰富，想吃什么市场上都能买到，加上我们家有了足够的粮食，开始养猪、养鸭、养鸡，还挖了池塘养鱼，以往逢年过节才端上餐桌的大鱼大肉已成为我们的家常菜。在我们所在的县城，随着年轻一代的追捧，日本料理、韩国烧烤、洋快餐日益成为人们餐桌上的新宠。后来，人们口袋里钱多了，开始追求养生，追求绿色无污染和有机食品，对吃的要求也高了起来，蔬菜要吃新鲜"绿色"的，粮食要吃当年有机的，鸡鸭要吃山地放养的，鱼虾要吃没污染的，人们在市场上挑剔的目光，越来越多地落在天然无污染的鲜货上，而不是价格上。什么食品有营养，什么食品能防衰老，怎样搭配能够保持身体健康，成为人们津津乐道的话题。追求绿色原生态食材成为国人健康饮食观念的主基调，饭菜一天比一天丰盛、精致、健康，实现了从吃不饱到吃得好、吃得精、吃得健康的转变。

如今，梅菜扣肉已经成为我们餐桌上的压轴菜。我们参加工作后，不仅在县城建起了新房，还分别购买了小轿车。只可惜这些可喜的变化外婆都没看见，她早早就离开了我们，为了纪念外婆，我们把外婆的拿手好菜梅菜扣肉称为"外婆菜"。现在每次做这道菜就会想起她老人家伫立村口翘首盼望我们那焦急慈爱的眼神，想起她怕我们挨饿拼命往我们碗里挟大块肉的感人情景。

周末，父亲用手机打来电话，说老家来客人了，我们立即驾车从县城赶到老家。宽阔的水泥路面，缩短了县城与老家的距离，开车二十分钟即到达家门口。父亲直接从冰箱里拿出冰冻的海鲜和土猪肉，我们则忙着宰鸡杀鸭，母亲到家门口的小菜园摘回一大把时令蔬菜，再温上一壶母亲自酿的米酒，一桌丰盛的菜肴随即上桌，在空调房习习凉风下，我们和客人一起大碗喝酒，大块吃肉，不醉不归。放暑假的女儿，吃腻了大鱼大肉，想吃客家特色小吃，只见她在手机上随意一点，过没多久外卖小哥即把美食送上门来。席间，客人对那些海鲜不怎么感兴趣，倒是对土鸡土鸭土猪肉、香芋狗爪豆南瓜丝青菜萝卜情有独钟，对压轴的梅菜扣肉更是一扫而光，连连说，这梅菜扣肉下饭，下饭。看着客人对"外婆菜"赞不绝口，我趁热打铁给客人添饭，客人却连连摆手，说不能吃太撑，对身体不好。见此，父亲深有感触地说，以前穷得大家连饭都吃不饱，现在大家生活好了放开肚皮吃却怕吃太饱对身体不好，这都是改革开放给大伙带来的实实在在的幸福啊。

父亲说得对，是啊，要是没有改革开放，就没有我们今天的美好生活。

（原载于《福建文学》2019年第12期、《中国人民防空》2019年第10期）

我在兴贤坊等你

每一座城市都有一些老街老巷，这些老街老巷饱含当地传统历史文化的魅力，像乡愁一般镌刻在记忆里，成为人们挥之不去的城市记忆。兴贤坊，就是一座这样的历史传统文化街区，它的建成，成为新的文化符号和文化名片，闪耀在人们的记忆里。

兴贤坊，这个被历史和岁月风尘淹没的古迹，像一位深情述说的老人，敞开胸怀为我们解开了那段尘封的历史，又像一位等待出场的青衣，观众满是期待和惊喜的眼神里，既寄历史与现实的交相辉映，又有令人无限向往、意蕴深厚的开场独白，出场便带名动八方、惊艳四座的脱俗之举，在你千年的等待过后，你会看见一位长袖翩然、歌声悠扬的女子从北门坊大水圳巷，甚至是灵洞仙山那潺潺流水的静谧景致中向我们款款而来。展现在你面前的，不只是昔日的繁华，不只是雕梁画栋，不只是衣香鬓影，不只是花灯璀璨，更多的是你翩跹于街巷，氤氲于花前月下都无法觅得的那份悠然自得，你能感受得到眼前的这位女子，甩水袖，走莲步，身段修长，感受她无与伦比的星光闪烁于世的温婉，也能让你有如花美眷，似水流年的凤眼半弯，清眸流盼的惊艳，甚至能撩拨你心底隐藏多年的心弦，感受蕴含在青砖灰瓦间流丽悠远厚重历史的回眸。

"兴贤"一词，《汉语大词典》解释有二，一是推举有贤德的人；二是发扬贤德：《晋书·戴逵传》：且儒家尚誉者，本以兴贤也。然而，真正让这个词语妇孺皆知、耳熟能详的，是唐宋八大家之一的王安石，他是北宋杰出的政治家、思想家、文学家、改革家，在北宋文学中具有突出成就，其文长于说理与修辞，善用典，风格遒劲有力，警辟精绝。嘉祐三年（1058年）十月，正在提点江东刑狱任上的王安石，被调到中央出任三司度支判官。为了挽救危机、振兴国家、巩固封建统治，他充分利用这次调动工作的空隙，把他从政以来的实践经验，和多年的理论思考所形成的变法思想，加以总结归纳和整理，撰成了著名的《上仁宗皇帝言事书》，建议仁宗为国家的振兴，实行"变法"。两年后，王安石改任知制诰，又写了《上时政书》，重申前议。1069年2月，宋神宗起用王安石为参知政事，开始变法。为了使变法得以顺利实施，王安石写就了《兴贤》一文，文中列举内忧外患，阐明国家要有治官之明，治世之才，治政之智，充分展示了其治国安邦的智慧，为其后来大力推进政治和经济改革制造了声势。此后，"兴贤"一词便得以家喻户晓。后来古人用"兴贤坊"给住宅区取名，既有推崇兴盛兴旺、贤圣美德之意，又彰显千年历史文化底蕴。

武平县城的历史文化街区"兴贤坊"。由建于宋绍兴四年（1134年）的县城之古城门"南安门"和建于宋朝、位于三段岭脚下的"古井"以及建于清光绪十二年（1886年）的"梁山书院"三大支点组成，修缮维护的同时，对周边巷道进行环境整治和立面改造，新建一批与古代建筑风格相似、具有客家特色的建筑，如客家传统民居、祺园、梨园、国学馆、大夫第等，打造武平千年历史文化街区，既能寄托"乡愁"，又能成为武平全域旅游的重要景点，充分挖掘了丰厚的历史文化资源，继承和弘扬优秀传统文化，彰显武平文化底蕴，丰富市民精神生活，打造武平特色的文化符号、文化名片、文化会客厅。

武平建县历史悠久。据县志记载：武平夏、商时属扬州之域。西周属七闽地，东周称越国地。秦属闽中郡。汉时为南海王织的封地。吴时改属建安郡。晋太康三年（282年）析建安郡置晋安郡，领八县，其一曰新罗，武平为新罗县地。唐开元二十四年（736年）置汀州，设南安（今平川镇）、武平（今中山镇）二镇，隶长汀。南唐保太四年（946年），并南安、武平二镇为武平场，场治在武溪源（今中山镇）。宋淳化五年（994年）升武平场为武平县。元至元十五年（1278年），汀州改为路，隶福建行中书省。至元十八年（1281年）汀州路所属六县为元世祖忽必烈女儿鲁国公主囊加真的封地。至元十九年福建、江西二行中书省合并，置福建宣慰使司，武平隶之。明洪武元年（1368年），汀州路改称汀州府。嘉靖十一年（1532年）五月，析武平、上杭、江西之安远、广东之兴宁程乡部分地域置平远县，隶江西赣州。翌年正月，还上杭、武平、安远三县地域。清代，武平仍属汀州府。

据史料记载，武平县城建于宋绍兴四年（1134年），使相张浚修筑土城。端平年间，县令赵汝霦重修，周围二百八十步，开设三座城门，东门"永平"，南门"南安"，西门"人和"。元至正年间，县尹魏侃夫进行了修葺，保留了两座城门。明弘治十三年（1500年），郡丞黄冕和通守刘渊修建砖城，弘治十五年（1502年）竣工。周围七百六十二丈六尺，高二丈；雉堞一千五百三十个，铺舍十六间；开设城门四座，东门"迎春"，西门"秋成"，南门"南坪"，北门"北高"；东、西水门两座。崇祯元年（1628年），知县巢之梁增高城墙三尺。清顺治、康熙间进行过修葺。1951年，开始拆除城墙。至1969年，城池仅剩"南安门"。武平县城内分为人和坊、和义坊、文明坊、魁星坊、兴贤坊和集贤坊；街巷有十字街、小街、中街、福庆巷、仁和巷、通济巷、和义巷、成裕巷、魁星巷、三公巷等。据《中国城池志》记载，除此之外，武平还有两座城池，一座是城西南的千户所城。明洪武二十四年（1391年），汀州卫指挥黄敏修筑。周围二里，一百八步一尺。洪武二十八年（1395年），指挥李虎修筑砖城。嘉靖十九年（1540年），漳南道侯廷训修筑新城，周围四百二十五丈，高二丈三尺，宽二丈；铺舍四十六间，敌楼五座；新旧城开设有八座城门，分别是迎恩门、永安门、平定门、常乐门、通济门、朝阳门、水门、文明门。另外还有一座岩前城，明崇祯年间，巡道顾元镜修筑的。周围四百二十丈，高一丈六尺，宽八尺九寸，铺舍二十四间；开设四座城门，东门"近禧"，西门"靖远"，南门"阜安"，北门"宝艮"，各门建有城楼。

南安门，坐北朝南，建在斜坡上，城门墙体大约七米，拱门宽约四米，石拱砌成，非常坚固，是街区里保存完好的一处古迹。城门往北上去是现在的县政府大院，南连南门街，直达平川河。之前拱门以上的城墙尽毁，当地一些单位在城墙上建起了一排简陋的瓦房，成为单位的宿舍，二十多年前我还曾经造访过墙头上住着的两户人家，印象中，城墙上爬满了爬山虎和野葛藤，芦苇和蒿草在城墙砖缝间茁壮成长，青苔厚厚地覆盖着墙面，叫不出名字的野花点缀其间，野生植物蓬勃生长的景象和古老城门丰厚的底蕴，构成了一幅无与伦比的水彩画，如今，墙头上的建筑已尽数拆去，修砌起了齐人高的城垛，城垛修复后，南安门成为兴贤坊街区一处标志性建筑。我记得早些年，梁山书院旁曾发现一些红衣大炮，经鉴定是明代由欧洲传入的重型前装火炮，具有较高的文物价值，后来把这些红衣大炮收进了博物馆，我想，要是在城垛上架上几门仿制的红衣大炮，或许会为这个古城墙增色不少，有望成为网红打卡点。

从南安门往"大水圳巷"方向步行百余米，巷口西头有口千年古井，叫"三段岭古井"，石头凿成的圆形井口已经被取水的人磨得光滑薄亮，井口边缘有数十道绳索碾压出的辙痕，辙痕有的深好几厘米，已深深嵌入石沿，满是岁月的痕迹，见证着光阴的变迁、风雨的侵蚀和古往至今南来北往的人们。井水凛冽、清澈、甘甜、凉爽，滋润着这里的居民和过往的行人。民国《武平县志》称："城内诸井建筑，以此为最，井深而泉清。"据说井里的水是从西山上经过地底渗透过来的。井里打上来的水，可以张口就喝，没有污染；井水是甘甜的，而且冬暖夏凉，夏天时，水是凉爽的，冬天时，水井会冒水气，一点也不冻手。因为水质好，住得远的人家，也会来这里取水，拿回家沏茶。千百年来，这口古井，滋润周边上百户人家，在远走他乡、侨居海外的游子的心中，留下浓浓的乡愁。1930年6月，红四军主力进驻武平县城，毛泽东率前敌委员会驻在古井前侧的梁山书院，红军战士每日到古井打水，毛泽东和红军战士喝的就是出自古井的甘甜的泉水，将士们对此井水赞不绝口。从梁山书院到陈毅的红四军政治部驻地三官堂，此处是必经之地，来来往往的红军战士必定还记得这口千年古井。如今站在古井旁，抬头往南一望，仍可看见梁山书院侧墙上，红军留下的醒目的标语。踩着湿滑的石板路，徜徉在巷子里，到得古井边，忽然间雨点密密匝匝地飘打过来，湿滑的石板路面顿时变得像莲叶一样出现大珠小珠落玉盘的景致。我撑着雨伞，听雨点落在伞面噼里啪啦的响声，在井边朝岁月深处驻足凝望，仿佛仍能看见人们排队等候取水的热闹场面，"哗啦啦"一声猛雷把我从幻影拉回到现实，圆润光滑的辙痕幽幽地接受雨水的冲刷，在滴滴答答的雨声中看岁月更迭，人间沧桑，那连绵不绝的雨声，分明是在絮絮叨叨地叙说着曾经的熙熙攘攘和车水马龙。

兴贤坊街区为了更好传承汉剧，建筑了梨园景点，让来自全国各地的游人都能领略汉剧的神奇魅力。被称为南国牡丹的汉剧是武平灿烂文化里闪耀的一枝。说起来，武平汉剧已有300余年历史，是闽西乃至闽粤赣客家地区的文化瑰宝，被列入首批"国家级非物质文化遗产名录"。武平汉剧老少皆宜，从风华正茂的孩子，到朱颜鹤发的老人，从乡间的老农，到校园的少年，无不展示着闽西汉剧艺术之花在闽西这片红土地上鲜活地绽放。

街景突出当地人文特色，把具有代表性的文化人物作为文化景观的一部分。历史上，武平人文鼎盛，相传宋丞相李纲，被贬为武平县令时，酷爱灵洞仙山，在山上建立读书堂，招揽乡间士子读书授艺。东晋著名道学家、炼丹术家葛洪，曾在西山建祖师殿，修炼于天竺院。刘隆、林宝树、李灿、李梦苡等被称为明清时期闪耀在武平大地上的本土文化明星。被称为"古代客家民间小百科全书"的《年初一》就是武平人林宝树所著。林宝树（1673—1734年），字光阶，号梁峰，清康熙十二年（1673年）出生在武平县袁畲白泥田村。幼时家贫未能入学，后因过年贴对联时把要贴在牲畜门上的对联贴到了父亲的门上，而遭到邻里笑话，经历此事后，父母决定卖儿卖女，送年幼的儿子宝树去私塾读书。林宝树没有辜负父亲的期望，23岁成了秀才，26岁赴省城考中了举人。林宝树不久就接到任命他为东北海城（今辽宁鞍山市南部）知县的公文。上任三个月，因看不惯官场的腐败与黑暗，林宝树便以父母年迈需要照顾为由，告官还乡。林宝树一生著作甚丰，有《梁峰诗文集》《四书大全摘录》（又名《学庸摘抄》）及《一年使用杂字》（俗称《年初一》）等问世。其《灵洞山赋》和《募建陈大士书院序》两文被视作文苑精华，由《汀州府志》全文录载。辞官回乡后，或许是儿时的遭遇让他记忆犹新，或许是家乡农民贫困落后的生活让他幡然醒悟，他深切体会到绝大多数的农民根本没有受教育的机会以致大字不识的痛苦，决心"改子曰诗云之弊端，开乡书文化之先河"，创作一种通俗读物，为那些上不起学的农村青少年，提供通俗易懂的读书蒙训教材。雍正初年，《年初一》小册子开始流行。全书共四千八百字，均用客家白话而写，通俗易懂，又趣味盎然，读起来朗朗上口，内容从"元初一早开门放爆竹喜气新"到"及时落种件件有，可免无菜被人嫌"。文中介绍了客家人年初一应怎样祭拜祖宗，劝人不要玩纸牌赌博，免得"送了钱财惹是非"，可以进行踢毽子等一些有益身心健康的活动；初三、初四，女儿、婿郎、亲朋好友应如何给岳父母拜年、岳父母又应怎样招待女儿、婿郎、亲朋好友等。强调"世间第一读书篇"，要求刻苦读书，告诫"最怕学生打冇口"，如何尊敬老师，强调读书可以中举人、进士、状元、榜眼、探花、近帝王，"此是读书为第一，犹如平步上天堂"。农民应怎样浸种、莳田、种田、养好耕牛、祭拜神灵，保佑丰收，劝告"少年后生莫懒惰，寻得事业自有功"；告诫儒医治病"寒热虚实莫差错，脉有沉浮迟缓数"。怎样看相测字，量体做衫裤，木匠、泥匠怎样砌墙、盖房子；如何操办婚丧大事，好妇人、恶女人的标准、形象。怎样过五月节、七月节、九月节等等。《年初一》为我们展现了一幅幅具有浓郁客家气息的民俗生活画卷，成为清代及民国期间，家家户户案头必备之书。书中内容习俗，至今大多数还在客家民间沿袭下来，历数百年而不衰。在客家地区，"宁失千两金，莫失杂字文"，足见客家人对该书的重视，它流传于闽粤赣客家地区，对客家地区的文化传播起到了重要的作用。加上林宝树本人较高的文学修养，《年初一》的语言质朴无华、简练生动、描写细致深刻、对仗押韵都恰到好处，具有较高的文学价值，是早期客家文学的一部代表性作品，也是研究闽西客家民俗文化的一份极有价值的资料，堪称"古代客家民间小百科全书"，是客家先贤智慧的结晶。

新中国空军之父刘亚楼、文坛宿将林默涵都是土生土长的武平人，是从武平这块红土地走出去的翘楚。

作为街区三大支点之一的梁山书院位于古井十余米处，建于清光绪十一年（1885年），是武平县唯一保存的一座清末书院，曾经是红四军前敌委员会驻地，为福建省级文物保护单位。书院坐北朝南，占地面积746平方米，建筑面积485平方米。整体布局为四合院式，二进院落，主体建筑均保持原有清代建筑风格。书院院落为二进廊院式，左右各一列厢房和横屋。中轴线自南向北依次为院坪、中厅、天井、上厅。中厅面阔三间，进深三柱。硬山顶，土木结构。八字门楼飞檐翘角，气势磅礴，凹嵌知武平县事唐志燮款署"梁山书院""光绪丙戌夏月"楷书题刻。书院的名称始于唐代，书院盛于宋初，以私人创办、讲学为主，在中国历史上存在了近千年，最初是官方修书校书和藏书的场所，也是祭祀场所。此外，唐代有些私人读书讲学之所，也称书院。元明时加强了控制，到了清代完全官学化，这是书院发展总趋势。书院以钻研古典文学、琢磨八股文章、学做诗词歌赋等为主要教学内容。所收学生多为秀才、增生、附生、廪生或未中秀才而较有才华的童生。学生在书院多是烹经煮史、引经据典、讨论研究，以求开拓心思，纯熟笔调，在科举中考中举人、进士或翰林。

自古以来，武平崇文重教蔚为风气。据民国《武平县志》记载，武平县有文字记载最早出现的书院是乾隆十五年（1750年）知县吴士元于东门城外山坡倡建平川书院。书院雏形的追溯最早可上溯到北宋天禧间（1017—1021年），翁仲道知县事自搁腰包买地，建立学校教育民众，百姓从此开始懂得学校的作用，这是《武平县志》上有文字记载的最早学校，千年文脉从此肇始。理宗端平元年（1234年）县尉翁甫拆振武堂，改建会讲堂。这是武平历史上有文字记载最早具雏形的书院。清康熙《武平县志》记载"李纲，宣和初，摄武平县事"。在西山建读书堂，题有绝句，时集士子课文讲义，倡导力行道德文章为修身之本，忠孝节义为致君之源。这是县志上记载李纲作为临时代理知县事首个建读书堂，类似私人书院。据明嘉靖《武平志》记载，到了元代，县尹李实见县里创建的学校已经倒塌，士子不设讲座，学术废弃，便捐出自己的俸禄修缮学校，又建了明伦堂，以此复兴文化之善举载入武平官学碑。成为庙学合一（孔庙和书院合在一起）的新尝试。明嘉靖甲午年（1534年），张策任武平知县，每当公务之余，他常在明远楼和一群士子聚谈经史，在他任职期间，县乡都建立社学以培养优秀儿童，循循善诱，奖励破格，造就人才。嘉靖戊戌年（1538年），袁邦行担任武平教谕，他学识渊博，士子经常拿着经书与他辩驳或向其请教，他一一应接，始终认真负责地对待，始有书院的风格和气派。不只是邑内崇文重教，还向外输出教育资源，武平人李清、李毂精通易学，二人曾在王阳明门下学习，后来李清出任海监训道，开设义馆教授学生，当时有所成就者多数出自他的门下。这是县志记载第一次有武平外出官员办学成功之事。

中华人民共和国成立前，梁山书院曾承担过临时议事会、公廨、司法处等职能。可以说书院就是武平的政治文化中心，书院文化为武平构建了厚重的传统文化底蕴，也成为武平一张独具特色的地域名片。1930年6月，毛泽东率领红四军主力进驻武平，前敌委员会就设在梁山书院。当时毛泽东住在书院的东厢房第一间，亲自召开乡苏干部和各界人士座谈会，进一步做社会调查，开展一系列革命活动，把武平的革命斗争推向新的高潮。红四军在武平开展了一系列活动，其中发布的文告有《回闽敬告工农贫苦群众书》《告武平劳苦群众》和《中国共产党红军第四军军党部宣言》，还召开了全县党员代表大会和工农兵代表大会。《中央苏区风云录》一书中，邱发贵（邱元吉）在20世纪50年代初的回忆录中提到"毛泽东从寻乌到长汀"，当时的梁山书院"进去是个大院子，左边有个厅子，有红色的花格子屏风，两边四个房间，右后间住毛泽东，右前间住古柏秘书长，左后间住张大鹏秘书长，左前间住宫秘书和林秘书。廖秘书和我们公差兵住在厅子里"。1997年，梁山书院被列为县爱国主义教育基地，2001年被列为龙岩市爱国主义教育基地。2009年被评为省级文物保护单位。2012年3月被授予龙岩市党史教育基地，2013年11月被授予龙岩市教育实践基地。此前，由于年久失修，梁山书院古建筑破损严重，出现墙体开裂、瓦片脱落、屋面漏水等现象，甚至部分墙体一度面临倒塌的危险，亟待保护和修缮。对此，当地政府高度重视，及时筹措资金并组织有关力量对其进行重修。2016年6月，总投资1605万元的梁山书院保护修缮及周边环境整治项目全面开工，该项目包括"文物主体修缮"和"周边配套"两部分。文物主体按照"修旧如旧"的原则，对书院总面积为1587.1平方米的文物进行保护修缮，包括正厅、天井、后厅、天井两侧回廊、石埕两侧厢房等。重修后的梁山书院展陈含书院红色版块、书院版块和武平非遗文化版块等。项目建设以保护和利用并举，未来将把书院办成面向社会的红色文化、国学传统和客家文化的传承载体，红色经典旅游景区以及面向全县青少年的国学教育基地和区域性国学交流中心。新亮相的梁山书院，以"重续文脉，恢复书院讲学、研究、藏书之功能，以文会友，以友辅仁，成就人生，服务社会"为目标，将"学以致用、成德达才"的书院理念广泛播洒，集红色教育、书画展览、文化论坛、市民休闲等功能于一体，每周二在此举办的武平故事会成为武平县一张新的文化名片。书院天井里鹅卵石镶嵌的地板，轻掩的院门，垂挂着时光的青苔，穿透千年的风雨，飞越时空，从漫漫远古款款而来，吸引着我们去驻足遐思。置身于此，且行且赏，就像是喝了一壶浓烈的陈年老酒，醇香而绵长，回味无穷。

  而距离梁山书院不远处的古巷里，一些古老的建筑与现代的门院挤挤挨挨融合在一起，断壁残垣、裂碑碎砖，墙头一蓬被岁月干枯了的香茅草在细雨冷风中摇曳不止，古老建筑里飞翘的檐角告诉我这里曾经的灿烂与辉煌。行走在逼仄的古巷，触摸这些斑驳的墙壁，仿佛在抚摸一位饱经沧桑的老人筋骨暴凸的枯手，手心里满是日月轮回的时光洗磨剥蚀的无奈和凄清，就像一位铅华洗尽，尘烟散失，面目全非的妇人，诉说着历史的厚重。我捡起一块明清时期的青砖，抚摸着被雨水冲刷的一尘不染的砖面，似乎是在解读一段布满尘烟的历史章节，它或许见证着一个家族的繁华兴盛、没落衰败，见证这座建筑是怎样从一位妙龄女子风化成满头银丝的老妪，我虽然无以见得它先前光彩照人的模样，但从它静谧祥和伫立在雨中，与周边装饰得犹如江南水乡建筑风格的民居群和睦相处，内心里就犹如被春日温润的阳光所盈满。这个小巷里擦肩而过的温婉的客家女子，撑着一把细花雨伞，浑身散发着浓郁的栀子花的香味，清新淡雅，芬芳怡人，一颦一笑，都漫溢着硕果满枝的丰盈，她嘴里满口生香的油炸糕，让整个巷子充满了人间烟火的美食气息，让舌尖的味蕾瞬间被激活，情不自禁有了乡愁的气息和冲动。

　　众里寻他千百度，蓦然回首，那人却在灯火阑珊处。兴贤坊，这个在闽粤赣边城市里标新立异、独树一帜、独辟蹊径崛起的城市新名片，披着崭新的衣裳，以端庄秀丽的姿态，柔情万千的风情，独特的文化景观和神奇的文化魅力，成为新的文化地标，吸引慕名而来的八方游客。从兴贤坊街区走出来，伫立在雨中，回眸街区一角，只见兴贤坊在流光溢彩灯火辉煌的街景里超凡脱俗，如一位待字闺中的女子，浅浅雨丝，盈盈一笑，鲜活了一城山水。

（原载于《生活·创造》2021年第11期、《泉州文学》2021年第12期、《厦门文艺》2020年第3期、《客家文学》2020年夏之卷、《闽西广播电视报》2020年6月8日，并在《党的生活》《客家纵横》发表）

号角声声战疫情

　　这个春天来得很慢，慢得让我们在料峭春寒里总期待春暖花开，这个春天来得很长，长得让我们掰着指头揪心细数着每一天。这个春天，因为一场战"疫"，让文艺的号角无比嘹亮，温暖这个春天无数逆向而行、舍生忘死的逆行者。

　　新春伊始，一场突如其来的病毒迅速传播蔓延，感染人数剧增，疫情形势相当严峻。一个传统喜庆团圆的节日，被突至肆虐的疫情封存在历史的记忆里：1月20日，钟南山院士确定该病毒"肯定会人传人"，1月23日，电影撤档、武汉封城，1月26日，春节假期延期……

　　面对急剧上升的数字，我和大家一样感到了恐慌，每天醒来第一件事就是通过各种社交平台反复刷看湖北武汉传来的消息，职业的敏感让我敏锐感觉到这次疫情非同小可。在灾难面前，文艺的力量从不缺席，作为县文联主席，必须尽快组织文艺力量为疫情防控摇鼓助威，用文艺筑牢疫情防护堤坝，凝聚全民抗疫的磅礴力量。1月27日，我们连夜起草文件，在县文联系统发出通知，号召全县文艺工作者把防控疫情作为最重要的政治任务，把创作生产优秀主题抗疫文艺作品作为当前的重要工作，推出一批鼓舞人民斗志的优秀作品，积极用文艺讲好战"疫"故事，为坚决打赢疫情防控鼓与呼。全县文联系统积极响应，迅速行动，发挥各门类文艺特长，创作各类普及防控知识、歌颂一线医护工作者和基层一线干部、职工秉承大爱，肩负使命，冲锋在前的感人事迹和伟大精神的文艺作品。

我也拿起了笔，发挥自己的诗歌特长，以诗战"疫"。当我从1月29日的电视新闻里看到，武汉"90后"女护士单霞剃光长发，奔赴抗击疫情一线，称剃光头发是为了方便工作，同时也为了避免滋生细菌："头发没有了还可以再长，现在的首要问题是保护好自己的同时，尽力量去救更多人。"平常的话语，不平常的壮举，让我文思泉涌，随即在手机屏幕上即兴创作了诗歌《唤醒春天的人》：在武汉，一名叫单霞的护士／剪去一头秀发／为的是能迅速穿戴防护服／她内心的柔软，像春风一样让大地感到温暖／这个"90后"，用她留下29年的发丝／驱散阴霾／撑起了疫区里的丽日晴空／飘满消毒味的防护服／裹住了她粉红色的秘密／这个春天被病毒隔离／是她们，践行南丁格尔诺言／以救死扶伤为天职／将病人视为上帝／用悬壶济世的医术，用无微不至浓浓的爱／用坚定的守护／唤醒被病毒感染的春天／让曾经绝望的心重新燃起希望。

1月30日，当我在福建省武平县与江西会昌县交界的高速服务区看到医护人员冒着天寒地冻的天气在给入境的司乘人员测量体温，她们娇小的身躯在高海拔山区被簌簌寒风吹得瑟瑟发抖，脸颊被冻得通红，她们迎寒工作的情景，不正像是开在寒冬里的蜡梅吗？！于是，我抑制不住内心的感动，创作了《开在寒冬里的蜡梅》：这些在寒风中伫立的白衣天使／像是一朵朵开在寒冬里的蜡梅／她们站在道路旁给每个人测体温的样子／像是坚强的卫士／守护着一方健康平安／24小时的值守／像生命的逆行／尽心尽力尽责阻击疫情／守护健康／守护每时每刻／把城市的恐慌压至最低／这些年轻的小护士／本该在年夜饭里品味团圆／在恋人的陪伴下享受温馨／在父母的微笑里撒娇嬉戏／寒风将她们婴儿肥一样的白皙／吹得暗红冻人／鼻梁上口罩压出的印痕／像是花瓣里的点点红蕊／蕴藏着人间向上的力。

看到武平县城大街上空空荡荡，虽然公园里到处春意盎然，虽然外面的世界是如此辽阔多彩，大家响应政府号召，严防死守、闭门不出、宅家防疫，又创作了诗歌《把发烧的大自然关在门外》，随后，相继创作了《最美的春光》《春天的等候》《复工复产交响曲》等10多首诗歌、歌词、小小说等文艺作品，这些作品很快在《闽西日报》《福建日报》文艺副刊和天津《歌词月报》、浙江《花港词刊》、福州文学网、福建文艺网、《福建作家》、贵州《夜郎文学》《海峡诗人》等报刊、网站发表或刊播，部分作品被收入《生死真情——厦门知青战疫诗稿选集》，《开在寒冬里的蜡梅》《唤醒春天的人》在福建省抗疫征文中分别获得诗歌类一等奖和优秀奖。

2月4日，武平县医院"最美逆行者"张美媚主动报名援鄂并出征。很多会员当晚即创作出赞美诗，在微信群和朋友圈传播，为英雄出征加油助威。

2月10日，武平确诊一例疑似病例，随着其活动轨迹公布，瞬间感觉武平县城连空气里都有了紧张的气氛。面对微信朋友圈涌动的民众的恐慌情绪，文艺工作者连夜创作了"发现疫情要隔离，防范主要靠自己；出门必须戴口罩，人多的地方别去凑热闹……"等通俗易懂的快板作品在微信上迅速传播，消除了恐慌，稳定了人心，营造了打赢疫情防控阻击战的文化氛围。

从武汉到全国，疫情袭来，千千万万颗炽热的心凝聚在一起。全国广大文艺工作者纷纷行动起来以艺战"疫"，用文艺星光点亮这个漫长的春夜，为武汉加油，为全国加油！艺术号角如冬日里的暖阳给人温暖，给人力量，给人信心和希望！我县文艺工作者也和全国文艺战线一起，坚守文艺初心和使命，将对疫情的关切化作创作动力，把所有的祝福和关注化作深情的音符和诗句，化作一首首催人奋进的文艺作品。据统计，全县共创作抗疫文艺作品300多篇（件），并借助新媒体、新科技手段广泛宣传，振奋了精神，激发了斗志，凝聚了人心，传播了正能量。他们中有年逾八旬的老人，有机关干部、社区居民，有停课不停学的教师和大中小学生。这些优秀的抗疫作品用诗句里的纯、摄影里的真、歌声里的爱、戏曲里的情、朗诵里的泪、书画里的意，凝聚起了众志成城、群防群控的精神文化力量，成为强有力的文化号角，激励着防疫战线工作者奋勇向前，激发了民众战胜疫情的必胜决心。作为文艺战"疫"的一员，我为他们体现出的勇气和文艺担当深感荣幸和自豪，为助推疫情防控工作顺利开展，哪怕我们的力量再单薄，也要成为一点微弱的烛光，在暗夜里发光发亮，照亮坚守在防疫一线的逆行者。因而，当我读到文友们这些饱含真情和温度的鲜活的抗疫作品时，总是心潮澎湃，心情久久难以平复。这些作品也必将在山区小县城文化艺术发展历程中留下宝贵的精神财富。为了存史资政、收藏记忆、积累文化、以惠后人，我决定要把这些发自肺腑、用心创作的文艺作品结集出版，书名就叫《大爱有声》，以体现小县城文艺工作者的家国情怀和责任担当。我把这个想法跟县领导汇报后，得到了县领导的大力支持，《大爱有声》一书获得广大读者好评。

草木蔓发，春山可望。4月8日，首趟离汉列车开出武昌火车站，封城76

天后，武汉解封，历史将铭记这一刻。

5月2日，湖北传来好消息：重大突发公共卫生事件应急响应级别由一级响应调整为二级响应。至此，全国31个省区市均宣布解除一级响应。

春风拂过，万物复苏。我相信，雨水会荡涤所有的污垢，阳光会抚平所有的伤痛，这场战"疫"必将成为我们人生记忆里难以磨灭的印记，让我们更加珍惜，更加坚强！

（原载于《闽西广播电视报》2020年5月18日，入选《同心抗疫》一书）

春天的点心

俗话说，民以食为天。国人对食的讲究让饮食文化上升为一种智慧，这智慧隐藏在一年四季里，唤醒每一个被季节熏陶酣然入梦的味蕾。在春天，大自然把这个节气娇惯得如一支嫩绿脆生的豆芽儿，饱含晶莹剔透的诱惑和娇羞，试图激活被冬季肥腻油甘食物包围的舌尖。

春天绿油油、脆生生地诱惑着你，吞咽的口水一遍一遍覆盖了油亮亮的肠胃。这满眼嫩绿的食材里，如果说有一种客家小吃能够让春天在明媚中醒来，能够把烟雨的江南绿透，能够在唇齿间带着香甜的软糯，缭绕舌尖挥散不去，这令人回味的小吃想必非客家青粄莫属。或许是客家先民居住之地湿气重，而青粄恰好有除湿之功效，小小的青粄便传承至今，成为客家人的心头挚爱，也是客家人变着法子把大自然吃进肚里的情怀，油亮亮的青粄又软又糯，轻咬一口，仿佛就吞下了整个春天。

就像北方人喜吃面食，客家人尤爱米饭，稻米煮成的雪白米饭，是客家人的主食，一日三餐离不开。客家人勤于精耕细作，对米饭的热爱也让客家人对稻米情有独钟，凭借客家人的智慧，衍生出品种繁多的由稻米延伸而来的粄食文化。于是，各种用稻米做成的米粄应运而生，为口舌调味，为生活增色。在品种繁多的粄食文化中，青粄毫无疑问是客家人的最爱。

客家人把吃青粄叫作"尝春"。当春风拂过每一寸乡间田野，那绿色就扑腾扑腾地从四面八方冒出来了，放眼望去，艾草、白头翁、苎叶……沾着露珠一丛丛将春天装扮的满眼是食欲。将含着露珠、鲜嫩的艾草采摘回来，捣烂为汁和糯米粉或粘米粉揉团捏壳，包上肉丝、笋干、菇丁等馅料，蒸熟后抹一层山茶油，这出笼后的青粄啊，油绿如玉、锃亮一新，活脱脱一只刚出笼的翡翠玉兔，令人赏心悦目，食指大动，忍不住要大快朵颐。青粄在客家地区，宛如春天里一道必经的工序，吃了青粄才算春天正式到来，一口青粄在嘴，从嘴中溢出的甜香让人口水连连，简直要把舌头给活吞了下去，那韵味三分绕指情柔，七分隽永韧性，像极了客家女子勤快温婉柔韧的性格：肥而不腴、清丽多姿。

　　清明前后，在客家地区，农事尚未真正繁忙，春和景明，大地新绿，人们都要到野外踏青，是做青粄尝春的好时节。客家人家家户户都要到野外采摘些鲜嫩的苎叶、艾叶、白头翁、鱼腥草、鸡屎藤和使君子等青草，用于做青粄，俗称清明粄。明媚澄澈的空气中，飘着一股青粄特有的青草芳香。客家人喜食青粄，是因为早先客家先民大都散居在南方潮湿险恶的山地环境里，青粄具有一定的药用保健功能，青粄使用的青草中，艾叶具有抗菌、抗病毒、平喘、镇咳、祛痰、止血、抗凝血、护肝利胆等作用；苎叶具有解毒、消炎、去热等功效；白头翁具有清热解毒、凉血止痢、燥湿杀虫的功效；鱼腥草能清热解毒、消肿疗疮、利尿除湿、清热止痢、健胃消食等；鸡屎藤具有祛风利湿，止痛解毒，消食化积，活血消肿之功效。因而青粄又被称为药粄，最适合清明前后湿度大、湿气重的季节食用。此外，人们经过一整个春节的高蛋白、高脂肪、高热能的饮食集聚，确实也需要一些青草药来清清肠胃、清清积聚在体内的热毒。所以，清明前后人人吃青粄的习俗在客家地区代代相沿，历久不衰，客家人把饮食和养生巧妙结合在一起，充分体现了客家人在饮食文化上的聪明才智。

　　几场春雨过后，田埂上、水圳边、草地里，一丛丛、一簇簇的野艾草便伸展开淡绿的叶子，油光光嫩生生的，临风摇曳，顾盼生姿。清晨，拨开湿漉漉的叶丛，用指尖一掐，仿佛一片片浸润着清香的春天就被摘进了藤编的篮子，绿生生的芽芯上还冒着新绿。山湾和田垅、水圳处，是艾叶长得最肥嫩繁茂之地，那一蓬蓬拱起的新绿线型完美地勾勒出生机盎然的春天，犹如女子凹凸有致的曲线，柔美，恰到好处，勾画出春天的婀娜多姿，引得摘春的人们好一阵欣喜，纷纷聚拢过来，三下五除二，不一会儿就满满一篮子艾叶。掐一根最嫩的叶儿，放在口中慢慢咀嚼，丝丝清凉微苦的感觉在唇舌尖弥漫开来，味觉瞬间被熏染的绿意葱葱，春色盎然，艾草的幽香透彻心扉。

　　艾草虽然有些清苦，但洗净煮烂、去了苦水，捣成糊状拌些许糯米粉或粘米粉，捏成一个个艾叶米粿，里面的馅有酸菜肉丝、包菜猪油渣、香菇腊肉，还有荞头笋干等，蒸熟或是油炸了吃，色香味俱全。也有人不包馅料，把艾叶捣烂后直接拌些糯米粉或粘米粉做成艾叶粄，上锅蒸了吃，艾叶粄油绿如玉，糯韧绵软，清香扑鼻，吃起来甜而不腻，咸的或甜的，味道浓郁不粘牙，咬一口唇齿满香，全是春天的气息。

苎麻叶为荨麻科植物苎麻的叶。客家人摘取清明前后新鲜稚嫩苎叶，与粘米、糯米和井水于石臼捣烂、黏合，形成青翠欲滴的粄团，然后把粄团捏成小块，放在蒸笼中蒸熟。也可以油炸，油炸后金黄酥脆，清香甘润，别有风味。常吃苎叶粄，能耐饥渴、长力气，除皮肤疾患，强身健骨，是老少咸宜的天然食品。

在客家地区，每到春天，清明前后，田间地头，房前屋后，有一种开着黄花的绒毛小草，叶片灰绿色且长满银绒毛，远望去白茸茸一片，宛如初雪飘起的景象，客家人称之为白头翁，这种草还有个怪异的名字，叫鼠曲草。这种蔓延在山坡、路旁、田边的低贱野草，年年自开自落，无人珍重，却是客家人春天里的最爱。白头翁入馔作为食俗早已有之，梁代宗懔的《荆楚岁时记》中记载："是日（三月初三），取鼠曲菜汁作羹，以蜜和粉，谓之龙舌拌，以厌时气。"《台湾府志》载：三月三日，采鼠曲草合米粉为粿，以祀其先，谓之"三月节"。农历三月三日，一般都是在清明节前后。周作人的《故乡的野菜》上说："黄花麦果通称鼠曲草，系菊科植物，叶小微圆互生，表面有白毛，花黄色，簇生梢头。春天采嫩叶，捣烂去汁，和粉作糕，称黄花麦果糕。"白头翁清明时节最嫩，有的地方也叫清明草，所以，白头翁粄一开始便被赋予了清明时节的文化元素。春分过后，山坡上，田野间，人们三三两两在草丛里精选幼嫩新鲜的白头翁。这时的溪旁、旷野，是属于白头翁的天下。它们用黄绿白颜色描摹春天的色彩，用拇指与食指相压，借助指甲的锋刃，只稍轻轻一轧，黄色的花与绿色白色的叶子就一整个落到手心窝里。走进乡野，春天带给人们的总是满满的收获。

鲜嫩的白头翁采摘回来后，清洗干净，倒入锅里焯水，捞起放凉后，用手挤干，或用纱袋紧压滤掉汁水。把焯干水后的白头翁倒入石臼里，经过石杵捶打，捣烂后，再与粘米粉或糯米粉按一定比例，放盐水或者白糖水拌好，做成一个个菱形、三角形或花鸟虫鱼等图案精美、形状不一的粄子，放在蒸笼里蒸熟。这是一道融合客家艺术的加工，颇费心力，客家人却乐此不疲，他们喜欢用这纷繁的图案诠释生活的闲趣与富足。与众不同的香味从厨房弥漫开来，直叫人垂涎三尺。

听老一辈人说，艾草和白头翁在国家三年困难时期救了好多人的命呢！每每家里做了青粄，母亲总会装上一大盘，让我给隔壁的春婶送去。母亲告诉我，春婶丈夫年轻的时候因为挨饿全身浮肿去世了，开春时艾草白头翁发芽的早，那时山坡上的艾草白头翁刚长出个头就被人连根拔光，虽然很少能找到，却成了开春时的救命草，春婶丈夫没能熬到开春就走了。那三年国家困难时期，人甚至饿得连屋后的树皮也剥下来捣烂来吃。这艾草白头翁救过春婶的命,现在年纪大了,不能再去采艾了,给你春婶送一盘过去吧,让她尝尝新。七十年过去了,艾草白头翁,这个当年用来充饥的糟糠之物,想不到在丰衣足食的今日却变身健康怀旧的时令美食。

南方四月,烟雨朦胧,客家青粄,在回味悠长的粄香中延续稻谷的清香韵味,又在意蕴丰富的纷繁图案中,诠释客家人对生活简单而执着的信念与追求,他们在口味与图案的不断推陈出新中享受着生活的品味和乐趣,在农村日益绿富美的今天,客家青粄,始终是一道受人青睐、永不过时的美食。

到客家地区做客,自然是要吃了青粄,春天才算是圆满的。

(原载于《教师博览》2020年第20期、《生活·创造》2022年第3期、《海峡品牌》2020年第3—4期)

素味清欢

连着几天,上午阳光灿烂,下午倾盆大雨,不想,这样的天气,却适合了南瓜的生长,让家门口花园里的两株南瓜苗像久旱逢甘霖,藤蔓疯了似的到处蔓延,蓬蓬勃勃,那毛茸茸的圆叶硕大如扇,毛刺刺的藤蔓比拇指还粗,且枝叶间衍生出许多分枝发叶,那些藤蔓前端的嫩芽长须,高高竖立,像一条条昂着头吐着信子的小蛇,不断向四周蔓延,开疆拓土,占据广大的地域,无拘无束肆意铺陈,叶缠藤,藤绕叶,郁郁葱葱,藤叶长成了碧绿的一大片,像一块绿毯铺在地上,不久就把偌大的院子占去半壁江山,甚至有茂盛的一支,还探出墙去,往邻居家庭院延伸,大有一统天下占领整个花园的势头。如此肆意的瓜苗,花开了不少,挂果却寥寥无几。种过南瓜的人都知道,南瓜生命力极强,瓜秧绵延任性,任其生长就会分散营养供给而有损果实壮大,及时掐尖才能阻止瓜秧拖长。

该是给南瓜苗掐尖的时候了。南瓜苗藤蔓上长满了白白的茸毛,刺手,为了方便采摘,我拿出专门的花剪,把长势旺盛的南瓜尖给剪了。细细数下来,竟有二十多根南瓜尖,满满一脸盆。可别小看剪掉的南瓜尖,在我们客家地区,这可是一道特别的美味呢。客家人善食南瓜尖,南瓜尖总是带着嫩叶芽带着蔓须甚至带着最初的小花苞,包括可食的一段嫩茎,很多人都惧怕南瓜尖外皮上长着的扎手的茸毛,因噎废食而丢弃,其实,怕扎手,可以戴着塑料手套,摘菜时揭掉这一层茸毛就露出碧绿水润的茎芯,最娇嫩、最尖端部分的茸毛不易摘净,带着吃也无伤口感。摘好的南瓜尖也无须刀切,用手掰断几截即可。

南瓜尖最适合素炒，水焯后，切成小段放猪油蒜末清炒，爽脆可口。南瓜花、嫩瓜条和南瓜尖同炒，用剁碎的蒜末炝锅清炒，出锅时加几粒红枸杞或少许红辣椒末点缀，色香味俱全，你看，白玉似的菜盘子上盛着油亮亮、绿茵茵的南瓜尖，南瓜花明黄，南瓜妞娇黄，蒜末纯白，枸杞辣椒亮红，整盘菜青翠暖黄、怡红快绿，仅配色就有惊艳的美感和性感，入口更是柔嫩香醇、脆爽清甜，颇具农家粗食之趣，简直就是人间美味，其鲜美为寻常菜蔬所不及，真正自然朴拙。

南瓜开花的时节，小小的花园里变得更为亮丽而热闹。那一朵朵金花，花梗高举，在一片碧绿的大叶丛中。有的花尚未开放，尖尖的，犹如修长的五指抓拢的玉拳；有的半开半闭，欲说还休的样子；有的则完全盛开成朝天的大喇叭，金黄金黄的，有蜜蜂和虫子不停在喇叭里飞进爬出。在这样露水盈盈的夏日早晨，我有时会走进瓜蔓丛里，摘下一朵朵盛开的瓜花。这些花是雄花，花托处未结乒乓球大小的小南瓜。摘来的南瓜花，也是一道美味，可油炸、煎炒，也可在热水里略略一烫，压扁了，摆放在菜盘里，淋上炝锅的蒜末酱油，好吃极了。

南瓜可以熬粥，可以焖饭，可以清炒，可以蒸煮，可以煎炸成南瓜饼，叶、茎、花、果，都能食用。"瓜菜半年粮"。还记得小时候，饥荒年代，人们常常把南瓜切成大块后撒上盐蒸熟，用来当饭果腹充饥，也有家境好一点的人家，煮南瓜时，放一些米进去，一同熬成南瓜粥，也很好喝，但那对我们来说已是奢侈。那时老家的房前屋后，爬满了南瓜苗，花开过后，渐渐地，一个个的南瓜，由原本隐藏在叶下，露出了端倪。那些圆润的背脊，在枝叶的缝隙里时隐时现，青碧如黛，让人看着就高兴。也有的南瓜，即便长大了，若不走进藤蔓深处扒开密集的大叶来，根本发现不了它的尊容，这样的时刻，往往有着更大的惊喜。躺在地上的南瓜，一半露出，另一半被瓜藤遮掩，像犹抱琵琶半遮面的睡美人，挂在架上的南瓜，或像大红灯笼，或像弯弯明月，或像初升朝阳。到了秋天，那些留在藤叶间的大南瓜，渐渐发黄变红，瓜皮上还结着一层白色盐霜，圆圆的，厚厚的，像一个大脸盆，全身一瓣一瓣的，丰满光洁，凹凸有致，那些弧形的槽线，上端交汇于蒂，下端交汇于脐，十分流畅。这样的南瓜，初时青碧，老后黄红，怎么看，都令人心生欢喜。

说起来，南瓜全身是宝，药用价值很高：瓜肉调养肠胃，瓜瓤清热利湿解毒，瓜籽驱虫，瓜花消肿散瘀，瓜藤养胃通经络。案牍劳形的我，习惯于久坐，偶感微恙，连吃了几次素炒南瓜尖和藤叶之后，身体竟慢慢恢复。南瓜不择地，生命力极强。家门口这两株瓜苗，应该是去年忘记食用而尽失水分导致蔫了的那只南瓜扔在花园里后长出来的。起初只是两株及其瘦弱的苗，沿着花园的两边铺蔓，每次在花园里侍弄花草，我都无暇顾及，不知不觉竟开花结果。南瓜耐旱、易种，对生长条件要求不高，没有向你索取养分，却默默无闻，最终给你沉甸甸的丰厚的回报。这就是南瓜的本性，做人亦当如南瓜也。

孔子云："饭疏食饮水，曲肱而枕之，乐亦在其中矣。不义而富且贵，于我如浮云。"吃了几次南瓜尖之后，南瓜尖清清爽爽的味道征服了久被高脂肪、高热量、高营养霸占的不健康膳食结构，进食荤菜的欲望越来越小，人到中年，总觉得身体有些功能在慢慢衰退，有些油腻难以消化，转而喜欢起素食来，喜欢上了南瓜。其实，果蔬谷物，是大自然造物者的恩赐，淡泊清雅，一碗米饭，配以清素菜蔬，简于形而富于内，这些吸足天地之灵气、自然之精华、承接雨露之惠泽的菜蔬，食之入心入肺入肠入梦，能让自己时刻保持内心与精神的简洁与清醒，感觉素味清欢，亦不失人间乐趣，是大美。

（原载于《福建法治报》2020年7月18日、《教师博览》2020年12月中旬刊、《闽西日报》2020年7月7日）

武平的味道

武平，地处闽粤赣边，是距离省会福州最远的一个县城，人们经常用"省尾"来形容武平所处的地理位置。

县城不大，小巧、精致，开车十几分钟就能跑遍全城。

张爱玲说，一座城市有一座城市的味道。的确，在武平这座小城生活了近三十年，说起来最熟悉的味道就是簸箕粄了。

每天早上起来，从我居住的百斤税小区，步行三四分钟，就来到了联发花园门口的簸箕粄店。只见老板娘将大米碾成的米浆，舀进铝板里，摇匀后放入蒸笼，米浆凝固煮熟后，娴熟取出，切成四小块，放上事先准备好的蔬菜馅，卷成细条，不一会，美味的簸箕粄就好了，浇上葱油、辣椒酱，再来一份当地用草根草药做成的炖罐汤，透明如水晶般的粄条、翠绿的葱花、鲜红的辣油、扑鼻的香气再加上客家妹子朴实憨厚的微笑，让人忍不住唇齿生津、垂涎欲滴。很多外地游客，稍微讲究一点，还会向店家要一份武平特产猪胆肝，夹一块切成柳叶形状的猪胆肝于口中，一种特有的香气喷薄而出，细嚼慢咽，香、甜、甘、苦、醇、清从你的嘴巴里慢慢品出来。簸箕粄的清香爽滑、炖罐的香味浓郁、猪胆肝的回味无穷让你的舌尖享受着无与伦比的美味。

县城虽小，但在这小县城里，卖簸箕粄的早餐店竟有一百多家，足见簸箕粄在武平人心中的喜爱程度。我刚调县城工作时，住县教育局的宿舍，宿舍门口五六间店面一字排开，全部开的是清一色的簸箕粄店。熬制簸箕粄葱油是一件很费时的事，要把葱切碎，放进油锅里煎制，通常要提前一天制好，有时半夜起来，整个机关大院都飘着煎葱油的味道。记得那时，有一家武北人开的簸箕粄店最为火爆，每次都要排上十几分钟才能吃上，她家的簸箕粄好吃有韧劲，馅料品种多，炖汤经济实惠。很多到教育局办事的人，特意空着肚子来品尝，吃完后再到教育局办事，嘴上都带着一股浓浓的葱油味。

簸箕粄在广东叫肠粉，在闽南一带叫粿条，都是用大米磨浆入笼蒸出的半透明的米粉皮做成的美食，只是吃法有所不同而已。武平人之所以叫它簸箕粄，是由于最初是把米浆摊在簸箕上蒸熟的缘故。

早上起来，小城的每个角落都飘着葱油的味道。开簸箕粄店的多为夫妻档，天灰蒙蒙亮就要起来把做簸箕粄的米浆和用绿豆芽、韭菜、红萝卜丝、肉丝、香菇丝制成的菜馅准备好，清晨开张，店里陆陆续续来了食客，夫妻二人，一个取一勺米浆倒进铝板制成的笼屉里，一两分钟后蒸熟取出，切成五寸见方的小块，另一个便撒上菜馅卷成比拇指略粗的筒状装盘，再浇一点葱油，洒一点葱花上桌。那簸箕粄似羊脂一般地白，几粒葱花又似翡翠一般的绿，煞是好看。吃在嘴里又嫩又滑，又韧又香。凡是食客，不想花钱吃那滚烫的炖罐，小店还免费提供一杯喷香的热茶或一碗浓浓的猪骨汤，不但叫人吃出乡土的美味，还能叫人吃出一个县城的安逸、宁静和淳朴民风。武平的簸箕粄只开早市做早点供应，过了上午十点便收市了。正因为武平有那么多家卖簸箕粄的小店，营业时间又集中限时，在清晨，人们便成群结队地赶去，围住那热气腾腾的小店，或堂吃、或买回家去当早点。于是，便以小店为中心，组成了一幅武平特有的晨景：小店门口，摆放着七八张四方桌子，人们围坐在桌子旁，一边喝汤，一边吃簸箕粄、品猪胆肝，这大概是宁静小城最为热闹的一刻。

簸箕粄的来源，据说要追溯到西汉初期，南武侯织带着他的闽越子弟，在武平这片蛮荒之地开疆拓土，建立南海国，闽越子弟到武平后，十分想念家乡的美食，于是用米浆代替面粉，做起了簸箕粄，解了嘴馋。当年毛泽东、朱德、陈毅等同志率领主力红军三进武平时，当地群众特意做了簸箕粄犒劳将士，簸箕粄成为将士们分享的一道美食。

我在小城生活近三十年，对簸箕粄情有独钟、百吃不厌，价格也一直未见上涨，直至去年才从三十年前的一块钱一份涨到现在的一块五一份，但却亲眼见证小城日新月异、翻天覆地的变化：2013年，古武高速建成通车，高速公路四通八达。去年9月，龙龙铁路（龙岩至龙川铁路）龙岩至武平段项目开工建设，2023年底建成通车，项目建成后将填补武平县铁路空白，助力武平小城高质量发展腾飞；县城扩容提质，城区规划区从原来的11平方公里拓展到15平方公里，城变大了、路变宽了、楼变高了、灯变亮了、水变清了，平川河上架起四五座廊桥，刘亚楼将军广场、文博园、平桥翠柳、千鹭湖湿地公园、尧禄3D墙绘、云寨仙女湖、河滨休闲漫道……一个个成为网红旅游景点，全国文明城市和全国林改第一县这两块金字招牌让武平县城变得格外精致和美丽，从武平大道的车水马龙、人流熙攘，到东大街的商号荟萃、繁华旖旎，从碧水公园晨雾间的啾啾鸟鸣，到县城河滨文化广场傍晚响起广场舞的旋律……诉说着这座小城满满的幸福感。

2017年，武平县凭借气候独特、生态优质，自然风光秀丽、人文景观多样，休闲旅游四季皆宜等诸多特点，成为全国19个"中国天然氧吧"之一，也是福建省首个获此称号地区，"来武平，我氧你"，吸引了很多外地游客，簸箕粄淳朴的味道彻底征服了他们的味蕾，成为旅游团餐桌必点的首道小吃。

出门的游子，在外飘荡久了，日益思念家乡的美食，于是就用改装的铝板，做成简易的工具，自制米浆、馅料，煎制葱油，簸箕粄做得像模像样，寄托着对这片土地的热爱和简单的快乐与满足。

几年前我到福州省直单位挂职，一个闲暇的冬日，到北大路一家做生意的老乡店里小坐，或许是乡愁，或许是簸箕粄那特有的口感勾起了舌尖的味蕾，说起好久没吃簸箕粄了，老乡一家也似有同感，禁不住诱惑，老乡停下手中的生意，搬出做簸箕粄的家什。不一会，主人备好了馅料，开始忙活起来。暮色降临时，一大盘鲜香可口的簸箕粄端上桌来。配上香甜的米酒、一碗浓浓的福州鱼丸汤，简直是人间美味。吃着这样的小吃，让我们仿佛一下子回到了小城。在繁华的都市里，一个寒冷的夜晚，几个操着武平口音的汉子，围坐在一起，大碗喝着家酿的米酒，吃着小城的簸箕粄，划拳喝酒，是何等的快乐。

划拳声中，乡愁在升华，城市的寂寞也荡然无存。感觉那年的冬天不太冷，远离家乡的辛苦和劳顿在家乡小吃里消融化解。看着街上那些灯红酒绿，内心格外安静踏实，就好像远离家乡的人突然间回到家乡，闻着家乡泥土的芬芳，是那样的真实和温暖，吃着簸箕粄，我似乎从来都未曾离开过武平。

巧的是，去年，我调到文联工作，上班地址就在文博园，站在这里，每天俯视这座朝夕相伴的小城，忽然想起雪小禅说过的话：爱一个地方就像爱一个人，时间越长爱得越深沉。

（原载于《生活·创造》2020年第10期、《海峡品牌》2020年第5—6期、《闽西日报》2020年9月15日）

人间烟火锅灶始

一位朋友，在城里买地建起了一栋花园别墅，设计装修样样时髦，富丽堂皇，唯独厨房里别具一格：一边摆放着各种先进的现代化电气厨具，一边是静静倚在厨房角落里用瓷板贴面的柴火土灶，这别致的设计让很多人颇感意外和惊喜。主人饱含深情的一句"土灶虽土，却盛满了乡愁，从土灶升起的袅袅炊烟是我疲倦归家时最暖的画面"，瞬间唤起了在场许多人的记忆。土灶、灶头、大锅、大锅铲、火扇、火钳、葫芦勺、炊烟……这些温暖的词汇，像一个个老物件，从我的记忆深处冒出来。

老家坐落在群山之间，青山隐隐，村中一小溪穿村而过，那条蜿蜒的山路尽头，袅袅升起的炊烟，牵引着荷锄的农夫、骑牛吹笛的牧童、浣衣归来的农妇，还有提篮摘菜的老妪。喷薄的朝阳，打着哈欠的远山，薄薄睡梦中的晨雾，炊烟与鸡啼袅袅生起，随风而动，唤醒了山村迷迷蒙蒙的晨。

顺着那炊烟往泥瓦屋里的烟囱寻觅，只见那长长的烟道下面，是一口被抹布擦得油黑发亮的柴火土灶。

在没有燃气灶、没有电饭锅的年代，家家户户吃饭都靠一口柴火土灶。

我还记得老家的那口柴火土灶，相当简易，用自制的泥砖砌成。所谓自制，是农村里买不起那种土窑烧制的青砖，自己用黏性极强的黄泥浆和切碎的稻草秆搅拌均匀，放进用小木板钉成的泥砖模具里用脚用力踩实后经太阳晾晒而成。这种自制土砖保暖，用它搭灶，锅洞里的热气不容易散发出来，坐在灶头前烧火做饭，不会感到太热。加上这种土制砖就地取材，简单方便，耐久实用，大多农村的灶台都是采用此砖砌筑而成。

农村里对砌筑灶台十分讲究，选个好日子，目的是图个好灶（兆）头。好灶头省柴，聚火，保平安。柴火土灶挤在厨房一角，挨着两面相邻的直角墙而建。泥水师傅先是铺好灶基，接着铺泥砖，灶台大概在八十厘米到一米左右，泥砖砌筑成型后，灶台表面用白石灰粉刷，光亮洁白。大多家庭通常是筑双眼灶，灶上坐二口大铁锅，靠近灶门的前锅通常用来煮菜烹饪，既煮猪食，又煮饭煮菜，后锅屯水用来煮洗澡水。灶口一般是两个，上面一个是放柴的，下面一个是出灰的。灶台上砌筑有放置煤油灯、火柴等的凹槽，灶台一侧的灶身中间则向内缩进十厘米左右，形成一个长方形的凹槽，凹槽上可以借着灶火的温度用来烘干棉鞋袜子等小物件。土灶一侧堆放着生火的柴火、豆秆、树叶、枯草等用柴，随季节变化轮番塞进厨房。灶门前通常都放一长条凳子，供生火取暖的人就座。火扇、火钳、火铲、吹火筒等倚在灶膛口的角落里。锅的上方从二楼楼板底部的木橼子上系一条长绳子垂下来悬挂锅盖或者竹篮子，竹篮子上通常放置猪油渣、辣椒、姜、大蒜头等配料。灶台旁边是一个储水的大水缸，水缸上放置用杉木做成的切菜板，用葫芦做成的水勺放在菜板上面。灶台的排烟系统在筑墙时就在墙体预留好两条烟道，烟囱口在瓦屋顶，生火时一股炊烟从烟囱里井喷而起，伴着夕阳，缕缕炊烟，袅袅娜娜，在晚风中飘荡。

　　灶膛里烧火是个技术活，既要将饭菜烧熟，也不能浪费了柴火。火势大小没有定数，全凭经验。尤其是要在土灶里炒菜，火候必须恰到好处，有时大火，有时小火。眼看着前头冒了白烟，于是成排的水汽从锅盖缝隙处冒了出来。饭菜的香味紧跟着。这时若不注意火候，烧焦变糊是常有的事。冬天烧火是最舒服的，温暖而明亮。最喜欢在火旺的时候盯着灶膛，看一根根木条在火龙的吞噬下变黑、变弯、碳化。一簇簇火焰往高处升，直接炙烤着锅底。若是大热天在灶边一坐，出汗不说，还难保不被蚊子咬。有时灶膛里潮湿或者氧气不足，就要吹火筒和火扇交替使用，先是用干松毛引火，柴刚刚点着火，火苗蹿起后，用吹火筒轻轻吹，火势旺起来后，用火扇使劲扇，直至灶膛里燃起熊熊大火。火扇是用竹篾编织而成，吹火筒用七八十厘米长、有三个竹节的毛竹筒，前两个竹节打通，第三个竹节钻一个小孔做成，一头吹气另一头出气。要是火没有生旺，灶台里吐出来的浓烟熏得你够呛，厨房本就小，那黑烟把整个墙面都熏得黑黑的。

　　父母亲农活多，经常天不亮就起床下地忙农活去了。早上我们得早早起来煮饭。那时候，用的是饭甑装饭，饭甑是用又大又笨重的木板做成的，厚重结实。我们先在大锅里放水煮饭，饭煮熟后把饭粒用饭笪捞起来放进饭甑里，再把饭甑放进大锅里小火煮，这样煮出来的饭可以保鲜，还不会馊，到了晚上可以继续吃。不要小看饭甑，作用很大呢。农家一年四季忙碌，回到家，做午饭晚饭，时间都很紧，吃过饭后很快又要出工做事，饭甑饭省去了做饭的时间。煮米饭的水则成了粥水，可以拿来下饭，当成汤喝，家里养猪后，也经常用来煮猪食，说是猪吃了有营养。饭甑饭蓬蓬松松的，又香又甜，至今令人怀念和回味。

　　我常坐在灶台前，不停往灶膛里添柴，将灶火烧的很旺，母亲则将自家菜园中采摘的各色蔬菜，为家人烹煮一日三餐。草木的清香味和食物的香气氤氲散开，令人垂涎欲滴。仿佛土灶里熬煮的是青天白云，油炸的是新鲜空气，粉蒸的是悦耳的鸟鸣。那些平凡简单的日子，幸福动人，从此烙在记忆的深处。一缕炊烟下，是一户普通的人家，勾勒的是凡尘烟火下的世味杂陈。

母亲用柴火灶做出来的乡间土味，味美好吃，如今回想起来依然唇角留香、齿颊芬芳。现在生活条件好了，城市里人们生活都电气化了，在农村，如火如荼的新农村建设，也使土灶逐渐淡出了人们的视线，大家也开始用电饭煲、电磁炉和天然气灶做饭菜了，只有那些经营农家乐的人家为了招徕顾客，至今还保留着柴火土灶。烧柴草枯枝的土灶，煮出来的饭菜，香甜可口，确实比电磁炉、电饭煲、液化气灶做出来的饭菜好吃，我想是因为土灶烧柴火力威猛，赶工，火候均匀、到位，加上乡下的山泉水甘甜，食材新鲜、纯天然原生态无污染的原因吧。

土灶对于缺衣少食的我们是个宝。小时候，感觉冬天特别冷，我们兄弟几个，还有母亲、婶婶、叔婆等，饭前饭后总喜欢围坐在温暖的土灶前，一边烤火，一边烤番薯、芋卵子或者新鲜嫩苞谷吃，大人们一边做饭，一边拉家常，一边烤火。在寒冷的冬天里，坐在灶头前烤火煮饭吃饭拉家常，是件很温暖幸福的事。洗了鞋子袜子，一时没晒干，我们也会拿到灶台侧旁的凹槽里，或者干脆在灶坑里，搭上几根树枝，烘烤鞋袜，鞋袜的臭味在柴火的烘烤下散发出来，虽然味道令人作呕，但是大人们一点也不嫌弃，还不时地翻动臭袜子，直至烘干。吃着土灶坑里烤出来的番薯、苞谷、芋卵子，我吃出来的，全是幸福的味道。

时间可以改变容颜，却改变不了情怀，柴火灶保存下来的记忆，总是回味悠长。如今，时代在进步发展，灶台也在不断变化，但始终不变的是人间烟火的味道，我们在这烟火味中享受到的不仅仅是融融的亲情，更是富强、文明、科技和新农村建设带来的甜蜜成果。或许多年以后，那袅袅炊烟将成为我们这一代永恒的记忆，炊烟也将渐渐在人们的视线里消失，年轻一代不知道炊烟是何物将不再是一个笑话。

（原载于《生活·创造》2022年第4期、《闽西日报》2020年9月30日、《海峡品牌》2020年第7—8期）

古朴灵秀的长汀

时光倥偬，一晃离开这块土地近30年之久。庚子年，我怀揣着虔诚之心，旧地重游，重新抚摸福建长汀这座国家历史文化名城。

车子下了高速，经朝斗岩逶迤而过的柏油路进入古城。远远地，宋慈画舫、宋慈航栈向我们款款而来，巨大的"船头"上，宋慈的雕像庄严站立，昂首远望汀江。这位在宋绍定年间从江西信丰主簿调任长汀的知县，到任后发现，盐价昂贵导致长汀百姓买不起盐，不少人患了大脖子病，遂开凿疏浚航线，开辟汀江水路交通，降低盐价，促进盐商、米商往来其间。

来到水东街，到达济川门，这是古汀州府的城门，修复后的济川门巍峨耸立，城墙气势磅礴。济川门城门上建有云骧阁，始建于唐朝年间，里面蕴藏着奇山、碧水、古木等众多美景。济川门的两边是沿河而建的唐宋古城墙，古城墙上旌旗猎猎，弯龙头高挑着上书客家姓氏的红灯笼，远远看去，十分喜气。古城墙总长5000多米，将城里四个方向的朝天门、五通门、惠吉门、宝珠门连接在一起。

走下城墙，进入店头街，街两边杏黄酒旗招展，扑面而来的繁华与烟火气息，疑似走进了古都南京的小巷口。游人在青石板上流连，被街两边小店里的姜糖、桂花糕等各色客家小吃所吸引。

沿街角左拐，进入一条小巷，就来到了南大街唐宋古城门宝珠门内的卧龙书院。书院建筑群占地约20亩，分设南大门和东大门。卧龙书院，旧名"卧龙堂"，与绵绵白云下的卧龙山世代相望。在书院里，见到了名噪一时的龙学馆，馆内挂着国际影星成龙先生的巨幅画像，电视里反复播放着"青石板的诉说"，那是他为长汀演唱的歌曲。这栋徽派建筑在卧龙书院里别具一格，是成龙先生早年从安徽买来，后来又捐赠给汀州的一份厚礼。除龙学馆外，文昌阁、卷云亭、迎宾馆，基本保持着飞檐斗拱的闽西客家建筑风格。

不知不觉就到了巍峨耸立的三元阁。三元阁是唐代古城门，为汀州刺史陈剑迁州筑城时的南大门。三元阁城楼自明弘治年间始建至今历代都有修葺，为重檐歇山式两层楼阁。原先屏风后供奉一尊魁星塑像，手执朱笔，正对汀州试院，有振文风、盛科举之意。

古城的美，不仅在于它厚重的文化底蕴，还因为它是革命的摇篮，长汀也被称为红色小上海。1927年，南昌起义部队经过长汀，受到了当地群众的热情接待。从此，长汀便与革命结缘。1932年，福建省第一次工农兵代表大会在汀州试院里召开，在这里成立了福建省苏维埃政府。此后，长汀便成了工农红军的重要根据地，从补充兵员到后勤保障，为中国革命作出了巨大的贡献。

这座凝结着先人智慧和后人风采的古城，无论是过去积淀的古色古香，还是它拥有的红色基因和后来居上的绿色生态，均凝聚着客家人的禀赋，像极了客家母亲缘广场上那身穿青色衣裤、包着蓝底白花头巾的客家母亲雕塑，宁静而俏丽，古典而婉约。蜿蜒不绝、秀丽清澈的汀江则是她胸前绵延缭绕的白花头巾，装点出古城古朴灵秀之美。

［原载于《人民日报》（海外版）2020年12月17日］

竹海情深

池家山，是福建省连城县梅花山国家级自然保护区腹地的一个小山村，它像一块绿翡翠镶嵌在闽西玳瑁山脉。

汽车在重峦叠嶂，连绵起伏的山腰间沿唯一通往山里的一条水泥公路盘旋而上，这条据说有三百九十九个弯的盘山公路打山间绕腰际蜿蜒在崇山峻岭之间，好似天路，像玉带，千回百转，又像巨龙，蛰伏深山，四野尽是万丈悬崖峭壁。这条崎岖的进山公路把远处的连城县城和秀美的山村挽在了一起。

沿途经过的一条大峡谷，可能是我见过的闽西最美丽最长的山谷了。我们去的时候刚好是秋天，两边山坡上层林尽染的秋色，满山遍野，飞红流丹，如火似焰，红的发热，焰的炙手。极目远眺，看不出红叶片片，倒像万丈红色绸缎，覆盖着山峦峰巅，真像是大自然用神笔绘出的巨幅长卷。一场秋雨，把池家山冲刷得干干净净，洗去了夏天留下的污垢、汗渍。秋风吹散了四周大山上的云蒸雾罩，撩开了山的神秘面纱，大山一丝不挂地袒露在我们的视野里。望着它的庄重，品着它的刚毅，让人享受着曲一般的韵，诗一般的味，给人一种素静、大气、浑厚、脱俗的美。

村子里六十六户人家就蛰居在大山深处，山上万木勃发、灌木丛生，是一块清净宜人之地。村子四周群山环抱，掩映在一片秋色中。村子也是那种倚在山涧里，小巧玲珑，古朴而又灵秀的村庄。房子在溪涧两旁错落有致。村民家家户户都种竹，这里的毛竹根根有碗口粗。过去，有顺口溜"莒溪池家山，偏僻路又弯。生活靠种田，毛竹加笋干"，形容池家山人的艰苦境况。自打村里实施村户畅通和竹山畅通工程，开通一百公里竹山便道、建万亩毛竹丰产林基地工程以来，由于交通方便，这里的毛竹价格已从原来每根八元涨到每根十几元，家家户户都依靠竹子发了财。我们此行正是冲着学习这里万亩的竹山种植经验而来，没想到却意外发现了这个躲藏在闽西大山深处的红色故事和别致风景。

把两边的山坡隔开的，是从山上茂林修竹里钻出的一条山涧。溪水潺潺，三叠瀑布，疑自天而下，如王母娘娘的玉带披挂山间，或清纯含羞如处女，或欢歌嬉戏如顽童，或热情奔放如壮汉。山水与自然和谐交融，浑然一体，使美丽的池家山更加富有活力和魅力，充满着神秘和传奇。村民就在清亮的小溪旁戴月荷锄，春种秋收，播撒开春的种子，清洗一秋的收获。那点缀在房前屋后、田间地尾的柿子树上挂满了熟透的果实，远望，像一株株巨型火把插在地塄田间。近看，像点亮着的小小灯笼，一盏一盏，挂满梢头枝间，红的透亮，艳的耀眼。秋天是山村里的庄稼人最忙碌、最劳累的季节。如果你走近他们，你会发现洋溢在他们脸上丰收后的喜悦，早把那一身劳累冲刷得干干净净，担着挑着的都是秋天的欢乐和收成。在村子的晒谷坪上，几家人围坐在刚拔回的一大堆秋花生周围，说着笑着，哼着山歌，把一粒粒饱满的花生摘下来。家家户户的屋檐下都挂着红红的辣椒。那羽毛金黄透亮、穿梭于竹根林隙之间觅食的土鸡，那菜地里绿油油的青菜，还有那村头追打嬉戏的小猫小狗，无不勾画出山村自给自足、悠闲安宁、幸福满满的田园生活。

村里的老人说，今天的幸福生活来之不易，是无数革命先烈用鲜血和生命换来的。

老人带我们来到村头，指着那片茫茫的竹海说，当年红军就在这山上与敌人展开激战。行走在竹林间，当年红军在此打游击的身影依然浮现在眼前。池家山村是省定革命基点村，在20世纪30年代红军主力北上转移后艰苦卓绝的三年游击战争时期，池家山村村民在地方党组织领导下，积极配合张鼎丞、邓子恢、谭震林、温仰春、罗化成、俞炳辉、李德安等打击国民党反动势力，巩固苏维埃政权。

池家山东接龙岩新罗的万安镇，南邻上杭的步云乡，地处岩、杭、连的交界处，周边有畲背、石寮背、太平寮、百金山、梅花寨等小村庄，海拔均在千米以上，方圆上百里都是崇山峻岭，古木参天的原始森林，特殊的地理位置和山势地形让池家山自古以来是个藏龙卧虎之地。

1932年3月18日，福建省第一次工农兵代表大会在长汀隆重召开，中共福建省委、团省委和工农群众团体代表100余名代表参加了大会。中华苏维埃临时中央政府派代表任弼时出席并指导大会，张鼎丞主持大会。大会通过了《土地问题》《实行劳动问题》等一系列重要决议和宣言，正式宣告成立福建省苏维埃政府，选举产生大会执委35人、候补委员13人，主席团执委9人，张鼎丞当选主席，阙继明、张思垣为副主席。"省苏"下设土地、劳动、文化、工农检察、粮食、裁判、内务、财政等八个部，后又增设国民经济部、武装动员部。"省苏"的成立，标志着福建苏区的革命斗争进入一个全盛时期，工农民主政权在全省范围内得到巩固和壮大。

也就在这年的秋天，新泉区苏维埃政府派遣一位姓高的同志到池家山组织和发动群众，指导成立了乡苏维埃政府，同时组织了一支10多人的游击队。同年12月，受周焕文团匪骚扰，刚刚成立的小股游击队因寡不敌众撤退到上杭古田、蛟洋一带。

1933年2月，形势稍有好转，池家山游击队又陆续回来并编入长山区游击队，队长罗锦铭、副队长林锡伍。游击队刚成立就与国民党第八区保安团周焕文匪部作战3次。由于这时期国民党第十九路军几千兵力驻扎在朋口至庙前一线，企图对我中央革命根据地实行反革命围剿，盘踞在此地的周焕文有了国民党十九路军作靠山愈发猖狂，疯狂向我山内游击队发动围剿，凡是参加红军游击队和成立苏维埃政权的村庄都遭其蹂躏。池家山游击队也抵挡不住来势凶猛的敌人，但革命的火种不能就此熄灭，怎么办？机智的游击队员把大部分枪支就地埋藏起来，随后各地游击队员都被组织疏散转移到深山老林里。

村庄被洗劫，房屋被烧毁，革命处于低潮，红军游击队革命工作转入了隐蔽斗争。

1935年2月间，红军104团团长黄治平等到龙岩的万安、长汀的贴长（1939年划归上杭，即今步云乡）一带指导和开展游击斗争。

其后，在贴长的龙龟村成立岩连宁军分区，方方任政委、罗忠毅任司令员、温含珍任政治部主任、刘汉任参谋长。同时，成立岩连宁中心县委，书记由温含珍担任，罗步云任副书记。恢复铜山、梅村、溪口、白沙、平山等五个区，池家山以及周围村庄都归梅村区管辖。罗步云、官春轩（岩连宁军分区政委、副主席）负责池家山、太平寮等一带工作有一年多。再后，由刘汉部队与谭成璋、黄英元等接替。

1936年6月，新四军也到池家山与地方游击队一道坚持斗争，如吴书平、陈书田两人更多在池家山、太平寮、大畬、大高畬、龙龟坑、小高畬一带活动。不久，因为吴书平思想败坏，到处抢劫民财，在群众中造成极坏影响，为伸张正义，挽回民心，1938年中共闽西游击总队（设在贴长）当即处决了这一败类。

尔后，由黄治平、谭成璋继续在池家山、龙龟坑、大高畬、小高畬、大畬等岩连宁游击中心区域开展游击活动，还组织发展了一支100多人的游击队，其主要任务是宣传共产党的抗日主张，敦促国共和谈，宣传我党愿意在国共两党合作一致对外共同抗日的前提下，停止打土豪。岩连宁中心县委和这支游击队团结一切可以团结的力量，运用灵活的斗争策略，开展公开合法斗争，与敌人进行持久的顽强的斗智斗勇的较量，镇压极少数与人民为敌的顽固分子。

1939年6月，由于坚持在龙龟山、池家山一带的游击队执行停止打土豪的政策，地方粮食的筹措更加困难，加上国民党地方保安队经常骚扰抓捕坚持斗争的游击队员，致使游击队员粮食时常接济不上。

到1940年后，除池家山个别队员如范云标留在地方活动外，其余游击队全部转移到了龙岩白沙。随行的池家山人员有池耀祥（后来在安徽抗日战场牺牲）、池远祥、池已祥。

1941年1月，连城县保安中队长周秉钧为迎合国民党福建保安团发动的搜捕屠杀共产党及其地方干部的"闽西事变"的需要，率领民团一个中队长驻新泉，专门对中共连南区委及游击队成员进行反革命"清剿"。

在那个白色恐怖、血雨腥风的年代，游击队的同志活动于敌人的鼻子底下，随时都有掉脑袋的危险。就在这刀光剑影、生死难卜的风雨岁月里，每位游击队战士始终坚持机智灵活，英勇不屈的革命斗争。

不久，上级党组织在贴长成立中共岩连汀县委，游荣长任书记、蓝才生任组织部长、鲁夫任宣传部长，成员还有官春轩、陈土坤等，具体负责领导龙岩、连城、长汀、上杭边界的党组织和地方武装的恢复、整顿。

那时，党组织活动都是隐蔽进行，他们或以做工或以经商或以探亲作掩护，秘密开展地下革命斗争。

早在1938年夏，为领导岩连杭边界的革命斗争，闽西党组织就秘密派游荣长到贴长和连城的良坑、吕坊、梅村、厦庄一带活动。主要贯彻上级"隐蔽精干、积蓄力量、长期埋伏、以待时机"的指示，他们化装成各种便衣平民，深入各村庄发动群众、筹措给养、探听敌情、稳住士气、等待时机。

1941年5月20日晚，游荣长率领10多人到池家山以及周边的畲背、野猪笼、百金山开展活动长达两个多月。根据形势的变化，后又转移到坪水山、内塔山继续开展活动。不久，铁山罗地团匪罗其英、罗其森召集70多人围攻游击队，敌我力量相差太大，加上敌人的武器十分精良，游荣长组织游击队员顽强迎敌，但因敌众我寡，最终不敌，革命队伍被敌人打散，激战突围脱险后的游荣长随后也撤离此地，奉命返回长汀。

无论在土地革命的苏维埃时期，或是三年游击战争时期，或是后来的抗日战争时期，池家山人民为民族的独立、人民的解放做出很大牺牲，付出了巨大的代价。当地青壮年踊跃报名参军参战，在人力、物力、财力上支援红军游击队上战场打胜仗，尤其是在红军长征后南方进入艰苦卓绝的三年游击战争时期，池家山人民节衣缩食，冒着生命危险隐藏保护红军游击队，不畏特务的跟踪为红军游击队带路、传递情报，为从事隐蔽斗争的游击队送米、送菜、送食盐。

一组数字足以证明池家山人为革命作出的巨大贡献：池家山原有88户320多人，在新民主主义革命时期为革命牺牲3人，被抓壮丁5人，逃往外乡3人，受国民党反动派摧残后因饥饿、疾病而死亡 179 人，原有房屋 219 间，因人亡屋倒 64 间。到中华人民共和国成立初，仅剩 51 户 217 人，房屋 143 间。

　　池家山人为新中国的诞生谱写了一曲可歌可泣的英雄赞歌。

　　这片茂密的竹林，哺育了这支红色的革命队伍。直至今天，村里的老人说起这段往事时都把目光投向山下那茫茫的竹海，闪亮的眸眼里依然涌动着对党领导的革命队伍的一片深情。

　　尤为欣喜的是，这片红色沃土上的后人继承先烈遗志，把乡村振兴作为建设美好家园的有力抓手，村两委致力打造"人心美、村容景观美、生态环境美"的"三美"特色原生态旅游村，建农民公园、人工绿地及河渠栈道、修复了古土楼，真正形成了一幅村在林中，林在村中，房在绿中，人与自然和谐共处的美丽画卷，村美环境美，提高了村民幸福感，吸引了大批游客来此领略原生态的自然风光，实现了百姓富与生态美有机统一。林涛与竹海，过滤着经过这里的每一缕空气，秀美的山水，述说着人与自然的和谐相融。广袤的穹宇间，蓝色的天幕下，山色如黛，云淡如絮，秋高气爽，碧空万里。生活在池家山，像生活在天然的氧吧里，呼吸着甜丝丝的空气，沁润肺腑，心旷神怡。

　　下山的时候，如画的山村里，炊烟四起，家家户户飘出可口的饭菜香味。远处的山林里，百鸟千虫和清风联奏的音乐是那么的悠扬动听，如天籁之音诱惑和牵引着我们不舍离去。红色沃土激励我们强筋铸魂，感人的革命故事，迷人的秋色，敦厚、热情、好客的革命后人，醇醇的米酒，幸福的生活，此刻，心如执念愈发坚定，池家山渐次亮起的灯火像是隐藏在村庄背后的星辰呼啸而出，在与我们挥别的背影里，渐行渐远，像一盏盏红灯笼，挂在池家山温馨和谐的夜幕里。

　　（原载于《海峡品牌》2021 年第 3—4 期，并以《心醉池家山》为题发表于《闽西日报》2021 年 8 月 13 日）

唯有书香可入梦

　　读书可以使我们获取未曾学到的各种知识，游览未曾去过的风景名胜，认识未曾见过的先贤伟人等。因此，读书是一种心灵的享受，是一种情感的寄托，是一种精神的满足，是一种视野的开拓，是一种心灵的洗礼，读书的过程就是一种与书中人物心灵相互交汇的过程。

　　当读到一本好书时，我们经常会沉浸其中，或捧腹大笑，或凝神沉思，或扼腕叹息，或激动流泪。室外灯红酒绿，繁华喧嚣，一本好书，就让你避开了嘈杂的尘世，把你的灵魂静静地安放在书中，文字散发着香润的墨香，浸润心田氤氲开来，与你静谧交流，让你撇去了浮躁和虚荣，心田满含锦绣，灵动而富有诗意，猛然惊觉，唯有读书，才可以使大脑摆脱尘嚣的喧闹纷扰，在俗世中觅得一方精神领域的世外桃源。

  我喜欢读书，还是从读小学时开始。那时，家里穷，买不起课外读物，记得我最早接触的课外读物是一套《三国演义》的连环画。邻居家耀角子不知从哪里借到这套连环画，惹得我们整个岗上生产队的邻居小孩放学后都没了回家的心思，下课后都像约好了似的早早就来到了耀角子家旁边的空地上。说是空地，其实是一片地瓜地，冬天地瓜收成后，地里仍能够捡到几条大人们遗漏的小地瓜，足以让我们解馋。我们边找地瓜边翘首等待。大约半个时辰后，耀角子才从他家阁楼上姗姗来迟，拿着新一集的连环画，我们都顾不得地上脏，耀角子往中间一坐，其他小伙伴围挤在其左右和身后，或蹲，或坐，或躬着腰身，头拱头，陶醉在小人书的世界里。常常直到天色昏暗至看不清楚画面和下方的文字、谁家大人大声招呼"回家吃晚饭了"，才恋恋不舍地散去。翻页的节奏自然就取决于耀角子的阅读速度。读得慢的，埋怨翻页快；读得快的，又嫌翻页慢，耀角子就在一种唯我独尊的精神优势中收获着小伙伴们收获不到的另外一种满足感。我家买不起小人书，我的阅读速度明显快，我从没有嫌耀角子翻页慢，总是把多出来的时间偷偷用在复读、回味画面和文字描绘的情景里。从此，桃园三结义，三顾茅庐，赤壁之战……一个个传奇的故事在我们的课余生活里鲜活起来。从连环画上学到的俗语"三个臭皮匠，赛过诸葛亮"，"周瑜打黄盖，一个愿打，一个愿挨"等也纷纷被我们引用到作文里，老师很吃惊，在课堂上表扬我们。老师的表扬激发了我们更大的课外阅读的兴趣。《三国演义》看完后，我们开始想着法子找课外书看。

  忽然有一天，村里来了货郎担，这货郎担清一色都是广东兴宁人，一口客家兴宁腔随铁板敲打出的"叮叮当，叮叮当"从村口飘过来：哦来哦，收烂铜烂铁烂胶鞋哦！牙膏管里鸡卿衣！笨基脚锄烂铁答哦！酒暗汽油暗有就拿出来哦！告咸鱼揽角麦芽糖哦！货郎担一头挑着小百货，另一头是能用鸡毛、牙膏皮换来吃的麦芽糖。货郎担子上外表陈旧、普通的竹篓子就像魔法盒、"百宝箱"，打开摊平后变成了两个薄薄的抽屉，上面盖着布，里面被一小格一小格地分好，针线、纽扣、各色物品琳琅满目，馋得村里的小孩直咽口水，迫不及待地拿出平日攒积的牙膏皮、鸡毛、废铜烂铁等，换来一把铁板敲碎的麦芽糖，大吃特吃。大人们则是拿着鸡毛鸭毛鹅毛等废旧物品换一些生活日用品。我们趁大人不注意，把家里还在用的牙膏给挤了换钱。大人们发现家里的牙膏罐总是一下子就空了，几次三番后，发现了问题，我们被大人打得皮开肉绽，从此再也不敢造次。只好在上学途中找些破旧的塑料藏起来等货郎担来变卖。这样苦心积攒下来，终于凑足了买新连环画的钱，我们也从后来陆续买回来的《西游记》《红楼梦》《水浒传》等连环画中获得了许多知识：孙悟空的神通、王熙凤的泼辣、林冲的无奈……生动的画作、动人的故事，深刻的寓意，浅显的道理，通俗易懂的文字，给了我们最初的国学启蒙，不仅丰富了我们枯燥无味的农村课余生活，给我们迷迷糊糊的童年增加了精神食粮，还为我们以后写作积累了大量的作文素材。

读初中时，一部叫《射雕英雄传》的电视剧牢牢吸引了人们的眼球，那时，电视还是稀罕之物，学校附近一家卖肉丸、做米粉的小店专门定制的电视橱柜上，摆放着一台14英寸的黑白电视机，虽说是14英寸的黑白电视机，但街坊邻居颇为羡慕。店主人的儿子与我们同班，我们经常下课后聚集在电视机前驻足观看《射雕英雄传》，常常沉浸在剧中人物营造的侠客豪情里不能自拔，乃至上课铃响后依然挪不动步子，每每是晚自习老师三番五次催促，甚至关电视驱赶，我们才恋恋不舍、一步三回头回到教室，虽然人回到教室了，但是心还留在电视机里。

店主人怕他儿子沉迷电视剧不能自拔，就把电视橱做了门上了锁。一次，店主人外出，经不住大家的怂恿，那位同学撬开电视机橱门，正当我们全神贯注被黄蓉、靖哥哥、洪七公等剧中人物吸引得哈哈大笑时，竟不知店主人神不知鬼不觉地正在我们身后怒发冲冠，拿着一把扫帚，像抓小鸡一样拎着他儿子一顿猛抽，我们在他儿子的号啕大哭声中回过神来立即作鸟兽散，那情景至今想来仍心有余悸。

随着电视剧的热播，武侠小说成为我们的最爱。此后，金庸作品在大陆被火爆起来，《飞狐外传》《雪山飞狐》《连城诀》《天龙八部》《白马啸西风》以及《鹿鼎记》等成为炙手可热的畅销书，大陆出版行业一时洛阳纸贵。那时对武侠小说里的江湖崇拜至极，一柄剑，一支笛，执剑走天涯，江湖义气十足，总觉得世间偌大唯我独尊，三公六卿不过尔尔，王侯何贵？闲时与小伙伴们相互簇拥追杀，演绎一场江湖争斗，独时头戴斗笠，披风裹身，黑布遮脸，闲庭信步，穿梭于屋后林荫小道，像模像样地执剑弄笛，颇有几分大侠风范。仿佛这才是我要的江湖。

金庸的武侠小说能够如此广泛地进入读者的心灵，被大家所接受和认可，一方面是由于金庸写出了时代内在的精神史诗，无论怎样山高水长，千难万险，执着的信念、坚贞的爱情、无瑕的友谊、一笑放下的洒脱始终贯穿着作品的全部，另一方面其塑造了明知不可为而为之的痴绝、不肯以一人之是非为是非的独立、于威严肃穆的权威面前嬉笑怒骂的脊梁和不恋嗟来之食的尊严……这些正是我们精神世界所向往和追求的，从某种程度上来说，它早已不是一部单纯的武侠剧，而是一道伴随我们成长的精神食粮。

读师范后，我开始迷恋《辽宁青年》《读者》《青年文摘》等一些文学类的杂志，由于那时候家里的经济条件限制，不能买学习资料以外的课外书，所以看到自己喜欢的文章只好摘抄下来。直至今天，上学时期的书早已不见了踪影，但是那几十本厚厚的摘抄本却被我从学校带回了老家，以致现在在老家看到这些泛黄的摘抄本不禁心生许多感慨。师范课程多，但是学好功课之余，阅读课外书籍成为我的嗜好，学校的图书馆成了我经常光顾的地方，管理图书的老师成了我最好的朋友。在图书馆里，我读完了《林海雪原》《青春之歌》《聊斋志异》《钢铁是怎样炼成的》以及其他大量古典文学和古今中外的文学作品。随着阅读量的增加，我的眼界大开，尝试写作后竟然一炮打响，在师范二年级时在山西《语文报》上发表了诗歌习作，从此写作成了我的兴趣爱好。我还和几个同学成立了文学社，担任文学社社刊主编。

林语堂在《论读书》一文中说："有人读书必装腔作势，或嫌板凳太硬，或嫌光线太弱，这就是读书未入门，未觉兴味所致。"真正进入读书境界，书籍柔软的纸页会把你柔柔地抱在怀里，那些文字就像漫天飞舞的雪花氤氲着你，书香弥漫，沁人肺腑，千年历史在书页的翻动中缓缓流出，从盘古开天地到星际遨游，时间与空间的阻碍荡然无存，你可以尽情地体验足不出户，而知天下事的快乐；可以抛却红尘俗世的纠葛与困顿，在书中任意寻找一块洁净的宿营地沐浴心境，安置我们的灵魂，找一方明净清澈的天空，让我们的人生快乐地飞翔……

参加工作后，我笔耕不辍，先后在《诗刊》《人民日报》《北京文学》等全国各种报刊发表各种文学作品，出版了个人作品集。虽然互联网的飞速发展给新媒体阅读带来了方便，网络阅读大有取代传统纸质阅读的势头，但是夜深人静之时，我还是喜欢坐拥在月色里，捧一本好书，任思绪徜徉，岁月静好，素心如简，而我，就在那温暖的流年中，闻着散发着油墨馨香的文字，把自己的灵魂安放在书海里纵横驰骋，然后铺开稿纸，将文字流淌在笔尖抒写内心的充盈和丰实。

（原载于《生活·创造》2021年第7期）

云寨秋色

　　小车在蜿蜒陡峭的山路上逶迤爬行，到得山顶，眼前豁然开阔起来，远处层峦叠嶂，林深竹茂，层林尽染，深谷流泉飞瀑似一条白练垂挂在山涧。秋意盈盈的仙女湖碧波荡漾，湖水畔白墙青砖灰瓦、木窗楼阁的客家民居建筑醒目而整齐，一排排高高挂起的红灯笼格外吸人眼球，一派喜气洋洋的景象，给人一种小清新的感觉，"来武平我氧你"六个大字在阳光的照耀下熠熠生辉，这个地处国家级自然保护区梁野山腹地的中国美丽休闲乡村福建武平城厢云寨村背靠巍峨雄伟，壁立千仞，山势险峻的梁野山主峰，倚傍梁野山的青山绿水，山清境幽，原始和天然在这里交织成一幅如诗画卷，仿若步入人间盛景。

　　我们弃车，徒步，漫步仙女湖栈道。环仙女湖栈道把两岸叠叠的青山和绵绵的秋水生生地割裂开来，宛如一条玉带缠绕在山腰。宽阔的湖面，两岸茂密涂彩的树林，万里无云的蓝天，构成了一幅生机勃勃的美丽画卷。栈道两边不时有小动物探出头来，那一只松鼠，窜上跃下，像玩杂技一样跟我们捉迷藏，那一只野鸡，探头探脑，等到走到跟前，还没看清它的模样，倏忽就消失在路旁草丛里。山上的原始森林植被仿佛铺着彩色毛毯的缓坡，成垄红透如火的枫树向四周的山顶绵延，红红的叶片在暖阳下发亮得耀眼。

　　"霜叶红于二月花"，深秋时节的云寨色彩丰富多彩，举目四望，山坡上浓郁的秋意扑面而来，满山满目的青翠，不知何时随秋风悄转变了颜色，在秋霜的点染下，大自然的调色盘生动起来，多了几抹耀眼的暖色：鹅黄、金黄、橘红、深红、紫红……宛如画师在满天秋色中轻柔的点缀。漫山遍野的树木变成红黄绿相间，如火似锦。草木一秋，微风过处，秋叶在眼前翻飞，簌簌无声飘落，魂归泥土，颇有壮士一去不复返的悲壮豪情。自古逢秋悲寂寥，我言秋日胜春朝。我特别喜欢秋天，一夜雨声凉到梦，万荷叶上送秋来，秋的缤纷、秋的深沉、秋的景致于我是一种别样的诗意。栈道旁间或有一两株野柿子树，小小的野柿子红彤彤的像小灯笼一样挂在枝头，引来无数叽叽喳喳的小鸟嬉戏其间，啄食这自然的果实，那一丛丛金橘子，郁郁葱葱，枝繁叶茂果实累累，在山野恣意金黄，沉甸甸的金橘子压弯了枝条，玲珑剔透、饱满、丰盈，摘下一个放嘴里，轻轻一咬，金橘黄里透红，红中泛亮，甜透心扉。

　　云寨村以瀑布闻名，陡峭的山势，形成云寨沟蜿蜒多变的峡谷，山谷中多为阶梯式的花岗岩山体，形成大量瀑布迭水，姿态各异，风光险绝，形成了峡谷、险峰、绝壁、深潭、飞瀑、怪石、密林等各种景观，绵延近十里。云寨瀑布群有三级之多，比较罕见。景区建设了栈道、亲水平台、观景台、台阶、栏杆，可在此驻足戏水、凭栏远眺、静听水声。登山看瀑布，沿途可看到依山坡而造的层层叠叠的梯田，成熟的稻子像是一层层金黄色的巨浪，覆盖在山坡连绵不绝，气势磅礴，线条优美，秀丽壮观。近年来，当地利用瀑布这一得天独厚的优势，大力发展绿色氧吧、清新云寨旅游产业，仅2019年实现村财收入32.8万元，农民人均收入2.4万元。昔日这个人称"有女不嫁云寨郎"的穷山村，正成为远近闻名的小康村和网红打卡村。

傍晚，我们在村里的森林人家吃饭，随着主人一句"开饭咯"，一桌可口的菜肴特别吸睛：用天然氧吧里的跑步鸡白切，浇上香气扑鼻的青葱和姜末，用山涧里的红鲤鱼红烧，配以酸甜鲜香的萝卜丝，鸡内杂炒冬笋，软烂浓香的红烧肉焖炸豆腐，老番鸭炖艾草根汤，还有油炸的薯包子、油炸糕，一大盘白润如玉的簸箕粄，滚烫的客家米酒，村人种植的红肉猕猴桃，菜肴色香味俱全，沁人心脾，引人入醉，村民的豪放热情更是给惬意的旅程平添一分醉意，一桌人，就这样推杯换盏，醉在了青山绿水间，醉在客家人热情好客的淳朴情怀里。

是夜，我们夜宿云寨，半夜醒来，四野寂静无声，推窗望月，秋月如钩，悬挂在黑色山梁间，月色迷蒙，夜境寥旷，清冷的月光倾泻而入，几丝寒意从窗外袭来，清寥寒凉，远离尘世的喧嚣繁杂，纵有千般烦恼，万般坎坷，在这万籁俱寂的夜里都变得简单，宁静，如此甚好。登山的疲乏在米酒里尽情释放，一觉醒来已毫无倦意，过了许久，夜色和睡意复又围拢席卷过来，山村的夜寂寂无声。清晨天刚蒙蒙亮，几声鸡鸣叫醒晨曦，村里鸡犬相闻，炊烟袅袅，三二客家村姑在菜地里浇水施肥。民宿主人到旁边的菜地里摘来无公害的菜蔬，佐以豆腐、猪肝粉肠瘦肉片煮成一大锅清香扑鼻的靓汤，配上簸箕粄、珍珠粉、芋子包，直吃得满嘴生香。

清晨的云寨别有一番景致，空气清新宜人，云遮雾罩，此刻，站在仙女湖大坝看云寨村，云雾从湖面升起，仙女湖云蒸霞蔚缭绕弥漫的水雾，使整个村子看起来更像是云海中的蓬莱仙阁，水中迷迷蒙蒙的村庄倒影又似传说中的海市蜃楼，在这里可以饱览云海雾浪变幻莫测的山村景象奇观。缥缈雾气，叠彩植被，加上白墙灰瓦里溢出的炊烟，有一种灵动、细腻、朴素的神韵，简直就像置身人间仙境。

"云开雾散却晴雯，清风渐渐无纤尘"。阳光翻过栅栏，洒落在清新透亮的木制窗棂上，村民将红辣椒、柿饼、蒸好的地瓜干等颜色各异、五彩缤纷的农作物从屋里端出来，用竹簸箕盛着晾置于房前、窗台、屋顶，绘就一幅晒秋的绚丽画卷。深秋的阳光如金色的波浪，光彩夺目，暖暖的，在山坳里静静地流动，映照着村民的欢欣与富足。

（原载于《海峡品牌》2021年第1—2期、《闽西日报》2021年3月2日）

春到尧禄花满枝

尧禄村也叫牛轭岭，是国家级自然保护区梁野山褶皱深处的一个小村庄，重峦叠嶂，小村庄被山环抱，却也被山束缚。曾经，这里是福建省武平县有名的贫困村，村民们只靠一两丘山坡上的薄田过日子。村中是阶梯式的一排排民房，坐东北朝西南，高低错落，被戏称为武平的布达拉宫。因地处偏僻，地势险峻，故民间有"有女莫嫁牛轭岭，睡觉都要翻座岭"，意思是晚上吃完饭，还要翻山越岭才能到达卧室，形容房高坡陡，居住分散，出门艰难。但是近年来，村里大力发展鹰嘴桃种植和观光旅游，并在短短几年时间使之成为全村发展经济、增收致富的主导产业，尧禄村也一举脱贫，由昔日的贫困村成为旅游网红村，迎来了发展的春天。

村子背靠的这座大山气势磅礴、巍峨雄伟，峰尖几个山头分别叫马鞍寨、天马寨、香炉寨、四姑寨。天马寨山顶上建有担负全县广播电视发射任务的县级发射台。村中道路是上天马寨发射台的必经之路。记得十多年前，我在县广电部门任职，那时的村道和上山道路还是黄泥路，晴天灰尘大，下雨天常常泥泞不堪，湿滑难行，普通轿车根本无法上山，要四驱的越野车或者皮卡车才能顺利开上山顶。后来，我找到省里的一位领导，这位领导当即批了十万元给我们作为修路的启动资金，并协助我们把改造这条道路列入省里的项目盘子，及至三年后我离任时，水泥路已基本铺筑到发射台站房，铺筑水泥路面后，上山轻松多了，即便如此，弯多路陡，司机还是要有娴熟的车技方能把车顺利开到山顶。

上山途中可以欣赏境内依山而造的梯田，一层层在山腰上缠绕，相当壮观。春耕时节，注满水的梯田，从东到西、由远及近、从南到北、由低到高，层次分明，一片连着一片，层层叠叠，形状各异，在阳光下或在晨曦里，犹如条条银丝带在山腰闪烁，而到了稻子成熟的季节，梯田线条清晰，错落有致，似层层金浪翻滚，像瓣瓣闪着金辉的新月，千姿百态，重叠有致，错落有致，绵亘千米。

前几年，为了发展乡村旅游，县里对进村道路进行白改黑，拓宽了路面，如今，一条柏油村道，像一条镶嵌着黄色金边的绸带，七拐八弯，上坡下坎，从武平县城延伸逶迤而来，把你带到了大山脚下的小村庄。

车子到达村口，一下车，满山浓郁墨绿扑面而来，连绵起伏的山林，不同植被在阳光下泛出不同的色彩，绚烂夺目。映入眼帘的，还有满坡层层叠叠的房屋，墙壁上都是巨幅的3D彩绘：群山间一位养蜂人正在查看蜂箱，蜂箱上几只蜜蜂正忙个不停；乡道上一位少女正在挑水，旁边的小溪里几只鸭子正在嬉戏；田野间农民正在埋头插秧；有栩栩如生的农畜，一头牛，或者羊，冷不丁就在墙壁上探出头来；屋檐下，瓜果累累，花红草绿；有农耕劳作场景，一面墙上，挂着耕作的农具，让游客的乡愁油然而生；有优美的山水景色，或一抹粉红，或一片金黄，或一片翠绿，一面墙，一幅画，一个生活场景，让大家参与其中，你可以充当那个挑夫，把一担满满的桃子挑起，也可以托着墙壁上藤蔓缠绕的葫芦、抱着硕大无比的南瓜、赶着扑翅戏水的鸭子……整个村庄犹如一幅巨大的画卷，村中画、画中村跃然于眼前。

彩绘墙使尧禄村一夜成为网红，节假日，来自全国各地的小车堵到了村口，但最早使村子闻名遐迩的是那一片一片的桃林花海。每到春天，春水初生，春林初盛，尧禄村的桃花像是约好似的，齐刷刷绽满枝头，千姿百态，分外妖娆。一场春雨的悄然滋润、一阵暖阳的温柔抚摸、一袭春风的搔首弄姿，浑然不觉中，静默了一个冬季的花苞蓦然鼓胀开来，起先是山脚的几朵偷偷竞放，尔后像掀盖头一般，从山脚到山腰，桃花掀开了灿烂的花枝，一层一层往上次第盛开，倏忽间满山满坡的桃花竞相开放，粉红欲滴如醉霞绯云，点燃了整个春天。

此时，山脚下的油菜花也不甘寂寞，这些种在梯田上的油菜花，一颗颗，一株株，一排排，灿烂金黄如巨幅油画，染黄了整个村庄。油菜花层层叠叠向上延伸扩展，幽雅静美，犹如纯朴的客家女子，让人只看一眼就心旷神怡，看一眼就让人炫目陶醉。沿着崎岖不平的田埂向上行走，你以为油菜花的尽头就在山岗之上，当你到达山岗上，呈现给你的又是一片绵延的层层油菜花海。山风徐徐，花海里似躲藏着婀娜起舞的小精灵，弯腰起伏似杨柳拂腰、摆手示意似嫦娥起舞、点头戏眉似凤目迎春，金波涌动，连绵不绝。有身着汉服的女子，粉面含春，在油菜花田嬉闹追逐，觅春风、扑蜂蝶，仿若时光穿越。

桃子成熟时节，满山满坡飘着桃香，鹰嘴桃色如胭脂、身材饱满、红里透粉、色泽诱人、口感甜脆，开采这一天，人们仿佛闻到了鹰嘴桃与众不同的香味，三五成群，携家带口，从四面八方争相涌来，在桃树下狼吞虎咽、饱食一顿后，提篮带剪，更有夸张的，带着可以装得下上百斤的蛇皮袋，全家老少齐上阵，那情形用"抢"来形容更为生动和贴切，于是，车后备厢塞满了一篮一篮、一袋一袋的鹰嘴桃，果农一边数着钞票一边乐开了花。大多数的人们带着孩子前来体验各种有趣的采摘活动，观赏桃园风光与丰收的景象，与大自然零距离接触，亲身体验摘桃的乐趣与劳动的喜悦。

站立山腰，看青山绰绰，摘云雾缕缕，听鸟鸣声声，闻花香徐徐，观炊烟袅袅，数农舍幢幢，拍绿林幅幅，山环水绕，相互映衬，更有男女老少欢歌笑语，满眼尽是诗情画意的田园美景，恍若误入桃源盛景。

（原载于《速读》2022年第3期、《闽西广播电视报》2020年11月23日，并在《客家纵横》《闽西日报》发表）

小城小吃

俗话说："民以食为天。"小城也不例外，家中来客人了，主人便忙着做粄——客家人通常把用大米米浆制作的食品统称为"粄"，做粄是待客的最高礼仪。在各种粄中，最常见的有簸箕粄、黄粄、苎叶粄、艾粄、煎粄、年糕粄等。有些粄在岁时节令才做，而簸箕粄则随时可做，日日可食。

早上七八点钟，忙碌热闹的簸箕粄店俨然成了小城的一道风景线。簸箕粄店做的是早点生意，手艺人拂晓就得从美梦中醒来，边听鸡打鸣，边有条不紊地做准备工作：磨米浆和炒馅料。米浆是簸箕粄的灵魂，直接决定粄皮是否爽滑。过去做簸箕粄，是用石磨磨米浆，然后把米浆均匀地摊在竹制簸箕中蒸熟，最后包馅，这也是簸箕粄名字的由来。如今，为了制作方便，人们用电动的料理机打米浆，用铝制托板取代竹簸箕，虽说吃到嘴里的簸箕粄还是软滑生香，却少了点乡间野趣，也少了簸箕的天然纹理和竹子的清香。让簸箕粄生动起来的是各种馅料：香菇瘦肉、包菜虾米、肉末豆角、笋丝豆芽……山里人依应季蔬菜配馅料，平常却不简单。

提前一天煎制的葱油是簸箕粄不可缺的伴侣，将一勺葱油浇在热乎乎的簸箕粄上，顿时香气四溢。熬制葱油是一件很费时的事：把葱切碎，放进油锅里，火候要掌握好，火大了会烧焦，小了又煎不出葱味。有些店家比较讲究，起锅时还会撒上白芝麻增香。有时半夜起来，整条大街上都飘着煎葱油的香味。

勤劳又心灵手巧的客家人，从来不屑于货架上供君选择的辣椒油、蒜油、花椒油，还是自家熬的辣椒酱有灵魂。挑选上好的小米辣，切末，撒入温油中用小火慢慢熬，加上酱油和少量香菇末、瘦肉末，幽幽的香气开始从热油里升起，熬至焦黄时，浓香四溢，大功告成。

一切准备工作就绪，只见店家将刚蒸熟的粄皮切成15厘米宽的长条，把馅料捆紧裹实，一份外皮如羊脂白玉般的簸箕粄就上桌了。浇上葱油和辣椒酱，再来一份加了当地草药的炖罐汤，让人品出小城生活的幸福与安逸。

　　说起簸箕粄的由来，要追溯到西汉初期。相传，南武侯织带着他的闽越子弟，在福建武平开疆辟土，建立南海国，他们十分想念家乡的美食，于是把南方雪白的大米碾成粉，用米浆代替面粉，做起了簸箕粄。当年，毛泽东、朱德、陈毅等同志率领主力红军三进武平时，当地群众也用簸箕粄犒劳将士。

　　几年前，我到福州省直单位挂职，一个闲暇的冬日，到北大路一家做生意的老乡店里小坐。或许是勾起了乡愁，闲聊时突然说好久没吃簸箕粄了，老乡一家也有同感。禁不住诱惑，老乡停下手中的生意，搬出做簸箕粄的家什，备好食材，开始忙活起来。暮色降临时，一大盘鲜香可口的簸箕粄端上了桌。

　　在那个寒冷的夜晚，在繁华都市的一隅，几个操着武平乡音的汉子围坐在一起，喝着家酿的米酒，吃着簸箕粄，内心格外宁静、踏实，仿佛从未离开小城。

（原载于《光明日报》2022年6月24日）

寻　梦

　　红黄翠绿的远山、缓缓流淌的竹岭溪水、黛青色的琉璃屋瓦、整洁宽阔的水泥村道、如诗如画的民宿装饰，像是回到了旧时光里，感觉每一处景色都亲昵如故，唤醒着一场场遗落在乡间田埂的旧梦，闽西上杭竹岭，处处如画，步步为景，每个角落都飘溢着与大自然相谐相趣的气息，当我打开车门的一刹那，青山翠竹间迎面而来的微风如此亲昵如此熟悉地扑来，仿佛为远道而来的我梳洗一身的疲乏和倦怠，驾车一个多小时的劳顿瞬间消失殆尽。

　　村支书热情地把我们请到村里的乡土茶庄三楼会议室，室外天高云淡，秋色正浓，室内妙趣横生，谈笑自如，茶庄里摆放着各色农副产品和当地小吃，与别的旅游景点不同的是，这些特色产品具有当地的特色，沾染着泥土的芬芳，村人热情地端出一盆盆熟透的金橘，酥脆的花生，这些无公害的水果，充满大自然赐予的山野韵味。

　　是夜，我们夜宿山村，村支书就是民宿主人，这三栋相连的豪华大气的民宿，全部用竹木制品贴墙，连地板、天花板都镶嵌着竹木花纹，村支书笑着说，民宿三楼还在装修，并未全部完工，第二层已经装修完毕，我们是民宿迎来的第一批客人。山村的夜，清静，却不沉寂，村道上亮堂的路灯，照着夜归人，偶尔传来几声狗吠猫叫声，伴你枕着月色入眠。

　　黎明时分，微弱的晨光从窗棂间投射进来，窗外传来阵阵鸡鸣，鸟儿雀跃在窗棂上叽叽喳喳地叫醒晨曦。或许是半夜下起了雨，地面上湿哒哒的，早上起床时天突然放晴，临出门时，忽然又下起雨来，秋雨温润多情，飘飘洒洒，顺着竹叶柔柔的滑落，让深秋的村庄陡添几分寒冷。

　　我们出了民宿，往左拐，去看五福沟。沿竹岭溪溯流而上，四周竹林深深，峰林耸翠、飞岩流瀑，两公里长的山道顺着山势沿溪而筑，嫩绿的菖蒲铺满了溪水两边，路两边长满了红、黄颜色的野菊花和叫不出名字的各色野花，秋来百花杀，想不到在这偏僻山野小花次第开放，在风雨中摇曳生姿，全然不顾这个季节的寒冷和肃杀。溪水清澈，鱼儿畅游其间，溪水里的石块长满了青苔和菖蒲，在竹林摇曳的绿映照下，泛着温润的荧光，仿佛一闪一闪地眨着亮晶晶而魅惑的眼。溪水是一条柔美的丝带，静若处子的彩色深潭，在你的脚边，盘桓欢歌，轻松休闲的游步栈道，古雅的旧舍，朴拙的茶屋，精致的民宿点缀其间。

　　雨越下越大，我们躲进一户农家避雨，主人一家正在吃早餐，餐桌上鱼肉丰盛，菜蔬新鲜，见我们来，立即起身，让座，泡茶。厨房锅灶里正上锅蒸着两锅地瓜干，整个厨房里飘着一股浓浓的地瓜香味。宽阔的厅堂，亮堂华丽，中堂悬挂着伟人画像，茶几古色古香，浓浓的绿茶仿佛带着山间萦绕的仙气，氤氲飘香，几个孩童在偌大的厅堂里嬉戏其间，在做过家家的游戏。

　　不久，雨稍小了些，我们谢了主人，继续前行。雨中的竹林空气清新，在竹林中行走，湿润新鲜的空气沁人心脾，仿佛置身于一个巨大氧吧里，在清新逼人的竹海里，雨水顺着竹叶滑落在伞面，那丝丝缕缕的滴答声仿若叫醒了无数沉睡的笋芽，那声音在地下轻声低语，蠢蠢欲动，好似就要拱土而出，这雨，下的及时，给旱了一秋的土地以滋润，难怪那些藏在地下的小精灵会伸出无数的手臂，探出无数的芽尖，新生命在滋滋生长，很快就将撑起一片美丽的天空。

　　在山顶，我们极目四望，距离竹岭村一公里的红色圣地福建上杭古田会议旧址景区尽收眼底，竹林、野花、芦苇、山泉、在竹林里觅食的小鸟啁啾着欢迎着我们，甘甜的山泉水，甜入心扉，能让你洗净一切辛劳和忧愁，山间的野果让你瞬间找回童趣返璞归真，那怡然自得的惬意，回荡在山谷里，让你有一种浮华世间、人闲气自清的闲适，感受着人世间最美的福气，难怪村人把这山谷叫五福沟。

　　从山上往下看竹岭，青山翠竹掩映下，一排排富丽堂皇的民居黑白相间，错落有致，淳朴村民，古朴小道，漫山遍野一片深秋的金黄，衬着如烟似雾的粉墙黛瓦，小桥流水，宛如一幅颜色分明的水彩画，让人骤然唤醒起童年老家的记忆，邂逅竹岭，就像邂逅童年那一场瑰丽的梦。

（原载于《福建日报》2022年7月31日，并在《闽西日报》《客家纵横》发表）

春的诗篇

春　意

明媚应该是属于春天的专用词汇。

春天里，暖雨晴风，柳眼梅腮，春心萌动，百卉争艳，蝶乱蜂喧，花暖欲燃。桃花的红、梨花的白、菜花的黄，繁花竞放，万物葱茏。

春天，像一位青春靓丽的美少女，明眸善睐，笑靥倾城。

灵动清秀是她婀娜的身姿，桃蕾轻启的呢喃，和青葱一起抵达。

如歌如画是她俏皮的封面，燕子飞时，绿水人家绕。

婉约多情是她萌动的情思，独抱浓愁无好梦，夜阑犹剪灯花弄。

热情奔放是她活跃的个性，绿杨烟外晓寒轻，红杏枝头春意闹。这一闹，便闹了千年。

暖风熏得游人醉，在春天踏歌而行，沉醉不知归路。

春　阳

春天的阳光明媚得发亮，世界透亮清明。

不止一次在寒风中翘首叩问：春天还要多远？畅流的小溪捎来了准信，它已抖落残霜败雪，流水明亮，一路高歌，艳艳春阳把它带入春天的怀抱。

心思暖了，从草根暖到叶尖，蛰伏了一冬的思念开始泛滥，春风一吹，春阳一照，就开始用绿色倾诉疯长的妩媚，生命的裙裾日夜舞动，漫无边际地宣泄对大地的热爱。

春阳不像冬阳那样清冷寂寞，也不像夏阳那样炽热跋扈。

春天的阳光，暖得像贴着情人的脸颊，柔情而浪漫。蓓蕾与春风和解，包裹的死结开始松动，春风过处，再深的山谷和田野，也藏不住柔情似水，倾诉是挣脱冬眠的最好方式，心跳随开启的门扉加速，一夜掠过大江南北，所有冰封都在春风中沦陷、瓦解。

春　红

桃花是春天的名片，桃花开了，春天就闹得有点深了，这时候的春光，如酒如茗，燕儿舞，蝶儿忙，人也跟着醉了。

天空是一碧如洗，万里晴空，让人心胸开阔，云朵在天空写起了抒情诗，仿佛衣袂飘飘的仙子。

绿色让风眩晕、着迷、沉醉，春风过处，爱情蠢蠢欲动，在桃花林里破土而出，开成了桃红的羞涩。

春　雨

春雨贵如油。

春雨绵绵，在斑斓的田野上，在青山绿水间，不像夏雨暴躁猛烈横扫，不像秋雨惹人寂寞伤感。春雨透明如丝，伴着和煦的春风，飘然而下，滋润了万物，滋润了心田，滋润了大地。如丝的春雨，从山间，从缝隙、从天上、从屋檐，柔柔的飘舞着，潇洒美丽，绵绵细细，像羊毛、如针丝，朦朦胧胧，绵绵柔柔，轻声细语，淅淅沥沥，此刻，天地交织在一起，洗亮了叶子的绿，催生了尖尖的芽，让春天焕发出一片生机。

春雨叫醒了冬眠的土地，滋润了花草轻盈的舞姿，晶莹，透亮，温暖，孕育了温馨的春天。她落在水面上，落在稻田里，落在新发的柳芽上，润物细无声。

春雨绵绵，那是春天弹奏的和弦，是春天奏响的轻音乐。

最喜春雨中漫步，享受视觉听觉的自然美丽。雨中漫步，聆听大自然和谐美妙乐章。

春　韵

一年之计在于春。

莺歌燕舞，春天的歌喉像是被晨露浸润过，婉转优美。

春风掀开了姑娘尘封了一个冬天的盖头，在春风中释放着青春和活力，尽情绽放她们的美丽。

孩子们像一群快活的鸟儿，奔向明媚的春天。他们把美好的希冀和梦想，扎进风筝里，在春天的原野放飞。天高任鸟飞，风筝鸟儿一般飞得自由自在，无比畅快。

人们乘着春风起航，走向大自然广阔的天地，在春天的故事里孵化、放飞孕育的梦想，日夜兼程，快马加鞭，借着春风，把绿色的希冀洒遍华夏寥廓的沃土，用勤劳和汗水书写美丽的诗篇，

春光明媚，带来温暖和欢欣，也带来希望和祝福。

（原载于《福建法治报》2019年2月14日、《闽西日报》2019年3月12日）

秋

一片叶子从空中旋转、飘落，秋就降了。

叶片橙黄透亮。叶脉的纹理宛如一幅赭黄斑驳的图画。

秋来芦花白，一夜间，芦花肆意飞扬，与落霞齐飞，筛风弄月，听风抚雨，幻化成一抹浅醉，在深秋的旷野演绎生命的飘逸。

至暮起，才惊觉悬挂天幕的月忽地也瘦了，春的萌动、夏的蓬勃、秋的萧瑟，甚至冬的飘零仿佛都浓缩在这瘦瘦的月光里。

秋高气爽，风轻云淡，成熟、丰硕、甜美等形容词是这个季节的标配。

秋风里，连菊花都开得空旷。

端坐在暮秋的时光里，徜徉与大自然为伴，心素如简，人淡若菊。扯几缕秋风，喊几声秋雨，可以把酒，可以言欢，可以云深不知处，可以云游山水间。

只是，风渐寒，草枯树黄，落叶遍地。

潇潇秋风里，生命里的那些过往、那些坎坷、那些风景，镌刻在时光里，用秋色烹煮，竟淡若秋水。

叶生叶落，始知，昨日的绽放是为了今日的凋零，今日的陨落是为了明日的重生。

瘦寒的秋水，泡着半明半暗的月亮，粼粼的水波上，薄薄的露水，覆盖着人间的悲欢。

（原载于《福建法治报》2020年11月2日、《闽西日报》2020年11月17日）

邀 约

这奔腾不息的相思水
如烟如雾如尘
仿佛应了前生的邀约
在生命旅途绽放

一帘明媚，弦音如歌倾泻
凉一夏暑热，溪水如嫣
让所有的光阴
在时光里开出骨骼的清亮

这千回百转的眸眼
盛开着你的细水长流
所有的倾情镌刻着如梦山水
绿成季节里迂回的思念

（原载于《闽西日报》2019年7月23日）

春天的等候（外一首）

病毒袭来的时候
你坚定逆行汉口
抛开牵挂和担忧
肩负使命不回头
危难来临的时候
你伸出大爱的手
汇聚民族的洪流
呵护疼痛的神州
疲惫双眼滚烫脉搏
医治被感染的伤口
驱散伤痛和哀愁

用爱托起生命之舟

春天到来的时刻
我捧着樱花等候
擦去你额头汗水
陪你去看黄鹤楼

爱的相逢

2月4日傍晚5点，绍兴市人民医院隔离病房的走廊上，一对医护夫妻通过声音和身形认出了彼此，互相用手指了指对方后，两人拥抱在一起，随后又各自继续工作。——题记

你穿着防护服
我穿着防护服
分别多日后
忽闻声音耳熟
彼此在走廊里认出

你穿着防护服
我穿着防护服
彼此用指招呼
一个轻轻拥抱
然后又各自忙碌

走廊里来去匆匆
肩负使命各奔西东
爱的相逢
感动永留人们心中

（原载于《闽西日报》2020年2月25日，并在《歌词月报》2020年3月5日发表；《爱的相逢》发表于《花港词刊》2020年第1期）

捷文的春（外一首）

把第一本林权证
像种子一样
种进捷文的春
无边的绿色
便破土而出
眸中的苍翠开始飞溅
装点了眼帘

贫瘠的土地开始妖娆
在披绿的山冈
如黛的远山
还有那瀑边的繁花
自今日　便与浓绿为邻
演奏和谐的交响

让我把敢为天下先的勇气
用墨笔涂成捷文的底色
一句林改真好
发自肺腑
诠释所有的一往情深

石径岭翠竹

如利剑出鞘　直指苍穹
似扣箭在弦　威逼长空
激战的枪声犹在耳边
风一吹，就会让往事涌出热泪

参天不语，阅尽沧桑

霜凌雪压傲立驻守

让每一个经过云梯的人

壮怀激烈，笑看千山万水

落日余晖　照在耸立的石碑旁

翠竹摇曳守护这战斗遗址

生怕这流血的记忆被日子踩痛

（原载于《闽西日报》2020年5月10日）

春风吻上我的脸（组诗）

心　窗

用嫩芽，深入风和日丽的春天

破译春回大地的密码

三月的雨水，缠缠绵绵

洗净冬季带来的阴霾

指尖尚有水的清寒萦绕

春色满园，虚掩的柴扉无须小扣

季节如此从容，犹如花开

打开心窗放牧

与春天的草木一道领悟繁荣

春　闹

布谷鸟用叫声喊醒沉睡的犁耙

农民兄弟借着米酒后劲

用锄头叩醒冬眠的土地

菜青虫蚕食刚冒出来的春天
雷声打声哈欠，粘住
乌云行走人间的脚步
太阳被放逐流浪
寻觅人间的烟火
菜园的蝴蝶
去沾染桃花初潮的涟漪

柳芽矜持地拱出鹅黄的秘密
梨花带雨穿上洁白的婚纱
迫不及待嫁给春风十里

春　分

春风打碎了金黄的蜜罐
诱使油菜花交出所有的芬芳
蒲公英在田野里用碎花围腰
勾勒萌动的春色
让驶过的每一辆春天的绿皮火车
都有停靠的站点小憩

簇新的叶片诠释情不自禁
蜜蜂用发情期的亢奋
吮吸怒放的青春
她细小的触觉
轻抚初绽人间的体温
叶子浸润着肥沃的光阴
让记忆葱郁
和白云一起察觉春分来临

花　期

吹过不寒杨柳的风
从桃林出来
心事重重，满脸绯红

和煦的暖阳把春天感动得热泪盈眶
一枚花瓣浓缩所有的诗词
春风过处
含苞的枝头手忙脚乱

缤纷的花期吐出风花雪月
徘徊的蜂蝶春心四起
一些词语在春风里醒来
阳光明媚，草长莺飞

春　色

春风一声令下
就给绿油油的大地
换上金灿灿的盛装
蜜蜂拖着肥嘟嘟的携粉足
把一个又一个甜蜜的梦想
藏进油菜花编织的情怀
这些浩荡的金粉
赋予四季丰厚殷实的清香
传递人间所有的美好
蜜蜂成了春天的皇帝
酝酿一场一场的花事
让山川河流灿然开放

油菜花让春风变得妩媚起来
金色的田野弥漫了菜花的芬芳
春天把花开的声音随风播放
花蕊，撩拨着浓浓的春意
蜂蝶夜以继日　快马加鞭
狭小的心房　总想装下
这泛滥开来的
无限春色

赶　春

明媚的阳光盛开了千万朵春天
在殷红的花蕊上奔跑
那些赶春的人们
拿着锄头在山上寻找竹笋拔节的声响
冒出嫩芽的三月
散发出灼灼的光芒

春风荡漾，流泻出大把的春光
整个山坡红里透白
十里桃花，缀满的花蕊
每一朵花瓣都是一颗灼热的爱情
所有的山坡都弥漫着浓郁的花香

春风过处，春天的翅膀
丰富了每一位诗人
苹果绿的诗句，编织美丽的封面
春天躲在目录里被浪漫陶醉
所有的蜂蝶都是簇拥而来的新郎

清明雨

这一天，一场准时的雨
让大地变得脆弱起来
纷纷扬扬的意境
足以让记忆的闸门
排山倒海
雨丝朦胧
仿佛千纸鹤
飘飞无尽的哀思

这场雨，酝酿已久
淋湿所有的牵挂
这场雨，肝肠寸断
搅动四月的感伤
这从古诗里走出来的雨水
歪歪斜斜，割断野草、枯枝
割断疯长的春色
割断枝头的鸟鸣
割断路上行人欲断的魂

这场雨，让春天无语凝噎
群山在雨水中矮了一截
所有的人，都在这一天
找寻血脉的源泉
与如约而至的雨谈一桩久远的心事
一杯黄酒，抚不平伤口的疼痛
一炷清香，祈祷着所有的祝福
（原载于《闽西日报》2019年6月25日、《福建法治报》2019年5月25日）

红色圣地（组诗）

古田军号

比炭火还温暖的是沸腾的激情
在血管里反复酝酿燎原的星火
小米和步枪在民歌中浸泡
唤醒泥土的芬芳
信念根植这片沃土迎风生长

彩眉岭的冬天
在万源祠蓄势迸发星火的热量
在斧头和镰刀的交响里
照耀出思想的光芒

军号在古田吹响
比任何时候更为嘹亮
让全世界的人们
都听到了雄浑壮丽
听到了粗布和南瓜喂养的初心

红军小镇

这个叫吴地的小镇
把红军精神埋进土壤
筑进根基
覆上洒满鲜血的红土地
来年的春天
南瓜苗肆意生长
风从树林穿过

吹落战火熏染过的灰尘

阳光深情地从瓜蔓上掠过
挑开菜园枝叶间蕴藏的时光
身穿红军服的学员打开窗棂
依次接受这来自星火的熏陶
他们知道，这把星星之火
把中国的未来和前途照得通亮

西装革履的他们
知道红军服很重
重的如一座江山
千千万万的红军前赴后继
他们更知道红军服很轻
稍不留神就忘之脑后

回去后的人们
都感觉到了一种前行的力
猛然间醒悟
红军服是一种精神的钙剂
朴素，简洁，有力
迸发艰苦朴素的斗志
红米饭南瓜汤也是一种上好的药
清清上火的肠胃
刮刮多余的脂肪
把自律和自强
变成血性和铁肩的担当

洗　礼

要把思想的火炬擎起来
必须来古田会议旧址

要把火炬留住
也只有在古田会址

来到古田
你才知道
星星之火怎样燎原
来到古田
你才知道
党指挥枪
永远是真理

好风凭借力
激流险滩
浪遏飞舟
一束光
撑开万里晴空

朗朗乾坤
像一片被打开的清明

（原载于《闽西日报》2019年12月10日）

急行军（外一首）

绑带，红军服，背包，担架和林深路滑的山路在黑夜里相遇
红旗飘飘，腰别枪支，英姿飒爽
脚步匆匆，踩醒秋叶的梦
没了当年的围追堵截
没了枪林弹雨的横冲直撞
没了飞机大炮的前驱后赶
这支队伍在崎岖山路上模拟
嘹亮的口号捂热山风的清寒

那些路旁的野花颜色各异簇拥在路旁
看这些在幸福阳光滋润下发亮的脸庞
它们更像是部队的首长
在检阅一个个方阵
检阅他们信仰的纯度和高度

这些秋天的小精灵们安静活泼
她们满怀豪情仰望星空
在偏乡僻壤跳起欢快的舞蹈
让秋天的夜晚充满生机
它们的先辈见证过奇迹
见证过战火燃烧的岁月
见证过从它们身上飞踏过去成为先烈的人们

如今,它们无忧无虑快乐成长
跟这些模拟急行军的学员一样
早已没了黑暗的笼罩
享受着岁月的静好
它们如火的热情驱散了疲惫
也驱散了,和平岁月里的麻木和松懈
天下虽安,忘战必危

农家乐

当年给红军煮红米饭的土锅
如今成了香饽饽
鸡鸭鱼肉都有了红米的韵味
那满手流油的猪肘子
浸润着五指毛桃的精髓
诠释着圣地旅游的真谛

像菜园里的南瓜丝蔓

圣地大道通衢，周道如砥

瞻仰的人们从四面八方涌来

家家户户拿出当年的手艺

让跋山涉水朝圣的人们

留味又留胃

袅娜的炊烟

撬动红土地肥沃的土壤

女人瓷质的呼唤、孩子天真的笑靥

回响在落日余晖里

连空气都弥漫着慈爱的气息

红红的篝火映着大红的对联

欢快的游客尽情高歌

他们的眼神里有股向前飞奔的力

他们的内心里有说不尽的激动和欣喜

他们用客家米酒的豪情

就着夜色放歌

年年好节节高

这盛世繁华的每一个音符

都散发着泥土的芬芳

（原载于《闽西日报》2020年1月14日）

唤醒春天的人（外二首）

在武汉，一名叫单霞的护士

剪去一头秀发

为的是能迅速穿戴防护服

她内心的柔软

像春风一样让大地感到温暖

这个"90后",用她留了29年的发丝
驱散阴霾
撑起了疫区里的丽日晴空
飘满消毒水味的防护服
裹住了她粉红色的秘密
这个春天被病毒隔离
是她们,践行南丁格尔诺言
以救死扶伤为天职
将病人视为上帝
用悬壶济世的医术
用无微不至浓浓的爱
用坚定的守护
唤醒被病毒感染的春天
让曾经绝望的心重新燃起希望

把发烧的大自然关在门外

此刻,新冠病毒被舌尖激活
随旧年的落叶一起
席卷了这座城
扩散在神州大地
像一场冷雨落下
扰乱了人间缤纷的脚步

寂静的街道,朋友圈涌动的消息
让这个季节春寒料峭
防护服、口罩、消毒水
形成一个没有硝烟的战场
冰冷的风兜售着恐慌
春天被紧缺的医疗物资弄醒

人们宅在房间里吃饭、睡觉
把发烧的大自然关在门外
任凭世界如此辽阔
任凭大地春意盎然

开在寒冬里的蜡梅

这些在寒风中伫立的白衣天使
像是一朵朵开在寒冬里的蜡梅
她们站在道路旁给每个人测体温的样子
像是坚强的卫士
守护着一方健康平安

24小时的值守
像生命的逆行
尽心尽力尽责阻击疫情
守护健康
守护每时每刻
把城市的恐慌压至最低

这些年轻的小护士
本该在年夜饭里品味团圆
在恋人的陪伴下享受温馨
在父母的微笑里撒娇嬉戏
寒风将她们婴儿肥一样的白皙
吹得暗红冻人
鼻梁上口罩压出的印痕
像是花瓣里的点点红蕊
蕴藏着人间向上的力

(《唤醒春天的人》《把发烧的大自然关在门外》原载于《福建日报》2020年2月4日，三首诗原载于《闽西日报》2020年2月1日；《开在寒冬里的蜡梅》《唤醒春天的人》分别获福建省抗疫征文诗歌一等奖、优秀奖）

最美的春光（外一首）

喧闹的花枝，浩荡的春色
立春过后，春天就在窗外触手可及
如果可以，我想把室外的春光请进来
这个春天，被一层口罩隔阻了明媚
时间浓缩在狭小的空间里

春天离我很近　又很远
我的祈祷在窗前
那些一线的医护人员
那些四面八方驰援的逆行者
不要说喧嚷的春色
不要说小鸟的脆鸣
他们都在忙着给患者带来希望
安抚所有的病痛
他们忙碌的样子
温暖好似阳光

戴着口罩的春天看不到绿色
消毒水的气息淹没了拂面的花香
责任与忠诚医治着怯懦与病魔
疲惫的眼神书写着崇高与坚强
你们就是最美的春光
让一株株被病毒感染的花草
恢复盎然的生机

虽然这样,我还是想把室外的春光请进来
让每一个医护人员看见花朵的绽放
看见明亮的天空以及大地翠绿的心房

如果可以

如果可以,我愿化作一缕清风
飞遍神州大地
用柔软的躯体为你擦去汗水和疲惫

如果可以,我愿化作一团烈焰
让这无情的新冠病毒
在熊熊火焰中化为灰烬

如果可以,我愿化作一股暖流
冲开所有的羁绊
消融所有的病魔和风霜雨雪

如果可以,我愿化作你心中的牵挂
在你坚强的守护里
给你陪伴和力量

如果可以,我愿化作漫漫长夜里的明灯
为你驱散阴霾,照亮回家的路
那轻盈的脚步,那有力的臂膀
告诉你
没有一个冬天不能逾越
没有一个春天不能到来
(原载于《闽西日报》2020年2月18日)

复工复产交响曲(组诗)

早班车

这是城郊进厂最早的一班公交车
包子豆浆油条让车内有了人间的气息
春寒从车窗玻璃的缝隙里挤进来
冻醒晨梦中的呓语

口罩包裹了生活的欲望
额温枪测出你人生的温度
机位,厂房,工业大道,家连成一道固定的风景
电线杆,风景树,十字路口都是你眼里的参照物
勾勒你具体又抽象的人间轨迹

像是回忆被隔离的往事
连灰尘扑鼻都有消毒水的味道
那些来回在机器上穿梭的工人
手茧依然历历在目
见证着从手工到智慧工业的飞跃
所有的车间、机器和仪器仪表
汇聚成新工业腾飞的音符
每一个字母和数字,都有特定的象征和隐喻

就像放飞的鸟儿
轻盈找到栖息的树枝
测体温,打卡,刷脸,奔向岗位
熟悉的流程里依然有经验的成分
指引着阡陌纵横的经脉
交织生活的真实与理想的差距

质检员

板着脸的表情
始终像一个生冷的符号
敲打出铜墙铁壁刀枪不入的品质
追崇完美，容不得半点瑕疵
是你锐利眼睛里潜藏的闪电
这闪电让企业生命在产品中延续

你的手像秤杆上的准星
不允许有任何的误差与偏离
成千上万的产品从你的闪电里
检验成天幕上的星星
飞向天南地北
成为市场闪亮的眼
你就像掌控着一座神奇的生命之门
井井有条，优选劣汰
做质量与品质尊严的捍卫者

你的心像高悬的明灯一盏
照亮温暖着每一个用户
你冷峻无情的表情
分明就是一份合格的质检单

工业大道

是连接城市与高新产业园区的动脉
夜色被灯火蛊惑
亮如白昼的厂房
白色是唯一的光芒

萤火虫带不走丝毫的风声
一辆辆满载的货车加足油门
载着夜色和订单上路
像是血管的溶栓剂
一粒见效
打通产供销任督两脉
货畅其流
笑靥和欣慰漫过脸颊
越过了血液和身体
融进城市辉煌的一隅

月亮把最深处的表白占据
下班后的恋人甜美的低语
被微风轻轻传送
凝结成露珠，晶莹剔透
让所有被隔离的情感在复工期燃烧
把握最美的火候
前方街灯闪烁
疲惫和辛劳全消
因为家，是人间最温暖的灯火

数控车间

走刀的方向
离真实更近些
每个配件的纹理
都有切削的深度
像流水一般无痕
表面光滑如镜
连灰尘都会打出趔趄
连奔跑的风都会滑倒

没有你想象不到的形状

没有你体会不到的精确

抱着一座机器造梦

梦伸手可及,不再遥远

大自然的一条圆周弧线

在纬度的密发里,摇晃出清晰的音质

流水的声音也会被吸引回归

编程技巧在这里存在的有或者无

都是听话的宠物,一回回模仿、重复

无所不及

遍布大地全身的器官

这复制的功能让大自然

没有了任何秘密

(原载于《闽西日报》2020年3月17日,其中《工业大道》《数控车间》发表于《福建日报》2020年4月12日)

收割岁月(组诗)

夏 收

沉甸,让所有的流云停止

铭记流水的歌唱

时光,在早安的问候中揿响

爱如浩瀚的海洋

高天下的花环

簇拥成收割的巨浪

为这个季节铺开明媚的献词

金灿灿的果实

盗取日月露水的精华

修复万水千山的荒芜

盛夏，黎明和阳光的美丽旷远
让芬芳覆盖了辛勤的汗水
那些绽放的山花、那些叠翠的茶树
都在为丰收的稻田
写出一首首赞美诗
大地捧出热烈的词语
收割机交出土地的诺言
夏天炎热的手，收拾金瓯一片
连同大海呼吸的波浪
都在用喜悦抒写满仓的收获

我的目光，拂过眼前的繁忙
倾听清风的口信
这人世间的安好，于劳动的指间
于脚下的泥土，于手中的一对对茧上
缓缓流淌
此刻，我看见每一颗庄稼
都昂起成熟的头颅
急于向广袤的田野表白
夜色、明月、奔腾不息的机声
翻滚的热浪里，我清晰听见
每一次金属质地的声响
颗粒归仓

农　事

放下农具的父亲
仿若岸边卸了风帆的船只
古铜色的皮肤经不住岁月的打磨
写满疲惫和沧桑

那件挂在墙角的蓑衣
空荡荡照看这片熟悉的土地
像孩时父亲照看我们
一溜烟就跑出了视线
丰饶抑或贫瘠，都成为过眼云烟

夕阳落在村头的晒谷坪上
父亲卷了烟丝把老旧的日子点燃
开始原谅那些麻雀和青虫
原谅风雨里奔波的水牛和犁铧
原谅风，像对待那些陈年旧事

父亲的眼光在稻田里逡巡
像在寻找丢失的青春华年
偶尔也抬头看看暮色四合的天空
这时，他浑浊的眼光里
总有一排排金色的稻浪
踩着时光的嘀嗒声
翻滚　蔓延

抽　穗

好像喊口令一样
齐刷刷抖开掩藏的心事
春天播下的梦想
犹如大幕徐徐拉开

湛蓝的天空下，成片成片的果实
摩肩接踵，仿佛在赴一场盛会
轻盈的果浆满载生命的誓言
撞出风花雪月

这生命里的约会

穿过岁月的纹理

集聚呼啸而来的青春气息

横亘于笔端

让每一粒都饱含泥土的芬芳

殷实、雄浑,如一部沉甸甸的书籍

把自己交付给时间

灌浆不急不缓

整个田野弥漫稻穗的浆香

大地轻声细语

生怕惊扰涌动的春情

然后听蛙声、虫鸣,看世间静好

阳光就是最好的煅烧

成熟浓缩岁月的精华

弯腰低头凝聚了所有的智慧

(原载于《闽西日报》2020年8月4日)

云朵的呢喃(组诗)

记忆醒着,在人间做着标记

我诗歌中用旧的一些意象

在谷雨后卷土重来

你我挚爱着的事物

变换着颜色,很快成了风景

快过滚滚雷声

快过风暴、云层和大海

给人惊喜

眼前的众生,水涨春深

在刻意覆盖一些往事

急需按住记忆的胸口
否则那么快被遗忘
像是春夜走失的星星

隔着的半条河流
水流平缓,水色温和
呵护深爱的人群
树影那么轻,猝不及防
压痛虚掩的宁静

春色包围你我
万物朦胧
这时候,记忆醒着
那么清晰,在人间做着标记

春 寒

你走的时候,寒意还残留在枝头
梅花在雨中絮絮叨叨
那天,大地捧出热烈的雷
油菜花拨亮田野的底色
败酱草握紧拳头
开着好看的颜色

那时候,春天才刚醒来
一些句子刚好解冻
一些修辞和语法在沉睡中醒来
一些花蕾跃跃欲试
练习发声的方式
用身体点燃激情
它们来势汹汹,诠释刹那的芳华
千树万树,诠释所有的沧桑

好在春风打破了宁静
像云朵的呢喃一样
所有的芬芳连接在一起
葱茏开放
李花展示大片的白
比阳光薄了一点点的白
比刀锋还要锐利
告诉我们春天料峭的寒

春风不识字

仿佛读懂了大地的情思
仿佛要把疯长的绿收割
绽开的花瓣
被山尖上的风
扔向了天空
这不识字的春风
一改往日的谦逊与矜持
写好所有的诗词
迎接无人等候的那片绿
越过山丘

蜜蜂闻讯赶来
奔赴一场盛大的约会
暧昧的词语在花间闪烁其词
小草窃窃私语
酝酿一场疯狂的赞美

一个寻找春天的人
怎么会迷失在缤纷的花丛中呢
鸟儿拨开蜂鸣和春色

蠢蠢欲动的嘴尖里
叼着一缕瘦瘦的春风

深　秋

秋风把瘦身的秘密悄然传递
雁儿铺开山岭的信笺
红叶在山腰盖上邮戳

盖一次，秋天就瘦一次
抖落满身的华彩
抖落一秋的硕果
像个减肥的小姑娘
收紧了腰身
大地的手袖
轻轻揽住蓝天的问候
山涧描出碎花裙衣
让深秋羞红着脸
演绎缤纷多情

（原载于《海峡品牌》2020年第1—2期、《客家文学》2020年夏之卷）

十月的画卷

我激情洋溢的笔尖饱蘸黄河长江的奔腾
为你描绘71年的巨幅画卷
如椽的笔杆，有着泰山的挺拔刚毅
细软的笔尖，有着长城巍峨绵延的不绝
饱吸的画汁，比呼伦贝尔草原还要浓绿
这些都是71年肥沃土壤酝酿的创作源泉
三山五岳，五湖四海
激荡着五千年文明的脉搏
遒劲狂草搭载古老的东方文明

还要留白，就让喜马拉雅山压轴
衬托这冉冉升起的无边朝阳

在诗经、楚辞、汉赋的咏叹中寻找最美的修辞
在唐诗、宋词、元曲的吟诵中寻找最好的平仄
白桦林，渔船，椰树是分布在画作四周的帆点
饺子，北京烤鸭是流连在舌尖上的乡愁
京剧，莫高窟是浓缩的文化原浆
共享数据递送科技腾飞的明媚花枝
复兴号用速度诠释铁轨深情的表白
画作里的五星红旗招展着风的自豪
高速飞行的歼20飞出中国崭新高度
钢铁国防撑起你我宁静的港湾
每一寸国土里，都有钢铁的守护
天地辽阔，却拥有无与伦比的安宁和平

中欧班列，一带一路，是你大写的人类壮歌
鸽哨嘹亮在广阔的天宇
泰山石当作闲章
南海是美丽的注脚
青山绿水捧来生态的诗行
天上的彩云都是我献给你的赞美诗
那天安门广场
涌动着华夏儿女滚烫的激情
就是最完美的落款

（原载于《福建法治报》2020年10月1日）

基点村的火种（组诗）

光　彩

1929年9月　象洞暴动

在太源山下的村庄
点燃革命的火种
96名烈士　前仆后继
他们的名字，和村庄一样光彩夺目

红色的基因，打湿贫瘠的泥土
烈士的鲜血
像一朵朵凌风傲雪的梅
让青山绽放最初的誓言

时间在叶脉里生长
绿色在阳光下蔓延
信仰的种子
刻画出灵魂的高度

这火　跟村庄的名字一样
以致在每一个黎明
见到的第一束亮光
它炫目的光影
热切而决绝
足以驱散阴霾
点亮整个世界

将　军

这个闽粤交界的村庄
用它一大片一大片的丛林
用它密不透风的绿
给革命队伍筑起了天然屏障

筹集粮食、药物及生活必需品
昼伏夜行　风餐露宿

萤火点亮前行的道路
鸟鸣揭开低垂的苍穹
寂寂远山隐藏革命的火种

如今，云朵衔来美丽的歌谣
绿色生态插上致富的翅膀
竹林成海，果园飘香
食用菌、林下经济像浪花一样
推波助澜　为乡村振兴
交出丰硕的篇章

张　畲

这层层叠叠的梯田
填补时间的缝隙
烽火岁月送粮送物送情报
一些旧照片，烈士英勇就义的画面
犹如晚风中滴血的残阳

把革命情怀编进藤椅里
把宏伟的蓝图镶在藤蔓上
梯田、青山、瀑布
织就幸福的彩带
逶迤蜿蜒，像是隐藏着一个春天

线上线下张扬互联网的威力
土壤交出体内蓄积的能量
阳光这么卖力
与大地碰杯
蝉鸣赶着夕阳
醉意写在村民陶醉的脸上
笑声朗朗

青蛙在星光下合力演奏
乡村的交响

亭　头

其实是一个村庄的名字
宋朝时期就这么叫
叫的有些古老
看得见历史的痕迹

亭头阻击战，艰苦卓绝
县苏和区苏，让这个村庄
红得耀眼，需要仰望
需要屏住呼吸
如同不锈钢的锤炼煅烧
如同铁锤镰刀的一次次淬火

在春园别墅里
倒出时光的锈水
天地空荡
乡村振兴让古老村庄
焕发新的活力

村里的李老汉
手机滴的一声
做不锈钢的儿子
打来十万元款
捐给村里修路
热血滚烫，煮沸了村庄的晨

心中，始终有一面旗
初心不改，照耀亭头
前行的路

湘　洋

一定是飞将军的神机妙算
衔来了山清水秀
田园、青山、绿树
勾勒村庄的轮廓

峥嵘岁月
崇山峻岭，峦叠峰峙
云遮雾罩，暗无天日
烽火生长出信仰和正义
热血在寒风里奔跑出黎明
云开日出，大地春回

从此，群山盛开着蓬莱仙境
红旗不倒，沃土成金
村庄集聚所有的颂词
品一杯绿茶
听一曲山歌
大把大把的绿
织起展翅腾飞的梦想

在湘洋，在刘亚楼故居
所有的思绪
在饱满的热情中
满载春天的誓言
草木山川弥漫芳香
日子应声而开
所有的汗水
滴答成清澈的诗行

（原载于《闽西日报》2020年10月20日，获该报红土新歌征文三等奖）

逐梦前行

我们胸怀梦想，与时间赛跑
辽阔山河的每一寸土壤
涌动潮水一样的激情
朝发夕至，风驰电掣
用风的疾驰诠释中国速度

五彩缤纷的大地体验十三五的辉煌
欣欣向荣的景象奏响十四五的华章
百年梦想成为新的誓言
山川、河流、田野见证波澜壮阔
日月星辰像奔腾的骏马
在无垠的疆土纵横驰骋

巍峨的泰山，莽莽的昆仑
流淌黄河长江滚烫的血液
中华民族这艘巨轮
即将以新的雄姿
在惊涛骇浪中劈波斩浪
砥砺前行

恢宏的蓝图振奋人心
一带一路
让世界变成地球村
天空放飞着和平鸽
14亿华夏儿女
舒展民族的精神
共同描绘复兴梦想
三山五岳
挺起民族的脊梁

在 960 万平方公里的大地上
唱响幸福的歌谣

腾飞的翅膀
唤起山河的壮志雄心
中国力量
中国奇迹
中国精神
点亮着中国
雄鹰展翅高飞
英雄整装待发
信仰与忠诚汇聚一股磅礴力量
五千年文明与兴盛孕育出恢宏远大的理想与希望
中国，将在未来的征程上
以源源不断的能量
弹奏一曲撼世的乐章
（原载于《闽西日报》2020 年 12 月 9 日）

水下写诗

五月，一个诗人把汨罗江当作稿纸
用离骚、九章、九歌当作诗行
用楚辞来押韵
用不屈不挠的身躯作句号
用大义凛然的精神沾染笔墨
写下千古绝唱
他的周围蚊虫肆虐，在盗取他的血
他的血里有一种爱国的情怀
能把江水点燃

江水滔滔，诗人的骨骼在水里盛开成天问
赋比兴的文字被驮行二千多年

词语成了两岸的花，漫过经年的宣纸
鲜花、香草让品行高洁的君子口吐莲花
臭物、萧艾让奸佞变节的小人楚歌四起
诗句随招魂的香草强行登岸
沧浪之水清兮，可以濯吾缨
沧浪之水浊兮，可以濯吾足
豪气干云，不动声色占领着楚国的城

故国的文字演变成一个个粽子
黄河喂养的词汇，从水底出发
诗人用融进血液的母语
在水下写诗
反复吟唱失落的山河

（原载于《福建日报》2021年6月14日）

时光埋没人世间的童话（组诗）

迁　徙

客家是流动的词汇，水流轻轻的
流过的地方，布满质朴语言的
脚印，深深印在
山和水的倒影里
露出智慧和光芒
瓦片和黄土，点缀客家的封面
竹篾编织世代的箴言
犁耙在牛背上，延续中原的操守
只有天边的晚霞，还在深一脚浅一脚
点缀筚路蓝缕的酸楚
流动的过程，桃花绚烂播撒
凝望成为每日惦记的章节
客家村庄斜倚在祖辈的目光里

一个村口，就是一段故事
一株老槐树，就是记忆的全部

记　忆

一声沉闷的咳嗽
被岁月的雨水
赶进老屋的院堂
村口的那口枯井
井沿上仍刻着少女时的心事
青石板的老路
鹅卵石上还镶嵌着银铃般的笑声
搁在墙角的旧扁担
是劳作时你追我赶的旧时光
秋后的凉意，阻隔了
一路而来的蝴蝶
弯曲的河流扎进小村的怀抱
屋檐下，青春年少被风雨剥蚀成一抹夕阳
与高过屋檐的炊烟
相依为命
步履陷在深深的巷子里
那一串跫音，总赶不上春天的脚步
桃花的嫣红里满是失落
遗忘的青春对春天早已软弱无力
只有头上的红头巾，还有那时的味道
只有风干的记忆里，还有忘情的回味

嫁　妆

春天里刚出栏的鸡鸣，打动了绽放的桃花
在后山的竹林里满世界奔跑

在客家，女孩就是一朵朵桃花
沐浴着江南荷香
轻挽着小桥流水
一辈子和月亮续写芳香的童话
从邂逅开始到一场春风拂面的花季
山泉的清冽喂养出清纯和热情
让山村的爱情浸润出米酒的甘甜
红红的花炮和灯笼，护送着少女的娇羞
整个江南都被风传递着嫁妆

山寨像披着彩虹的蝴蝶一样
掠过被渔火照亮的河
把幸福托付给大山
把蜜月交给田野和星星
粉红的花瓣
传递春天也传递勤劳、质朴、善良和智慧

山　歌

是浪漫和幻想，然后才有了激情的歌唱
那么多粗犷的声音，应和一片桃花的红
农忙季节里生产的词汇，带着泥土的味道
试图亲近一瓣刚绽出的小骨朵
桃花，掩映在梧桐树背后长长的山窝里
需要有高八度的喊叫
有时候，嘶哑的呐喊也是一种视听
麻雀飞出了屋檐，向晚的河面上
风轻轻的，云朵贴着水面
一条河流爬上了更高更远的天空

酿　酒

其实是一段往事，把它尘封起来
里面有油菜花的金黄，如果你能想起
堆满谷子的晒场上，飘拂着稻香
那是丰收的香味，一阵一阵，扑鼻而来

酒是很美的寄托，就像一瓣桃花
古人总是用酒，来寄托乡愁
也用酒来描绘爱情的滋味
喝着，喝着，就有了唐诗宋词
也有人，用它壮胆，比如打虎的武松
冬至，在一个缸里埋下蒸熟的米饭
就像期待一个美好的姻缘
然后，一直在风车旁边，捧着阳光等你出酿

客家话

犹如听一朵云在河面上片刻的静止
河水干净透亮。鱼儿悠然游动
桃树隔岸吟春，几瓣粉红
落在莞尔一笑的裙裾
犹如丝滑的柔美
仿佛来自天籁，那声音拽住了行人
停下了脚步，寻找小鸟的歌唱
犹如一滴水悬在半空，它轻轻落地的回响
又像是桃树，轻轻的等待流水
然后把仅有的缤纷交付
犹如是一朵云贴着静静的河面
宛若春天，燕子的呢喃

庄稼汉

如果跌倒，也是一棵松
伫立在悬崖，成绝美的风景
如果躺着，也能撑起一片宁静的天空
或者，站在那棵百年的老槐树下
顶天立地，凝听大山的脚步
山路很长，远处的风声
吼出千姿百态
你迎面而上，一句山歌号子
无所畏惧，裸露客家的豪爽和刚强
一碗米酒，让你雄风霸气
小桥和流水，也让你的春天葱绿繁华
让岁月撮合的一次次相逢富有温情诗意

宗　祠

推启厚重的大门，翻开尘封的典籍
在斜风细雨里，走进宗祠
红墙绿柳，碧水环绕，盛开的菊花
弥漫着一股家的温馨
分明是千年的祖训，逸出的馨香
走进宗祠，以亲情的名义；也可以
追得更远、溯得更深：透过薄薄的雨幕
看祖上的身影，辉煌依旧
远处的，化为一抔泥土
近些的则录入画卷一轴
借焰火的璀璨，把一个繁华旧梦
演绎至今

其实，客家是个动词
多少朝代，多少豪杰
都在努力让这个动词变得生动而富足

走在客家的族谱里，我更愿意
沿着血脉负笈而行
用敬畏的目光端详宗祠
使中原的故土更多名门望族
成为你封面上的英雄

古戏台

绣上尘世的喧嚣，一身戏服
演绎一世的清欢
金戈铁马，江山如画
藏在水袖里的手掩不住爱情

时光的铜镜埋没世间的童话
一截故事绣成袖口上的那只蝶
两扇翼翅，一半拿去引渡，一半用来续缘
生旦丑净与抚琴的绝响
击碎岁月的质感
留下声声慢

一出水妆，足以掩盖芸芸众生
一方戏台，足以演尽冷暖人间
（原载于《海峡品牌》2021年第7—8期，并以《住在年画里》为题在《海峡诗人》《星河》发表）

秋 凉

一只马古蝉，抱着一棵树枝

两片羽翼像生锈的锯片
拉出嘶哑的喊叫

眼前炎热的灵魂
被秋天一寸寸覆盖
蝉声愈来愈狂躁
银杏叶子愈来愈黄
宽阔而洁净的马路
被秋风扫下的落叶和蔓枝
遮掩寂寂的暮色
老牛的犄角把黄昏拉长
炊烟渐起

看秋夜灯火通明
萤火虫熙来攘往
织起无数的弧线
像是一场秋雨
几度秋凉

（原载于《闽西日报》2021年9月28日）

烟火人间又一秋（组诗）

石雕记

我在写满尘世的大地上采撷到你
你的青春在我叮叮当当的敲打里满血复活
铁锤与刻刀之间相敬如宾
山峦、草木、飞鸟、云岚
顺着河流的方向精神饱满
赋予血脉和肌肤，成为亲人

我深入你的骨髓

翻手为云覆手为雨

每一次都是用人间的文字

你在如镜的水面上打磨、翻滚

打湿你初到人间的眸眼

我用尽一生的智慧把你激活

每一天，都与粉尘为伍，殆尽芳华

世间万物，在凿刀下愈合着伤口

不负光阴

秋天席卷了所有的颂词

与天地万物相谈甚欢

目光所及，这尘世满眼美好

芦苇随风而开

满是稻香的风声里

拧出的汗水咸淡适中

不负光阴的豁达与深情

秋　夜

眼前炎热的灵魂

被秋天一寸寸覆盖

遮掩寂寂的暮色

老牛的犄角把黄昏拉长

看秋夜灯火通明

萤火虫熙来攘往

织起无数的弧线

像是一场秋雨

几度秋凉

（原载于《闽东日报》2021年11月22日）

长 征

我总是把草地，看成是一页悲壮的诗
累累的枪痕，高高的雪山，烧红的铁索桥
渗入骨髓般致命的痛
雪的锋利，铸就民族的图腾

时间的剪刀切出战火和枪声
小米加步枪让凶悍的大水停滞
生命悬在高处成一个个炸弹
随时汇成骇人涛声
多少年了，大渡河仍然不减奔涌的锐气
它绽放在时间深处
清澈见底的水面，有大写的人字闪烁光芒
英勇，无畏，坚强，在大地奔走

大风吹过五岭
金沙江的浪淘渗入肌肤
夹金山的冰尖像刀尖一样寻找出口
肌肤黝黑发亮的队伍露出英气
二十四条河就是二十四个节气
浪花被一滴雨水攥住
露出饥饿的喉结
十八座山像一道道刀锋
削割着战马的瘦蹄
雄鹰在瑞金振翅
延安的窑洞已饮下山河和内心的热血

肩头的坎肩
细密地背负着一个民族流血和疼痛的部分
一个人的支柱，像一枚钉子

楔入历史的脊梁

野菜，草根，树皮都是时光的泪水

打湿教科书也打湿上天

思想的惊雷汇聚精神的力量

草鞋用弧线的印记

踏出内心深处的火山熔浆

锈迹沉重的大地

吐纳千年的长风

高天之上的家园

眉批着雄关漫道真如铁

长征成为中国的史诗

一笔一画，一字一句

都吸收了山河的波澜壮阔

每一声吟诵都霞光万丈

每一句吟诵都落笔成金

（原载于《解放军报》2022年11月22日，并在《扬子江诗刊》发表）

划龙舟

我用力地划动这桨

是想让你二千多年的痛

随桨抽出的水喊出来

江水如雷贯耳

龙舟上的鼓手

一遍一遍擂响天问

看怎样的铿锵

才能喷涌黄河的抒情

龙舟如离弦之箭

在惊涛骇浪中穿行

劈波斩浪，荡气回肠

旗幡如你的峨冠博带

傲视苍穹

再没有江河阻拦

再没有腐朽挡道

华夏上下，海清河晏

风清气正

在虎虎生威的鼓声里

如你所愿

国泰民安，幸福安康

（原载于《福建法治报》2021 年 6 月 17 日）

老　屋

墙缝里依然能找到童年的旧时光

仿佛这么多年

从未离开过这片土地

记忆在沧桑中交织苦辣酸甜

八哥衔来春意

缤纷开放的李花装点烂漫

麻雀啁啾着觅食

又在惊惧中轰然飞起

油菜花从菜园子斜倚而出

紫苏叶织起昆虫的乐园

落满尘埃的风车躲在角落里

蓑衣挂在墙上与岁月握手言和

晚霞满天，故乡的老屋
总有一朵云为其遮挡
尘世的风风雨雨

（原载于《闽西日报》2021年9月14日）

倾　心

山水多情
孕育一湾妩媚
每一片水域都是佳人
一见倾心

碧浪夹杂着夕阳的情话
鱼翔浅底，是不是你闪烁的眼
世间万物，都屏住了呼吸
此时的喧嚣藏在眉间
倾诉，才是季节永恒的主题

阳光灿烂，周围群山静默无语
我深入你的骨髓
低头望云，
每一团云絮都是思念的文字
你在如镜的水面上翻滚
碧水无字，但我仍读出你的执着
把所有的过往拧成忧伤
爱到暮色苍茫
忘了归期

（原载于《闽西日报》2021年8月10日）

相　伴

你在落日的黄昏点亮明月，布下星辰
流水送走时光。送不走白首不分离的缱绻

嫩嫩的叶脉，犹如小溪流淌花一样的青春
粗实的藤蔓，像血管纵横交织，从未见过
如此难舍难分的缠绕，如此平静如水的相依
仿佛命运不由自主，仿佛万千宠爱百折不挠

诗和远方描绘无限风景
每一棵植株都被阳光抚摸
每一片叶子都朝向大地的掌心
历尽千辛万苦，在风雨中躲过了一次次磨难
只想让所有的美好虚幻如故，与这尘世朝夕相处
始终保持向上的信心

高山云雾左右相伴，你所见的笑脸都是
阳光的，朝着同一个方向
（原载于《闽西日报》2021年10月19日）

开往春天的专列

在闽西，我看见古田会议旧址前的油菜花
怒放一片金黄
像铺开的火焰
点燃乡亲们炽热的生活
广场舞，扭动青春的腰肢
摆脱贫困后的笑容，开心灿烂

似溢出的芬芳蓬勃向阳
高铁踩着小康的鼓点
开辟通往春天的专列
在丰收的原野疾驰
像魔术师
给山川、河流换上喜庆的盛装

麦秆油绿，在肥沃的土壤里拔节
太阳的光芒，擦拭民歌的嘹亮
曙光照耀着东方巨龙
开往春天的专列里
南湖红船，满载画笔与宣纸
一路向北，铺开一幅幅山水画卷
新思想的火种在九州燎原
百年浩荡、披荆斩棘、迎风劈浪
黄河长江在字里行间汹涌奔腾
澎湃成铿锵的狂草
巍巍巨轮屹立在东方

群山沸腾，拉响春的引擎
春风铺开大地的锦绣
春光送来清脆的鸟鸣
翱翔搏击的雄鹰
在蓝天捍卫尊严
富饶广阔的田野
抒写复兴的诗篇
镰刀和铁锤的誓言里
生长智慧和力量
春华秋实，花团锦簇
幸福与祥和写满每一个脸庞

喜讯荡漾在如画江山里

每一片花瓣都似音符奏响百年的交响
信仰在十四亿明亮的眸眼接力
坚定自信的汽笛声
让我看到钢铁般的意志和坚强

（原载于《福建文学》2021年第12期，入选《心中的歌——福建百名诗人庆祝建党百年诗选》一书）

鸟鸣在春天醒来（组诗）

秋声赋

我用红叶截取一段秋色
盛满相思的散句和满山的鸟鸣
山风收购所有落叶
捋开湖面皱纹
白云伸进天池蘸足笔墨
在天空写下蔚蓝诗行

南方之南，风是使者
带来千山万水的更声
好在万物颗粒归仓
秃枝上的柿子鲜红欲裂
留给鸟儿充饥
有人从树下经过
咽了咽口水，脚步有些迟缓

一湖秋水泼墨千年烟雨
雁阵传报霜降讯息
木屋里有谁的旧影
衔来斜阳几缕
将一些陈年的句子锻造翻新
潦草写下秋声赋

再将满坡芦苇
请进画里做了落款

鸟鸣在春天醒来

在春天
窗台上的兰花、绿萝、茉莉、丁香
院里的桃树、海棠、枇杷树
都是你种下的影子
蝴蝶、蜜蜂、蜻蜓在花间陶醉

鸟鸣在春天醒来
微风徐徐，回忆在剪辑精彩
花荫下的词语在酣睡
许多偏旁被风吹乱
变成海角

蓝天被一层层地浣洗
光阴，草籽和最初的誓言
在流水里生长
日子简单而平静
笑容被时光一寸一寸覆盖
伊在海的那角翘首
有滚烫的心跳
将天涯熨为咫尺

那一抹盎然的绿

那一抹盎然的绿
绵延出无限的诗意
涌起千层浪

如大海中的岛屿
传递人间翠绿的希望

云雾拨开折叠的情绪
从虚构中掏出千山万水
水面复制出天空的蔚蓝
像是一湾深情的海域
鱼儿在波纹里跃动

有人在岸边踏歌
似是在喊醒桃花的梦
被绿色眩晕的风
带回海浪的涛声
仿佛看见了船帆
把梦驶向了远方

山水砚台

摊开一片翠绿
风是画家，将唐朝的墨唤醒
留出巉石、山峰和梯田
让竹叶一遍遍临摹
绘一幅秀丽的山水

又像是一方砚台
被绿色包围
盛满人间的烟火
恬淡且温暖

山中遍地月光
浓稠凝重的绿
调出千山万壑

随物赋形
复制明媚的山河

大地恋情

微风很轻，记忆中的梦境
是一只鸟喊醒黎明
像拉开大地的腹腔
把树影婆娑从晨雾中掏出来
像淘洗一件陈年的旧物
满树摇红，细碎的光阴会看见
拔节的水草会看见
与摇晃的波纹脉脉相视
秋色平分，雾霭在慌乱中躲避行人
慌不择路，湖水协奏晨曲
与秋天相向而行
眼波把你托举，平静如水
阳光很好，你就在芦苇的背后
沾着露水，熟悉刚学的新词
向天空传递大地崭新的恋情

（原载于《中国艺术报》2021年12月31日，其中《鸟鸣在春天醒来》《秋声赋》发表于《平潭时报》2021年12月30日，《鸟鸣在春天醒来》发表于《福建日报》2022年3月13日、《诗天下周刊》2022年3月4日）

我喜欢这秋天

说到底，我还是喜欢秋天的
秋天住满了果香和层次分明的万物
秋风里，每一个村庄都在抒情
晒台上晾晒的收获和喜悦
让鸟儿四处翻飞雀跃

我喜欢这秋天
择阳坡净土而坐
披一身斜阳
豪取一杯秋色
点一行南飞归雁
来二两微凉薄雨
月桂正香
醉了三二知己

（原载于《北京文学》2022年第3期）

花瓣一层层打开春天

柳丝轻拂，小草冒尖
暖风一夜催开春意

纸鸢飞起。草地迎来无邪的童年
笑声在田野奔跑
草丛捡到丢失的乳名
盛开的迎春花瓣
正一层层打开春天

燕子也飞过来了
追逐着飞升的纸鸢
童趣让所有的生灵敞开心扉

似乎把光阴退回到孩时
皲裂的唇首先感受春天的暖
如同大地的赏赐
漫山遍野如约而至的绿
让我们看到了春风的浩荡

（与诗歌《鸟鸣在春天醒来》发表于《福建日报》2022年3月13日，并在《诗词报》2022年5月7日、《闽东日报》2022年4月16日发表）

春天点燃粉红的引线（外一首）

春天设计了粉红的封面
装订在东岗村
沿脐带一样蜿蜒的公路旁

在东岗，樱花如期绽放
一起绽放的
还有隐藏了一冬的心事
一阵风吹过，看樱花的车辆
排满景观路两边
樱花树下，农人吆喝着耕牛犁田翻土
像春天的信使
掏出大地的心扉

樱花在暖暖的和风中
揉搓粉红的引线
一路引燃白色、粉色、红色
仿佛是一部巨著
仿佛是铺天盖地的祝福温暖着我们

小草浅浅地拥抱阳光
冒尖的新芽
传递春雷的信息
大地初潮，人间摇红

春风捎来口信

春风捎来口信

故乡李花一夜盛开
露珠也咧开嘴角
流连深涧的清泉
搁浅所有的青黄不接
田野翻飞的麻雀
啄食蠕动的光阴
在太阳下泛着温润的光泽

在旧时光里泅渡
色彩、光影随喜怒哀乐一起抵达
翻新故乡疏远的记忆
童年在囤积中变得薄脆
树木、小桥、土屋
都在痴痴的等待中苍老

满是形容词的春天
把所有的萧瑟关在冬日里
绿色覆盖了所有的誓言
蜜蜂嗡嗡摇旗呐喊
蒲公英在村头的小溪里翘首
思念纷纷扬扬
像蔓延的李花一样
我清了清嗓子，抿住三月的嘴
怕一开口，就会喊疼
沉睡的乳名

春风里，炊烟从黎明到黄昏
续写乡村的乡愁
一只鸟窜入碧空
擦亮如歌的诗行

（原载于《平潭时报》2022 年 4 月 26 日）

桃花岛（外一首）

浪漫簇拥，时间的渡口架起桥梁
走过鸟鸣、湖光和想象中的木屋
仿佛前世约定
水酿出月色的朦胧
舒展清风吹拂和风情万种

桃花盛开，编织人间最美的期待
春潮滚滚，思念像船一样摆渡
水波荡开光影抚慰青山
绿水微醺，把心托付

春天在岛上奔跑，明亮笑声里
小舟划开一片彩色的天空
芬芳四处奔走，梦里拥抱过的人
在水的笑声里醒来

百香果的天空

翠绿细小的藤蔓
袅袅婷婷伸向高远的蓝天
耀眼的绿，在贫瘠的心田开花
播撒人间和煦的暖

这小小的藤蔓
带着大自然的恩泽
带着天籁和朝露
撑起秀美山川摄魂的绿

春天揣着美丽的修辞

勾勒葱茏的底色
飞翔的白鹭在绿天空下指挥
弹奏乡村振兴的乐章
草叶上凝结的露珠
把阳光一遍遍擦洗
谱写大地丰收和富足的交响

（原载于《福建日报》2022年7月3日）

六甲，织起如梦的仙境（外一首）

群山环抱，氤氲的雾气疑入仙境
静止的涛声，变成诗意
村庄，像打扮入时的美女
得体，又合身，紧贴着跃动的波光
秋天恰到好处，缤纷的色彩
分布在湖的四周
舟行碧波，眼见为实
梦一样划开的波纹像是激越的鼓点
奔放所有的春暖花开
湖水在幸福地尖叫
马达像是野性十足的长鞭
在山水间谱写绚丽的华章

枫叶芙蓉出水，秋意渐次登场
越来越多的笑声翻山越岭
梦想披荆斩棘
文史馆里辉煌的奇迹
演绎着步履铿锵的追求
密码布道在水里
村庄深处的酒香足够浓烈
被风一丝不苟播撒

人间烟火饱含乡村振兴的饭香

灯火通明，与大地引吭

采矿，飞翔的梦想

在隧道里，我看见梦想在飞翔

黑漆漆的矿山

科技的风枪像钥匙插入锁孔打开宝藏

黝黑的脸庞始终一丝不苟

火眼金睛在掏空的腔体

辨认金色的光芒

山没有改变模样

我看见山体里一把钥匙飞翔

打开了山门，赶走了鸟鸣、虫声

枕木与钻头背光而行

把一堆堆矿石跨越山水穿透时光

采来天地的神话

与日月推杯换盏

（原载于《闽西日报》2022年11月22日）

钟茂富作品

青　猴

　　常八叔家在城郊，独门独户，屋后是一片山。所谓门户，就是一间茅寮，搭在一块坡地上。菜园里有两棵桃树，桃树旁有口枯井，多少年不出水了。他用水都是到山脚的溪边挑。

　　八叔有个祖传的卖跌打膏药手艺，传到他手上不知多少代了。父母去世早，他很小时就到集市上摆地摊。江湖郎中说是郎中，往往都有些旁门左道，或有点功夫，或会点魔术，或以杂耍招揽顾客，当地人称之撮把戏。八叔不会撮把戏，也不善扯着嗓门揽场子，一天卖不了几个钱，勉强为生，连个老婆都没讨到，大半辈子了还是孤身一人。

　　那天日暮时分，八叔卖膏药回来，看到一只青猴在树上摘桃吃。他没有赶它，等它吃饱了窜下地，才发现这猴儿走路一瘸一拐，原来它的右腿被一个铁夹子夹住了，还流着脓血。八叔招了招手，猴儿要逃去，孰料那铁夹子却一下挂在地面枯枝上，猴儿拉扯不动，痛得滋滋直叫。八叔双手比画着走上前，猴儿似乎懂了他的善意，不再挣扎。他把猴子抱在怀里，双脚用力踩开铁夹子。八叔看了看伤口，还好脚骨没断，给它小心敷上药膏。八叔还买来蛋白粉，每天冲水喂它喝。

　　伤愈后青猴没有离去，八叔卖膏药时就带着它。青猴聪明乖巧，经常跳到八叔肩上做出怪模样，有时还在场中翻筋斗作揖，逗得街人围观。八叔的生意逐渐好起来，手头也宽绰点，每天还能喝两杯小酒。

　　不觉已是九月初，茅寮外掠过一阵凉意。八叔闲来无事，正要早睡，青猴跳上床来，拉他的衣袖要他起来。"死猴子，走开。"八叔推开猴子，那青猴再次跳上来，吱吱叫着拉他往外走。八叔随青猴走过一段迷离的山路，转过山坳，但见眼前一片豁然，清朗的天空上，雪白的银河倾斜而下，直直垂到三棵大松树下。青猴跳跃来到松树下，双爪乱扒，不久就露出一块大石板。这就是村中流传久远的"天河窖"了。八叔背着一瓮沉甸甸的奇珍异宝，走在坠叶纷纷的寂静里，真像一个梦。

　　他把山坡上的茅寮拆掉，建了一座围屋，上中下三堂出水，钱却还没花掉多少。他又入股乡办林场，拥有一千多亩喝露水长大的树木，躺着都有钱进账。他还在经过三棵松树的水口，捐建了一座平板桥。

他不用再冒着风雨到街边卖膏药了，摇身一变成了村里的红人，村人对他的称呼，也悄悄从常八叔变成了"常八公"。自此，祭祖时他上头炷香，宴会时他坐主宾位，连走路时众人也拥他走中间道。这让他很是受用——有尊严的生活，真好！

青猴也不用跟他赶集奔波了，毛发被他打理得光滑顺溜，不过青猴似乎比以前更顽皮了，时常跳在他的肩上，抓抓他的脑袋，捏捏他的耳朵，挠挠他的腋下。有时客人来访，青猴也不老实，在客厅乱窜乱跳，还时不时爬上他肩头嬉闹。

"这卖膏药的猴儿真好玩。"有一回八叔参加族里的一个宴会，村里一个有头面的人酒后失言，话里带点奚落。八叔走在回家的路上，迎风听见有人在转角处悄声说"耍猴的来了"。

八叔听到这些话耳根发热，觉得尴尬，有点不喜欢青猴了，他不想让人们因为看见青猴而想起自己卑微的过去，于是把青猴带到山上，要将它放归自然。可青猴发出吱吱的哀求声，赶它也不走，总是跟在后面跑回来。八叔狠了狠心，用绳子拴起它，放到枯井里，每天往井下扔点吃的。

奇怪的是，没了青猴的打扰，八叔并没有多开心，反而觉得少了点什么。有次喝醉了酒回来，趴在床边吐了一地，八叔睁开眼望着空荡荡的屋子，想自己半生孤寡，一个帮衬的亲人都没有，反而是青猴给自己带来好运和快乐。他才意识到，青猴是自己少不了的朋友。

八叔不禁深深自责，踉踉跄跄跑到枯井边，解开系在桃树根上的绑绳，把猴儿从井底拉上来，松了套索。

此后，他时常带着青猴四处溜达，再也不忌讳别人的嘲弄。他依然去敬头炷香，依然坐主宾位，依然大大咧咧走在中间道，别人叫他耍猴的，他不再生气，只是乐呵呵一笑。

这天晚上，八叔参加村里一个老人的生日宴。酒酣耳热，席间闲聊起邻村出现野狼吃羊的事。众人不以为意，话锋随意转，八叔用往常一样的呵呵声，与众人喝到尽兴才散席。

月华似水，八叔乘着月色踢踢踏踏走过一段山路，不觉来到家门口，正要招呼屋内的青猴开门，突听身后闪过一道黑影，未及细看，那怪物已如一阵黑旋风卷过来。他心头一惊，循着墙根撒腿就跑。跑到菜地时，黑灯瞎火，他一脚踏空掉到井底，只觉得一阵剧痛，接着井口传来狂嚎不止的狼叫声。

也不知过了多久，狼的嚎声才消失，八叔痛得快昏过去了，就在这时，听到井口传来说话声。他抓住人们扔下的绳子爬了上来。

"要不是猴儿把我们引来,你可能要死在井底了。"村里人说。

八叔瘫坐在地上,许久才缓过神来。猴儿仿佛知道他受伤似的,没有蹿到他肩上嬉闹,围着他叽叽叫着。

八叔的眼里滚下两滴泪。

第二天传来消息,追他的那只野狼,被村人赶到后山就找不到踪影了。

(发表于《台港文学选刊》2020年第2期、《意林》2021年第3期)

残　画

汀州接头户李十一,在城北开了一家字画店,名叫摸画堂。所谓摸画,是说凡交过"摸礼",皆可于暗室挑一字画。因其展品十幅必有一真,常有人"摸"得真品,久之,人称其李十一。暗地里,李十一却要依仗自身能耐,完成筹集款项等多种任务。今日单表李十一智斗军阀头目,既得"摸礼"赏金,又诱其自毁名画的一段佳话。

这一年,广东军阀严从德来到汀州城。严从德黄埔四期毕业,雅好古画,算是儒将,在国民党"围剿"中央苏区时,带一个师驻扎在粤东、闽西一带。

他听闻汀州李十一手头有真画,派人问清地址,便带了随从,乔装直奔摸画堂。

李十一年过六旬,遒劲的须眉下藏着一双深邃的眼睛,言谈举止给人高深莫测之感。他见来人一袭长衫,举止儒雅,便起身迎客。严从德拱手还礼,说慕名前来,看能否"摸"得一画。李十一说:"人找画,画也找人,看缘分。不过,丑话说在前头,按惯例先生要先拿五个'摸'礼钱来!"严从德当即命人掏出五个银元,放在桌子上。李十一带严从德走进暗室,命人点上蜡烛,对他说:"这壁上十幅画,任由先生挑选。挑不挑得上,全看先生福分了。"

严从德举起蜡烛,挨着古画逐一看过去,迎面一幅仕女图,一幅"三友图",下一幅是"听雪图"。画中一位书生站在大雪纷飞的夜里,侧耳倾听雪花飘落,书童睡了,桌上散落三两棋子。青松苍劲拙朴,书生容颜不老,茶不曾凉,棋还没有下完,雪正簌簌地下着。

严从德赞叹着走了过去:"笔墨高古,皴擦老到,师傅好笔力!"

李十一笑着附和:"先生好眼力!"

严从德在《双喜图》前站定。只见画面上,一只喜鹊腾空而飞,另一只据枝俯向鸣叫，引得坡下野兔倏然回顾，画中树木因风而生倾俯之姿，产生无穷神韵，更显画风轻灵，笔墨神妙。

严从德十分恭敬地站在画前，细细抚摸，如视家珍，然后郑重地转过身，说："就是它了！"

李十一叫人奉上绿茶，说："客官，你有福气，得家传古画，也算是有缘人了！"

严从德一听大喜，满脸顿溢光彩，忙命人掏出赏钱，送给李十一。

李十一接过赏钱，又问道："我看客官气度非凡，绝非寻常之人！能否告之尊姓大名，好让我记准此画的下落？"

严从德迟疑了一下，笑道："师傅好眼力！鄙人姓严名从德。"

李十一一听是严从德，禁不住目瞪口呆，半晌才平静下来，施礼道："严师长真乃是洪福之人！此画传承千年，实乃宝中之宝！今日既归了先生，画中实相，还是要告诉先生！"

"请讲！"严从德说。

李十一拿来放大镜，对着画中右侧树干一照，只见隐蔽处写着："嘉祐辛丑年崔白笔。"

"先生知道作者是谁吗？"

"说来听听。"

"崔白是仁宗朝时宫廷画师。其时仁宗长女富康公主嫁给驸马李玮后，常年不得幸福，遂与宦官梁怀吉产生情愫。事情败露后，公主精神崩溃，后在宫中去世，年仅三十三岁。画师十分同情公主遭遇，遂画两只喜鹊借喻公主与梁怀吉，那只野兔则暗喻驸马，所以此图名为《双喜》，实则双悲！"

"哦？"严从德应了一声。

李十一喝了口茶，继续说："据我所知，此画流传千年，已有灵性。若要留得此画，须破主人毒咒！"

严从德说："怎讲？"

李十一说："实不相瞒，这画原是我婆婆所藏，系中山先生所赠。我婆婆无儿无女，老伴在'北伐'中死去，受不了兵荒马乱折磨，就在自家屋里吊死了。她死时心有不甘，曾在画前斩杀雄鸡发下毒誓：凡得此画，如奉先生；肃立画前，若不见喜鹊眨眼，不得此画；强之，必不得安宁。"

严从德问："此话当真？"

李十一说："当真！"

严从德："鹊眼当真？"

李十一点头："当真！"

严从德问："如何破咒？"

"枪打鹊眼，鹊流红泪，可破！"

严从德半信半疑，让人举着蜡烛靠近古画。烛光悠悠散开，照得暗室肃穆庄严。他掏出手枪，凝视那画。屋里气氛骤然紧张，众人屏住呼吸，空气死一般阴冷沉寂。突然，屋里轻轻传来一声叹息，一个女人的叹息，阴森森的，不带一丝人的气息。严从德盯着古画，树上喜鹊似乎正在诡异地笑着，定睛再看，那喜鹊眼睛竟真的在轻轻眨动……他浑身汗毛竖起，"砰"的一声，子弹打在喜鹊眼睛上。众人看时，喜鹊眼里正流出猩红的眼泪。

李十一爽朗大笑。

严从德万分懊悔地叹了一口气，呆呆地捧着那幅残破的古画。

（原载于《故事会》2021年第2期，入选"红色小小说"《远逝的雄鹰》一书）

张自贤作品

在农科队的日子里

1980年的春天,我刚刚十八虚岁,被当时的生产队推荐到大队(村委会前身)农科队,成为一名年轻的农科队员。

当时正是改革开放初期,各项社会变革正在酝酿之中。农村长期实行的集体生产经营管理体制,因为实行平均主义的分配制度,严重束缚生产力的发展,被刚刚解除思想禁锢的农民群众广为诟病,正在临近崩溃的边缘,随时都有解散的可能性。

这时候,湖南农业科学家袁隆平研究的"三系"杂交水稻,经过海南岛试种以后,在福建省的闽西山区推广种植。以其生物学意义上的良种优势,颠覆了几千年来种田的传统习惯,极大地提高了长期低迷的粮食产量,让农民看到了科学种田的潜在优势,领略到科技创新带来的巨大实惠。因此,后来人们充满深情地说:解决中国人的吃饭问题,主要是靠"两平",一靠邓小平(实行农业生产责任制),二靠袁隆平(推广种植杂交水稻)。

正是由于推广杂交水稻的现实需要,为了攻克技术繁杂的制种问题,当时的公社决定由我们大队成立农科队,负责杂交水稻种子的繁育制种,保证几千亩耕地的种子供应。在如此的环境背景下,我作为高考落榜的回乡知识青年,因为有一定的文化知识,头脑灵活,热情好学,上进心强,被选拔为大队农科队员。

农科队成立当天,我兴冲冲地走到大队会议室门口,听到里面传来一阵阵欢声笑语。我连忙走进去一看,发现抽调到农科队的,都是本村各生产队的优秀青年,二十五六个人组成的队伍,男女差不多各占一半,最大的二十三四岁,我是其中最小的一个。只见一张张朝气蓬勃的脸上,挂满兴奋激动的笑容;一个个活泼健壮的身体,透射出无限的青春活力;如此年轻有为的阵容,不禁让人精神为之一振。当大队党支部书记将成立农科队的意图说明之后,宣布了农科队领导班子的人员组成:领队及技术总负责是大队团支部书记;队长是刚刚从部队复员的退伍军人;我被确定为农科队的农技员,负责制种的技术服务工作。

这样一支全新的队伍组建完成,一切从头开始。首先是确定制种的耕地面积,将村里一河两岸的五十多亩耕地,全部由大队负责调整过来。其次是派人到县、乡举办的农业技术培训班,学习有关繁育杂交水稻种子的知识。我和作为领队的团支书、农科队长参加了全过程的培训学习,结业考试本人获得了满分的成绩，说明我这个农技员完全合格。再来，便是着手进行杂交水稻制种的各项前期工作，如购买种子、化肥、农药、农具等生产资料，做好五十多亩制种田的灌水溽田，使用拖拉机进行翻耕平整，然后开始浸种、催芽、播种、育秧、施肥等相关工作，一切按照杂交水稻制种的技术规程，按部就班、有条不紊地进行。

为了解决购买肥料农药的资金问题，大队特意批准农科队上山砍伐杉木，运到公社林业采购站收购。一群生龙活虎的男女青年，进入到苍莽的大山之中，小伙子悠长的呼哨，姑娘们银铃般的笑声，伴随着一声声高亢的做山号子，震荡着沉寂的山林，飘逸在幽静的山谷，惊飞了丛林中的小鸟。几天的工夫，小伙子们站在长长的木排上，用竹篙轻轻一点，撑出蜿蜒曲折的溪涧，沿着碧水悠悠的小河，顺着漪澜洄漩的清波，将这批木材扛出大山，水运到下游的林业站，换回了所有的农业生产资料。

这一天，发现黄沙垅的四亩多耕地水源匮乏，无法灌溉，将影响制种田的灌水溽田。经过紧张地准备，大家带好干粮，乘着朦胧的月色，步行十多华里崎岖的山路，偷偷潜入隔壁杨梅大队的竹山，避开护林人员的哨卡，砍伐了几十根粗壮的毛竹，连夜运回自己的村子里。过几天，汩汩的山泉顺着竹笕流淌，黄沙垅的稻田里泛起一片新绿，兴奋的笑容映红了姑娘们的脸庞。

凡是有人生活的地方，就会萌生浪漫的故事。农科队自然不可能是例外，何况是男女青年聚集的地方。随着时间的推移，青年男女之间的爱情故事，也伴随着茁壮的秧苗一起成长。开春后不久，已经退伍两年的队长，终于相中了邻村的女孩，开始筹划订婚的事宜。与队长同时退伍的战友阿良，吹一曲悠扬动听的口琴，与队上最漂亮的小芳谈起了恋爱，最终由于对方父母的反对，两个人只好流着眼泪分手。最幸运的要算有点耳背的阿圆，因为家境良好，出手阔绰，竟然赢得了阿秀的芳心，后来成为他贤惠的妻子。唯一让人遗憾的事情，就是因为我年龄尚小的缘故，当大家都在演绎浪漫的爱情故事，唯独本人独善其身，只晓得每日捧着厚厚的记录本，到各块田里去记录禾苗的叶龄，借此计算父本和母本花期相遇的时间，保证杂交水稻制种的成功。然而，这些怀春女子们俊俏的脸庞、苗条的身材、娇羞的笑容、含情脉脉的眼神，总是在我的梦境里流连，让情窦初开的我心旌摇动，激荡起一泓春情的涟漪。

仲秋时节，制种田里禾苗抽穗，稻花飘香，一派丰收在望的景象。大家心里喜滋滋的，如同喝了蜜一般甜美，每天起早摸黑，忙着剥苞授粉，想方设法提高制种的产量。不久，从安徽那边传来消息，说是耕地可以由各个农户承包，只要完成国家的征购任务，其他全部归私人所有。这无疑在人们沉静的心中，投下了一块巨石，搅乱了一池春水。农科队的好几个队员，为了追求更高的收入，出门搞副业挣钱，提前离开了农科队。只剩下我们十六七个人，坚持到了最后，直到杂交水稻种子收割完毕。这一年的杂交水稻制种，获得巨大的成功，每亩产量达到二百三十斤，经济效益是种植普通水稻的四倍，是全县最好的制种点之一。

这一年，我作为农科队的骨干成员，每天起早贪黑，夙兴夜寐，钻研农业科学知识，掌握杂交水稻制种技术，总共挣了四千多个工分。在当时每日最高工分只有10分的情况下，等于一年出了400多个工日。不料，当时的生产队已经濒临瓦解，人心思变，很难安排人去出工。田里的水稻很迟才种下去，延误了农时，而且没有人去除草施肥，长得细如灯芯，稻穗没有二寸长，几乎没有什么收成。到年终结算的时候，这些工分转到生产队参加分红，每10分的劳动价值只有一角二分钱，意味着我辛辛苦苦干了一年，只有48块钱的劳动价值！而且，生产队里的每个成员，平均上半年分到120斤、下半年分到57斤，一年总共分到177斤的口粮！现在回想起来，都让人感到不寒而栗，欲哭无泪！这便是集体经济行将转型解体时，广大农村社会的一个缩影。

这年的冬天，尽管上头三令五申，竭力阻止，许多生产队还是顶着巨大压力，私下里偷偷把田分到各个农户。所谓"辛辛苦苦几十年，一夜回到解放前"，农村社会开始进入了一个新时代。本来要在当年取得成功的基础上，继续兴办下去的农科队，也随着集体经济组织形式的彻底解体，走进了它光荣的历史。

这一年，在农科队的日子里，让刚刚离开学校，步入农村社会的我，学到了很多，也感悟了很多。那如火如荼激情燃烧的青春岁月，伴随着难以忘怀的人生记忆，永远留存在我的心灵深处。

（发表于《闽西日报》2019年12月6日）

初夏的梅子坝

初夏时节，南国适逢多雨季节，又到了梅子成熟的时候。在一个雨后天晴、阳光明媚的上午，我们趁着双休日难得的空暇，几个人相邀来到梅子坝、白水磜一带的山岭间，踏青郊游，观景赏花，尽情浏览林泉风光，领略山野情趣，呼吸清新纯净的新鲜空气，感受天然氧吧醇和柔美的气息。

进入山林间的幽径，逡巡于浅涧深壑，行走于静境幽谷，漫步在崖壁山麓，你会悉心地观察和感受到，经过整个春季漫长阴雨天气的浸淫，经历雨露甘霖的洗涤和滋润，故乡的青山林樾，田园阡陌，长河小溪，村舍山寮，在和煦的清风和明艳的阳光抚慰下，显得特别清新明朗，柔媚俊逸，风姿绰约，楚楚动人。

你看，崇岭空谷在柔曼的清风荡漾之中，山岚浮动，雾气氤氲，气象万千。红日高高地悬挂在晴朗的天空，白云在青山绿水之上缥缈；在澄澈明朗的光影中，大大小小的山峦，形态各异，姿容秀丽，显现着恬静雅致的气质，表现了超然世外的淡定。以其儒雅舒缓的风度，安详地仰视浩瀚无际的苍旻，遥望高深莫测的天穹，展现自然圣洁的魅力和质朴原始的力量。

在一望无际的原野上，蓊郁的山林郁郁葱葱，茂密的树木层层叠叠，将无垠的碧绿铺陈到迷离的峰峦之间，铺展到苍莽群山的尽头，一直连接到遥远的天际。在坦荡无垠的绿色怀抱里，丛柯竞秀，万木争荣，翠竹摇曳，山花怒放，各种植物以其特有的姝丽形象，在青山丛林之间展现独立的风华，将森林渲染得五彩缤纷，姹紫嫣红，光鲜亮丽。整个山林在目光所触及之处，到处都充满着蓬勃奋发的生机，尽显欣欣向荣的活力。

你听，在苍莽的丛林深处，鸣泉飞瀑，逶迤环绕，流觞曲水，映带左右；无数个泉眼源流迸涌，甘冽的泉水清澈洁净；伴随着清风鸟韵发出的声响，到处是潺潺的流水欢歌，随时可听到淙淙的泉声激越；像是谁在倾心弹奏千万支铮铮作响的鸣琴，把山重水复的林壑作为演奏的舞台，在空旷开阔的山川绿野之间，尽情拨响润泽心灵的曼妙韵律，将自然圣洁的音符和奇妙悦耳的乐章，柔曼轻盈地四散传递。

在烂漫山花的渊薮，幽谷丛林的深处，随着清悠的山风，传来一声声鸟儿的歌唱。仿佛是精心安排的一台精妙绝伦的音乐会，正在深情演奏来自天籁的动人乐章，歌声优雅动听，音韵宛转悠扬。啁啾的鸟鸣回旋于浅隈深谷，缭绕于沟壑林樾，在葱郁静穆的山箐、葳蕤丛林的间隙之中流淌。缥缈空灵的声音使人如梦如幻，曼妙娇柔的韵律令人如痴如醉：布谷鸟的声音清新悦耳，画眉鸟的歌唱宛转悠扬，杜鹃鸟的啼声亢奋明远，啄木鸟的叫声短促轻盈，还有鹁鸪、斑鸠、山雀、鹧鸪、白鹤、黄鹂、八哥……各种各样的鸟儿，各自唱着各自的调儿，都在漫不经心地参与着森林的合唱。在这春潮萌发、风情万种的季节，凭借着丽日和风，释放着心中澎湃的激情，发散身体中充盈的能量，倾情吐露内心的希冀；通过自己宛转美妙的歌喉，传递祈求灵欲交欢的信息，试图吸引外界和异性的注意。

这丛林中百鸟参差错落、衷情恣意的合唱，如清澈的泉水在山野之间流淌，将蓊郁的森林组合演绎成清音曼妙的乐园、争鸣竞技的圣殿和欢乐荟萃的世界，令人在这空灵剔透的情境之中，尽享山水逍遥的意蕴，变得异常的心境明净，怡然自适，幽情飘逸。

有人说，游历天下，怡情山水，观花赏月，抚琴吟诗，是人世间最为高雅和惬意的事情，也是众多隐逸之士所倾心追求的理想境界。在天地之间徜徉，和青山绿水做伴，做自然山水的知心朋友，成为美丽风景的忠实恋人，确实能够荡涤思维，提升情趣，品味清雅，纯洁心智，为曾经紧张和浮躁的心灵，寻找和搭建一个休憩的场所，享受安宁而浪漫的生活，领略上苍因为慈爱而慷慨赐予的幸福。在山野间自在地呼吸，在莽原上忘情地呐喊，既能够调适心情、拓宽视野，放飞梦想；又能够纾解郁积，忘却烦闷，寄托情怀，对疲惫的身心进行必要的抚慰和疗伤。

山林中的一切物象，以及其表征的自然而深刻意义，蕴涵浅显明白的哲理，令人充满遐想：自然山水的灵光秀色，可以照亮你的心境；气象万千的旖旎风景，可以洗涤你的脑筋；清淳明净的新鲜空气，可以清理你的肺腑；天然纯洁的绿色食品，可以滋养你的肠胃；田园阡陌间的漫步踯躅，可以强壮你的筋骨；山野间的珍馐美食、清茶野菜，可以滋养你的容颜。总之，山野间的希望如同播撒下去的种子，终究会生根发芽，茁壮成长在山川原野之上，直至绽放出美丽的花朵，催开心中永远的情怀，成就美轮美奂的绝妙风景，使你的身心与大自然产生最为完美的契合，进行血脉和心灵的联结和升华。

呵，梅子坝，在你娴静清雅的怀抱间，在你春意阑珊的氛围中，在你初夏时节恬淡闲适的意境里，在你的绿色渐浓的山箐沟壑与丛林幽篁的深处，最适合做一场缱绻无际的春梦，打开每个人封闭寂寥的心扉，将身体和灵魂进行彻底地裸露和释放，融洽自然绚丽的风景，尽情体验皈依山水田园的浪漫情怀……

（发表于《闽西日报》2020年7月14日）

静美千鹭湖

清晨，远眺城外苍莽的山峦间，升腾起一团团乳白色山岚，在晨曦中缥缈浮动。仲夏时节，出现如此绝妙的图景，应该是受惠于昨夜的一场透雨。泗润的水汽，在地热的烘托下蒸腾为美丽的景象。这一刻，我突然萌生到千鹭湖走一走的冲动。

驾车来到千鹭湖景区西大门，这是建设中的中山河国家湿地公园二期工程。走过一片葱绿的草地，来到一处山水相连、碧草萋芊的水域，但见芳汀草甸的旁边，一条清波潺湲的小河蜿蜒而过，消失在远方的绿野之中。湿地间连缀起伏的山丘，满眼的翠绿铺展到天边。经过昨夜大雨的冲刷，嫩绿的小树如同出浴的美人，在微风中摇曳生姿，别有一番风韵。

在不远处的草甸旁边，几个园林工人站在淤泥当中，栽植一种叫作"风箱树"的植物。这是一种水陆两栖的本土湿地植物，种在水中，可净化水质，为水鸟和水生物提供优良的栖息地。这种称为"淡水红树林"的植物，遍植于整个中山河湿地公园，形成一道美丽的景观。

我沿着迤逦的木栈道前行，浏览山野间的美景。栈道两边的草甸沙丘上，栽植着水杉、乌桕、芦竹、水禾、菹草、金鱼藻等高矮不同、形态各异的植物，有的挺立于水中，纤柔袅娜，亭亭玉立；有的漂浮于水面，临波戏浪，随风而动；有的沉潜于水底，洗濯清涟，摇曳生姿。各种植物以其独特的生命形态，占据一隅之地，无拘无束、自由自在地生长着……

我盘桓在千鹭湖的腹地，可以看到雾气在山岭间飘逸，水草在浅水里招摇，湖水在微风中荡漾，白鹭在林樾之上翩飞；还可以听到大自然清籁激物的回响，山风在树梢间絮语，鸟声在丛林中飘荡，蚱蝉在草叶上欢鸣，泉水在石隙间流注；构成一幅动静相融的山水图景，让人迷恋而忘情，进入一个心境交融、物我两忘的境界。

置身于如此静谧的世界，感觉山川原野的壮阔静美，天地万物的空灵杳邈，一切都显得清新自然，幽雅恬淡。我想起南朝诗人王籍《入若耶溪》中的诗句："阴霞生远岫，阳景逐回流。蝉噪林逾静，鸟鸣山更幽。"面前的山水情境，不正是诗中意境的真实写照吗？

有人说，自然环境不但影响人的情趣，甚至影响人的性格气质和行为习惯。此刻，徜徉于千鹭湖，我真切地感受到，我的身心已融入这方山水。我爱清晨的千鹭湖，日光晴柔，水雾缥缈，一切美好的物象都在原野上铺陈开来，让人沉醉于其中。在这一方宁静的世界里，你会忘却尘世间的烦恼，洗涤意念中的污垢，摆脱功名利禄的牵绊，只把空灵的思想留在自我的空间。

（发表于《闽西日报》2020年8月25日）

"五坊古道"斜阳里

深秋时节，一个天气清朗、秋光辉映的下午，我们一行头顶昊昊秋阳，沐浴飒飒金风，聆听林间啁啾，在山野田畴逡巡，前往武平县武东镇五坊村了解山垅田的耕作、种植和开发情况。

黄昏，带路的村干部提出抄近路赶回镇政府，缘此，我有幸邂逅被称作"汀州大道"的五坊古道。在村干部的引领下，从腾紫岭山脚下的水田边出发，走过一段曲折迂回的田埂路，踏上铺展于丛林之中的石砌路。路两边生长着茂密的松树、木荷、乌桕、柞树等各种乔木，还有许多篁竹、芜箕、芭芒、蕨类等矮生植物，形成高低错落的植物群落，簇拥在山道周围的高坡上。夕阳的余晖透过树叶的间隙投射下来，在林樾间形成斑驳陆离的光影，掩映在石砌路残缺的路面上，给人苍凉凄清的意象。或许是地域荒僻、人迹罕至的原因，石头上长满了湿滑的青苔，空气中散发出树叶霉腐的气息。我们喘着粗重的呼吸，在蜿蜒的山道上攀缘，不一会儿，额上沁出了一层细密的汗珠。然而，当看到山野间树木葱茏、藤萝披拂、丹枫似火、层林尽染的美丽景致时，所有的烦恼都在顷刻间烟消云散。

我们沿着幽暗逼仄的石砌路，徜徉在苍莽的大山之中。有人兴奋地打起了悠长的呼哨，吓得灌木丛中的几只小鸟，张开翅膀"扑腾"飞起。同行的村干部则饶有兴致地向我们说起这条古道的来历、变迁和各种奇闻轶事。

据考证，所谓的"五坊古道"，古时又称"汀州大道"，这是一条从武平县城东出发，经磜头、牛子岌到武东的陈埔、黄铺、川坊、五坊，然后进入上杭县境内，再由上杭县通往汀州府的主要陆路通道。这条古道在武平县境内总长约30公里，沿途跨越三个乡镇的十几个村庄。其中，现存最完整的一段石砌路，位于武东镇五坊村的腾紫岭，全部由不规则的块石垒砌而成，全长大约500米，随着逶迤曲折的山势向上延伸。在当时落后的社会经济条件下，这样的道路已经达到相当的规模。

"汀州路上石崖崖，走过几多石子路。哎呀，心肝妹！着烂几多烂草鞋。"我似乎听到一首缠绵悱恻的山歌，在连绵起伏的山岭间回荡，诉说悲苦的命运，蕴含缱绻的情怀。是啊，可以想见，在这条"上州下府"的通衢大道上，无论是士农工商，还是行脚挑夫，多少人在这条石砌路上步履匆匆，来来往往。他们走南闯北，背井离乡，栉风沐雨，风餐露宿，在世道人间艰难跋涉。

我从想象中回过神来，发觉已经到了"狐狸凹"的山顶上。夕阳映照的余晖中，孤傲地肃立着一座飞檐翘角的旧亭子，古朴而苍凉。我看见亭子两边的石砌门框上，各镶嵌着一块石匾，四周饰以浮雕花卉图案，石匾上阴刻着"樾荫亭"三个大字。亭子里的中梁上，用浓墨书写"大清光绪贰拾柒年岁次辛丑仲冬月众姓立"字样，可见这座亭子始建于清光绪二十七年（1901年）。该亭坐南朝北、砖木混合、硬山顶抬梁式木制构架。西侧墙壁内镶嵌"建造樾荫亭题捐诸公位碑"，其中注明这座茶亭为中正区的义民百姓所募建。在山野之间兴建茶亭，让过往的人们有一个休憩的场所，避免风吹日晒雨淋的窘境，是一件荫功积德、造福民众的大善事，自然得到世人的赞誉和推崇。

我站在山脚下的公路边上，回望蜿蜒曲折的五坊古道，感慨万千。由于现代交通事业迅猛发展，以往人员往来密集的五坊古道，早已失却往日的繁华，遗落一派荒凉冷清的景象。然而，五坊古道所蕴含的历史价值和人文精神，却值得我们认真地去发现、挖掘、传承！

（发表于《闽西日报》2021年1月18日，入选"福建古建筑丛书"《古道亭桥》一书）

沧桑大地发春华

5月3日，一个天气晴朗的日子。早晨起来，看到东方的天空晨曦乍现、红霞漫天，头脑中猛地一激灵，萌生起参访本县象洞镇光彩村张天堂的想法。趁着这个春光明媚的日子，去参访和敬谒原中共武平临时县委所在地，瞻仰革命先辈流血牺牲的地方，完成自己梦寐以求的心愿，绝对是一个很不错的创意。

我连忙打点行装，说走就走，驾驶一辆白色的小轿车，在宽阔平坦的柏油公路疾驰。尽管武平是闽西的一个小县份，却可以和大城市相媲美的交通设施，得益于近年来经济社会的空前发展，值得武平人为之骄傲。明净的车窗外，一个个葱茏碧绿的山水图景，快捷地向后面飞速掠过。经过昨夜一场大雨的冲洗，天空变得明朗，山水变得舒爽，空气也变得格外清新。武平作为全国著名的国家园林县城和天然氧吧，确实名不虚传，让人歆羡。

这时候，一轮金灿灿的旭日喷薄而出，映红了东方的天际，给苍莽大地晕染一层金色的光芒。在疏朗的蓝天之下，青山绿水，旷野幽林，浸淫在清灵的晨光之中，显得格外安详而宁静。我惊异地发现，无论在公路边、村落旁，还是在溪谷里、山峰上，到处盛开一团团一簇簇的山花，芳华浸染，楚楚动人。我知道，如今正是农历三、四月份，是一年中花事最盛的时候，山岭间各类植物诸如油桐、锥栗、木荷、石楠、小果蔷薇等等，都在赶趟似的开花，因而才有原野上芳华烂漫的壮观景象。在这馥芬飘逸、空气清新的早晨，驱车奔驰在逶迤空旷的山原上，倾心欣赏雨霁云开、天地晖明的美丽景色，是一种不可多得的美好享受。

沿着宽敞平坦的公路向前行驶，穿过一重重山岭，跨越一道道溪流，经过高速公路和国、县道的次第转换，花费一个多小时的车程，终于拐入张天堂自然村的公路。这是一条刚开好不久的乡村公路，曲折回环，蜿蜒而上，直通半山腰上的张天堂。

张天堂，坐落在群山环抱之中，是武平县象洞镇光彩村的一个自然村，人口不足百人，散居于半山腰上。这个地名的由来，我想大概是此处背靠武南地区的高峰白石顶，俯瞰旷远舒展的象洞盆地，构成一个地势高标、局域平坦、视野开阔的山间台地，可与天穹遥相映照而得名。实际上，这种称作"张天堂"的山间台地，在南方丘陵地区多有所闻，绝非仅此一处。但是，能够如同象洞的张天堂一样，让人肃然起敬、名闻遐迩的所在，定然难以寻觅。确实如此，当我跨进这个自然村中央的一处院落，看到布置一新的轩敞厅堂里，所展出的照片、图片、文字说明等历史资料以后，对于张天堂的尊崇和敬仰之情，以及随之而来的万分感动和无限膜拜，便从内心深处油然而生。

这座建筑原本是当地陈氏宗族的家庙祠堂，平时主要用于家族议事、供奉祖先、祭祀打醮、启蒙训诂等各项宗族活动。由于其在武平革命历史上扮演过重要角色，做出过重大贡献，蕴含着红色基因，浸染了红色元素，现在已经修葺一新，进行了一定范围和规模的扩建，并创辟为武平县红色党史教育基地，成为干部、群众和少年儿童开展革命传统教育的重要场所。因而，每天都有许多人虔诚地前来参访、瞻仰和学习，接受红色革命历史的熏陶和洗礼，获取不断开拓人生新境界的源泉和动力。

当我走进如此一个古朴沧桑、庄严肃穆的厅堂，透过展览厅内的一件件实物、一张张图片、一行行解说词，从中了解到中共武平党组织从小到大，由弱到强，历尽千难万险，不断发展壮大，直至"二十年红旗不倒"，最终获得全面胜利的艰辛奋斗历程；从中领略到众多革命先辈和仁人志士追求真理、舍身为党、矢志为民、不懈奋斗的崇高风范；感悟到无数革命烈士不惜抛头颅、洒热血、大义凛然、视死如归的高风亮节；特别是看到他们惨遭敌人杀害、洒血罹难的悲壮场面，无不让人悲愤难抑，痛彻肝肠！他们感天动地、可歌可泣的英雄事迹，给我带来强烈的心灵震撼，让我久久地伫立，深深地凝视，百感交集，思绪万千。追忆往昔的峥嵘岁月，如同翻开一页页壮丽的画卷，荡涤历史的烟尘，跨越遥远的时空，清晰地呈现在我的面前……

随着苏俄十月革命的胜利，孕育了中国共产党的诞生，马列主义迅速在全国各地传播，为中国共产党在闽西武平的组织活动奠定了思想基础。谢秉琼、练文澜、练宝桢、练灿华、钟武等一大批早期的共产党员，接受党组织的指派，于1927年冬毅然回乡发动群众，成立秘密农会；并于翌年初建立洋贝、官坑、连坊、东寨、岗背等基层党支部，成为带领贫苦农民闹公尝、退租谷，反对土豪劣绅，实行武装暴动，建立苏维埃政权的主心骨。1927年10月，朱德、陈毅率领南昌起义部队2000多人，从广东大埔三河坝进抵象洞。当地党组织闻风而动，引导和协助起义军从象洞经武平县城撤退到江西境内，最后上井冈山与毛泽东领导的秋收起义部队胜利会师，建立第一个红色革命根据地。

1928年6月，中共上杭县委宣传部长邓子恢来象洞区指导工作，具体指导当地党组织发动群众闹公尝、退租谷、斗恶霸、组建农会，革命烈火开始熊熊燃烧。1928年11月，中共武平临时县委在象洞乡张天堂自然村成立。

象洞地区轰轰烈烈的革命斗争，引起了土豪劣绅的恐慌。象洞地方民团勾结钟绍葵汀属武装救乡团，调兵遣将，疯狂镇压参加"闹尝"斗争的农民协会和农民自卫军，逼得农会骨干和县、乡党组织的主要领导成员躲进山寮。有鉴于此，中共武平临时县委特别派遣练报东带上书面报告，日夜兼程前往上杭蛟洋，面呈时任闽西临时特委书记的邓子恢。邓子恢接到报告，立即赶往武平象洞的张天堂，召开临时县委扩大会议，推动武平加快发展壮大党团组织，并在此基础上改中共武平临时县委为正式县委。

在闽西特委的领导下，特别是在邓子恢同志的具体指导下，象洞地区的贫苦农民要求暴动的愿望越来越强烈。1929年9月7日，在武平县委的领导下，象洞地区农民举行轰轰烈烈的革命武装暴动，打响了武装反抗国民党反动派的第一枪，震撼了杭、武、蕉、梅边界地区，配合红四军攻打"铁上杭"，继而解放了武平县城。此后，还发动了小澜暴动和上坑暴动，有力地策应了闽西地区的革命形势，确保红四军新泉整训和古田会议顺利召开。

9月11日，象洞人民武装暴动刚刚结束，反动军阀钟绍葵旋即组织民团武装窜扰象洞苏区，疯狂实施反革命报复，烧杀抢掠，无恶不作，使象洞苏区遭受一次空前的浩劫。同年的11月4日，钟绍葵再次率部进攻象洞苏区，大肆掠夺人民群众的财产，疯狂屠杀共产党员、农会干部和无辜群众，血洗周围村庄，男女老少无一幸免。真是恶贯满盈，罄竹难书，犯下了滔天血债。

红军长征后，随着白色恐怖的渗透，反革命势力的扩张，革命形势一度陷入低潮，苍茫大地到处笼罩一片阴云惨雾。当地党组织被迫转入地下，继续进行秘密斗争。抗日战争爆发后，党组织适应新的形势，大力发动人民群众，建立广泛统一战线，逐步发展地方武装，全面开展抗日救亡工作。此后，在地处闽、粤两省交界的象洞苏区，在高耸入云的白石顶上，到处留下共产党领导的游击队活动的身影，让敌人闻风丧胆，惶惶不可终日。

1946年2月1日（除夕），为反击蒋介石发动内战的阴谋，杭武挺进大队30余位同志进驻象洞铁钉紫、白石顶。国民党军纠集省保安三团和武平、蕉岭两县自卫队近1000人闻讯扑来，疯狂包围进攻白石顶。游击队在谢抢攒大队长指挥下，英勇奋战，激战一天，打退了敌人的几十次进攻，击毙敌保安三团少校团副雷济，打死打伤50多名敌人，然后成功突围。被游击队重创的敌人恼羞成怒，旋即对光彩村群众进行大肆报复。农历二月十三日，一群荷枪实弹的国民党保安团，将正在田地里忙活的中共梅（县）蕉（岭）（上）杭武（平）边县委委员谢毕真的父亲谢才元、母亲何银秀、游击队大队长谢抢攒的妻子陈永兰、接头户郑增仁等4人实施抓捕。他们被五花大绑，一路拖曳到大草坪旁边的民房里严刑拷打，夹手指、灌辣椒水、用皮鞭抽、用烙红的铁块烫、用枪托砸、用刺刀捅，无所不用其极，致使4人遍体鳞伤，奄奄一息。翌日上午，敌人将他们拖到草坪上，将来不及逃跑的村民全部驱赶到草坪周围。村民们看到，他们的旁边有一个刚刚挖好的大坑。谢才元的后背被敌人的刺刀挑破，鲜血已将他的棉袄染红。面对手无寸铁的群众，敌人疯狂地叫嚣："要是谁能说出共产党的下落，我们就放了他们，否则，就要将他们活埋！"

村民们愤怒了，人群开始骚动起来，有人想冲出去救他们。然而，面对荷枪实弹的刽子手，只能眼睁睁地看着敌人把他们四个人推进土坑，疯狂地填入泥土。直至他们的身躯渐渐被泥土覆盖，只露出一个脑袋。"到底说不说？"敌人歇斯底里地狂嚎，不停地拷问。然而，他们坚守自己的信念，决不屈服，除了气若游丝的呼吸声，只有长久的沉默。敌人眼看他们脸色发紫，快要不行了，又将他们挖出来，泼上冷水，继续拷问。面对敌人惨绝人寰的恶行，围观的群众心中滴血，如同剜肉一般地痛苦！

"土匪！你们休想得到什么！别枉费心机了！"谢才元挣扎身体，气息奄奄地说。在生命的最后一刻，他们不想殃及无辜的乡亲们，直至敌人罪恶的枪声响起，受尽摧残的4位英烈倒在了血泊之中。敌人随即奔窜到他们的家里，到处搜刮，抢掠一空，将他们的房子付之一炬之后，才悻悻地离去。当晚，为了防止敌人的报复，村民们只好乘着朦胧的夜色，悄悄地躲过敌人的岗哨，将4位烈士的遗体用谷笪包裹起来，秘密地进行掩埋。

此后，武平人民的革命斗争从未停歇，方兴未艾。中共地方党组织领导人民前赴后继，浴血奋战，不断从胜利走向胜利。直至1949年10月17日，中国人民解放军第四野战军144师431团挥师南下，全歼盘踞在武平县城的胡琏兵团杨炯部，中共武平县委、军管会及各级机关进驻武平县城，武平迎来彻底解放。

历史只会在岁月中沉淀，却永远不会湮灭。烈士们的躯体虽然消失了，然而他们的精神永存！这些英勇奋斗、坚强无畏的烈士，为革命洒尽了最后一滴血。

是啊，天同此理，人同此心，谁人没有父母，谁人没有子女，谁人没有亲人？如果不是为了中国革命，如果不是为了劳苦大众，如果不是为了心中坚守的那一份信仰，他们何苦遭受如此惨烈的生死折磨！正是因为有了理想和信念的力量，才能让人无私无畏，无怨无悔，百折不回，视死如归。烈士们不怕牺牲、舍生取义的壮烈行为，点燃了生命的曙光，放射真理的光芒，给每一个革命后来者以永恒的心灵启示。

"为有牺牲多壮志，敢教日月换新天。"象洞张天堂播下的革命种子，终究会长成参天大树，换来满园春色；象洞张天堂点燃的革命火种，终究会照亮漫漫长夜，炳耀朗朗乾坤！象洞革命老区"二十年红旗不倒"的不平凡经历，宣示中国共产党是一个充满理想信念和光明前途的伟大政党。它的群体中的每一分子，都是用理想和忠诚锻造而成的特殊材料。他们就像一粒粒饱满的种子，在人民群众的滋养下生根发芽、开花结果。他们又像是一点点星星之火，一经点燃就会形成燎原之势，燃遍旷阔无垠的原野。烈士们用鲜血浸染的旗帜，比通红的火苗还要鲜艳；烈士们用生命换来的红色的政权，比磐石还要稳固。党旗上经过千锤百炼锻造而成的锤头镰刀，是天地间永恒不灭的精魂，永远闪烁着动人的光辉，昭示中华民族江山永固，山河无恙，人民幸福。

在我告别张天堂回县城的路上，看到漫山遍野的油桐花，正在苍莽的原野上自由自在地尽情开放，浮动洁白素净的花海，飘逸清新幽雅的芬芳。我猛然想起光未然先生创作的歌曲《五月的鲜花》，它那深沉而优美的旋律在心灵深处回荡："五月的鲜花开遍了原野，鲜花掩盖着志士的鲜血……"

（发表于《政协天地》2021年第9期）

古桥风韵

坐落于武平县中山镇新城村的树德桥，兴建于明代的天启年间，至今已有四百多年历史。它是中国古代石拱桥之翘楚，被列入福建省重点文物保护单位。这座闻名遐迩的古石拱桥，伸展着雄浑敦厚的伟岸身躯，横卧在清波荡漾的武溪河上，孤傲地挺立在日月晨昏之中，展现出苍劲古朴、挺拔飘逸的外在形象。

自宋明时期开始，当时的武平所（现今中山镇）地处闽粤赣三省边陲的中心区域，从广东潮汕一带来的客商，从下坝墟一直到蟠龙岗再到武平所，又从武平所中转到东留墟直达江西的会昌、赣州等地，商贾往来频繁，边界贸易兴盛，构成"盐上米下"的商贸现象。在这条"黄金水道"上，苍莽大山里出产的木材、山货、毛皮、土产从这里顺流而下；海港渔市里贩运的海鲜、盐、食糖、布匹从这里溯流而上。当地山民和外埠的商人们通商贸易，上至江西赣南，下接南粤潮汕，商贾云集，交易旺盛，呈现一派繁荣景象。正是因为占据如此重要的地理位置，当时的乡绅富人和经商大贾，为解决中山河两岸交通阻滞的问题，才会热情地发起建桥倡议，带头慷慨解囊，竞相集资募款，投入巨资兴建这座价值不菲的树德桥。

在当时的科技水平和生产条件下，要建成这样一座投入巨大、气势恢宏的石拱桥，着实经历了许多预想不到的艰辛和波折，蕴含了古代劳动人民的勤劳和智慧。树德桥所处的地理位置，恰好是东留的小溪河、中山的上坑溪两河汇合处，这里河面宽阔，水流湍急，河岸高峻，淤泥松软，水文地质极为复杂，无疑给造桥施工增添了许多难度。然而，当时的工匠们根据当地特殊的地理条件，灵活地变通设计，巧妙地避水围堰，利用当地石场就近取材，实施石构桥梁的现场施工，克服了重重困难，前后花费三年的硬功夫，终于降服了桀骜不驯的洪涛巨浪，在武溪河上游将这座石拱桥顺利竣工。

树德桥呈东南往西北走向，桥面长72米、宽3.56米，是一座六墩七孔的石构拱桥，桥身全部用花岗石料浆砌而成，桥孔跨度因河床基础变化以及桥下行洪的需要而临机调适，进行变通设计，故而长短不一。其中最长的第三桥孔跨度为19.8米，是武平县境内所有古桥中单孔跨度最大的一座石拱桥。正是因为大桥建筑师们的匠心独运、巧夺天工，树德桥才能历经沧桑而不倒，在经历过无数次的洪涝侵袭之后，岿然不动，宛如一道绚丽的彩虹，横跨于中山镇武溪河的上游，造福一方的父老乡亲。

自从树德桥建成之后，以其坚固健硕的骨架，以及隽永谐和的形象，横跨于武溪河的上游，给当地民众带来安谧的心灵皈依和精神寄托。从此，中山河两岸的民众从桥上到对岸去，畅行无阻，自由地日出而作、日落而息，悠然地春播夏种、秋收冬藏，不再担忧潮水洪峰的侵袭，不再面对路断桥绝的尴尬，安逸地过上自给自足的生活。无论是春晨夏暮，还是雨日晴天，树德桥绮丽旖旎的气象，融合了青山河谷、水岸人家、碧树葱茏、翠竹摇曳、杂树生花、流水潺湲的美丽风景，构成拱桥飞架河面、桥上樵夫行走、桥下牧童嬉水、水边村妇浣衣的浪漫意境，显得自然和谐，悠游自在。即便是在淫雨霏霏、山洪暴发、江河横溢、浊浪滔天的日子，人们照样可以安闲地站在桥面上听雨观澜，看洪水从大桥下滚滚东流，奔向浩茫迷蒙的远方。

从明朝末年建成至今，树德桥已然经历了四百多年的风风雨雨，如同一个鹤发童颜的老者，以洞悉一切的胸襟和睿智，饱经世事沧桑，阅尽人间风华。

用它信守一生的忠诚和执着，证明其实际存在的恒久价值，让人肃然起敬。

（发表于《福建日报》2022 年 9 月 18 日）

沁园春·武平

梁野奇峰，狮岩仙境，三省要津。看平桥翠柳，杂花生树；高依山外，白鹭翔云；尧禄桃园，中山古镇，万种风情意象新。上云寨，登通天飞瀑，恍若仙人。

蓝天、碧涧、流云，好山水！滋生精气神。饮灵芝仙草，延年益寿；品黄金果，欣悦凡尘。物候天然，养生福地，空气清新四季春。我氧你！听一声召唤，醉美嘉宾。

（发表于《闽西日报》2019 年 3 月 18 日）

雨霖铃·千鹭湖

高依山外，碧波莹澈，满目芬卉。遥望芳华无际，秾桃艳李，馨风琼蕊。漫步回廊曲径，看天开云霁。眺水湄，缥缈烟霞，袅袅清风曳汀苇。

翩翩白鹭坻中戏，几悠闲，竞逐寻荫翳。逍遥碧霄飞度，栖柳岸，泛游津涘。楚楚银衣，姿韵贞娴，雪客仙契。更向往，写意天涯，遍地呈祥瑞。

满江红·东留李花

春雨潇潇，眺岭上、琼霓香雾。堪怜惜，玉梅绚烂，李花飘絮。蛱蝶纷纷飞雪海，素华皎皎栖云树。绕芳甸，皓皫映原畴，烟霞驻。

休闲客，迷花坞。妖娆女，拈花舞。看靓容巧笑，情怀思慕。十里春风舒烂漫，万丛芳薮贻妍妩。寻野趣，牵梦在山隈，忘归路。

（发表于《闽西日报》2019 年 4 月 8 日）

武平风韵

念奴娇·灵洞山

白云生处，耸翠微，恍若凤凰梳翼。古木参天藏曲涧，松籁泉声飘逸。天竺神庵，晨钟暮鼓，惊动池边鹬。岚光霞影，映紫西岭石壁。

闻葛玄炼丹炉，门临石鼓，与仙翁枰弈。谒李纲书堂故址，只剩旧时痕迹。一脉流泉，两泓碧水，浸润龟岩石。洞天幽境，玄虚仙侣霄客。

水调歌头·梁野山

古母连霄汉，苍莽远尘寰。纵横千顷林海，霞岫聚岚烟。峭壁松风浩荡，湍瀑喧豗天外，幽涧漱泉寒。清虚白云寺，玄静好参禅。

山灵秀，水湛澈，路回环。泛舟仙女湖上，明月照婵娟。缱绻人间胜境，呼吸天然氧库，神韵动心弦。世上逍遥事，只在彩云间。

（发表于《福建法治报》2019年8月17日）

赞颂王荷波

一

赤县沉沦舞恶魔，苍生困厄苦情多；
天涯漂泊心何惧，人道匡扶志未磨。
慷慨为民闹工运，从容赴死救沉疴；
品尊柱石真男子，万里长江第一波。

二

柱石品行方善身，满腔碧血报群伦；
工潮先驱忘生死，监察首开祛世尘。
两袖清风循理想，十年永日乐甘贫；
临危赴难勤叮嘱，劝勉同俦励后人。

（发表于《金陵晚报》2019年11月20日，荣获"清心茉莉杯"全国征文二等奖）

水调歌头·平川秋月

仲秋明月夜，玉镜漾长河。仰观寰宇澄澈，山水恋姮娥。川渚风清月白，曲岸流光溢彩，霓霰映山阿。烟柳笼蹊径，海屋响笙歌。

云缥缈，水盈潋，树婆娑。心怀淡泊，缱绻诗意赋新荷。伫立彩虹桥畔，骋望兴贤坊里，崇阁竞嵯峨。恍若临仙境，天地共谐和。

（发表于《闽西日报》2020 年 9 月 16 日）

潮州行吟

潮州行

忽运神思意念浮，欣然前往到潮州；
动车飞逸坦途近，城阙飘移美景收。
碧水漪澜接沧海，青山邈远拥金瓯；
岭南郡地胜灵境，满眼风光广济楼。

牌坊街

粤东城阙太平路，崇峻牌坊耀正街；
宫保尚书承六部，圣朝使相进三阶。
幽溟古井润香埠，绮艳明珠见静斋；
衢道纵横连巷陌，盘桓廛肆意无涯。

广济楼

信步登临广济楼，倚高眺远瞰潮州；
襟江怀岳天风逸，护邑镇桥龙脉浮。
浩渺清流荡舟楫，苍茫翠岭枕沙洲；
逍遥静夜望津渚，明月一轮千古愁。

湘子桥

湘桥揽照宋时月,跨水盈波望碧丘;
日映冰壶天雾逸,星沉玉鉴岫岚浮。
海氛渐近绯人语,渔火新迁暂驿舟;
仙佛恣睢谙旧迹,韩江不尽万年流。

韩文公祠

倚天柱水筑崇祠,妙境清幽日象奇;
郡望昌黎诠进学,文章盖世誉先师。
谏迎佛骨称忠弼,儒贯海隅凭睿姿;
刺史潮州多圣迹,韩公风度运雅思。

开元寺

唐朝敕建开元寺,庙宇庄严衍大观;
殿阁巍峨尊圣像,香炉鼎盛谒禅銮。
历经兴废千年事,荟萃人文万众安;
枢轴浮屠金岭顶,伽蓝气象漫云端。

江堤远眺

长堤漫道轻风逸,渌水潆洄海景开;
细雨帘中蛟鳄渚,老鸦洲上凤凰台。
日融笔岭飘云锦,雾锁湘桥漾碧埃;
寥廓江天盈画轴,木棉花语任君猜。

潮州印象

粤海风光自不同，丰盈潮汕媲瀛州；
郊原旷衍称邹鲁，文脉昌兴启玉瓯。
凝望韩江萦旧梦，夙怀闽岭释新愁；
卧听静夜潇潇雨，诗意行程应奉酬。

（发表于《潮州日报》2021年6月27日）

诗词三首

千鹭湖

高依山下逸流晖，清浅澄湖白鹭飞；
杏雨飘疏花沾露，岚光浸漫鸟啼矶。
迷离栈道绕松径，缥缈云台倚竹扉；
草木萋芊盈碧水，边城郊外尽芳菲。

古城晨曦

汀州城外卧龙山，惠吉阳门扼上关；
七彩流霞盈蜃阙，一江歊雾漫碛湾。
登高纵览吟风月，眺远抒怀忘醉颜；
千载楼台迎晓日，天光云影自悠闲。

乡村晓月

一树红榕映碧溪，绿云溶漾漫沙堤；
清波照影游人醉，碣石临风倦鸟栖。
曲岸婆娑明柳色，芳园浸染啭莺啼；
土楼流韵融曦月，缱绻时光逸咏题。

（发表于《诗词月刊》2021年第7期）

诗词二首

中秋有感

聘望家山无尽思，人间正好月圆时；
椿萱并茂轩辕镜，金玉齐光松鹤池；
采菊东篱舒本性，奉茶北屋近真痴；
乡愁寄远衷情在，忠孝既成慷慨诗。

夜　景

风华武邑电光行，火树银花不夜城；
地上星河连碧汉，人间珠阙漾金声。
平川溢彩映琼阁，远峤腾云簪紫缨；
文博园中观霄月，霓虹飘逸梦清英。

（发表于《中华诗词》2022年第9期）

洪炳东作品

山水阳民

武平县中山镇阳民村。

相传八仙中的铁拐李、吕洞宾、何仙姑云游天下时，发现阳民山水秀丽、景色宜人，便在这里对弈，如今棋盘石还留在聚仙岩，聚仙岩也因此得名。

大自然钟爱阳民，造就了两条"龙"。一条是"水龙"，蜿蜒曲折的中山河就像一条巨龙穿过阳民所有自然村，时而咆哮奔腾，时而平静流淌，两岸翠竹郁郁葱葱，人称"小桂林"。另一条是"地龙"，河的西侧矗立起绵延十里的红色峭壁，逶迤起伏，由牌楼崟、岐岭崟、河牌崟相连，峭壁之下众多岩洞远近闻名，有"武平八景"之一的"龙岩雨霁"，还有聚仙岩、仙姑岩、新华岩、老虎岩。如果来到阳民，热情的"水龙"和"地龙"会在国道两边夹道欢迎。

阳民人勤劳、勇敢、智慧，创造了两项水利工程奇迹。一是十里翠竹。20世纪60年代，为保护好一河两岸耕地不被洪水冲刷，村民在河两岸的沙滩上种了竹子，如今翠竹成林，这是一项最省钱、最生态、最科学的河坝防护措施，不仅保护了大片沃土，也成为阳民靓丽的风景线。二是水利大坝。70年代，阳民人以改天换地的气概，发扬愚公移山的精神，自力更生，艰苦奋斗，在中山河阳民段建起了两座水利大坝，安装了十台水轮机，不用油、不用电，让那河水乖乖上山灌溉着千亩良田。这一生态水利工程全县唯一，全省少有。

栽下梧桐树，引得凤凰来。2019年金秋，福建省全民健身运动会"美利达杯"环武平阳民村自行车绕圈赛在这里举行。来自闽粤赣三省的200多名自行车运动员随着发令声响如离弦之箭，穿梭在阵阵稻香的金色田野，奔驰在绿油油的生态茶园，奋勇争先在青翠欲滴的十里翠竹。他们用速度演绎更快、更高、更强的体育精神，也通过比赛享受绿色出行的快乐，体验阳民良好的生态和美丽风景。

进入新时代，迎来了千载难逢的发展机遇。阳民规划为中山河国家湿地公园的核心区；武平县决定对"龙岩雨霁"进行保护开发；规划中的蒲武高速公路经过阳民全境并设有互通口。正是"阳光明媚辉大地，翠竹婆娑醉黎民"。

山水阳民，我美丽的家乡，你那溢出芳香的土地，你那充满生机的草木，你那带着欢笑的流水，常常在我梦中闪现……

（发表于《闽西日报》2020年3月2日；在2021年12月县委宣传部、教育局、融媒体中心举办的建党100周年"我和我的家乡"主题征文比赛中荣获成人组优秀奖）

父亲写诗

最近,父亲决定将2012年以来写的诗作400多首编成诗集,叫我负责编辑出版。

记得父亲学写诗是2007年,当时他是县政协聘请的文史员,常和李坦生老师一同参会。在李老师的鼓励下,他加入平川诗社。当时他既没有诗词的基础知识,也没有应有的文学功底,凭的是对诗词的浓厚兴趣和活到老学到老的求学精神。从此,学习和写作诗词成为他日常生活中不可或缺的一部分,重大事件赋诗一首,重要活动写诗庆祝,参观旅游留诗赞美,家乡变化有感而发,战友相逢用诗抒怀。

2009年4月16日,父亲邀请亦师亦友的李坦生、谢观光等6位诗友来家乡采风,他们参观了武平八景之一的"龙岩雨霁",游览了"十里翠竹",便在寒舍交流创作,他们被家乡的美景所陶醉,激发了创作灵感,诗兴大发,每人都创作了诗词。李坦生老师咏诵了《春游阳民》《游阳民村抒怀》《龙岩雨霁》三首诗,把现场气氛带入高潮,客厅不时发出爽朗的笑声,每个人脸上洋溢着灿烂的笑容。

2014年9月9日,第四届海峡两岸定光文化旅游节开幕,我们父子有幸参加,他写下了《参加第四届海峡两岸定光文化旅游节有感》的诗。

父亲虽身居农村,但情系祖国河山,是党的培养教育让他这个贫苦孩子在部队大熔炉里得到锻炼,逐渐成长为基层领导干部。八十多年的人生阅历,经历新旧社会,让他深深懂得没有共产党就没有新中国,只有中国共产党才能领导全国人民实现中华民族伟大复兴的中国梦。"不忘党恩"篇写出了父亲对党的赤诚之心和一片深情。

他热爱家乡,对武平的山山水水充满感情,"武平八景"用诗赞赏,风景秀丽的梁野山有写不完的诗,他用诗讴歌武平的巨大变化,用诗传承中山古镇的历史文化,用诗赞美阳民的秀丽景色。他热爱生活,在诗中我们看到春曲、春行、春色、春归、春雨、春景,仿佛让人看到充满乡土气息的美丽乡村,感受到浓浓的春意。

每当我回老家看望父母时,他大部分时间都在陋室看书写诗,偶尔还把写好的诗稿要我转交诗协、诗社或相关人员,《新华字典》《辞海》是他身边的常用工具,也是他的"哑子先生",有时我会带一些报刊资料回去,他当精神佳肴。学习成为他的一种习惯，勤学善思，终身学习。正因为他锲而不舍，常年耕耘，走家串户，田野调查，写出了武平县第一部村志——《阳民村志》，出版了《古镇拾萃》一书。

诗词是一个人的人品、修养、学养、经历、见识、性情等方面的综合反映。父亲坚持十几年诗词创作，通过诗词看世界，用诗词说心里话，以诗词广交朋友，正如《赞梅》诗中写到"岁岁不停步，年年众香夸"，有一种《荷塘鱼欢》诗中"荷种门塘环境美，游鱼快乐底称仙"的感受。诗集取名《溪源吟草》，溪源是中山古镇秦汉前的名称。父亲通过写诗改变了生活，也在诗中找到快乐。

（发表于《闽西日报》2020年4月10日）

"老厅下"的红色故事

武平县中山镇阳民村，一河两岸、十里翠竹，风光秀丽、景色宜人。这里有一座古民居——喜源居格外引人注目，大家习惯叫"老厅下"，是全县保存最完好的乡苏维埃政府旧址，如今还完整保留"上、中、下"三栋大厅，"老厅下"建于清雍正年间，已有三百年历史了。那朱红色的石门，那顶天立地的圆柱，那勇挑千斤的大梁，还有青砖、灰瓦、石头坪留下了历史沧桑，也见证了土地革命时期惊心动魄、可歌可泣的感人故事。

1930年，在武所区苏维埃政府的领导下，旦石三乡（今阳民村）在曾家塅"老厅下"召开成立苏维埃政府大会，区政府主席谢云从到会指导并讲话，会议一致推选洪少同为乡苏维埃政府主席。洪少同群众基础好，有文化、教过书、懂医药、思想进步，受到群众拥护。还选举钟炳升为赤卫队长，办公地点就设在"老厅下"。

旦石三乡苏维埃政府成立后，发动群众组建赤卫队，有洪少同父子加入赤卫队的，也有洪德盛、洪荣盛兄弟争当赤卫队员的，全乡共有赤卫队员26名。当时，赤卫队的武器装备都很简陋，只有用公尝谷购买的几支鸟铳，以及请铁匠师傅锻造的过山龙、耙头、梭镖、钩刀和铁尺等，还制有红旗、红袖章等。

1930年6月1日，红四军主力从江西再次进入武平民主。6月2日，红四军主力从民主溪头墟出发经泮境、郑家坪抵武所。旦石三乡赤卫队员和参加上坑暴动的赤卫队员一起全力配合红军围歼驻武所团匪吴德隆部，解放了武所城，红军主力顺利进入武平城。在红军的帮助和支持下，召开了全县工农兵代表大会和党的代表大会，6月8日，旦石三乡赤卫队参加了在南操场举行的全县赤卫队检阅大会，毛泽东、朱德分别在会上讲话，鼓励武平人民坚持斗争，夺取土地革命胜利，这给旦石三乡苏维埃和赤卫队是莫大的鼓舞，更加坚定了苏区人民必胜的信心。钟文贵等赤卫队员参加了红军。

红四军主力进城不久，留武所活动的红四军一部协助，在县苏和武所区苏的领导下，旦石三乡苏维埃政府开展了减租和轰轰烈烈的分田分地运动。实行"耕者有其田"制度，查清土地面积，按人口平均分配，"抽多补少"，"抽肥补瘦"，洪少同主席亲自丈量打桩、造册登记，发给由县、区苏维埃政府盖印的《土地证》《耕作证》，在"老厅下"门口当众烧毁了地主的田契典当。贫苦农民做梦都没有想到能分到"猪膏秧地田"，称共产党是大救星，苏维埃是大恩人。

由于国民党反动派的封锁，中央苏区红军食盐告急！武所是从广东通往江西"盐上米下"必经之地，旦石三乡苏维埃政府急中央苏区所急，洪国煌等赤卫队员想尽千方百计，巧妙设计用尿桶装食盐，在尿桶最底层放草本灰，第二层放芋荷叶，第三层放食盐，第四层放油纸，最上层放人粪，就这样躲过检查，走出关卡后再装入袋，将盐运往赣南苏区。

红军走后，地方团匪卷土重来，大肆反扑，实行烧光、杀光、抢光的"三光"政策，有的房屋被烧，有的谷仓被破，有的赤卫队员遭到搜查、逮捕甚至杀害，手段极其恶劣，惨不忍睹，有一赤卫队员在田里插秧被抓走，在武所城的教场塅被杀害，白色恐怖一时笼罩着旦石三乡。乡苏维埃政府根据上级指示，采取化整为零的办法，洪少同等藏在山上，洪福盛、洪荣盛等躲到广东或江西亲戚家，从此，斗争方式由公开转入地下。

"老厅下"历经三百年的风风雨雨，经族人多次捐资维修得到较好的保存，风采依然。今年恰逢旦石三乡苏维埃政府成立九十周年，革命前辈用鲜血换来今天的幸福生活，历史不会忘记，人民不会忘记，讲好红色故事，传承红色基因。

（发表于《闽西日报》2020年12月9日；在2021年7月县委宣传部、机关党工委、文联等部门举办的"武平红色故事"征文比赛中荣获成人组优秀奖）

曾繁安作品

晨游碧水

久困文牍散漫游,重湖叠巘弄清柔。
春来最是山间好,也胜江南四五州①。

注:①指江南以水乡胜景见长的杭州、苏州、常州、湖州、池州等。
(发表于《中华诗词》2019年第9期)

鹧鸪天·过吊龙坑

春色犹深兴致同,西行路转探重枫。
柔风过耳由心醉,山静身临鸟语中。

球坠地,笋渐隆,野花桑椹竞相红。
林间三五空鸡舍,一任松针落满篷。

(发表于《中华诗词》2019年第9期)

对月抒怀

一生坎坷稻粱谋,半世飘零老作羞。
可恨庭前疏淡月,窗苔偏照万千愁。

(发表于《东坡赤壁诗词》2019年第1期)

贺龙岩诗词学会成立二十五周年

廿五春秋韵抑扬,总关荏苒写沧桑。
词风缕缕苏辛味,诗海滔滔李杜章。
老骥殷勤犹伏枥,后生发奋亦当强。
肯将心事留拈句,一卷龙吟入梦香。

(发表于《东坡赤壁诗词》2019第2期)

悼玲秀

依稀那日洗风尘，一片殷勤满座春。
何忍香魂乘鹤去，落花深处断肠人。

（发表于《东坡赤壁诗词》2020 年第 2 期）

悼森金

人事无常半老翁，春残未尽倦身空。
迳田村里潇潇雨，甘露亭前惨惨风。
一世飘零非所愿，九天落寞岂由衷。
先生此去蓬山路，犹在凄凄泪眼中。

（发表于《东坡赤壁诗词》2019 年第 6 期）

暮春感吟

潋滟高湖向晚舟，三分春色二分休。
青山且任沉云妒，绿水无凭曀雾愁。
檐下堪怜归社燕，亭前犹记拓罐牛。
花开花谢寻常事，一点尘心锁玉楼。

（发表于《长白山诗词》2019 年第 6 期）

喝火令·远思

一曲箫声咽，愁肠付素笺。念当时锦瑟华年。最是此情堪忆，相对拨心弦。
廿载江湖阔，红酥梦自牵。再相逢已强欢颜。今夜无言，今夜更无眠。今夜小楼深处，犹记谢桥前。

（发表于《长白山诗词》2019 年第 6 期）

无 题

江湖逐浪水中花,岁月千淘误梦华。
从此相逢如陌路,更无一笑任天涯。

(发表于《东坡赤壁诗词》2020 年第 3 期)

题芷溪

桃源西向石山东①,肃穆牌楼一望中。
祠宇星罗藏典故,民居鳞次掩兴隆。
花灯粲粲千烟事,街巷幽幽万古风。
芷草葳蕤何处觅,溪桥借问白头翁。

注:①桃源指芷溪东桃源山,石山指芷溪西金石寨。
(发表于《东坡赤壁诗词》2020 年第 4 期)

自 题

一任冰封万物凋,华年岂肯逐中消。
平生几许沉沦意,犹借霜天化酒浇。

(发表于《长白山诗词》2020 年第 3 期)

宏祥楼初遇

白云苍狗等闲身,除却殷勤洗旧尘。
眼里分明初识客,天涯尽是故交人。
茶香醉我何须酒,室雅逢君每向春。
犹自清寒三九夜,东风满面长精神。

(发表于《中华辞赋》2020 年第 6 期)

题岩前古城

一城①环绕水云烟,十二青峰②廊外连。
往北溪流缘斗法③,朝南庙宇乃施田④。
崇山⑤尽揽三街⑥秀,淇澳⑦安隅九栋⑧偏。
八景⑨如今何处在,蛟湖⑩瑟瑟话当年。

注:①一城指岩前古城,于明崇祯五年(1633年)八月建城。②十二青峰指岩前周边的十二座山峰,古称"一峰狮子吼,十二子相随"。③此句指岩前溪水流向北,传说为定光大师与何仙姑斗法所致。④施田指均庆祖庙所在地原为何大郎田产,无偿捐施给定光大师建均庆院。⑤崇山指崇山居古民居。⑥三街指岩前城新南街、通广街和翠丰街。⑦淇澳指淇澳园,古有"青山第一家"之称。⑧九栋指与淇澳园隔溪相望的广东省蕉岭县广福镇乐干村九栋古民居。⑨八景指岩前古八景:人世蓬壶、普陀清院、狮井泡泉、蛟湖涌月、玉洞观澜、琼宫接汉、芙蓉映日、鸳鸯听涛。⑩蛟湖指岩前古八景之一蛟湖涌月。

(发表于《中华辞赋》2020年第6期)

题 箫

一

长箫一管自风尘,二十年前枉自新。
犹记玲珑刀骨恨,不堪闲卧任沉沦。

二

斜倚横箫黯黯身,销魂无计遍青尘。
窗前 任风和月,把揽沧桑故旧人。

(发表于《长白山诗词》2020年第4期)

题教文村

梁野南坡百十家,依山傍水绕烟霞。
林深竹茂乡村秀,嶂迭峦重古径斜。
涧壑千年三丈树,风云七叶一枝花。
几时换取闲情在,许与诗心尽日茶。

(发表于《诗词月刊》2020年第8期、《东坡赤壁诗词》2020年第5期)

宏祥楼见廖金城大使有寄

梁禹相逢十载秋,金风玉露展筹谋。
家山缱绻归时泪,世事从容梦里舟。
浩荡江湖空自阔,峥嵘岁月几番稠。
豪情不似乡心在,绾遍青丝笑白头。

(发表于《诗词月刊》2020年第10期)

散步有吟

华灯已上月如钩,心自飘零叶自秋。
一望前尘多少事,凝眉问取万千愁。

(发表于《长白山诗词》2021年第1期)

赴上湖祭乌山战役革命烈士有寄

军旗猎猎正西风,飒爽戎装肃穆中。
铁骨四千成血碧,赤心一片映山红。
碑前翠柏凝豪气,槛外青峦念伟功。
战马潇潇留壮烈,长歌当哭祭英雄。

(发表于《长白山诗词》2021年第1期)

赞戍边英雄

由来加勒偏多事，一自嚣嚣谷水浑。
小丑愚顽兴浊浪，军旗怒卷护乾坤。
高山有恨拦凶冠，冰雪无声悼烈魂。
捍卫西疆谁砥柱，丹心碧血耀昆仑。

（发表于《东坡赤壁诗词》2021年第3期、《长白山诗词》2021年第4期）

访捷文

一年好景又逢春，料峭寒风冷裹身。
放眼群峰皆抱绿，凭栏万树尽怀珍。
何妨碧浪浑如墨，毕竟青山不负人。
问取溪前归去客，羁途须信自荆榛。

（发表于《东坡赤壁诗词》2021年第5期）

福建塔牌水泥厂所见

坐断西南粤水邻，冲天气势探星辰。
山中碌碌驱驰影，室内悠悠号令人。
遥想当年春草绿，应怜今日故园新。
溪前错落农家院，可有纤纤一点尘。

（发表于《长白山诗词》2021年第6期）

壬寅重阳偶题

金秋飒爽又重阳，浥露华浓野菊香。
碧水穿城分秀色，宫灯夹岸惜流光。
桑榆入景平生梦，柠月如风白首狂。
卅载江湖多旧恨，登高望远笑何妨。

（发表于《新周报》2022年第45期）

凤凰岛所见

凤凰岛上有人家,林密山深水笼纱。

满目红枫鸡引路,炊烟袅袅入云霞。

(发表于《对联》2022年第12期)

林坚作品

珍稀鸟儿进我家

今天，山乡的气温有点低，但白日里，太阳很暖和，天湛蓝，水碧绿。

我的房子坐西向东，早上大门一开，初升的阳光便迫不及待地挤进大厅，映照得四壁生辉，温暖如春。

上午，我在院子四周除点杂草。这杂草的生命力真没话可说的，我8月才铲除干净，可现在又长得没入膝盖了，根本不是"春风吹又生"，而是时刻在生，连冬天也还在破土而出。我真有点佩服它们了！

11时，进屋喝点茶水。一踏入便看见一只美丽漂亮的大鸟正在大厅里踱着方步东张西望寻觅着可吃的东西，见到我，马上朝着窗户振翅飞起，可窗户有玻璃有窗纱，出不了，而门口站立着我，它也不敢前来夺门而逃。

见此，我不慌不忙地关好大门，掏出手机，开启照相功能，远远地跟踪拍下它的光辉形象。它见我没有加害之心，也就不慌不忙地在窗户边的椅背上跳来跳去，寻找着出路。

后来，它竟然慢吞吞地经过大厅与膳厅的通道走进厨房里了。厨房可是加工食物、烹调美味的地方啊，莫非冥冥之中它真的想摇身一变成为我的腹中佳肴？

我赶紧跟上，它立即飞上窗户，那锋利的爪子把玻璃抓爪得"咚咚咚咚"地响个不停，光滑的玻璃哪有它停留之地？也许它太累了，一不小心滑倒在洗菜盆里，被我逮个正着。

这只鸟儿漂亮极了，个头也大，有我握着的拳头一样大，大约有一斤左右吧。我还找到木尺，从嘴尖至尾巴竟有48厘米长，它两边的翅膀展开，也同样约有50厘米宽，真个棒的。

它的嘴尖已经弯曲，两只爪子也长长的弯曲着，饱经风霜，十分锋利。全身的羽毛更是漂亮极了，它的两翅、肩和肩内侧呈栗色，其余体羽，包括翼下覆羽和尾羽全是黑色。头至胸部有紫蓝色光泽和亮黑色的羽干纹，胸至腹部有绿色光泽，尾羽则呈现铜绿色光泽，令人爱不释手！

我赶紧走到楼上，寻找到一只圆形竹笼，把它关了进去。又找到一个塑料盘子，加上饭粒、米粒和水，放入笼内，让它吃饱。可它在笼内却焦躁地转来转去，身上的羽毛扯下了数片还是转个不停，甚至把盘子都踩翻了。我理解它，关在笼内，此身失去了自由，更失去了广阔的天地，它不习惯，因为它并不是以牢笼为乐的金丝鸟儿!

  但它究竟是一只什么样的鸟儿？我不懂。询问友人，有人回答：这是褐翅鸦鹃。此鸟已列入国家林业部、农业部1989年1月14日发布的《国家重点保护野生动物名录》，属二级保护动物；也已列入1996年生效的《中国濒危动物红皮书》，属濒危动物。这主要是因为，中医传统理论认为该鸟具有很高的医用价值，导致全国各地组织专业队伍进行捕捉，致使野外数量锐减，一直处于濒危状态。

  本来，我打算先把此鸟饲养几天，再把它带到厦门家中饲养起来。可看了上述的有关介绍，又看到它在笼中坐立不安，我的心中也开始七上八下忐忑不安了。最终，我决定把它放归大自然中，家人们也全都支持我的这一决定。

  于是，我打开笼子，双手把这只褐翅鸦鹃捧出后，左手用拇指把它的双脚按住在我的掌心，右手再次掏出手机，近距离拍下它的全身，留下一个永久的念想！

  我小心地捧着它走出大门，把它放在地上，看着它双脚用力一蹬，便立即展开双翅，冲向蔚蓝的天空，身后落下了几句"咕，咕，咕"的欢乐叫声。这叫声里充满了"久在樊笼里，复得返自然"的喜悦！

  我衷心祝愿它在风风雨雨的大自然中生活得平安快乐！祝愿它的家族繁衍昌盛！

  我更祝愿人与动物和谐相处，人与自然和谐共生！

  （发表于《闽西日报》2021年12月17日）

郑启荣作品

眉峰聚处眼波横

四围青山重重叠，一泓碧水盈盈波。处于武平之南的这个村庄，周围群山起伏，山峦叠翠，针叶林、阔叶林茂密葱茏，一年四季秀丽而苍郁，最高的山峰是与岩前交界的嶂山，一样木秀于岭。每年四月桐花盛开，是山村最美的时候，满山遍野，若白云出岫，如雪花飘舞，田野山头处处缀满诗情画意。河边人家数百户，山前鸡犬两三声，河水悠悠穿村而过，俨然水乡景色，此地名"上赤"。

水是生命之源，只要有水，吃苦耐劳的客家人便能安身立命，他们披荆斩棘，开疆拓土，建立家园。上赤有水，清且涟漪，自东及西，浩浩荡荡奔流而去。数百年前，南渡的客家先人陈、张、谢家族看中了此地好山好水，遂在此开基立业，繁衍生息，开启了上赤的百年奋斗史。

大凡有河流或湖泊的地方，大都美丽富庶，宜居乐业。上赤因水而美，最美的是这条穿村而过的河。在武平境内，除了北入汀江的武北桃澜河，武南只有上赤至下坝的这条流入梅江的河可与之媲美了。

无论城市还是村庄，有了水才有灵气，才能秀美，有了水庄稼才能生长，土地才能滋润，人气才能旺盛。源自岩前、十方的溪水，在洽溪汇合进入上赤以后，水面变得开阔而舒缓，山峦倒影，波光粼粼，尤其是两岸高大茂盛的枫杨树，让这条原本不出名的溪河美得风情万种。每次去中赤或上赤，最吸引我也最能激起我浪漫幻想的，便是水岸两边一棵棵硕大翠绿的百年枫杨，河水因了枫杨的点缀变得如诗如画，枫杨又因了河水的滋润而郁郁葱葱，两者相得益彰；三道桥有如三道彩虹，横卧在碧波荡漾的河面上，既方便了两岸往来人，又镇住了直破"天心"的"风水"。无论春花烂漫的早晨，还是夕阳西坠的夏天，或者月上柳梢的秋夜，抑或寒风拂面的冬日，一年四季景色变幻，斑斓了这一方水土，人们称此景为"溪桥晚眺"。

上赤这条河水在很久以前是清澈见底的，村民们直接从河里挑水煮饭，甚至可以掬水而饮。早晨妇女们在河里浣衣洗菜，夏天孩子们在河里游泳嬉戏，摸鱼捉蟹。最主要的是，贫困的村民生活因这条河得到了改善，在经济匮乏、粮食歉收的年代，河里的鱼虾螺蟹，支撑着村民们度过了饥饿的日子；而村里的青壮年男人，背上行囊，手握长篙，闯长潭，过险滩，栉风沐雨，避礁搏浪，把山里的木材和山货水运放排到广东，换取粮食、盐、糖和布匹等生活必需品，尽管水运放排危险艰苦，因为这条水道，村民们才熬过了那艰难困苦的年月。

因了这条河，上赤便多了几分姿色。据说上赤古时有"村中八景"，一个小小村庄居然也有"八景"，不免让人称奇。而八景中与水有关的便占了七景，曰："溪桥晚眺""磜头瀑布""镜秋澄潭""天然古井""观澜书室""莲湖清院""石榴花滩"，只"当峰松涛"与水无关。不仅于此，美丽的山水给了上赤的文化人以诗意的想象，于是又有了"游鱼上水""碓寮险滩""七岭天池"等美名景点，依然离不开水。磜头瀑布虽没有飞流千尺的壮观，却也可观可赏。水流量不小，一帘飞瀑声震沟壑，尤其在这雨水丰沛的六月，水流湍急，飞泻而下溅起的水花雾霭一片迷蒙，即使炎热的夏季也让人感觉凉爽如秋，寒入脊背。

几年前，曾经从上赤驱车岩前，过上赤不久，转过几道山弯，眼前赫然一湾碧水，水面开阔，平静如镜，山映斜阳，倒影水中，忽然想到东坡词中佳句："一千顷，都镜净，倒碧峰"，仿佛为此而写。但见四面青山眉峰聚，一泓碧水眼波横，盈盈眉眼处，脉脉一斜晖，好一个山清水秀之地！想必此处便是"镜秋澄潭"了！我素爱湖光山色，不由得停车驻足，拿起手机拍照，至今照片仍保存在我的电脑里。澄潭周围没有人家，这条路也不是交通要道，来往的人不多，这么美妙的风景深藏一隅，有如深闺美女，无人知晓，委实可惜！但却因此保留下一方"净土"，澄潭开阔旷远，清静得出奇，平时在城里，各种嘈杂的喧闹声不绝于耳，而这里，"上有青冥之长天，下有渌水之波澜"，无丝竹之乱耳，无凡尘之嚣喧，其水可涤尘，其静能滤心，人临此境，心，不由得也澄静了。

上赤村西去一公里处有一水滩，水面波急浪涌，流水带花，是一处奇特的自然景观，被誉为"石榴花滩"，为上赤"八景"之一。上赤才子、后来去了台湾的张永明先生曾为此赋诗一首："五月榴花放，落花带水流；滩头波浪急，短筏速油油。"可见石榴花之名由来已久。

古人言"水可载舟，亦可覆舟"。水给上赤带来许多好处的同时，也给上赤带来过灾难。1975年6月1日儿童节和1983年6月16日的那两次特大洪灾，让人们记忆深刻，滔滔洪水肆虐着原本美好的家园，特别是后一次，三百多户房屋倒塌，百亩稻田被摧毁，道路被冲断，牲畜被冲走，多数村民无家可归。万幸的是，几次水灾并未危及人的生命，1975年6月1日那场水患，当老师和家长护送匆忙结束节日庆祝活动回家的孩子们走上木桥时，汹涌的洪水已漫过河堤，咆哮着如脱缰的野马在桥下奔腾而过，孩子们小心翼翼争分夺秒相继走过木桥，就在最后几个孩子刚跨过木桥的瞬间，一排巨浪袭来，轰隆一声木桥顷刻垮塌，孩子们回头看见，吓得说不出话来。人们说，那是水口莲湖清院中供奉的妈祖娘娘显灵，护佑着全村百姓平安无事。

百年枫杨绿两岸，千朵榴花醉一滩。如今，为了防范山洪，河两岸已建起坚固的防洪堤，并种植了各种观赏树，水患已得到彻底的遏止，上赤真正成为美丽迷人的水乡。

山何苍苍，水何汤汤，上赤有幸，独秀一方！昔我往矣，依依枫杨；今我来思，山高水长！人生也短，且将闲情寄山水，何妨放浪形骸，江湖相忘！

（发表于《闽西日报》2019年10月8日）

夜宿龙山湖

"楚天千里清秋"，正直秋高气爽，收获的季节，和全国各地来的作家们一起走进信阳，走进龙山湖，感受信阳的历史人文、自然风光和红色经典。

在参观完鄂豫皖革命纪念馆和信阳博物馆后，下午又参观了光山县司马光油茶园以及东岳村文化中心。近5点，抵达龙山湖湿地公园。

下车，上船。一行30多人依次在游船上坐定。马达响起，游船向湖心驶去，我喜欢立于船头，一则可以全方位观看美景；二来空气更新鲜，还便于拍照。

碧水，蓝天，微风轻拂，碧波荡漾。一眼望去龙山湖真不小，据说总长度有15公里。我立在船头，看船头浪花翻滚，剪开一湖秋水，余波阵阵涌向岸边，司马光油茶园原来就在岸上。湖很大，远处岸边除了一侧已建为水上公园，另一侧则是丘陵和大片的水杉林。时近黄昏，斜阳晚照，光影之中，水杉林一片萧疏，游船过处惊起阵阵寒鸦，想起稼轩词中有"平冈细草鸣黄犊，斜日寒林点暮鸦"句，眼前景色实有唐宋诗意。

湖的南面有几户人家，近水楼台，该是一块风水宝地。游船快接近时调头返回，此时，夕阳西下，落日熔金，湖面上金波叠浪，妙处不可言说。

弃船登岸，主办方考虑周详，已准备好观光电瓶车。苍茫时刻，暮色渐渐降临，原来刚才游艇上看到的拱桥就是现在要游览的"龙堤春晓"的一部分。观光车一路过去，因时间仓促，已无暇观赏那雕刻精美的百米仿古长廊和造型别致的龙亭、拱桥。

观光车绕湖缓行，犹见风荷片片婷立一隅，惊异于此处生命的蓬勃旺盛，不禁脱口而出："这个时候怎么还有那么碧绿的荷叶？"记得数天前曾经陪同友人徜徉于家乡千鹭湖畔，路过荷塘，但见塘中一片狼藉，衰草残叶，枯枝上多数已无"擎雨盖"。时序仲秋，而此地又在南北交汇处，尚见绿油油一片，着实令人瞠目！

华灯初上，湖面一片璀璨。观光车在一块宽敞的亲水平台停下，倾听导游员介绍龙堤春晓，这个以"豫南风格"为精髓而打造的景区，是光山"拥河发展"战略和龙山湖文化旅游产业发展的重要组成部分，已成为智慧光山的旅游胜地。可惜时间太晚，无法一窥"全豹"。

夜宿光山县委党校，党校就在湿地公园水闸桥边上，筑校湖畔，独得龙湖美景。此处不在城区，远离喧嚣，幽雅宁静。住宿处边上一片茂密的水杉林，伟岸挺拔，为这里增添了不少负氧离子。我们下榻之处是老校区，相隔三四十米是刚落成的新校区，尚未正式启用。新校区五六栋高楼次第排开，是龙山湖边上最为气派的建筑。

饭后，天已全黑，与三两同好，漫步湖边。出得校门，瞥见校旁山头有一漂亮的圆亭，灯火闪烁，吸引大家移步登攀。山虽不高，不过百来十步，但因崎岖，到得亭边已觉气喘吁吁，尚未立定，回首湖中，大家已被夜晚的龙山湖迷住了。苍穹之下，一弯新月高悬天边，湖面开阔而旷远，绕湖而建的栈道、长亭、拱桥虽已少有游人，依然闪烁着迷人的灯光，有如两条金色蛟龙蛰伏于平静的湖面。天空澄澈，月华如练，晚风徐来，小有凉意，同行有湖南诗人、散文家游宇明兄等早已按捺不住，不甘枉此一行，纷纷拿出手机定格美好瞬间。

亭上下来，时间还早，大家意犹未尽。遥看闸桥对面黑黝黝的山上有一古色古香的楼阁巍峨高耸，灯火尤其辉煌。大凡暗黑处总给人神秘感，而茫茫黑夜中的光亮常常带给人无穷的遐想，带给人无限的希望。大家于是继续夜色的浪漫，向未知的暗夜走去。闸桥上遇见刚从对面散步返回的几位作家，问他们："对面好玩吗？"答曰："越是暗黑处，越有好风景。"大家于是兴致愈浓。走过闸桥是一座小山，灯光逐渐微弱，树木阴森，一片幽暗，要是一个人走，还真有点发毛。拐过一个弯，果然柳暗花明，台阶上，耀眼灯光下的牌楼显得十分气派，门额上书"南龙山"三个大字。拾级而上，眼前赫然一座高阁，雕梁画栋，金碧辉煌，雄踞湖上，巍峨壮观。

登高阁而远眺，此时已是"夜阑风静縠纹平"，眼前"玉鉴琼田三万顷"，湖面上除了灿烂的灯光，一片静寂。月色朦胧，树邈人稀，天高野旷，倚栏慨叹，不知今夕何夕！念天地悠悠，忽发思古之幽情，一天下来，看了几处博物馆，听了介绍，信阳历史之悠久，人文之荟萃，让我对这片热土陡生崇敬之情。聚天地之灵气，集人间之精华，高天厚土，催生了多少风流人物！孔子七十二贤弟子之一公祖句兹；贤良淑德、忍辱负重，深受后世景仰的息夫人；开发东吴、治理水患，江南一带的人文始祖，战国四公子之一的楚相春申君；施教于民，布政以道，助楚庄王称霸天下的一代名相孙叔敖；率5000弟子开发闽南，把中原文明传播到福建、台湾等地的开漳圣王陈元光；五代时期闽国创建者闽王王审知；宋朝宰相、史学泰斗司马光；元朝礼部尚书、枢密副使、诗人马祖常；明代"文坛四杰"之一、"前七子"领袖何景明；三国蜀将魏延、名相费祎；清代状元、翰林院修纂、植物学家吴其浚……可谓串珠缀玉，豪杰辈出。从商周到民国，信阳代有人才，各领风骚。他们或捭阖政坛，或纵横文史，或洒血沙场，叱咤风云，青史留名。在那艰苦卓绝的战争年代，大别山区200多万民众为信仰而战，近100万人牺牲在战场；枪林弹雨中，信阳出了100多位高级将领，尤以许世友将军最为传奇，想当年许大将军横刀立马，驰骋疆场，气吞万里如虎，立下赫赫战功，为无数后人所仰视。

"人生自古谁无死，留取丹心照汗青。"从古至今，有多少不可一世的人物消逝在历史的长河中，又有多少为人敬仰的英杰永留青史？那些为人类进步、为社会、为人民作出贡献的人，历史终将铭记，人民终将铭记！

夜凉如水水如镜，月光似霜霜似雪。流连高阁，不忍离去，奈何夜未央，天渐凉。龙山湖很美，龙山湖的夜色更美，就让这美好的夜色走进我的梦乡。

（发表于《信阳日报》2020年12月10日，获"全国作家看信阳"优秀作品奖）

亭头话沧桑

听惯了"一江春水向东流"，也早已听过"天下水皆东，唯汀独南"，然而，桃溪镇亭头村这条河的水却是向北流的。发端于梁野山北侧最大水量的河流——谷夫溪奔腾30多里，与发源于唐屋、昭信的帽村河在亭头相遇，亭头河因此水量充足，成为韩江的主要水源之一。

别小看了这条河。它曾经承载着亭头的辉煌历史，见证过无数岁月轮替，人世兴衰。

1949年以前，武北还没有公路，而水路发达的亭头便成了武北四乡的中心。因为这里木材交易兴旺，吸引了上杭、汕头、潮州等地不少木材商人，也吸引了武北四乡的人前来从事货物贸易，乃至衍生了完整发达的上下游产业链。由此，亭头逐渐成为一个商贸繁荣的村庄，甚至早于桃溪开设了圩场，客栈、饭馆、赌场等也如雨后春笋般冒了出来；同时，亭头还建起了武北第一所学校，有钱人家的子女都送到亭头来读书。有人就此发了财，纷纷建豪宅，盖别墅，大兴土木。宝善居、德邻居、择善居、三苟居、三乐居、西平第、春园别墅、诒燕祠等先后建成，飞檐翘角，雕梁画栋，一个比一个气派！很难想象，一个小小山村，竟然有如此之多的豪宅别墅，可见当时的亭头有多么的繁华！

在那陆路交通尚未发达、货物贸易多靠水运的年代，木材生意的兴旺，使得水上放排业应运而生，以致说起亭头，便绕不开水上放排。放木排，成了老一辈亭头人无法忘却的记忆，至今依然念念不忘，如数家珍——

亭头啊，曾是全县最繁忙的木材水运码头！这里两股水源交汇，地势平缓，河岸开阔，洪水冲刷成的沙滩成了天然木材堆放场地。占武北三分之二面积的周边林区，数十个村庄的木材全部送到亭头，在这里钉成木排，由水路经桃溪进入汀江送往上杭、永定、广东。

雨季到来时，是运木头、放木排的好时机。放排手们早做好了准备，父母、妻子为他们备好了油盐、米、斗笠、蓑衣、衣服、棉被等生活用品，一旦上了木排，放排手们少则三四天，多则七八天才能回到家。

天刚蒙蒙亮，放排手们便告别父母、妻儿，直奔码头。河滩上，早已用竹篾钉扎好的木排被一一推进河里。他们跳上木排，各就各位，领头的一声呐喊，众人齐声附和，雄浑粗犷的放排号子气壮山河，唤醒了沉睡的大山，也惊醒了两岸香闺梦里人。但女人是不能出门口去目送放排手的，因为这是"纯爷们"的事。由于在水中作业，浪里来水里去，放排手常常赤裸着身子，一丝不挂，就像黄河边上逆流而上的纤夫一样。女人们只能在担惊受怕的煎熬中，向妈祖祷告，日复一日祈盼亲人平安归来。

水运木头、放木排，是一种充满惊险而又艰苦的体力活。放排手们不仅要有丰富的经验，更要胆大心细，要能吃苦耐劳。亭头的男人十三四岁便跟着大人放木排，长年累月风里来雨里去，水上漂浪里滚，练就了过硬的水上功夫。有经验的放排手能在水上漂浮的独木筒上行走自如，手握长钩，把河里横七竖八的木头调配得整整齐齐，使之能顺流而下。而放木排的功夫更是让人惊叹！木排每排宽2米，长6米，6排为一组，一排扣一排，从头至尾有30多米长。放排时，头尾各一人，从亭头经桃溪、小澜再进入汀江，一路上激流险滩，明礁暗涌，稍有不慎便将排破人亡。如果没有丰富的经验和过硬的本领，以及默契的配合，是难以驾驭这水上长龙的。饱经风霜的放排手们在苦难中练成了坚韧不拔的意志，他们相互配合，相互依存，与自然搏斗，与吉凶难测的命运搏斗，用血汗换取微薄的收入，以维持家人的生活。

亭头的有钱人看准了如日中天的木材生意，他们花钱买"青山"。据说"三苟居"的主人就因买"青山"发了财，传说他拥有的树木数量多过整个武北人吃饭所用筷子的数量之和。"有水有山为世第,半耕半读作名家",这位晚清的进士可能是亭头最有钱也是最有文化的人。"三省已身处世宜遵曾子语,苟完居室传家当法卫荆风",至今,"三苟居"仍然以它残缺的豪华向世人炫耀这远去的一切。

断壁残垣,荒草斜阳。如今,亭头的豪门古宅几成废墟,村民们或者用来做猪舍、养家禽;或者用来堆柴火,放杂物。那些雕刻精美的门楼花窗几经折腾,早已支离破碎,只留下大门石柱上饱经风霜、寂寞模糊的对联,和一对斑驳残缺的石狮子,依旧顽固地守望着破碎的家园。它们见证了历史的无情,经历了岁月的沧桑。即使富甲一方如"三苟居"者,也难免被历史的潮水荡涤得面目全非,"去年紫陌青门,今宵雨魄云魂;断送一生憔悴,只消几个黄昏"!

随着公路的开通,亭头的放排业逐渐式微,从亭头到桃溪、小澜的河流被拦腰切断,好几段修堤筑坝,建起了水电站,水路不再畅通,到20世纪80年代中期亭头放排业被彻底淘汰,放排号子再没有在亭头河上重新回响。为防止洪水冲刷,亭头河两岸筑起了堤坝,建起了大桥。村民们陆续建起了新房,这些房子像孩子们玩的积木,千篇一律,千屋一面,整整齐齐地堆放在亭头河两岸,再没有让人百看不厌的雕梁画栋、斗拱翘角;当然,也没有雕刻在门口石柱上让人回味无穷、击节赞叹的对联了。

历史,就这样翻开了新的一页。若干年后,当这些旧屋陈迹悄然湮灭,或许,亭头的辉煌与沧桑,便会彻底化作一缕云烟,再也无人知晓,无人在意,无人提及……

(发表于《环球客家》2020年第4期)

"九十九洞"的山乡

壑幽水深,山回路转。环抱迂回处,时闻鸡犬声;绿荫掩映里,酒香欲醉人。这里叫象洞。

象洞有九十九洞,我家那个村是其中的一洞。昔时的"洞",其实就是现在的村。洪武《临汀志》载:"象洞……林木蓊郁,旧传象出其间,故名,后渐刊木诛茅,遇萦行怀(环)抱之地,即为一聚落,如是者九十有九,故俗称九十洞。"清代曾曰英修订的《汀州府志》也说:"象洞,在县南一百里,接潮梅界。环抱纡回,有九十九洞。宋政和间,置寨于此。"民国《武平县志》的主纂丘复在其另一部著述《南武赘谭》里说得更清楚:"字书'洞',有幽壑之名,大抵深山穷谷、人迹罕至皆呼为洞,如洞天、洞府之类。其后人类日繁,土地日僻,仍其故名,俗於乡村之富者尚有'洞主'之称。武平则有象洞……"

古时候的象洞"林木翁郁",林深壑幽,除了中部一片盆地为一大"洞",九十余洞各为大小村落。曲折萦行处,看似"山重水复疑无路",实则"柳暗花明又一村"。南迁的客家人看中此地气候温和,山清水秀,土地肥沃,适合农耕,宜人居住,就此止住南行的脚步,随山散处,结庐山谷,向畲人学习,"刊木诛茅",开荒垦殖。

一

象洞曾经有象,很多人对此予以怀疑。就连丘荷公都说:"疑亦非是。象为热带产物,非汀所有,盖因其名而妄为傅会耳。"大概彼时并无考古发掘或专家考证,所以,即使饱读诗书如丘荷公者,认知也不免流于片面。其实,大象栖息地,气候和食物是其最主要的条件。中国最早的辞书《尔雅·释地》在记述中国古代一些地区的重要物产时就说:"南方之美者,有梁山之犀象焉。"当时的"南方"指的是秦岭、淮河以南的广大地区。而"梁山",全国有多个,我们在最南边,自然包括其中。《淮南子·坠(地)形训》中有记载气候和物产方面的内容:"南方阳气之所积,暑湿居之。……其地宜稻,多兕象。"同书《人间训》中记载秦始皇十年(公元前214年)统一岭南时,特别提出粤的物产有"犀角、象齿"。可见彼时岭南一带野犀、野象仍然很多。

象洞多山,唯中部有大片开阔地,远古未开拓时,榛莽遍布,灌木丛生,茅草茂密,水流沃野。此地暑湿燥热,阳气极盛,是野象的理想生存栖息之地。据近年来从福建闽侯县石山、惠安,广东封开黄岩洞、高要金利琅塘等地考古发掘出土的野象遗骨、遗存及有关资料记载,公元1050—1450年,闽南、粤北始兴郡伊水口(今韶关市)、始兴(今大余县)北境、武平、上杭等地稍北,仍是亚洲象的主要栖息地。叶廷珪《海录碎事》云:"象洞在朝海之间,今属武平县,昔未开拓时,群象止其中,乃谓之象洞。"《永乐大典》卷七八九二《汀字·汀州府·营寨》引用洪武《临汀志》时也提道:"象洞寨:在武平县南一百里,接潮梅界,群象生长,故名。"《四库全书》载:"象洞在潮海三日,今属武平县。昔未开拓时,群象止于其中,乃谓象洞。"武平知县赵良生赋诗曰:"传闻群象此中聚,何必刻舟知其数。"

隋唐时期，亚洲象在浙、闽、粤还很常见，12—13世纪，随着气候变冷和人口的增多，亚洲象在闽南、闽西一带逐渐消失；17世纪亚洲象在岭南、广西绝迹；到18世纪，亚洲象在中国大陆的绝大部分地区已经找不到踪迹。可见，大象是随着气候的变冷和人为的因素而渐次向南退缩，终致消失。

二

"太平有象垂衣久，饱食嘉禾酿美酒。"清康熙三十八年署武平县事赵良生曾赋诗赞象洞。地肥水美，历史上象洞一直是武平的粮仓，不仅盛产大米，象洞的酿酒更是名闻遐迩。

这里产的米酒酒香馥郁，口感纯粹，自古以来为人称道，是当时武平人最喜爱的酒。宋朝时曾任"武邑丞"的叶廷珪，喝过象洞酒后对象洞酒印象十分深刻。宋绍兴十九年（1149年）叶廷珪著《海录碎事》二十二卷问世，其中《饮食器用·酒门·象洞酒》专门做介绍："洞未开拓时，群象止其中。其地膏腴，有美稼可酿酒，邑人重之，名象洞酒。"叶廷珪，瓯宁（今建瓯）人，宋政和五年（1115年）进士，曾任武邑丞、德兴知县、福清知县，高宗绍兴年间召为太常寺丞，迁兵部郎中。绍兴十八年（1148年），以左朝请大夫知泉州，后移任漳州。《永乐大典》卷七八九一《汀字·汀州府·山川》引洪武《临汀志》说到象洞酒："其地膏沃，家善酝酿，邑人（疑有漏字）之象洞酒。"乾隆时期编修的《钦定四库全书》也有记载："其地膏腴，稼穑滋茂，有美醴，邑人重之，曰象洞酒。"

象洞民风淳朴，热情好客，家家善酿，每有客至，必以自酿米酒待之，"相逢意气为君饮，系马高楼垂柳边"。鸡豚土笋三五碟，米酒家酿十几杯，那种滋味，神仙难敌；挑担过崟辛苦，茶亭歇足，仰脖痛饮一壶，力起双肩，脚底生风；劳作闲暇之余，"肯与邻翁相对饮，隔篱呼取尽馀杯"，一碗入喉，疲累俱消，一觉到天明。

我爱喝象洞酒，尤其喜爱母亲酿造的米酒，香气馥郁，甜而不腻。酒，一年四季均可酿造，但唯冬至前后酿造的最好。记得儿时，每到秋尽冬来，家家户户都为过年准备酿酒。村子里飘荡着诱人的糯米饭香，儿童不识酒滋味，白糖拌糯米饭才是孩子们的最爱。

造酒是个技术活，温度的把握至为重要，过高，容易造成"烧缸"，酿出的酒是酸的；过低，则酒引不至。之所以选在冬至前蒸酿，因为这个季节不冷不热，温度最好把握。蒸熟的糯米过冷水、拌酒饼，发酵三五天后，酒缸里酒浆逐渐漫过酒糟。冬至那天，用煮沸并凉透后的山泉水浸泡酒浆，直到冬至后数日或十数日，把过滤后的米酒装进若干个酒瓮，用竹笋壳扎紧瓮口。三五瓮一堆置于门前，于是就出现了一个特别的景象，各家各户门前，晒谷坪上，东一堆西一堆都在炙酒。酒瓮四周裹上稻草，再覆盖一层厚实的谷糠，然后点火慢慢烧炙，客家人称作"炙酒"。酒香夹着火烟袅袅升起，氤氲了整个村庄，从傍晚炙至第二天早上，全村人枕着酒香入眠，和着酒香一起进入梦乡。冬至那天的水浸泡的酒，加上一整夜文火炙烤，米酒香味更加醇厚，酒色赤黄透亮，此时喝上一碗，喉头滋润，唇齿留香，那叫一个爽呀！炙过的酒自然冷却后，放上几年都不会变味，喝上几碗也不上头。

　　自古至今，象洞酒声名远播，名满四海。

　　远山近水，酒香飘"洞"外；北往南来，旅人醉梦时。

三

　　象洞有三宝：米酒、公鸡、黄金果。除了古代流传下来的酿酒技艺的结晶象洞米酒外，被列为国家畜禽遗传资源的象洞鸡，其名气甚至盖过了象洞酒。这种颔下长有胡子、鸡冠上分叉、唯象洞才有的地方特色品种鸡，素以皮薄骨细、肉质细嫩、肉味鲜香而广受食客青睐；2017年曾经作为福建名菜摆上了厦门金砖会议的宴席。

　　象洞鸡外形漂亮，尤其是公鸡，头顶三叉冠，颔长细胡须，羽毛光亮，气宇轩昂。文友王继峰君形容它"颔有须而微白，长者之风；头冕冠而肤黄，王者之范"。竹林下、山涧边，是象洞鸡饲养的绝佳场所，"吸清气于茂林，饮醴泉于云涧"，人称氧吧里长大的鸡，所以肉质鲜美，富有弹性、低脂、有嚼劲；无论炖、炒、焖、白斩，不失原有的鲜香。

　　象洞鸡在象洞饲养迄今已有200多年的历史，现在，全镇1000羽以上的养殖场有150多家，在严重污染环境的生猪养殖被禁止后，象洞鸡已成为象洞生产发展的主打产品，从扩种、饲养到屠宰、加工"一条龙"服务，已有多个加工厂和生产线，产品源源不断，远销四方。

　　百味香从架下生，千般果自绿荫来，黄金果是象洞的又一特色农业。

　　一溪碧水流过新岗、富岭，流过沾阳、联坊，流过庵前坝，流向广东。溪流两岸绿树掩映，新居错落；广阔的田野上，叠架起棚；绿色的藤蔓下，硕果累累。这个季节，进入象洞，目之所及，一片碧绿，田园山岭、房前屋后，到处都是挂满拳头般大圆润光滑的黄金百香果。平均469米适宜的海拔，温和湿润的气候，肥沃含硒的土壤，清澈含矿物质的水源，"氧吧里泡着长大"，使得这里的黄金果个大汁多，风味独特，香甜可口，"含金量"十足。成为线上、线下最受消费者喜爱的黄金百香果，象洞是名副其实的"黄金果之乡"。

四

象洞东接上杭，西、北邻岩前，南面与粤北接壤。历史上，由于地"界潮阳""南接程乡"，广寇频频骚扰，"萑苻出入，夙号难治"。北宋政和七年（1117年），象洞始设"盈塘寨巡检土军"，南宋嘉熙元年（1237年）在"诸台申奏"下"改为南尉司"。明洪武初，改南尉司为象洞寨巡检司，"额设弓兵"。明正统间为贼寇所毁，到"成化初（1465年），巡检蔡谦重建"（清·康熙《武平县志》）。象洞作为闽粤孔道之咽喉，向来为"捍圉"驻防之要塞。特殊的地理位置，使这块土地总能吸纳风气之先。

海拔1100米的白石顶一峰凸起，雄峙武南，"九十九洞"散落山里山外。长期以来，象洞山高地僻，交通不便，严重制约着当地的发展。尤其是北面那座高山十二排，十二道弯就像十二道鬼门关，每次驱车穿越都让人胆战心惊。2015年底，省道宁洋至象洞终于打通了隧道，昔日曲折迂回的山路成了通衢大道。以前从205国道到象洞开车需近一个小时，而现在只需十几分钟。穿越2个隧道进入象洞，眼前豁然开朗，沃野田畴，阡陌纵横；一马平川的盆地上，崭新的民居、豪华的别墅，错落着镶嵌在碧绿的"翡翠"中；庵前坝的墟场，人头攒动，熙熙攘攘。田野上，有人在劳作，百香果正进入采摘阶段；酒肆里，有人在豪饮，酒香飘过了几条巷子。真个是人间万象，别有洞天！

历经数十载沧桑，直至今日撤乡建镇，象洞把一个偏僻落后的"蛮荒之洞"建设成"膏沃之地"，成为远近闻名的富庶之乡。

白石顶下，绿荫深处，"洞洞"闻鸡啼，村村结金果，户户飘酒香。

象洞，一个富有传奇的山乡；象洞，一个充满魅力的地方！

（发表于《两岸视点》2022年第9期）

题兴贤坊祺园

千载风华传宝地；
满园福善厚德邻。

（原载于《楹联博览》2022 年第 15 期）

林永芳作品

一头老牛的减负记忆

那天深夜,老牛在牛棚草垫前绞尽脑汁加班起草第二天必须上交的四份讲话稿、两个主持词,还要填写头天就该报送给花鹿局长的近期犁地计划、当天下午就已超过截止期限要报给白兔检查组的拉车进度表、明天上午要汇总给黑猫督导组的春耕面积统计表;还有明天上午羚羊处长莅临调研农田茬口制度要开汇报会,老牛还腾不出手来通知65个耕地组报送基础数据及参会。所有这些,按要求都得在今晚睡前完成,明天一早交去之后它还得下地拉犁。事实上,傍晚绵羊主任强调指出,明天那八十捆稻草也得抓紧驮到山顶去。老牛揉揉又干又疼的眼睛,都不知道该先去拉犁还是先去驮草了。反正,无论明天先拉犁还是先驮草,今夜先得把这些文稿、表格弄完,才谈得上明天。

眼看着时针已指向凌晨三点半,老牛又累又困,边写边撑不住趴在键盘上打盹,边打盹边使劲掐自己:抓紧干完就可以睡了。

正咬牙硬撑,睡在隔壁牛棚的母牛忍无可忍,冲过来一蹄子踹翻了它的草垫:一整夜都是你那牛蹄子敲击键盘的咔哒咔哒声,深更半夜还不停止,而且不是一天两天,天天如此!早上说你得赶去迎接检查组没空送小牛去学校,中午说你还在发通知来不及买草料回家,傍晚说你还得整理会场赶不回来熬粥,这些我都忍了;现在全世界都酣睡好几个钟头了,你还让不让我和小牛睡个安稳觉?!被你折腾得习惯性失眠,常年神经衰弱,偏头痛,这日子过不下去了!你走!再也别回来!

老牛本已头疼欲裂,看看疲惫不堪的母牛,看看惊弓之鸟般的小牛,想想今晚熬过去了还有明天,明天熬过去了还有后天,没有哪天不是焦头烂额连滚带爬超负荷运转,没有哪天会是不用熬夜不用加班不用迎检。想到这里,顿时万念俱灰,蔫耷耷地说:对不起!是我连累了你们。可是,只要白兔检查组、黑猫督导组、羚羊调研组等各种监工队伍不停摆,只要它们还源源不断向畜棚区下达各项指令各项任务,只要它们说不及时完成就不给我牛棚住不给我青草吃,我有拒绝不干的权利吗……

它奔出牛棚,爬上后山,就要从崖边跳下去。却被闻声而来的邻居花鹿局长之子一把拉住:牛哥且慢!上头已决心下大力气整治形式主义、改变基层负担沉重的突出问题了,今年不是已经被确定为"基层减负年"了吗?听我爸说,明天上午将召开"全棚区整治形式主义突出问题为基层减负培训班",你很快就熬到头了,再忍一忍吧!

第二天上午,满怀希望的老牛,坐在台下听着白鹤处长宣读"黄草坡郡关于力戒形式主义减轻基层负担的若干措施"及"畜棚区贯彻落实意见"。听了半天,没听到要对白兔检查组、黑猫督导组、羚羊调研组及其各项指令各项任务予以减少或合并或取消的话,更没听到关于减轻耙田、翻地、拉车、驮货等任务的打算。会议对畜棚区各社畜提出严格要求:老牛等每头社畜都要提高政治觉悟,认识到基层负担过重的害处,认真贯彻落实上级关于基层减负的各项措施;请社畜们认真对照检查,从现在起,给土地和犁耙等造成的负担必须减少65%以上……

老牛这才明白,原来,自己并不是"基层",不是那个被各座大山碾压、被各种指令各项"一票否决""硬任务"持续密集轰炸到多次试图跳崖求解脱的"基层工作人员"。啊不,它哪里是基层负担的承受者?明明是基层负担的制造者嘛!是它,给犁耙制造了压力;是它,给土壤带来了"基层负担";是它,耕田的时候老是甩尾巴,它那根大尾巴拍开的蚊蝇、牛虻飞到空中、落到地里,不但把本该压在它身上的这些虫体的重量转嫁给了空气和土地,而且还破坏了食物链,给整个生态环境增加了负担。而且,它被逼熬夜赶出来的那些文稿和表格,给负责传信的鸽子们造成了沉重负担。一句话,它才是基层负担的始作俑者,是此次"基层减负"的整治对象。

认识到这一点之后,老牛深感愧疚,悟已往之不谏,知来者之可追,它决定痛改前非,为基层减负。

于是,现在,老牛在不折不扣完成上级下达的耙田、翻地、拉车、驮货、填表、拟稿等各项任务之时,格外注意遵循白鹤处长强调的那套新标准:犁地时尽可能把肩膀拱高点,减轻犁耙的负担;拉车时尽可能把蹄子收着、踩下去时轻一点,减轻田地的负担;蚊蝇、牛虻叮上来时尽可能忍耐点,让它们安心叮在自己身上而不飞走,以免给土地和空气增加负担……

于是,在原有的耙田、翻地、拉车、驮货、填表、拟稿等各项任务之外,现在,它又有了一项新任务:每周按照不同督查组不同格式不同角度的表格,统计汇报自己本周比上周少甩了多少次尾巴,少驱走多少只蚊蝇,犁耙磨损程度减轻了多少,踩在地里时力气轻了多少,留下的脚印浅了多少……最最要紧的是,回家对小牛传达减负工作新精神时千万不能叫作"基层减负工作部署会",得叫作"基层减负工作培训班"。小牛实在太小,每天帮着犁地拉车累得贼死,记不住这么多,很容易在上级专项检查基层减负措施落实情况、专项测试"基层减负政策应知应会知识五百问"中不及格而被处分，所以得把这些新政策、新标准、减负新目标等应知应会知识印发给它背诵。这些印发下去的东西，包括召唤小牛来交代减负、春耕等事项的通知千万不能叫作"通知"，不能叫作"文件"，更不能编文号，目前可以叫作"方案""建议"啥的。否则，年底减负工作专项检查组来的时候，就别想能完成"发文数量、会议数量分别比上年减少65%以上"的减负硬指标了。

看着"为基层减负65%以上"的新目标，老牛觉得前景光明，信心倍增，不禁由衷赞叹：减负万岁！

（原载于《杂文月刊》2021年3月上旬版）

"箪食壶浆"背后

世事无穷，劳生有限，常痛感可用于专心读书的时间太少，往往待到静下来拿起书，已是更深夜静精疲力竭，没看两页就睡着了。幸好电子阅读时代，有了听书功能，洗菜切菜拖地抹桌散步之际都可以边干活边听书，充分利用了一切可利用的空档，听完了许多过去想读而一直未能读完的书。余华的《文城》，就是这样在壬寅酷暑中"读"完的。作者以林祥福的一生遭际为线索，不动声色，细细铺陈，娓娓讲述，听得我泪流满面。

没错，是"听"，不是"看"。众所周知，用耳朵听书，只能囫囵吞枣听个大概，远不可能如同用眼睛阅读文字那样有丰富的联想空间，有安静的品味余地。因此，效果也就难免大打折扣，只能是无暇用眼阅读时的权宜之计，聊胜于无。靠"听"都能听得泪流满面，余华作品的感染力可想而知。

然而今天我想说的却是《文城》中一个不起眼的细节。1927年前后，一拨拨军队轮番蹂躏"文城"溪镇，老百姓一夕数惊，打算逃难。这时，商会会长顾益民提出，北洋军毕竟不是土匪，只要我们足够乖顺，未必会杀了我们。况且到处都在打仗，能逃到哪里？不如列队欢迎，主动备好钱粮物资送给来军，或许可以换得平安。于是由商会牵头，列队恭迎对方入境，然后筹资筹粮，甚至出钱买暗娼送给大兵们享用。果然，北洋军旅长下令军队不得骚扰当地百姓，末了还说："实话相告，我部原想抢劫贵处，顾会长如此仁义，我们又怎能抢得下去。"

原来，在这里，"箪食壶浆""夹道欢迎"为的只是破财消灾，花钱买命，哪里是什么军民鱼水情。

书中，被迫落草而又良心未泯的土匪"和尚"说："身处这乱世，若想种田过日子，必遭土匪劫杀；若做上土匪，不抢劫又活不下去。"同理，身处这乱世，若想在你方唱罢我登场、城头变幻大王旗的夹缝里活下去，官军来了你得献上好酒好肉好女人去欢迎，土匪来了你同样得敲锣打鼓高呼拥护，否则，普天之下遍地兵匪，你能逃到哪里去？

　　无独有偶，莫言《红高粱家族》中，听说日本人占了高密城，全村人几乎都惴惴不安，心惊肉跳，等待着大祸降临，成麻子却笃定得很："你们怕什么？愁什么？谁当官咱也是为民。咱一不抗皇粮，二不抗国税，让躺着就躺着，让跪着就跪着，谁好意思治咱的罪？你说，谁好意思治咱的罪？"成麻子的劝导使不少人镇静下来，大家又开始睡觉、吃饭、干活。

　　瞧，莫言笔下的成麻子，余华笔下的顾会长，身份不同，地域不同，却不约而同想到一块儿去了——你们打吧抢吧，鬼知道你们谁输谁赢，我也没别的办法，只好做个顺民，谁来了就捧谁，以求换条活路。

　　历史上，说到某某伟大人物如何天命攸归、民心所向，说到他所率领的队伍如何得道多助，往往会描述他们每进驻一地如何受到当地百姓"箪食壶浆，夹道欢迎"，老百姓如何拿出各种物资劳军，云云。早岁那知世事艰，读时也不曾多想。后来渐渐开始疑惑了：设身处地，人家两股队伍在打仗，刀枪不长眼，未来不可期，国人素来胆小怕事一盘散沙，奉行"多一事不如少一事"原则，怎么就敢第一时间凑到胜利者或占领军面前去箪食壶浆做出头鸟？莫言与余华，不愧为文学大师，洞察人心，熟谙世味，虽是虚构，却又如此入情入理，让人信服，相信那一定是有现实中的原型作为蓝本的。

　　听书至此，久久无语。回头再看那天下大乱、群魔逐鹿、杀人如草不闻声的暗黑森林，设身处地，假如你是那些夹缝里求生的小民，你要如何，才能准确地预见到谁会最终获胜，谁能坐稳龙椅，因而提前用"箪食壶浆"之类举动来押对你政治投机的那个宝？

　　（发表于《杂文月刊》2022年10月上旬版）

有一种恶看起来很美

　　尤瓦尔·赫拉利在《今日简史》中调侃：好莱坞电影描绘坏人时老犯这样的错——不管是《哈利·波特》里的伏地魔、《指环王》里的索伦，还是《星球大战》里的黑武士达斯·维德，总是丑陋又凶恶，总之，一看就是坏人。尤瓦尔疑惑："每次看这些电影我总是不明白,为什么有人会跟着伏地魔这种讨人厌的怪胎?"

是啊,如果恶人总是长得獐头鼠目尖嘴猴腮或者青面獠牙凶神恶煞,连三岁小儿都能一眼看穿他额头上刻着"坏蛋"两个字,那么,他的奸计还如何得逞?早已成为过街老鼠而绝种了!

事实恰恰相反,"真实世界中的邪恶不见得是丑陋的,而有可能看起来非常美丽"、听起来非常在理。

比如南昌红谷滩杀人案之后。5月24日,32岁的男子万某弟将24岁的女子沈某鋆捅伤致死。被害者跟嫌犯素不相识,无冤无仇;她既非穿着暴露,也没浓妆艳抹;大白天在街头而非深夜在僻静处,三人结伴而非独自一人;双方没有发生口角,没有任何冲突。网传,仅仅是因为"男的找不到老婆,讨厌女人,想杀个漂亮女子结为鬼夫妻",本想杀别人,看到沈某鋆,觉得她更漂亮,所以临时调转刀口杀了她。惨剧发生后,最初的舆论反应倒也同仇敌忾,纷纷谴责凶手丧心病狂灭绝人性,感叹遇上这样的恶人防不胜防。

然而,没过多久就又有"高人"照例出来居高临下地"冷静反思"了:"是什么逼'疯'了男光棍?"文章分析说,万某和前"女友"分手后就长期处于单身状态,孤独和压抑让他变得越来越自闭,行为上也越来越病态,……总之,如此恶劣的凶杀,细究起来竟然也是社会有错,是女性们高傲不肯嫁给凶犯的错!我不禁不解、愤懑乃至不寒而栗了——男人婚恋受挫就有理由去杀陌生女人,那么女人被丈夫背叛或被男神鄙视就不郁闷吗?是不是也有理由归咎于人生压力太大、社会太残忍、优质男人太冷酷,从而也上街随便找个男的杀了?如此逻辑,与给杀手递上刀子有何区别!

更可怕的是,持此逻辑者绝非少数。就在几天后,某地发生另一起凶杀案——某男刀劈妻子,之后喝下甲胺磷自杀,双方生命垂危。人们纷纷开始"设身处地""理性分析"了:该男久病在家心情难免郁闷,极度压抑厌世之下作出极端行动也不奇怪;进而想象力无限延伸——甲说,久病床前无好脸,他妻子肯定是冷言冷语;乙说,何止啊,一定是恶言恶语,甚至说出了"你干吗不早死"之类的扎心话,换成是你,能受得了吗;丙说,嗯,虽然没有证据,但人都是自私的,他老婆很可能已经离心离德,甚至出墙了都有可能;丁说,人性本恶,无缘无故她丈夫不会杀人的,一定是把他惹急了……啊不,哪里是"可能",那简直是"一定"的了!

就这样,在没有任何证据的情况下,仅凭想象,一群平时看起来随和本分的人完成了一场伟大的舆论审判，为杀人犯找好了充分的行凶理由，同时也为被杀者找好了"该死"的充分理由。

他们浑然忘了，倘若认定"人性本恶"，为何只替凶手"设身处地"、认定是因被害者"性恶"惹来杀身之祸，却不为被害者"设身处地"、想想是不是因凶手"性恶"滥杀无辜？诚然，每一个恶行都有其原因，但"有原因"就一定是"情有可原"吗？早在数千年前，《诗经·小雅·谷风》就一针见血地指出人类很容易"忘我大德，思我小怨"（我的好处你全忘，专门记我小毛病，只要稍不如你意，就把从前千般善举都抹去）。那么，你又凭什么断定拔刀杀人者是"逼急了才咬人"的良善兔，而不是这种"记小怨而忘大德"的暴戾负义之徒？

"纯洁美丽"的白骨精，比狰狞可怖的熊黑怪更可怕。真实世界中的恶，就像法西斯主义。法西斯主义从来就不只有怪兽般恐怖的一面，它更还有"美好诱人""听起来好有道理"的另一副容颜。否则，怎会有那么多民众狂热追随它而不自知？

更应该警惕的，是那些"看起来并不恶"的魔鬼。而有一种思想，就像侵入人脑的病毒软件，源源不断为恶行输送着道义支撑。它们总有办法巧舌如簧，让自己显得如此无邪、无辜，让你情不自禁站到了它那边，直到它的屠刀架到你脖颈上，犹不知死之将至、祸从何来。

（发表于《上海法治报》2019年8月6日，入选《2019中国杂文年选》一书）

一粒"豌豆"的发芽史

"担当"二字，古往今来，人人推崇备至，无疑是个好东西。君王喜欢敢拼敢闯的下属，下属喜欢刚毅果敢能罩住大伙儿的君王；男人喜欢上得厅堂下得厨房能在各种场合为他撑起面子的女人，女人喜欢侠骨柔肠能遮风挡雨的男子汉；父母喜欢勤学好问事事省心的孩子，孩子则喜欢高大伟岸无所不能的父母。总之，没有人会喜欢畏缩怯懦、毫无担当的人。所以，才会有"士不可以不弘毅，任重而道远"之类励志话，引导着一代代人立志"穷则独善其身，达则兼济天下"，无论贫富穷通，都要担起自己力所能及的那份责任，沿着"修身齐家治国平天下"的正道奋力前进。

然而，倘若历史如此单维，倘若"担当精神"就像阳光和空气一样想要就有，那就用不着如此苦口婆心反复呼吁了。事实上，只要稍具常识便不难明白，在"应然"与"实然"之间，还有很长的路。那么问题来了：从一粒跃跃欲试的种子，到真正成长为"蒸不烂、煮不熟、捶不匾、炒不爆、响珰珰一粒铜豌豆"（注："铜豌豆"的含义尚有异议，但鉴于时间和历史早已赋予它广为人知的褒义，也就无须深究其原始含义了），中间到底横亘着些什么？且让我们透过几则小故事来看看，一粒"豌豆"种子在通往"担当"的路上究竟需要怎样的阳光雨露。

第一则是3600多年前，话说殷商忽然遭遇大旱，最高领袖成汤十分焦急，于是祷告上苍："朕躬有罪，无以万方；万方有罪，罪在朕躬！"（我若有罪，请不要牵连天下万方；天下万方若有罪，都归我一人承担！）这份政治家的情怀与担当，借助《论语·尧曰篇》等典籍而千古流芳。

然而，翻遍史书，"翻"遍生活，这种成汤式的担当与自责，不能说没有，但确实如同凤毛麟角。更多的，是以各种方式迁怒、诿过，甚至像传说中"借运粮官头颅平定军心"的曹操那样，找个替罪羊祭天。换言之，那粒名叫"敢担当"的铜豌豆，发芽率、成长率真的并没有那么高。是何故？是因为我们习惯于神化领导啊！各种神化宣传，造就了一种坚不可摧的文化氛围：你必须从不犯错才能领导我；一旦犯错就没资格领导我了。而在"拜高踩低"的文化氛围下，不做领导，又往往意味着尊严扫地，谁都可以欺负，所谓的落架凤凰不如鸡。话说，有几个人真愿意从人人敬畏膜拜，沦落到人人可以踩一脚？

这个故事告诉我们，要让居上位者都敢于担责履险，就需要广泛的平常心，如果"他是神"，我们无须仰视膜拜；如果"他竟然不是神"，也无须鄙视贬低。归根结底，是把"尊严"以及各种社会资源公平地分配给所有公民，而非"按权分配"，免得人家患得患失不敢担责。

第二个故事是众所周知的"负荆请罪"。赵王重用蔺相如，廉颇一万个不服，处处刻意羞辱他。后来廉颇意识到自己错了，十分惭愧，肉袒负荆，登门请罪。蔺相如赶紧将他扶起，二人冰释前嫌，成为生死之交。

瞧，这样的佳话，的确令人感动。可，倘若廉颇遇到的不是深明大义、宽宏大量的蔺相如，而是《三国演义》中蛮不讲理、烦躁暴戾的张飞，还会如此皆大欢喜吗？倘若传说中砍了樱桃树的小华盛顿遇到的是《红楼梦》里贾政式的追责者，一点小错都逮住毒打一顿，小华盛顿还敢承认是自己砍的吗？

这个故事告诉我们，要让"有责者"敢于担责，就需要"追责者"也守规则有约束而无法苛刻。

第三个故事，就说张飞吧。《三国演义》中，张飞要求部将张达、范强（《演义》中误为范疆）三天内备齐白盔白甲，以便征讨东吴。范、张二人死也完不成,苦苦求饶请罪。结果,张飞不是将他俩扶起,不是根据客观实际同意宽限几日,而是把他俩绑起来往死里打,致使范、张十分恐惧,死也担不起这个责,干脆铤而走险,杀了张飞。

这个故事告诉我们,如果希望下属敢于承担急难险重诸般任务,就需要让他像猴子摘桃一样,踮起脚尖或者跳一跳就够得着,并且卖力摘桃时能有远离屠刀的保障。否则,生命诚可贵,既然没人能在他冲锋陷阵敢担当时为他的基本生存作担当,怎能不让他学会遇到困难绕道走?只有神仙和奥特曼才能担得起的责,除了极少数神仙和傻子之外,你还指望凡人都会豁出命来踊跃承担吗?

一言以蔽之,一粒"泰山石敢当"式的"铜豌豆",不是天上掉下来的。它需要适宜的温度湿度阳光空气和养分。

幸好,以上所述故事,都属于万恶的旧社会。如今新时代,理当已有新气候了。

(发表于《讽刺与幽默》2020年1月17日、《上海法治报》2020年3月11日,《杂文月刊》2020年3月下旬版转载)

"下个路口"何以见

很久很久以前,美国音乐剧《屋顶上的小提琴手》中有首老歌《日出日落》,至今保留在我的吉他弹唱手抄本里:"难道她就是从前的娃娃,他就是贪玩的小淘气?……啥时候她长成妙龄女郎,啥时候他长成这么高?我就记得他们昨天还很小!日出,日落,时光如流水!你看那幼苗长得多快,一夜间开出向阳花;你看那四季变得多快,给人们带来欢和泪……"

己亥仲春,云南镇雄警方发文悬赏通缉百名在逃犯罪嫌疑人,其中有个吉某生于2002年,照片上却是个七八岁的孩子。网友质疑:幼童怎会被通缉?警方回应:该嫌疑人一直外逃,因找不到近照,只好用这张孩童照。

看着照片中那张天真无邪的脸,不禁唏嘘。谁能预料到,这个稚气可爱的孩子,数年后会成长为一个通缉犯?如今负案亡命天涯的他,还是当年那个稚童吗?如果不是,当年那个孩子哪儿去了?

于是再次想起"忒修斯之船"。传说中雅典国王忒修斯从魔掌中救回了阿提喀的童男童女,雅典人为纪念这次历险,设法保全他凯旋时所乘的那艘船,每当船体某块木材腐朽,就会换上新的木材。最后,该船的每根木头、每个零件都被换过了,以致到亚历山大大帝时代还能看到这一珍贵的古船。那么问题来了:这艘船还是原本的那艘忒修斯之船吗？如果是，它的每一个零部件都已不是当初的原件了；如果不是，那它是从什么时候开始不是的？

而"忒修斯之船"式的"暗换"，毕竟还保存着同样的外观，远不足以概括世事之沧桑易变与不可控。事实上，更多的事物，就像《人类简史》中所言：历史女神克丽欧是盲目的，"历史如何发展、为什么这么发展，没人能给出确切的定论，就像没人能确切判断一个孩子将来一定长成什么样"。是的，人的生命轨迹，人类的历史，都是个不折不扣的"二级混沌系统"，未来无法预期，不可预测。

所谓的混沌系统，就是受无数因素影响，只要其中某个因素有了极小的改变，结果就会有巨大的不同。其中，一级混沌系统"不会因为预测而改变"，例如天气；二级混沌系统则"会受到预测的影响而改变"，因此就永远无法准确预测。《人类简史》举例解释说，很多人批评苏联问题研究专家没能预测到1989年的苏联解体，也嘲笑中东专家没想到2011年会爆发阿拉伯之春革命。但这是不公平的。事实上革命就是无法预测，若能预测，革命就永远不会成真——统治者肯定会采取一切措施去阻止。

假设你穿越到晚清，成了慈禧或摄政王，明知不久就会发生辛亥革命，知道唯有改弦易辙才能拯救大清，你会不会赶快抛弃"皇族内阁"这件遮羞布，真正实行君主立宪甚至民主共和？那么戊戌政变、庚子之乱、辛亥革命等等还会发生吗？……总之，谁也无法预测，你的一念之差将会把历史带到哪条路上去，但肯定与现在不同。

十年前，李宇春创作的歌曲《下个，路口，见》风靡一时。曲风浪漫轻盈灵动，被认为就像地中海的微风。据说，歌名预示着人的一生中会有很多停顿和等待，跨越时间，我们都会在下个路口相逢；据说，它表达了对未来未知的人与事的无限期待，还催生了爱情小说《下个路口遇见你》。可是，另一些作品后的跟评一针见血——有的，痛感曲依旧，人已非："初闻不识曲中意，听懂已是曲中人；当初年少听不懂，听懂已是中年人"；有的则哀号，人依旧，曲已变："初听不识曲中意，再听已是收费曲！"

兄弟，你说，谁敢料定下个路口一定还能见？纵能再见，又哪里还会是一如从前。念及此，作为宇宙这个混沌系统中的一个小小变量，你是不是更应当好好活着，审慎抉择，不负上苍送你尘世一游；是不是更应当坚守正义，积极作为？特别是手握巨量资源的公仆，就像罗伯特·弗罗斯特诗篇《未选择的路》所形容——站在历史岔路口，你每一个不经意的抉择，都有可能把公众带上截然不同的道路，即使回头，已非旧容颜。你，真忍心信笔涂鸦，任性而为，让自己成为历史这个"二级混沌系统"中的负面变量？

（发表于《杂文月刊》2019年5月上旬版，入选《2019中国杂文年选》一书）

价值观的契合，是最深沉的相知

《清风》十岁了。乍听之下，百感交集，慨叹"岁月不居，时节如流。整十之年，忽焉已至"！于是对着屏幕那头的编辑小化帅哥敲出一句五味杂陈的调侃：你跟《清风》一起长大了，我跟《清风》一起变老了……

是啊！从2010年初第一篇《奶粉已然过期，民意尚未生效》开始，我有多少文章，籍《清风》之阵地而面世？从第一位联系约稿的周光曙兄、夏镇龙兄算起，有多少位帅哥美女，来了，走了，抑或留守至今？已难胜数。最初推荐我供稿《清风》的朋友大抵已相忘江湖，唯有点滴记忆长驻心头。而不知不觉中，我与《清风》，已结下了刻骨铭心的不解之缘。

拿什么来描摹你，老友《清风》？

这个时代之于纸媒，实在是太过严酷——它既要凌波微步闪转腾挪恪守清规戒律抑制"内容边界"才能避开地雷穿越暗礁安然无恙"活下去"，又要"内容为王"长袖善舞足够吸睛，让读者从层出不穷的娱乐产品特别是光怪陆离的手机屏幕中抽身"看过来"，才能"长得大"。一边要戴得了政治生态的镣铐，一边又要穿得上社会生态的舞衣，在这"二律悖反"的夹缝中既舞出精彩、又坚守自己，这是何等高难度的艺术！这条路，《清风》，你走下来了，一走就是十年。此中甘苦几人知？

此背景下，于社会而言，《清风》宛若腊月里的一株幼苗，生不逢时却心怀高洁志存高远；未必大红大紫大富大贵，却战风斗雪坚毅笃定。在这风起云涌的大时代，在纸媒网媒频频洗牌、国内外无数名刊大报纷纷折戟沉沙退出舞台的严冬里，它逆势而生，逆风而上，踏实前行，成长成熟。

于个人而言，《清风》则是我相依相守的师友或兄长，大肚能容，容得下我最真实的思考与表达，使它们得以见天日而不至于寂然淹没；《清风》又恰似我血脉连心的孩子，目睹它初生牛犊不怕虎，爬坡过坎不妥协，我一路牵肠挂肚，关注关切，期待它早日长成"嵩岱之松柏，华霍之树檀，上叶干青云，下根通三泉，……千秋万岁，不逢斧斤之伐"，不惧风雪之侵。

这些年，有一篇网络文章被广为转发，只因它击中了无数人欲说还休的心境：《我们相隔的不仅是时间，还有渐行渐远的价值观》。而我与《清风》则恰恰相反——虽然地理上相隔甚远，虽然与《清风》团队天各一方素未谋面，却始终沐浴着同频共振的默契亲切，温暖如春。无它，唯有此语可概之：价值观的契合，是最深沉的相知。

等等，素未谋面？哦不，至少有两位，是见过一面的。那是2011年夏，红网在湖南石门举办"红辣椒"时评年会，我的评论《在别人的烈焰中痛并战栗着》第一次获奖，而且得分高居全国第二。在这种兴奋中，初出茅庐的我，第一次参加有全国各地时评作者和各报刊时评编辑参加的年会，遇见了当时在《清风》工作的周光曙和张英。文章为媒，价值观是最好的黏合剂，纵然此后迄今无缘再见，却不影响那份由内而外的亲切。

如今看来，我在那次时评年会上的获奖感言很傻很天真，与初生的《清风》有点异曲同工：只问初心，不看气候。而实际上，那时的气候，还是容得下我只谈理想而不拘虚礼的——彼时，虽然纸媒式微的态势已是开弓没有回头箭，可事后回眸才惊觉，那是一个时评杂文遍地开花的"黄金年代"，全国各地评论版面多如牛毛，评论作者更是如同过江之鲫。人们一边抱怨言论管控太严、表达尺度太窄，一边挖空心思寻找角度畅所欲言、各抒己见。如果角度对、运气好，一篇评论可以一下子在全国各纸媒网媒刷屏……此背景下，《清风》诞生，也是情理之中。

而今时移世易，俱往矣，当时只道是寻常！

《清风》十岁，那个逆风而行的孩子长大了。从今往后，道阻且长，愿君安好，愿君茁壮，我在万山之中守望！

（发表于《清风》2020年第3期）

一只蝙蝠的那一夜

终于决定从这里跳下去了。微信还在闪烁，而我已不想回答。

一直以为自己是一只鸟。虽然没有孔雀般的王者风范，也没人把自己捕的虫送到我窝里，可我依然充实而自豪。毕竟，我有翅膀，和别人一样能在空中飞。每天早出晚归捕虫，除了喂饱自己，还略有结余，可以每个月孝敬一条菜青虫给爹妈。

直到有一天，我衔着一条毛毛虫飞过一片池塘，低头看了一眼池中的倒影，惊骇得从空中倒栽下去。我竟长出了尖牙利齿，还有四只脚！天哪，这不是居住在地面上那些邪恶的兽国居民才有的烦恼吗？尽管，这些天然零部件让我加起夜班来如鱼得水，可……鸟儿们会怎么看我？他们最痛恨的就是"鸟奸"，牙齿和四脚被视为铁证。我会被投进死牢的。

从休克中醒来，我挣扎着飞回家，用口罩遮住与众不同的牙，穿上天鹅牌裹胸盖住多余的两只前脚，趁天黑飞到兽国。毕竟，生活还得继续。

刚着陆，就被当地居民包围了。他们又惊讶又怜悯：上帝啊，多不幸的孩子！他居然长了翅膀！这不是可怜的、未开化的鸟国居民吗？据说，他们爱权爱钱爱撒谎，喜欢窝里斗，惯于凌空蹈虚，炫耀自己青云直上的技能，绝大部分资源用于朝拜孔雀大王和举办炫羽会，而脚踏实地的实干家总是受尽排挤和嘲讽，以致如今还停留在手工捕虫的原始阶段……

我羞愧得用双翅紧紧捂住了喙。搜遍枯肠，希望能有一两个可靠的理由去反驳他们，可终于只能默然任他们叹息着散去，留下一些罐头、汉堡在我身边。而我的胃，只能消化虫子。

夜正酣，当地居民都在霓虹灯下开舞会，喝香槟。而我，只能去上夜班——不是打工赚钱，而是捉虫充饥。这里遍地都是电子诱捕器、光学捕虫机，一个新移民，除了捕虫，没有任何文化和特长，我还能干些什么呢？终于知道了什么叫鸿沟。我和他们，永远不是同类人，不会因为修炼出了牙齿和四脚而改变。

意外的是，我居然遇到了好几只和我一样有翅有牙有四脚的动物。它们无一例外地瞄我一眼，轻描淡写："哦，又来了一只蝙蝠！"我这才知道，自己名叫蝙蝠。可为什么，我们蝙蝠家族、甚至鸟类，只能在匮乏中彼此歧视、彼此掠夺？大家是否思考过，该如何过上兽国居民般勤劳而愉快、踏实而富足的生活？蝙蝠们一听，哄堂大笑："啊哈，思考？多么搞笑的词汇呐！抱歉，我们只需要爪子和牙齿，不需要思考！教科书上说，那是史前名词，仅用于考古研究。"我羞得无地自容，溜进树洞。

幸好，还有心爱的乌鸦，一如既往地准时在网络那头等我，给我以暗夜里的温暖。生活还不算太糟。唯一难以决断的是，该如何把身体突变、流浪他乡的事告诉她呢？

进了树洞，一打开微信就听她说："亲爱的，请务必保重！听说你那座城市发生了一件可怕的事故，一只鸟儿突然长出了牙齿……哎呀，要是我，变成这劣等物种，不如跳崖算了！"

我迟疑地说："亲爱的，你不觉得他很坚强、很善良吗？他有牙齿，却只用它捕虫养家，而不是咬人。"

乌鸦毫不犹豫地回答:"啊哈,一只四条腿的鸟!你不觉得很搞笑、很恶心吗?要是有朝一日这种怪物出现在我面前,我一定会当场呕吐……"

的确该跳下去了。

我黯然关了对话框,向兽国高崖走去,任凭微信在身后嘀嘀嘀响个不停。为了确保双翅在自由落体运动中绝不张开,我特地用绳子将它们绑好,以便一摔到底。

撞到地面的瞬间,一个白胡子老者倏然出现。"生命不仅仅属于你自己!自杀是不可饶恕的,这是对家人的残忍!"说着,他把我的前爪交到身边那个披着黑斗篷的人手中,"对不起,我没法带你去天堂,你还是跟他上夜班去吧!"

(发表于《杂文月刊》2021年11月上旬版)

青山遮不住

从汀南客家聚居地南下,出上杭,过小池,下高速,跟着导航抄近路,满以为会是一马平川,却不料九曲十八弯,越走越偏远,越走越险峻,疑似迷途直上青云端。正在暗暗心惊,忽又连续弯道下坡。及至下到谷底,瞥见左侧天际线峰峦起伏,宛若一位绰约多姿的优雅女子,从容仰卧,静观苍穹。这就是名闻遐迩的江山"睡美人"了。驱车再行数里,进入心心念念达数月的村美,顿觉置身森林氧吧,"七水护田将绿绕,万山排闼送青来"!

据说,"村美"二字,原为铜钵村的"村尾"雅化而成。身临其境方知,村美何止是村"尾",这里分明是入城之"首"、群山之"尾"。

君不见,伫立"九侯叠嶂"观景台,西侧是通往古田、上杭、汀州的古驿道,东侧是通往永安、剑州(南平)的古驿道,二者如Y字形交会于此,往南十数里经龙岩城区直下漳州。站在这里放眼望去,村美以北,群山耸峙,地势高峻,绵延不绝如龙脉,奔腾至此,形成"三溪抱岸、百岭环村"的峡谷;而出了村美往南,仅仅七公里外,地势骤然降低变平,苍翠静谧的深山村庄忽然切换为车水马龙、楼宇林立、人口超百万的平坦通衢、喧嚣闹市。

既近"城",又远"尘",村美岂不正是城之"头"、山之"尾"?如此"地利",可谓得天独厚,最适合城区年轻父母携儿挈女纳凉踏青、郊游嬉戏,果然是闹中取静的"城市后花园"。

这里是龙岩城区的北部屏障。层峦交叠、"九侯"纷列,冬日阻挡寒流南下,呵护城区不受雨雪严寒侵蚀;夏秋又阻挡湿气北上,使其就地折返而成丰沛甘霖。难怪，明清以降，龙岩历任州、县官都要先在此祭拜神山，祈愿政绩丕显、福佑苍生，史称"新官未下车，十里来遥祭"。

然而，在工程机械不普及、道路交通不发达的过去，一座高山，足以阻挡无数乡村突围的脚步。二三十年前，有位同学毕业后到江山镇工作，当地人纷纷叹惋：怎么被扔到那个闭塞的地方去了呢！此情此语，让不明内情的我误以为江山离城区有千里之遥。后来才明白，其实，差的不过是一叠高山，一条隧道。一旦道路凿通，龙岩城区触手可及。

斗转星移，今天，机械发达，穿山开道寻常事；车辆普及，出城入山转眼间。如今的村美，旧日的沉寂状态已进入"尾"声，渐成往事。

这里是龙岩中心城市的水源之地。据说森林覆盖率高达98%，难怪水源充沛，村中山水相映，溪川竞流。盈盈一脉雪云湖，从万山看去，它虚怀在谷，广纳百川，不择细流；从城里看去，它却高踞云端，君临天下，俯瞰并润泽着龙岩主城区。

更难得的是，溪水清蓝，沙石白净，细浪翻涌，让人油然想起儿时那干净澄澈的山溪。再看溪中，有三五村妇濯衣，七八稚童戏水，仿佛在印证着我对水质的观感。

万壑千峰遮不住，一泓碧水出村来。凝望这些踏波击水、嬉戏打闹的孩童，倏然想起南宋杨万里那首著名的诗：

万山不许一溪奔，拦得溪声日夜喧。

到得前头山脚尽，堂堂溪水出前村。

是的，有村美若此，又得时代东风，天时地利兼人和，谁，还能将它藏在深闺秘境而不振翅高飞？

（发表于《福建日报》2022年8月28日）

当年火烧珠子岩

重峦高峻，坡陡弯急，车子沿着盘山公路仰头攀登，车上乘客不禁屏住了呼吸。白云悠悠，群峰苍翠，越发衬托得天蓝如洗。可我却不敢分心饱览这大好山川。君不见，右侧是嶙峋石壁，左侧是万丈悬崖，脚下的田野、村庄、道路越来越小，更让我们觉得自己几乎身处登天之梯，不敢高声语，恐惊天上人，更担心呼吸之声稍大些便会惊得车轮打滑，将我们坠落凡尘。

这是通往吉湖的盘山路。山下的老人都说，从前，去吉湖就说"去天上"，说者自然而然，听者心领神会。而千辛万苦到了吉湖，再往东走，翻过几座山，则是一个名叫新化的村，旧称"野地"，可见其僻远而宛若未开化。再过去便是上杭官庄畲族乡地界了。

行走在这段路上，我总忍不住纳闷，古代交通远比今天落后，是什么样的动力或压力，让吉湖、野地人的祖先不畏贫瘠艰险，不畏道阻且长，遁往这远离尘嚣的高山深脊开基繁衍？是为了躲避山下平地上的战火烧杀，还是不堪忍受"猛于虎"的苛政，奢望躲进丛莽便能过上"帝力于我何有哉"的乌托邦好日子？

答案无从确知。但20世纪二三十年代，这条线路确曾无数次目睹中央红军、地方游击队、赤卫队在上杭与武平之间来回转战的炮火硝烟。最广为人知的一次，便是1930年6月。那时，毛泽东在结束寻乌调查之后，与朱德、陈毅率红四军再次进入闽赣交界处的福建武平，在县城四周分兵活动一周，包括发布《回闽敬告闽西工农贫苦群众书》《红军第四军各级政治工作纲领》等，进一步贯彻古田会议精神。随后，翻越天马寨，过袁畲，入中堡，通过眼前这条吉湖、野地的山路进入上杭官庄。毛泽东随带警卫连前往南阳，筹备红四军前委与闽西特委联席会议；朱德、陈毅率红四军大部经官庄迴龙直抵汀州城。

而深深刻入这片山峦的，除了红军主力部队那载入史册的活动，更还有各支游击队，许许多多无名子弟的拼杀与牺牲。受党史部门所托，我们深入闽、赣、苏各大图书馆、档案馆查阅原始资料，触摸一个个鲜活的历史细节，恍若穿越上百年光阴，与那群悍不畏死的革命者对话。

福建省图书馆珍藏着的民国旧报纸中有张1935年1月9日的《福建民报》，刊有一则题为"保安第七团攻破迴龙匪巢"的报道，无意中记载了一场火攻。时隔八九十年，这张繁体竖排版的报纸，许多地方油墨字迹已漫漶不清，只好以"□"代替：

"漳州讯，保安第七团第一营钟先登部，上月二十六日由迴龙开赴小澜，适伪政治保卫队与伪游击独立营在此，双方开火，匪不支，退入土围。至晚，有伪独立团由碑里方向开来援助，土围中之匪遂乘机冲出，……"经过一番辗转激战，"又该团第一营奉命驻迴龙时，在珠子岩缴获匪枪十六枝，夺获匪积谷三百余石、□□等货甚多。此岩深有数里，口不及方丈，大岩内□□□（幽径屈回？），黑暗无光，匪兵失势后，土共数十名，即在此修理岩外、建造砲垒，日夜紧守，企图为永久巢穴。此次钟营即在该岩之岭，用柴草数百担□下，先塞其岩口，后用火攻。……"另一份报纸则记载着火攻日期为19日（写成"朱子岩"），战果为"将匪巢朱子岩围住，击毙伪区苏秘书及匪徒二十余人，擒获伪区委及工作人员六七人，运出稻谷二十余石，缴得步枪十六杆"。

此刻，翻山越岭，循着两份旧报纸所记载的方位，辗转询问当地老人，终于找到了这座位于吉湖、野地之间的珠子岩。

山腰有上下两个岩洞。靠山顶的那个称为"三角岩"，洞口隐在丛林灌木中，无路可达，若非熟知情况的村民引导，外人根本不会知道这里竟然有个岩洞。我们如同猿猴般抓住藤蔓，手脚并用，攀缘而上。循着低矮狭窄的洞口看进去，只见怪石嶙峋，曲折幽深，令人心惊，不知里面潜伏着多少可怕之物。许多村民说，小时候曾钻进去，抓过石燕，捕过蛇，从洞里下行三层而止步，没敢再往下。同行的男士们猫腰钻入，以手机拍下洞内视频，幽暗诡异，蝙蝠翻飞，我竟不敢细看。

靠下的那个岩洞离地面不算太远，穿越山涧、草地、牧牛坪，抬头便可望见，却已在1991年因水泥厂取石而被大部炸毁。中年以上的村民都还记得，从洞口钻进去，里面足有大客厅那般宽敞；再往里，不知延伸到多远。无怪乎民国旧报纸称其能藏得下"土共数十名""积谷三百余石、□□等货甚多"。在炸毁之前，被火焚烧的遗迹清晰可辨。传说，珠子岩贯穿整座山体，另一头可直达上杭千家村，不知真假，无人敢去验证。

然而，就在红军主力北上长征后，1935年春节前夕的寒冬腊月，数十名留守苏区辗转苦战了三个多月的游击队员，势单力薄，撤入这冰冷幽暗的岩洞里，遭到强敌以"柴草数百担……塞其岩口，后用火攻"，何其惨烈！熊熊火焰中，他们退路被堵，除了伤亡，便是被俘，无一幸免。

你是谁，来自何方，去了何处？

上百年之后，透过曲折幽深的岩洞与怪石，我试图描摹这数十名战士的面容，追寻他们的喜怒哀乐、爱恨情仇、前世今生，却怎么也无法看清更多。就像八九十年前那段历史，早已云遮雾罩，消失在岁月烟尘中。唯有这群山默默，万古长青。

（发表于《福建法治报》2022年7月30日）

楹联三副

题兴贤楼前门

兴替有常，道远识真骥；
贤良无价，行高启后昆。

（原载于《楹联博览》2022 年第 15 期）

题兴贤楼后门

兴文偃武龙腾虎踞；
毓善优贤草长莺飞。

（原载于《楹联博览》2022 年第 15 期）

题兴贤坊国学馆

临窗振笔书风月；
登顶横笛唱古今。

（原载于《楹联博览》2022 年第 15 期）

钟富民作品

再访"林改村"及其随想

阳春三月,单位工会组织春游,重回工作故地,参访学习全国林改策源地,武平万安捷文村。春日天气多变,车到捷文村,已是云雾蒙蒙,空中飘着绵丝丝的春雨,扑面春风乍暖还寒……

参访之旅,还有更早先行到达捷文村"林改馆"参访的,乃武平博物馆巾帼宣讲团的女士们。吾心窃喜,正巧蹭个当下武平最优的林改故事宣讲团。倾听宣讲团逐一解说,娓娓道来过往的捷文林改历程,生动解读每张珍贵照片背后的动人故事,详细介绍馆内展示的林下风物产品。眼前,馆内回廊橱窗,尽是琳琅满目的林下山珍物产,更是百姓日常生活中的宝藏,养生煲汤用的草药根啊,名贵中药材啦,还有山珍美味红菇金线莲,数不胜数。馆外,青山迭迭,满目苍翠,千山尽绿,万木葱茏。近处,村前林改广场,一群大妈大姐正在载歌载舞,尽兴欢唱林改村里的幸福故事。

而吾等一行,则拾级而上,漫步全国最长林间步道,武夷山脉最南端入口。隐身林间,云雾缭绕,林间天然氧吧负氧离子扑面而来,雾中细雨甜滋滋湿绵绵,仿佛回到当年,与捷文村的百姓一道逐梦青山,拆藩篱、破旧制,思创新、谋林改,真是感慨万千。今日捷文村,山村巨变,百业兴旺。眼前绿水青山中,红绿相间隐约可见一幢幢一排排农舍别墅;山村远处,田原庭院间林下大棚中,百香果、富贵籽、木通瓜等奇花异果,香飘四季,溢满九州,行销海外;远山绿色林海,林下草药、灵芝、金线莲等山珍异宝,收获满满;如此绿水青山,尽是金山银山,还招来远客贵友,引进浙沪一带的富商宾朋,在村里办起了捷文乡村生态驿站,吸引大批都市游人来捷文村吸氧、休闲……

当晚,回城与书画文友诉说分享寻访心得,激动之情溢于言表。今年,正好喜逢党的二十大即将召开,又巧遇武平林改二十年,乡村振兴近十年,更巧的是林改策源地在武平,还是中国文坛宿将林默涵的故乡,能否策划生成一个全国书画大展项目,在武平举办一次"逐梦青山,敢为人先"的全国性书画展。试想,若真能成功落地武平举办,必将收获一批讴歌新时代实现高质量发展的优秀书画作品,成为博物馆、林改科教馆收藏的传世佳作,这不仅是武平文旅事业发展的幸事,也是推动乡村振兴,建设美丽乡村,践行生态优先的幸事……

(发表于《闽西日报》2022年4月11日)

武平拳源流考

古邑武平，三省通衢，千年古县。据史考迹，自汉唐以降，王化伊始，即设兵寨驿道，乃潮、汀、虔古"三州"的水陆交通之要扼，更是古时长江水道和韩江水道的分水岭，历来乃兵家必争之地。

古邑武平，崇文尚武，文昌武盛。据史料记载，建县千年来，自宋到明清，邑内文举武科，中式者众。据民国三十年编修的《武平县志》记载，宋代以降至清末，文举共96人，其中进士10人；武举93人，其中进士9人。可见古之武邑，文武之道，相得益彰，人才辈出。自明朝成华年间武举开科取士以来，明清两代武举中式者众，邑内王氏、石氏子弟，习武传艺者尤为众，中举及第者多。如，武邑首位武举人、武进士均为王氏中人，即明万历三十二年甲辰科武进士王人哲、清康熙三十九年庚辰科首位武举王珏。另，邑南下坝宜贵扬邱殿升、邱殿华兄弟，同中咸丰五年乙卯科武举，一时贵气名扬，享益武邑。可见，明清两代，武邑尚武习武风气之盛。据史统计，王氏、石氏习武之人，在明清两代武举科考中举者，位居邑内之首。如：王氏门第武举6人进士2人，石氏武举12人进士1人。可见武邑王氏、石氏门人习武传承者众，且世代英才辈出。

近现代之武平，邑人为强身健体谋生存，抵御外敌保国卫家，域内尚武习武之风更盛。县域内桃溪湘里的王家拳，武东六甲、民主横坑的林家枪，大禾湘村、万安下圳的朱家刀，以及中堡石屋的石家拳棍，其门派习武传人，纷纷摒弃门第观念，开门纳士、设馆授徒，增进域内各家门派的拳、棍、刀、枪、钩等武艺技法的交流融合，逐渐形成"博采众长，多家一体"的武平拳。

当代武平拳，又以桃溪湘里王家拳尤为出彩。王氏第四代传人——王氏三兄弟习武传艺以益东为首，遵家训，守武德，吐故纳新，博采众长，创新融合"王家拳、石家棍、林家枪、朱家刀"等姓氏流派的武术技艺，创造出综合诸家武术之长的客家武平拳。其基本内容主要有：单拳（棍）、双拳（棍）对打，单拳（棍）对双刀，单拳（棍）对耙头等套路；其手眼身法含有：挑、扣、拔、撞、劈、扫、斫、顶、缠、点、摆、压等十二法，其功法与莆田南少林拳（棍）法同出一辙。武平拳功法口诀有："气沉丹田，拳（棍）在心，拳棍有强劲分两头。挑打力出两腕间，扣拨两足稳如山。横劈全靠盘中力，旋风横扫敌千军。"武平拳功夫，主要特色套路有："龙出水""双蛇出击""牛子吃奶""石敢当""龙摆尾""旋风横扫""斫紫倒树"等七法。

如今，武平拳，随着邑内习武客家人迁播两广及云贵川等诸省。武平客家拳已传播华夏各地，成为地方一枝独特的武术人文奇观。

（发表于《闽西日报》2022年12月29日）

王继峰作品

密　运

　　1930年夏天，汕头的太阳格外毒辣。迎面吹来的风都是热的，仿佛大地山川喘出来的粗重呼吸。蝉有气无力，叫得快要虚脱了。

　　山路上出现一个青年男子。他穿着袄子，手提葫芦，行走艰难，气喘吁吁，汗水像山泉一样汩汩流淌。突然，他一阵摇晃。只见他闭起双眼，紧皱眉头，双手不住按压人中、揉搓太阳穴，似乎中暑了。他从破烂的袄子里抓出一撮金银花，扔到嘴里细细咀嚼，接着对着葫芦一阵猛喝。然后坐在树荫下，解开袄子大口大口喘气。

　　休息了许久，他在葫芦里灌满山泉，继续赶路。他走得很慢，频繁喝水，不时擦拭身上涌出的汗。走了两个时辰，前面出现一个渡口，几个荷枪实弹的白军正在逐个检查上船的百姓。他突然精神振奋，嬉笑着，蹦跳着挤过去，前面排队的人立即闻到一阵浓臭。白军很快注意到这个行为异常的男人。

　　"什么人？去哪里？干吗穿这么厚？"一个刀疤脸的白军用枪指着男子。

　　"行亲戚，去香港，梅县人我。"男子一口浓重的客家口音，语无伦次。他嘴角流出口水，全身还不住打寒战。

　　刀疤白军生气地看着这个疯癫男子："问你干吗穿这么厚，你听到没有？"

　　"打摆子（客家话，疟疾），作孽哦！"男子全身抖得更厉害了。

　　"过来！搜身！"刀疤白军表情凶狠。

　　"好好好，全身随你摸！"男子表情猥琐，举止疯癫，双手舞动着迎过去，像笨鸟扇着翅膀跳跃一样可笑。一阵阵馊味越发强烈，空气中都是烈日烘烤下的浓重酸臭。

　　周围的人全都捂住鼻子，刀疤白军大骂："癫佬（粤语，疯子），再乱动毙了你！"

　　"不要，不要！老婆都冇讨到，不敢杀我！"男子满脸恐惧，急忙高举双手，抖索着站直。

　　"癫佬还想讨老婆！"刀疤白军嘴上嘲讽着，双手从男子的胳肢窝往下搜。

　　男子咧嘴傻笑，很得意："我去香港就系讨老婆的！"嘴一咧口水流得更多了，在场的军民立即发出一阵哄笑。男子高举的双手不由自主往下垂，他急忙用双手捂住嘴巴，脸未遮住的部分露出尴尬的笑。这个疯子还有羞耻心，怕别人看到口水。大家看到他的丑态，笑声更大了。

男子全身脏臭，袄子摸起来很湿润，似乎随手一掐就会流出咸酸的臭水。刀疤白军和男子靠得很近，臭味很呛鼻。他皱着眉头，屏住呼吸为男子搜身，表情无比嫌恶，像摸狗屎一样恶心。旁边的白军很不耐烦："赶紧让癫佬走，太臭了！"

"癫佬快去讨你的老婆！"刀疤白军没搜出异常，便往男子的屁股上一踢，然后吐了一口口水到掌心，双手用力擦了几下。

"感谢！长官！得闲（客家话，有空）到梅县来，老鸡嬷（客家话，老母鸡）杀两只你食。"男子摸着屁股，哈着腰，涎着脸，表情谄媚，边说边跳跃着向船上倒退。臭气随着他的行动四处扩散，举手投足之间无不在推波助澜，行人纷纷避让。

"滚远一点！"刀疤白军骂了一句，头也不回，继续搜查行人。

男子买了票，屁颠屁颠上船。浓臭像一团熊熊燃烧的火焰，他走到哪儿就烧到哪儿，人人唯恐避之不及。大家都不愿他同坐，他只好一个人坐在船角。突然，他捂住袄子，全身哆嗦，额头流着大汗，嘴里却连连说："好冷！好冷！"大家都知道这是个神经病，没人理他。

船到香港了。旅客纷涌而下，男子一个人慢吞吞地跟着。等大家都走远，他迅速往小路走，越走越偏僻。走了许久，他的身子开始晃动，表情痛苦，双手不住揉搓人中和太阳穴。烈日越发毒辣，似乎每一缕光芒都足够把他点燃。他往嘴里塞了一大把金银花，然后把葫芦里的水往头上浇，强撑着继续走。

荒野出现一座破烂的土房子，他痛苦扭曲的脸上露出喜色，摇摇晃晃地走上前。好不容易到了门口，他弓着腰，一只手抵住门，让自己不会倒下，另一只手用一种特殊的节奏敲门。还没敲完，他就咕咚一声倒在地上。

主人闻声开门，只见一个男子昏迷在地，穿着棉袄，全身滚烫，脸颊赤红。主人判断他是中暑了，赶紧关起门，把他移到密室，先给他喂药，再解开衣服散热。主人脱下袄子，见里面还穿着一件内衣，双臂鼓鼓胀胀。把内衣脱下，双臂缠着一层层纱布。解开纱布，一颗颗大洋纷纷掉落。主人很惊奇，等他把全部纱布解开后，惊奇更甚了。双臂还有一层大洋没掉落，犹如巨型白鱼身上闪光的鳞片，密密麻麻，又井然有序。原来大洋缠得太久，最里面的一层已经深嵌肉里。

主人看得胆战心惊，愣了好久才找出镊子，把大洋一块块夹下。夹了几块，他不敢再夹了。因为有些大洋已经和血肉结在一起，一夹会把疮痂撕烂，鲜血直涌。

主人坐在旁边，静静地看着男子。过了一个时辰，男子悠悠醒来。男子看着双臂残留的大洋，笑着说："你想留给我做辛苦费吗？"他双手交互着乱抠，大洋纷纷落地，宛如珠玉敲击金盘，声音悦耳。双臂的鲜血混杂一块块撕裂的疮痂，恰似一朵朵红黑相间的玫瑰在怒放。

"卢伟良，这是怎么回事？"主人瞪大眼，指着满地闪亮的大洋。

男子叫卢伟良，广东梅县人，是大埔青溪秘密交通站的站长。主人是香港秘密交通站的接头员。

原来，闽粤边界的红色政权在打倒土豪劣绅的过程中收缴大量财物，闽西特委决定拿出一批大洋支持上海的革命。经过慎重考虑，特委选定卢伟良，让他护送这笔巨款到香港，再由香港秘密交通站送到上海。闽西到香港的路途大都是白区，关卡重重。卢伟良用纱布把大洋紧缠在双臂上，外面再穿上内衣和袄子。天气酷热，他穿得严实，又不洗澡，没几天身上就酸臭难闻。经过关卡时，他装疯卖傻，先挥动袄子，让臭气更熏人，然后把手举得老高。白军忍着臭味，草草搜一遍腰腿就放他走，谁也想不到这个"疯子"竟然身携巨款。大洋很重，他举起双手时，很快就支撑不住，便假装流口水，顺势把双手放下捂住嘴巴。他穿着袄子在炎热中翻山越岭，负重前行，艰辛可想而知。在二十多天的艰苦跋涉中，他中暑好几次，差点要倒在路上。

接头员听完前因后果，用敬佩的眼光看着卢伟良。只见他虽然精神虚弱，每只手臂都有十几处在冒血，但却说得神采飞扬。接头员竖起大拇指，说了句粤语："好犀利！"

卢伟良跳下床，激动地说："终于可以好好洗澡了！"

（发表于《福建法治报》2021年7月8日、《微型小说选刊》2021年第18期）

英雄母亲

一

1929年初春，闽西大地还没从严冬中完全苏醒。永定城的夜，寒风抓起一把把冷雨，不断往城里摔打，似乎想用力涤荡层层沾染的血污。

城门口立着一根粗大的木杆，顶端拴着一副年轻的面孔。那是一颗新鲜的头颅，在风雨中飘摇，仿佛向这片大地摇头抗议。偶尔还有淡淡的血水随风雨飘零，刚一落地，就消融在苍茫的雨海中。头颅被风吹得朝向城门，似乎随时都会怒睁双眼，向满城的白军大喝一声。

木杆下，出现一个中年妇女。她仰头看了一眼头颅，脸色大变，雨伞滑落在地，双手用力捂住嘴。低低的号啕声从指缝漏出，泪水像绵绵的春雨。头顶落下几滴血水，掉入她的脸颊，一时血泪交横。

过了片刻，她强忍悲痛，迅速察看四周环境。她来之前，几个白军在城头巡视了一圈。现在白军已经躲进城楼，裹着毯子说污言秽语，空中隐隐传来放荡的笑声。她知道时间不多，向木杆顶端哭喊一声"娘来迟了"，便抱住木杆，立即往上爬。

她生长于山区，从小就是爬树能手，很快就爬到木杆顶端。她左手抓紧木杆，右手把头颅拉到身边，用嘴咬住头颅的头发，一阵阵腥臭直钻鼻尖。她的右手从兜里掏出一把剪刀，往头颅上拴的绳子剪去。绳子断了，她叼着头迅速往下溜。

脚一着地，她赶紧把头颅揣进怀里，捡起伞快速往城外跑。几百米外的一棵大树下，有一对箩筐，她把头轻轻放入左边的箩筐，温柔地说："义古，我们走吧！"

二

永定城外，一座荒山在春夜中沉寂。凄风苦雨已经停了，黄泥水依然汩汩流淌，仿佛一只只小泥鳅，往妇女的脚趾缝里一个劲地钻。她跟跟跄跄往上爬，荆棘不时刺入小腿。

月亮从云缝里探出，无比怜爱地注视下界，用柔光一遍遍抚摸这片风雨摧残后的大地。妇女面前出现一片平地，一具尸体仰面朝天，宛如有无数罪状想向苍天控诉。尸体头颅完好，但身躯已经腐烂，显得异常恐怖。原来，这是一个刑场。

她打了一寒噤，壮着胆子往前搜索。前面又出现一具尸体，被雨水冲得歪歪斜斜。它的身子成弓，脸朝山下，双手握拳，两腿一前一后，做出一副要冲下山搏斗的姿势。她心惊胆战，见这具尸体完好，便小心翼翼地跨过它，继续寻找。

终于看到一具无头尸。她颤抖着走过去，抓起尸体的右手，摸到大拇指旁有个小骈指。她确认无疑，抱着尸体不断号叫："义古！义古！"

月亮愈加温柔，将她笼入怀中，似乎想用所有光芒为她治愈悲伤。哭了好久，她才从悲痛欲绝中暂缓过来。她抖索着，把无头尸放进右边的箩筐，嘴里反复念叨："义古，我们回家！我们回家！"

三

  一灯如豆，忽明忽暗。火苗轻轻跳跃，仿佛妇女颤抖的双手。

  妇女穿着素色衣服，脸色憔悴而悲苦，泪垂颊际。她坐在床边，手拿针线，抖抖索索，似乎在缝补什么。

  床上躺着一个小伙子。他衣衫整洁，似乎刚沐浴更衣，头发湿漉漉的，梳得很整齐。他两眼闭着，眼睑有些变形，微微外翻。脸庞水肿，脸皮上有许多褶皱，似乎是在水里浸了太久。

  妇女小心翼翼，一针一针刺入小伙子的脖子。原来小伙子身首分离，妇女正在帮他把头和身子缝起来。妇女边缝边呜咽："乂古，不用怕，娘会轻轻地，不疼。"

  寒潮从破烂的窗户涌进来，她身子不断颤抖。她感觉身体有些麻木，缝线的手僵硬。泪水像断线的珠子，一滴滴落下，尸体胸口沾湿一大片。她停下手，掩嘴哭了一阵，然后抚摸尸体的脸，抽泣着说："乂古，你为革命牺牲，这是很光荣的事。娘没有能力保护你，但一定要让你完完整整，体体面面入土。"她的哭声小了一些，拿起针线继续缝。

  过了好久，脖子的正面缝好了。她站起身，一只手握住尸体的脖子，另一只手小心地推动身躯，想翻过来。一不小心，缝好的线崩断几根。她一时情绪失控，捶打着自己的胸膛，失声大哭："老天啊老天，你为什么要让我一次又一次肝肠寸断！"她哭得太伤心，气息郁积，忍不住弯下腰，不断作呕。但她整天粒米未进，只呕出一些酸水。

  她蹲在地上歇了一会儿，慢慢站起身，在崩断线的地方补了几针，然后小心地把身子和头一起翻转，开始缝后颈。

  忙了大半夜，断了好几根缝衣针，终于把身子和头完整缝合在一起。她看着尸体脖子上密布的针线，脑中突然闪现儿子小时，自己教他的古诗。她哽咽地吟诵起来："慈母手中线，游子身上衣。临行密密缝，意恐迟迟归……"

  她呆立了许久，开始翻箱倒柜。她找出自己为儿子织的围巾，围在尸体的脖子上，把针线遮住。

四

经历昨夜的风雨之后，阳光越发明媚鲜丽。

妇女站在一个新鲜的土丘旁，旁边还有四个陈旧的土丘。她哭了一夜，眼泪早就干枯，只能时不时干号几声。她在每个土丘前都插上三炷香，然后对新鲜的土丘说："义古，你爸爸、三弟、四弟、堂妹都在这里，你不会孤单的。"原来，这五个土丘全是坟墓！

在坟头站了好久，妇女下意识地摸了摸胸口。胸口硬硬的，衣服里面藏着一把菜刀。她从牙缝里蹦出一句话："义古，我现在就去找你大哥，一定要为你们报仇！"她双手合十，对着五个新旧坟头各作一个揖。她一咬嘴唇，眼光突然变得坚毅，大踏步向远方走去。

阳光耀眼，一道道光芒射出，似乎一把把无坚不摧的利刃，插在五个坟头祭奠亡灵。

（发表于《福建法治报》2021 年 8 月 21 日）

掩 护

一

1935 年初春的大地埂山谷，料峭的寒风摧残着漫山灌木，也摧残着和灌木一起颤抖的老阙以及三十几个百姓。这是闽西的深山密林，老阙带领大家到这里躲避白军的搜捕。

怀中睡着的秀秀突然睁开惺忪的小眼，柔柔地叫了一声："爸爸！"甜甜一笑，又继续酣睡。老阙看着那张嫩嫩的小脸，心中无限怜爱，又一阵酸楚。

老阙是本地的党支书和苏维埃主席。去年红军主力开始长征，白军乘虚入侵，妻子遇害。她临死前托乡亲带话，要老阙好好把秀秀养大成人。本来老阙早把生死置之度外，但殃及妻子后，他开始爱惜生命，每次行动都特别谨慎。他这具有用之身要为革命做有意义的事，还承担着照顾秀秀的重任。父母早在他未成年时就已去世，他没有兄弟姐妹，秀秀是家里唯一的血脉。前几天白军占领全乡，声称"石头要过刀，茅草要过火，人要换种"，老阙迅速带领百姓转移到深山里。

老阙亲了亲女儿的脸蛋，把她紧紧搂住。秀秀才四岁，很乖巧，他发誓一定要好好抚养她。

二

"老乡快出来，我们知道你们在这里！"

白军来搜山了！蹲在灌木丛中的百姓一阵骚动。老阙低声说："别上当，白狗骗人！"声音虽然低，却自带一种威严，大家立即安静下来。白军还在几百米外，他们虚张声势，企图吓出藏着的百姓。

"大家乖乖出来，国军优待俘虏！"声音渐渐到了百米外，大家越来越紧张，大气都不敢喘。

白军的话怎能信？他们对苏区实行"宁可错杀一千，绝不放过一个"的屠杀政策，这些百姓手无寸铁，他们能放过一群待宰的羔羊吗？

突然一阵枪响，白军胡乱放枪扫射。两颗子弹打中百姓隐身处的岩石，发出刺耳的声音，有人吓得差点叫出声。

巨响把秀秀惊醒。她惊恐地看了看四周，嘴一张，想哭。老阙心里一个咯噔，迅速用左手捂住她的嘴。秀秀想哭却哭不出，便挣扎着起身。

老阙急忙伸右手紧摁她，眼睛拼命眨，向她示意。但她哪里明白？她被捂得难受，挣扎得更用力，双腿乱蹬，灌木丛哗哗作响。幸亏吹着风，白军暂时没发现。

老阙急得全身冒汗，他一只手捂女儿的嘴，一只手按她的身子，感觉快要控制不住，女儿随时会挣脱。

"躲着的人快出来！国军优待俘虏！"白军的声音已在五十米外。

秀秀的小脸涨得通红，眼睛瞪得大大的，她既委屈又难受，全力挣扎。老阙来不及细想，急忙把女儿的脸捂进怀里，一手用力按住她的头，一手箍住她的腰和手，两腿把她的下身夹紧。秀秀的鼻子和嘴巴被父亲的胸膛死死堵住，喘不出气，便拼尽生命所有力气挣扎。

老阙大汗淋漓，他不敢松手，极力控制住女儿。时间一秒一秒地过去，他的心仿佛被支在烧烤架上，用慢火细细烤着。他感觉女儿不那么用力了，渐渐安静下来。

三

百姓的肚子发出此起彼伏的咕咕声，仿佛在对唱客家山歌。藏了几天，食物早就吃完。初春的闽西大山，各种野果还不到时候，只能靠一点野菜和树根勉强维持生命。

老阙也饿，但巨大的悲伤让他没有食欲。秀秀的脸色从第一天的紫青色，渐渐变成绛紫、黑紫、乌黑。两天来，他时刻紧抱秀秀，眼泪如断续的春雨，一次次打湿怀中冰冷的躯体。他连梦中都在一遍遍喊："乖女儿啊，爸爸对不起你，对不起你娘，对不起全家！"

女儿刚死时的情景在眼前反复呈现：头发凌乱，嘴角流涎，脸色发紫，眼睛圆睁。她至死也不明白，深爱自己的父亲为什么要这样做。老阙心中仿佛有根舂米的石碓，从早到晚不停砸，每下都砸中心窝。家里唯一的血脉竟被自己捂死，有什么理由原谅自己？

他本要从悬崖上跳下，幸亏百姓把他拉住。后来他一次次想死，但又想到自己是党支书，有这么多百姓还未脱险，怎能丢下他们？

第三天，大家将附近刨个遍，山泉水处处都有，却找不到多少食物。有几个百姓趴在地上，有气无力，像被踩扁的气球。

又挨了半天，正在大家躺好等死时，不远处传来黄猄（赤麂）的哀号。黄猄如果叫得中气充足，大家是无能为力的，只能对屠门而大嚼；但它叫得烦躁而凄切，那就是召唤大家开饭了。大家喜出望外，急忙找去，果然看到一只上百斤的成年黄猄，被猎人预设的捕兽夹夹住。

四

随着时间的推移，老阙渐渐冷静，理智又占了上风。红军现在还没来，报信的人肯定出意外了。黄猄吃不了多久，再这样等下去，大家迟早会饿死。

经历了三天的丧女之痛，老阙终于做出决定。他在一棵松树下挖了一个坑，然后亲了亲秀秀，哽咽着说："秀秀，爸爸还有重要的事要做，你先在这里待着。"他把女儿放进坑了，但始终不忍心推土埋她。他的眼泪哗哗流，双手捂嘴，但号啕声还是从指缝里漏出来。

百姓纷纷过来安慰老阙。老阙在松树旁坐了一个时辰，最后含泪说："秀秀，爸爸把你丢在这个荒山野岭，你一定很怕，爸爸带你回家。"天气冷，秀秀的尸体还完好，他抱起秀秀，用藤条绑在背上。

他用力一吸鼻涕，站起身大声说："大家在这别走开，我去找红军！"百姓七嘴八舌："我们一起去！"他皱紧眉头，表情严肃："不行！山下全是白军，这么多人一起下去，目标太大，行动也不便，白白送死！"他神色中有股难以抗拒的威严，大家立即不说话了。

"乡亲们，如果我没回来，辛苦你们把我们爷仨埋在一起。拜托了！"

老阙向大家作了个揖，转身下山。父女俩的身影渐渐远去，仿佛一长一短并列的两把矛，义无反顾地向山下挺进。

五

第七天，山上焦急的百姓终于等来一队红军。百姓欢呼雀跃，却发现老阙不在一起。大家急忙询问，才知道情况。

原来老阙下山后，走了两天，终于遇到一支十几人的红军游击队。他带游击队返回时，途遇一个排的白军。老阙指挥游击队折入小路，自己却发疯似的朝相反方向奔跑，边跑边故意大骂白军。白军气急败坏，开枪追击。游击队趁机折向大地埂，寻找百姓。

百姓听完，知道老阙凶多吉少，无不泪下。最终，在游击队的掩护下，大家安全转移。

几天后，百姓在一个小山坡上找到全身血污的老阙，他背上还紧紧绑着秀秀。他的身子趴在地上，双手作出撑拒的样子，好像是临死前还拼命翻过身，为了不压着女儿。他身上布满弹孔，左脸侧贴着地板，眼睛张得大大的，凝视着远方。

（发表于《福建法治报》2021年10月30日）

断　肠

疼痛像山野的雾气，浓重，漫无边际，让陈师长的每根神经、每个毛孔都无处可逃。血浆和肠液交融，穿过腹腔，突破层层纱布，从勒紧的皮带下渗出来。陈师长感觉肠子随着剧痛不断涌动，在伤口中喷薄欲出。

这些天的战争真惨烈啊！红34师负责做后卫，6000多名闽西子弟兵前仆后继，把湘江染得像羊角花（映山红）一样鲜艳。他们用尸骨砌成堡垒，阻击十几万装备精良的湘军和桂军，为红军主力和中央直属机关成功渡江赢得时间。

经过四天五夜的激战，红34师就剩几百人。陈师长率领部队准备强行渡江，可天上飞机轰炸，地面敌军围堵，截断前进的路。几次强渡都不成功，又有200多名同志壮烈牺牲。这时，中央红军发来命令："退回湘南地区，就地保存力量，坚持游击战争。"

陈师长准备撤退时，一颗炮弹把肚子炸破，肠子也穿了洞。他用皮带勒紧伤口，和战士们一起拒敌。经过殊死搏斗，他带领仅剩的几十人突出重围。

当部队到达泗马桥时，又遭到国民党地方民团的截击。负伤血战许久，伤口迸得更大，陈师长29岁的虎躯终于撑不住了，只能由警卫员抬着继续指挥战斗。

又经过一场苦战，他身边剩下不足十个战士。危急时刻，他命令三个少年红军拿着红34师的军旗，追赶主力红军，向朱总司令报到归建。他和两个警卫员、一个机械员留下，牵制民团。

"散开！从东南西北四个角开枪！"他咬紧牙关指挥，齿间蹦出的每个字都会激发一阵疼痛。唇上一个个深深的齿痕破裂出血，把原本极度苍白的嘴唇染得异常红润。

警卫员和机械员迅速散开，他们和陈师长每人一个方向，你一枪我一枪，迷惑敌人，为三个少年红军争取时间。

民团发现四处都有枪声，不知虚实，便远远埋伏着回击。陈师长四人的弹药有限，不敢太频繁开枪。

过了一段时间，民团终于从稀疏的枪声中醒悟过来：这里的红军兵力很少。于是，他们渐渐包抄过来。陈师长一看形势不对，立即命令："同志们加大火力！"

一阵猛烈的射击暂时阻住民团疯狂的脚步，但弹药没多久就用完了。

"冲啊，共军没子弹了！"民团团长发了一声喊，边开枪边迅速包抄。

"同志们过来，和敌人肉搏！"陈师长忍痛大喊。连喊几声都没人回复，原来警卫员和机械员都已牺牲。

又失去3个生死兄弟！陈师长低号一声，热泪滚落。这几天，他不知流了多少泪。

"抓活的，抓活的，这里有共军的大官！"枪声停了，民团兵饿狼似的扑向陈师长。

"没错,你们发财了。我是红34师的师长!"陈师长止住泪,哈哈大笑。他突然把空枪砸向民团兵,但体弱无力,没砸中人。

民团兵见地上有一个浑身鲜血的红军,半死不活地躺在担架上,知道他已经没有反抗能力。

"师长!一百大洋啊!"民团兵很激动,纷纷围过来。

民团兵兴高采烈,抬着陈师长,走向领赏的路。陈师长太虚弱了,很快就晕倒。

迷糊中,陈师长回到长沙那个破烂低矮的泥房。橘黄的油灯散发出温馨的香气,放射出家的独特光芒。他看到了一个温柔美丽的女子,一股温情立即在心中回荡。那是他娶过门后,刚相聚几个月就分开的妻子。妻子端着一碗粥,走向一个老人,他心中迅速升起一股愧疚。那是自己年迈的母亲,她两眼发愣,正坐在床沿思念儿子。

他正想走向妻子、母亲,却发现自己身处闽西长汀的中复村,回到红军长征出发的那一天。无数军民牵衣执手,相对流泪,场面悲凄。陈师长抹着泪,大声对百姓说:"乡亲们,这只是暂时离开。我们还会回来,和你们的亲人一起凯旋!等我们再回来时,大家都过上好日子啦,你们的亲人都是将军啦!"

场景骤变,飞机呼啸,枪炮声大作,鲜血飞洒,肢体零落。一个个亲如骨肉的战友陆续倒下,一张张青春洋溢的面容永远闭上眼,他们临死前还深情地望着家乡的位置……

陈师长从梦中猛然惊醒,发现自己已经泪流满面。他虽然只有29岁,但很多战友才十七八岁,大家亲切地叫他"师长叔叔"。这一群群闽西的热血青少年,都是自己情同手足的兄弟啊!他们全都客死他乡,只留下自己一个光棍师长……

不!还有三颗年轻的种子,红34师没有灭亡!泪眼中的陈师长一阵欣慰。他仿佛看到朱总司令站在面前,神色庄重,从三个少年手里接过红34师的军旗。

天已经亮了,担架停下来,民团兵坐在不远的地上休息,吃着东西。他们活捉红军高级将领,很高兴,咿咿呀呀地哼着地方小调。

不能做俘虏!更不能成为敌人邀功请赏的工具!陈师长冷静下来,强撑起头,看来看去,周围没看到可以利用的东西。

自己没有活动能力,难道任凭民团摆布?怎么办?怎么办?他焦急的眼光突然停在滴着鲜血的腹部上。

他小心解下皮带,松开纱布。腹部的伤口已经很大了,他把手慢慢伸过去……

民团兵正在吃着东西，突然听到有人在读什么，声音颤抖，断断续续，腔调很奇怪。一开始声音很低，大家没注意，后来慢慢变大，听起来好像是一首诗。

"男儿立志出乡关，学不成名誓不还。埋骨何须桑梓地……"

两个抬担架的民团兵循声看去，吓得张大嘴，眼珠子突得要掉进嘴里，填补吓掉的食物。

只见陈师长双手抓着一大把花花绿绿的肠子，肠子另一端还连着腹腔。他的面容痛苦得变形，狰狞可怕。"人——生——无——处——不——青——山！"诗还在继续，每个字都像一颗沉闷的子弹，虽然低沉，但能穿透一切。整首诗仿佛不是从他嘴里吐出，而是用尽全力从腹部的破洞迸出。

刚念完"山"字，陈师长发出石破天惊的大喝，两手拼命把肠子又扯又绞。

他想自杀！看傻了的民团兵终于反应过来，急忙扑过去，但已经太迟了。

陈师长在地上来回打滚，惨叫声把山岚都要惊散了。一两分钟，陈师长慢慢安静下来，最后一动不动。

民团兵全都围过来，眼前惨不忍睹。肠子沾满污泥草渣，有部分已经断掉，横七竖八地拖在地上；有部分还连着腹腔，缠着陈师长的手臂、脖子。污浊的地上，扭曲的尸身上，鲜血、汁液淋漓。杂乱的肚肠隐隐还冒着热气，散发着满腔的赤诚。民团兵无不惊骇，久久没人说话。

此时，在远处的群山中，旭日冉冉升起。三个少年红军怀揣饱浸陈师长鲜血的红34师军旗，正朝中央红军的方向奔去。

（发表于《福建法治报》2022年1月20日）

杀 鸡

中午回家，见八个月身孕的妻子正挺着大肚子，在门口认真杀鸡。鸡已宰杀干净，妻子把斩好的鸡块小心装进菜盆，松了一口气："终于搞定！累了一个多小时，腰酸背痛。"

"有客人吗？怎么要你娘俩亲自动手？"我摸了摸她的肚子，有点心疼。

"家里的芦花母鸡被碾死了，开车的人逃之夭夭。你们都不在家，老娘只好亲自上阵。"妻子伸了伸懒腰，笑着说。

"你太贤惠了，这胎教做得真好！以后我的孩子一定像他妈一样勤劳。"我笑着竖起大拇指。

正在说笑间,屋外的荒地上传来母亲的声音:"啊?母鸡不是在这里吗?"

我和妻子一惊,赶紧走出去,果然看见那只"被车碾死"的芦花母鸡正在荒地啄食虫子。

"糟糕!杀错了!不知道是谁家的?"妻子很羞愧,表情像做错事的小学生。

"唉,本以为能让我的孩子尝尝土鸡肉,现在计划泡汤。"我故意打趣。

母亲急忙安慰妻子:"你辛苦了,没关系,我去问问。"她端起鸡肉,挨家挨户询问失主。

过了大半天,母亲回到家,手里拿着一只鸡腿。"是李阿姨的。一开始她不肯接,说杀都杀好了,就留给我们家。我怎能要?坚持了很久,她终于千恩万谢地收下,还硬塞一只鸡腿给我,作为回报。"

我一拍巴掌,故作欣喜之状:"啊,还有回扣!总算没白辛苦。"家人大笑。

时间飞逝,一晃过了大半年。这个周末,我们带着三四个月大的儿子,全家出门走亲戚,傍晚才回家。晚饭过后,母亲开始清点回窝的家禽。

"123456……123456……咦?还有一只公鸡呢?"母亲发现少了一只,便走上街,嘴里咕咕叫唤,四处寻找。

"最近有一伙贼到各个村庄偷鸡,该不会被偷了吧?"父亲走到门口,四处张望。

邻居陈师傅听到声音,走过来说:"下午有一辆摩托车把你家的鸡压死,开车的人跑了。就在这个位置。"陈师傅指着门外的水泥路,路上果然有血迹和鸡毛。

"那鸡呢?鸡哪去了?"

"我拎到你门边放着。后来李阿姨路过,听到我们讨论这件事,说了句'刚好',就把鸡拎走了。"

"什么刚好?她拿去干吗?"我们满腹狐疑。

正疑惑间,只见李阿姨远远走来,手里拿着一个菜盆。

"钟老师,这是你的鸡,我帮你杀好了。还有几个土鸡蛋,是给你补奶水的。"李阿姨走到我们面前,把菜盆递给妻子。菜盆里码着斩好的鸡块,还有六个鸡蛋。

"啊?这怎么好意思?"妻子受宠若惊,我和父亲也觉得很奇怪。

"这算什么?上次钟老师快要生了,还帮我杀鸡。"李阿姨憨厚地笑着。

原来李阿姨是报答我们!我们恍然大悟,不由得哈哈大笑。

"你切的鸡比我齐整多了,我手笨,上次把你的鸡切得乱七八糟,让你都不好做菜了。"妻子忍不住称赞,又很不好意思。

"哪里哪里?我们种田人才手笨。你一个知识分子,能拿笔又能拿刀,已经很厉害了。"李阿姨一脸谦虚。

我们又对李阿姨一阵道谢,她客气了好一会儿就回家了。

过了不久,出外寻鸡的母亲嘟哝着走进家门:"哎呀,没找到!一定被偷了。"父亲指着菜盆,笑着说:"找到了,在这里!"

母亲看着菜盆里的鸡块和鸡蛋,满脸不解,父亲便把刚才的事说了一遍。

母亲听完,愣了愣。突然,她抓起两只鸡腿往外走。

大家很好奇:"你去哪儿?"

母亲头也不回,只丢下一句话:"给李阿姨送去!"

(发表于《福建法治报》2021年11月5日)

把　柄

刑侦大队长张年最近接手一个网络黑客敲诈案。

前段时间有人到公安局报警,声称自己的隐私照片和视频被窃,对方还向自己勒索三千元。刑侦大队经过摸排,终于锁定犯罪嫌疑人刘成。张年感觉这个刘成应该是个惯犯,于是决定深入调查,收集其更多的犯罪证据。

不久,张年果然找出另外两个受害者。初步认定,刘成以网络黑客技术攻击私人计算机,窃取用户私密信息,并要挟受害者以一定的金额作为"保密费"。他警告受害者,如果敢报警,他会立即把所有隐私公布网络。两个受害者为避免隐私泄漏,都忍气吞声,交钱了事。而这次的报案人拒受勒索,他冒着隐私被传播的危险,一定要将刘成绳之以法。

让张年头痛的是,另外两个受害者怕报复,都不愿说清案件事实、提供证据。这天,张年又去他们家逐个做思想工作,舌头都磨出茧,依旧没人愿意配合。他无可奈何,拖着疲惫的身子回家。

刚进家门,手机来了个陌生号码。

"队长真厉害,这么快就把我钓过的鱼都搜出来了。"张年接起电话,听到一个阴阳怪气的声音。

"你是谁?想干吗?"张年一惊。

"队长别激动,我没其他意思,只想和你做一笔交易。"

张年明白是刘成,感觉很好奇:"交易?"

"只要你不再动员另外两个人指证我,我就不公布你一年前和情人开房的记录。"

"你胡说,我没有!"张年大声争辩。

"队长,狡辩没用的,别忘了我的特长,从酒店的住宿管理系统获取住客资料,又不是什么难事。去年你和某某某在某酒店共度'七夕',真的好浪漫!但这种风流韵事,怎么能在你这种有身份、有地位的人民好警察身上发生呢?"

张年一愣,随即想起去年"七夕"的那一幕,他还想争辩,却听刘成继续说:"我已经摸清你情人的底,她是某市法院的庭长。你们做出这种事,还有什么脸面面对自己的职业?我可以让你们两个家庭破裂,身败名裂!"

张年迟疑了一阵子,然后大声训斥:"你用非法手段窃取我的隐私,还企图通过威胁执法人员来妨碍司法公正,罪加一等!"

"你可以告我,但你的把柄在我手上,你告我的同时也揭发你自己!"刘成很得意。

张年沉默了。

刘成换了种央求的口气:"队长,我不敢威胁,我是求你。只要你不再追查,我保证你的风流韵事将永远成为你心底最美好的回忆,我还会重金答谢。"

"唔,这个……"

"队长,我也替你考虑过,反正是他们不愿配合,你没法制作笔录,不是你的错。你大发慈悲,中止调查,把眼前报案的人打发,上头也不会追究你的责任。"

张年当然明白,如果另两个受害者不告发,刘成便只有一次勒索未遂的作案证据,罪很轻。但如果动员所有受害者作证,刘成就是数起非法窃取隐私和敲诈勒索的罪犯,可以判处三年以下有期徒刑。

"队长,如果你放我一马,我的谢礼保证丰厚得让你十分满意。"

"嗯……让我考虑一下。"张年似乎开始动心了。

"队长,这事关系重大,你一定要好好考虑。"刘成听到张年的口气,很高兴。

张年挂掉电话后,脑子里飞速地思考着对策……

半个月后,刑侦大队传唤刘成。

在传唤室内,张年淡淡地说:"刘成,三个受害者都做了笔录,还提供了和你的微信记录、转账记录,你老实交代吧。"

刘成一时愣了,但很快就反应过来,大叫:"你这个道德败坏的人没资格审讯我！"

张年平静地说："我怎么道德败坏？你指什么事？"

"挺会装啊！我马上把你的开房记录交给市纪委，还有你们的单位领导！我要让你们身败名裂！"刘成大声说。

"不劳你费心。"张年微微一笑，"我昨天就向组织坦白了。"

"什么？你……"刘成不知道张年在搞什么鬼。

"好了，告诉你吧。去年我的女同学和老公到我们这里度'七夕'，住酒店时发现老公的身份证没带，就求助我。我本来怕这事传出去后造成误会，但想到两口子这么远过来浪漫，不能败他们的兴。我征得老婆的同意后，就把身份证借给他们。"

"不可能，我不信！"刘成大叫。

"你如果不信，我老婆和我同学老公的电话号码就在这里，随你问。"张年平静地说，"我身为执法人员还出借身份证，确实违法，我愿意接受处罚。"

刘成愣了愣，大声质疑："哼，我没有这么好骗！如果真是这样，上次我打电话，你干吗这么紧张？"

张年缓缓地说："我哪里紧张？一开始你说我开房，我莫名其妙，后来你说是在'七夕'，还说出她的名字，我才想起那回事。你不但威胁我，还想贿赂我，我决定将计就计。后来，我把这事告诉两个受害者，然后叫他们不要怕报复。如果忍气吞声，以后还有很多人都会成为受害者；而且他们的隐私也会永远成为别人的把柄，随时会被威胁利用。经过耐心动员，他们终于愿意配合，表示一定要把你绳之以法。"

"不可能，不可能……"刘成还是无法相信。

"反正我身正不怕影子斜，随你去哪里举报都行。至于那几个无辜受害者，你更别想报复，这样只会让你判刑更久。你自己害人在先，还不许受害者举证，这是强盗逻辑。你要怪自己犯罪，不能怪别人指证。"

"这……这……"刘成不知该如何回答。

张年又说："你不能总想着利用别人的'把柄'来犯罪。你老实配合我做笔录，我会尽力帮你争取宽大处理。这次你接受法律的制裁，也是你改过自新的起点。好好表现，以后你还有无数的机会。你又年轻又聪明，为什么不能用你的专长做正经事呢？你完全可以造福社会，让亲人朋友以你为荣，让所有人尊敬你。早点改邪归正，不要再错上加错了！"

四个小时后，传唤室只剩下张年一个人。他眼前是满满十几页的笔录，上面签着"刘成"二字。

张年长长松了一口气,离开公安局。此时,繁星已满天,老婆早就煮好了晚饭,正和孩子坐在桌前等他回家。

(发表于《福建法治报》2022年7月23日)

智勇三壮士

1930年3月,原本随红四军转战江西的练宝桢和练世桢、罗龙才、练林贤、练报东率80余人回武平打游击。不久,武北四支队和武南游击大队建立,练宝桢任武北区革命委员会书记,统一指挥武北、武南游击队武装。1930年10月7日,武南游击大队在练宝桢的率领下,以张天堂、白石顶大山为基地,继续开展艰苦的游击斗争,巩固和发展革命根据地。

国民党多次派部队"围剿"时为县苏维埃政府驻地的象洞区,企图遏止蓬勃发展的革命形势。国军保安队何子云的部队驻扎在象洞文庙,伺机反扑。

为彻底粉碎国民党反动派的"围剿"计划,特委派出一名游击队员到圩上购物品,趁机打探何部的虚实。结果,队员不慎,反被何部捕捉。在酷刑的逼供下,这位队员招出了游击队的战斗计划,何子云部大喜,马上准备攻打象洞游击大队。

游击大队获悉后,立即调整原计划,部署迎战。游击队员练开德、石福兰、罗友华三人组成先锋队,用于阻击敌人,让游击大队能够顺利转移。何部人多势众,要想完成任务,难度极大。三个队员接到任务后,立即制订一套阻击方案。

三人占领灯盏崬制高点,并在沿途埋下好几枚手榴弹。国军每走到一个手榴弹的位置时,三人便开枪引爆一个,国军立即伤亡数人。吃了一两次亏后,国军不敢贸然前行,便伏低放枪,和三人僵持。

林深树密,先锋队打一枪换一个地方,四处袭击国军。国军虽然人多,但也无可奈何,只能边打边骂。先锋队凭借过人的英勇和智谋,在阴森的树林里与国军奋战,打退了一次又一次的进攻,击毙数十人,将国军牵制了二十多个小时。他们出色完成任务,赢得了游击大队的战斗转移。

最终,三人弹尽粮绝,被国军抓捕。国军将三人绑在刑架上,分囚三室,逐个使用酷刑逼供。但三人视死如归,任凭国军怎么用刑,始终坚守游击队的秘密。

国军见他们不畏酷刑,便用亲属家属恐吓。三人不为所动,大声说:"投身革命即为家，我的家人有千千万万，你杀得了这么多吗？"硬的不行，国军又用高官厚禄诱惑。但无论用什么法子，三人始终不愿说出半句。

国军黔驴技穷，恼羞成怒，便把他们押赴象洞圩，准备枪杀示众。临死前，他们大义凛然，把额前的长发一甩，挺直伤痕累累的身躯，昂起沾满鲜血的头颅，高唱着《国际歌》。

国军急忙用枪托砸他们的嘴，想让他们停止。但他们反而高呼"共产党万岁""打倒国民党反动派"等口号。国军气急败坏，立即开枪。

于是，三个壮士倒在了这片他们深爱的土地上，他们的英魂化作草木，永远葳蕤于革命老区的青山绿水之间。

（发表于《闽西日报》2019年1月31日）

铁骨铮铮陈槐熙

一

1932年夏天的一个清晨，武平象洞区的天空细雨蒙蒙。

乡间小路上，一个农民穿着补褂，戴着斗笠，在匆匆赶路。他将斗笠压得很低，但却遮不住一张英气逼人的脸庞。看这脸，是个年轻人。

前方突然出现几个穿军服的人。年轻人定睛一看，原来是三个荷枪实弹的国民党士兵。他心中一个咯噔，急忙转身，背后也有两个国军，将他夹在中间。他吸了一口冷气，拔腿往左边的山上跑。只听一阵拉枪栓的声音，接着砰的一声。他感觉腿上剧痛，鲜血泉涌，挣扎着爬起身，国军已经冲上来，将他团团围住。国军士兵用枪托狠狠砸向他的腿，狞笑着说："陈槐熙，看你能不能飞走！"

二

年轻人叫陈槐熙，象洞区光彩乡人。他自幼为人厚道、正直，很早就加入中国共产党。

1932年2月，红十二军攻克武平，武平县委和县苏维埃政府得以恢复和建立，全县又一次掀起了土地革命的新高潮。3月，红军攻打钟绍葵岩前的老巢，歼灭其100余人。钟绍葵率残部仓皇逃窜，躲到象洞。

陈槐熙隐藏在老家，平时在田里耕作，暗地里却与白区工作部部长练灿华、象洞区委宣传部长陈仲平，以及当地党员保持着联系。在白色恐怖笼罩之下，他经常冒着生命危险为游击队传递情报，采运物资，还为武南游击队保存着12支步枪。

这天凌晨，他依旧和往常一样，急匆匆赶赴游击队驻地传送上级指示精神，组织斗争活动。孰知，由于叛徒告密，他途中被钟绍葵残部围堵。

三

刑房中，陈槐熙被吊在梁上，耷拉着头。他身上伤痕累累，有的伤口还在流血，有的伤口已经焦黑。地上横七竖八地丢着许多刑具，有打断的皮鞭，有滴着血的竹签，有发着焦臭的烙铁。

一个国军士兵坐在旁边吸着烟，一脸无奈。这个陈槐熙真是个硬骨头，捆着打，吊着打，用火烧，用竹签插肉，各种酷刑都上了，也昏死了几次，但嘴里却只有一句话："不知道！"用完硬的，再用软的，以厚禄诱惑，用亲人恐吓，但一样不奏效。

门开了，国民党保安团团长钟绍葵走进来问："那个死硬分子怎么样了？"士兵急忙起身回答："这个短命仔，无论怎么逼供都不肯说！"钟绍葵把昏死的陈槐熙踹了一脚，咬牙切齿："那就把他关着，让他坐穿牢底！"

四

硝烟弥漫，枪炮大作，厮杀声震天。

红十二军杀到，率兵攻打钟绍葵的驻地。一场激战之后，钟绍葵被歼灭三分之二的主力。钟绍葵见形势不妙，急忙带着仅剩100人的残部，经下坝逃往广东。

红军冲破囚室时，虚弱不堪的陈槐熙正坐在铁窗边，微笑地看着前来解救他的革命同志……

陈槐熙凭着铮铮铁骨，保守了党和游击队的秘密。后来，他担任光采乡中心党支部的书记，继续毫不动摇地坚持着未竟的革命事业。

（发表于《闽西日报》2019年2月28日）

外婆的红鸡蛋

自我懂事起,就知道外婆爱做水煮鸡蛋。家里有谁生日、开学、开工,她都会煮两颗,用大红粉沾得鲜艳,让其吃下。

我从小和外公、外婆住在一起,吃过很多红蛋。每年一次生日、两次开学,都能收到红红的祝福。我曾问外婆:"为什么要煮两个蛋?""因为好事逢双。""那为什么要染红?""红红顺顺,大吉大利。""那为什么是蛋?而且是鸡蛋?"她一愣,煮红蛋是客家人的传统习俗,她只是保持这个传统,却不知道原因。过了好一会儿,她才说:"别问这么多,你吃下就行了,反正吃了就是好。"

刚开始,我很讨厌吃红蛋。红乎乎的鸡蛋,沾得手通红,总觉得不卫生;而且,蛋黄不好吃,难以下咽。我便说:"外婆,以后别煮了,又不好吃。"但她并不理我,每学期开学,照样塞两颗给我,并说着那年年重复几次的话:"吃了红蛋,红红顺顺,好好读书,考上大学。"

高一的暑假,外公去世。客家人做丧事,吊唁的人烧完香,要吃两颗红蛋;除丧服之后,每个披过麻戴过孝的人也要蘸着酒吃两颗。那天,外婆边吃边抽泣:"老头子,以前都是吃别人的红蛋,现在吃你的了。"言毕号啕大哭,蛋黄哽在喉中,几乎窒息。大家急忙扶着她灌水,她才缓过气来。

后来,外婆照样雷打不动地煮红蛋。我渐渐觉得这红蛋有不一般的寓意,便不再嫌弃。上大学那年,当我准备上车时,外婆又塞了两个给我,然后加上一句:"冬天要穿两双袜子,两条秋裤,不要着凉了。"看着车后一直挥手的外婆,看着她老态龙钟的身影,我第一次强烈感觉到远离亲人的不舍。一瞬间,手里那刚出锅的鸡蛋变得沉甸甸,带着滚烫的爱,红得炽热,红得深情。

2015年,外婆去世。除孝服那一刻,我吃着红蛋,突然明白了生离死别的含义。我想起外婆的话:"以前都是吃别人的红蛋,现在吃你的。"一时间,悲从心来,放声大哭。我知道,从今以后,那个默默为我煮鸡蛋的人,永远离我而去。

今年正月,读小学的外甥、外甥女开学了。他们在厦门读书,开学前住在我家。出发前,母亲给他们每人两颗水煮红蛋,然后说:"煌煌、萱萱,把这两个蛋吃掉。"小外甥很好奇:"外婆,为什么要吃红蛋?"母亲还没回答,我就抢着说:"鸡蛋在客家人心中有特殊的寓意。它象征着生命的开始,是吉祥物;蛋是圆的,预示圆满;两颗红蛋,表示好事逢双,红红顺顺。而且,鸡蛋营养丰富,可以让你们更聪明。吃完这两颗蛋,你们两个就大吉大利,能考上大学。"小外甥听得愣了，睁大眼睛，呆呆地看着我。母亲笑了，说："你们还小，别问这么多，反正吃下就行，吃了就是好。"小外甥似懂非懂地点了点头。

那一刻，时间仿佛突然倒流，我回到二十年前，变成那个站在外婆面前，拿着两颗红鸡蛋的小男孩……

（发表于《闽西广播电视报》2018年5月11日、《散文选刊·原创版》2019年第3期）

风雨大阳桥

一座古朴的风雨桥横亘萦阳河上，仿佛一条沉思的蛟龙，随时会腾空飞起。

桥是木构，二墩三孔，二层枕木纵横叠放支撑桥面，梁架廊屋，歇山顶式屋顶。檐角高翘，犹如敞开怀抱的大手，将阳光尽情揽入怀。阳光也特别宠爱这座桥，不但紧紧罩住它的身体，还深入它内心。灿烂的光华在桥面上跃动，宛如桥下粼粼的波光。阳光的宠爱合情合理，谁叫桥和自己同名呢？

这是武平东留的大阳桥，古文中"大"与"太"相通，"大阳"即"太阳"。清朝的《重修大阳桥记》有云："夫桥名大阳者，吾不知前人之寓意何在。意大阳之被覆者广而因以名之者，见无穷之广济乎？抑大阳之重照者远而因以名之者，冀不朽于远代乎？"先人命名的初衷虽然已不可知，但桥名和古人眼中天地间最伟大的事物相同，足见先人对它的珍爱。

古代交通不便，修桥造路是巨大的功德。再小的桥也可以造福许多人，更何况这座连接交通要衢的大型桥梁。大阳桥正当东西要道，接武平县城、达江西会昌，是古时商旅挑夫的必经之路。桥长39米，宽4米，高6米。这么宏大的木构廊桥，方圆百里罕见，所耗的人力、财力自然不菲，它的修建在当时是一件人人称颂的大事。

岁月久远，大阳桥的始建年代和始建者已无从考证。建成后不知多少年，风雨摧残，过重负载，让桥残破坍塌。1667年，当地武举人李应才乐善好施，助红木三百余棵，让桥迎来了一次重生的机会。然而，天降大任的大阳桥注定多历磨难，往后的岁月又遭受好几次暴雨、洪灾的蹂躏，于1792年、1855年、1968年、1990年数度重修。几经患难后，大阳桥最终以如今的姿态呈现于世。无论命运如何安排，它都默默接受，不悲不喜，一如既往地连通要衢，迎来送往。

古桥与其他古建筑有所不同。许多古建筑因不适合现代生活而逐渐被遗弃，终至颓废。在历史价值、人文情怀、政治需要、经济效益等多种因素的作用下，它们有可能被修复，但却只剩观赏和考察的价值，而本身最基本的属性——实用价值已丧失。恰似一只原本鲜活的精灵，如今变成一具徒有其表的标本，灵气早已消逝。时隔数百年，大阳桥下奔腾的溪水渐枯，桥头葱郁的草木不复，岸边的故宅被新式洋房取代。周边一切生态都变了，唯一不变的是这座桥。任凭时代变迁，大阳桥依然默默卧在那里，荣辱不惊，得失无意，如此淡然，如此宁静。它依然是连贯东西的重要通道，承担着与生俱来的使命，继续发挥原有的功用。

数百年来，大阳桥上每天都上演最真实的人间烟火和世态百相。闲日，挑夫将生活的重担卸在桥上，养足精神后挑起朝阳和落日，挑起艰辛和希望，继续奔赴苍茫的远方。集日，远近村民纷至，将各自简朴的生活一览无遗地铺展在桥板上，和别人交换生活物资。黄道吉日，喜气洋洋的大红花轿从桥上经过，锣鼓喧天；披麻戴孝的送丧队伍也从桥上经过，哭声震天。战争年代，兵戈铁马在桥上呼啸而过，枪林弹雨在桥边擦身而过。茶余饭后，村民坐在桥上吞云吐雾，谈天说地。春朝秋日，多少人通过这座桥奔往梦想，又多少人通过这座桥重归故里。从古到今，从今以往，大阳桥就这么静静地连接历史，连接时代，连接人世。

几个世纪的风雨激荡和流水冲击，使桥墩轻度向下游偏移，桥身呈现弧度，这正是大阳桥与天地万物融为一体后形成的默契。这座风雨桥像一道温暖而有力的臂弯，安放了无数人的喜怒哀乐和悲欢离合。更像一把弓，以流水为箭，将无数人的梦想发射到远方，在异乡开出各种形态的花朵，化成各种韵味的诗行。

（发表于《福建日报》2022年8月7日）

大山深处的守望

晨光熹微，闽西大山深处的小村庄里，天空还闪耀着点点星月之辉。一间简陋低矮的作坊中，忙碌的一天早就随着一张张黄表纸铺展开了。一位年近花甲的客家男子正站在一个一米见方的纸槽旁，槽内满是黄稠的浆液。他抓起纱帘，娴熟地往槽里抄了几下，再轻轻把纱帘反转，往旁边的桌上一抖，一张黄表纸就带着羞答答的湿润面世了。如此反复，黄表纸叠得越来越厚。他旁边还有两个人，一个是瘦瘦的中年男子，正将一张张压过水的湿纸贴到烘烤壁中，让上面的热情除去纸的羞涩；另外一个是五十出头的客家妇女，她将烘干的纸一张张揭下，码成一刀刀。刀是客家人的量词，一刀大概有40张纸。三人全身心投入进紧张有序的分工中，繁忙的劳作让严冬的作坊温润起来，汗水渐渐渗上他们的脸庞，仿佛雨露滋养下的毛竹。

这是福建省上杭县一个叫大洋坝的纯客家小山村，这三人分别是罗森旺、小工、罗森旺的妻子罗红金。罗森旺夫妻每天早上天不亮就起床工作，晚上十点后休息，这种生活已经成了几十年的常态。当我来到这个造纸作坊时，他们已经劳作了大半天。冬日的暖阳透进窗，将作坊细细抹上一层黄表纸的颜色，一室的暖色调，淡雅而温馨。

罗森旺是造纸世家，从祖辈到他手上，已有几百年的传承。康熙版的闽西地方县志中说："（闽西）山居其九，田居其一，地不通商，男不负贩，女不蚕纺，区区数钟田，守给不足矣。"客家地区山多田少，不利于种桑养蚕，也不利于从商；但林产丰富，竹木充足，有天然的造纸优势，更有悠久的造纸传统。明朝宋应星在《天工开物》中也说："凡造竹纸，事出南方，而闽省最盛。"

乾隆年间的闽西地方县志有载："纸以竹穰为之，粗者名火纸，稍细而厚者名古纸，土人用以事鬼。"罗森旺造的黄表纸又叫土纸或火纸，客家话称为草纸。草纸象征着阴间使用的黄金，在民间具有通灵、辟邪的作用。它在以前用途很多，和尚做法事、道士画符驱魔、民间祭拜祖先和鬼神，许多民俗活动都离不开它。除了具有神秘的色彩，它在日常生活中也很实用。因为清洁干净、吸水性强，上厕所的手纸、妇女的月事以它为首选。此外，它还可以用于做煤油灯的灯芯、用于防潮除湿等。因此，草纸在以前需求量非常大。但随着农村人口的大量流失，销路大打折扣；再加上生活的日渐改善，人们也有了更高档的替代品。于是，草纸渐渐被遗弃，现在基本上只在宗教活动和祭祀场合中出现。草纸行业的生存空间严重萎缩,也促使手工造纸作坊逐渐消失。现在,这种作坊在大洋坝村只剩罗森旺一家,在整个闽西,乃至全国也不多见。

手工造纸是个程序冗繁、不易"伺候"的活。罗森旺从小学毕业开始造纸,到现在已经40多个年头;结婚后,妻子罗红金成为他的最佳搭档,跟着他干了30多年。明代王世懋在《闽部疏》中说:"粉竹春丝,为佳纸料者。"造纸最好的材料是嫩竹,罗森旺种了两百多亩毛竹。每年的清明过后、小满前十天,必须把当年新长的竹子砍下来。早了太嫩,纤维细,纸易烂;迟了太老,纤维粗,打不烂。春天是最忙碌的时候,在短短的三十多天内,要砍够四五十吨嫩竹。这是个苦活,无论刮风下雨都要工作,不然会耽误时间。砍下竹子后,一年剩余的时间就用来慢慢继续接下来的程序。切麻、洗涤、石灰沤制、蒸煮、舂捣、打浆,这些都是在户外的工序,要三四个月才能完成。竹子打成浆后,便进入作坊,把纸浆掺水使其成为一定浓度的悬浮液,然后抄纸、压纸、烘烤、揭纸、码纸。前后一共要十几道工序,每道都很考验手艺和耐性,费时费力费心,一年到头没有几天闲着。

我问罗森旺:"有没有造纸行业的人转行?"岁月的风霜在罗森旺脸上染上一层暗黄,这种颜色透着淳朴和踏实,和山上孕育毛竹的黄土、作坊中柔和的草纸一样让人觉得温暖和心安。他叹了一口气说:"当然有,我知道好多。"随着草纸市场的式微,一个个造纸工人"弃暗投明",另谋高就。有入城务工的,虽然收入不高,但轻松很多;有从商的,经营得好的人早已身价百万。罗森旺现在的收入大不如前,一年只能销售一千捆纸(一捆19刀)左右,每捆批发价160元。辛辛苦苦一整年,除去成本和工人的工资,一家人的纯收入也就七八万元。看着同行们转行,罗森旺心中颇有感慨。也有不少亲友劝他改行,但他说:"我已经做了几十年草纸,没法改了。"从事一个职业几十年,做得像吃饭呼吸一样自然,造纸已经深入他的骨子,在他的生命中打下难以磨灭的烙印。当初从父亲手里接过这面旗帜,其实就是接受了一项平凡而艰巨的使命。现在的他,流淌着祖辈的血,传承着祖辈的生存技能,延续着祖辈的生活方式,和祖辈的命运紧密相连,他觉得自己就是为造纸而生的。

我小心翼翼地试探:"你们做这行这么久,就从来不后悔吗?难道没有想过放弃?"妻子罗红金身材瘦削,为了方便劳作,留了一头的短发。她两眼望着门外出神,过了好一会儿才回答:"我现在想的不是后悔和放弃的问题,而是担心失传。我身边做这行的人,最年轻的都超过四十五岁了,再过几年,我怕会后继无人。"确实,造纸行业的人逐渐老去,而年轻人却鄙夷这个行业,传承成为一个大问题。

罗红金有三个孩子，但没一个人愿意继承她的手艺和产业。大洋坝村附近已经找不到能做或愿意做这一行的人，罗森旺请的小工都是很远地方上了年纪的。

从当初的翩翩少年、风华正茂，到现在的鬓霜微染、儿孙满堂，几十年的时光转瞬即逝。随着年龄的增大，罗森旺夫妇渐感吃力，他们知道自己总有做不动的时候。手工造纸行业的前景如何，他们已经不敢多想。他们现在能做到的，就是能坚持多久就坚持多久，让这项流传千百年的手艺不在自己的手里消失。

下午三点，我准备离开，不好意思再影响罗森旺夫妇的工作。他们有忙不完的活，现在是年底，更要抓紧完工。夫妇俩送我到村口，午后的暖阳朗照天地山川，小村庄一片恬静。阳光将他们笼进怀中，无比怜惜地抚摸着这对大山的朴实子民。看着他们在阳光下的身形，我仿佛看到两株静默的毛竹。毛竹为造纸而生，也为造纸而终，无论经历多少风霜雨雪，无论外面的世界如何变化，无论明天会面临什么，它们都将根须牢牢扎进乱石破岩，永远守望着这片土地。

（发表于香港《文汇报》2022年8月30日）

时代变迁说照相

在20世纪70年代的闽西农村，相机是高端奢侈品。对于普通人来说，照相是件既新奇又难得的事。大城市生活的亲友如果寄回一张相片，很快会成为街坊的新闻。邻居纷纷前来争睹风采，你看看，我摸摸。这张照片便成了一个家庭炫耀的小小资本。

老百姓拍照都在正式场合，主要是记录人生的重要时刻，比如结婚、大寿、婴儿周岁。照相机会难得，每次都不亚于一次盛大演出。人们要先穿上正装，打扮一番，才敢站到相机前。有些人还会去别人家借衣服、鞋子。老人更慎重，总要在藤椅上正襟危坐，表情严肃而庄重，似乎这一照，就是流传千古的大事。照片里的人不苟言笑，大家眼神庄重，正视前方，只等闪光灯闪过后，才敢放松表情。

那时拍的都是黑白照。对于自己特别珍爱的照片，可以送到照相馆，让师傅手工上色。这种通过一笔一画细心描绘的彩照，让人物风景更真实、生动，更具艺术性和感染力。简直是一幅幅用心创作的油画，将那个质朴的年代勾画得鲜活、缤纷。

我出生于20世纪80年代末，这时照相更为普及，开始记录百姓的普通生活。乡里有个照相师傅，他隔一段时间会到各个村庄照相。照完相后，留下漫长的期待，大家天天计算照相师傅下次来的日子。当他再次出现时，大家蜂拥而上，抢看自己的照片。拿到照片的人边走边看，边看边笑，欣喜地回家。一家人围着照片，你指着我的姿势，我说着你的表情，互相点评着，笑声一片。邻居闻讯而来，也会笑着与主人一同分享。小小一张照片，常常会赏玩小半天。最后，主人小心翼翼地把照片放入相册，或放在压桌玻璃下珍藏，隔段时间又拿出来看一遍。如果是全家福，还会镶上玻璃框，悬于中堂，供大家时时仰望。

那时的照片只求把人物照入框内，照相师傅没有特别高的技术含量，但却留存了许多珍贵难忘的瞬间。

到了20世纪90年代，彩照技术已经普及，但个人证件照还是以黑白为主。我小学毕业时，全班同学纷纷互赠一寸黑白头像作为纪念。大家端端正正地在照片背面写上姓名、日期，以及赠给某某字样。拥有一张同性的照片，是深厚友谊的见证；拥有一张异性的照片，是互相倾慕的表现。情窦初开的我们要鼓起很大的勇气，才敢偷偷向心仪的异性同学要照片。如果对方对你也有好感，会用作业纸把照片包住，趁没人时悄悄给你。以后每次翻开相册，看到那个令人怦然心动的身影，心头都会柔情荡漾，激动好一阵子。

1998年，我开始上初中。县城有个女照相师，每天会到不同的中学照相。她每周三中午到我校，站在升旗台前等候。家庭稍微富裕或比较新潮的同学，时不时会留影一张。那时我一周的生活费才6元人民币，我总觉得这是很奢侈的事，所以从来没照过。下周三中午，上周照了相的同学便在升旗台前翘首企盼，等待照相师傅来分发喜悦。

2004年，我读高三。毕业前，我鼓足勇气，叫了两个同学做"灯泡"，约心仪的女生合影。照相前一天，我对着小镜子反复练习笑容和姿势。第二天，我穿上自认为最帅的衣服，梳一个最酷的发型，跟着女同学一起去照相馆。站在她身边，我呼吸加紧，心如鹿撞。我紧张地望着镜头，仿佛在迎接一个重大的历史时刻。照相师傅反复说："放松一点，放松一点。"但无济于事，我前一天的准备都成了徒劳，只剩下僵硬的姿势和傻笑。闪光灯亮起的那一刻，我心情激动，觉得这是我们感情事业的一次伟大升华。

我是在沿海城市读大学的，部分发达地区来的同学有相机。我开始随着同学四处留影，公园里随便见到一块大石头，也要深情地依偎一番，照一张自以为倾国倾城、其实傻到了家的相。由于来自边远农村，我的姿势远远落后于新潮的同学。当我还是板着脸一本正经地照相时，别人早就将剪刀手用得纯熟；当我开始尝试挤出一丝尴尬的笑容时，同学已经开始搞怪。照来照去，没有几张上相的。

于是，这个城市的各个角落都留下我不堪入目的呆样。

2007年，我正读大三，数码相机和照相手机开始流行。这时的像素还不高，照片也不够清晰。但这并不影响兴致，大家仍然乐此不疲，欢笑声和照相声交织成曲，奏响学习生活的每个角落。

2012年前后，智能手机开始普及。照相成了人人可做、不费成本的事。大家随手照相，瞬息可成，照得不好就删掉重拍，或者用美图程序优化。很少人会再为照相而郑重其事，也没人会为一张照片而激动半天。

渐渐的，单反相机和航拍相机也在身边开花。用微距镜头窥视虫蚁生活，用上帝视角俯瞰娑婆世界，都成了轻而易举的事。

从此，照片逐渐从相册和相框中淡出，却常以标新立异的方式出现在网络，供万千大众品评。对于很多人来说，硬盘和网络上可能存着成千上万的电子照片，而手头上却没有一张纸质照片。

如今，再翻开那些遗忘在岁月尘埃中的相册，发现每张褪色的照片都讲述着一个动人的故事，都记录着一段缤纷的年华。这些照片如同窖藏多年的酒，再打开时已是陈年佳酿，不断散发沁人心脾的芬芳。随着年月的增加，这香气还会日益醇厚。

（发表于香港《文汇报》2022年10月17日）

晒谷坪上欢乐多

晒谷场，客家话称为晒谷坪。它曾在客家人的农业生产中扮演过重要的角色，也曾给客家人的日常生活带来过无限的欢乐。

春天，作物尚未收获，晒谷坪闲置，成了儿童的乐园。有幼儿跟跟跄跄地学走路，有孩子坚持不懈地学骑自行车，有小朋友兴致勃勃地过家家。还有人滚钢圈、捉迷藏、玩"老鹰抓小鸡"，各类节目都可以在此上演。欢呼声、叫嚷声、打闹声，各种声音此起彼伏，交汇成一曲欢乐颂。

夏秋时节，晒谷坪成了晒谷专用。一筐筐刚脱粒的谷子倾倒在地，湿淋淋、黄灿灿，仿佛一座座小金山。农人将谷子一耙开，光华便铺满地，眼前一片灿烂。湿润的稻香在空气中自由浮动，丰收的喜悦在烈日下尽情扩散。这时，有许多小动物慕名而来。路过的小鸡、觅食的麻雀、贪玩的花猫，都纷纷赶来与人类一同庆祝丰收。农人可不愿自己的辛勤劳动成果被窃夺，便伸出扫帚谢绝它们的光临。晒谷的人要打起十二分精神，时刻关注天气，一旦变天，得赶紧大声发出警告：

"快收谷子!"闻声之人仿佛士兵听到紧急集合号声,手上再急的事也要立刻停下。大家你提筐,我抓耙,迅速冲到坪里,争分夺秒地收谷子。此时的晒谷坪,热闹、紧张而又有序。有时,老天喜欢开开玩笑,谷子刚收好,却又云开日朗。

冬天的晒谷坪很冷清,小朋友都躲在家里烤火;但若一下雪,可就两样了。在大人冻得缩手缩脚之时,孩子们却纷纷涌到坪里拥抱冬的精灵。滑雪、打雪仗、堆雪人,玩得不亦乐乎。柴垛将自己变成一个大雪人,真诚地站在一旁,等待孩子过来和自己玩耍。有些小男孩兴高采烈地冲到柴垛旁,摘下冰凌当冰棍吃,虽然冻得龇牙咧嘴,却依然眉开眼笑。

晒谷坪在白天热闹非凡,在晚上也不闲着。

夏夜,这里是纳凉胜地。人们吃过晚饭,便拎张小板凳,到坪里聚会。蚊虫多,有人便摇着蒲扇拍打,或燃起艾叶驱赶。大小新闻在这里传播,各种趣事在这里发生,家长里短在这里寒暄。大家你一句,我一句,笑声不绝于耳。耕作一天的疲劳就这样散在无边的夜色中,融入淡淡的艾叶香味中。

在电器罕见的年代,晒谷坪还是倍受喜爱的娱乐场所。马戏表演、文娱演出、播放电影,全都选在这里。一旦有活动,人人激动不已,奔走相告。夜幕一降临,大家便拖家带口,"倾巢出动",早早在坪里等候。坪中人潮涌动,孩子叫,大人笑,欢乐持续一整晚。

曾经的晒谷坪,无论是春夏秋冬,还是白天晚上,都发挥着不同的功用,洋溢着不同的欢乐。随着生活的改善,如今的晒谷坪已年久失修,沦为停放车辆、堆积杂物、容纳垃圾的地方。昔日坪上的热闹与欢乐,只能在记忆深处寻找。

(发表于《闽西日报》2019年1月19日,入选《福建当代客家散文选》一书)

故园桂飘香

东留老家的四姑用微信发来一张图片,并说:"你家的桂花开得满树,一夜风吹,落得一地都是。"我点开图,只见老家院子里的桂树下,零落遍地的花瓣。仿佛是昨夜满天的星辰,下凡后贪玩,忘了归去。那香气翻山越岭,从几十里外悠悠飘来,聚于手机中。等我一点开图片,它便像久违的老朋友,迫不及待地涌向我的鼻子,沁入我的心脾。一时间,我的思绪追溯着香气,飘回老家……

老家名为桂坑村,常年桂子飘香。这棵桂树是我在六岁时栽下的。当时,它才一尺来高,和我一样幼小。往后的岁月里,它见风长,见雨长,十几年就亭亭如盖,成为我家的独特风景。

晴天，我常在树下看书。我总觉得，纸香墨飞的圣贤书与香远益清的桂树最搭配。躺在睡椅上，两腿架在树干，边看书边抖腿，无比惬意。有时看得激动，情不自禁用力一蹬腿。于是，花枝乱颤，桂子飘飘洒洒，落在发间，立在鼻尖，栖在双肩，缀在书本的字里行间。书上密密麻麻的文字正如一瓣瓣芬芳四溢的桂子，在眼前摇曳生姿，摇成一树树幽香雅致的精灵；树上挨挨挤挤的桂子也如一个个鲜活灵动的文字，在风中自由组合，组成一篇篇脍炙人口的诗章。桂树总是静静地在我头顶伴读，和我一起徜徉书海。它就是因为博览群书，才有今天这么高雅的形体，这么芬芳的气质。

夏夜，我喜欢在树边纳凉。幽香可以驱散闷热，赶走烦忧，愉悦身心。鸟儿静，虫儿鸣；风轻吹，月低垂。桂树筛下月光，摇落星辉。大地上斑驳跳跃的亮点，是光和影舞动的旋律，是香和艳合奏的音符。桂树耸向夜空，刺破苍穹，似乎要努力将芬芳送上蟾宫，博得嫦娥仙子嫣然一睹。夜深了，它却不愿早睡，还一如既往地绽放香艳。四下一片寂静，只剩芳香在银色的月光中缓缓流淌。它流向左邻右舍，走近孩子欢乐的床前，飘向青年相思的枕边，抵达少女悸动的心田，融入老人温馨的房间，最终化作一场甜美的梦。

这是一株四季桂，四时飘香。它带着春风的柔和，夏阳的温情，秋叶的恬静，冬雪的宁美，装饰着不同的季节，散发着不同的幽雅，愉悦着不同的人群。自从我搬家后，它便独自留在老家，每天静静地汲取日月之精华、天地之灵气，只为在花期展现最美的气质。紧闭的庭院成了它制造幽香的工厂，酝酿诗情的文苑。深宅大院锁不住馥郁的芬芳，反而招来墙外驻足张望的路人。

时光是花间和煦的春晖，叶上高调的鸣蝉，树下低吟的秋虫，枝头飞舞的白雪。弹指间，25个春秋已消逝。昔日幼小的桂树，如今早已能撑起一片天，罩着一方地；而当年种树的我，也已迈过而立之年，成为家庭的支柱。

看着手机上的图片，我感慨万千。老家的桂树呵！你的芳香飘过我的童年，飘过我的少年，飘在我成长的路上。而今，我虽然远离你，但若干年后，我希望还能回到你身边，守着你的芬芳，幽雅地老去……

（发表于《闽西日报》2018年11月23日、《福建法治报》2020年11月12日）

投父所好

不知从何时起，我和父亲说不上话了。每当我和母亲天南地北、家长里短相谈甚欢的时候，父亲总在旁边充当一个默不作声的局外人。有时他嘴唇微动，似乎想插话，但最终却没发出声音。我总想找个话题让他加入我们的聊天队伍，却又不知说什么。

我大学毕业后回到家乡，在县城工作。一个人生活，就必须面临自理伙食的问题。我从小习惯等饭吃，现在独自面对锅碗瓢盆，常常弄得手忙脚乱。有一天我嘴馋，想做一道红烧排骨，但食材摆在面前，却不知如何下手。这时，我很自然就想起父亲。父亲的厨艺自学成才，他经常在农村办喜事时做主厨，一个人可以轻松搞定几十张桌的宴席。我当即打通他的电话，他立马来了精神，滔滔不绝地讲述烹饪方法。在他的指导下，我平生第一次吃上自己亲手制作的红烧排骨。

这次经历让我突然灵光一闪，找到了和父亲交流的最好方式。以后，我动不动就向他请教不同菜肴的制作方法。父亲总是精神大振，不厌其烦地解答，恨不得倾囊相授。他一直耐心地指导着我，让我厨艺大进。

父亲是个电视迷，尤其喜欢看革命题材的电视剧。《亮剑》和《雪豹》两部电视剧，他看了一遍又一遍，每次重播照样看得津津有味。我是"80后"，和革命年代相隔久远，对这段历史了解不多，兴趣也不大。有次周末在家，客厅的电视机里响起那熟悉的伴奏声，父亲又在看《亮剑》。我刚好闲着没事，便坐下和他一起看。这时已经播放到十几集，我看得没头没尾，对当前的剧情发展有很多地方不理解，就会问上一两句，父亲便随口解答。这一刻，我又心生一计："想要和父亲增进交流，可以从看《亮剑》开始。"于是，我耐着性子看了好几集，慢慢觉得这部电视剧确实拍得很精彩，越看越有意思。

以后，我常常陪父亲看革命题材的电视剧，不懂的地方问上一两句，他总能立即解答。他对中国的革命史很了解，国共两党的历史渊源、军队建制、大小人物、著名战役，无不信手拈来。一说起这些事，他立即眉飞色舞，口若悬河，俨然一个红色历史通；而我这个本科学历的儿子，反倒成了专心听讲的学生。看着他神采飞扬的样子，我对这个农民老爸产生一种新的敬意和亲切感。

通过做菜和看革命题材的电视剧，我和父亲的交流慢慢增多。到了后来，交流延伸到其他方面，共同话题越来越多。

原来，和父母交流需要技巧。只要细心，善于观察，我们可以找到很多切入点。从他们的兴趣入手，寻找共同话题，甚至有意识地投其所好，慢慢地就会找到很多交流的方式。和父母有讲不完的话题，其实是很幸福的事。

（发表于《闽西日报》2020年4月5日、《福建日报》2021年12月5日）

馋嘴祖母

　　祖母食欲好，配些酸菜、豆腐乳、腌橄榄干就可以吃下一大碗，甚至在米饭里随便加点酱油或白糖也能吃得津津有味。她还爱吃零食，水果干果，糕点糖饼，什么都不嫌弃。她曾说，自己出生的年代只要能吃的东西都塞进肚子里活命，现在食物丰富，无论什么东西入口都觉得香甜，所以什么都爱吃。从小衣食无忧的我，无法理解她的馋嘴，常常对她产生鄙视心理。

　　后来，她患上帕金森综合征，慢慢失去行动能力，脑子也糊涂起来。她不能运动，饭量减退，但嘴却更馋了，总想着吃零食，母亲和姑姑便常常买水果、糕点给她。家人都去上班干活，她则整天整天地在房间枯坐，座位旁放一两种随手可及的零食。在那无数的孤独日子中，吃零食成为她打发寂寥时光的一种无奈、低效方式。

　　农村购物不便，很多食物要圩天才有。每逢圩天，祖母总会叫母亲买这买那。都说人老了会孩子气，变得不明事理。有时离圩天还有好几天，她就开始反复念叨一种食物，和她说现在没法买，她便像孩子一样叫嚷。她的不知趣没少遭到训斥，但她却"不知悔改"，照样耍着性子。

　　祖母最爱吃馄饨。我在县城工作，周末带回许多馄饨，让母亲时不时煮点给她吃。看着她捧着搪瓷碗吃得窸窸窣窣，汤汁流得全身都是，我又开始嫌弃："怎么这么馋？"

　　随着病魔的侵蚀，她一日不如一日。起初还能独自慢慢行走，渐渐地要人搀扶，后来连躺在床上也不能翻身。到了生命的最后几个月，她连坐都坐不稳，但馋嘴的习惯却一直没改变。

　　有一天，母亲突然打电话叫我回家，她慌张的语气让我感觉情况不对。我急忙赶回家，只见祖母歪歪斜斜地靠在藤椅上，耷拉着头，脸浮肿得变了形。原来今天是圩天，平时馋嘴的祖母却不再提买零食的要求，母亲问她想吃什么，她很反常地说："什么都不要。"母亲觉得不妙，便叫我回家。

　　我颤抖着叫："奶奶。"她连抬头的力气都没有，很努力地把头缓缓侧向我，喉咙咕咕噜噜地发出一串微弱、难以辨认的声响，似乎在打招呼。我煮好馄饨，端到她面前，她双目无光，只瞥一眼就移开眼神，丝毫不感兴趣。看着她有气无力的样子，我的泪迅速涌出眼眶。

　　接下来她粒米未进，每天只勉强喝几口鸡汤。如此十多天，她的生命一丝丝消逝，仿佛渐渐干涸的油灯。那一天，母亲和姑姑把她从床上扶起。她眼窝深陷，目光呆滞，脸上、手上一点肉也看不到，只剩一层蜡黄、干枯的皮，竭力包裹着嶙峋突兀的骨头和所剩无多的元气。给她喂了一口鸡汤，汤却哽在喉头下不去，停留许久，最后全又流出嘴角。这一刻，我猛然醒悟："当亲人还很能吃，是件多么幸福的事！"泪腺无声崩溃，眼泪在地板上盛开瓣瓣苍白的花朵。次日凌晨，祖母永远闭上了眼。

很快就到了"尾七"，我和家人垂泪站在荒山上的一座新坟前。坟前摆满糕点果品，还有一碗馄饨。在朦胧的泪光中，我看到祖母缓缓走上前，端起馄饨，津津有味地吃起来……

（发表于《闽西日报》2020年8月7日、《福建日报》2021年12月17日）

废墟中的生命

夏天的周末，漫步街头。行至一处废墟旁，我惊奇地发现，断壁残垣下有一滩积水，里面活跃着许多墨色的小生命——蝌蚪。

这是一片已被征用的土地，开发商把原先的建筑物拆除，拟建商品房。春季雨水多，废墟下的低洼处蓄了一小滩积水。一只流离失所的城市之蛙路经于此，欣喜地产下卵，于是便有了这许多小蝌蚪。

生长于农村的我，儿时的记忆像一本乐谱，上面密密麻麻记载的，都是虫鸣蛙唱组成的田园牧歌。春之宵，夏之夜，农村处处都是此起彼伏的蛙声，便如随风起伏的湖面。我置身其中，仿佛是放任于浩瀚湖面的一叶扁舟，随着微凉的夜风轻轻飘荡。

今天能在钢筋水泥的森林中，欣遇这些大自然可爱的精灵，真有一种他乡遇故知的亲切之感。我蹲下身，饶有兴致地端详着这群小生命。这些蝌蚪刚光临这个世界不久，在水洼里尽享濠濮之乐。它们摇曳着墨点般的头，拖着一条墨线般的尾巴，似乎在构思一幅水墨画，又似乎是书法家手下灵动的笔画。

这是一方不足半平方米的洼地，略微浑浊的水里，散乱地浸着不同的垃圾。一只小蝌蚪似乎发现了我，"倏"的一声钻入一只破皮鞋中，从鞋带孔中探出头，顽皮地张望着。过了片刻，它发现没有危险，又摇摇晃晃地游出来，缓缓从一只红色塑料袋中穿过。水中的垃圾，宛如公园里的亭台轩榭，成了小蝌蚪们的娱乐设施。它们从来不担心眼前的安宁能维持多久，但现实却是残酷的，也许就在明天，这片废墟就会再次夷平。

十几年前的城西郊区，有碧绿的稻田、茂密的树木、清澈的河流。虫唱草中，鸟鸣树上，蛙潜稻间，鱼翔浅底。后来，规划蓝图将它纳为建设项目。机械轰鸣，来往穿梭着填土，良田迅速消失，古木轰然倒地。某天我经过那里，只见暂时未填平的地方积了一大滩雨水，许多青蛙不知大祸临头，聚集于此，尽情歌唱。或许，我没有听懂蛙的语言，它们是在竭尽全力呐喊示威。一年之后，我故地重游，青蛙们再也发不出抗议的声音——它们早已深埋地下。取而代之的是气势恢宏的建筑，和广袤无边的广场。高楼大厦中，大家安居乐业；广场上，游人熙熙攘攘。但有谁知道，无数小动物就在我们的足下呻吟。我们每走一步，都以它们的枯骨为垫脚石。人类的乐园，正是动植物的坟场。我们侵占了它们千百年的家园，却从来不用征得他们的允许……

眼前的小蝌蚪还在水里的垃圾中穿梭，他们尽情享受着这方寸之地的宁静，一副怡然自得的样子。看着这群无忧无虑的小蝌蚪，我唯有默默地祝福："希望你们这些小家伙能在积水干涸前，或者在废墟填平之前长成青蛙，回到大自然中去。"

（发表于《福建日报》2021年12月24日）

时间不会说谎

小胖当上某企业华中三省的总经理了。

2021年的最后几天，和大学同学小吴通电话，突然得知这个让我震惊的消息。对于我这个生活在小县城的人来说，这是个难以企及的高度。那个印象中矮矮胖胖、说话没半句正经的大学室友，今年才35岁，竟然升任如此高位，我怎能不吃惊？

我大学毕业后回家乡工作，从当初青涩的小伙子到今天油腻的中年男人，转眼过了13年。人到中年，对年龄的增长总有恐惧感，每到岁末年初，我都会感慨自己事业无成。如今在即将老一岁之时，这个消息给我产生不小的刺激作用。

于是，我酸酸地说了一句："小胖真有背景，这么年轻竟然能坐上这么重要的位置！"

"你的每个声调、每个标点符号都充满羡慕嫉妒恨！"小吴笑着说。

我在接下来的通话中得知，小胖大学毕业后就在国企上班。他阳光开朗，工作踏实努力，业绩越来越好，领导很器重他。很快他就从普通职员提升为部门经理，几年后又成为该企业湖北省的总经理。他是个"拼命三郎"，常常为了策划一个方案而通宵不睡。他工作卖力,十几年瘦了20多斤,现在早就不是当初的小胖了。今年,该企业重用青年精英,提拔他当华中三省的总经理。他实干、上进,经过十几年的历练,从基层一步步干起,提拔到现在的位置是水到渠成的事。但我和他失联已久,今天初次听到这个消息,当然觉得不可思议。

"光阴与光阴揉搓出来的成熟,与背景无关,只与努力有关。把你的羡慕嫉妒化为动力,2022年好好干,时间不会说谎!"小吴很文艺,现在是某诗刊的主编,在挂掉电话前,他用玩笑口吻说下这段话。

放下电话后,我陷入深思。大学毕业13年,从一个嘻嘻哈哈的男生成长为大企业三个省的总经理,这是人生多大的飞跃!从小学到大学,我的同学有几百个。在我参加工作的十几年中,很多原本不起眼的同学渐渐成长,有人在事业单位成为知名人物,有人在企业创造不菲的业绩,有人自主创业取得成功。每次听到同学的成就,我都会感叹自己的现状,恨自己碌碌无为。

今天听了小吴的一番话,我才开始认真审视那些成功的同学。是啊,我只羡慕他们的成绩,但却不知他们背后吃过多少苦,付出多少努力。正如小吴,他能当诗刊的主编,难道也靠福气吗?每项漂亮成绩的背后,都是别人想象不到的努力。一个人付出了多少,也许一时难以衡量,但时间知道,它最终会如实告诉世人。

2021年即将过去,我又将老一岁。回顾自己毕业13年的工作历程,发现自己也成长了不少,并有所收获。虽然我无法和那些杰出的同学比,但每个人都有自己的专长和生活方式,我只要不断努力,做好自己就行了。

把羡慕化为动力,2022年好好干吧,时间不会说谎!

(发表于《福建日报》2021年12月31日)

角 落

春节期间,我去外婆家做客。

外婆今年93岁,膝下五子二女,子孙数十人。大舅一家留守祖屋,外婆和他一起生活,其余子孙大多在外工作、生活,只有春节才能聚齐。

亲人陆续到齐,大家和外婆简单寒暄之后就走开了。这里围一群,那里扎一堆,孩子叫闹,大人谈笑,平时冷清的老屋处处流动着温馨。我偶然一转头,只见外婆坐在房间门口,微笑地看着大家,一言不发。

午餐时间,亲人坐了三桌。桌上摆满盛世年华,碗里盛着喜乐安康。别后多少事，都在美酒中浮动，在佳肴里流连，最终化作齿间的芬芳和满室的笑语。饭后，欢乐继续上演。大叫大嚷的男人，闲话家常的女人，追赶嬉闹的孩子，是春节欢乐颂中的一个个跃动音符。

我和姨姨聊天，她笑着说："你外婆在过年前很久就一直打电话，问我们什么时候回家。和她说了时间，她就开始每天数日子。"我笑了笑，猛然想起："我们只顾自己，外婆都没和我们一起吃饭，她现在在干吗？"我走向外婆的房间，只见房门虚掩，推开门，外婆正呆呆地坐在墙角。

我感觉奇怪："怎么把门关住？"外婆笑着说："天冷。"她年纪大了，虽然穿得厚实臃肿，但还觉得冷。

外婆身旁放着饭碗和菜盆，里面有吃剩的饭菜。原来，她感觉自己年纪这么大，上饭桌有碍观瞻，平时都是一人在房间就餐。今天亲友欢聚，她也是独自吃饭。她食欲衰退，无论家里菜肴多丰盛，也都只吃一点点。

门里门外，两个世界，外面欢声喧闹，里面凄清冰冷。看着孤寂的外婆，我一阵恻然，想起自己很久没和她好好聊天，便在她身边坐下。

外婆年轻时曾长期担任村干部，她一人站在台上，面对上千观众，照样从容自若，口若悬河。她退休后也保持活跃的交际，经常和同龄人结伴活动。今天聚餐，明天礼佛，后天赶集……生活丰富多彩，其乐融融。随着年岁的增长，她的好友慢慢凋零，交际圈逐渐萎缩。87岁以后，她的老朋友全都离世，再加上行动能力大不如前，她便天天窝在家里，断绝与外界的来往。平时儿孙大多在外，她早就接受了孤独，大部分时间都对着房间的四角发呆。她每天盼着过年过节，希望子孙早点回来。真正等到子孙齐聚，热闹的却是年轻人，和她无关。但她能看到这么多亲人，心里照样很高兴。

外婆见我找她聊天，立即来了精神，越说越高兴。她的口齿已无先前的灵便，但思维依旧清晰。她慢慢说起自己的见闻，从民国初的军阀混战到20世纪末的计划生育，道尽坎坷，充满传奇。门外欢声喧闹，门内眉飞色舞，听着这么多新奇事，我对这位近百岁的老人肃然起敬。

转眼到了傍晚，我起身告辞。外婆颤巍巍地从墙角站起，任凭我怎么劝，她都坚持拄着拐杖送我到大门口。车子缓缓离开，看着后视镜里那个干瘦苍老的身影，我一阵阵心酸。那身躯曾经是一棵高耸参天的大树，荫蔽过许多人。如今，她成了一棵枯瘦的老树，在风雨中瑟瑟发抖，等待着亲人的关爱和呵护。

回家的路上，我颇多感慨。年轻人只顾自己开心热闹，却往往忽略了老人。逢年过节，亲友欢聚一堂，我们有没有关注过角落？或许，某个角落有一位被时光遗忘的老人,他有一肚子的话想对我们说。

（发表于《福建日报》2022年4月10日,被选为《2022年福建省初中学业水平考试·语文冲刺卷》现代文阅读试题）

花生有味
——读钟巧云散文集《一味难尽》

钟巧云又出书了！得知这个消息,我满心欣喜与敬佩,急忙索书一读。

这是一本名为《一味难尽》的散文集,分为情义、农事、世相、村寨、物什、风俗等六辑,篇幅简短,尽道客家风情、乡村往事、童年回忆、人间真情、世相百态。一篇一篇读着,我仿佛在品尝巧云家的一颗颗花生。

巧云是"武平的赵树理"。她生于缺衣少食的20世纪60年代,为了撑起贫苦的家庭,她初中二年级就辍学。虽然在烂泥黄土中打拼,心中的文学梦想依然炽热。终于有一天,她化锄为笔,用那双沾染泥腥的手,慢慢打磨一段段充满乡村韵味的文字。一篇篇文章陆续在各级媒体绽放,恰如她细心栽培的农作物,一茬茬,一畦畦,长势喜人,在朝晖晚霞中葱茏。

巧云种植的农作物中,文友最有感情的莫过于花生。她所在的岩前镇,是武平著名小吃岩前花生的产地。每年花生收获的季节,她总会热情召集文友前去采摘。文友们像鬼子进村似的,把她田里的花生拔个精光。大家把一摞摞的花生植株扔到院子里,就在客厅团坐,开始喝茶聊天。而她却一口水也不喝,静静地坐在院子的角落,双手翻飞,把一颗颗花生从植株上撸下。当大家把当代文学作品聊得正酣时,一盆热气腾腾的带壳水煮花生已端到面前。美食配文学,聊天更起劲了,笑声中回荡着软香,话语中洋溢着美味。

巧云一刻也不停歇,转身开始帮先生做午餐。文友想入厨帮忙,全都被她赶出,她绝不允许客人在自己家做家务。于是,我们继续欢谈,一边细品花生,一边等候丰盛的大餐。

吃饱喝足,打道回府,她硬要塞给每人一袋带壳的生花生,颗颗饱满,沉甸甸的,几十斤重。小车启动,她还在一遍遍教我们怎么煮。于是,她精心料理大半年、粒粒皆辛苦的花生,都贡献给了文学。

巧云就是这么的淳朴,她是贤妻良母的典范。热情好客、善良孝顺、吃苦耐劳、勤俭持家……客家妇女应有的美德,她基本都具备。

她每次到县城参加文友聚会时，总不会空手。煎粄、烤花生、油炸糕、薯包子……全都是她亲手做的美食。像我这种除了堆砌文字外一无所长的人，只能边吃边称赞边惭愧。

她已有三部长篇小说和一部散文集问世，并在各大媒体发表文章数百。但身为一个成果丰硕的作家，她却从未改变本真，依然淳朴、谦逊。她宛如一株花生，扎根田间地头，在风雨中默默开着细小朴素的花朵，把果实深埋地底，从不炫耀，从不招摇。

文如其人，巧云的文章质朴无华，却有情有味。读《一味难尽》，就像吃花生，一篇篇散文短小纯真，挟着泥土的芬芳，其味深长；或如水煮，或如油炸，或如烘烤，各有各的滋味。

读着读着，我不由咽了咽口水。现在早就过了花生收获的季节，什么时候再选一个悠闲的周末，摆上一碟岩前花生，再翻开《一味难尽》，一边品尝美味，一边品读美文，不也是一种享受吗？

（发表于《闽西日报》2022年11月22日）

一包泡面

儿时的农村，物资匮乏，小卖部没有什么零食；就算有零食，人们也没闲钱买。那时，我最喜欢吃的零食是泡面，客家话称为"熟食面"。泡面几毛钱一包，对我们来说是奢侈品。

有一天，大概是很久没吃泡面了，我嘴馋得很，便缠着父亲买。父亲沉着脸回了一句："没钱！"但我馋虫上脑，不肯罢休，一个劲地拉扯着他的衣角，又叫又嚷。父亲被我缠得烦躁不堪，怒吼一声："饭都没得吃，还买熟食面！"我才四五岁，可不管这么多，继续不知趣地哭闹。父亲一把将我推开，高高扬起手掌，额头青筋暴起。手掌在空中颤抖了好一会儿，最终重重地拍在桌上。他叹了口气，默默走进房间。过了很久，他出来了，将一把东西扔到桌子上，然后一声不吭地走开。

只见桌上有不少闪亮的物体滚动着，是一分、两分的硬币；还有几张皱巴巴的纸币，在硬币的带动下瑟瑟发抖。这些分币加起来有十几二十个，合计该有好几毛钱，也不知道父亲是怎么翻箱倒柜才凑了这么多。我可不管钱的来历，立即破涕为笑，急忙伸出小手抓。钱太多，一只手抓着会有硬币从指缝漏出；我便伸出双手，将这一大堆分币捧在手心。我抑制不住喜悦，想赶紧冲到小卖部，但又不敢跑得太快，便捧着满心的欢喜，小心翼翼地走着。

到了小卖部，我踮起脚尖，将一大捧钱伸到比我高的柜台上，扯着稚嫩的嗓音兴奋地叫了声："熟食面！"老板抓过钱，数了好一会儿才数清。他递给我一包泡面，笑嘻嘻地说："呀，这么多钱！"我飞快地跑回家，七八岁的姐姐赶紧冲过来抢，嘴里大声嚷着："我也要！"吃零食是小孩子的特权，比我们大十几岁的三个姑姑在一旁默默地咽着口水。

正当我们闹得不可开交时，母亲出来主持正义："不要抢，大家都有份！"她烧开小半锅水，把泡面倒下去煮。我们围着灶台蹦蹦跳跳，不住地问："可以吃了吗？"很快，屋子里就弥漫着独特的香味。煮好的泡面装成一大盆，我们姐弟和三个姑姑每人都分了一小碗，大家开开心心地吃了个碗底朝天。我吮吸着汤匙，回味无穷，总觉得这是天下第一的美食。而在我无暇顾及的角落，父亲正一声不吭地抽着卷烟。

后来我才知道，当时我家十口人，作为家庭支柱的父母正在为生计发愁，柴米油盐都成问题，只有小孩子才想着吃零食。

转眼，这件事已经过了二十几年，再回忆起来，我不由得为自己年少不懂事而惭愧，更为那段艰苦的日子而心酸。现在我随时都可以吃泡面，但却再也吃不出童年的味道。那天的泡面有一种难以形容的美妙滋味，一直在我的记忆中飘着独特的香气。

（发表于《闽西日报》2019年7月5日）

林伟将军的乡愁

林伟，共和国开国将军，1955年被授予少将军衔。

1914年，林伟出生于武平县武东乡川坊村。1931年，风华正茂、少年意气的他毅然参加红军。他随着游击支队，在武平及附近打仗、做巩固苏区的工作。他在宣传队，常常深入各个乡镇和村落写标语、做宣传和发动工作。他的热情很高，工作积极，武平的青山绿水到处活跃着他的身影。因为工作性质，他对武平各处的风土人情有非常深的了解，对故土的情感也因此变得愈加深厚。

1933年，他所在的红一军团第三师征战各处，辗转于广东、江西等地。粤赣边界有很多客家县市，方言、风俗、地理都与武平相近。亲切的乡音、淳朴的民风、似曾相识的山水，时刻拨动着他心中那根叫故乡的琴弦。他在武平周边兜兜转转，与故乡的距离时远时近，却一直没有机会回去。

1934年10月,他随着中央主力红军开始一万五千里长征。从此,他将故乡装进军囊,舍下小家,投奔大家,再也没回去过。他在军团司令部当文书和测绘员,一天都要走上百里路。每到达一处,大家都停下来歇息,他却要提前到前方勘探路线,了解民情,找好向导。深夜,劳累不堪的战友早已酣然大睡,他却独自守着一盏昏黄如豆的油灯,绘图、整理材料、摘录电报、拟制行动计划,睡眠时间非常短。繁重的工作让他无暇顾及私人情感,他不得不把乡愁埋藏在心灵的最深处。

随着长征队伍的北上,故乡迅速遗落在身后,一天比一天远。到达延安后,离家几千公里,而且很快又投入紧张的工作和激烈的战斗,回家更成了难以实现的奢望。他像一只满天飞的纸鸢,被风吹得越来越高,但线头一直都被故乡紧紧攥着。

长年的征战和繁重的工作,让他患上了风湿性心脏病。20世纪60年代后期,他的身体渐渐吃不消,便留在北京养病。腿脚不便,乡愁像挣扎在异地沙滩上的鱼儿,回家的愿望随之搁浅。

70年代中后期,林伟的身体状况越来越不容乐观。一个游子处在人生低谷时,乡土情结会陡然膨胀。自己没法回家,他便将老家的妹妹、大嫂、侄子都接到北京住了一个月。与至亲共聚天伦,其乐融融,他的思乡之情得到了最好的慰藉和释放。

1979年,林伟病逝。妻子陈琦将他的一件军大衣、一架通讯电话机、一个军用牛皮箱等遗物交给侄子林如柑。林如柑慎重地将它们带回武平,在林伟川坊的老家珍藏。一个为民族出走半生、为国家奔忙一世的好男儿,总算在某种意义上实现了回家的夙愿。

2010年,武平县文博园建成并开园,林如柑向该园捐赠林伟将军的遗物。文博园将其陈列于展馆的显眼位置,供世人瞻仰。从此,林伟将军的乡愁有了最好的归宿,一缕英魂永远驻守在故土,再也不离开。

(发表于《闽西日报》2019年10月24日)

千年榕母碧连天

站在榕树下,我深受震撼。浓稠的树冠像巨大的云彩,深情地庇护着这方土地;遒劲的枝干像一道道闪电,向四面八方放射。树身巍峨雄伟,直冲云霄,这气势仿佛天塌下来也能撑住。

她是武平县十方镇仙水村的千年榕母，高约 20 米，树冠覆盖一千多平方米。她在十方镇人尽皆知，在闽粤赣边界也是声名远扬。今天，我带着朝圣的心理，特意来瞻仰她的风采。

树下坐着几位村民，我走过去攀谈。一位老人说，榕母夏能遮阳，冬能挡风，大家平时喜欢坐在树下，度过闲暇时光。榕母高大参天，给鲜水村制造了一片绿荫，更制造了一片福荫。她是村庄的象征，是村民的依靠。我坐在树下，静静地感受炎炎夏日舒适的清凉，感受仙水村民独有的福气。

客家人居住在大山怀抱中，到处都有郁郁葱葱的树荫庇护，所以对树木有深厚的感情。客家地区的村头庄尾、田头路旁、山麓河畔，常常有大树前插着香火，终年接受村民的敬祀。这种树称为"伯公树"，是客家人最直接的守护神，也是客家人敬爱大自然的体现。榕母下立了个一米见方的神龛，牌位上写着"千年榕母神位"六个大字。她被奉为神树，既是鲜水村民心中崇敬的神祇，也是慈爱的母亲。老人说，树下香火旺盛，常有远近的百姓带着孩子前来祭拜，认古榕为母，求赐姓名。因此，许多小孩取名为"榕生""榕妹"，据说这样能得到榕母的神恩，健康成长。

榕母根部周围砌了一个很大的水泥台，高出地面半米。这其实是村民心中的封神台，将榕母的神圣地位突显无疑。老人颤巍巍地站起身，带着我登上台。他深情地抚摸着盘虬卧龙的枝干，说："我小时候常常和小伙伴爬上树摘榕果，味道很甜，很好吃。我们从这根树枝跳到那根，从树洞里爬进爬出……"顿了一顿，他感慨万千："转眼过了几十年，现在我的小伙伴基本都不在了。"老人已近耄耋之年，故友凋零，村里能见证他成长的，可能也只有榕母了。榕母不知看着多少人长大，哺育多少人才，造福多少百姓，饱受多少风霜。人类之于她，不过是宇宙间的匆匆过客。古往今来，朝代更迭，一切都灰飞烟灭，只有她能傲立千百年。我突然渴望榕母能显灵，给我细细讲述她的见闻。我相信，这些见闻一定能写成一部可歌可泣的史书。

老人抚着树沉默，追思逝去的时光。几缕阳光从重重枝叶中透下来，照着他也照着树，仿佛一寸寸光阴在他身上游走，在树上盘旋。岁月缠在枝干上，缠成一条条粗壮的榕须，缠成人世的各种形状，有悲欢，有离合，有喜怒，有哀惧。它们或暗淡，或鲜明，或黝黑，或苍翠，但一律努力生长，看不到消极颓废。

都说独木难成林。榕母根系发达，延伸到百米之外，很多小树苗从远处冒出。可惜到处都是房子和水泥地板，不然早就蔚然成林了。千百年的风霜雨雪堆积在树上，在枝干的凹陷处、坑洞中孕育成肥沃的土壤，长出许多藤蔓、苔藓、杂草。榕母宽厚、仁慈，不但兼爱无私地养育树下的黎民百姓，还毫不吝惜地哺育树上的寄生植物。植物选择以榕母为依靠，便选择了最温情的母亲，得以欣欣向荣。它们仰仗着榕母的托庇，努力向天空攀缘，仿佛大山里的百姓对外面世界的眺望。

闲聊许久，老人突然愤愤不平："前几年评古树，这棵竟然没有评上！这明明是全国最古老的榕树！"我笑了笑："全国最古老倒未必。"他瞪圆眼睛，声音很大，语气坚定："就是全国最古老！"看着他激动的样子，我不再争辩了。榕母在村民心中的地位无与伦比，这是村民们的骄傲和自信，更是对她发自内心的敬爱。

离开鲜水村时，我回头再次仰望榕母，只见她静静地矗立着，如渊之渟，如岳之峙，遮天蔽日，覆压百米。我不由得赞叹："榕母啊榕母，你哪里是一棵树？你分明是鲜水村民的一片天，一片碧绿的天！"

（发表于《闽西日报》2019年12月6日）

慎终追远话扫墓

"年年祭扫先人墓，处处留存长者风。"清明将至，又是一年扫墓时。

客家人重祭祀，这是千年不易的传统。作为纯客家县的武平，大部分乡镇都习惯在春分至清明期间扫墓。子孙虽然各自成家，而且身在远方，但在扫墓时也会聚齐。大家提着"三牲"、香烛等祭品，带着锄头、镰刀等开路工具，踏上一条朝拜先人的路。武平山多，一路上水碧山青，处处都是明媚的春光。在生机勃发的时节祭拜祖先，感念他们的恩德，也是很有意义的事。

各个坟墓之间常常相距甚远，有的甚至藏匿于深山老林。一路跋山涉水，披荆斩棘，颇能考验体力和诚心。客家人就是这么虔诚，每年都不畏艰险，怀着崇敬之情翻山越岭，把深深的感恩献给祖先。

到了坟前，大家撸起袖子，你铲草，我培土，默契合作。时隔一年，坟头杂草丛生，仿佛长满缕缕的哀思。在武平这片红土地上，最常见的草莫过于"鲁萁"（铁芒萁），铲草往往都是在割鲁萁。除尽杂草后，在坟头挂上"花纸"（洒了鸡血的黄表纸），摆好"三牲"和酒杯。古时，牛、羊、猪为"大三牲"，猪、鱼、鸡为"小三牲"。现在普通人家一般用豆腐、馒头、猪肉、鱼肉、骚鸡（未阉割的公鸡）肉中的一种或多种充当"三牲"，都是已经煮熟的。有些人家比较讲究，还会加上"四果"。"四果"无固定，橘子、苹果、香蕉、葡萄……各种水果都行，但必须是开花结果的。

祭品摆好后，每人往酒杯里斟一次酒，向祖先表示敬意。大家边倒酒，边汇报上一年的情况，比如谁结婚、谁添丁、谁乔迁、谁考上大学……让地下的亲人分享我们的喜悦。生前好酒的，就往杯里多倒一些酒；生前抽烟的，便在坟前插上几根烟。汇报完后，便向祖先祈福，希望他们能用神力保佑在世的亲人健康、吉祥。

开始烧纸钱了。一大沓不同面值的冥币，全都用烧化的方式寄送给先人。人间的科技飞速发展，也不忘让地下的亲人及时享用最新的科技成果。手机、电视、冰箱、空调、小车、洗衣机，只要人间有的，都烧一份给亲人。祖先们生前条件所限，无法过上好日子，现在一定要想方设法改善他们的生活，不能让亲人在另一个世界受苦。

祭扫时，家中的长辈还会不断追述墓主生前的好处，如何贤良美德，如何疼爱子孙。说到动情处，眼眶微润，忍不住又上前斟一下酒。对于扫墓的人而言，这也是一次很好的感恩教育机会。清明节，其实就是客家人最好的感恩节。

纸钱全部烧成灰烬后，祖先也差不多享用完祭品了，便燃放鞭炮恭送他们回去。接着收起祭品，到下一处祭拜。

全部的坟都扫完了，勤俭持家的客家妇女会把割下的鲁萁带回家。鲁萁是客家人厨房中最受青睐的引火工具，可不能浪费。有些人还会砍一根杉树枝，倒拖着回去。在客家话中，"杉"和"绽"（意为草木生长）同音，有预示子孙蓬勃发展之意。

回家后还有最后一道程序，就是在家门口再祭拜一次。因为年代久远，有些祖先的坟墓已经找不到了。解决这个问题的办法就是在家门口祭拜，隔空召唤他们自己前来享用祭品、收取钱物。祖先们都具有神力，过来是一瞬间的事。

武平客家人的这种扫墓习俗，虽然带有迷信色彩，但我们更应该看到：自始至终，他们都是诚心诚意、一本正经地完成每一道程序，把墓主当作还健在一般对待。孔子曰："祭如在，祭神如神在。"《弟子规》亦云："丧尽礼，祭尽诚，事死者，如事生。"慎终追远、祭祀尽诚，这是敬畏生命的体现，更是儒家孝道的极佳延伸。

（发表于《闽西日报》2021年3月30日）

小学时代二三事

1992年，我怀揣着朦胧的憧憬，踏入小学的大门。

一年级时，学杂费是30元每学期。今天看来，30元微不足道，但当时却很少人能一次缴清。许多家长拖欠学费，开学先缴10元、20元，等后面有钱的时候陆续补缴。直到学期结束，还有人没把剩下的钱缴清。我清楚地记得，有个同学交了5元钱给班主任，班主任很认真地给他开了收据，然后备注"尚欠25元"。现在回想起这一幕，真觉得心酸。

由于家穷，几毛钱一本的作业簿，我也舍不得买。一天放学回家，我在路上捡了一本写字本。这是别人用过、不小心弄丢的本子，有十几页已经用铅笔写过。我像捡了宝似的，高高兴兴地带回家。在昏暗的灯光下，母亲拿出橡皮擦，小心翼翼地擦拭本子上的字迹。本子很薄，母亲一脸专注，边擦边吹，动作那么轻柔，那么细心，仿佛在打磨一件精美的艺术品。一页纸大约有七八十个"田"字格，写了字的有十几页，也不知道母亲擦了多久，才把一千多个格子擦干净。

每天下午的第一节课都是写字课，老师会在黑板上写十几个生字，让我们每个字抄一行。我写字时，落笔又轻又慢。一下课，我马上把刚写的字擦掉，留着明天再用。一页纸多擦几次就破了，这时就要换下一页。如此反复，这本本子也不知被我"循环利用"了多久。

那时商店少，零食也少，就算有零食也没钱买。小孩子嘴馋，总想着吃零食。曾祖母疼我，想方设法为我解馋。她把剩饭收集起来，加上少许油盐，放在锅里炒干，名曰"油盐饭干"。我带着去上学，边走边吃；有时上课饿了，也偷偷抓一小撮塞进嘴里。饭干比米还硬，咬起来咯吱咯吱的，像吃炒豆一样，满嘴生香。我吃得乐趣无穷，同学却馋得要命。

儿童身体发育快，容易肚子饿。有时母亲会把煮好的米饭揉成团，装进我的书包。我肚子饿时，便抓一个饭团吃。

三年级时，要去学校上晚自习。晚上是用电高峰时段，村里的电站不堪重负，经常断电。教室里经常亮着几十盏煤油灯，场面既温馨又壮观。昏黄摇曳的烛光在一张张稚嫩的小脸上反复抚摸，似乎有说不尽的爱怜。烛光飘忽不定，仿佛童年迷离的梦。我们聚精会神，在灯光下学习。空气中充斥着煤油的气息，那是带着芬芳的书香。灯光微弱，眼睛很容易疼，看一会儿书就要揉揉眼睛。煤油灯会产生很多黑烟，我们每晚回家时总会擤出黑乎乎的鼻涕。

有些男生调皮，趁老师不在时烤黄豆。他们在啤酒盖上钻个小洞，穿根铁丝，然后捏着铁丝，把放了一两粒黄豆的盖子伸到煤油灯上烤。教室里时不时响起啪啪啪的黄豆炸裂声，香气四溢，偶尔还能听到得意的偷笑声。烤黄豆滋味好，曾是许多男同学难忘的美食。做坏事总是瞒不住，老师的宿舍里常能看到罚站的男生和收缴的"作案工具"。

　　弹指一挥间，我的小学时代已经逝去20多个春秋。重拾这些尘封已久的往事，真有恍如隔世之感。如今的少年儿童生活在物资充裕、经济繁荣的时代中，真该珍惜大好的学习时光。

（发表于《闽西日报》2021年7月9日）

中秋之月

　　曾经有二十多年的时间，我都无法理解一件事：为什么文人墨客可以对着中秋之月做这么多文章？

　　从古到今，月亮承载了太多丰富的文化内涵。那个38万公里之外的天体是亿万人心中神秘的存在，有独特的魅力。她是一面神奇的魔镜，以无孔不入的光芒照进心曲，将世人最幽微、最私密、最真挚的情感投射出去。中秋之月尤其特别，它可以牵动各种情绪，思念、悲伤、愁苦、欢喜、美妙、浪漫……只要人类有的情感，都在她的笼罩之下了。

　　但我却是例外。我曾在中秋之夜一遍遍审视那颗奇异的星球，但并未发现它有什么不同寻常之处。张九龄《望月怀远》中描绘的情人相思，杜甫《月夜》中抒发的妻儿遥怜，苏轼《水调歌头》中寄托的手足之情……一首首脍炙人口的诗词在嘴里反复吟诵，里面真挚的情感我却无法感同身受。我一直不明白，为什么身为一个感情丰富的文青，我却无法体会古人的深情？

　　偶然间看到一篇文章，说现在交通便利，只要想回家，就算远在太空也不难回到亲人身边；通信发达，只要拿起手机，亲人的音容笑貌立刻出现在面前。于是，现代人渐渐对离愁、怀亲、思乡等传统情感感到陌生，无法理解古人的情愫。看完这篇文章，我以为自己找到了答案。

　　后来有一年，我的姑父被传销组织骗到外省，有家难回。姑妈天天愁眉苦脸，茶不思饭不想。中秋之夜，父母叫姑妈和表妹一起到我家过节。吃饭期间，姑妈神思恍惚，一直默不作声。突然电话响了，原来今天传销组织"大发慈悲"，允许姑父在节日打电话给亲人。夫妻俩才聊几句就不说话了，两头对着话筒各自流泪，一旁的表妹也黯然泪下。

饭后，大家坐在院子里边赏月边闲聊。月亮无比慈爱，将我们轻轻笼入她圆满、柔和的光环中。姑妈却一人独坐暗处，向隅而泣，拒绝接受那徒增伤感的月光。看着凄苦的姑妈，我心中也升起一股悲凉。这时，一首首中秋思亲的古诗词纷纷涌上心头，我突然觉得它们如此应景。原来对于离人来说，皎洁的月光是无边的忧伤海洋，思念是在海里挣扎的溺水者，浮浮沉沉，痛苦不堪。

那一刻，我恍然大悟。从小到大，我逢年过节都和父母亲人在一起。求学时，我离家不远，每个重大节日都放假回家；大学毕业后，我在家乡的县城工作，父母就生活在40分钟车程范围内的农村；结婚后，我和妻儿父母一起住在县城，朝夕相处。原来我是如此幸运，从没在佳节忍受过家人分离、至亲难聚的滋味，所以无法体会古诗词中的离愁别绪。和古人相比，我们真是太幸福了。我们生活在太平盛世，没有战乱流离之苦；我们有发达的交通和通讯，化解了很多思念。但是，视频电话再方便，也不能代替亲人面对面的美好；交通再发达，也比不上天天相聚的天伦之乐。

无论世界多美好，天下总还有许多不能回家的游子、思念游子的妻儿父母、在节日后面临分离的亲人。他们虽然能借着电话和视频缓解思念之苦，但又怎么比得上朝夕相处呢？无论科学多发达，人的基本情感还是不会变的。

又到中秋佳节，正是万户团圆之时。只要家人团聚，只要亲友安康，天上的月是阴是晴、是圆是缺，又有什么关系呢？

（发表于《闽西日报》2021年9月18日）

桂树与故乡

老家的远山曾有一棵桂花树，处在通向县城的盘山公路旁。不知从哪个朝代起，它就矗立在那里，静静制造幽香。它有三四层楼高，枝叶覆盖上百平方米。从树下仰望，头顶是一片碧绿的云天；从远处张望，眼前仿佛耸立一座苍翠的山丘。

我读中学时，每周五傍晚放学后都坐车回家。秋天的黄昏，当一阵阵馥郁的芬芳灌满车厢时，我就知道已经到了老家的地界。这香气是家乡独特的味道，更是家乡幽雅的名片。数百年来，这棵桂树用幽香等候每个回乡的游子，欢迎每个来到这片土地的客人。那沁人心脾的香气，陪伴我整个中学时代。

我大学毕业后回到家乡的县城工作，而我有很多同学都留在大城市。逢年过节相聚，听同学得意扬扬地谈论外面的繁华世界，我一次次怦然心动，总想伺机外出工作。

一天，我漫步在城区，突然发现公园里有一棵光秃秃的巨大桂树。它显然是刚移植的，枝叶大部分被砍掉，只剩一根主干和十几根向旁伸出的粗枝，仿佛一个被绑在刑架上的犯人。经打听才知道，原来我老家的那棵桂树出了名，人们不忍心让它在荒山野岭浪费香气，就把它挖到城里。

不久后我再次经过公园，发现它残留的枝叶开始枯萎，身上挂着几袋营养液，细长的管子直插心脏。似乎一个重症患者，靠打点滴维持生命。一年后我又经过此地，桂树已经不在，只剩一个巨大的坑洞，宛如被挖空的墓穴。我一阵阵心痛，这棵老家的名树就这样结束了几百年的寿命！

参加工作几年后，父母开始为我的婚事着急。但我还打算跳槽到大城市，不想这么早结婚。某天，我和父母一起到姑婆家做客。姑婆和姑丈公已经70多岁，儿子在厦门上班，两人独自留在老家劳作。我看他们生活孤苦，便问为什么不随儿子住，姑婆幽幽道出情由。

原来，老两口在厦门住了好几年。儿子媳妇每天上班，他们负责做饭菜、接送孙子上下学，其他时候无事可干。他们人生地不熟，又不会说普通话，每天只好窝在家。慢慢地，他们抑郁成疾。于是，两人决定回老家生活，不再外出。现在儿子每月按时汇生活费，每年回家一两次，住上几天又出门。老两口虽然想念儿子，但也没办法。

姑婆讲完原因后对我说："我们在农村生活一辈子，大城市虽然繁华，但不是我们的家。还是你好，在家乡捧着铁饭碗，天天和父母在一起。我真希望儿子回来，在外面赚再多钱又怎样？"

我先是一愣，随即想起那棵被强行挖进城的桂树。老一辈的农民不就像是长年扎根在乡村的桂树吗？他们只有在故乡的土壤中才能枝繁叶茂，年年散发芬芳。我总想着去大城市工作，有没有想过父母？如果他们随我背井离乡，到外地生活，就算我再有出息，他们的晚年会幸福吗？而如果把他们留在老家，子女不在身边，就算寄再多钱回去，他们的晚景也很凄凉。为人子女，不能总想着自己的发展，还要考虑父母。难怪古人会说："父母在，不远游。"

从那天起，我渐渐打消外出的念头。于是，我在家乡结婚生子，开始安心工作。后来有好几次外出工作的机会，我最终都放弃了。如今，我虽然无法享受大城市的繁华，但小县城自有小县城的好处。最重要的是能和父母朝夕相处，和父母一起扎根在肥沃的故土中，尽享天伦之乐，这是多幸福的事！

（发表于《闽西日报》2021年10月11日，原题为《离乡的桂树及其他》）

苹林晚秋

几条平行的铁轨侧倚着宽厚的青山，静静卧于辽阔的天地之间，似乎在沉睡，又似乎在深思。它们在前方和后方的不远处转了一个弯，向两端无尽延伸，连接着过去，又通向未来。时已晚秋，苍茫的大地凉风四起，顺着铁道的两端迅速朝小站汇聚，向我们袭来。

这是个名噪一时的明星小站——龙岩市新罗区铁山镇的苹林站。20世纪80年代，一部反映改革开放初期各行各业新面貌的电影《四等小站》风靡全国。电影以80年代初的晚秋为背景，讲述四等小站枫亭站的繁荣景象。虽然处在边远山区，但枫亭站的发展日新月异，人们在欢声笑语中携手并进，迎接更加美好的明天。苹林站是枫亭站的原型，也是电影拍摄的取景点，影片中的画面是它当年的真实写照。在曾经相当长一个时期里，苹林站都是铁山镇的骄傲。

我们找到站长，向他了解小站的历史。2001年之前，龙岩的铁路只有一条鹰厦线，而苹林站是外地入闽西的第一站。它是龙岩的一张小巧名片，是外地人了解闽西的重要窗口。苹林站将一批批怀揣梦想的闽西人送到外面的大千世界，又将一群群对这片红土地充满好奇的远方客人迎进来。那时的客运和货运合一，有多少特产和货物从苹林站到达全国各地，又有多少物资通过它源源不断地向闽西输送。在辉煌时期，这个四等小站每天旅客熙来攘往，货物堆满仓，摊位和店铺时刻有人光顾。

时代在飞速发展，新旧事物更替的间隔越来越短。随着运输行业的大提速，动车时代悄然降临，全国许多小站黯然转身，退出客运舞台。2018年1月19日，苹林站以西十余公里处的龙岩站，上千名工人同时作业，只用8个半小时就完成新老站房的线路转场大施工。这将老区人民的巨大能量展示无遗，更是完美地演绎了中国速度。一夜之间，龙岩站的地位大大跃升，而苹林站的命运轨道却发生了巨大转折。苹林站的客运业务取消，只办理列车会让业务。从此，再也没有旅客在这里上车，也没有火车在这里停靠，车站由熙攘变得沉静，过去的繁华永远定格在影片和记忆中。

天空飘着细雨，站长深情地为我们讲述小站的今昔。他缓慢的语调和细雨一起，轻轻地飘洒在这片寂静的土地上。对于小站现在的落寞，他还是难以适应。现在的他，只能在《四等小站》的影片中寻找昔日的繁华；但看到电影的结局，却会徒增伤感。因为电影的最后，枫亭站从四等站升格为三等站，而现实中的苹林站却从四等站降为五等站。

空旷的小站很安静,站长的声音在大山间轻飏,沿着铁轨缓缓向远方传播。站长向我们介绍,这里是副食店,这里是站台,这里是售票处……售票处是一间约三十平方米的平房,门窗紧闭,斑驳的砖块上长满岁月的痕迹,镌刻着乘客的音容笑貌。门口有四株南洋杉,在秋风中苍劲。南洋杉是常青树,它们枝繁叶茂,斜立着朝铁轨张开怀抱,时刻满怀热情,真诚欢迎旅客。可惜,它们每天都等了个空。南洋杉青翠的枝叶掩映着几个朱红大字:苹林站。苹林,枫亭,这两个美丽的名字都是秋的代名词,让我从中加倍感受到晚秋的苍凉。站长讲解完毕,我再次细细打量这个小站。天地寂寥,山野宁静,秋虫寒鸟的声音听起来格外响亮。铁道旁山坡上的草稀稀疏疏,在寒风中抖索;草已枯黄,将秋的颜色尽情展现出来。几片落叶在斜风细雨中翻腾,学着火车的姿势,在铁道上驰骋,奔向远方……

离开苹林时,我不胜感慨,对文友说:"这个车站真萧条,待了这么久,一辆火车都没看到。"我启动小车,刚开出十几米,只听喀嚓喀嚓声响,一列绿皮火车驶向小站。文友急忙叫道:"快停车!快停车!"我停下车,只见火车从远处呼啸而来。它一路欢歌,将漫天的寒冷和雨雾驱散,将人们的失落带走,从小站的过去驶向龙岩的未来。现在虽是晚秋,但往前开,必定会冲破冬天;再往前开,迟早会到达春天。

看着这列火车,我心中的感慨化为泰然。社会在发展,推陈出新永远不会停止,许多事物都将成为过往。苹林昔日的繁华,在历史书页中留下光彩的一笔;苹林今天的落寞,必定会成就另一处的辉煌。在时代的发展潮流中,苹林站完成了自己应尽的职责和功用,现在选择安详地退出,让位给其他车站。正像一个曾经为社会做过巨大贡献的老人,现在已经卸下双肩的重任,很放心地把世界交给年轻人。我们无须遗憾,也无须失落,因为这是一件非常慎重、非常自豪的事。

(发表于《闽西日报》2021年10月22日)

朋友圈点赞漫谈

遇到什么情况,马上在微信朋友圈发一条动态,这是当今很流行的事。精心修裁图片,组织文字,在朋友圈分享自己的心情和现状,成了很多人的精神享受。自己越在意的动态,就越渴望得到别人的关注。朋友的关注主要表现在评论和点赞,评论要写字,比较麻烦;最直接的是点赞,动一下手指就行,方便又快捷。

朋友圈的互动，能反映许多问题，你收获的点赞，主要有几种情况。

第一，动态表现出来的内容越好，点赞的人就越多。"好"的定义，可能是新奇、有趣、精彩、有意义，也可能是其他方面吸引人。你的动态内容让朋友喜爱、崇拜，或产生观点和情感的共鸣，他就会由衷给你一个大拇指。这是对你的一种肯定和鼓励，也是最真诚、最纯粹的点赞。

第二，原发和原创内容得到的关注会更多，比如自己精心编辑的图文，或自己撰写的文章。而那些转载的文章、图片、视频，收获的点赞会大大减少。

第三，有些朋友出于友好，看到你的动态，会礼貌性地给你点赞。如果你常帮他点赞，礼尚往来，他也会借此回报你。还有人是通过点赞的方式向你打招呼，维系情感。你收到他的点赞，会突然想起还有这么一个朋友，这个人已经好久没联系了。

第四，越关心你的人，越认可你的人，和你关系越好的人，为你点赞的可能性越大。至于那些仰慕或倾慕你的人，更是时刻关注着你的动态，一见你更新立即会和你互动。

第五，人际关系中地位比你低的人、你对他有利益输出关系的人，他常常会用点赞的方式向你示好，甚至是献媚。当然，这也是增进关系、弥补现实接触缺失的一种方式。这常见于领导和下属、偶像和粉丝、利益输送者和受益者之间。

当然，还有一种点赞纯属是个人爱好。有一种朋友，别人发什么他都喜欢点赞。有时你转载一篇文章，他根本都没有点进去看内容就赞了。

朋友圈的人这么多，无论你发什么内容，不点赞的朋友总会远超过点赞的。这些人中，有很大一部分是没有看到你的动态，因为朋友圈刷屏太快，不及时看就会遗漏很多动态。至于那些看到你的动态却不帮你点赞的人，又有好几种可能性。

第一，当朋友对你发的内容不感兴趣时，他会直接略过。或者你的动态内容让他没法认同，甚至让他产生反感和鄙视心理，就更不可能点赞了。

第二，在你的交际圈中，有一种人的地位相对你有较大优势，他对你点赞的可能性也较小。比如你的领导和偶像、你的利益仰赖者。

第三，有一种人，无论你的动态内容多精彩，他都选择默默围观。比如和你不熟的人、对你漠不关心的人、鄙视你的人、和你心存芥蒂的人、和你原来关系好现在却疏远已久的人。

第四，另有一种人天生喜欢"潜水"，自己很少发动态，也基本不和别人互动。他只是默默翻看朋友圈，不爱冒泡。

一般来说，社会地位越高、交际能力越强、动态内容越精彩，收获的点赞肯定会越多。如果你发布的动态经常没人点赞，或极少人点赞，那就值得反省了。可能是你发的内容的问题，比如从无原创，只会转载；比如内容质量差，不讨人喜欢；比如长期发广告、长期发负面内容。当然，也有可能是你个人的问题，比如社会地位较低，得不到人的认可；比如交际圈子太窄，朋友很少；比如做人有问题，品行有欠缺。

（发表于《闽西日报》2021年12月10日）

成全愧疚

这天，我正在单位办公，有人来找同办公室的李主任。来人是李主任老家的亲戚，两人久未相见，叙旧了好一阵子。

聊着聊着，亲戚突然说："有一件事情，压在我心里几十年了。"李主任很疑惑："什么事啊？"亲戚说："1993年，我向你借了300块钱。等我有钱想还的时候，你已经调进城了。后来我又到外省谋生，一直没机会还钱。几十年来，我常常想起这笔债。这几天我刚好回武平，就特意来找你。"李主任笑着说："有这回事吗？我都不记得了。"亲戚动情地说："这么大的事，我不会记错的。当时我生活困难，你借给我这么多钱，帮了我很大的忙，我非常感谢你。但我始终没能还钱给你，心里一直很内疚。"他边说边从兜里掏，把早就准备好的300元递给李主任。李主任没接钱，笑了笑："亲戚之间相互照应是理所当然的，不用想这么多。"亲戚把钱硬塞到李主任手里，很认真地说："你一定要接，不然一直有东西梗在我心里，我一想起就很愧疚。"李主任客气了几句，然后收下钱说："都是亲戚，其实没关系的。"亲戚如释重负，说："要的，要的，你不收，我总觉得对不起你。现在总算还给你了！"两人又闲聊了几句，亲戚起身告辞。

看着他的背影，我对李主任说："30年前的300块，抵得上现在的五六千块。你借他这么多钱，竟然忘了？"李主任大声说："哎呀，我怎么会忘呢？我死也不会忘！当时我一个月的工资才168块，借给他300块，我好几个月都'啜粥'（喝粥，形容生活穷困）。刚开始我总想着这笔钱，但等了好多年他都没还，因为是亲戚，我也不好意思催。时间一久，钱慢慢贬值，后来我虽然还记得这事，但已经无所谓了。我刚才假装忘记，是不想让他尴尬。"我微笑着说："当时借300块，过了30年，他照样还300块。现在的300块不算什么，你干脆大方一点，让他不要还了。"李主任说："私人借钱本来就不用利息，无论过了多少年，照样还当初借的那个数。我当然可以不收他的钱，显得自己很大方，但当初他向我借了这么多钱，心里一直有愧，时时想着还钱，我如果不收，他还会继续内疚。我一定要收下，让他解开几十年的心结，不然他会愧疚一辈子。"我深觉有理，不由得点了点头。

孔子说："君子成人之美。"成全别人的好事，帮助别人实现美好愿望，这是君子的作风。而成全别人的愧疚，解开别人的心结，何尝又不是一种美德呢？

（发表于《闽西日报》2022年4月1日）

永远沉寂的微友

打开微信，在好友列表中随意下滑，不小心点开一个头像，全身不由得一震。

这是我走上工作岗位后的第一任领导，头像就是他的真人照。他扶掖后生，不但在业务上指导我，也在生活上关心我，还常在微信上与我互动。我更新朋友圈动态时，他常会在下方评论一两句，每次都妙语连珠。2016年初，他患有重病。在接受治疗期间，他依然保持热忱，逢年过节常给人送上祝福信息；他的微信朋友圈也频繁更新，转的都是和熟人有关的链接，或是同事的投票，或是朋友的文章。2017年底，他医治无效，从此朋友圈再也没更新过。

今天看到他的头像，我才发现他已走了三年多。如今他的微信永远沉寂，朋友圈动态一直停留在去世前的几天。

他是我微信中消失的第一个好友，2018年又增加一个。那是一个三十出头的摄影师，他每天奔走于大街小巷，寻访于千山万水，用相机记录生活和自然中的各种美。他致力于文艺宣传，做了一个公众号，时常发布和武平文化、客家文化有关的文图。一天他加我微信，说他的公众号想转载我的文章，于是我们认识了。后来，他陆续转了我的好几篇文章。我心生感激，一直想找个机会和他见面聊聊，但却没实现。突然有个晚上，朋友圈有人转载一起溺亡报道。我好奇地点开，里面赫然出现他的遗照和姓名。

如今再打开那个公众号，他溺亡前一天还发了一篇图文，之后他的公众号永远停更，他的人生从此定格。点开他的朋友圈，只显示一行灰色暗淡的小字："朋友仅展示最近三天的朋友圈。"他热心帮我转发的文章，他为武平拍摄的美图，以及有他喜怒哀乐的生活动态，所有内容都永远封锁在遥远的三天前。

还有个微友，是楹联家协会的会员，我认识他的时候他已经60多岁了。在一次文友聚会中，我和他第一次见面，言谈投机，就加了微信。后来，近一年都没再联系。一天，我写了副对联，想和他探讨，发给他好几天后都没回复，便再发一条微信询问。又过了几天，终于收到回复："我是他的老婆，他前两个月走了。"那一刻，我对着微信发呆。刚认识不久，才见过一次面，本以为会成为文学上切磋探讨的朋友，结果他却永远消失，这是怎样的一种感觉？

第四个消失的是一个二十出头的微商女孩。有一段时间，她在朋友群发了几次去医院看病的动态，并配一两张灿烂的自拍和几句俏皮的话。有一天，她发了一条动态："又去看病啦！"并配发一张嘟着嘴的可爱自拍。我看到后并未在意。过了几天，她的朋友圈突然出现一条动态，大概内容是：我是某某的妈妈，某某因身患重病在某月某日去世，谢谢生前对她关爱的人，有意为她送别的人请在某月某日某时前到某处。动态下面配了一张遗照，照片中年轻漂亮的面容依然像以前一样灿烂。我当即倒吸一口冷气，全身震悚。原来这个女孩早已身患重病，家人没有告诉她实情，她一直以为是小毛病。前几天她发动态时就已经病入膏肓，但她依然不知情，还对生活充满希望，笑嘻嘻地去医院，可惜她一去就没有站着再出来。

这些消逝的微友中，有相识已久的，有一面之缘的，有素未谋面的。但无论交情深浅，他们在微信中永远都不会和我再互动，在现实中也永远不会再出现。曾有一次，和朋友谈起那位去世多年的同事，朋友淡淡地说："我早就把他删除了。"我问："干吗删？"他开玩笑："你不删，万一他半夜打视频电话给你，那多恐怖！"我乍一听，打了个冷噤，后来转念一想："如果他能打电话，说明他还健在，这不是好事吗？"

微信程序开发至今已多年，只要它继续运营，就陆续还会有微友沉寂。那些曾在我们生命中出现过的人，如果走了，那就让他们好好在我们的微信中沉睡，静静地在我们的记忆中留存。人虽不在，情谊仍在，哪一天怀念他们时，把头像或朋友圈打开，还可以凭吊一番。别删除，如果删了，这个好友就再也加不回来。

（发表于《闽西日报》2022年4月8日）

闲话仙草

在客家地区，有一种叫仙草的小小植物。

仙草是唇形科草本植物，生命力顽强，对土壤、气候没有太大的要求，又称为仙人草。它扎根于田间地头，叶片小巧青翠，外形和野草没有区别。它与万物苍民共成长、共喜忧，每天在俗世中修炼，悠然自得。世间的草木成千上万，而这种不起眼的草偏偏享有仙名。

传说上古天有十日，人间酷热难当，后羿射了九颗太阳，从此人间变得清凉。后羿死后坟头上长出一种神奇的草，能降温解暑、清心除火，百姓为它取名仙人草，又叫仙草、凉粉草。这种传说由上古神人化育的植物，确实有特别之处。仙草性凉味甘，清热利湿凉血，可以制作各种消暑解渴的食品，还能入药，用于降血压、除热毒、缓解肌肉关节疼痛。

仙草最为客家人熟知的，是它的化身仙水冻。许多城里长大的客家人一生都没见过它的真身，但却常享用这个化身。仙水冻深受客家人喜爱，是许多人从小到大都陪伴的消暑佳品。把仙草晒干后煎汁，冷却后变成又软又韧的黑色胶状物，放入冰箱静置，就成了仙水冻。盛夏舀上一碗，拌上白糖或蜂蜜再吃，唇齿间荡漾着清爽甜蜜，让人回味无穷。那种沁人心脾的透凉，能将五脏六腑的闷热驱赶到九霄云外，感觉飘飘欲仙。

粤东客家地区以及武平与之邻近的乡镇把仙水冻称为仙人粄，而在赣南客家地区以及与之邻近的武平东留，仙人粄是另一种仙草制品。仙草在水锅里熬到一定火候时，倒入适量淀粉、红薯粉或米粉，不断搅拌，待汤液变成糊状后倒出冷却，就成了颜色深绿、比米糊还稠的仙人粄。加上香葱、油盐，既可解馋又可充饥。

无论仙水冻还是仙人粄，单听名字，就感觉仙气飘飘。仙水冻传到台湾后，却多了一种热烈的人间烟火味，更名为烧仙草。

烧仙草，是台湾人将苗栗客家人的仙水冻发扬、改良后的仙草制品。它反客为主，成了闽台的著名小吃，还风靡于日本和东南亚。而它的孪生哥哥仙水冻反倒默默无闻，鲜为客家族群外的人所知。夏天，烧仙草冷冻后加到西米露或奶茶中，清凉美味，别有一番风味；冬天，刚出锅的烧仙草热气腾腾，每口都足以驱散严寒，让人倍觉温馨甜蜜。再加入炒花生、花豆、绿豆、红豆等佐料，口感更丰富。

仙草是武平县的重要经济作物，武平是全国重要的仙草种植、生产基地。下坝乡的农民企业家邱福平以生产仙草闻名，他别出心裁，发明了油炸仙草。选取仙草的嫩叶，蘸上蛋汁、淀粉汁、椒盐，在油锅里炸熟。一片片青翠与金黄相间的叶子躺在盘中，色香味俱全，极具地域特色。

在全国范围内，仙草最为国人所知的制品是粤港地区生产的红罐、金罐凉茶。这两种凉茶的配方大同小异，口感也没多大区别，其创始人是清朝道光年间的王泽邦，广东鹤山人，据说是广东大埔王姓客家人的后裔。此时的仙草，已化身为甘甜的饮品，被国人不分四季地请上餐桌，极受欢迎。

从田园到街肆、药厂、餐桌，从植物到药材、饮料、食品，仙草一次次巧妙化身，在各种场合施展"仙术"。这种其貌不扬的小小植物，难怪会被世人冠以仙名。

（发表于《闽西日报》2022年5月11日）

为父则柔

某天，点开一段歌颂亲情的小视频。剧情俗套，演技拙劣，泪点突兀，但我还是止不住红了眼眶。

妻子笑着在旁边打趣："哎呀，一个大男人竟然会被这样的狗血视频感动，这不像你啊！"

这确实不像我。我从小就喜欢看打打杀杀的影视剧，面对一幕幕血腥暴力的画面，眼睛都不眨一下。读高中时，学校组织看电影。电影的泪点很多，同学都哭得稀里哗啦，我却在不断点评剧情的瑕疵，谈笑自若。电影结束后，同学们纷纷谴责我没心没肺。

而立之年，我当了父亲。孩子出生的第四天，因为黄疸高被送到新生儿病房，进行封闭治疗。在监控室，我看到孩子孤零零地躺在保温箱，眼部以上被纸袋裹住，幼小的身躯在蓝光中挣扎，仿佛波涛吞噬中的一片小树叶。手腕上插着输液管，冰冷的液体源源不断地灌入娇柔的肉体，那针管刺得我心痛。两天后出院，我看到他的手腕上一团青黑。新生儿血管细微，不知护士试了多少回才把针管扎成功。我想象着孩子扎针时哭号挣扎的情景，想到他这两天不知在孤寂无助中受了多少苦，一阵阵心酸立即涌上眼角。

孩子快两周岁时，不慎摔倒，额头血流如注。我们心急火燎地将他送往医院，医生说要缝线。我和妻子把孩子紧紧按在手术床上，医生给他打麻针、清洗伤口、缝线。孩子痛苦地扭曲身子，一声声凄惨的哭叫声让我肝肠寸断。我的心灵防线被击溃，手上突然没了力气，儿子差点要挣脱。医生急忙说："换人！换人！"老妈把我推出手术室，她亲自上阵。惨叫声不断传出，我的心被无形的力量用力撕扯，泪珠纷纷滴落。坚持无神主义的我，竟然开始向天祈祷。

以前，我看到别人在和颜悦色地教训做错事的孩子，心里常常不解："为什么不狠狠骂一顿，或者干脆揍一顿？这样孩子就不敢再犯错了。"等自己当父亲后，每次孩子做错事，都是妻子扮红脸，我扮白脸。看到妻子训斥甚至打骂孩子，我常常会忍不住和她争吵，怪她太狠心。

孩子的一举一动，一颦一笑，都牵动着我的心。那活泼可爱的身影无数次融化我的心，让我充分感受到为人父母的幸福。无论什么时候想起孩子，心里立即就会升起一股柔情。遇到不顺心的事时，只要孩子一出现，我糟糕的心情就会被治愈一小半。

随着孩子慢慢长大，我发现自己越来越不像以前的自己。看到血腥暴力的影视，我会头皮发麻；听到有孩子遭遇不幸，我会一阵阵揪心；看到感人的视频，我会泪眼晶莹……

此刻，面对妻子的调笑，我迅速拭干眼角，不好意思地笑起来。突然，我的脑子里蹦出一句话，于是我理直气壮地说："有什么奇怪！女性本弱，为母则强；男性本刚，为父则柔。你越变越强大，我却越变越温柔！"

（发表于《闽西日报》2022年6月21日）

七月，遇见芳华

的士停在校门口，熟悉的龙柱透过雄伟的大门映入眼帘，门上大书六个金字：闽南师范大学。

我深吸一口气，走进校门。图书馆、木棉树、小桥都是交情深厚的故友，它们笑容可掬，次第走近我，真诚欢迎老朋友。我的心脏嗅到了浓浓的芳华气息，立即亢奋地跃动起来。

这是2018年7月的某天，我参加大学毕业十年的同学聚会。集合点是学校某餐厅，走进去，眼前是一个个熟悉得不能再熟悉的身影。这些不就是同窗共读四年，见证彼此芳华的人吗？十年的思念纷纷跳出喉咙，化作连珠的问候、亲切的寒暄，像满校园的木棉花般轻柔美好。欢声笑语开了锅，持续沸腾。我惊喜地发现，大家还是昔日亲切的老同学，容颜未变，性格依旧。十年时间未在故人身上留下痕迹，复杂多变的世界未改变纯真的同窗，这是很值得欣慰的事。

吃完午餐，大家开始逛校园，寻找散落各处的芳华。在七月艳阳的炙烤下，青春的气息四处扩散，浓烈得令人沉醉。走在校园里，每个角落都会激活一段青春回忆。我们在时光隧道中逆行，回到大四的论文答辩，回到大三的宿舍搬迁，回到大二的重选班委，回到大一的迎新晚会……一圈走下来，各种回忆交织在一起，大学生活又经历一遍。

走着走着，很自然就走出校园，到街头寻觅舌尖上的青春。闽南的风味小吃很多，麻糍、卤面、鸭面、沙茶面、仙草蜜、四果汤……每一种都独具特色。这些美食曾是不少吃货同学四年学习源源不断的动力，也是大家毕业后回味无穷的思念。我们品美食，叙旧情，味蕾的惬意激荡着青春的记忆，言谈的欢乐慰藉着故人的情怀。

　　下午到博文楼参加师生座谈会。古雅的文学茶艺室中，恩师的谆谆话语随着淡雅的茶香弥散，大家又回到昔日并膝比肩、同窗共读的情景。聆听完老师教诲，同学们纷纷分享自己的十年经历。听着同学的发言，我改变了先前的看法：大家虽然外貌未变，心灵却强大了许多。

　　晚餐选在某酒店。故友团坐一席，话题像九龙江的碧水般滔滔不绝。以前我总认为，大家毕业后便相忘于江湖。但我现在才知道，原来世间有那么一种感情，虽不能常聚，甚至从不联系，但无论时隔多久，再聚依然亲切如故。分别不是感情的疏远，而是一个升华。我们的同窗情是一坛好酒，以闽师大为作坊，以师本二班为酒坛，整整酝酿了四年。毕业不是开坛，而是窖藏，十年窖藏让这酒醇厚得令人一闻就醉。

　　大家有聊不完的话，诉不完的情，宴席深夜才散。散席后大家走上街头为友情守夜，走进烧烤店为青春干杯，都想将今晚延长，将今天留住。

　　但无论怎么珍惜，还是要面临分别。第二天归途中，我细细回味昨日点滴。这次相聚，让大家渐行渐远的身影，重归彼此双眸。十年沉淀，一朝相聚，心底珍藏十年的感情得到最好的释放和升华，原来我们未曾相忘，一直彼此惦记着。想到这里，我依依不舍的心豁然开朗。

　　这个七月，我们重遇芳华。其实芳华并未远去，一直伴随我们。以后我们还要继续携着它，好好工作，好好生活，十年、二十年、三十年……只为了下次相聚！

（发表于《闽西日报》2022年7月22日）

我们正在老去

　　看到黄老师的那一刻，我暗暗吃惊。

　　他是我的大学老师，健硕的身材、帅气的脸庞是他留在我心中的美好形象。曾经的他，举手投足之间无不尽显气质，学生一度以他为偶像，模仿他的姿势、发型、衣着。但十几年不见，他已经大变样了。时间在他身上肆意作画，脸是画板，整块板的底色太暗淡，还残留了大小深浅不一的墨斑。头上画了许多银色的线条，迎着刺目的阳光张扬；前额还做了抛光处理，秃了一大片。额头、眼角、嘴边的皱纹有粗有细，有长有短，随着一颦一蹙扭曲、变形。

见到我后，黄老师笑得很真诚，但满脸的沧桑随着笑容舒展，愈发令人心疼。我强笑着和他拉家常，心里却在感慨：流光易把人抛！

时间可以成就繁华、创造辉煌，也可以促成衰败、带来无奈。黄老师的衰老不是孤例，我们身边有许多让人不忍直视的例子。

老家有位阿婆，快80岁的人，看不到几根白发。她每天早出晚归，挑着比体重还重的粪桶，扛着比身高还高的锄头，在田地里辛勤耕耘。她这么大的岁数却精神矍铄、勤劳能干，让我由衷敬佩。我常想，如果我像她这个年纪身体还能有这么好，那真是上辈子修的福。

我搬家到县城后有两年没见到她，前不久重逢时，她已经被岁月压弯了腰，伛偻着身子，步履蹒跚，低着头落寞地走在路上。她的头发全白，脸色憔悴，连和我打招呼的笑容都无精打采。我很吃惊，还以为她染上重病，向人一打听，却只是自然衰老。那时，我对"老"产生了一种前所未有的畏惧。很多时候，"老"是一个比"死"更可怕的词语。对于到了一定年龄的人，衰老真是一转眼的事。

翻开相册，猛然惊觉，父母也比以前老了很多。父母不到20岁就生下了姐姐，过了几年又生下我，现在还不到60岁。我曾多次对人夸耀父母的年轻，并以此为傲。但没想到的是，他们就在我的夸耀中渐渐褪去青春的光芒。翻出他们更早的照片，发现容颜的变化更明显。时间画师一直在他们脸上作画，一开始是小心翼翼的，下笔轻柔、纤细；渐渐开始猖狂起来，线条越来越粗，色彩越来越浓。

再看看自己十几年前的照片，那是我大学时照的。脸上的稚气，眼中的桀骜，嘴角的浅笑，昭示着自己正处在最美好的年龄。如今我已近不惑之年，脸上明显增添了许多世故和风尘。虽然短期内还不能言老，但再过十年、二十年呢？这也是一转眼的事。我默默地拿起父母的照片，看到了自己将来的样子。

世间万物，终究敌不过时间。无论你承认不承认，衰老天天都在我们身边，甚至在我们身上无比真切地上演。只是我们往往忽视它的威力，等到猛然发觉时，常常会大吃一惊。

岁月无情，我们的亲友正在老去。我们更应该珍惜身边的人，好好和他们相处，最大限度地留住他们的青春，装扮他们的岁月。芳华易逝，我们自己也在渐渐老去。我们更应该多做些有意义的事，来兑现我们的青春，让将来老得更有价值，老得更从容无悔。

（发表于《闽西日报》2022年8月12日）

葱茏的艺术
——为东岗村金树枝盆景而歌

用慧心
点燃片片葱茏
在意想不到之处灵动

石心里涌着春意
流淌，滴沥
器皿吞吐娇羞的鲜气
人偶的举止，美得如此青翠
不可雕的朽木，开出优雅的艺
每个弃物都长成芬芳的绿

怪形异状，顽固如铁石
陈腐、破败，或一文不值
经由他的十指
一律
绽作生命的惊奇

（发表于《闽西日报》2022 年 2 月 22 日）

捷文水库

大地这个酒坛
每天都在
酝酿水光、山色
发酵万顷的美酒

太阳，吐着贪婪的火舌
舔吮了一天的
山川秀色

早就醉成一抹余晖

山川，缓缓伸出臂弯
揽夕阳入怀
天光云影，柔柔裹成了被
簇拥着它入睡
（发表于《闽西日报》2022年10月4日，原题为《万顷水光醉云影》）

咏云寨瀑布

亘古高云簇九天，化为飞瀑落山前。
带携迥汉星和月，涤荡嚣尘浊与愆。
洒向林园成蜜露，流经骚客作文泉。
乘风直上银河去，永续牛郎织女缘。

（发表于《闽西日报》2019年5月4日）

题北门坊古井

古井悠悠侍道边，晨昏汩汩沁甘泉。
一泓日月生玄境，三尺乾坤造洞天。
懒与江河争浊浪，惯经霜雪守寒年。
微澜不起心无念，历尽沧桑亦泰然。

（发表于《闽西日报》2020年1月20日）

陌上春行

郊野东风轻，天地换新貌。
向阳花锦簇，经霜枝窈窕。
鳞倚水底石，蛙潜池中藻。
蜂蝶但见人，立展舞姿妙。
深入温柔乡，腰间粉缠绕。
举足须轻慎，何忍践芳草。

不敢高声语，恐惊婉转鸟。
今岁疫肆虐，神州少欢笑。
深居经旬月，终日多躁恼。
今日陌上行，方知韶光好。
万物皆欣荣，对此愁云扫。
疠疾纵张狂，阳春不迟到。

（发表于《闽西日报》2020年3月10日）

访友有得

访友巷深处，居室简而清。
泥墙接黛砖，苍苔攀瓦棱。
院中多花木，暗香充门庭。
日有婉转鸟，夜有朗月星。
主人性温婉，幽兰以为名。
芝桂拟气度，伎荷仿身形。
虽食人间火，深具性与灵。
往来多鸿儒，亦不拒白丁。
何须备盘珍，清茶足相迎。
闲谈聆妙语，久坐生高情。
与君一席话，尘心渐平宁。
不觉日已暮，万家灯火明。
载笑且归去，周身有余馨。

（发表于《中华辞赋》2022年第1期）

携儿游松花寨

晨来挈妻幼，山野撷灵秀。
清气溢茶香，翠枝染远岫。
成人留影忙，二童漫山走。
跳号惊林鸟，奔逐若逸兽。
顷入竹之丛，俄现松之后。

遇蝶急追捕，经花辄深嗅。
投石逗池鱼，对日长叫吼。
嬉笑正融融，怒目忽交诟。
已而两相忘，戏闹一如旧。
向午强携归，涕泗淋双袖。

（发表于《中华辞赋》2022 年第 1 期）

象洞鸡赋

鸡者，吉也。名列百禽，身怀五德。能谈人语，处宗爱彼智才；可飨圣贤，子路受其美食。汝南乡里，证张范之挚情；函谷关前，解孟尝之困急。

今夫八闽西境，武邑南疆。有上品鸡者，育成于象洞，称誉于八方。鸣响喈喈，何惭于莺燕；形神奕奕，追美于鸾凰。彼其生乎富氧之乡，长乎林改之县。吸清气于茂林，饮醴泉于云涧。觅食于青丛，嬉游于芳甸。逐驰碧野，腾祖逖之步姿；踊跃崇丘，作鸿鹄之高眄。汲田泽之朴真，得山原之遒婉。颔有须而微白，长者之风；头冕冠而肤黄，王者之范。皮滑而色润，国宴罗陈①；肉爽而味佳，元首交赞。

噫！其形实美，其质堪夸。其征也吉，其德可嘉。有鸡如此，焉能不见爱于遐迩？

注：① 2017 年 9 月，各国元首在厦门参加金砖国家峰会，武平象洞鸡和黄金果陈上宴席。

（发表于《闽西日报》2019 年 11 月 19 日）

古田会议赋

忆昔沐雨栉风，开岩辟嶂。营湘赣之边陲，拓粤闽之草莽。朱毛际会，井冈山劲旅纵横；虎豹合编，红四军雄风浩荡。红星烁而耀远村，正气昂以充僻壤。

久而清音渐杂嚣声，碧水多浮垢滓。邪志日增，异端四起。乱方寸于争权，迷本心于谋利。党委居安以思危，伟士处高而决睿。蚁虫之穴不填，千里之堤将溃。戊辰乃抵中央，九月遂颁指示。新泉秣马，朱陈整饬三军；草室运筹，润之撰修决议。

继而赴古田，启盛会；修纲纪，定准绳。矫枉纠偏，宣中央指示；正名定分，任党内贤能。申我党绝对之领导，止军权无谓之纷争。固无产阶级而坚守，宗马列主义而笃行。起沉疴于积久，匡危厦于将倾。树强军之根本，发救国之先声。其令也震九州，遐迩遵奉；其旨乃沿百载，今昔秉承。

于是思想建党，政治建军。军容整肃，风纪一新。铁纪严明，未敢营私而造次；矢心坚笃，何辞洒血以成仁。星火雄以燎野，众志壮以干云。慑三山之顽匪，欢五岳之苍民。御列强而可据，纾国难而有门。

倏忽时序飞驰，世局迁改。准绳不朽，岂独行于旧时；纲纪常新，犹可合于当代。古田决议流芳，圣地精神永在。承先烈之遗风，得苍黎之感爱。赤心如旧，民富而有期；矢志如初，国兴而可待。

（发表于《福建法治报》2021年4月24日、《闽西日报》2021年11月30日）

水泥赋[①]

原夫石灰岩之所生兮，于湖洋之浅濑。迅波腾而驰骤兮，流沙激以簸汰。鱼蟹殁而累骨兮，荇藻腐以积块。合阴阳遂成坚兮，一体兼之刚柔。历万载世既殊兮，沧海易乎崇丘。培强韧于绝巘兮，韬光华于深幽。汲精气于川岳兮，任天地之悠悠。

忽车械其轰震兮，匠工遍乎山陵。起九幽之坚石兮，露万古之峥嵘。卸危崖之刚岩兮，展千丈之崚嶒。掘之以利器兮，载之以飞毂。远山下临尘寰兮，仙界堕乎火狱。添铁石以碾轧兮，加其身以械梏。裂刚躯为碎肢兮，运狂刃以重戳。杂煤土与石膏兮，众物纷以融混。入炽窑以焚骸兮，陷烈焰而莫遁。造罡风以飘扬兮，身剧荡而苦忍。经九死犹未已兮，复研磨为齑粉。

遂乎水泥既成兮，偃仓房以待命。一朝出乎高库兮，爰安居于人境。和之以沙石兮，融清水以为浆。聚散土成高塔兮，凝埃尘作宫墙。通坦途于万里兮，造广厦其皇皇。搏风雨而无损兮，固百年若金汤。

乱曰[②]：经万载而赋形兮，历百劫以成材。鱼藻殁为坚石兮，坚石灭为纤埃。岂纤埃其微贱兮，复垒九层之台。柔以成其身兮，刚而坚其志。虽微贱而何卑兮，纵高贵而无恃。以其亦柔亦刚兮，故尔无卑无贵。生死其轮转兮，死生而无已。本自不生不灭兮，亦复何悲何喜？

注：①本文为骚体赋，韵依《词林正韵》。②"乱"本是乐曲名词，乐曲的末段为"乱"。后世多用在诗歌作品篇末，总理全文大意，陈明题旨。

（发表于《中华辞赋》2021年第8期）

李花赋

若夫九冬冰霜，化甘泉以润物；三春丽日，布德泽而发英。木秀于林，尽得山川之生气；花繁于叶，深含日月之魄精。李花者，佳木衬其风采，春晖育其性情。膏雨滋其颜色，惠风润其神形。可谓花之翘楚，春之精灵。

尔乃昭节临则风和暖，青阳至而木葱茏。武邑之西，山野春光正好；东留之北，村郊李树方浓。覆压群山，浩浩然逶迤四域；缠绵碧野，皑皑兮熠烁青丛。此花以冰为肌骨，以玉为神魄，以雪为颜容。其香也幽，可同兰菊比清雅；其色本素，不与杏桃争艳红。或处远山，俗尘不能污其叶；或生高岭，清露常得泫其华。或密密层层，纷罗山侧；或三三两两，掩映人家。雪练银涛，漫山瑰宝；琼枝玉挂，一树奇葩。

古云：桃李不言，下自成蹊。文人若鹜，拨烟霭而连踪；雅士如虹，履山川以远蹈。赏云波，过山坳。寻芳踪，蹑碧草。或对春色而流连，或感韶光以舒啸。少艾情动，倚银树而流思；倩女掠鬟，对琼花以巧笑。诗人连句，共吟胜景之佳妍；乐者对歌，同唱吴音之媚好。夫李花也，口虽不语，慕名者常来；身虽难移，亲敬者自到。其所以然者，皆因高洁而承眷私，不以孤芳以标凌傲。

噫！妍媸本于心，香臭源于性。人之立于世间，当以李花为镜。似李之馨，如花之盛。颜欲得其雅容，身当效其素净。名欲得其清芳，德当效其洁正。盖行端自有盛名，德美长承亲敬。

（发表于《闽西日报》2020年7月14日、《福建日报》2022年5月3日）

龙门塔赋

闽西有塔，龙门为名。重修于乙丑，始建于朱明。栖身僻壤，播誉远城。三层飞递，六面玲珑。雕龙琉瓦，金顶飞甍。体态娉婷，标孤直而寡欲；身形宛转，环勾曲而多情。塔桥相接，山水相形。下临渊薮，上触苍冥。汲碧水之文秀，挹沃野之葱灵。入水为龙，潜深渊而待命；擎天作柱，上重宇而揽星。形如伏恶金刀,以红土为法场;生花妙笔,以青山作画屏。扼要津,兵家之当守;连枢纽,商旅之必经。

若夫春时沐浴韶光,碧波明净;夏日取次芳丛,繁花衬映;金秋独对西风,寒潭回影;严冬傲立雪霜,素装银顶。成人登桥,端居塔下而垂纶;童子攀台,腾跃水间而畅泳。荡来满眼欢澜,钓起一潭幽景。彼其游人如织,秀色如诗。或相偎相携,双双而至;或独来独往,悠悠而归。或凭栏指点江山,踌躇满志;或倚塔静观流水,缱绻遐思。至于五月端阳,万人熙攘。沐丽日之煦和,醉熏风之融畅。龙舟激水,盘涡转汭试群英;健将凌涛,奋臂挥桡征急浪。助威燃炮,锣鼓之乐遏云;造势摇旗,呐喊之声雷响。——此昔时之盛况!

然则时境变迁,风光不再。岸边杂物成堆,水底腐泥积块。戏水之童绝迹,不复钟情;垂纶之士隐踪,再难眷睐。纵多稚子,水浊而不游;使有龙舟,河淤而难赛。塔内涂鸦交错,雅兴全无;墙中乱刻纵横,悲忧难耐。年华似水,改昔日之朱颜;楼阁如林,障今时之神采。两山翁郁,奇松瑞竹依然;一塔凄清,盛景繁华安在!翠微秀色,寂寂对荒村;独塔孤桥,茕茕向暮霭。故人再访,睹满目之萧寥;游子归来,发一怀之浩慨。——此今日之衰败!

嗟夫!龙门之塔,历数朝,经百世。民众之图腾,闽西之徽志。旅侨萦想,桑梓之标征;游子牵魂,乡情所縻系。追思风采于先年,忍睹凄寥于今岁?荣枯之道,非独天时;盛衰之行,亦由人事。中兴宜待有司,重振更期民智。顺乎天道,应于民意,上下同心,官民一体,则何往而不利?

乙亥暮春临塔有感,赋文以咏志,冀得闻于贤明之士。

(发表于《闽西日报》2020年9月1日)

石锣鼓公园赋

若夫造化钟灵,常聚秀美于一域;匠心独运,可造荒甸为瑶台。川泽含情,尽得天地之潜润;园林有景,自成锦绣之心裁。

曹溪路侧,龙津河干。祯佛之名称颂,锣鼓之说流传[①]。林木葱茏,偎百亩之厚土;河沼绵亘,仰万丈之高天。惜地芜而景眇,时过而境迁。杂草掣腰,寻芳无路;潦水没膝,踏青实难。于是疏泥沼,浚湖道。理荒秽,刈枯槁。建亭台,造池岛。畜以锦鳞水禽,植以琪花瑞草。接丽景于新城,嵌明珠于荒莽。满园雅致,立桑海之伟功;遍地清华,树拔群之显效。

观夫廊桥萦回,曲径宛转。嘉木披拂参差,繁花争奇斗艳。香樟蠹而蝉声清，金桂摇而芬芳远。草青青以流翠，风脉脉而送暖。圆头翠面，铜钱草竞荣；红颜绿裙，美人蕉初绽。芒萁持针，海芋舞扇。修竹曳而清风生，碧水流而薄雾漫。虾卧云根，鱼吞霞焰。鸣蛙潜于狐藻，游蝶戏于菌苔。石锣石鼓，证百世之沧桑；古舍古桥，诉千年之嬗变。翰墨生辉，文光耀新罗之区；华章溢彩，笔花生龙津之苑[2]。

常有白发玄鬓，健步林荫之中；绿裙缁衣，清歌芳树之畔。少艾情动，偎回栏而流思；雅士兴发，对秀色而咏赞。兼葭采采，伊人在水一方；莺燕啾啾，君子溯游凝盼。或高谈阔论，围坐亭台；或远眺近观，俏立湖岸。或俯游鱼而生怜，或仰飞禽而长羡。徙倚其间，闲观花落花开，静望云舒云卷。陶雅致于春光，醉清心于韶苑。可生淡泊宁静之怀，可得浮生半日之感。

余观此园，非独大块之伟观，亦乃人文之殊胜。一叶而知秋，一斑而见病。国泰则园兴，民安则文盛。园林景致之兴衰，国运文风之显证。故曰："石锣鼓之兴，岩城人之庆。有园如此，当引以为幸。"

注：①传闻，明朝初年龙岩县陈陂村有一位活神仙叫陈祯佛。有一天他放牛路过丰溪，水牛突然一齐奔下河。陈祯佛施法术，用小石子击中河里的石锣和石鼓，立即有震耳欲聋的锣鼓声发出。群牛受惊急奔回，被陈祯佛赶上莲花山放牧。经陈祯佛点石成仙后，每逢农历初一、十五天将亮时，石锣与石鼓会咚咚作响，音量由小至大，大时震天动地。②石锣鼓公园中，有建筑名为"龙津艺苑"，里面展览了许多书画作品。

（发表于《闽西日报》2020年10月20日）

漳平水仙茶赋[1]

茗类本繁，多清佳之品；此茶非俗，实草木之精。行销天下，盛产漳平。出乎仙岭，奉于玉庭。得高天眷怜而孕，受厚地涵育而萌。以日月阴阳作母，与山川万物共生。故其惯聆禽鸟之妙音，常沐云霞之瑰丽。上承清露而洁身，下饮黄泉以养气。近芝兰以苗苗，芳润其魂；傍松竹而依依，贞坚其体。

至于离仙界，入红尘。赴炽鼎，忍灼薰。去羞涩，敛郁芬。烈焰变更颜貌，重压锤锻骸筋。尽历熬煎，乃成其美质；久经逼迫，又倍其甘醇。味比冬梅，闻之而醒脑；色如秋菊，望之而生津。可以敬师长，可以款上宾。

于是登几案，列席筵。遇水而开，有若芙蓉之生态；由蜷而展，渐如盘古之擎天。芳随温热以流润，味增雅趣而绵延。醒浓醪之酩酊，化肉食之腥膻。破长宵之余睡，解酷暑之昏烦。浓淡皆佳，受宠于白丁市井；雅俗共饮，承爱乎高士清员。品之如诗，最可陶情冶性；服之胜药，复能健体延年。故曰："其品堪夸，当居饮中上等；其名无愧，实乃茶中真仙。"

注：①本赋为骈赋，韵依《词林正韵》。

（发表于《闽西日报》2021年10月12日）

张天堂烈士赋①

唯民国之戊辰兮，华夏困穷而衰陋。风云开阖而方剧兮，民生凋敝其已久。东北易帜以更弦兮，宁汉合流而同垢。哀鸿泣血而遍周兮，权柄独归乎蒋某。缚麋鹿于鼎锅兮，列寇争羹而相斗。河岳让于倭奴兮，国军旁观而袖手。民深陷乎水火兮，悲凄郁复谁言？贤士企高以振臂兮，星火成势而燎原。独夫弃盟以毁约兮，同根受戮而遭残。万马喑以寂寂兮，遁绝境而居安。

敛锋锷以韬光兮，隐边陲而匿草莽。拓西闽之远村兮，营武邑之僻壤。苍黎冻馁以丧生兮，稚子饥号而失养。义民倡而农会兴兮，机构全乃县委创。浩气昂而岭松坚兮，热血沃乃红苗长。

张天堂其首义兮，蕉梅杭武厥影从。赤旗扬以慑顽匪兮，红星烁而耀苍穹。叟翁奋以挥镰斧兮，妇孺勇而挽矢弓。血肉身以赴弹雨兮，钢铁志而蹈刀丛。利刃裂肢以声惨兮，炽焰焚骨而烟浓。残躯委乎污洫兮，断颅覆于衰蓬。虽惊心以怵目兮，犹陷阵而冲锋。撼天地如震电兮，荡原野若飙风。解暴秦之苦厄兮，立不世之奇功。

忽百载以将终兮，英魂逝而千古。碧血凝以灿山华兮，丹心耀而红圣土。境升泰而乐康兮，民饱燠以离苦。日弦乐而欢声兮，夜安眠而无虑。元亮至而疑武陵兮，屈子生而无怨语。

顾清福谁由造兮，知惠泽焉自来？享无边之安乐兮，枯万千之忠骸。为邦国共和之梦兮，忍身家毁弃之灾。俾澄辉于星月兮，破长夜之昏霾。高风彪炳于青史兮，吾辈永世当铭怀。噫！盛德大业至矣哉！

注：①本文为骚体赋，韵依《词林正韵》。

（发表于《闽西日报》2022年9月8日）

五枚拳赋[1]

  明皇有裔，避难入闽[2]。遁道庵而隐玉叶[3]，削云鬓而远红尘。五枚乃其法号，三宝为其归身。慧根独具，得少林之真传；异禀天成，臻武学之佳境。德艺兼备，统武林以反清；声望既隆，号天下而如影。清廷策反，义士离心；魁首失和，群雄殊径。

  于是自立门户，独授神拳。千万高徒，尽是巾帼；八方武士，奉为豪贤。巧遇宗师，江淮女子习绝技；远求淑妇，庐丰丘氏结良缘[4]。既而融易理于一身，创软桩之八法。形神相应，阴阳贯洽。盛传于杭邑，风行于客家。女子之绝学，武林之奇葩。

  盖客地山多土薄，田少人稠。粉黛居家治产，须眉出外营谋。贤妻教儿养老，良妇采樵耕畴。玉女练拳，看家护院；处子习武，防敌御仇。出拳如电，运掌如流。致动以静，克刚以柔。武科多有登第，赛事竞相争筹。

  至于国泰民安，岁丰人寿。从文既多，弃武已久。硕果凋萎，老妪仅存；传人难寻，青壮未有。幸有志士建倡，官府斥资。设武馆，聘拳师。入庠序，授少儿。举赛事，申"非遗"。江湖重现奇技，世人惊叹五枚。

  噫！五枚之技法，客家之拳王。后发而先至，虽柔而克刚。其静也如五岳，其动则若三江。拳内涵容天地，掌中生化阴阳。男女习之强健，老少习之寿康。有良技如此，焉可不光大发扬？

  注：①本文为骈体赋，韵依《词林正韵》。②五枚拳的创始人是清代武术名家五枚师太，原名朱红梅，据传是明代皇室后裔。清兵入关时，朱红梅南下福建避难，在南少林寺附近的尼姑庵出家，法号"五枚"。南少林法海禅师的高徒白眉授其武艺，致其武艺超群。③金枝玉叶，形容五枚师太出身高贵。④清末，五枚师太的一位尼姑高徒云游到汀江河畔，遇到安徽"花鼓娘子"王秀英，并传其五枚绝技。王秀英嫁给上杭庐丰的丘正元，打破"传女不传男"的门规，把五枚拳传给他。丘正元融易理于其中，创出软桩八法。此后五枚拳在上杭流行，习拳的主要还是女子。

  （发表于《闽西日报》2022年11月8日）

蓝伟文作品

瑶前阁里咏诗联

听说福建省武平县中堡镇互助村实施了乡村振兴战略，名闻遐迩，早年默默无闻的村庄变为梁野山下的"明星村"。客居喧嚣他乡的我，对山村的古朴宁静，心驰神往。终于，2021年的五一假期，我逮着机会，随县楹联家协会"迎接建党百年·礼赞乡村振兴"采风队一起前往。

在宽敞崭新的村部，村委副主任潘文英先生热情接待了我们，他兴致勃勃地向我们介绍了互助村的历史，特别是改革开放以来的发展变化。站在村部前坪上，只见面前的河道两岸已用水泥硬化，蜜桃、香樟、榕树等树木和香花碧草点缀铺陈，好一处风光旖旎的河滨步道！目光远眺，我看到横亘在河流之上的建筑物。潘主任看出了我的关注，就边走边介绍起来。

互助河在村庄处的宽度约20米，此处是连接两岸的桥梁之一，曾是木质桥。当年，挑担负重过桥时，随着脚步声桥面会上下起伏，让人心惊胆战。如果小孩独自过桥，更叫人担心。直到1998年，才改成了混凝土桥。桥头有株乌桕树，大家就叫这桥为"乌桕桥"。2018年，乡贤潘玉文先生热心家乡公益，慷慨捐资20万元，用于乌桕桥升级——在原桥基础上，桥廊替换简便护栏，成为桥阁两用，并命名为"瑶前阁"，这是基于就近有瑶前自然村而定的。桥阁也成了村里一处亮丽风景！

瑶前阁长20多米，阁内桥面宽3米多，两侧各有高约4米的8根柱子，两柱之间是兼作椅子的"美人靠"护栏。如此桥阁，只遗憾少了诗联点缀。我忽然想起吴恭亨在《对联话》中重视风景名胜联创作的话："山川祠庙，非借文人之题咏，即名胜亦黯然寡色。"我并非文人，最多只能算是对联爱好者，对着眼前充满故事的桥阁，尝试为它创作一副对联的冲动，是应该产生的。于是，我从头到尾边走边看边想：这瑶前阁，先是为人所建，建好后，既让人通行方便，也供人遮风挡雨、休闲聊天，实在就是人阁互助啊！这不就是天赐来"人造阁，阁荫人，阁人互助"一边上联吗？联想起捐资人潘玉文先生的名字，稍加思考，便有了"玉铭文，文镶玉，文玉相辉"的下联。

潘副主任见我编出了联稿，一番客套话之后，又提出了新的要求："我们互助村以'一河两岸三园四景五种六养'的'亲水互助、水云花谷'为特色。蓝先生能不能从山水角度，再为这座阁编一副对联？"

是啊，放眼四周，亲水步道、弯角广场、健身休闲广场、旅游公厕、儿童趣园、农耕体验园、金砖象洞鸡体验园等项目与农舍、梯田错落有致，首批"福建省森林村庄"的称谓名不虚传。近远千万亩森林，它们犹如巨大的水库，所含蓄的大量水源，或渗或冒或涌，百千条细流汇聚而来，便有了脚下欢快的河流。"对联写在乡村振兴上"的采风初衷，怎容疏忽如此风景？

构思一番后，我把难点定在"瑶前""互助"两个地名上，就地名文本而言，外地读者是无法理解两词"相对"的，可如果分别加上地名后缀，它俩就很自然地成为"地名对"了。于是，我转身问身边民俗专家林东祥先生："我了解，自然村名常接上后缀如坑、寨、塅……什么的，请教您的是：瑶前可以接上什么词？"

"这村里确有个龙归坑自然村。瑶前，一般不接尾巴，但如果叫成瑶前塅、瑶前坝，是可以理解接受的。"林先生回应说。

我一阵兴奋，咏出了第二联：

阁中桥，桥上阁，阁桥楔接瑶前塅；

山抱水，水临山，山水相依互助村。

经不起文友们"再来一诗"的煽动，自己也觉得意犹未尽，便不避老朽话多，奉出绝句来献丑：

脚下清流日夜吟，风光两岸应时临。

过桥踏上康庄道，入阁随人论古今。

（原载于《楹联博览》2021年第16期）

争奇斗艳美斯坊
——武平兴贤坊悬挂对联赏析

福建省武平县兴贤坊有千年历史。宋《临汀志》、明《八闽通志》和《武平县志》等志书均有记载。但遗憾的是，各种志书记述都不详，加之沧海桑田，武平兴贤坊留下的遗迹难觅。当今重修的武平兴贤坊于2016年动议，2018年秋动工，2020年9月28日举行开街仪式。兴贤坊按国家AAAA级旅游景区标准规划设计，用地总面积约2万平方米，总投资4.5亿元，建成了"一核两翼，三街九巷，四区十五点"格局。坊内的宋代三段岭古井、明代南安门、清代梁山书院等历史建筑，为兴贤坊增加了历史厚重感。

吴恭亨在《对联话》中说："山川祠庙，非借文人之题咏，即名胜亦黯然寡色。"项目建设指挥部十分重视对联文化在兴贤坊里的作用,建设中期,即邀约县内外联家为兴贤楼等建筑题写对联,计有 11 家提交了 140 副应征稿件。项目建设指挥部选取了 10 副,用于悬挂。笔者在学习揣摩选用对联作品的基础上,信笔写了下列解读,由于"诗无达诂",联亦难析,加上自身学识浅陋,拙稿也许把联作的内涵挂一漏万,也许与原意产生偏差,故,拙文仅供读者参考,敬请方家赐教。

兴贤楼前门

兴替有常,道远识真骥;
贤良无价,行高启后昆。(撰联:林永芳 / 书法:王永昌)
对联赏析:
世上万事万物都具有兴起、流行、衰没的客观规律,它不以人类意志为转移,这就是所谓兴替有常。如果我们希望一种东西能流传千古,那无论是到达对岸的"道路""航道",还是过程中的"天道""地道""人道",这遥远之"道"上,都得克服难以计数的艰难险阻,唯其成功不易,最能彰显马之优劣——路遥知马力。

"决定的因素是人不是物。"这话虽是毛主席在《论持久战》里论述武器与人关系上得出的,然而,却具有普适性。看古今中外,战争是这样,建设也如此;成功的经验如是,失败的教训亦然。人尤其是贤良之人,是无价之宝,他们高深的造诣、高洁的品行就像一座座高峰,引领着一代又一代人见贤思齐。此地"兴贤坊",用意当为"兴贤"营造一方载体。

联文上下句首字"兴、贤",正是斯坊的名字,嵌字了无痕迹。

兴贤楼后门

兴文偃武龙腾虎踞;
毓善优贤草长莺飞。(撰联:林永芳 / 书法:王期红)
对联赏析:
兴文偃武,指崇尚文治,偃息兵戎。龙腾虎踞,比喻势力强盛,雄踞一方。毓,本义是稚苗嫩草遍地而起,引申为生养、孕育。毓善,意为培育优良的人才。优贤，意思是优待、礼遇贤者。草长莺飞，形容江南暮春的景色。

联作者在浩如烟海的汉语词汇中选取上述四个词语，巧妙地勾画了一幅政通人和、人尽其才、人文蔚起、百业俱兴的立体图景。上下联均为前半句作因，后半句为果。联文嵌入"兴、贤"，联意切合"兴贤"。

梨 园

幕前入戏呈生旦；
台下凝眸悟古今。（撰联：蓝伟文/书法：范泰和）
对联赏析：

入戏指演员思想感情深入戏中的角色，十分投入地进行表演。生旦，是戏曲行当生旦净末丑的前两角色，生，是扮演男性角色的一种行当，细分为老生、小生、武生、红生和娃娃生等几类。旦，是扮演各种不同年龄、性格、身份的女性角色，有青衣（正旦）、花旦、老旦和花衫等几个类别。演员由男女组成，有限的联文里，生旦借代"生旦净末丑"。凝眸，注视的意思。呈、悟两字是联眼。

联作对仗工整，上联实写，下联虚构。联意是：戏台幕前的演员，倾情地表演着人间悲欢离合；台下的观众，一边专注地观看，一边内化戏情，感悟古今中外，或许从中孕育自身该如何为人处世呢。

祺 园

千载风华传宝地；
满园福善厚德邻。（撰联：郑启荣/书法：李富昌）
对联赏析：

千载，既可实指武平建县有千年，也可泛指武平历史悠久。风华指风采才华、雅丽、优美。宝地是指地理、气候等条件优越的富庶之地，联中当指武平。福善指福德善行。德邻，指有德之人相聚为伴。联意可理解为：千百年来，富庶的武平孕育、传播着风采才华；整个祺园里的福德善行，要与县内外的友好人士共同分享。这与祺园的基本功能"武平当地传统文化活态展示与体验的场所"是契合的。

国学馆 1

六艺汇融爱赋新声风雅调；
五经熟稔常临疏影腊梅花。（撰联：邱明 / 书法：谢汉仁）

对联赏析：

国学是以先秦经典及诸子百家学说为根基，涵盖了两汉经学、魏晋玄学、隋唐道学、宋明理学、明清实学和同时期的先秦诗赋、汉赋、六朝骈文、唐宋诗词、元曲与明清小说并历代史学等一套完整的文化、学术体系。如此庞大的内涵，要在一副短联里体现出来，只能选取代表物来说事。如此，儒家思想的核心载体，中国传统文化重要组成部分的四书五经自然为联作者提及。四书指《大学》《中庸》《论语》和《孟子》，五经指《诗经》《尚书》《礼记》《周易》和《春秋》。由于四书五经通常并提，联文出现的"五经"当然就让读者联想起"四书"。六艺指六种技能：礼、乐、射、御、书、数，为中国周朝官学要求学生掌握的基本才能，相当于当今"德智体美劳"全面发展的要求。

联作的立意是：学习国学的各个部分要汇融、熟稔，决不可肢解整体、断章取义，或者浅尝辄止、沽名钓誉，并且是，既要进得去，更要出得来，爱赋新声、常临疏影地勤于实践与应用，也就是说，要把中华传统文化传承下来，发扬光大。如此，受国学滋润的炎黄子孙，腹有诗书气自华，国学精气神活化为如梅之品、如玉之质。

国学馆 2

细研书画题新句；
漫向琴棋约故人。（撰联：邱启彤 / 书法：刘炎盛）

对联赏析：

国学内涵深厚广博，难用一联概述。而"琴棋书画"却是国学中为人喜闻乐见的形式与载体。琴棋书画，在古代指弹琴、弈棋、书法、绘画，是文人骚客（包括一些名门闺秀）修身所必须掌握的技能，合称"文人四友"，其掌握程度经常表示个人的文化素养高低。联作互文见义，所表达的意思是：当倾情地热爱国学，不仅要深入细致广泛地学习、研究、传承之，还要古为今用，讴歌新时代。

国学馆 3

临窗振笔书风月；

登顶横笛唱古今。（撰联：林永芳 / 书法：刘自坤）

对联赏析：

风月是多义词，联里取清风明月之意，泛指美好的景色。就字面直译而言，上联描绘了书生振起精神，在此书写人生风景；下联让读者看到的，是艺人走出书斋，到野外山巅或在舞台上尽情演唱古今情怀。

国学是中华民族五千多年积淀下来的一套完整文化、学术体系。一副短联只能选取代表物以点概全，让人管中窥豹。也就是说，让读者举一反三，领悟联中主人公能"通五经贯六艺"，尽显饱学儒士动静分明、挥洒自如的人生意境。这，既是联作者畅想的乌托邦，也应是设置"国学馆"的初衷了。

国学馆 4

泼墨尺宣，画就山川锦绣；

倾心一技，栽成桃李芬芳。（撰联：文发添 / 书法：王廷有）

对联赏析：

泼墨，指用毛笔作画或书写。山川锦绣是指山山水水就像精美鲜艳的丝织品一样，形容美好的江山。倾心是多义词，联中指尽心、诚心诚意。桃李芬芳从字面直译是桃李花或果实的香味，引申为学生很有成就。联意是：教师不仅技艺高超，所画作品精美绝伦，还倾心于教学，学生们都卓有成就。联文采取以小见大手法，以国画这一具体可感事物，作为国学代表入手，说明国学馆的学术性、教学性功能。

茶楼 1

闲坐茶楼思远古；

静听坊道叙沧桑。（撰联：文发添 / 书法：张俊峰）

对联赏析：

"闲茶闷酒无聊烟"从作家叶永烈笔下的文字变为民间口头禅了。远古，本指原始社会，联里泛指古代。沧桑，字面本意为：大海变成了种桑树的田地，种桑树的田变成了大海，比喻自然界变化很大或世事多变，人生无常，或说明世事变化的巨大迅速。联意为：忙碌的人啊，偷闲来茶楼坐坐吧，且凭跳动的思绪，去追寻跌宕起伏的历史印记。细品一杯清茶后，进入安静状态倾听天籁时，耳里可有传入远处街坊邻居对古今兴贤坊的感叹吗？

茶楼2

入座三江添雅致；

运筹四海绘风流。（撰联：蓝伟文/书法：林占添）

对联赏析：

三江一词最早出现在战国《尚书》中，原指太湖附近的松江、钱塘江、浦阳江。当今，"三江"通常泛指众多江河水道，文学界则用来表示一方水土乃至更大的地区。雅致意为高雅的意趣。运筹意指谋划。四海，指全国乃至世界各地，另有豪放、豁达的意思。风流是多义词，联里取风采特异、才华出众之意。

茶叶源于中国，饮茶始于华夏，茶室起于唐朝。在茶室或茶楼里，大家可以天马行空地畅谈，不仅是平民百姓消遣日子的好去处，专家学者也得益其中——许多科研场所都设有茶室或咖啡厅。一位当代名人说："我们很多创新的主意是在茶室中创造出来的。"任正非不经意间流出豪言："给我一杯咖啡，我就可以统治世界。"

如此，联文富含张力，联意不妨解读为：宾客的到来，为原本静态的茶楼增添了高雅的人气；大家在宽松自由的氛围里，兴许一不小心就产生惊天设想，或者来了"有意追求，无意得之"的动地灵感。

综观上述悬挂对联，在酝酿切题、意象相谐、内涵宽厚、文辞凝练等方面，可谓争奇斗艳，可圈可点，一定程度上为兴贤坊生色添彩，提升了文化品位，这是值得肯定的。也让人看出联家们花费了一番功夫，体现了较高的创作水平。

然而，悬挂对联并非十全十美，没有跳出事物都有两面性的窠臼。一是，从区域特征上看，多数联作脱离乡土。统观10副联作，大多没有"仅用于此"的唯一性，内容缺乏最该有的武平元素，联里少了乡土特征，读联后就较难延伸乡愁。换句话说，如果把这些对联挂在外地的同名建筑物上，也似乎可以将就。二是，从《联律通则》角度上看，部分联作对仗粗糙。如果用中国楹联学会2008年颁发的《联律通则》来考量悬挂对联，词语结构差异及其在联里表现出来的宽对等的作品，也夹杂其中。内行人读联后，难免产生美中不足的感叹。三是，部分联作立意仁者见仁，智者见智。《易经》说这个世界是缺陷的、泉州老子石像是有眼无珠的、古希腊女神维纳斯是断臂的，这大概只能用有缺陷也是一种美来接受了。

（原载于《楹联博览》2022年第15期）

古体诗词与楹联

七绝·瑶前阁

脚下清流日夜吟，风光两岸应时临。
过桥踏上康庄道，入阁随人论古今。

（原载于《楹联博览》2021年第16期）

题婚庆

执手牵一诺；
连心结百年。

（原载于《对联》2021年第5期）

题高考

临闱放胆期龙榜；
展卷专心破虎关。

（原载于《对联》2021年第6期）

题生子

新添一子啼震屋；
默冀三娃力担纲。

（原载于《对联》2021年第7期）

题厅堂

心境宜龙居大海；
身姿效虎跃深山。

（原载于《对联》2021年第8期）

题瑶前阁（一）

人造阁，阁荫人，阁人互助；
玉铭文，文镶玉，文玉相辉。

（原载于《楹联博览》2021年第16期）

题瑶前阁（二）

阁中桥，桥上阁，阁桥楔接瑶前塅；
山抱水，水临山，山水相依互助村。

（原载于《楹联博览》2021年第16期）

题乔迁

窗外浮云遮俗物；
山中鸣籁送佳音。

（原载于《对联》2021年第11期）

题兴贤坊梨园

幕前入戏呈生旦；
台下凝眸悟古今。

（原载于《楹联博览》2022年第15期）

题兴贤坊茶楼

入座三江添雅致；
运筹四海绘风流。

（原载于《楹联博览》2022 年第 15 期）

题乔迁

画境舒心开雅室；
桃园筑梦起新居。

（原载于《对联》2022 年第 11 期）

钟巧云作品

蛟子湖边思英烈

又值清明，一年一度的清明节是我国人民祭扫先人的传统节日，也是我们缅怀先烈、继承传统、激励后辈的日子。

我曾在清明节去烈士墓前献花，那一刻，静静地站在烈士墓前，我的脑海里浮现出那些为民族独立、国家尊严献出了宝贵生命的先烈们的光辉形象，不禁心潮起伏，我怀着无比崇敬的心情向先烈们深深鞠躬，并献上一束鲜花。

生活在和平年代的人们不能忘记：我们今天的繁荣昌盛，是无数先烈在祖国生死存亡之际抛头颅洒热血，用自己的血肉之躯换来的！他们倒下了，但他们的精神永存青史，他们的英名将与日月同辉、与江河共存！

英烈们用鲜血染红了那面永不褪色的五星红旗，却给自己的亲人留下了刻骨铭心的痛。每思及此，我的耳边仿佛会响起那些失去至亲的人们声嘶力竭的哭喊。可悲哀的是，他们中有很多人的墓碑，姓名不为人所知，故事更是少人知晓。

在中央苏区县武平的蛟子湖，我便听到了这样一个已渐被人遗忘的故事。

1927年8月1日的南昌起义，用血与火的语言，宣告了中国共产党人不畏强权、敢于斗争的革命精神。起义军撤离南昌南下，在广东潮州、汕头及汤坑等地又遭敌人伏击，在由广东返回江西过程中，其中一部分起义军途经武平象洞时再次遭到当地军阀的伏击，近30名起义军指战员不幸被俘，他们被押至岩前镇双坊村灵坊片欧塘一个叫蛟子湖的地方，惨遭刺杀后被丢进湖中。

中午时分，一位不到20岁的起义军战士万分艰难地借着战友的尸体爬出了湖面，被一位善良的村民看到后，偷偷地把他救起。为了不连累此村民，这位幸存者带着重伤挣扎着离开此地，途径双坊瓦厂的一个茶亭时，不幸被当地兵痞发现，再次抓回蛟子湖刺杀后弃尸湖中……

中华人民共和国成立后，武平县第一任县长谢抡瓒曾经亲自来蛟子湖看过，附近几所村级学校也多次组织学生到此开展教育活动，缅怀革命先烈。但随着时光的推移，在此后相当长的一段时间内，再没组织过祭奠活动，湖边便也渐渐变得杂草丛生，人迹罕至，而这里那个悲壮的故事也慢慢地被人们遗忘。再后来，政府鼓励村民养猪致富奔小康，这里便被村民承包下来盖成了猪圈。当无意听到老人们提起蛟子湖的故事时，我的内心久久难以平静。在得到当时曾多次去蛟子湖献花的师生证实后，我下定决心，要把这事记录下来，以慰先烈们的英灵。

正是许许多多的无名英烈，用他们的鲜血和生命换来了民族独立和人民解放，为中华民族的振兴奠基了一条平安幸福的大道，谱写出一首荡气回肠的生命赞歌！他们是中国人民心中永不熄灭的灯！他们将永远活在人民的心中！我们不仅要心怀感恩，更要懂得身上肩负着的历史责任和当下使命，唯此，才对得起长眠地下的先烈们。

（发表于《福建党史月刊》2019年第4期）

炊烟袅袅如召唤

"今朝朝晨（今天一早）又是某某最早起来做饭的。"这是我小时候听围屋里的大人们谈论最多的话题，奇了怪了，早上围屋里的女人们也在厨房里做饭，男人们则可以多睡一会儿，怎知道谁家的女人起得最早？终于有一天早上我发现父亲站在二楼的大窗前，抽着烟，眼睛东张西望，我问父亲您在看什么，他说我在看今天早上谁最早起来做饭，我问这里怎么看，父亲指着袅袅炊烟说，这个时候每家都在做早饭，那些烟雾中带着火星的，肯定不是最早的，而是正在用大火赶火候，而那些烟雾看起来稀稀疏疏的，说明他家的饭已经煮好，正在用小火蒸，这又说明她起得早，但如果哪家烟囱不冒烟，就说明这家的饭早已煮好，女人去做其他事情了。

"要是他们家还没起床呢？"我天真地问。心想或许女人白天忙得腰酸背痛晚上还要为家人缝衣补裤纳鞋底，拿大人的话说，晚上头一挨枕头就一秒见周公，锅铲都翻不过来，所以总有个别睡懒觉的吧？

可父亲说，家里细人子要读书，大人要赶出工，哪有可能睡懒觉？尤其是女人，做得再累第二天天蒙蒙亮又得起床做饭。所以你想知道谁每天起得最早，就得自己起得早，站在这里观看就一目了然。

真是吃饱了撑的，谁起得最早和我有什么关系，我才不那么费事呢。

那年代，烧不起煤，没有电饭煲，更没有液化气，家家户户只有一个大灶台，煮饭完全靠鲁机（铁芒萁）和松毛（松针）及其他燃料，每个灶台都有个烟囱，只要一点着燃料，房顶就飘起炊烟，这曾经是乡下一个很有诗意的景观。

早、中、晚是灶台最美最温馨的时候，家家户户炊烟袅袅，轻烟若雾，随风剌飞，宛若对游子温暖的声声召唤，那种安静和谐的自然美，显出了一派人间的自然景象。总有一种韵致令人遐思。

记得母亲每天天蒙蒙亮就说要起床做饭了，等我们起床时，饭已做好，母亲又去洗衣服了，我们要读书就自己先吃。

等我长大些时，母亲说要先学会煮洗澡水，再学煮饭，她教我做饭，说做饭前一定要先把灶里面的灰掏干净，掏干净了就不会吐烟火，不吐烟火就不会熏得直流泪。灰掏干净后再洗锅抹灶台，然后放水，点火，水滚了再下米。

曾经的灶台是我们永远的记忆，它是传统的质朴，在冬天，明晃晃的柴火最吸引人，因为冷，又没有御寒的衣物，一到做饭时我们就围在灶台前帮忙添柴，以此来温暖身体。如果家里要改善生活，焖糯米饭或做搞粄子，我们就寸步不离围在灶台边，等着吃板腊子（锅巴）和糯米饭腊子，那种香味至今还牵引着我的食欲，让我直吞口水。

时间长了，烟囱会堵塞，一年之间，父亲要疏通几次烟囱，每次疏通烟囱他都会拿一小把稻草，把大秤砣扎在捆柴用的绳子上，把稻草从烟道顶部塞进去，拉上放下，如此这般冲击里面的堵塞物，他说只要把烟道上的堵塞物和灶膛里的灰掏干净，烧起火来就轻松许多。

草木枯又荣，候鸟往也返，曾经如丝如云似的袅袅炊烟，已很少像以往那样自由自在地在空中飘荡。

星移斗换，时过境迁，古老的村庄，古老的记忆，每当夜深人静，总会情不自禁地想起曾经的快乐，兄弟姐妹四个围在灶台边看着灶膛里的焰火，闻着锅里番薯、芋子和木盖边缘溢出的"咕噜咕噜"的香气，谈着学习谈着理想，说着天论着地，用炉火和语言守住温暖，抵御严寒。

如今，人们都改用电磁炉、电饭煲和液化气了，又哪来的烟丝雾绕？我在想，倘若一直这样，若干年后，在如此清新的早晨，我们的儿孙，是否还能感受得到村庄如昔日般健爽清新，能否享受和谐优美的大自然？

（发表于《福州日报》2019年6月10日）

我家屋后的柿子树

我家的后山，有两棵高大的柿子树，那是我家和大伯母、二伯父三家共有的，可以说那两棵柿子树是我们三家人的骄傲和期盼，因为它是整个村子仅有的两棵柿子树。

春天，柿子树在人们不经意时长出了嫩嫩的新芽儿，慢慢地，新芽儿变成了柿叶。看到枝繁叶茂的柿子树，郁闷的心情也会轻松起来。

很快，柿子树上长出了淡黄白色的柿子花。柿子花绽放，棱角更加明显，花瓣不再重叠，与其他花不同的是，就在它含苞待放，还没有完全开尽的时候，柿子花却已经走完了它短暂的花期，一点点从根部枯萎，从枝头凋零，飘落满地。

捡柿子花是我们的乐趣，柿子花掉在地上，像一个个小灯笼，捡起来，回到家小心翼翼地用针线穿成串，然后挂在脖子上当项链，戴在头上当花环。那淡淡的花香和着追逐嬉戏的笑声，散落在整个村庄，那种快乐，令人难以忘怀。

柿子花开放又凋零，在花朵的位置出现了一直被包裹在花内的黄豆一样大的颗粒，在四片花的衬托下，开始新的生命。

当夏天的脚步逼近，宽大的树叶把阳光遮掩，柿子树上的果实也在一天天变大，直到农历六、七月，柿子长大了，把柿枝压弯，树叶已经无法遮掩果实的碧绿，那一个个饱满的柿子，便暴露无遗，令人垂涎欲滴。可是，果实再大，不到成熟期也不能吃，只有到了十月，柿子才开始由青变红。

等柿子成熟，小孩子们一有空就都来到柿子树下，在荆棘丛中翻找那些被大风刮落的柿子。这些柿子，都是可以剥了皮直接吃的，大家都喜欢那种甜到心的味道，我们站在柿子树下，抬头看着那些成熟了的红红的柿子，不断地在心中念着："上天公爹，快刮大风吧，好让我们捡满一书包的柿子回家，和家人分享。"

每年柿子树开花后，也是我们三家孩子最开心、最得意之时，其他孩子又开始讨好我们了，不然他们就别想用柿子花做花环和项链，柿子成熟后，更别想去柿子树下捡柿子，再怎么眼馋、嘴馋都只有羡慕的份。

等大部分柿子成熟后，我们三家就约好日子开摘柿子，不少邻居到了那天，也会得到我们家的馈赠，礼轻情意重，他们也是挺开心的。

柿子树太大，要两个大人才能环抱，很多柿子根本没法摘，又因为柿子很脆，掉在地上容易碰坏，所以大人们不会把那些摘不到的柿子用竹竿敲下来，说与其碰坏，不如让它在柿子树上自然成熟掉落，也好让孩子们捡了吃。

印象中，那些红透了的柿子，母亲会挑着卖掉，而那些还不成熟的，母亲会弄些催熟的树叶，把柿子和树叶、石灰放在一个大缸里，过几天再捞起柿子，这样吃起来才鲜脆可口。

如今，人们的生活水平不断提高，各种各样的水果进入百姓家，大家对柿子的需求也逐渐冷落。柿子成熟后，满树的叶子已经在秋风中散落，可光秃秃的柿树上还挂满了红彤彤的柿子。

柿子树下，有我的回忆和梦想，每当看到柿子树，快乐的往事就如流水般在我脑海中闪现，人生的酸甜苦辣、坎坎坷坷，全都在眼前浮现。

围屋后的柿子树,经过了岁月的摧残,慢慢地老去,柿子越来越小,也越来越少,加上要在树下重建新房,在三家人协商同意后,柿子树被砍后当着柴火烧了,从此,我们也少了一分念想,多了一分伤感!

(发表于《闽西日报》2020年5月15日)

那年的那场电影

　　20世纪80年代,家里生活条件比较宽松的,在儿子结婚那天晚上,会请场电影给大家看。请电影一是为了让更多的人知道他们家的儿子结婚了,从此家里多了一个劳力,紧接着开枝散叶,枝繁叶茂,添丁添财;二也是为了面子,儿子结婚是家中的头等大事,对于父母来说也是了却了一桩心事,既然已经有人带头请了电影,自己又不差这点开销,必须请!

　　记得在我们很小的时候,我们岩前公社就有了放映员,大队里有什么大事要宣传或有人乱丢烟头引起了火灾、乱砍滥伐什么的,大队都会叫放映员来放场电影。我们大队部的房子很宽敞,操坪很大,非常适合放电影。我放学回家要经过大队部,每次回家只要看到大队的砖柱上挂了电影幕,就开心得不得了。当时的电影是农村人的一种喜闻乐见的娱乐方式。每当看到电影幕挂上,就一传十,十传百,甚至连外村人都很快就知道了,那叫一个稀罕,一个开心,那种喜出望外的模样真是无法用文字来形容。

　　70年代没有电,放电影都是用发动机,在几十米远的地方发电,虽然发动机的声音非常大,坐在发动机旁的人们几乎听不清屏幕上的人说的什么,但小孩子就是好奇,每次都非要坐在发动机旁边,看人家是怎么操作的,看到人家操作熟练,真的是羡慕嫉妒恨。

　　我家离大队部比较远,永远也争不过大队周围的人,他们一看到电影幕挂上,马上就回家搬凳子,放在发动机旁,把位子占了。

　　大队放电影,生产队也会提前收工,让社员们早点回家做饭,好早点去大队部看电影。

　　在炎热的夏天,蚊虫飞舞,特别是在发动机旁,因为有光亮,蚊虫更猖狂,可无论在炎热的夏天还是在滴水成冰的冬天,人们都不会因为汗流浃背或冻得直哆嗦而降低激情。

　　每当电影要换片子时,那种急切的等待心情不言而喻,心想为什么要换片子,连续放映该多好?

记得那时候放电影之前都会先放幻灯片，与农业有关的，比如"农业学大寨"之类的。

当放映员出现在眼前时，我们就非常激动，心里在不断地叫："快点放啊，快点放啊！"电影正式开始放映了，片头一出，那闪闪的红五星和庄严的天安门在雄壮的音乐声中出现，让在场的人们热血沸腾，期待已久的电影便开始了。

电影片尾一出现"再见"两字，就意味着电影已经放映完了，人们才意犹未尽恋恋不舍地回家，只能期待下一场电影了。

到了80年代，放映员才可以下乡到私家放映，那时，不少家中儿子结婚的父母就会请一场电影给大家看。

我那位是家中长子，他退伍回来的那年冬天，在双方父母的安排下，我们结婚了。家里将近二十年没办喜事，日子定下来后，在大队当大队长的公公就提前和放映员说好。放映员在岩前公社的一个大山里，虽然相隔很远且路面坑坑洼洼非常不好走，但还是满口应承。

结婚那天晚上，听说我们家请了电影，邻居们都来看，幸亏我们家房子大，一共有一厅八间，有四间还是1980年做的砖柱房，挂电影屏幕很方便。门口的谷坪能容纳几百人，加上办喜事借来的凳子没有还给邻居，所以大家都不用带凳子来。

办结婚喜事嘛，就得放映喜剧片，印象极深，那晚放的第一场电影是《甜蜜的事业》，这部电影是北京电影制片厂摄制的，上映时间是1979年。它是由谢添执导的喜剧片，主要演员是马琳、凌元、李秀明、李连生。这部电影讲述的是农村妇女唐二婶在田大妈的帮助和耐心开导下，终于摒弃落后的传统观念，从此树立计划生育，男女平等的社会主义新风尚的故事。

第二场是《月亮湾的笑声》，这部电影是徐苏灵执导，主演是张雁、仲星火等，于1981年在全国上映，它主要讲述了老实本分的农民江冒富在"文化大革命"时期几起几落的坎坷经历和拨乱反正后农村生活的新气象。

那个年代的老人很少出门看电影，本队之前又没有人请电影，所以非常稀奇，看到屏幕上的人和现实生活中的人一模一样会说会笑会吃饭会干活，就问，那是真的人吗？他们是怎么爬上去的？听到人家的解释，他们还是不敢相信，这简直就是神话呀。

有人带头请了电影，后来也就有样学样，出不了门的老人就可以在邻居家看露天电影了。

放映员也很辛苦，那时放的是胶片电影，有时放电影会出现故障，他们就要现场维修，遇到这种状况，大家都非常着急，一直催，要是修不好又会被人家责怪，说他技术太差，害大家看了场有头没尾的电影，真扫兴。

每次放映完，他们还要手摇倒片，然后才能继续放映。当时没有水泥路，去各个村庄放映，遇上刮风下雨，路滑地粘，他们也照去不误，谁叫大家都那么欢迎呢？

现在，我很少去看电影，但那年代看露天电影的场面，总是会浮现在脑海中，让我沉浸在当时的快乐中！

回忆总是无比美好的！

（发表于《厦门日报》2020年12月23日）

儿时过年华发忆

过年，是小孩子最开心的事，穿新衣、吃糖果、拿压岁钱、放鞭炮都是小孩子最盼望的事。新年还有的是机会跟着父母去做客，天天吃好玩好，做错了事父母也不敢随便骂，农村人做利是，新年大头得多说好话。

煎粄子，是客家人最有地位的主要年料，尤其是圆粄子，有着团团圆圆的寓意所在。

在我们客家地区，煎粄子是家家户户必不可少的年味，有人说，过年少了煎粄子，感觉不是过年。

印象最深的是，20世纪70年代，无论生活多么贫困，每至年关，怕油糖涨价或紧缺，父母总是想方设法把油糖先买回家。油糖没买回家之前，父母心里总不踏实。

那时没有磨粉机，过年要炸粄子的人家都是用石臼碓，我家当时就有个碓臼，年底，乡亲们都来我家轮流碓米粉。因好奇，我曾走上去和大人一起碓过米粉。当时生活条件很差，每家也就几升米，在水里浸泡一天一夜，然后捞起，晾干，再拿到碓臼里碓。

年过半百，闲来怀想平生事，最忆儿时春节，都说"大人盼种田，小孩盼过年"。盼星星盼月亮，终于盼到了年关，春节的气氛越来越浓，乡亲们开始置办年货。到了廿五左右，整个村庄都飘散着红烧肉和粄子的香味。

乡下人淳朴善良、热情大方，自家先炸粄子，只要知道谁家还没炸，都会端一碗过去让他们先尝尝，毕竟，家家都有小馋猫，小馋猫们鼻子灵着呢，要是闻到了粄子的香味又没得吃，准会哭得稀里哗啦，弄得大人心烦意乱，所以，分享美食足以证明乡亲们团结友爱的精神。

说起炸粑子，最开心了。我家每年炸粑子都是父亲亲自炸，母亲和我们只管做粑子。一次，我和弟弟趁父亲接待来家拿对联的邻居，偷偷做几个人样的粑子放进滚烫的油锅里，一会儿看到人粑子四分五裂，就互相打击："你的技术太差了，你看你的头都掉了身体也开花了。"

"你就知道说别人，你的技术也很差，不但头掉了，手脚也断了，还好意思说人家。"

做利是的母亲一听，吓得够呛，立即制止："再口无遮拦，胡说八道，一个粑子都不给你们吃，不准再做人粑子了。"父亲向来不用开口，只要用那双金鱼眼瞪我们一眼，我们根本不用抬头就能想象出他那不怒自威的样子，我和弟弟心有灵犀一点通，互相对视一下，吐吐舌头，做个鬼脸，乖乖地做粑子，再也不敢胡说八道。

粑子炸好后，精打细算的母亲请"铁将军"守着，把钥匙系在裤头上，睡觉都不解下，害我们无从下手，想吃粑子还得低三下四，点头哈腰地央求母亲，并千保证万保证今后一定乖乖听话，尽一切能力帮父母做家务。

母亲心软地打发叫花子似的给我们一两个粑子，还不忘加上一句，粑子是留下来打发客人的，我们不能老是拿来吃。

我就纳闷了，是儿女亲还是客人亲？凭什么我们只可以享受一两个，而客人却可以有一大包（15—20个），既然这样，以后有事叫客人帮你吧！

我还想，粑子这么好吃，我就不信父母能忍住口腹之欲，钥匙在他们身上，鬼才信他们不会去拿粑子吃。

到了20世纪八九十年代，大家在年前最常问的是，今年准备炸几斗米粑子，似乎粑子炸得越多，就表示越富裕，其时很多人家一炸就是几斗米的粑子，除了新年打发客人，自己还可以吃到端午节，出门干活经常带粑子作为点心。

粑子炸多了，都是用大水缸装，有人炸过两缸，到了农历三四月，邻居见面，会开玩笑问："还有几尿缸的粑子呀？"

每年腊月二十一过，就陆续有邻居炸粑子了，炸粑子香味很浓，周围的邻居都能闻到，实在忍不住，可循着香味上门解解馋。如果是近邻，先炸粑子的还会送上一碗头粑子给还未炸粑子的，后炸粑子的到了那天，也会装一碗头给那家，还会客气地说："也尝尝我家的粑子甜不甜。"

儿时，曾因想吃粑子而流着泪和口水在母亲屁股后面跟进跟出，也曾产生过把"铁将军"弄"死"的想法，还曾几次半夜里想趁着母亲睡熟摘下那串钥匙，打开仓门,大饱口福却因胆子不够大,最终吞下几口口水,放弃了。到了自己当家做主时,我也年年炸几斗米粄子,把粄缸放在房间里,这样,儿子们醒来想吃了就能吃上。

记得很深的是,炸得最多的一年是5斗米,1升米1斤6两,10升米叫1斗,5斗米就是80斤米,浸泡后100多斤米了,要做100多斤米的粄子需要一整天才能炸完,因粄子多,怕时间长了会变质,所以每炸一锅都需半个钟头以上。

近几年,因大家怕吃粄子会上火,大家都不再热衷于炸粄子了。平时想吃,能买到,但也害怕多吃,但细细品味这种美食,不但唇齿留香,还耐人寻味。

煎粄子,以它的独特风味闻名客家!

如今,华发已生,静下心来回忆生命里走过的每一个春节,只感余音缭绕,对那些永远缺席的亲人充满怀念,而对于一拨又一拨孩子带来的热闹如醉如痴。春节是遍地红色的节日,更是幸福温馨的日子,团圆和平安永远是人生的主题歌,多希望年年万象更新,给天下人一个诗和远方。许下心愿,祈祷年年平安,岁月静好!

(发表于《工人日报》2021年2月7日)

无法抹去的甘甜

记忆犹新,小时候生产队种甘蔗,当社员们砍甘蔗时,我们多么想吃上一节甜到心里的甘蔗啊,哪怕只有一小段,对我们而言也是一种莫大的幸福。然而,就算是这么小的愿望我们也是无法如愿的。因为甘蔗是要用来榨糖的,榨的糖也是大家分的。

每当砍甘蔗时,我们总是跟在大人屁股后面,希望可以吃到一小段甘蔗,看到砍下的甘蔗一排一排,又被大人用稻草捆成一捆一捆扛到生产队的仓库里,馋得我们直吞口水。

在物资匮乏,温饱还存在着极大困难的年代,我们对各种食物都有着强烈的奢求。花生、番薯、甘蔗、黄豆,生产队每年都种了不少。每当收获季节来临之时,尽管知道这些东西收成好也是会分配到我们家里的,但就是很想马上品尝,有时候馋得都要哭起来了。可大人就是铁石心肠,生产队干部不停地在田间走来走去,甚至在开会时下达命令,要大家互相监督,不许让孩子们偷吃。

生产队也会种玉米。玉米成熟掰完后,玉米秆还没砍下时,我们看到玉米秆和甘蔗有点相似,心里就想玉米可以吃,那玉米秆一定也可以吃,也许比甘蔗更好吃。天真的馋猫们就会去田里，迫不及待地把玉米秆用镰刀砍下，先品尝，觉得清甜可口，再砍成一段一段弄回家，和兄弟姐妹们分享。见我们都把玉米秆当甘蔗吃，有些人的母亲就会在自家的自留地里种玉米，这样孩子们不但可以吃上玉米，也可以吃上被我们冠以"甘蔗"名号的玉米秆了。

20世纪七八十年代，有玉米秆吃就是一种享受。那时候的乡下孩子没有零花钱，平时能吃上爆米花，炒花生，炒黄豆等小食物就是最幸福的事了。印象极深的是，那年代种花生，剥了壳的花生仁都要拌上"六六粉"，当然，拌"六六粉"不单是防社员们吃花生种子，或是把花生种子带点回家炒了下酒，也是防止鸟虫把花生种子吃掉。

改革开放分田到户后，百姓有了自主权，可以自由种植，于是，很多家庭也开始种甘蔗，这下，孩子们就可以大饱口福了！那些家里没种甘蔗的孩子，会去别人甘蔗地里偷一条，弄成一小段一小段放进书包里，带回家藏起来，在父母干活时偷偷吃，要是被父母发现偷别人东西，不被打个皮开肉绽才怪呢！

即使家里种了甘蔗，我们也不可能天天享用，家里的大人总讲究细水长流，好东西不能一次性就吃掉，还得留到过年来客人时招待他们。所以，孩子们大饱一次口福后，父母就把那些甘蔗埋到事先挖好的泥坑里，上面覆盖一层泥后，再把甘蔗叶或稻草放上去。

再怎么着，玉米秆都不至于被大人收藏到地下，玉米收成后，玉米秆照样还是我们的最爱！

（发表于《福州晚报》2021年8月23日）

守护一生若初见

一

父亲晚年，有一天忽然对我说，我放心了，不再担心你了！那时我不知道他的生命已进入倒计时，只以为轻度的老年痴呆症袭扰得他说话也啰唆了些，所以并不在意。直到他又旧话重提，我才忍不住问为何担心我，担心我什么。

父亲说，四个子女中，他只对我在没有征求意见的情况下定亲，所以后半生都惶惑于这个"包办"赌注下得对不对，若我不幸福或发生婚变，他便难逃"乱点鸳鸯谱"之咎，死都不安心。我明白过来后，打趣道，你老人家人情练达，火眼金睛，更兼神机妙算，哪会看走眼！父亲就咧嘴而笑，说当初把你从中学堂叫回家，已犯下一过，要是再没给你选对人家，可就害了你一生，还好我婿郎（女婿）够意思，让我有机会"将功赎罪"。父亲说这话时脸不红心不跳，眉宇间还流露出沾沾自喜之色，仿佛要为他导演的杰作论功。

父亲自称之过，在20世纪80年代的农村，有哪个家长不犯，有几家不为生活所迫？我和姐姐各自的闺蜜，没有一个能读上高中，早早回家"修地球"后，没有一个不早早嫁人了事。法不责众，只是父亲乃乡野难得的文化人，知书达理，才会主动向女儿致歉。

父亲当初在为我的婚事作主时，连他未来的佳婿长得是否歪瓜裂枣都不清楚，和我未来的公公婆婆"暗通款曲"之后，就同意他们来家相亲（蒙在鼓里的我，一直以来都自嘲此为"验货"）。让我奇怪的，倒不是一眼被他们相中，而是他们的主权竟也大到能擅自为当兵的儿子定亲，更没想到的是，这位"兵哥"未睹本姑娘的芳容（其实那时我也没照片），竟也稀里糊涂地相信父母的眼光，不打折扣地服从父母之命。双方的风险都够大吧，我们都像是在下赌注。

那时的农村青年像是在比赛谁比谁更老实巴交更听话懂事，连终身大事都听任父母包办，现在想起来我都觉得自己傻得没边，起初还以为他们是来给哥哥牵线做媒的呢。那年本姑娘年方十七，啥都不懂，对父母的粗暴做法虽有不满，但向来有懂事听话的口碑，加上不容驳回的父母面子，也只能赌命般地"逆来顺受"。

直到结婚三十周年回娘家时，母亲才悄悄地跟我说，在这件事上她也一直担心，怕我们有朝一日不和、闹脾气而怪罪父母当年的包办，没想到这些年风平浪静，也从不见婆家的投诉。我嬉皮笑脸地说，都是你们一直教育我"嫁鸡随鸡，嫁狗随狗"，打死也不能给娘家抹黑，所以我什么都委曲求全，努力演好自己的角色，省得如假包换。

事后才知，在未来的公公婆婆联袂上门前，已有几家向父亲提亲，都被他老人家以小女年纪尚小为由加以回绝。即使大队党支书来问，父亲仍没攀龙附凤，直到堂哥一说他们家，这才满口应承下来。身不由己的我，只能自嘲缘分天注定。

堂哥是大队农技员，常常和大队干部接触，有天听说大队长为其当兵的长子当婚而愁，就把我夸了个天花乱坠。大队长回家和妻子一说，次日就捎信给我父母，说要来我家喝茶。父亲和大队长夫妇皆认识，从堂哥那里得知他们的醉翁之意后，竟一口答应，他知道我自小怕他，要想提反对意见得向天借胆。

在知道被父亲"抛售"后，我非常生气也非常无奈，却没胆量对抗，只能在心里狠狠地骂堂哥多管闲事，忘恩负义。那些年，受父母助人为乐的影响，得益于父母的谆谆教诲，堂哥家什么农活少得了我，他亲妹妹都没我这么给力呢，为何还要"出卖"我？那几天我特别不开心，觉得自己好失败，处处为家里和堂哥着想，到头来却被"暗算"。我也知道，在这件事情上父亲是"主谋"，母亲和堂哥充其量只是个"帮凶"。

　　我的情绪逃不出同床就寝的母亲法眼。母亲虽没文化，但生活的积累和平时的观察，知道哪种人好相处哪种人难沟通，她也希望自己的女儿能嫁入好人家，因此做起思想工作来，简直如木梳般条条是道：你父亲说他们是本大队人，知根知底，他们夫妻俩都有素质，你嫁到他们家后应该不会受亏待，要是遇上那种横肠刁肚的公公婆婆，照你生性胆小从不敢与人辩理的性格，可就有苦受了。

　　听了母亲的解释，我还是拿不定主意，又去闺蜜家密谋。待字闺中的她听到男方家的情况后，就说横竖都得嫁，既然把他说得这么好，就别让幸福擦肩而过了。闺蜜的话虽没让我尽释前嫌，却也不再赌气，草草认了命。

　　终身大事就此定下后，之前提亲被拒之人就责怪起父亲来，说大队长来提亲又没过个年，你女儿怎么就适龄了呢，还不是嫌弃我不是大队干部。我听母亲说这些风言风语时，一时也如水牛过小巷般转不过弯来。父亲的解释却很坦然，说老魏家的儿子现在还当着兵，退役回来就都到了法定婚龄。父亲挺精明，亮出的理由够充分，瞬间平息"众怒"，倒让我在心里猛夸一番。

　　何曾想到，父亲几十年来也一直有堵心墙，生怕当年的任性包办会"赌"掉女儿一生的幸福。过于重男轻女的他，对我始终心怀愧疚。他用二十多年的观察，看到女婿远胜"半个子"后，那堵涂鸦着担心和抱愧的心墙始才冰释。能让他老人家放心西去，我深深感恩着丈夫。

　　父亲倒下那天，我那开公交车回来的丈夫，一进门就在他遗体前下跪，痛哭失声。在场的亲人和左邻右舍看在眼里，也清清楚楚地听到了他下跪时那重重的"咚咚"两声巨响，都言这个女婿打着灯笼难找！

<h2 style="text-align:center">二</h2>

　　当年春节，我就收到了一封盖着"义务兵免费通邮"的来函，从此，我的生活便多了一种期盼，并因此变得丰富多彩起来，就像春天里屋后那片青涩的毛竹，孕育着无边的爱意和对生命的希冀。

　　得知"兵哥"有信到达，他的父母很快又来我家。他妈叮嘱我抓紧给他回信，说我家露阳（小名）老实可靠，从小到大都没说过一句粗话，更别说做坏事了，妹子人（女孩子）就要嫁思想品德好的，找了个家有金山银山的晃鬼（不靠谱者），又有什么用？我家露阳今后能不能赚大钱、有没有出息我说不定，但我可以打包票他有责任心，会一辈子对你好。说完这些，她小心翼翼地从口袋里拿出一张照片塞到我手里说，你看看是否中意？

当着她的面我不敢太放肆，红着脸只瞧一眼就放到桌子上，在她走后才敢重新过眼。他穿着军装，庄严威武，神气中更添一股英气，近一米八的个头，虽然属于苗条型，却不乏阳刚之气。我越看越喜欢，咬着嘴唇偷偷地笑，脸上火辣辣的，心里甜滋滋的。那时代的农村少女，对爱情没什么概念，懵懵懂懂中，很少会去设计自己的未来及归宿。

父亲分析得没错，能成为一名军人，说明体检过关，身体没毛病；入了党又得到部队的嘉奖，说明思想品德好，工作认真负责；嫁给有责任心的男子，日后不用担心被"炒鱿鱼"。女孩子与解放军结婚，安全系数高，谁不期望找个相濡以沫到终身的伴侣？又看了一遍信和照片，忽觉这幸福来得太突然，傻傻地咬了下手指头，会痛，不是在做梦。闺蜜说的对，不能让幸福擦肩而过，得尽快答应"兵哥"的求婚。从小我就崇拜解放军叔叔，却从没想过有一天竟有缘和"兵哥"恋爱。

收到我的回信，"兵哥"的信不久又到。这次多了几句话，直夸我的信有文采，字也写得漂亮。哈，他妈眼里的老实人原来也会拍马屁。两个幼稚的傻瓜蛋，在双方父母的撮合下，拉上了天公备下的红线，就这样谈起了别有一番滋味的恋爱。三年中，我们靠着鸿雁传书，无拘无束地交流，表达彼此的爱慕与思念，互相勉励互相叮嘱。虽天各一方，却不输花前月下的卿卿我我，于心感恩上苍的赐予。

三年后，他放弃了转志愿兵的机会而选择复员，说不能让我再空等，要早点迎娶我，白头偕老不分离。他回来第一次见面时，我只觉眼前一亮，这家伙比照片还帅气还精神呢！却不料，他腼腆起来赛过大姑娘，和我一说话就脸红。时值秋收季节，他二话不说就帮忙割稻子，抢着为我家踏打谷机，收工时还要挑谷子回家，每次都累得筋疲力尽，犹面带微笑。有一天来家时，得知我和母亲去山沟里挑稻草了，就一路找来帮忙，和我们一样挑四捆。我和母亲去山沟里挖地瓜，他也要去帮忙，说当兵五年，农活都生疏了，得给他一个锻炼的机会。

他有点口拙舌笨，却以行动胜言语，很快博得了村里人的夸奖。说实话，一个复员回来的小伙子，浑身上下都散发着阳刚之气，令少女们多看一眼就会心跳加快，偏偏就被我遇上了，这样的好运会不会永远伴随着我呢？

在亲人朋友的祝福下，这年农历十二月十六日，我们走进了婚姻的殿堂。蜜月过后，我就明白过来，他哪怕是复员回来，但司机的职业也不允许我们缠缠绵绵，找了个驾驶员，就意味着离多聚少，还要附带着担惊受怕。

恋爱三年，流尽了相思的泪，婚后的等待与盼望又成了生命中的一部分，从婚前的翘首盼信到婚后的倚门而望，我不知流过多少泪。

所幸的是，军营里的思想政治教育夯实了他的人品。他所在的车队载货来往于福建、广东、江西三地，一些司机不但做假单，倒卖汽油，还想方设法把运载的生活用品和食物货物弄些回家。光靠那点低工资，日子很难过，同事也劝他搞点外快，他却婉言谢绝，始终没有随波逐流。于是很多人都称他是"老实头子"，连车队领导都说如果大家都像小魏那样遵纪守法，车队还要什么规章制度！

其时的社会风气让人窝心，那些饭店和理发店，多数具备"一条龙"服务。我们这里煤窑多，在煤窑干活工资高，不少工人兜里有钱后，就经常出入那些挂羊头卖狗肉之店。更可恶的是，为了给自己找个理由，还拉人下水。一些意志不坚的男人往往就这样"上瘾"，夫妻感情因此破裂，原本和和美美的家庭变得风雨飘摇。

丈夫经常穿梭于三省，这样的事听多了，也见得多了。我不免担心丈夫经不住诱惑，曾不止一次地坏笑着问他，你对别人的勾引就没动过心？他呵呵笑道，我是一名共产党员，在部队受过"高等"教育，怎么可能随随便便丧失党性和理智呢？你放心，我承诺过要用一生对你和家庭负责，请相信我的道德底线。

耳闻目睹过那些生活丑事和离婚事件，哪个父母不担心女儿的婚姻质量？丈夫不但长得帅，还常年东奔西跑，一不留神就可能出轨，谁敢打包票他水火不侵、金刚不坏？别说我，为我包办了婚姻的父母，想来心里都忐忑得紧。

一年年过去到现在，他从没闹出过绯闻，始终坚守住着阵地，没越雷池半步。原来世风再怎么日下，好男人还是有的，这个好男人还真就被我给遇上了！遇见他是我的缘，他遇见的我，也绝对是个忠诚婚姻的好女人，在我们的爱情词典里，没有背叛，只有忠与孝！

三

婚后那些年，母亲常对我说，小魏眼下确实没得嫌，你更要做好自己，千万不能有任何对不起夫家、让娘家丢脸的事，平日也要善待左邻右舍，凡事少计较，别和人论短长。母亲基因中的深明大义，连同长年累月的谆谆教诲影响着我，让我在生活困顿时仍执着于贤妻良母的定位。

有了两个孩子后，公公婆婆把原先的九口之家一分为三。丈夫知道我要打理田地又要带好孩子，且产后的身体很差，每次出车回家都要抢做大小家务，特别是自告奋勇地把重活、脏活抢先解决。有时见我身体状态不好，还会把衣服洗了。看到我洗衣服辛苦，他就从溪边帮我提回。耕种之际，田地里的活他样样都做不说，还常常陪我引水灌溉稻田到天亮。不了解内情的人，还以为他惧内，把我看成那种不体谅丈夫的老婆。

那时农村家家户户都养猪，除了挣一口肉食，还为了田地里有农家肥可用。清理铺上稻草后十几天就湿哒哒的猪圈，乃我头疼之事，一猪圈的粪便起码几十担，又因臭不可闻，得挑到离家远的地方堆放呢。幸而有夫勤劳且体谅至此，每次回来见猪圈满了，都主动提出清理，说你装我挑很快就能完成。我很需要他的帮忙，却又过意不去，也不想让他做这种看起来有损体面的脏活，但他不仅坚持分担我的劳动，过后还减轻我的思想负担，要我别胡思乱想，说夫妻间能同甘共苦才最体面。

无论婚前婚后，他去我娘家时，只要看到我母亲在干活，就都会上前帮忙。母亲心疼他，不让他动手，他就笑着说人多力量大，早些完成可以一起聊天。他的到来，总能让累弯了腰的母亲笑口常开。看到他真诚地对待我的亲人，我也不甘落后，用真心换来了婆家人的真情。

两位小叔相继成家后，公公婆婆不想给各自的小家庭添麻烦，以老人家的饭菜要煮烂点为由，带着祖母单独过。刚分家那些年，公公婆婆还耕种了田地，到播种和收割季节，我就跟小叔和弟妹商量把老人的那部分先帮忙解决。老人高兴地夸我这个长媳带好了头。每年春上祭祖，我见老人要对付六七个祖坟颇感头痛，也找小叔和弟妹们商量说，老人家没什么经济来源，祭祖这事今后就由我们来负责，我家先带个头，大家轮流可不可以？于是乎，公公婆婆又少了一件操心事。平时里，我家有好吃的，就吩咐孩子们提前叫三位老人一起分享，叫的次数多了，孩子们不用吩咐都知道照章办理。我们的做法也影响了两个小叔和弟妹，大家都抢着尊老，平时买了水果什么的，都会想着给老人送去。

老祖母健在时，几个姑姑和姐姐常回娘家看望，热情的婆婆每次都要搞得排排场场，花费不小，饭后还要一顿收拾。我就主动帮忙洗碗筷，并多多少少地塞给婆婆一些钱，还说以后需要时，我家的鸡鸭随时可用，婆婆开心得说不出话来。此后，来了亲人或客人，不用老人费心，买菜、杀鸡鸭皆由我们动手，妯娌间的感情没有因分家而生分。

老祖母过世后，公公婆婆还坚持俩人过。那时，我们在老家近旁的菜地上建新房，公公婆婆帮忙打土方不说，还帮助操作了很多事，让我感恩不尽。在丈夫十天半月一回的情况下，少了他们，任我再有能耐，也不知何时才能住上新房。他们栉风沐雨参加义务劳动的场面，深深地烙印在我的心里。

自古说婆媳是天敌，农村里的婆媳关系更是普遍紧张，住在同一屋檐下，脏话恶话随口出，常常像防贼一样处处设防，有人去趟厕所也要锁上门，家里的东西还要做记号。我耳闻目睹一些让人大跌眼镜的奇形怪状后，深为震惊，婆媳之间如果在心灵上筑起一道篱笆墙，长此以往亲情何在？！于是，我在新房落成并装修后，特地多配了把钥匙，交到公公婆婆手中。这下，轮到他们震惊了，激动了好半响才语无伦次地说，人家的媳妇转个身都要锁门，你却给我们配钥匙，就不怕我们偷东西？我笑笑说，我们是一家人，不适合用那个"偷"字，我们连人都是你们的，家里所有的东西，你们有需要尽可取之。他们听了，脸上洋溢着幸福的笑容。我这个事先未经与丈夫商量的举动，在赢来邻居们的赞美时，又一次得到了他的高度表扬。

建房欠下不少债，孩子们上初中后，花钱的地方多了起来，加上我这病没好那病又来，一年到头都在吃药打针，有段日子过得苦不堪言。但我始终没忘公公婆婆的恩典，年关总会挤出几百块钱给他们备年货。婆婆体谅我们，说平时够孝顺了，你们现在的日子也不宽裕，等以后生活好了再给吧。我说，以后日子好过了，就不止这么一点了，你要是不收下这心意，我会难过的。听我这样说，婆婆才不再坚持。

我生日那天，丈夫只要在家，总会买上补品陪我回娘家，说是感恩岳父岳母送给他一个善良优秀的妻子。父母开心中，又不厌其烦地教育我要如何相夫教子。同样，在他生日那天，不管他在不在家，我都会请上公公婆婆来家吃饭，并提前把蒸好的鸡腿夹给婆婆先吃，以示孝敬，有时也会包个红包给老人。

农村流行着这样一句话："婆婆讲媳妇，讲得不愿归；媳妇讲婆婆，讲起难难长。"意思是说婆媳在别人面前相互揭短，觉得对方都是一无是处难以相处之人，控诉起来都不想回家了。在和婆婆相处的日子里，我明白了一个道理，婆婆和母亲只是称呼上的区别，她们的爱其实没什么差别。

十五年前，宽厚慈祥、乐善好施的婆婆刚过花甲之年就因病去世，留下公公天天以泪洗面。我哭着安慰他说，婆婆在世时那么关心你，现在她在天堂还是希望你好好过日子，你放心，等婆婆"满七"过后，你就跟我们一起住，我们会孝敬你的。其实我们都知道，公公失去婆婆的伤痛需要时间来治愈，我们所能做的，就是尽一切能力给他关心，让他早日脱离悲伤。

公公按"协议"在三个儿子儿媳家轮流过了三年后，为了让他开心，在他七十岁那年，我主动提出今后都让他在我们家过，省得他过"走江湖"的日子。丈夫对我修改协议特别感谢，说他早有此意，只是怕我反对，而且他那时又受命在厦门开工程车，分身乏术，照顾家里只能靠我。我说，不要你的半分感谢，只要你在外头没有半分非分之想，洁身自好就是对我最好的报答。丈夫拉着我的手说，我们没有海誓山盟，但苍天作证，我今天就可以发誓，这辈子都绝不毁弃爱的约定。

丈夫用实际行动证明了他的忠诚与孝道，我又岂能与自己的初心背道而驰？我们几十年如一日，履行诺言，执子之手，百事孝为先。结婚至今三十多年，我们虽然也闹过矛盾，但彼此信任，从来没有怀疑对方，哪怕是有人故意挑拨离间，我们也没动摇过对彼此的信任。因为我们都知道，信任是夫妻相处的基石，它就像一张纸，皱了，就恢复不了原样。

公公脾气一旦犟起来，大致可以坐实人家给他戴上的"臭面古""理论家"标签，动辄训人，很多人因此对他敬而远之。婆婆生前曾有过劝说，但他就是禀性难移。更可笑的是，有人还用他来吓唬爱哭鼻子的小屁孩，那些小孩子一听"臭面公公来了"，就真的不敢哭了。我想着为他改变形象，一日略施小计对他说，你不是希望多些人来陪你喝茶聊天，接受传统教育嘛，那你就得和蔼可亲一些。公公觉得有理，就越改越好，从此我家的客人也就络绎不绝，几乎天天都有人来陪他从古至今聊个昏天黑地。公公的心情跟着脸色一样好了起来，脸上的笑容也生动了。

我在婆家的为人处事，得到了邻里乡亲的认可，他们当面向我父母伸出了大拇指，父母也为教女有方而感脸上有光。最高兴的莫过于丈夫，我们从未因为老人而发生矛盾，连公公都替他感谢我，他能不自豪家有贤妻！

那天，公公告诉我们，婆婆在世时曾对他说过，如果她先他而去，要他和我们住一块。我听后忍不住泪流满面，婆婆，我敬爱的婆婆，感谢你如此信任，感谢你在世时把我当成女儿无限关爱和呵护，我决不辜负你的重托，一定会让公公开开心心过好每一天，愿你在天堂无病无灾，一切安好，来世我还做你儿媳。

忽又想，我这不会只是一厢情愿吧，真有来世，他会嫌弃我吗？把问题端给他，他认真想了半晌，答得甚是漂亮：这辈子保证从一而终，有下辈子的话保证拉上你重新登记结婚，皇帝女儿给我也不要！难得听他讲俏皮话，我却愿意一万个相信。

四

父母在省城的弟弟家一住十年，年迈时执意要叶落归根。丈夫每次出车回来，便多了一份工作，总是首先看望两老，陪岳父说笑，听岳母忆苦思甜。他在家休息时，时常会买些酒菜，邀上姐姐姐夫一起陪老人吃饭，每次都是亲自下厨，他的厨艺和车技一样享誉四方。

每年大年初二是我们村回娘家的日子，他都说要早点去帮忙。好几桌的客人，只有他从不把自己当客人，当了几十年伙夫。大家都在喝茶聊天打牌抢红包，他毫无怨言地在灶头和嫂子一起忙活，开饭时也都是最后出席的两个。

母亲第一次住院，丈夫和同事换班陪着我们一起去。动手术前一天，他又请假不辞辛苦赶到市医院，连陪母亲两个晚上，在病床前细声细语嘘寒问暖。母亲倍感温暖中，也减轻了对手术的恐惧。母亲又一次在县医院动手术时，他在县城开公交车，一下班就去医院看望，晚上也经常陪护，直到母亲出院，邻床的病人才闹明白他的身份。

父亲走后，他对母亲更为关心，隔三岔五去看望，像是当兵那些年的"点卯"。母亲知道他好说话，也喜欢使唤他，只要开口，他都会尽快帮她解决。哪怕母亲只是无意间说起，他也记在心上，下次见面保准会如她所愿。

前几年弟弟乔迁，我们商量着陪母亲去省城看看新房。这时的母亲行动已极其不便，下动车时，他担心熙熙攘攘的人群会撞伤老人，二话不说就背起她，一直走到弟弟的小车旁。看他累得气喘如牛，大汗淋漓，弟弟感动不已。

三年前，兄嫂在外地讨生活，母亲在省城住一段时间后，叶落归根的念头越来越强烈，而且任凭我们磨破嘴皮，也不愿搬来跟两个女儿住。我们和大姐、大姐夫拗不过她的固执，只好和在老家的小侄女，轮流给她送饭、照顾她，保证每天都有亲人在场。丈夫犹不放心，晚上回家无论多累，都要绕到屋后，在母亲的窗户前亲热地叫上几声，问她有什么需要，听到母亲响亮的声音后才放心回到自己的家。

平日里我要照顾家里年过八旬、身体欠佳的公公，事情一多就没办法去看母亲，他不时就单独前往。母亲这痛那痛，他去后不是为她按摩、擦背，就是贴膏药，还不厌其烦地陪聊，有好几次还把老人家换下的衣服给洗了晒好。母亲发现后深感不安，说哪有女婿给丈母娘洗衣服的？他笑着说，你们老人家不是常说"半个婿郎（女婿）半个子（儿子）"嘛，应该的应该的。

平时不善言辞的丈夫，从来不会花言巧语哄人开心，但每次叫母亲的声音都非常甜非常柔和。母亲性格开朗，喜欢开玩笑，不怕苦不怕累，就怕儿孙不亲近，听到女婿这般老妈长老妈短地叫，总是笑得合不拢嘴。周围邻居听到了，莫不羡慕嫉妒，说有些人的女婿几十年都没叫上几句老丈人、丈母娘，见了面笑一笑就算打了招呼。

都说群众的眼睛是雪亮的，我们结婚以来一直把彼此的父母视如亲生父母来照顾，从来没有你的我的分得那么清楚，对彼此的亲人朋友也都一视同仁，最终赢得了大家的认可和赞扬。沾他的光，我还多次被评为"尊老爱幼好媳妇"。面对这些，我绝不骄傲，今后还要更努力做好自己，给儿子媳妇和周围乡亲做个榜样。更重要的是，我们把婚姻维系好了，不让父母担心，何尝不是一种孝顺，在离婚率上升的当下何尝不是一种无声的宣言？！

这些年我在作家弟弟的影响下，喜欢上了爬格子，出版了几本书，加入了省作协，还成为县政协委员，这里面离不开丈夫的支持，他自称是我的铁杆粉丝。每每看到我发表文章，或有关我的介绍文字，他不时会在微信里转发，有时被他人前人后夸得，还直让我面红耳赤呢。

他如此孝敬老人、如此支持我创作，弟弟每次回家都少不得向他敬酒致意，之外便是不忘叮嘱我这个老姐不能调皮任性，欺负老实且人品周正的姐夫。哈哈，你说我能吗？

我从来就不是个美女，也从来都是素面朝天，我最大的"有恃无恐"便是心灵之美。其实，女人美不美，男人帅不帅，都不在脸蛋和身材，而在于岁月深处积淀下来的那一份深明大义，那一腔执着之爱、忠诚之爱。我们有信心为婚姻树立一个典范，终生保质，"概不退货"。嫁夫至此，夫复何求，我愿守护一生若初见！

（发表于《北京文学》2021年第12期）

补箩喽

20世纪八九十年代，村里经常有一些男人挑着工具箱，工具箱的上面挂着削好了的各种竹篾成品，他们挑着担子走街串巷，嘴里不停地叫喊着："补箩喽！补箩喽！"

无论是生产队时期还是包产到户后，上季度种烟多，下季度旱田用来种植旱作，水田都种水稻。上半年的竹子嫩，竹虫喜欢在嫩竹里产卵孵化，幼虫完全靠吸食竹内壁之肉质和水分生长，因此，竹子一旦被竹虫危害，嫩竹就不能生长成材，这种竹篾补的箩，很快会坏掉，所以即使有需要补的篾具，也要等到秋收前再补，大家都知道，竹虫都是上半年才会在嫩竹里吸取竹液长大的，随着虫子的长大，受害组织逐渐膨大成虫瘿，9月开始就会陆续化蛹越冬。

即使下半年的竹子老了，大家买回家的篾具还会特意买来石灰，化石灰时把刚买回家的篾具丢进石灰堆里，连邻居听到后，也赶紧把家里的新篾具拿来一起放在石灰堆里，据说通过这种形式，篾具的寿命会更长。

补箩师傅是外地人，一来就在附近租房，很多时候也租住在干活的那个村庄，房子宽敞的村民也很体谅出门在外的师傅，包吃包住，他们家的补箩费用都免了，时间长的话补箩师傅还会给点钱，总之不会让村民吃亏。

补箩师傅每年都会来补箩，和村民都熟悉了，村民觉得他的补箩手艺不错，价钱也实在，也就信任他，放心把家里所有坏了的篾具都搬出来，和他谈好价钱，放在这位房子宽敞的邻居家里。先拿来的先补，补箩师傅会告诉他们什么时候来拿。

补箩师傅不仅仅补箩，也补其他篾具。农村家庭使用篾具的地方多，而且农村人来钱不易，都非常珍惜家里的一切用具，只要还可以修的，一般都会再修护，直到完全坏掉。

有空时，大家会去邻居家，欣赏补箩师傅的手艺，才发现，这种工序不但复杂，工作量也大，从砍竹、破篾，括篾、蒸煮、串篾、拍打（每串进一根竹篾就得用工具拍打几下，直到嵌紧为止）。特别是镶箩筐底和箩筐嘴的工序最为复杂，在串竹篾的过程中，要求都很高，箩筐的寿命长或短，最关键的是箩底和箩嘴，箩筐装了谷子，缝隙里都会藏谷子，晒谷子时，大家都会把缝隙里的谷子拍出来，一些被夹紧的谷子很难拍出来，这样，大家就会把箩筐与地面撞击，或者用一根棍子敲打，如此，箩筐底和箩筐嘴结构就要牢固一些，必须用篾皮（竹篾青）而不能用篾肉（篾黄）。箩身就用篾皮和篾肉（篾黄），如果都用篾皮，相对来说箩筐的寿命就长，但价格也高出很多，当时的农村生活还不富裕，很难接受高一倍的价钱，都认为箩身没有必要全部用篾皮补。而是用篾皮篾黄各一半，这样搭配着利用，整体质量与牢固度好很多。如果统统用篾皮，价钱高一倍补箩师傅也不太愿意，毕竟砍竹破篾也不容易，又会浪费不少竹子。

坏了的篾具拆起来费劲，灰尘也大，家门口摆放着邻居们的烂箩，地方不大，主人又不好说话的，补箩师傅还不想租住呢。遇上下雨天，得把所有的东西搬进客厅，还得在客厅里干活，而且一般村民也不想让别人住在自己家里。

补箩师傅也很自觉，每天放工后会把门口和客厅打扫干净，自己心安理得了，主人也欢喜，下次再来，还乐意租给他。一来二去，他们就成了无话不谈的好朋友。

箴具的质量和牢固度，关键在于竹子的原材料和补箩师傅的手艺，一根好的粗劈竹箴，在一个专业的箴匠手中，可以劈五层竹箴，经过他们精细的手工制作，竹箴就变得既均匀又柔软，补箩时串起来就轻松多了，看他们动作娴熟，又快又好，特别佩服他们的好手艺，个别村民有心想学，一有空就去看，看多了自己就学会了，虽然手艺差得不敢恭维，但能省下补箩钱也是件开心事，农村人不图漂亮，能用就 OK 了。

随着时代的变迁，之前家用的竹箴制品慢慢地退出了历史舞台，那些靠竹箴手艺养家糊口的师傅已经寥寥无几，如今，塑料、金属等制品代替了竹箴制品，但美好的记忆依然铭刻在我们这代人的！

（发表于《闽西日报》2022 年 12 月 2 日）

刘友和作品

忆祖母，泪双流

我的家乡在武平县下坝乡大成村。祖父刘淦菁（1904—1956年），排行第三，上有两个姐姐，下有一个弟弟。从其仅存的一张全身黑白照片看，参照檀叔公的长相，可以判定他的确人高马大，英俊潇洒。熟悉他的人都说，他年轻时力气大，擅长游泳，有武功，讲诚信，是放排的好手，是同伴们从潮州、汕头返家途中最可靠的义务护钱手。

祖母赖八妹（1908—1994年）婚后多年不育，后来抱养了一个女孩，视如己出。尽管母女情深，但姑姑9岁时，即我的伯父刘维祥（1938—2002年）和父亲刘维锦相继出生后不久，因经济拮据，被祖父忍痛送走，后来她在相邻的中赤镇壮畲村成了家，并随儿子移居江西，从此杳无音信，直到几十年后才来看望过祖母两三次，而我只在1994年祖母去世时，才见到她。70多岁的姑姑和我们一起守灵时，谈到了当年被迫分离的痛苦和几十年魂牵梦萦的思念。

我的祖母30岁前，内心备受煎熬，肚子不争气，不能传宗接代，尽管面容姣好也难免被奚落。一次赶集，一贯节俭的祖母看中了一块布料，于是壮起胆，嗫嚅着要祖父买下，但遭到断然拒绝，他说生个儿子出来，要什么买什么。可以想象，那时的祖母是多么无助，只能忍气吞声，眼泪往肚里流。

祖父52岁时病故。那年，祖母48岁；我的伯父，在武平一中读高中；父亲，在下坝读初中。

祖母娘家在下坝村龙牙塘，在我的印象中，除了与嫁在我同村的姨婆比较多走动外，她与其他至亲很少往来，这大概是亲戚多，每逢有喜事，筹份子钱，逢年过节，买礼物，都让祖母焦头烂额而忍痛割爱的无奈之举吧。祖母晚年，娘家人多次建议常来往，但贫穷让她一次次含泪婉拒。

祖母从一而终，从48岁起守寡38年，作风正派。从我们7个兄弟姐妹记事时起，至今四五十年时间里，我们从未听说过她与人吵架。一次生产队割稻子，在打谷场清理稻草时，不幸被一个谷粒射瞎了右眼，即使如此，她也没被人骂过"瞎子"或"只眼公"，这在偏僻落后的村落，在双方口无遮拦的吵架中，实属特例。

祖母辛勤劳作，节衣缩食，与伯父、父亲相依为命，凭一己之力，保障了他们的读书费用。1959年，我的伯父刘维祥考上厦门大学，就读一年后，被选送到中南矿冶学院。等到父亲去当时的岩前师范读书时，家里的开支就更大了。生活更加捉襟见肘。我的祖母就在家里养猪、鸡、鸭、鹅、兔。她很爱干净,常扫地,穿戴整齐,头发常梳理,直到临终前几天,仍坚持自己洗衣服。每天早起,然后就做一系列的家务;白天,坚持出工;收工后,再去砍柴,斫竹子,捡桐果,拗竹笋,摘野菜,锄地,种菜,浇水等。偶尔,也去收割过的田里捡拾稻穗,翻出稻草堆,重洗稻草觅谷粒,再码放好。下雨天,则在家缝缝补补。

伯父1963年7月大学毕业后一直在北京矿冶研究总院工作。他与人为善,尊敬领导,不断上进,1993年被聘为教授级高级工程师,享受国务院特殊津贴……伯父所有成绩的取得,与伯母的悉心照顾、祖母的不拖后腿是分不开的。一度,多人当面挖苦祖母"白生了一个儿子",并劝说她动员伯父向组织申请就近工作,但祖母从不提及,只是默默地承受着这种分离的痛苦。

祖母去过北京两次,第二次待的时间较长。大约在1978年,在我撕心裂肺的哭闹声中,祖母北上,陪伴伯父十几年。1987年7月,我与弟弟去北京时,祖母会讲一点普通话,一次说"天要下雨了"时,不说"落雨",但发"下"音时,把去声拉得特长特重,我们忍俊不禁,她也尴尬地笑了。由于语言、年龄、文化等原因,她玩伴不多,平时与一个讲客家话的邻居婆婆较多往来。她会用煤气灶,只见她用右手熟练地划火柴,点火时,手有点颤抖,十分谨慎。半个月过去了,我们要回去了,道别时,我明显感觉到了她的不舍,唯一的左眼,充满忧郁,心大概在流血。"相见时难别亦难",我强颜欢笑,频频回首,眼泪模糊了祖母靠着门挥手的身影……

父亲师范毕业后被分配到象洞镇富岭村小学任教,一年后,即1962年,因精简机构回乡务农,当了几年生产队长。村开办小学时,被选为民办教师(约32年后转正),工资微薄。全家老小,起早摸黑苦干,才勉强糊口。

1987年8月,我师专毕业,回乡教书。1989年,祖母因要落叶归根,也怕火葬,回老家定居。81岁了,虽不出远门,但在家从不闲着。她常到家门口的小溪里洗桌凳、锅盖、碗筷,也洗菜,洗喂猪的野菜,提水冲猪栏等。每次回家,我总见她忙个不停,最轻松的时候,就是在烧火煮地瓜藤等猪食。村里的女人爱找她聊天。

1994年,86岁的祖母卧病在床多日,临终前一两天,把我们兄弟姐妹叫入房间叮嘱要听父母的话,像伯父一样好好读书、工作,然后,在席子底下的稻草垫里摸出一个小包,慢慢展开,我才看清原来是一块蓝手帕,包裹着一沓钞票,那是她平时积攒的两三百块钱,她颤巍巍地一一分发给我们……

(原载于《闽西日报》2019年1月28日)

我的自考经历

我参加自学考试的经历，至今难忘。

"学高为师，身正为范"是教师奉行的圭臬。站上讲台，没有真才实学必误人子弟，"才高八斗，学富五车"都不嫌多。

学校是一个不折不扣的竞技场。1987年7月，我从龙岩师专英语专业毕业，8月被分配到一所农村中学。那时，该校有约30个编制，其中有1个本科生，约10个专科生。"比上不足比下有余"的思想，一度能让我全身心投入工作，天天忙于钻研教材、拓展知识面、做好学生的思想工作，教学效果被广泛认可。但几年后，不经意间我发现比较高深的知识根本派不上用场，很多知识会逐渐淡忘，自身也在慢慢退化。

随着形势的发展，专科生不断涌入学校，我的忧患意识越来越强，危机感不时向我袭来。事业刚起步的我遥想未来，细思极恐。既然教初中已游刃有余，何不"人尽其才"去力争教高中？联想到多个大学同学在高中也教得风生水起，我自信也能得心应手。于是1994年我调入一所完中。在那里，为数不多的本科生是香饽饽。在与他们的交往过程中，我艳羡不已，他们的确见识更多，层次更高。

一向不甘落后的我不再淡定了。从保证教学质量，或从寻求心灵慰藉考虑，提升学历都势在必行。从此，考本科的愿望在心中愈来愈强烈，几乎成了一个心结。我一直寻找机会，时刻关注相关信息。但对时兴的脱产、函授反复权衡，举棋不定，内心只对不用花大钱也不用脱岗的自考情有独钟，而偏偏没有英语本科，令人苦恼。1997年初，我照常看《闽西日报》时，意外获得了自考英语本科招生的信息，我喜出望外，赶紧报名参加福建师大自考英语本科。1997年上半年，我到上杭县考"英语综合技能"，首战告捷，增强了自信心。

随着武平报考人数的剧增，1998年始武平设立了自考点。但2000年前，英语本科自考教材难觅，辅导书奇缺。县自考办的书或不全或不足，不得不托人在外地购买。为此，我走了不少弯路。另外，英语本科课程通过率偏低，两三年间我县考生锐减，但我一直咬紧牙关坚持着，并在2002年6月毕业。后来被评为"福建省高等教育自学考试优秀毕业生"。

自考，已过去十多年了，如今，每当想起那段让我"脱胎换骨"的日子，就会感慨万千。坚持，坚持就是胜利。

（原载于《闽西日报》2019年10月18日）

感恩，那 5648 双眼睛

在阿拉伯数字中，国人历来对 6、8、9 情有独钟，对 4、5、7 避之若浼。其实，数字本无好坏之分，只是其谐音等在不够自信的人心里常作祟而已。除生日、身份证号码等为数不多的重要数字外，我将铭记 5648 这个数字。

武平民协为传播正能量，近年来，开展了多次丰富多彩的活动，也进行了不少积极的探索，其《武平民间文艺》杂志和"武平民协"公众号，好评如潮。今年春节，县民协又举办了"中海新世纪杯·我的春节记忆"征文大赛。根据比赛规则，在来自全国各地的 40 多篇稿件中，经过专家评审，最后评出 22 篇入围作品，进行网络投票，得出综合比分。鉴于此，22 个作者纷纷行动起来，各显神通，充分利用各自的人脉资源，竞争异常激烈。

我的《那些有绿"军装"陪伴的"新年"》一文荣幸入围。文章如实描述了我 20 世纪七八十年代在农村过年那段刻骨铭心的经历，是我四五十年来脑海中挥之不去的记忆。虽然我的文笔无法力透纸背，但我用真情实感说话，一个个活生生的故事，可以与读者产生共鸣。

于是，我谦卑和耐心地打电话，发微信拉票，但我微信上坚持不发红包，也不逐条转发，尽量不打搅微友。好几次购物，若允许商家转发其商品信息给朋友圈或一定数额的微友，就可以得到立竿见影的实惠，但我都放弃。而今，时间紧，也不能影响人家工作和休息，亲自沟通有限，结果获得 5648 个微友的阅读点赞，真让我出乎意料。这些阅读点赞者中，不乏陌生人，我不知他们的性别、年龄、职业、地域等详情，但他们能在百忙中拨冗拿出手机，点开投票链接，睁大眼睛，谨慎地选择拙作序号，点击"投票"，给了我一份实实在在的鼓励。

为了拉票，广州从未谋面的文友余常希先生、平远林东老师，耄耋之年，转发了多个微信群；武平籍退休干部廖金城先生，郑重其事，找来微友推荐投票的三篇入围文章，其对我们仨的评价——"他们都是很有前途的作家"，鼓舞人心；还有寻乌只有过一面之缘的陈传盛先生，以及我的老师王槐荫、林可学、温荣生、吴秀秀、林慧娜等都伸出了援手。最后拙作侥幸获得一等奖。

漫漫人生路上，帮助过我的人很多很多。无论熟悉与否，他们投票时专注的双眼所传递的友善与期望，必将激励我自强不息，奋发前行！

（原载于《闽西日报》2020 年 4 月 3 日）

遇见，在写诗路上

2019年5月，武平县诗词协会成立。在诗词微信群里，我"潜水"了一段时间，因为我觉得没有作品就没有发言权。

6月初，著名企业家、诗人陈远河组织20多个会员到漳州采风，在东山岛、云水谣等地，我见证了文友的倚马之才，那一蹴而就的潇洒让我艳羡。返回后，我现学现卖，从构思意境入手，遣词造句，押韵对仗，鼓起勇气把第一首现代诗《风动石》发给文友征求意见，得到他们的充分肯定后，我一鼓作气又写了三首。公众号上推出，给了我充分的自信。后来我大胆进入几个诗歌群，揣摩，品鉴，2020年3月，我写的《写在奈何桥边》收入《生死真情》一书。

后来，我又加入茉莉花语诗歌群。我坚持参加多个平台的同题、看图写诗，拙作多次入选微刊、纸刊，让我信心倍增。今年6月底，群里有人提出开设诗歌训练营的动议，得到积极响应。在暑假两个月的训练中，动议者每周出一个题目，每天利用休息时间讲课、批改、点评，经常忙到深夜。我们学员则互相鼓励，渐渐学会了写诗、品诗，学员写诗水平突飞猛进，平台发表的"过关"作品让读者眼前一亮，好评如潮。"过关"作品结集出版时，我们兴奋不已。从此我学会了以简洁的文字叙述，客观地呈现，不把它写成散文、记叙文，不把话说太白、说完，给读者想象的空间，特别是让诗歌蕴含寓意。譬如，我写的《牵手》，自以为是小试身手的诗作。

为了取长补短，我一方面反复钻研古诗词，另一方面也网购现代诗家的作品。通过交流心得，交换信息，一起评诗、改诗，让我提高很快。从此，我更加注重质量，敬畏文字。在冷寂的诗歌创作路上，很多好心人给了我温暖，令我感激不尽。当我被小圈子冠以"诗人"的头衔时，我知道这完全是一种鞭策，倍加珍惜。

遇见，在写诗的路上，感恩！

（原载于《闽西日报》2021年12月22日）

黑　板

一滴滴墨汁在白茫茫的海上洇染出
一块神秘的长方形岛屿
一束束探寻的目光聚焦

一个个苗条玉女徜徉在平坦的沃土上
在不同导演的要求下穿红着绿
表演单人舞,你方唱罢我登场
各种舞蹈妙不可言,引人入胜
似丹青妙手,描绘出
汉字、字母、数字、符号等美景

偶尔,脚与地面也会擦出思想火花
那一段段短暂的闪耀,似插曲
更似一次次情不自禁的呐喊

玉女纵情跳舞,洒落的一个个水珠
晶莹剔透,如雨露般播撒在花朵上
同时,如雪霜浸染着园丁的黑发

一朵朵花儿在电脑五彩缤纷的世界里
心驰神往心花怒放姹紫嫣红
(原载于《渤海风》2020年第4期)

最近云和棉花干上了

高高在上的云变幻莫测
有时,变成白、黄、灰等色,似棉花状
高傲地俯瞰人世

天天接地气的棉花默默无闻
有时,仰望天空
看到偶尔变成自己模样的云
虽有自惭形秽的感觉,但转瞬即逝

云,轻浮,晃荡

爱刷存在感，不时给人颜色看
棉花，纯洁，无瑕
力求问心无愧，总是给人温暖
（原载于《大渡河》2021年7月号）

烟　花

沉寂千日
是为了有朝一日出人头地
一次次在空中绚丽多彩的绽放
与一声声惊天地泣鬼神的呐喊
能引来无数艳羡的目光
足以证明自身存在的价值
虽粉身碎骨，也在所不惜

人生苦短
不教一日闲过
厚积薄发，虽昙花一现
也胜过一辈子碌碌无为
（原载于《大渡河》2021年7月号）

牵　手

兴建贤成大桥之前
河两岸的交通主要靠木桥木船
山洪暴发，有时中断联系

那座七八十米长的木桥
桥墩约2.5米高
桥面是4条粗加工过的原木
儿童常被抱着或背着过桥

心理素质差的人脚会打战

经常有人被牵着手走

有时，挑着秧苗稻谷干柴的人

要牵着空着手的人

（原载于《江河文学》2022年第1期）

高速路

高速路上，车水马龙

追赶、变道、超越或避让

在岔路口

有的直行，有的转弯

有的下高速，有的上高速

路长日暮

高速路并不高速

每一个人都疲惫不堪

幸好黑暗中，除了我们

还有车灯一直在坚持

（原载于《大渡河》2022年第3期）

池　塘

每一次投食，总能吸引不少鱼

一只鸟立在荷叶上，逡巡

突然一头扎入水中

叼着一条鱼，掠过水面飞走了

其他的鱼

似乎没注意到它的失踪

照常游来游去

但四周的观众

对刚才惊心动魄的一幕

津津乐道

（原载于《大渡河》2022年第3期）

钉　子

嵌入木板泥墙砖墙等处
所需力度不同
有时，很难找到突破口
有时，轻而易举打进去
却徒劳无功
有时，力不从心
甚至弯腰、折断，两败俱伤

钉子，深藏不露的部分
不易生锈、报废

（原载于《大渡河》2022年第3期）

潜　伏

莲藕在泥水中沉默
不慕迎风舞动的花朵
将阵阵清香送给蜜蜂

银白色的藕，水灵灵的藕
蜂窝般的七孔或九孔
努力呼吸
用绵绵不绝的情丝
书写高洁，只是潜伏
那种感觉回味无穷

（原载于《扬子晚报》2022年4月18日）

暮　色

我把车停在离家不远处
还是太远了
来来回回几趟后
父母最后扛起一蛇皮袋蔬菜
仿佛被抽空
中途竟停歇了下来

终于要上路了
此刻，乡下的暮色越发浓重
幸好还有车灯亮着
（原载于《速读》2022 年第 5 期）

风中的狗尾巴草

她忙里忙外
是种田的一把好手
刮风下雨也得上工
她恨那个"死鬼"
恨两个儿子太小帮不了什么忙
恨一些荆棘丛、芒丛
镰刀砍不了
就用锄头挖掉
但遇到狗尾巴草
看不得它温驯的样子
总会犹豫
（原载于《速读》2022 年第 5 期）

一朵花

水库边上，一树梧桐花
即使没有风，也有几朵脱落
掉在水面上

只有一朵掉在水泥台阶上
它看起来没有什么不同
又似乎与水面上的
完全不同
（原载于《速读》2022年第5期）

笊篱

米粒，在沸水中不停地翻滚
铁锅上，热气不断蒸腾
有如受教育的孩子，备受折腾

你冷眼旁观，掌握火候
恰似宽严相济的教师
有时，原本想煮出香喷喷的干饭
却意外煮成夹生饭或粥，深感内疚

一次次托举、过滤
一次次被晾在一边
你却习以为常，从不介意
（原载于《速读》2022年第5期）

跑圈

人生似长跑，一年跑一圈

在起跑线上，蓄势待发

发令枪一响

一支支离弦的箭飞出

抢跑道、带跑或跟跑，不进则退

一圈又一圈，饥渴、疲惫

摔倒了，爬起来继续

在一片片呐喊助威声中

有人掉队、半途而废，失魂落魄

有人越战越勇，欣喜若狂

终点线上

冠军，被纷纷围观

亚军、季军……关注度越来越低

（原载于《四川人文》2022年夏季卷）

爆 竹

群居或独立

一生只为了一鸣惊人

哪怕粉身碎骨

有时，沦为哑炮、闷炮

仅靠烟雾、阵势，缺乏震慑力

有时，缺引线、受潮

只为瓦全而不敢突破自我

也是一种遗憾

光、纸屑、烟尘的是非功过

任由时间去评判

（原载于《四川人文》2022年夏季卷）

飘

贤成河变成水库后
再不能放木排了
年轻人纷纷外出打工
似散落的独木
同村人偶遇不知如何称呼
只有一声亲切的乡音
有如梳理木排的钩子
成了大家在河流里
唯一相认的参照物

（原载于《三角洲》2022年5月号）

突　破

一粒种子与阳光雨露间
隔着一层沃土
在狂风暴雨中
破土而出
在电闪雷鸣中
长成一座宝塔
耸立在苍茫的大地上

附近的一粒种子
潜藏的无数粒不同种子
在潜移默化中
无声无息地不断突破思维的桎梏

春生夏长秋收冬藏
一切毫无悬念地循环无端
因有冻馁之虞而不敢越雷池一步

于是无数贤达胜士

在历史长河中湮没无闻

（原载于《三角洲》2022年5月号）

角　度

扔秧把子

尽量不太密、太稀，要均匀

无论田的大小、形状

第一列秧都是基准

如同人世

生活继续下去

还得从容人的角度考虑

锐角不能持久

还得与左右跟插的人

相互配合，成为钝角

（原载于《鄂州周报》2022年5月12日）

草叶上的蜻蜓

蜻蜓

突然落在一片草叶上

多了蜻蜓的草叶

或者说多了草叶的蜻蜓

再看时一样

又不一样

似乎有了额外的意义

（原载于《鄂州周报》2022年5月20日）

草　坡

野草疯长，蔓延了几座山

很少见灌木和石头

是黄牛山羊的天堂

也是野营的好去处

不知什么时候，一条盘山公路

直通到山顶

风力发电机带着人们在旋转

大家有点晕乎

草坡有一段下滑弧度

（原载于《鄂州周报》2022年5月20日）

棚　架

同宽，但不同长不同高

17个棚架紧挨着，在生产队的鱼塘四周

不同人家先后种上了

冬瓜南瓜瓠瓜丝瓜等瓜苗

都用塘里的水浇菜

多数人用农家肥，且不断添加

个别人用化肥，种类与用量不同

于是，在相同的土壤里，瓜苗长势

有了天壤之别，爬上棚架的藤蔓

有的瓜瓞绵绵，硕果累累

有的苗而不秀，寥若晨星

（原载于《学习报》2022年5月23日）

秧　苗

一行行、一列列秧苗

似人生路一样曲折

尽管农民力求横平竖直

与株数、丛数不变

但像生活一样，总有不如意
这是我们不愿意看到的
可谁又懂得其中的因果
在秋天，我看到的稻田
好像并没有什么不同
（原载于《学习报》2022年5月23日）

随便坐坐

山脚下，绝壁渗水，有苔藓
陡坡上，落叶易滑
松动的石块不能垫脚
有如多舛的人生
树枝藤条竹条或登山杖
就是他可能依赖的贵人
越往上爬越累
不得不停下坐一会儿
这时才发现原来路旁的风景也不错
野花、野果围了过来
（原载于《江苏经济报》2022年5月25日）

水边的石头

水渠经屋后半山腰
再从屋旁而过
有如生活，历经曲折
仍要给人安慰

水池边，年迈的祖母常蹲着
睁着患白内障的左眼
择猪食，扔掉杂物

扔掉祖父早逝与谷粒刺瞎右眼的痛苦
用干稻草沾上沙粒或草木灰
擦洗木器或瓷器

分田到户不久，新增了许多水渠
原水渠断流
被祖母一并擦亮的伯父也早流进了北京城
只是水池仍在，露出几块石头
像水流冲不散的影子
（原载于《神州文学》2022年6月号）

耕　牛

在阡陌纵横间
被人牵着鼻子走
口戴牛嘴络
颈项套牛轭
拖着犁耙辘轴
不时被鞭打被吆喝
累得气喘吁吁
依然一步一个脚印
有时，烈日灼心
暴雨滂沱
污泥浊水沾满身
也在所不辞
（原载于《神州文学》2022年6月号）

千鹭湖上白鹭飞

天幕徐徐拉开
一群群来自五湖四海的白衣明星
对着蓝色镜子梳妆打扮
喃喃地交流信息

在树枝草地空地沙滩石头等地
明星们常专注于切磋舞技
岂料，四面八方的目光如炬
手机或相机不时在偷拍
连啄食鱼虾的瞬间也常被捕捉到

湿地是一块风水宝地
明星爱在晨曦下薄暮时或阴天里
振翅高飞，引来更多的明星
（原载于《神州文学》2022年6月号）

六甲村的观澜桥

有人径直过桥，心无旁骛
有人驻足，或坐或站或闲聊

桥下的水不停地流淌
似没有波澜的人生
只有附近的脚踏喷泉工作时
才可能引起一阵骚动
用力的程度决定着
水喷射的高度、关注度
一旦偃旗息鼓
一切就会恢复平静
（原载于《速读》2022年第7期）

六甲水库上的游船

群山是万斛泉源
水库有如心胸宽广的智者
有容乃大

灌溉着一片片良田
衣食无忧的人们
在游船上领略湖光山色
在明镜止水中
与鱼儿同框
倩影、笑脸、欢歌
激活了一向沉寂的水域
（原载于《速读》2022 年第 7 期）

铁匠铺

无视附近下坝集市的热闹
两个铁匠专心地打铁
叮叮当当的撞击声
像鞭子抽打在路人的身上

只有买铁器或卖炭的人
还有好奇心重的少年
才走进低矮破旧杂乱的铁匠铺
烟灰火星烧焦味汗臭味弥漫
目之所及都是黑色
除了炉火与牙齿
经过多次的锻炼淬火
刀斧等才有了所向披靡的魔力
（原载于《鄂州周报》2022 年 9 月 2 日）

影　子

借助电灯或手电
他变换手势
把狗猫鸡等投影到蚊帐上
配合口技，让其动起来

虽然无法上色
但栩栩如生的影子
就像从早年的农村里捉过来一样
女儿开心极了
显然不知道家里的拮据
显然不知道他做这个游戏时
需要时不时侧身
让开自己
（原载于《鄂州周报》2022年9月16日）

干丝瓜瓤

他把它浸湿
沾上洗洁精或有洗衣粉的水
反复擦洗玻璃杯、碗筷等
刚柔并济
清水去除了异味与污垢
物品焕然一新
它虽然常被晾在一边
却始终保持清爽
遗憾的是，在不知不觉中
变形、消瘦，甚至残疾、玉碎

每次遇见干丝瓜瓤或丝瓜
他都会报以崇敬的目光
（原载于《特区文学》2022年第4期）

贵扬村肃正学校

古学堂被修葺一新
不见断壁残垣与荒草丛生
但见枯木逢春

新贴的对联引人注目
一条游龙——龙灯队
在鞭炮声中
腾云驾雾
沿着新修的水泥路
穿越天仙石洞
远举高飞

忍

他把脏衣服放入洗衣机
撒下洗衣粉，开机，启动
清水浸泡洗涤漂洗脱水
一遍两遍三遍
轰鸣声一阵又一阵
他累瘫在床
充耳不闻，一直忍耐
就像听不见
孩子被受委托人教训时的呜咽
当清洗完成后
蜂鸣声会欢快地响起

（原载于《神州文学》2022年10月号）

陈彩琼作品

屋顶上的春天

　　童年的时光里，你最喜欢的一个角落是哪里？你看过屋顶上的风景吗？远处的行人、落日的余晖、广阔的田野，自由自在的呼吸，天马行空的想象，还能看见季节里最富有生命气息的春天。

　　老屋正大门对面是一座笔架山，优雅柔和的线条勾勒出一组玲珑有致的笔架。门口是一湾池塘，隐约可以看见水中的红色鲤鱼，屋后面是一年四季翠绿的竹林，老屋在岁月里刻写着属于它的年轮，这是我第一次站在春天里认真看老屋的样子。屋檐下的红灯笼，依然鲜艳夺目，拽着枝丫在风中轻快地跳跃，似一个吉祥娃娃在荡秋千，欢快地迎接春天的来临。雨来了，雨势不大，池塘的水面上泛起了一圈圈的圆晕，水滴惊动了红鲤鱼，她摆尾钻进水草里，水面便模糊了，一会儿又恢复了平静。老祠堂上的瓦屋长了青色的绿苔，这种小生灵，总能给人带来耳目一新的感觉，给微凉的春天带来了一丝清新的暖意。几株青草不知何时也在青瓦和水泥面交界上的缝隙里长到了脚踝的高度，在春雨里挺立着身姿，柔弱而坚定。

　　屋顶上依然有青黄的、绿色的、红色的落叶，在春天里被雨水浸润着，潮湿发亮无半点声息，在选择落下的那一刻，为这个世界增添最后的色彩，叙写着生命最后的故事。春雨越来越密，老屋后的一片绿林与春雨在时空接缝处相遇，密集的雨包裹这抹绿色，而这片绿林波澜不惊、从容自如。风来了，一股股泥土、花儿、草木的芬芳在身旁弥漫，对面瓦屋里的炊烟飘起，柴火味道扑面而来，隔着破旧的窗棂，隐约可以看见一只猫儿慵懒地在炉灶前打瞌睡。

　　雨渐渐停了，在春日柔和阳光洒下的那一刻，竹林的全貌才被发现，一枝翘立在枝头的嫩芽、一只北回的燕子，还有一朵缀着雨露的桃花，地上的嫩芽如雨后春笋般破土而出，似山水画中的那点点淡墨。树林深处飞来几只鸟儿，打破了静谧的树林，停在树枝上，有的飞过了竹林来到屋顶觅食。屋顶上常常会晒一些菜干、大米和面粉，鸟儿寻觅无果，便在屋檐上轻轻捋了捋羽毛，伸展身姿，享受着雨后天晴的舒适和静谧，她们也是喜欢这春天的风景呢！

　　朗朗的读书声在耳畔响起，是老屋后面的学堂里的孩子在朗读课文？不，这个破旧的学堂早已经没有人上课了，那些欢声笑语和绿荫丛里寻找春天的孩子已经都长大成人了，这里也变成了荒废的老房子。仔细倾听，原来是老屋里的孩子在朗诵诗歌："风跑得直喘气，向大家报告好消息，春天来了，春天来了……"

老屋门口的老奶奶，怀抱着一个熟睡的小婴儿，春风拂过他可爱粉嫩的小脸蛋，或许梦里他也看见了春天的模样，睡梦中泛起了甜甜的微笑。屋顶的对面是一片广阔的田野，春雨贵如油，农人们不想辜负春天的好时光，在菜地里田野里忙活着，一年之计在于春，日子沾了春光的明媚在春天里流淌。

任何东西都长不过草木，长进我们生命缝隙里的草木，与一切来过的生灵长相厮守、不离不弃，在宇宙的长河中，花儿是最长久的轮回。春天的草是最生机的，旧学堂前的草儿长了一季又一季，在这个春天又焕发了新的生机，远远望去，碧绿的草在微风下形成了一片绿涛。这里曾经是孩子们的天堂，课间休息时间，孩子们在草地里自由地奔跑嬉戏，勤奋的孩子在大树底下朗读，爱运动的孩子早已经跑向更远的草地里踢足球。学堂边有一株山梨树，树枝如同水墨画里勾勒的线条，枝丫上开满了小小的白色花朵，在一大片草地的衬托下，整棵树显得更加纯洁优雅，远远望去如一个亭亭玉立的少女，在静听春天的声音。儿时学堂里的孩子们，最盼望那梨树开花结果，在物资匮乏的年代，梨树上结的酸甜的果子便是孩子们最美味的零食。

站在春天的天地间，细数流年的轮回，无论是春暖花开，还是斜风细雨，春天依然是岁月里最灿烂的一抹色彩。屋顶上的春天，安静又灵动，绿色作为春天的底色，美得不需要任何修饰。站在老屋顶上，我想把春天临摹成岁月里的一幅画，嵌进生命的底色里，在每个平淡的日子里赋予生命新的希望。

（发表于《闽西日报》2019年3月22日）

妈妈游乐场

对于每个职场妈妈来说，最大的愿望就是有三头六臂和无限充沛的精力，一方面能在工作中专心投入，另一方面能在家庭里游刃有余，但是真实情况往往是妈妈们常常处于崩溃的边缘。

我特别喜欢有一种说法，孩子在未出生之前就在天上挑妈妈，她看见你特别好，于是就选择了你当妈妈。初见孩子的时候，每个妈妈都特别惊喜：这个就是我的孩子呀，她长成这样！看着她的眼睛眉毛嘴巴鼻子，怎么都看不够，每天不厌其烦地欣赏着自己的作品。

此刻，我正经历着二宝上幼儿园严重的分离焦虑，他一路哭着进幼儿园，每一声哭声都像是一把尖刀，不断刺痛着我原本内疚、担忧和焦虑的心。我把目光转向了大娃的身上，她从小就活泼、开朗，这种所谓的分离焦虑期，在她身上一丁点儿都没出现。她每天蹦蹦跳跳地进幼儿园，傍晚开开心心地牵着我的手回家。这会儿，在妈妈身上哭闹的弟弟还一把鼻涕一把泪地哭，我想这是他一天情绪的发泄时间，我耐心地等他发泄完。哄他入睡后，我回头看依然还没听从我的指令做事的大宝，怒火从心尖冒起，我用指责的语气批评了她，她生气地甩头说："我再也不想理你！"我又陷入了无限的自责：凭什么在小宝身上积累的情绪，要通过她来转移和发泄。我忐忑不安了一会儿，疲惫得很快入睡了。

　　第二天中午回到家，她满脸笑容地在家门口迎接我说："妈妈，我给你准备了一个惊喜。"我松了一口气，一直担心昨晚的事会让她闷闷不乐，或者给她成长留下一刻黑暗的阴影，甚至会影响她的个性成长。我自嘲地对自己笑笑：既然如此爱瞎操心，当时为什么不做好情绪管理！我蹲下身，说清楚了昨天的事情，并向她道歉。她莞尔一笑："妈，我带你去参观你的游乐场。"我一脸诧异，什么游乐场？

　　她带我走到她房间门口，门上贴着"妈妈游乐场"，用卡通纸做成，一笔一画写得很用心。她给了我一张小地图，上面指示着：床上、桌子上、古筝盒、衣柜里分别有四张剪开的卡片，要拼成一张完整的卡才能找到游戏的位置。我按照她的指引下找到了四张卡片，她夸奖我："妈妈，你真是太聪明了！"第一个游戏是多米诺骨牌，我轻推第一个牌，其他的牌沿着轨道一应而下。她拍手笑着说："是不是很减压？"我点点头笑了。第二个游戏是吃垃圾的娃娃，她在一个纸箱子上面画了一个可爱的大嘴娃娃。她说："妈妈，你可以把你烦恼的东西都丢进这个大嘴娃娃里，然后让她吃掉。"

　　我试着在纸张上写下了一些话，丢进了大嘴娃娃里。她欢呼："妈妈，你的烦恼这样就被吃掉了啊。"做完所有的游戏，我得到了她设计的爱心贺卡，上面写着一些暖心的话，还用蜡笔设计了一个小小的刮奖区，刮开是一些小奖励。我说："谢谢你，你真是伟大的设计师。"她的眼里闪耀着小星星，对自己的创意感到非常满意。我们拥抱在一起，她说："妈妈你笑了，我好开心！"她开始手舞足蹈，做起了鬼脸。

　　夜里，加班写完工作稿已经是 11 点 48 分，我回房间看了看熟睡的孩子们，窗前月光如水一样洒落在他们脸庞上，睡着的孩子们真像个可爱的小天使。小娃醒来说想喝水，喝完水他搂着我的脖子，钻到我怀里说："妈妈，我喜欢你，你喜欢我吗？"他的眼睛在月光下如水般清澈，带着笑意，我心里笑成了一朵花。或许妈妈们每次的关心体贴，每天的忙碌劳累，孩子们都是记在心里的。在适当的时候，他们会用自己的方式告诉你。

职场妈妈们每天都在工作和家庭中奔波，如何做好时间管理和情绪管理，是每个职场妈妈们的必修课。在忙碌的工作背后，我们还有一个特殊的战场，在这个爱的战场中，我们还要给自己注入一针强心剂，我们也需要更多智慧和能量，因此我们需要不断学习，才能在工作和生活中做到游刃有余。

（发表于《闽西日报》2021年5月7日）

梅酒一壶夏日长

"梅子黄时日日晴。"小院子里，孩子们在背诵古诗，扎着两根辫子的小女孩提出：梅子黄时怎么会日日晴天呢？梅子黄时，应该是梅雨季节？她从书架里找出一本气象学书，翻给大家看。

我在一旁认真听她们的讨论，心想山上的梅子熟了，何不来一场摘青梅的活动呢？朋友相约："要去山上摘青梅做青梅酒吗？"好朋友总是心有灵犀，我们简单收拾了一下，就出发了。又见青梅，凭着舌尖的记忆，便想起了那酸涩味道。青翠欲滴的青梅挂满树梢，如同一个个青绿的玉石，光是观赏就已足够，满树的青梅随手摘下便是一箩筐，树底下成筐采摘好的青梅，正待送到城市里销售，或者送进食品加工厂做成人们爱吃的小零食。

《水浒传》里说煮酒论英雄，朋友笑说我们煮酒谈人生。每年采摘青梅做青梅酒，是我和朋友们喜欢一起做美好的小事。工作和家庭生活越来越忙，我们不常聚会，每逢聚会便会端上我们一起酿制的青梅酒，细品我们的友情像青梅一样越酿越醇厚，十几年的友情也别有一番滋味。人生若如初见，关于青梅酒的味蕾记忆唤醒了我们初见时的那种欢喜和默契，喝着青梅酒聊起从前的糗事，总说同一件小事，可每次说起来，大家依然会捧腹大笑。

我们把采摘的青梅冲洗一遍，用牙签挑去果蒂，搓洗掉浮毛，洗刷青梅的过程是有趣的，朋友们偶尔还会把偏黄色的青梅尝一尝，虽然知道酸涩无比，却也乐在其中。青梅洗干净后我们用盐水浸泡一下，再用清水冲洗干净，把青梅放在通风处晾干，用干净的广口玻璃罐，一层青梅一层冰糖地铺满，用高度数的清香型白酒泡。凭借我们的经验，如果用浓香和酱香的白酒会盖掉青梅的香味，四十度的伏特加最好，味道比较淡，可以很好地吸收果香。若是加黄糖的话，那酒就会呈现美丽的琥珀色，对于不常喝酒的人来说，加上足量的糖，可以让青梅酒更好入口，把酒倒得完全没过青梅，盖上盖子阴凉处静置三个月到一年，接下来的一切就交给时间了。

青梅酒酿好，夏天就要来了啊！每个季节做一些美好的小事，这样的人生才不至于荒废呢！炎热的夏天，我们喝上了去年浸泡的青梅酒，此时的青梅酒颜色是琥珀色的，带着春天的气息，喝上一口，那种甜香清冽，让人忘了这是酒，也忘了它的后劲是惊人的。因为每年酿青梅酒的缘故，朋友们学会了做一些独门的小菜，大家拼凑在一起，互相品尝着各自的手艺。一壶青梅酒解开了生活的锁，拂去了心灵的尘埃，把心情静置在这壶青梅酒中，虽然生活有种种不如意，但是喝完青梅酒，便觉得这个世界还是很值得期待呢！当一家人围坐在小屋前，端上一杯青梅酒，那些岁月里的伤痕就化作了一首小诗，重新诠释了生活的内涵。不论生活中有多少不如意，也总有许多美好的小事，那些尘封在记忆里的美，一如既往地点亮了我们生活的希望。无论是亲情、友情还是爱情，人与人的相处总有些无奈和伤痛，可是生活要往前走，我们终究要有"原谅"的勇气和智慧。

夏季白日里总是炎热无比，乡村里的夏夜却常常带有微凉的气息。我坐在朋友种满花草的院子里，看见破旧朱红色小门映着草编的灯火，飞蛾在灯前飞旋着，天空中的还未褪去的晚霞在飞云中穿梭，长满杜衡的小洲在暮色中若隐若现。院子里的一棵树自然地长成了伞的形状，遮住了树底下的一口水井，一川的青苔在井口蔓延至阶前。或许植物是有灵性的，懂得如何去呵护这天地间的水汽，让水汽滋养着众生万物。

我带上一小壶自己亲手酿制的青梅酒送给主人，她将刚采摘新鲜果蔬闲置在茶水桌上，小院的灯在树影里摇曳。我们默契地静坐在木制的椅子上，倒上了一杯青梅酒，品尝着新鲜的果蔬，看着天空中的晚霞褪去，直到夜空中慢慢出现了星星。

（原载于《新烟草》2020 年第 24 期）

藏龙卧佛狮岩洞

远远的，你就能听到一声声让人静心的梵音；走近了，你便可看见一个如狮子一样的岩石，张开大嘴，威风凛凛！许愿池和许愿树旁，一颗颗硬币和一条条红色飘带，寄予了人们对美好生活的憧憬！

这里是福建龙岩市武平县岩前镇的狮岩，外形似狮，岩有一洞，可容数十人，有着优美的天然景观和神奇传说和工艺精湛的古代建筑而闻名遐迩，载入《中国名胜大词典》。这里有闽西历史上第一座被朝廷赐的寺院——均庆院，也是如今海内外公认的定光佛祖庙，被世人誉为"人世蓬壶""云门圣境"，海峡两岸同胞每年在此相聚。

登狮岩，入洞口，一阵清爽的气息扑面而来。正中供奉三尊古佛，一尊是从台湾淡水镇鄞山寺送来，岩壁上刻有北宋丞相李纲所题的"灵洞水清仙可仿、南安木古佛洞居"，洞两旁立着护法神。古佛殿后有一曲径，经过"通天第一洞"，阵阵凉风袭人，岩壁上有流水至地面，让人感觉置身于神话般的境界中，大自然鬼斧神工，石钟乳变幻为石狮、石象、石猴、石龟等，岩顶上刻有"人世篷壶"四字，相传是乾隆皇帝所题。我们上小学时，常常去狮岩，夏天酷暑难耐，洞内却如冰窖一般。石钟乳上有水流下来，滴滴答答在岩洞里响起，我们坐在石龟岩上，想象着这是七龙珠动画片里的"忍者神龟"，在这里陪着我们度过童年时光。我们看着黑色缝隙透过来的光亮，编撰着洞穴里的故事，猜测这狮岩下面有一个如阿拉丁神灯故事里一样的深洞，里面有一个神奇的宝藏，住着阿拉丁一样的神仙，他们守护着这座狮岩，守护着这里的人们。

狮岩据传是个有仙有龙的地方。仙，便是古代道家八仙之一的何仙姑，据《福建通志》记载："仙姑世居武平南岩，生于后晋福二年丁酉（937年）。吕纯阳（八仙中的吕洞宾）见其有仙质，日过索饼唉，辄与。吕感，赠以一桃，云食尽则成仙。仙姑遂辟谷南岩。"龙，则在何仙姑出生和修炼的岩前狮岩，旧称南安石洞。狮岩前有一天然泉水湖，称"蛟湖"，清澈如镜，有"蛟潭涌月"之称，传说龙常在此处出没，因此泉水清澈透亮，即便是方圆数十里干旱，这里也不曾缺水，泉涌不歇，有如蓬莱圣地。

记得小学五年级时，老师组织我们一日游学校旁边的狮岩，那些我们曾经描写过的狮岩景色，依然如初，只是小树变成了大树，何仙姑亭依然如故。我们坐在教室里，窗外就是何仙姑亭，我常常想，这世上真的有神仙吗？我的爷爷相信善缘，他的房间里挂着八仙过海图，我常常听他讲八仙的故事。他说：仙姑天生性善，颇识草药为老百姓解除病痛，方圆数十里内谁家大人小孩患病，她便抓草药给患者治病，颇受百姓的敬仰。每次讲八仙的故事时，爷爷像在讲自己身边的朋友一样亲切，我常感觉这些人就在我们身边，因为积累了善念善事善缘化作了神仙，享受悠闲和自在。据武平《何氏族谱》载："仙姑寿终时，闻空中有鼓乐声，一朵祥云从卧榻直上霄汉，见者无不惊异，自是乡人敬慕，塑遗像于仙姑楼。"何仙姑真身葬在武平县岩前宁洋乾湖塘。

狮岩闻名，除了自然风光优美外，更重要的是，它还是客家圣地——客家保护神定光佛所在，是海内外公认的定光佛祖庙。据载，定光佛俗姓郑，名自严，泉州府同安人。定光佛又称定光古佛、定光大师，是历史上唯一被朝廷正式赐封

"定光佛转世"的高僧。11 岁时出家修行，17 岁时游豫章（今江西南昌），过庐陵（今江西吉安），而立之年，来到武平，立下"我愿委身此地，以度群品"的誓言。在当地及闽粤赣周边留下除蛟伏虎、疏通航道、活泉涌水……留下许多护国佑民的传奇故事。

如今，狮岩成了海峡两岸交流的重要基地和文化交流的桥梁和纽带，每年在此举办定光古佛文化节，海峡两岸的同胞相聚一起，品客家美食、赏客家文化。定光佛文化节成了维系两岸情感的一条纽带，为增进同胞感情和促进两岸交流合作方面发挥了重要作用，推动了两岸经贸、农业、文化、科教的发展。

（发表于《闽西日报》2021 年 5 月 26 日）

童年记忆中的零食

童年的时光里，最美好的记忆便是各式各样的零食。骑车载着雪糕冰棍满街卖的小哥，挑着扁担卖麦芽糖的老爷爷和街头卖油饼的阿婆都是我们记忆中最可爱的人，父亲出远门带回来的小零食是记忆中最温暖的回忆。

记得有一次，邻居姐姐神秘地凑在我的耳边说："我在吃泡泡糖，一直嚼都还会甜，还能吹泡泡。"她那忽闪忽闪的大眼睛里满是得意，我无比羡慕，我立马跑回家告诉父亲邻居姐姐的神奇糖果。第二天，父亲出门回来握着他的拳头说："猜猜这是什么？"他微笑着松开手指，几个包装精美的糖果在他手心里。"大大卷泡泡糖！"我大呼，迫不及待地撕开糖果纸把糖块塞进嘴里，松软香甜的糖香味盈满嘴巴，无比满足和欢喜。

上小学后，学校的门口的零食各式各样，有无花果、杨梅干、果冻条和小熊饼干……有的糖果，一毛钱可以买十个，最贵的是足球图案纸包装的巧克力，一毛钱两块。我的同桌最喜欢吃巧克力，她的父母在外地工作，给她的零花钱特别多，她不开心的时候就买巧克力。我们放学一起回家，她常常买好多巧克力，快到家时又迟迟不愿回去，回头跟我说了几次再见后，又在我的口袋里塞一块巧克力。同桌每天都往我口袋塞巧克力，她视我为最好的朋友，不愿意和其他同学玩，性格越来越孤僻。我不敢告诉她我不喜欢巧克力，我怕她更加孤单，以后她给我的巧克力，我都带回去给爷爷吃。有一次，同桌带了一袋草莓，说是妈妈回来买给她的，那一颗颗红色的草莓新鲜欲滴，我终于见她脸上露出久违的笑容，可是她的笑容总是很短暂，带着淡淡的忧伤，往后的日子里，她都如此。后来她转学了，跟着父母去另一个城市上学，我们还没有来得及说再见，为此我难过了许久。

小学四年级时，我和妹妹最期待陪妈妈去学校开教师例会，家里离学校有段距离，妈妈总让我和妹妹陪着一起去开会。我们在学校宿舍里和其他老师的孩子们一起玩，偶尔有些大姐姐作业没完成，大伙围在一起，边吃零食边陪着他们写作业。我们姐妹俩最期待的就是开完会后，妈妈带我们去学校门口的零食摊，每周末妈妈出手都很大方，我们要的东西都会买齐。因此，每次上学路过校门口时，我都会先看好要买的零食，待到周日让妈妈买齐了，娃哈哈 AD 钙奶、小熊饼干、酥脆沙琪玛是当时我们最爱的零食。

　　我们家不限制零花钱，父母习惯把零花钱放在厨房的柜子上，想买零食的时候，我们会说："妈妈，我拿了两毛钱买杨梅干。"可到了店铺，我们都会买瓜子。小店铺的瓜子一毛钱一杯，我小时候长得白皙可爱嘴巴又甜，店铺的奶奶特别喜欢我，每次装瓜子的时候装满满一杯，又多抓一小撮给我。母亲不让我们吃瓜子，每次我和妹妹买了瓜子就把门关上，躲在床底下嗑，那时候偷吃不懂善后，被妈妈从床底扫出一堆瓜子壳后免不了被批评。我们最爱的零食是沙琪玛，我们常常坐在家里楼顶的阳台上，屋后是竹林，竹林风吹来格外凉爽，我们嚼得酥脆的沙琪玛咔滋咔滋响，我说："我永远不会忘记今天吃的东西，太好吃了。"妹妹吃得满嘴都是碎屑，点点头表示赞同："长大后，我们还要一起吃沙琪玛。"

　　如今，在超市里，我依然能看到小时候吃的小熊饼干、沙琪玛、娃哈哈 AD 钙奶和足球巧克力，味道和小时候一样。只是，我依然还是不喜欢巧克力的味道，每次亲戚朋友从国外带回来各式各样的巧克力，不是太甜腻，就是咖啡味太重，每次吃巧克力的时候，我就会想起同桌那略带忧伤的脸庞和每次回头看我时眼中的不舍。

　　那些年，我们一起吃零食的美好和忧伤都是最美的回忆，岁月带走了童年时期的美好时光，而零食的味道却一直留在记忆里。冰心说："童年呵，是梦中的真，真中的梦，是回忆时含泪的微笑。"或许，我们能与岁月抗衡的，便是回忆时的微笑。

（发表于《闽西日报》2021 年 5 月 28 日）

我的父亲母亲

　　我的爷爷和外公是感情非常好的朋友，我的外公和爷爷都是中国人民解放军退伍军人。有一天，这两老头又一起喝酒，喝酒间谈到各自的子女，我爷爷说他有一个待婚配的儿子，我外公说他有一个待出嫁的女儿。于是，这两老头就嘿嘿地干杯，说笑着看能不能结亲家。

　　父亲第一次见我母亲的时候，是偷偷跑去看的。那时候的母亲秀外慧中，父亲看到我母亲那会儿是欣喜的；我的父亲当年也是高大帅气，用我外公的话来说就是漂亮精干的小伙子。于是，两人一见钟情，双方家长见了面后，我的母亲就递手帕给父亲表示愿意结亲。他们婚后的日子很美好，我出生以后，他们的日子就更加欢喜，我出生100天后的三口之家合影中，父亲和母亲满脸的笑容，据说是因为我乌黑又浓密的头发不得不剪掉，所以母亲说要留个纪念。

　　小时候，我一直觉得父母之间的话不多，当两个人快要吵起来的时候，父亲一句话："我都还不是为了你！"母亲便不说话了。我与父母相处的时间很少，小时候常常在外婆家住，一住就是一两个月，在家的时候大部分也都是和爷爷奶奶在一起。幼时的我对父母的印象非常少，一些记忆的小片段也是模糊零碎的。小学二年级开始，我就常住外婆家了，一是外婆家就在学校附近，上学近。二来外公外婆身体尚好，有能力照顾我。我的父母，一到周五会偶尔来看我，父亲会来外婆家为我们做好丰盛的饭菜，和我们一起吃完饭便离开了。周末我偶尔会回家，他们总是很忙，忙着为我们提供更好的生活。

　　我与父母相处的最长时间，应该是我婚后有了宝宝休假的这段时间，为了照顾母亲的生活习惯，我选择了回娘家住。或许是年纪越来越大的原因，父母已不再把赚钱作为生活的全部。这些年，父亲开始研究各种美食，他做的基本都是客家菜系：清蒸鸭子鲜嫩有嚼劲，搭配父亲用蒜、醋、金不换调料，保留鸭肉的香甜味又有蘸料的香味，色香味俱全瞬间激发味蕾；梅菜扣肉用菜干、胡椒粉、酱油、盐、味精腌制好后，再小火炖一个小时，待到菜放凉后再回锅蒸一会儿，这才真正做到了入味，细嫩的五花肉入口即化。这两道菜的独特味道馋得我总是迫不及待地一口气吃上好几块，吃上父亲做的各种热腾腾的美食，我和母亲觉得特别满足和幸福，父亲也乐此不疲。

　　父亲年轻的时候脾气不好，我一直觉得父亲冲母亲生气的样子我受不了，我小时候看到会忍着，长大后我就觉得要保护自己的母亲，每次父亲冲母亲生气时，我就会上前去跟他理论。而母亲似乎并不领情，反而觉得我这样做不对。后来，我想了很久，待到有一天我会为这样的行为后悔，至少我应该顾及父亲的尊严，选择事后跟他谈判，谈判也要注意他的心情，也要注意技巧。还好，我现在已经慢慢学会了，他也慢慢领会了；还好，他还年轻健朗，而我已经有能力孝顺。

　　跟他们真正相处时间长了，我发现父亲冲母亲的生气时间其实很少，大部分的时间，都是母亲摆着臭脸，指点父亲的不是。我父亲就喝着小酒认真听她数落，一句话也不说，偶尔还嘿嘿地笑。日子久了，我发现那个出了名的好脾气母亲，也常常耍她的小性子，一不留神父亲就会被她说一通，父亲偶尔怼回去的话也是温柔的。后来，他们有矛盾的时候，我便不再搭理。我发现，他们和好的速度比我想象的快，如果是父亲错了，他一定会为母亲做一顿美味可口的饭菜。

又是一个风轻云淡的日子，母亲说中午的肉好像不太够，没吃饱的感觉。傍晚，我便看见父亲忙于厨房，在瓶瓶罐罐中捣鼓，为那一小盘的肉，他捣鼓了好久。晚餐的时候，一小盘精致又美味的肉端上来，我夹上一块肉放嘴里说："呀，这味道，真是绝了，我还真没吃过这么美味的肉，各种味道都有，这么好吃的肉是怎么做的？"父亲说："这是特殊的调料，专制的。"他和母亲相视一笑，我想，这就是爱情最美的样子。

（发表于《闽西日报》2021年6月19日）

听爷爷和外公讲那过去的故事

我是听着爷爷和外公讲故事长大的，经历烽火岁月的军人们，对于和平的渴望，比普通人来得更加强烈。和平年代，致敬军人，唯愿世界不再发生战争。

我的外公和爷爷都是中国人民解放军，外公和爷爷是好朋友，两老头退伍后就常聚在一起。现在我依然能够想起他俩见面的样子，两个老头远远看见对方，就热情地挥手，老远就喊着对方的名字，两人就像久别重逢的战友，走近以后就紧紧握住对方的手，然后相拥一下拍对方的后背，好似许久没见的亲兄弟般亲密。他们一起泡茶聊天，一上午就过去了，房间里总能传出他们的笑声，他们在一起总是有说不完的话题。

我的爷爷装了满肚子的故事，我小时候常听他讲各种各样的故事：七仙女下凡、八仙过海、鱼跃龙门等等。爷爷讲故事绘声绘色，我常常听得入神，听完后总要刨根问底，他总是耐心地解释，把做人的道理用故事的形式讲述给我们听，告诉我们长大以后要做一个善良、正直的人。他最爱讲战场上的故事，印象最深刻的是一个打鬼子的故事，爷爷说他们穿着便衣，拿着真枪，看到鬼子来时先躲起来。鬼子快近身的时候，他们就举起枪，啪的一声，枪响了鬼子倒了。他讲这个桥段时总是自带动作，讲到动情之处，爷爷的声音带着激动的颤音，灰白的头发，一根一根精神抖擞，眼神凝视前方，就像真的鬼子出现在眼前，爷爷一弯腰一转身，做出开枪的姿势，就像个年轻的小伙子。

我是爷爷忠实的小听众，总是听得入神，时不时还要问一句："敌人都被消灭了吗？""后面有人追上来吗？""爷爷，你害怕吗？万一你身后有其他的敌人呢？"爷爷总是嘿嘿地笑，露出一排整洁的牙齿，眼神里带着自豪："爷爷这么英勇，怎么会害怕呢？"听完后，我就挺起小身板，骄傲得抬起头，仰望我那老顽童似的爷爷，觉得爷爷真棒！有时候讲久了，爷爷就会沉默一会儿，拿起一支烟慢慢点燃，火星在那闪烁，我知道爷爷是想念战友们了。

我的外公讲故事和爷爷不一样，外公喜欢听军营的曲子，听着曲子就开始讲他的故事。外公喜欢听欢快的曲子，我依然记得那熟悉的旋律，外公最喜欢的一首曲子："18岁、18岁我参军到部队，红红的领花迎着我这开花的年岁，虽然没带上呀大学校徽，我为我的选择高呼万岁啊，生命里有了当兵的历史，一辈子也不会感到懊悔……"记得那是一个冬天，在这样的晨曲里，我正在吃外公做好的早餐，外公讲军中训练的故事，他说有一年冬天特别冷，洗脸盆里的水都结冰了，但是他们却要背着沉重的装备，从海岸边游到对面的海岛上，每次上岸的时候，嘴唇都是紫色的，牙齿上下打战，脸也被冻僵了，脸色是紫色的，游上岸的时候全身湿哒哒的，身上的装备还特别沉，但是无论多么艰苦，这种训练是每天必备的训练。

外公讲故事的时候总是慢悠悠的："那时候，我们驻军海边，夜里敌人经常来偷袭，炮弹从空中轰炸过来，落在身边。有时候，夜里大家休息的时候，炸弹就从天而降，炸弹落下来的时候就要马上趴下，迅速匍匐撤退。"小时候，战争给我的印象就是硝烟弥漫，枪声和炸弹声是老百姓的噩梦。外公说："战斗结束后，房子倒了、塌了，妇女抱着孩子，在倒塌的房子里找食物，有时候找不到食物，孩子们就要饿肚子，吃不饱饭就哭。你们是幸福的一代人，要好好珍惜食物，好好珍惜现在的生活。"有时候，我会笑着问他："外公，我长大后也去当兵好不好？"外公笑着说："你好好读书，将来考上个好大学，一样回报祖国。"

今年是建党100周年，我敬爱的爷爷和外公讲的故事依然记忆犹新，他们饱受战争之苦，看尽战争中人们的苦难，珍惜来之不易的和平生活。和平年代，弥足珍贵，我们只有踏着革命前辈们的足迹奋勇前进，才能实现中华民族伟大复兴的中国梦。

（发表于《闽西日报》2021年7月30日）

乡夏放牛班

立秋后的梁野山，少了几分浓烈，多了几许婉约，午后的阳光里带着柔和的风，燥热渐渐远离。

这是2021年的疫情严控期间，原本要带孩子们出行的计划被打破，我们只能在家附近的梁野山上走走，这是尽量避开人群又能放飞孩子们天性的地方。我们沿着山上的小路走，午后的阳光渐渐柔和起来，落叶蹁跹飘落在小河里，自由自在的样子让人羡慕。山林幽静，绕开旅游景区，我们往周边的山麓走，这条路人迹罕至，远远地就能看见丛林中雀跃的小鸟儿和小松鼠，一只灰色的小野兔出现在我们眼前，怯生生地，我们以为是一只小野猫，走近了才发现是一只灰色的小野兔，第一次看见小野兔的孩子们，想走上前抱它，可它一溜烟就跑了。

爱玩水是孩子们的天性，换上了泳衣后，孩子们便在清浅的湖滩边戏水。水中有几只鸭子在游动，孩子们拿起水枪与鸭子嬉戏，水珠落在鸭子的身上，惹得它们直甩头扑腾翅膀，孩子们玩得更欢了。胆大的孩子套上游泳圈，游到湖中央，享受着在水中划游的畅快。清水湖边有一条浅水渠，孩子们发现了水中有许多小鱼，大家便围在小水渠边，用小鱼网捞鱼。父亲们饶有兴致地蹲在一边，陪在孩子们身边去找鱼，水里的小鱼只有牙签那么大，这些小小的鱼儿一会儿钻进石缝间，一会儿躲在水草里，孩子们埋头寻找那些小鱼儿，认真劲儿十足。平日里工作繁忙的父亲们，此刻也像一个个孩子，为抓到一条小鱼而欢呼，他们小心地把鱼儿捞进了透明罐子里，亲子关系在这样的有趣小事中变得和谐亲密。

这让我想起自己小时候和小伙伴们抓鱼的情景，那时候家乡的水渠清澈见底，没有工业和养殖的污染，水渠里的鱼特别多，用漏水盆随手一捞，一群活蹦乱跳的小鱼儿就全在盆里了。我们回家后沾着盐巴，在炉子上烤着吃别提有多香了。偶尔抓到颜色漂亮的小鱼儿，我们就装在罐子里养着观赏，可以开心很长一段时间。小时候，我们没有那么丰厚的物资，快乐有趣的事情却不少，爱玩的孩子总会动脑筋想出各种好玩的小玩意儿。如今，沉迷于电子世界的孩子们，如果能常常回归自然的怀抱，他们会不会对这个世界更多一些热爱，更多一份感恩。

傍晚，太阳的光更加柔和，山的一边落霞满天，在群山间红得似一团团火焰，阳光的余晖洒落在群山上，青黛色的山像是镶嵌了一道金边。孩子们在大树底下荡秋千，当孩子荡到半空中时，在落日的余晖映衬下，像是进入了群山和阳光的怀抱中，一幅自然的童趣图。微风轻轻吹过，树叶沙沙作响，即便脚下有蚊子叮咬，孩子们依然乐此不疲地排队等候在一旁，一遍一遍将自己荡到最高处享受高空落下来的欢快。

远处的太阳渐渐落山，直到隐去最后一道光，太阳的余晖渐渐消失，山里渐渐暗下来。我们在大山里"乡夏放牛班"的小房子里挂起了装饰灯，小小的按钮一开灯全亮了，点点灯光像星星挂在帐篷上，大家围坐在野餐毯子上吃起了晚餐。正当我在享用美食的时，发现女儿不在身边，手机屏幕上显示了她的来电，电话接通后，她轻轻说："妈妈，快来荡秋千这里，有好美的星空。"我来到她所在的地方，只见天空中有一颗明星，如落在黑色的玉盘中，闪烁着亮光，照亮了黑暗的夜。女儿依偎在我身上，静静地看着夜空中的星星说："好美呀！"我笑了，喜欢星空如我，但愿成长的路上，这颗星光能成为你心中的明灯，指引你在人生道路上勇敢前行。

当夜空中的星星渐渐多起来，我们依依不舍离开了大山，山路寂静，大山里小动物发出的声音触动了山林。孩子们发挥他们丰富的想象力，大胆地猜测夜里的山林会有什么动物。这个被誉为动植物保护基地的梁野山，被孩子们形容成了动物大世界，他们编撰一些有趣的小故事，加入了他们对山林里的所见所闻，情节更加生动活泼，这实在是一件有意义的户外体验活动。

大自然给予了人们美景的馈赠，也给予了情感的慰藉和孕育，人类应该学会珍惜并且感恩这些与我们有共同生命谱系的动植物和自然环境，努力构建人与自然和谐相处的世界。

（发表于《闽西日报》2021年8月31日）

那年我们一起奋斗的青春

那年高三，一向欢快活泼的班级氛围突然变得沉默安静，同学们似乎已经意识到高三的内涵。高三意味着什么？是成长、蜕变、梦想！

记得高三那年的冬天特别冷，早自习前在操场做操，寒风呼呼地刮在脸上，像要钻进骨头，黑暗中我们看不见身边同学的脸。抬头看看天空，空中还有月亮，永远睡不够是高三的常态。同学和老师开玩笑说："老师你看，月亮还在天上挂着呢，你就这么忍心让我爬起来，我还想多睡会儿呢，我还想长高点呢！"老师笑了，操场上一阵阵笑声。

有人说：考进武平一中的学生，就已一脚踩在大学的门槛上了。高三的考试就像一场场战役，我们在一次次的摸爬滚打中建立自己能考上大学的自信。每次战果有人欢喜有人忧伤，同学们在一次次的成功或者失败后，找到了前行的方向。高三的后期，试卷就像雪花，一片片落在桌面，直到书本和作业本都被淹没在一片雪白中。我们就像冰面下的鱼，想要挣扎着往地面透口气，却被冰封在雪地里。一位可爱的同学，把一张试卷折成了纸飞机，从班上的这头飞到那头，接过纸飞机的同学，将纸飞机又丢向趴在桌上沉默的同学。班上的气氛顿时活跃起来，轻松愉快的氛围在班级传递，不一会儿，桌面上的试卷都被收拾好了，同学们继续埋头做试卷。

武平一中的后山，是学习和散步的好场所，沿着灌木丛拾级而上，再走过一段平坦的水泥路，穿过那座倒塌一半的石墙，是一个小草地。每次考试结束后，我和几个好友常常来到这里，坐在草地上，清风袭来，一阵阵清凉，不一会儿就扫去了所有的不快和烦恼。我们静静地坐在草地上，眺望远处的山峦，最高的山是梁野山，我想象着瀑布流下那刻的磅礴气势，想象着那座神秘的古母石，想象着山的那一边究竟是什么？好友喃喃地说，山的那一边，风景应该很好吧？山的那一边，是莘莘学子的梦想。我常常想，爬上那座最高的山，是不是可以看到另外一个世界？

高三学子的心情是复杂多变的，在追寻梦想的道路上，总怀着忐忑和焦虑。"如果考不上怎么办？""如果发挥失常怎么办？""如果考试生病怎么办？"面对种种焦虑，有些同学将座右铭写在卡片上，贴在桌面上，每当坚持不下去的时候，就看看自己的座右铭；有些同学把聚会中欢笑的照片放在笔记本中，每次心情低落的时候，就看看这些照片，照片在班级里传递，带给大家一丝温暖；有些同学把心情写入了日记本，将学习生活中遇到的苦闷写进日记，在结尾总会给自己写一句鼓励的话：一切困难都会过去，我们终将成为梦想中的自己。

高三的老师们，更像是自己的父母。摸着黑夜起，踏着星光回，这是每个高三老师的生活常态。当我们抱怨着早起时，老师们早已在操场等候我们，当我们结束晚自习时，最后离开的还是老师。他们一心扎在学校里，心里装着每个孩子。我的年段长，可以准确地叫出每个班级同学的名字，他总是出现在学校的各个角落，每次见到他，都可以看见他亲切地与同学们交谈。我的班主任，能准确掌握每个学生的思想动态和心情起伏，及时疏导同学们的思想压力和不良情绪。我们每次的成功和失败，他们都看在眼里，帮助我们正确面对；我们每次遇到困难，他们都像父母一样帮助我们解决，鼓励我们前行。

黎明前的夜总是最黑暗，越接近成功的路上总是越艰辛。就如我们爬梁野山，每次感觉就要爬到山顶了，可是却总还差一段距离。山顶上的古母石，还远远地伫立在远方，她就像一树旗帜，指引着我们前行的方向；她像一个伙伴，陪着这座山下的高三学子们风雨兼程、奔赴梦想；她更像一位慈爱的母亲，守护着这片土地，守护着客家人的精神。爬上山顶后，我们发现山的那一边，其实还是山。就像我们的人生，爬过了一座最高的山，前方仍是一座座大大小小的山，人生的艰难困苦，需要自己努力翻越，我们才会看到真正的风景。在奔赴梦想的道路上，我们都明白属于自己的一窗山海，除了自己，没有人能给你。

我们都如愿拿到大学录取通知书，我选择了一个海滨城市，这座美丽的校园旁边是一片大海。我喜欢独自坐在图书馆旁的大磐石上，吹着海风，听着潮起潮落的声音，觉得自己就像海里的一条自由自在的鱼，找到了自由的归属，未来就像翱翔在海上的海鸥，梦想开始展翅飞翔。山的这一边，有很多美好的风景，很多要实现的梦想，我们用辛勤的汗水挥毫，才能收获如画的风景。在大学校园宁静的夜里，我总会想念梁野山下的点点灯火，想念高三那年我们一起奋斗的青春岁月。

（发表于《闽西日报》2022年5月20日）

晒　冬

乡村的冬天，冬阳和煦，普照大地，行走在乡村中，随处可以看见农家"晒冬"的场景。冬天的太阳就和春雨一样宝贵，有阳光的日子里，人们都迫不及待地将一年的收成拿出来"晒一晒"：火红的辣椒、红薯干、柿饼、笋干、萝卜干……人们把丰收的喜悦与乡村的风情一起铺开，晾晒着，远处，青山绿水；近处，晒冬作画，小山村就有了五彩缤纷的色彩。

小山村里，农家晒着糯米，一粒粒洁白如玉，颗粒饱满分明，这分明就是一个收获满满的季节。新年来了，晒豆腐的也多了，一块块做好的豆腐沐浴着阳光，空气里弥漫着豆香味；不远处，一排鱼干晾晒在竹竿上，馋得树下的猫儿瞪圆了眼睛，邻家的狗直流口水；农家的白菜今年又是一个丰收年，人们把白菜晒干，或做成辣白菜，或做成水烫白菜，或腌制装罐；最喜庆的是那红红的辣椒，晾晒在阳光下，火红火红一片，就像这乡村的日子一样，越过越红火。

晒冬，晒的是实实在在日子，晒的是乡民辛勤劳动的汗水，晒的是他们丰收的喜悦，晒的是简单平实的幸福。

冬日的小溪边，勤劳的农家妇人在搓洗被单、衣服和鞋子，洗好后晾晒在藤椅上、竹竿上、树干上，孩子们在晒着的被子里玩捉迷藏的游戏，山村有了欢快的笑声。老人们坐在大门口，依着藤椅晒太阳，看着孩子们的嬉闹，不一会儿眼皮就不听使唤了，在阳光下打瞌睡，调皮的孩子们偷偷摸摸老人的鼻子眉毛，乐得哈哈大笑，别有一番乐趣。日子在柴米油盐里流淌，在阳光里安好，他们朝晒暮收，把日子过得忙碌充实，期待着远方儿女的归来。

阳光就像是一个好看的笑容，能量的加油站。冬日里的心情也是需要晒一晒的，阴霾寒冷的日子总让人心情沉闷、郁郁寡欢。这时候若是到乡村走一走，感受淳朴的民风和朴实的日子，看看晒冬的美好场景，所有的不快都能消失得无影无踪。坐在一块大磐石上，敞开了胸襟，张开了双臂，畅意地享受阳光带给每寸肌肤的温暖。微微仰首，让自己与阳光撞个满怀，暖意在心中流淌，柔和温软的阳光像棉花一样洒落在脸庞，笑容在脸上绽放，情不自禁轻轻赞叹：这样的阳光，真好！仰望湛蓝的天空，躺在太阳温暖的怀抱里，就这样用尽一整天的时间，看一朵白云随着阳光从左边移到右边，心情平静又温暖。采一束阳光味的小野花，吃着乡亲们亲手栽种的蔬菜，阳光晒过的蔬菜味道清新，每个细胞都是阳光的味道，一种简单平实的幸福从心底油然而生。这样的时光，让人感受到满满的生活气息，这样的生活，让人觉得有滋有味、幸福吉祥。与忙碌的大都市节奏相比，这里似乎更能让人感受到生命的气息，生活的意义。乡村里朴实无华的日子，有着太多的人生智慧，勤劳的劳动人民用双手创造了生活，生活给予了满满的回报。

冬天来了，春天还会远吗？冬天就过了，春天就来了。总是在寒冷的日子，才会想起一年又到头了；总是在晒冬的日子，才能感受到时光的老去。暖暖的太阳，晒着晒着，乡村万物丛中不知名的种子、不知名的小生物都在吸收阳光的能量，酝酿着在来年的春天灿烂一季。而我们，总要在岁月里拾掇拾掇、整顿整顿，迎接新的日子到来，用新的姿态迎接新一季，用阳光书写未来的日子。

（发表于《闽西日报》2022年11月12日）

周雪琼作品

圆梦千鹭湖

最近成为"网红"的武平千鹭湖湿地公园,是集"山水林田湖草"于一体的湿地公园,这里生态优美,环境宜人,不时还可以看到"一行白鹭上青天"的美丽景象。

每当走过这今非昔比的山水田园间,我都会不由自主地放慢脚步,看着曾经的"荒郊野岭沼泽地"变成今天的"林中湿地,白鹭天堂",那些在征迁岁月中历尽的艰辛、受过的委屈、流下的汗水……一切都不算什么了,有的只是无比的欣慰和自豪。

置身天然氧吧,漫步景观栈道,这里的每一片土地上都留下了我们征迁工作人员的足迹,记录着我们征迁工作的点点滴滴。

千鹭湖湿地公园是武平县重点打造的生态工程、民生工程。在千鹭湖建设项目征地拆迁中,涉及最多的还是农户的农田、林地、池塘和坟墓,涉征的耕地和林地采取不同的方式,有的征用、有的流转、有的租赁,一些老百姓对此不够理解,使得征迁工作变得更加复杂、难度更大。在征地拆迁补偿过程中,群众普遍存在"怕吃亏"的心理,相互攀比,等待观望,客观上对征迁工作造成了一定影响。我们征迁组人员始终把政策交给群众,坚持政策面前人人平等,做到一把尺子量到底,一碗水端平,更不能随意定价。看着身边的农户一户户签约,更多的征迁户陆续签字。

征迁过程难度最大的还是房屋拆迁。由于时间紧、任务重,从开工到开园仅有 6 个月的时间,要完成规划总面积 3061 亩征迁任务,困难可想而知。施工过程中不时又有涉征人员阻工,为此指挥部也前移到征迁一线,采取超常规的办法,以施工倒逼征迁。同时,工作组放弃节假日,每天轮流蹲守项目部,确保顺利施工。

某户房屋拆迁重点户,是村民公认的"钉子户"。从工作组入户宣讲政策,到林地测量、房屋评估,工作组组长带领我们发扬"厚脸皮、磨嘴皮、跑脚皮"的工作作风和敢于"拔钉子"的精神,数十次到他家,耐心细致地做思想工作,帮助算经济账,坚持以政策服人,以情感人,并严肃告知政策底线。通过努力,终于把他的漫天要价变成合理请求,把对抗变成合作,把争吵变成协商,如期完成了首户房屋征迁协议。又一房屋征迁户,攻坚组十几次到他家,可谓踏破门槛、磨破嘴皮、赔尽笑脸，但他依旧不愿回到谈判桌，征迁组副组长采用迂回战术，在正面工作没有明显效果的时候，想方设法突破外围，他自掏腰包带上好烟好酒，利用外围的力量和他喝酒，交朋友，就这样用诚心来感动对方，最终促使他从最初的抵触情绪回到谈判桌上，在限期内顺利完成签约。

千鹭湖自开园以来，游客纷至沓来，大大提高了城厢镇凹坑村的知名度，对于凹坑村民来说，推开家门进公园已成现实。清晨在鸟鸣和花语中醒来，傍晚看落日余晖，赏晚霞美景，在家能有美景相伴，已成为人们最奢侈的享受。个别当初不支持不配合项目建设的征迁户，看着这日新月异的变化，都纷纷为自己的行为深感愧疚。

千鹭湖一期工程已圆满落下帷幕，项目顺利竣工，得益于城厢镇主要领导的亲力亲为、凹坑村老百姓的大力支持和工作人员的默默付出，我们以实际行动践行"绿水青山就是金山银山"的发展理念，为武平的"天更蓝、水更清、山更绿、生态更美好"交上了一份满意的答卷。

（发表于《闽西日报》2019年1月18日）

禁毒有我　阳光同行
——一位基层禁毒社工的感悟

说起毒品，我曾经觉得离自己的生活很远，以为它不过是影视作品中的素材罢了，直到我转岗踏入禁毒战线，成为一名禁毒专干后，身边的事例让我真切地感到毒品这个白色幽灵，就隐藏在我们的日常生活当中。

翻开一页页在册吸毒人员档案，看着一张张神态各异的面孔，每张面孔后面都是一部辛酸史和一个被毒品毁坏的家庭。毒品残害人们的身心，摧残着人们的健康，轻者倾家荡产、身败名裂，重则妻离子散、家破人亡。许多人对毒品谈而色变、痛斥不已。然而，毒品还是如附骨之疽、悄然而至，什么"蓝精灵""神仙水""邮票"……许多好听的名字，如今却成为新型毒品的代号。知名歌手陈羽凡吸毒被抓，一时间网络上全是质疑和心痛的声音。他曾经以一曲《最美》赢得无限风光，然而却因毒品瞬间凋谢。大家对于这种吸毒艺人肯定是零容忍的，身为公众人物，犯如此大错，辜负了自身的才华，最终留下终生悔恨。

在走访帮教涉毒人员过程中，我发现，多数吸毒者都是在对毒品不了解不知情的情况下，抵御不了自己的好奇心，经不起诱惑而误入歧途的。武平县城厢镇凹坑村帮教对象蔡某，由于缺乏阅历，对毒品产生好奇进而走上吸毒的道路。毒品让他受尽折磨，通过帮教工作人员用心交心，用禁毒人员的真情去融化感化他的心，最终使他洗心革面，重新做人。他毅然决定远离毒品，自主创业，在县城开了一家饭店，走上了自食其力的道路。如今的他已经有了一个幸福的家庭，一家人其乐融融。城厢镇尧禄村陈某因涉嫌毒品犯罪被公安机关逮捕，导致妻离子散，孩子到了上学的年龄，但是因为没有户口导致无法入学。帮教民警多方寻求帮助，协调多个部门解决相关手续，终于如期解决了孩子的入学难题。而此时，孩子的父亲心中充满了愧疚与悔恨，因为吸毒让他的生活没有了"责任"二字，知道民警为他解决了后顾之忧，他激动万分，表示在监狱一定好好接受改造，争取重新做人。

  如今，青少年吸毒，不仅毁了自己的一生，还关系到国家的前途、民族的命运，为此，全面铺开校园禁毒宣传工作显得尤为重要。我们在"6·26"国际禁毒日开展禁毒宣传"进校园"活动，通过悬挂大型宣传横幅、摆放禁毒案例警示宣传展板，散发宣传单、举办禁毒有奖知识竞猜等活动，让学生以更直观的形式了解毒品的危害，有效引导青少年学生树立"远离毒品，珍爱生命"的意识，提高广大青少年抵御毒品侵害的能力。

  毒品不再只是一个简单的法律问题或是经济问题，还是一个复杂的社会问题。毒品严重摧残人类健康，危害民族素质，助长违法犯罪，而且侵吞巨额社会财富。与毒品的斗争，不能只靠公安部门的孤军奋战，还需要仰仗全社会的积极参与。从虎门销烟开始，中华民族就向世界彰显了禁绝毒品的坚定决心。

  "珍爱生命，远离毒品"不是一句空洞的口号。面对这场没有硝烟的战争，我们一定要筑牢禁毒防线，管好人，看好地，守护公民的生命财产健康，守护我们的美丽家园。禁毒人民战争号角嘹亮，禁毒工作任重道远。

  禁毒路上，我与阳光同行。

（发表于《闽西日报》2019年2月9日）

罂粟花的诱惑

  说起罂粟花，人们立马就会想起鸦片，是的，罂粟花是制鸦片的原材料，美丽的罂粟花被提炼成鸦片、海洛因，还有种种毒性更大的新型毒品，时时在吞噬着大量的财富和生命，所以又被称为"罪恶之花，万恶之源"。

  近期工作中，我的脑海中不时地浮现出曾经在身边的几个人影。他们都是为人父，为人母，家庭的主心骨，本应享受家庭的温馨。然而，由于他们错误的选择，他们只能在铁窗内流下悔恨的泪水……

他，原是城厢镇一个党培养多年的村党支部书记。本应自觉践行社会主义核心价值观，踏踏实实做人，勤勤恳恳做事，当好火车头，带领村民勤劳致富，可他因为思想上的"滑坡"，经不起利益的诱惑，在高额利润的驱使下，走上了一条制毒贩毒的不归路，毁灭了自己，危害了家庭，更危害了社会……

她，原是武平县国土资源局的国家工作人员。有着一个幸福美满的家庭，儿子已是乡镇领导干部，自己40来岁就做了奶奶，但她不满足现状，对金钱的贪欲让她不惜铤而走险，一脚踏进制毒贩毒的邪道。2018年3月初退休后仍然藐视法律尊严，在邪道上越走越远。常在河边走，哪有不湿鞋？法网恢恢，疏而不漏，等待她的将是法律的严惩……

毒品已成为世界公害。林则徐虎门销烟，在历史的舞台上留下了中国的尊严；曾经在新中国成立后迅速消失的毒"贸易"，如幽灵般地卷土重来。成千上万倍的利润，令不少想快速致富的人心生邪念、趋之若鹜，甚至不惜一切代价制毒、贩毒。毒品使一些人丧心病狂，尽干些损人害己的事，甚至不惜拉拢自己的亲朋好友一起踏上这条不归路，通向罪恶地狱。它用一捆捆沾满血腥味的钞票，把一个个原本善良的心灵引入那一堵堵厚墙和一扇扇铁窗里。

因为沾染毒品，多少原本幸福的家庭最后支离破碎，这样的例子比比皆是……我们不是缉毒一线的"刀尖舞者"，但我们能够在抹平不幸所带来的伤痛中出一份力，就是警醒世人，不要因为任何原因沾毒，尽力唤醒高墙内的他们早日回归家庭，回归社会。唯有远离毒品，才能让幸福永驻人间。

（发表于《闽西日报》2019年5月9日）

走进桂坑

在我的记忆里，有一幅陈年老画，悠悠岁月丝毫也没有淡化我对故土的挂念，挥之不去的乡愁常聚在眉梢。人间四月正芳菲，路边梧桐始盛开，在这人间最美季节，我又一次来到武平县东留镇桂坑村。

车窗外的风景在飞驰，不一会儿我们就到了桂林山脚下。山不高，常年绿树葱茏，四季如春，雨后的桂林山，分外妖娆。穿着节日盛装的天后宫就坐落在绿树环抱的桂林山中，庄严肃穆，气势雄伟。

桂坑村的妈祖信仰，由来已久，早在清朝时就有妈祖庙建立于桂林山麓，几毁几兴，2016 年，当地村民合力筹集近百万资金重新择址建起这座别具一格的天后宫。天后宫两旁绿树成荫，映着彩绘红砖，雕龙画凤的建筑物透出浓郁的古典风情。今天恰逢农历三月二十三日，是妈祖诞辰的日子，闽赣边界民众聚集于此，自觉通过民俗文艺表演，举办客家美食文化节等形式，共同纪念妈祖娘娘的诞辰，让妈祖的"立德、行善、大爱"精神深植于人们心中，将中华民族传统文化渗透在绿水青山之间。

桂林山下便是桂坑老街。曾经的老街是用大小不一的石头铺垫，高低不平，街道两旁的木屋，木楼一间挨一间，那林立的店铺，那古色古香的门匾，泛黄褪色的漆字招牌……老街的种种，都只能在默默岁月中低吟着往日的繁华。

一进老街口，那些耳熟的乡音、淳朴的面孔渐渐变得熟悉起来，眼前的老街，依旧是那条老街，但老街的风景被一幢幢高楼所代替，青石板也被水泥路面取代，只有老街的巷子，依然延伸着千年的期盼，柴米油盐的平凡里，每天演绎着小村庄的故事。我印象中的老街，它犹如一支朴实的乡曲，让我不时地感受到客家人的质朴和真诚。这种淳朴的好客之风、宽厚的待人之礼一直保留在桂坑人的生活当中。

一段岁月一段情，记得二十年前我曾在桂坑挂村工作，逢年过节，特别是妈祖生日庙会，好客的村民都会盛情相邀，奉上客家黄酒，配上客家小食，一人一碗，边喝边聊，相互敬酒，推杯换盏，温暖惬意。酒足饭饱之后，客家女主人还会拿出亲手制作的老蟹果子、炒米埕等土特产，我们在品尝美食的同时，让当地的客家饮食文化在潜移默化中得到传播。

乡村的小路，弥漫着野花的芬芳，这里没有都市的喧嚣，没有如织的游客，也没有充满世俗的气息。村尾一座单孔石拱桥，突然一览无余地呈现在眼前，清澈的溪水从桥下淙淙流过，缠绕桥身的古藤，一块块风化残缺的花岗岩石，诉说着石拱桥的沧桑。据说这座石拱桥距今已有 300 多年历史，全部用花岗青石打成梯形石条干砌，建成后结实坚固，至今还屹立在桂坑河上。

穿行在村落中，我们来到了文昌宫遗址旁。据当地老人介绍，文昌宫是当时武西区苏维埃政府驻扎地。1934 年 3 月，国民党调集兵力 1000 多人，火烧文昌宫，区苏主席钟丁兴等三人被活活烧死。"巍巍文昌宫，浩气贯长虹"，今天站在这断壁残垣文昌宫遗址旁，缅怀过去的战争岁月，脑海不时地浮现出曾经弥漫着炮火硝烟的悲壮场面，仿佛听到了当年红军战士英勇抗敌的厮杀声、呐喊声，是他们用鲜血和生命才换来今天的和平与幸福。

沿途我们还走访了王姓古屋和老大门古迹等，这些古建筑，仿佛一首首历经沧桑的古诗词，在安静地等待，等待有缘人前来吟诵。

峥嵘的战争岁月已远去，平和的风在村里弥漫着，润泽着这方水土这方人。

（发表于《闽西日报》2019年7月15日）

又闻河畔捣衣声

听闻平川河畔又现浣衣女。今儿特地起了个早，不仅想欣赏平川河宜人的美景，更想目睹平川河那久违的洗衣场景。

当第一缕霞光射穿薄雾，平川河迎来了一个温馨的晨。清晨中的平川河，清新、宁静，仿佛一幅淡淡的水墨画，放眼望去，一泓碧水，两岸绿荫，鲜花在恣意地开放，鱼儿在河里调皮地嬉戏。河边的石板上，妇女们或蹲或站，正在浣洗衣服。清脆悦耳的捣衣声，把静谧的清晨妆点得分外水灵。"长安一片月，万户捣衣声"，武平这座小城不是长安，但这古人笔下的洗衣情景却惟妙惟肖地呈现在我的眼前。

平川河，武平的"母亲河"，她用博大的胸襟孕育了武平悠久的文明。平川河曾经很美，两岸郁郁葱葱，流水淙淙，河清见底，鱼游虾跳。清澈洁净的河水一直为小城居民生产生活之用。最难忘的还是河边妇女们浣洗衣服的热闹场面。每天清晨，勤劳的客家妇女们便早早起来，梳好油亮的辫子，穿着合体的花布衫，挎着洗衣篮，来到这平川河畔浣洗。她们撸起袖子，赤着脚，或穿着雨鞋，浸润在凉爽的河水之中，间杂那或高或低的洗衣敲打声，还有那妇女们清脆平和的谈笑，和着那天光水色，成为小城河边一道亮丽风景！

随着时代的变迁，小城也经历了发展的阵痛。美丽的母亲河一天天变得消瘦和憔悴，恍惚间总能听到小河那低沉的啜泣和凄婉的呜咽。

青山绿水、美丽家园是我们这个充满诗情画意的小城百姓千年的追求。如果连蓝天白云、小桥流水、鸟语花香都成了奢望，那么何来的"绿树村边合，青山郭外斜"的农家风景？何来的"采菊东篱下，悠然见南山"的隐士情怀？又哪有"春有百花秋有月"的安详景象？

绿水青山就是金山银山，建设生态文明关系人民福祉。近年来武平人民围绕"河畅、水清、岸绿、景美"这一生态目标，开展生活污水治理，流域水体保护，乡村土壤修复，农村垃圾处置，河流岸坡防护，废物资源化利用和创建美丽乡村等一系列的整治行动，平川河水质开始逐渐好转。平川河又再现了碧波荡漾，清澈见底的脉动。

小城百姓欣喜地看到，梁野山下"五朵金花"竞相开放，云中村寨、客家桃源、淘宝客都、开心田园和十里花廊，处处展现出美丽乡村的幸福画卷。这里有着一方净土，是一片悠然的家园，是一个回归自然，舒缓身心的人生驿站。周末闲暇时光，携家人或三两好友，不用远离城市，却可放飞心情，与大自然亲密接触，享受微风的温馨，聆听悦耳的鸟鸣，呼吸泥土的芳香……一种入世离尘的感觉油然而生！有了"母亲河"的润泽，中央坝背街小巷古树绽放新芽；宽阔的沥青路旁，入目皆是风景，美丽清新又有文艺范儿，那是小城的一首婉约清丽的小诗；有着"林中湿地，白鹭天堂"之称的千鹭湖，更是勾勒了一幅"人和自然和谐相处"的美丽画卷，不禁令人赞叹"西塞山前白鹭飞"的醉人美景。"来武平，我'氧'你"不再是一句空洞的口号，这湛蓝的天，洁白的云，青翠的山，明丽的水，还有那柳绿桃红、鸟语花香，让幸福变得简单而美好。

　　伫立清晨河边，凉风习习，静听勤劳的客家妇女捣衣声声，一幅清新秀丽的山水画卷正在武平小城徐徐展开。

　　（发表于《闽西日报》2019年11月29日）

情满千鹭湖

钟灵毓秀，有凤来仪。

　　伴随着千鹭湖二期项目建设全面收官的号角，拥有武平"城市后花园"之称的武平县中山河国家湿地公园，即将开放新辟的园区。

　　以环城南路的大门为起点，一条宽阔的柏油公路直达凹坑村，进入到千鹭湖湿地公园，抬头望去，一大片林壑优美、水草丰茂的天然湿地映入眼帘。青山碧水之间，不时可以看到一只只白鹭翩翩飞舞，从蔚蓝的天空悠然飘过，留下它们雪白惊艳的倩影。走进千鹭湖的腹地，沿着蜿蜒的木栈道前行，看到水杉、芦竹、乌桕、风箱树等各种植物，或栽植于沙洲，或挺立于草甸，形成优美的"水上森林"，成为各种飞鸟水禽的"天堂"。或许是受到游客的惊扰，一群水鸟从水面倏然飞起，停留在不远处的树枝上歇着，好奇地打量着三三两两的游人，好一幅"鸟在水上飞、林在水中生、鱼在水下游、人在画中行"的诗意画卷！

　　"青山不墨常为画，绿水无声自吟诗"。近年来，武平县政府在抓好生态环境保护的基础上，合理利用当地的自然资源，大力开发湿地旅游业。通过征迁工作者的艰辛努力和村民们的倾力支持，中山河国家湿地公园二期项目建设得以顺利推进，有效提升了整个景区的建设层次和旅游品位，打造出一片清新秀美的"城市后花园"。

千鹭湖景区的面积从原来的3016亩扩大到4097亩，涉征农户三百多户，其中房屋搬迁15户，大部分属于城厢镇凹坑村范围，是当地村民赖以生存的家园。但是，为了支持湿地公园二期项目建设，他们舍小家顾大家，搬离故土。在当地政府的亲切关怀和悉心安排下，他们得到合理的补偿和安置，全部住进宽敞明亮的新楼房。走进他们的新家，看到室内铺着漂亮的地砖，房间摆放着簇新的家具和电器，厨房收拾得干净整洁，窗台上还摆放着几盆盛开的鲜花，呈现一派富足安康的景象。住进新房的村民们欣慰地说："出门就是公园，居住环境比以前好多了。现在公园建在自家门口，早晨出去转转，呼吸新鲜空气，心情自然变好了。"

随着国家湿地公园的建成，以及农村人居环境的持续改善，吸引了大量前来观光的游客，为村民们提供了更多增收致富的门路，带动了当地经济的快速发展。因为家门口新建了公园，在家就能很好地就业，许多村民被安排到公园做花工、保安、保洁等工作，也有村民摆摊开店，兴办"农家乐"，生意做得特别红火。因此，许多外出务工的村民也回乡发展，村庄比以前热闹多了。

"自家的田地被征用了，通过土地流转每年获得每亩600元的租金，现在家门口打工，每个月至少有2000—2500元的稳定收入，生活比以前好多了。"在湿地公园入口处，一位驾驶旅游电瓶车的涉征村民高兴地说。据称，在刚开始启动征迁工作时，他对征地后的生活出路有所顾虑，一时难以摆脱对于土地的依赖。然而，在千鹭湖湿地公园景区建成后，他和不少当地村民一样，在湿地公园安排就业，通过自己勤奋的工作，使自家的钱袋子鼓了起来，让生活燃起了更多新希望。

"倡和谐以发展，造福祉于万民"，始终是创业者的不变初心和发展理念。武平县充分发扬"敢为人先，接力奋斗"的林改精神，因地制宜，综合开发，将沉睡了千百年的沼泽荒地，改变成生态优良、环境优美的湿地公园，融观光旅游、生态修复、科普教育为一体，让人文景观和自然景观偕同发展，将"城乡接合部"打造成"城市后花园"，促进了农村与城市的融合发展，走出了一条全新的绿色崛起新路子。"民宿经济""湿地人家"蓬勃发展，吸引游客前来旅游度假，感受大自然的恩赐，展现一幅多彩多姿的绚丽画卷⋯⋯

夕阳西下，湿地公园沐浴在彩霞的余晖中，晚风徐徐吹拂，送来一阵阵花木的幽香，觅食归来的白鹭舞动着翅膀对空长鸣，似乎在呼唤更多同伴来享受这温馨的生态家园。

（发表于《闽西日报》2020年11月9日）

吾家有女初入编

女儿考编的事终于尘埃落定，心头压着的石头总算落了地。

大四那年，在我们的唠叨下，女儿终于答应考公务员。但她只报市区，不报县城。成绩公布，她以十几分之差未入围市区公务员，却以高7分的成绩超过县城同一岗位。我们在惋惜之余更多的是不甘，但远方终究是孩子的，她才是自己人生的掌舵者。

大学毕业后，年轻气盛的女儿执意留在厦门发展。无奈之下，我们只有尊重她的选择。辗转托人找到当地一家不错的国企，工作轻松又有保障。可女儿并不领情，考试当天竟然弃考，独自去一家私企应聘。我们虽然心中有气，但对于她的叛逆只有接受和理解。我们反复安慰自己："女大不由娘，儿孙自有儿孙福，且做个佛系父母吧。"

转眼女儿在外打拼已有两年，那天，女儿打电话告诉我们，她报考厦门一家机关单位编外人员，以笔试成绩第三名逆袭成功。虽说是编外，但能够迈出这一步我们也甚感欣慰。

有了这次幸运翻盘，女儿对考编之事再不用我们操心。不久，女儿接连参加3场考公考编，捷报频传，公务员事业编双进面。我们高兴之余，更多的是担忧。女儿笔试分数没有领先，别人守着擂台，而她却需要打擂逆袭。

或许与厦门有缘，女儿第一个迎来的是厦门事业岗位面试。这个岗位挑战性很大，近300人竞争一个岗位，女儿与第一名相差3分，且和另外一人并列第三，意味着有四人参与面试，逆袭的难度可想而知。女儿只报了三个晚上的一对一面试辅导班便匆忙上阵，在坚定自信中迎来了人生的又一次大考。

我暗暗替女儿捏了一把汗，并没抱多大的希望。她面试那天上午，我感觉时间特别漫长，忐忑不安的心情难于言表。将近晌午，女儿终于打来电话，电话那头传来女儿激动的报喜声："妈，我面试过了，超过了第一、二名，总分位居第一！"

我惊喜万分，半天没缓过神来，感觉像做梦一般。女儿以面试第一的成绩成功逆袭！这个消息无异于一块大石头，在我的心里激溅起巨大的浪花。

我们所有的焦虑和紧张都得到释放，所有的苦与累都有了价值。原来，每一次成功，都不是一蹴而就的。逆袭背后，是一次次跌倒与爬起累加起来的路程，是一滴滴汗水和泪水浇灌成蓓蕾。与其说是好运，不如说是自己的努力有了回报。看似安于现状的"咸鱼",其实是在默默积蓄翻身的力量。

女儿曾说:"我喜欢去另一个城市,因为我能看到不同的世界。"如今,她终于在自己向往的城市开启人生的新征程。从此,我也多了一个牵挂的城市。祈愿这座城市能让她在历练中成长,在努力中强大,打造出一片属于自己的幸福。

(发表于《石狮日报》2022年12月26日)

钟卫军作品

每个像我故乡一样的村庄（外二首）

对每一个村庄，我都像探秘者
每个像我故乡一样的村庄
砖瓦都有我不熟知的魅力

在处明，风翻开书页
读叶向高与诰匾的传说
一棵高大樟树五百年的风云
读雕根中浮现的人世真容
小小发电站光明的内心
读田野秋天的金黄
在纪念碑前，读到湘江的哀伤
年轻的生命
已耸立成村庄永恒的瞻仰

新的房屋，公园
在土地上生长开花
泥土深处传来的气息
是每个村庄动人的情愫
我的心经历了一条弯曲的道路
又在新的指示牌前舒展开去

十二烈士纪念碑

纪念碑上，他们的名字
因镌刻而不再遗落人间
松柏的怀念苍翠葱郁
碑下没有他们顽强的身躯

他们远在湘江,曾呐喊、冲锋
汹涌的波涛中浪花一样跌落
成为水、道路和泥土

二十多年的天空,他们年轻
但已跨过千百年的樊篱
越过闭塞、自足、贫困、奴役……
在夜里,他们衔光前行
负载整个大地,故乡遥远
黑暗越来越稀薄、越来越狰狞……

这些融化的星火,从湘江归来
重新聚在村头的山坡
短暂、炽热、动荡、激越已经冷却
旗帜轻轻飘扬,收割机隆隆走过田野
稻茬充满金黄,直立,排兵布阵
土地举起的一束束火把
集结,出发,在这个迎风而立的秋天

山村的发电人

你坐拥一座山谷蓄积的雨水
沉淀四季的风月
轻轻转动小小的光明之源

屋舍左边是你精心构建的模型园林山水
右边是木香浮动的根雕部落
房前的枫杨树下,石桌与石凳
在茶雾的氤氲中遁入山中岁月

松风吹来,新蜕的蝉鸣
越过秋天的绿荫,抵达

钢铁的叶轮转动生活的水流

隐藏的事物蓦然变得清晰

（发表于《福建日报》2021年12月5日）

烈日黄金（外一首）

那么多黄金

在沉睡

睡在村庄安静的一隅

轻风很轻

我的小草在颤动

尖上闪着阳光

那些黄金

曾是烈日

在黑夜的胸腔燃烧

烧毁过铁栅栏

隔绝天空的巨大墙体

在村庄的怀里沉睡

黄金们在沉睡

烈日在沉睡

轻风很轻

翻开新的山林、村庄

书写新的春色

墓前的香烛残迹

年年用过的语言和心情

每株草木在火中淬炼

群山隆起，青翠抬高天空

烈日黄金在沉睡

但他们看见、听见

年年清明

在村庄的枝上醒来一次

在大地的山头醒来一次

寻　找
——在烈士陵园

生活让人沉入生活

松柏在掩映安息之所

平淡的日子，寻阶而上

高耸的碑石，以钢筋铁骨

撑起翠绿的天空

黑暗中燃烧的火焰

照见金戈铁马，惊心动魄

岁月深处的峥嵘

平静如底座

亘古的沉默，大象无形

指引生命去触摸

沉寂已久的号角

虚弱的事物，浮出风的河流

在每个新来的季节前获得直立的身姿

（发表于《福建日报》2021年4月4日，《烈日黄金》原题为《烈日黄金——记帽村"义冢"红军烈士墓》）

听她轻轻诉说黄昏的柔和（外三首）

奔向你，以旋转的高速

天空已打开群山的门

迎接我的，成长的欢悦

和那已经改变的场景

泥土的草香还像昔日的炊烟

无处不在的守望

大地的丰盈里，季节

发出机器轰鸣的乐章

捧出菊花，百果香

村庄崭新向上的姿势

安抚每一条沉默的河流

但我无法阻止上升的泪水

无法原谅岁月

瘦弱、衰老、病痛和覆雪的幽暗

我静静坐在母亲的身边

听她轻轻诉说

黄昏的柔和

梨花开满了一棵树

梨花的院子里

黄色的乒乓球在跳跃

在蓝色的琴键上

蜜蜂们在跳跃

从一朵花飘向另一朵花

洁白的梨花在跳跃

一朵朵白色的降落伞

抵达最初的襁褓

芬芳的空气里

一双手获得解放

一双衰老的手握住球拍的圆

缓慢的节奏，母亲的节奏

梨花缓慢地开放
暖风缓慢地吹送新春的阳光

儿女们推过去的球
仿佛命运的抛物线
每次母亲迎上前挡回去
弹跳的声响越过虚空
越过悲伤的网
我们的欢悦
像梨花开满了一棵树

我的生日
——给妻子

这一天，只有你
记得
像耶稣受难日被记得
我记得我的母亲

但你只记得我
在这个春日的早晨
两个荷包蛋静卧着
在你柔肠的上面
一个是太阳，一个是月亮
日月梳理
纷繁芜杂的日子

里面也有惊喜
两朵红菇
两柄伞
伞下是你，是我
一双脚

一只是你，一只是我
水中跋涉的日子
慢慢交出了红颜

在你的目光里
我饮尽最后一滴
仿佛一滴水珠洒落
从净瓶里的杨柳枝上
尘世一颗干瘪的心
再次获得丰盈

清　晨

当我醒来，你已不在梦中
身边的空，留存的暖
你淘洗晨曦，倒出夜色
你抬高手臂晾晒霞光

拉开窗帘，窗外
等候的阳光蜂拥而入
我沏茶端水，扫净尘埃
迎接生命中不可或缺的亲朋

小小的空间里，清风徐来
绿萝张开浓情的眸子
所有的爱都不在想象里
举手投足间，打开稻米的清香
（发表于《福建日报》2021年5月9日）

秋　思

中秋月

中秋离不开月
即使一张圆桌坐满了
巧手编织的花环
也需要发出月光的喜悦

月是上天的恩赐
不遗漏每一个仰望的人
海水涨到高处
漫过礁石，波光潋滟万里

所有流到低处的泪水
是大地端起的汪洋
旷野里独行的人
他的心里也盛着一轮圆月

怀抱明月的中秋
伫立在河边竹林的叶尖
轻风徐徐，箫声四起
每一片叶上都颤动着月光

立秋辞

忙碌的日子忽略天空
蝉鸣一阵紧似一阵，叫热阳光
埋首尘俗的心，空调降温
热浪仍高过稻田的波涛

是时候了，走向田野
双亲正在俯身，打谷机扬起谷粒
麻雀啄开凌乱的书页
往事斑驳，人影憧憧
阳光雕琢万物，棱角分明
当阅尽草木的信笺
秋已扎根
一座座细小的金身
在风中远离萧瑟
（发表于《福建日报》2020年9月29日）

穿越暮色（外二首）

是谁擦燃一根火柴，又把它熄灭
光明的一天就要过去
坐在柴梗上的孤独
如同岩石弥漫着温热
披着暮色外衣的天空
铺开最后的锦绣

看不到更加深远
自己的所见遮住了望眼
往事刻在时光的湖底
像倒影，愈深愈清晰

帷幕合上悲欢的剧情
黑色的翅膀也已长齐
仿佛蝙蝠，岩洞的蝙蝠
它已渐渐摸索出雷达

栀子花

光阴的渡口,我感觉庆幸
远离了流云和来去的风
我愿意带上妻儿,回到乡下
那儿叶子碧绿,树怀有孕育的喜悦

对于俭省至怪客的父亲
廉价实惠的日常物品
安抚他旧年月的伤痕
坐下来,不谈及流水
不谈及雪白稀疏的事物
我喜欢听他心底的满足
一丝丝欣慰的涟漪
折返于他亲自挂在墙上的相框四岸

此刻,夏天捧出栀子花
或者栀子花赞颂着夏天

夏夜花开

石头温暖,微笑,在暗中
风带来远方,气息神秘
发光的事物顺风爬上天空
喜欢黑夜的眼睛看见梯子

打开开关,灯
感知书页的体温
文字漆黑
一粒粒木炭,搁在心炉

泪一滴滴把它点燃

河水流逝，无言
不去问芦苇的爱恨
桥墩的伤痕
蛐蛐用密集的草尖扰着大地的腋窝
静谧如同花开
（发表于《文学百花苑》2020年8月26日）

秋　夜

　　城市的灯火，像梦幻中的世界。河堤上的风，轻柔舒缓，吹着独行的人。一棵打开的树，枝叶伸展，夜风吹过树上每根枝条、每片叶子，季节的凉发出轻微颤动的喜悦。

　　河水流淌，因地势的平缓静寂无声。它不再努力向前，凶猛地冲刷自己，刷出心底嶙峋的骨骼。在缓慢中，它获得某种储蓄，抚平碰撞的时光中留下的坑坑洼洼。

　　河边的芦苇和不知名的草，向上伸长着暗夜的情绪，浓淡的影，浮在河滩。它们失去了白天清晰的憔悴身影，拥挤着，一株一株模糊着。草里深藏的蛐蛐，坐在草丛或悬在草上，代替着草，挤压着胸腔，获得一种发声的快乐，细长清亮的音符升起来，如同星光的合奏。

　　万物俯身河中，清洗披拂的尘埃，水中的光影，交织成瑰丽宫殿的倒影，在水波中微微荡漾。起身的月亮，把深蓝的夜空，读到了最后一页。

樟　树

　　它们站在路边，时间的通道上，忠实地站着。匆匆离去的人，无法看见它碧绿的宁静，忽略了它后退的身影；缓步慢行的人，能嗅到若有若无的香气，像是暗夜的某种声响，一根根明晰地亮着，让人清醒而惬意。

　　它没有大的悲喜起落。落叶树适意时，满身欣喜，张开浓密的羽翅，小鸟鸣啭；失意时，抛洒所有，在风中呜咽，发出让人悲悯的怨愤。它的茂密，穿越每个季节的寒暖，仿佛一种拥有，一种富有，在时间的路口，淡定着，立于不败之地。

　　有些叶子会慢慢变红，犹如贯注热烈情感的信笺，写满昔日温暖的回忆，风的信使寄往故土的秋，像雨水落入心怀。

（发表于《闽西日报》2020年12月29日）

临水而歌

河水奔流……

逝者如斯，不舍昼夜；来者亦如是！

两岸的花草荣了枯，枯了绿；倒映其中的楼房多了，虹桥如新；蓝天依旧蓝，白云飘过无痕，铁翼带走望眼。

街市上往来的人们，如同水中游鱼。谁会立在河边，像岸边的石头，像迎风摇动的芦苇，或是涉水而依的翠鸟？

河中汲水的身影已不能再见，光屁股凫水的儿童浮出记忆的水面。水花清亮，笑声无邪。声声捶打的浣衣石，捋起裤腿的浣衣女，在昨日的竹林里，在蝉的嘶鸣声中，仿佛不忍扔弃的旧衣物，遗忘在蒙尘的木箱底。

小巷里背着书包的少年，曾聚在屋檐下游戏的伙伴，在烈日当空的夏日，黄金的稻子洒下如汗滴，梁野山、西山，不知名山峰的蜿蜒小径，结满牛哈卵、野核桃的藤蔓，纠缠着慢慢长高的枝干，古母石临崖而立，独对辽阔。

熙来攘往的人们，闪烁迷离的霓虹，奔驰追逐的双眼，打开夜晚，打开一页页生活的精彩和晦涩。月亮如同生命深处的孤独，高悬着，一种远离或者切近，弥漫着守望的清辉。

河水奔流……

石头生出青苔，芦苇覆盖白霜。叼起河里的闪光，精灵似的翠鸟，提着一盏灯，飞向对岸。

有人转身离去，足弹大地的琴弦，群星闪耀。

萱草的快乐

回去的路上，我们在花丛中折了几支蓓蕾，长长的枝，枝头上蓓蕾金黄，含苞待放。路过一座桥的时候，后面传来小女孩的童音："那些花真好看。"

还没开呢！她就想到了花开的样子，也许蓓蕾的金黄给了她美的想象。

妻子转过身，对她说："你要吗？"

"要。"小女孩稚嫩的声音，像山泉水。

"你真的要啊,"妻子说,"那给你一支吧。"说完,就选了一支给她。

"谢谢阿姨!"小女孩很有礼貌,充满了意外的喜悦。

"不用谢!"妻子温柔地说。过了一会,叮嘱道:"把它插在花瓶,花瓶里装些清水。"

我们往前走,小女孩已和他的父亲快乐地谈论起来,空气充满了蜂蜜味。

"那阿姨真好!"后面隐隐传来小女孩的感念。

妻子手中的萱草,有许多名字,金针、黄花菜、忘忧草等。小女孩有得到的快乐,并把它传给了父亲。妻子有赠予的快乐。我看着他们的快乐,感觉轻易得到快乐的快乐。仿佛我们都是萱草的别名,饱含着快乐的芬芳气息。

(发表于《闽西日报》2021年6月1日)

打开的村庄(组诗)

园丁村:十里花廊

村庄打开隐秘的心事
一条路挖空了过往
尘土、坑洼和心底的疼痛
渐渐被抚平,有了归处

蜿蜒的沥青路,流动雨水的光华
缓缓前行,需用春风的脚步
山泉的眼睛,十里流连
对每朵花、每株草报以芬芳的敬意

每座房子都在新生
梦想在房前屋后抬高阳光
一座座花圃密集着明天
你将要唱出的歌词

俯下身,抵近泥土
敞开心扉,容纳秋霜与星光

彩色花瓣，长尾雉的翅膀
怀着远方和未来的缤纷

东岗村：开心田园

最后的平畴，如精美的织布
如你敞开的千亩胸怀
青山呵护，绿水温柔的情愫
向上生长，白鹭隐现

行走的人们，涌起
最初的向往，季节
和雨水的含义，扑面而来
一粒种子，在掌心
发芽、长高
记忆饱满金黄

水稻的村庄，温暖的村庄
叶笛上的月光
抚平穷困的沟壑
一切都在打开
茁壮成海，乡愁的波涛里
秋天珠贝的内核在闪光

云寨：云中村寨

绿色的呼吸里，村庄垂落
三千栈道，迎来新生的婴儿
迎来蜕壳的蝉，十万阳光
云树上鸣叫

它有着十里柔情

一湖荡漾的蓝

湖堤上行走，会遇上她

前世仙女的身影

我无法拒绝

瀑布跃下悬崖

在我的心底

轰响，向上升腾的激昂

河蚌献出珠贝

你献出你深藏的美

舒展的皱纹里

岁月的丰盈和欣喜

让自己停下来

茂盛成一棵树，站在村口

每一片叶子都是生长的记忆

在风中发出悠远的笛声

（发表于《闽西日报》2021年3月2日）

母亲的礼物（外一首）

这些小米蕉，饱满着

仿佛私塾的眼光，不言而喻

那些米蕉树长在母亲的土地

翘首以盼

一生只开一次花

只结一次果

母亲从秋天的高处捧回

躺进竹篮，木楼板催熟

将芬芳的火苗放入回家的车上

这些年母亲挑回的菜蔬越来越少

挖回的红薯越来越轻
母亲已用腰疾与锄头和解
与土地和解，获得蜻蜓点水的喜悦
这些米蕉，胜过天上的明月
握在手中，温暖如凝固的阳光
剥开来，是入骨的香甜
从日子深处逶迤而来

我不能说，这是习惯

我不能说，这是习惯
父亲包揽了活计，养成我
观众的角色。这让我想起
孩提时的快乐时光。现在
我不愿抢在他的面前
但可以在幕后完成，捧出
成果。递上一根烟
点燃悠闲，时光一闪一闪
如同阳光下绿叶间红起的蜜桃
这多么重要！喝一杯茶
滋润干瘪的岁月，说一些
淘洗几十年的金玉良言
一粒粒，纯净，来自雪山的莲
熨帖、温暖，宁静的眼
一片群山蜿蜒在岁月
那些沟壑深藏的暮色里
闪烁出几缕初夏的烟火之色

（发表于《闽西日报》2020年5月26日）

在张畲，每棵树都站得很高（组诗）

山　松
——缅怀朱发古、林营妹烈士夫妇

在张畲，每棵树都站得很高
我和它的距离，需要仰望
从山脚到山巅，蜿蜒而升的山路

到你的身边，我能听见什么呢
这千米的海拔，足够一个人
看见整个村庄，山外更多的村庄

如果有风，风会告诉我
你隐在山中的身影，正如
红色的土地，会让一颗深埋的种子
充满向上的力量；一棵树在寒霜中
红得像旗帜，像你那颗
饱含信仰的心

那段被捕的经历
谁都忍住，没有开口①
刀割过的身体流出玉脂
点燃村庄无数的灯火
面对暗夜，满身的松针
仿佛是投枪、匕首
现在，却翠绿，闪着自然的光芒
鸟儿雀跃，欢叫
我听见，你，也仿佛听见

注：①朱发古、林营妹烈士夫妇先后被捕遇害，其间受严刑拷打逼问，未吐露半字党组织和游击队的秘密。

在一张藤椅上[①]

在一张藤椅上，生活正在改变
华藤工艺制品厂，一双双柔巧的手
在编织。那一根根藤条
被刀火打磨，细长白皙，善于跳跃
在手中，也善于缠绕
如果它爱，它的爱
可以去芜存菁
可以让零散的小木条
撑起安稳的底座，松散
分离，被一枚枚
小小的钉子，轻轻地钉住
就像你端坐在上面，感觉
一坐即合，感觉天空不再摇晃
就像整个村庄，坐在
山腰上，看车来车往
每个日子都被碾得夯实
如同向外伸展的道路
起伏，但不失平坦宽阔

注：①武平县武东镇张畲村是"武平藤椅之乡"。

百花梯田[①]

在山间，稻禾有向上的冲动
人们在天地间架设田梯
一级一级抬高自身，就从春天
接近秋天，从幽深接近明媚

在梯田里走动，会碰见

凸起的岩石，卧进泥土

仿佛休憩的耕牛，累了歇歇

它的哞声，在山谷回荡

长出竹林、瀑流、山岚

青山连绵，一座高一座低

如同音阶。山脊行走的人们

走到高处，唱出最激动人心的旋律

那歌声里，有一座开花的梯田

十月孕育，移向图纸

移向葱茏的山坡，整个村庄

被渐渐明晰的芬芳照亮

注：①为推进美丽乡村建设，张畲村村委准备引种红花脆桃，建设百花梯田项目。

（发表于《闽西日报》2020 年 12 月 9 日）

兴贤坊的抒情（组诗）

木质兴贤坊

城里的楼长高长大了

进城的人们浮现云朵的微笑

站在密闭的格子里，一动不动

就能从空中降落，或是升上空中

一按之间，外出和归来

都能用云片

换回人间的秋色

而站在兴贤坊

能听见钢筋水泥发出木质的声响

仿佛大地最初的清风

轻轻拂去心中泛着热气的尘埃

兴贤坊的抒情

有一些事物，几百年后
依然会突破尘埃的围困
发出巨大的埋没之音
即使是座坊，文庙和书院
两个亘古的基座
在恢复珠子的本质
恢复兴贤坊的美名
失散人间的光芒
重新回到珠子
回到人们的心间

高耸的坊门，流云栖息
夜晚的坊市，星河垂落
闻满巷的酒坛
听梨园的汉剧
小荷的心事在池中
一半含苞，一半绽放

走过三街九巷
抵达旧时城门
在朝霞的帘幕下
听见熟悉的呼唤
抬头看见古墙上青草
摇曳新的时光

梁山书院

孔夫子说话，落进书札

一颗颗响亮的文字
无眠
几经辗转，有心人
育出种子，在寄身处
种下去

异乡人

宦海沉浮，种子不朽
锤炼他，风雨不倒
温暖一方水土
生发的枝叶，抬高天空
拓宽河道

浇灌者奔孔子去了
留下一身身筋骨
撑起院墙
时光斑驳，依然
有一角衣衫，飘动儒雅
的经幡

众鸟高飞，候鸟归来
如山的心事垒高千年
驮回经世的繁华
书院内盛放的花瓣
叮当作响
在耳蜗内打造阳光的羽翅

三段岭古井

在古代，挖一口井

是多么浩大艰辛的工程
它一定尝试过很多次
在叹息声中换一个地点
它一定塌陷过很多次
一定有人被泥石砸伤
火热的场景一次次忍住悲伤
在长久的日子里，井水
治愈人们的伤痛，代替
哭泣，代替欢笑
代替他们在时光中存在

到达井边，还能看见它的圆
学术的圆，深邃的圆
水面总是低低的，圆而不满
一根绳索的距离
仿佛一种无解的美学
俯下身，从那勒痕的通道
从那被岁月斫去的井沿
就能看见镜里的乾坤
看见圆圆的蓝天和云彩

看见这口井在端坐
在看着我们像清风一样徐徐走过
（发表于《闽西日报》2020年8月18日）

清明（外一首）

这条幽深的小径
已不再生长悲哀
那些高密的草
暂时遮住石碑的寥落

这些不再见面的长辈
也曾像我们一样
像青草一样
因触摸天空而疯长、而青翠

太阳是一个梦
月亮也是一个梦
生活在梦的光里
也将在光里离开

年年此时，聚到一起
仿佛聆听嘱托
怎样酿出美酒、结出杏花
并在杏花凋谢之前饮尽

梨花树下

你从古代的一场雪中
驭马突围而出
我也看到我的前身
原来是那远去的人
沿着雪中马蹄印记
回到你的身边

你捡起遗失的呐喊声
雪有了骨骼和血脉
风软吹雪屑
阳光的针轻点
粉雕玉琢的美
洁净仰望的眼神

正如经历过长久的戍边

大地的磨难在内心辗转

一切黄沙落定

千百愉悦浮出尘世

在梨花的天空

我再一次消失于一片白里

（发表于《闽西日报》2020年3月3日）

春天的牵挂（外一首）

布满阳光的阳台

晾晒的衣服正滴落水珠

它穿过漫长的空间

滴落在光滑瓷砖的心上

激荡起清亮的回响

你曾经听见

现在我听见

多像柔软的藤蔓

小儿女的双手

延伸着热切的渴望

抱紧我空白的日子

也曾经这样抱紧你

他们的呓语

喊亮一个平凡的称呼

此刻，我靠着夜椅清醒

明月正眯着眼睛张望、寻觅

它定然看见了你

在战鼓似的涛声里挑灯夜战

最后的时刻，要升高火焰

爱人啊，你报的平安
抚平我们的担忧
但我们更期待你的归来
那是整个大地
整个春天的幸福

母亲和向日葵

当我们升到高处
母亲便老了
但仍然从黄昏归来
挑着生活的绿色

我们更愿是一株株向日葵
在她的面前低眉颔首

她的教诲，粒粒饱满
深嵌入岁月的额头

在某一天随风洒落
种子的力量，你可以想见
一片开花的原野

（发表于《闽西日报》2020年3月10日，《春天的牵挂》原题为《春天的牵挂——写给远在湖北抗疫的她》）

谢美永作品

赴 圩

农历八月十四的早上,一根刚走过门前的菜地,背后传来老婆恶狠狠的嘶叫声:"杀脑盖的,你要再喝醉酒,我就对你不客气了。"话的杀气太重,吓得竹笼里的鸭子"嘎嘎"直叫唤。一根停下脚步,回过头,隔着参差不齐的竹篱笆回了一声"嗯"。那一声"嗯"像个闷屁,又短又哑,和一根的脾气一样,中气不足。一根怕老婆是出了名的,村里的人都知道,他在老婆面前,一个屁都得拗成两段放,而且第二段屁是看了老婆的脸色才放的。

但是一个月前,也就是七月半那天,一根竟然逆天了,喝醉了酒,把自己的姓都差点忘了。

一根挑着两竹笼"胡鸭",沿着石砌路走向山外。他赤着脚,宽厚的脚板,把光滑的青石踩得"啪啪"作响。两笼"胡鸭"是要挑到十里外的桂坑圩去卖的,日脚有点迟了,一根加快脚步,扁担两端的鸭笼不断地晃荡,鸭们不舒服了,不时发出"嘎嘎"的抗议声。桂坑逢四九圩,家中的油盐酱醋都得从桂坑圩买回来,一个月里,一根至少得走这条山路一次。

几十斤的鸭笼对于成年壮劳力算不了什么,一根像一头孤单的牛行走在山路上,那弯弯的山路就像一条拴牛的麻索,牵着他走过梯田、山凹、山涧。

独自行走的一根突然笑了起来,但只一咧嘴,便又止住了。他想起"晡娘"(老婆)那凶狠的骂声,他知道自己那次喝醉了酒差点造成全家人过不上节,该骂。

农历七月十四既是桂坑圩,又是一年一度的中元节,客家人的中元节分二天,十四人过节,十五鬼过节。七月十四赶到桂坑圩,日头已上三竿,一根匆匆在人群中挤占了一个位置,屋檐的荫凉很快就从身上移走,他只能依靠头上那顶破旧的竹笠撑着一小块阳光。一根今天卖的是红菇,是一家子起早摸黑采来的,红菇只有半个月左右的采摘期,他两口子带大女儿披星戴月,辗转于深山老林,寻宝般采摘的红菇,是家里的一项重要收入。

桂坑圩位于闽赣交界,是闽西最偏远的集市。来此赴圩的多为闽赣两省的乡亲,大家把自产的日常生活用品挑来,换成钱,又用钱买回自己需要的东西,钱到手里都还没粘上热气,又到了别人的口袋,赚下的只有吆喝声。红菇现在是好东西,过去却不得人爱,本地人不买,只能卖给县城来的贩子;那几个来自县城的贩子，正在狭窄的街道闲逛，眼睛东张西望，似乎在挑选东西，又摆出一副无所谓的样子，客大欺店。

好不容易卖掉红菇，一根便急急地到猪肉摊。张屠夫的肉摊前站着几个人，指指点点，嫌七嫌八。张屠夫也一副无所谓的样子，嘴叼着根纸烟，烟屎都烧了有一半了，也不掉，他吸一口，烟便冲向他的眼睛，眼睛便不时眨。铺板上的肉剩不多了，反正不愁卖。一根是不能等的，猪肉已被太阳晒的有点发黑发干，吸足了油水的太阳都上了头顶，他指着猪腰身部位，伸出三根指头，说："斫三斤。"张屠夫操起刀一刺，一片肉便离开猪身，他抓起扔进杆秤秤盘，一手捏住秤绳，一手摆弄秤砣。"二斤八两。"说话时，烟屎应声而落，落在那块已属于一根的猪肉上。说着，他又在另一个部位切下一块肉，这块肉是有说法的，叫"搭头子"，是块孬肉，孬肉没人要，屠夫便切开，给买肉的搭上一块，也属约定俗成，买家无话可说。连"搭头子"的，一根总共买了三斤一两。

一根在饮食加工店遇到"同年"二两。客家男子有结"同年"的风俗，有父母指定的，也有在上学时各自觉得性情相近，或其他原因而结为异姓兄弟。一根和二两是烧过香拜过天地的同年，过年过节经常有走动，很亲。一根背着一身热汗进了饮食店，见同年二两正埋头喝水，便过去坐下，喊了声："同年。"

有怎样的垄就有怎样的碓。二两秉性与一根相仿，亦不善言。见同年一根来了，便倒了碗水给他，说了句："你也来赶圩，同年。"

已过午，饮食店里切菜的、炒菜的，热闹一片。阵阵油烟飞过来，能闻到肉的香味。

二两生了五个小鬼，都是妹子，还想再生个太岁子（男孩），日子过得紧巴，少盐缺油的。两同年闷坐了一会儿，一根觉得自己日子过得松些，便起身把那块搭头子的肉解下来，对二两说："同年，好久不见了，当昼（中午）好好食两杯。"二两客气几句，想了想，便出门端了半板豆腐回来。

饮食加工店提供煮食的家什和盐，客人自己动手。搭头子的三两肉显然不够两个壮劳力吃，一根咬牙又切了一块肉，麻利地洗好，切成薄片，待前边的人弄好，便接过锅，开始弄食。

一根把肉倒进锅，煸炒出油，但不能煸太久，见锅里的油差不多够用，便把豆腐轻轻倒入，排开，待豆腐贴锅的一面焦黄，再倒入适量的水，盖上锅盖，一会儿即出锅。这种烹饪方法，客家人叫"燴"，简单快捷，有干有汤，深得客家人青睐。

"燴"了一大碗头猪肉豆腐，一根叫老板打了一锡壶水酒，温好。

一根给二两倒满一碗,又给自己倒满一碗,两同年在沉默中先干了一碗。客家水酒浓度不高,尤其是小店里卖的,酒量高的人都拿来解渴,但这两个人都没啥量,属于半斤尿脚灌下去就晕头转向的货。这一壶下去,一根眼里就有二个二两了。在一根眼里,三个人喝一壶是不够的,就提着酒壶踉踉跄跄地又打了一壶。一根和二两两同年,破天荒喝了两壶水酒,当他们把碗头里的最后一片碎肉吃进肚子,就分道扬镳,各回各家。

一根明显感觉到回家的路比来时难走,好像踩在棉花上,软绵绵的不踏实,他有点怀疑自己走错了路,但仔细看看这路,这山,这小桥,分明是自己熟悉的回家的路。他那不着调的脚步一步一步把太阳带进大山,也把自己带入一个新境地,这个境地真奇怪,世界是花的,在转,转着转着,一根一下倒下了。

七月的水田禾苗苗壮,一根看到禾苗缝隙间有许多金光,冷水刺激了他,他知道自己摔跤了,他挣扎着起了身,抓起过节的猪肉,摇摇晃晃回家去。

一根回到家时,天已交黑,妻儿正眼巴巴地盼着他,那几双眼睛像黑夜里满怀希望的星子,看到他泥猴一般,目光满是疑惑。晡娘问他:"猪肉呢?"

一根把手上的肉摔上桌。"在这呢!"

可这哪里是猪肉,分明是一把禾苗苴!

……

一根这次来桂坑赴圩,是铁定不会再喝酒了。七月半的教训令他难以忘怀,如果不是倒回摔跤那找回猪肉,晡娘非把他撕碎吃了,儿女那副谗相,也像针一样扎他的心。

因为是节前圩,一根的两笼鸭子很快就卖完了。他斫了猪肉,还买了其他生活用品,饭也不吃,只买了两个油炸糕充饥,吃完又从店家水缸里舀了一葫勺冷水灌进肚子,挑着空笼子,便匆匆往回走。

出了集市,一根突觉腹中难受,一阵绞痛,一股急流似要喷薄而出。幸好路旁有屎窖,他放下鸭笼,将猪肉挂在笼架上,来不及细想,急急跑进屎窖解决问题。

问题解决了,一根顿感浑身轻松,他出了那简易的屎窖,见旁边的屎窖有一人口叼着一吊猪肉,站在屎窖门口,双手正解着裤腰带。他心里兀自笑话这人,摇摇头,走回笼边。

"猪肉呢?"一根见挂在笼架上的猪肉没了,心一下子凉了。他朝四周看,没有狗,也没有人,肉咋就不见了呢?

那小解的人过来,说:"你咋那么不小心呢,你看我,屙尿都把肉叼着。"说完，气宇轩昂地走了。

一根呆站在那儿，他抬头看天，阳光刺下来，好像杀死了周围的一切，世界一下子静下来了。

（发表于《西部散文选刊》2019年第6期）

卖烟小记

少年时贪睡，很少听到鸡叫头遍。但那天我真切地听到家里那只"骚鸡头"的叫唤，这只养了两年的"骚鸡头"，一年四季从不停歇，每日清早三次啼，直至把日头从山的东头唤出来。我赖在床上起不来，几天来我都没睡好，自从前一圩母亲把去罗塘赴圩的决定告诉我，我就开始激动，抑制不住期盼的心情。

很快母亲就到我床边，用少有的轻柔的声音叫我："五博，五博，快起来。"我爬起来，坐在床沿，用两手擦了擦眼角的眼屎，心里突然生出恐惧，有点不敢去了。黑暗中，再次传来母亲有些粗重的声音，催促着我。

灶台上灯昏如豆，灶膛里也有暗红的火苗，不旺。我胡乱擦了把脸，睡意蒙眬地坐在灶膛前，母亲端来一碗米饭给我，这是猪油炒饭，可能还滴了几滴酱油，昨晚的剩饭拌着客家人的当家品种"浸菜"一起炒，咸香焦混合的气味一下子赶跑了睡意。这是特殊待遇，家里穷，平时连炒菜都舍不得多放油，这一下子上升到猪油炒饭待遇，我顿时感觉到肩上的担子重了许多。

二十多斤重的担子压在十岁的我的肩上，确实不轻。两个牛轭篓，泛着暗哑的油光，篓里装着二十斤烟叶，这是生产队分给我家的，父亲抽不完，便要变卖成钱，补贴家用。这个光荣的任务，母亲竟交给十岁的我，而我也坦然接受。父亲连夜教会我认秤，并嘱咐我，秤一定要"旺"。

推开门，暗夜与山风一起灌进来，几个约好的同伴在外等我，带队的是住在我家隔壁的婆婆，有老有小，在夏天的微凉的朦胧中，一同去丈量二十几华里崎岖的山路。山路的一头叫罗塘，是江西地界了，是一个大圩场。

黎明被我们一行人杂乱的脚步声吵醒，太阳伸了个懒腰，不紧不慢地从长满绿树的山上探出头来，我一向觉得太阳是勤快的，今天却落后于我的小脚，这不由得又鼓励了我一番，被汗水湿透的小身板顿时有了新的力量，酸痛的肩膀也似乎轻松许多。陡坡、悬崖、山涧、木桥，被我肩上的小扁担一一晃荡在身后，罗塘圩的袅袅炊烟出现在眼前。

一个十岁的少年，在熙熙攘攘的集市，独掌一杆秤，用胆怯的声音叫卖，就像一片树叶,淹没在风雨交加的大海里,没有人注意你。我坐在一块从路边取来的石头上,看着一双双光着的、穿草鞋的、穿布鞋的,还有穿"光夹子"(木屐)的大大小小、男男女女的脚在我面前走来走去,却没有人停下来和我"交关"(交易),心里渐渐慌了神。屁股下的石头不平,硌得肉生痛,异乡的客家话带着陌生的味道从耳边滑过。我们几个坐成一长溜,烟叶摆在摊开的薄膜上,薄膜是作田下雨时防水用的,时间长了,黏着厚厚的土黄色,倒是与烟叶极相近。

终于有人开张了,那是我隔壁家的老婆婆,她是从江西嫁到我们那儿的,能说会道,经常赴圩场。一位烟民递了张五毛的纸币给她,引来一串羡慕的目光。

我的家乡闽西桂坑圩与江西罗塘乡交界,同属红土壤地质带,我们家种的烟草叶宽质厚味醇,罗塘这一带种的烟就少了许多滋味,好像老天一不小心,给罗塘少放了点盐。圩坪人越来越多。近处煎油炸糕的香气从人缝挤过来,带了三分汗味,仍然十分强烈地引诱我的味蕾;远处猪市肯定也热闹,一声高过一声猪仔的嚎叫,穿越塞满圩场的人的嚷嚷声,冲击我的耳鼓。听说罗塘圩的小吃很好吃,可以说我就是冲着这个才来赴圩卖烟的,母亲承诺卖了钱允许我挑自己喜欢的小吃吃个饱,可没人买我的烟叶,我只能干咽口水。

六月的太阳很毒,我们的摆摊点没有雨棚,炙热的阳光都快要把我烤焦了。一个戴着斗笠的老汉叼着烟斗,在我们这一排烟摊逐个看着走过来,巧嘴的老婆婆用异样的热情招呼他:"老表,来尝尝我的烟,味道好,不苦不辣。"老汉笑笑并未停下,慢慢朝我这边走来,我的心怦怦直跳,我期待着上天眷顾,这个老汉能光顾我的烟摊。老汉果然停在我面前,我激动得头脑发热脸涨红,不知该怎么说话。

老汉定是看出我的窘迫,蹲下来,笑眯眯地看着我,那笑中似乎有点狡黠,他问:"细老表,烟哪卖?"江西人称男人为老表,但我这个十岁的小男人,在外地被称为老表,搞得我不知如何回答。

"吃,吃,吃烟,很甜的。"不知何因,我竟蹦出如此不合逻辑的话。

老汉从烟堆中挑了一皮(片)金灿灿的烟叶,凑近鼻孔嗅了嗅,也许正合他的胃口,老汉脸上有种陶醉的神情在放射,这个样子很熟悉,父亲也常常这样。对烟叶的品相,老汉是满意的:"细老表,烟哪卖?"

"五角钱一斤。"

"敢贵,便宜点子吧?"

我装着老练的样子,拒绝了老汉的要求。来的路上,那些常来卖烟叶的同伴讲过,烟价不能低于一斤五角。

老汉从衣袋里掏出一刀烟纸，赣江牌的，伸出舌头，粗糙的食指迅速沾了点舌尖上的口沫，捻下一张烟纸，放在蹲着的膝头上。撕下一角烟叶，慢条斯理地撕成细条状，看分量够了，便用烟纸卷成喇叭形，舌头一舔，又一卷，烟便到了嘴里。他掏出火柴，"嗤"一声擦燃，烟筒凑近火苗，一吸，看他高高突起的喉结一滑动，一股白烟便从他黑黑的鼻孔缓缓流出来，美好的滋味充斥他浑浊的眼睛。

老汉连抽了几口，说："秤一斤。"

我心中一喜，连声说好。

我抓起杆秤，手忙脚乱地把烟叶放进秤盘，秤杆上的秤星似乎乱成密密的一排，头上的汗滴却像是秤星乱滚；我撩起衣角擦去汗滴，咽下口中因紧张而直往冒的口水，稳住心神，称了一斤，秤尾翘得高高的，这是父亲交代的，秤要"旺"。我准备用稻草捆住烟叶，想了想，这个老汉是第一个顾客，也许他会给我带来好运，便又多抓了两片烟叶给他。稻草扎紧烟叶的梗部，打个结，便于提拿。

"细鬼，秤要足哦。"

"有，有，有。"我再把烟叶放进秤盘，一斤一两，秤尾翘得天般高，秤砣往前溜了。

老汉凑近看了看，有点疑惑的样子，又抓起秤自己秤了一番，确认无误。他似乎下了很大决心，才从贴肉的裤袋里掏出来一个荷包，荷包也不是什么好的东西，小布袋而已，从里面取出一小叠角票，右手沾了下口沫，捻了几下钱，找出一张五角的，给我。

老汉提溜着烟叶，一晃一晃地走远了，圩上越来越热闹。我摸娑着这张五角纸币，一种收获的幸福感溢上心头，旧纸币也似乎发出耀眼的光，我小心翼翼地放进上衣袋里，害怕它跑掉，还把袋盖上的扣子扣好。

不久，这老汉又来了，还带着一个人来，笑眯眯地说："细老表，蛮会做生意，我带人来给你'交关交关'。"

这一"交关"，像是一连串的好运跟着来，许多人好像是冲我来的，这个半斤那个一斤，薄膜上的烟堆渐渐小了，竟然第一个把烟叶卖掉。第一次做生意（说生意有点过了），糊里糊涂的，有点不相信，又再把那小叠纸币掏出来，细细数一遍，认真叠好，装进口袋，扣好扣子，才确认，这是真的。

我忘记罗塘的小吃是怎样的好吃，连走在回家的路上，我还像沉浸在一场梦里。

在山坡一座茶亭歇脚时，隔壁家的老婆婆问我，五博，你知道那第一个买你烟的老头是谁吗？

我摇摇头，不知道！

那是个拗秤尾的！

拗秤尾我是知道的。这是一种打着公平公正名义的流氓行径，过去在农贸市场，专门有一伙人，借买东西为名，一旦发现秤不足，便拗断秤尾，把东西一抢而空，卖家心虚，不敢反抗，只好任由哄抢。

幸好，我的秤是"旺"的。

（发表于《散文选刊·原创版》2019第9期）

丹桂花开

回到家乡，阵阵桂花香，如影随形，陪伴着我的脚步，衣袂飘拂，花香飘逸，我几乎要醉倒在家乡的怀抱里。

家乡在闽西武平，在闽赣两省的交界处，叫桂坑。上苍把它放在一个很不起眼的山沟里，重重山峦，像绿色的围墙，守护着这座只有一千多人的村子。从村子中间缓缓流过的小溪，是一条精致的玉带，缠绕着，不愿远去。小时候，每到中秋节前，冷空气自北南来，村里几棵桂花树，便相继开花，满树金黄的花粒，散发出浓郁的芳香，飘散在家乡的每个角落，因之，家乡的村名里，就带有"桂"字，这个充满香气的村子，名扬闽赣两地。儿时的桂花树，或老了，消失在时间的缝隙里，或走了，是贪婪和贫困张开了罪恶的大口，吞噬了一株株枝繁叶茂的参天大树，换来一小叠钱币，满足私欲。

村道两旁是新种的桂花树，只有几年树龄，却长得比人高了，它们粗壮的枝干，擎着一把大伞，迎风摇曳，它们的叶子微微发红，仿佛含羞的少女，迎迓故人归来。这是四季桂，村里统一种植的，那淡淡的清香，便是躲藏在密匝匝的树叶中的花粒，悄悄吐露出来的。顾名思义，四季桂四季都开花，家乡的春夏秋冬都氤氲着丹桂之气，家乡名"桂"更名副其实了。

走在这坚实而又温暖的土地上，我的脚步变得急切，心中升腾起一股又一股热浪，冲击我疲惫的心房。我是个游子，当年因为家乡困窘，一批又一批打工者涌向富庶的海边，我就是在这股浪潮里翻出大山，去闽南的滨海城市。我经不起稻田里艰辛的劳作，无力的腰身不能和稻穗一样弯下来；我担不起盗伐者的罪恶，柔弱的肩膀支撑不住沉重的杉木的泪水。我不能面对溪水黑色的呻吟，不敢对视剥去青衣、露出褐色胴体的山岭，不想与贫穷、贪欲、邻里之间锱铢必较为伍。我忍痛离开家乡，把眷恋和不舍压缩进薄薄的行囊，带着一缕山风和梦想，远去，远去……

一声亲切的招呼声，把我从往事痛楚的片段拉回，我定睛一看，原来是儿时伙伴大李。

大李穿着一件橘黄色的制服，头戴同样颜色的鸭舌帽，帽檐上印了"保洁"两个字。他手上拿着扫把和撮斗，不远处的路边，停了一辆绿色的垃圾车。

"呀，大李，你当上'清洁卫士'啦！"我有点惊讶。

"嘿嘿嘿。"不善言辞的大李以笑声答复我。

"你不是在厦门吗？什么时候回来啦？村里发多少钱给你？"看到儿时玩伴，一连串的问题，脱口而出。

大李告诉我，在外面久了，想家，就回来了。现在做乡村保洁员，工资虽远不如厦门，但清扫完街道，还有很多时间可以干农活，这两年种了仙草和石参，总的收入比外面还多。最重要的是可以照顾好父母亲。他边说边笑，额上的眉毛挤成一团，随着笑声跳跃。

"现在，家乡真的不比外面差。"大李说得很肯定。

辞别大李，我继续往前走。整洁的街道、漂亮的楼房以及远处翠绿的青山，在鸟儿清脆的歌声中，如画一般，美丽着我的心情，使我差点忘了回乡的目的。前几天，妻子的表弟打电话来，说他姑姑也是我岳母，经常去捡垃圾换钱，弄得他很没面子，要我回来劝劝岳母，不要再去捡垃圾。说实话，听到这个消息我很诧异。岳母命运多舛，中年丧夫，老年又失子，家中只有她一人，尝尽人间苦难。但她个人的基本生活是没问题的，有农村养老保险，低保，还有我们拿的赡养费，足以过上温饱生活，怎么还去捡垃圾呢？妻子也十分生气，因为我们和岳母同村，怕被人说闲话，村里人多嘴杂，口水都会淹死人。因此要我回家来，阻止岳母再去捡垃圾。

快到岳母家了。路边一座原先废弃的旧房子，很不起眼，现在已粉刷一新，门口挂着一块绿色的牌子："垃圾兑换超市"。垃圾兑换？什么时候搞了这么个超市？谁搞的？这可是个新鲜事，好奇的脚步，把我带进这家超市。

进了超市，见村支书在整理垃圾。

村支书与我年龄相仿，自小一块长大，他热情地邀我坐下，泡茶。趁支书泡茶的当儿，我环视超市，小小超市只有一排简易的货架，架上摆放了肥皂、洗洁精、食盐等生活用品，货物品种不多数量不少。

支书比我小两岁，理个平头，看上去很精神，但头发却白了一大半，我半开玩笑地说："支书日理万机，头发又白了不少。"

支书递了杯茶给我，也半开玩笑回答我："为村民服务，应该的。"

我们一边喝茶一边聊起"垃圾兑换超市"，村支书向我介绍说：今年上半年，上级为了进一步鼓励村民树立良好的环保意识，养成垃圾分类的习惯，自觉维护周边环境卫生，推动村容村貌美化向纵深推进，专门开展了垃圾兑换工作。丢弃的矿泉水瓶、塑料袋、农药瓶、废电池、农用薄膜等，都可以来"垃圾兑换超市"兑换日用品。

我感到不解，现在不是聘请了清洁工吗？

村支书告诉我，虽然街道有清洁工清扫，但山路、田间、溪边等卫生死角无法彻底清扫。搞垃圾兑换，就是要发动村民主动、积极参与清理环境卫生，全面改善人居环境。最终的目标就是能够实现垃圾不落地，垃圾无害化处理。

正在聊着，一位老人提着一袋东西进来。村支书迎上去，接过蛇皮袋，从里面掏出废食品袋、农药瓶，还有一包烟蒂，支书耐心帮老人分类、清点数量，按类堆放，老人的垃圾刚好可以兑换一袋洗衣粉，他拿上洗衣粉，张开缺了门牙的嘴，笑呵呵地离开超市。

"烟头也可以兑换？"

"是的。你也知道，农村人的环境卫生意识不强，丢烟头的现象随处可见。烟头兑换日用品很有意义，那些落在墙角、夹缝的烟头都清理掉，卫生真正落到实处、小处。这几年，政府十分重视农村环境卫生工作，厕所革命、垃圾定点投放、污水处理、河道整治，这些与村民生活息息相关的事，都得到彻底整治。我每天都在忙这些事，真真切切地感受到家乡变化，村民的思想也在变化。"

我虽然看到刚才收垃圾的一幕，心里还是怀疑能否得到村民的支持，毕竟捡垃圾一事，说起来不是那么高大上的事。我道出了疑问。

支书说，为垃圾兑换的事，还和父亲闹矛盾。

支书的父亲一直以来就在本村收购废品，村里要搞垃圾兑换超市，坏了他的生意，哪有儿子帮着村里来抢老子生意的？父亲想不通，支书几次三番地解说，老人才弄懂生活垃圾与废品的区别，搞清了政府做的事是为了大家生活在更干净的环境里。"现在，我父亲也把废品收购站不要的拿过来兑换。"

"那你不觉得你父亲这样做会给你丢脸？"

"那有什么？不是偷不是抢，不丢脸！"

我心里的疙瘩，渐渐松了。

其实，家乡的变化，我也可以感受得到。不说住房建筑、道路交通、森林植被，就单从环境卫生来说，房前屋后遍植桂花树，还有茶花、紫荆花等，把家乡装扮成了花园。现在，再也见不到在客厅散步的鸡，也看不到满村溜达的猪，脚下的马路，干净整洁，我觉得一点都不会输给城市。我每次回家乡，都恨不得捧上这饱含负氧离子的空气，带到异乡，以解思乡之苦。

我还是对岳母有点担忧，一个人在家，肯定会有许多不便，我希望村里和支书能多关照她老人家。

你岳母情况确实特殊！支书说。不过你放心，在村里，她就是我们的亲人。村里考虑到她的情况，安排她到老人活动室值班，烧水扫地，开门锁门，和老人们一起，看看电视，聊聊天，就不会觉得孤单，村里还发给值班补贴。最近，我看她气色好些了。

支书看了一眼手机，说："对了，今天村里幸福院给老人统一过生日，我得赶快过去。你岳母也在，走，一起去看看。"

阳光穿过白云的梦境，洒在山村的田野，房屋，山岭，到处都有甜美的气息。在桂花树的簇拥下，我朝着村幸福院走去。

（发表于《散文选刊·原创版》2019年第12期）

愿做河畔的枫杨树

秋天不由分说拉着我来到中赤镇上赤村。

时值午后，太阳像个热情的汉子，一股脑儿倾泻满地的阳光，仿佛带着酒后微醺，飘散在辽阔的田野。不错，看，田里的谷穗都醉了，低下了头，正在做一个金色的梦。远处的山，依旧翠绿，只是渐远渐淡，更远处便是水墨画一般了，层次极其分明。通往前方的路，是画在地上的五线谱，忽高忽低，忽崎岖忽平缓，汽车沿着一串串音符，一路演奏着乡村丰收乐曲。

村口竖着一块大石头，坚固气派，被一丛丛鲜花簇拥着，石头上刻着八个大字"美丽上赤　和谐库区"，与鲜花的颜色相互辉映，引领着我迫不及待要去认识这个心仪已久的村庄。上赤，这个陌生而又熟悉的名字，曾经一直在我心里泛起涟漪的村庄，在一次次期待中，终于在秋天的午后，以画卷的形式展现在我面前。

下了车，迎接我的是河畔的枫杨树。

流经上赤的河流，是那样的温柔，从北而来，向南而去。也许经历太多的劫难与波折，也许流过太多蜿蜒与跌宕，也许见惯太多的冷漠与无情，也许，下游还有八百里水路，太多未知的凶险与激滩在等待。总之，中赤河在这里舒舒服服地打了个滚，赤裸的身躯，宛如少女光洁滋润的胴体，那么鲜亮，那么迷人。"水破天心"，古老的传说充斥着天机，一直是上赤人心中的块垒，我不再沿着古人的思维去读解，我只看到上赤河的美，粼粼的波光，折射出河水的宁静，和美；我看到处子一般的流水，在阳光的抚慰下，如此的洁净，静卧在两岸翠绿的枫杨树怀中。

河里有一群鸭，浑身皆白，唯有脸部的肉瘤呈现红色，特别鲜艳。它们长长的颈探入水中，寻觅食物，清澈的水，掩盖不住水下移动的鸭脖影子，灵动迅捷，一旦觅食成功，鸭便抬起头，骄傲地耸几耸脖子，鼓鼓的食物，从长颈慢慢吞下，脸的肉瘤便愈发鲜红。也有戏耍的，鸭张开宽大的翅膀，扇动洁白的羽毛，两脚使劲划，你追我赶，"嘎嘎嘎"，欢快的叫声划过水面，唤起阵阵波浪，向远处漾去。鸭自由自在，主宰着河流的每一次起伏，它们主人般的神情，不是叫声的长短，而是那种旁若无人的悠闲，有时，就那么随意地把头拢在翅膀下，自顾自地困起觉来。真的让人十分羡慕。

河中间是一片浅浅的沙洲，像一片细长的柳叶，搁浅了，轻轻地浮在水中央，好像随时都会漂走。沙洲大部分覆盖着沙子，黄灿灿的，又细又软，使人产生要去走走，让细沙抚摸足底的想法。沙洲四周是大大小小的鹅卵石，光滑圆润，随性地在浅水里露出小半身；有的叠在一起，像拥抱的情人；有的好几个围成一圈，轻声细语在商议着什么；也有孤零零一个的，独享阳光，静静地思索。偶尔有几株水草，各自霸占一角，不成气候，却又分明在宣示自己的领地，有一种不容侵犯的凌然之气。

更远的地方，有一渔翁，提着渔网，佝偻着身子，像猎人一般，蹑手蹑脚，四下张望，找寻水中鱼群。我无法判断渔翁的年岁，但看他那剑拔弩张的样子，可以断定他一定是个经验丰富的渔翁。他的两脚白而细长，左胳膊挽着渔网，右手抓住渔网的一边，随时都有可能要把手中的网撒出去。虽然看不到他的眼睛，可以想象得到，他长了一对鱼鹰一样锐利的眼，他能根据河的趋势，一闪而过的鱼儿，来判断下网的时机。突然，只见渔翁腰身一低，左胳膊往后一荡，借着反作用力，把渔网撒出去。一瞬间，渔网舒展开来，在空中画了一个圈，快速坠落，水面溅起一圈柔和的水花。这样的画面，激活了隐藏在我心灵深处的乡愁，似乎又回到童年时光。

这一切，不禁令我感叹。如此安宁静美的乡村，真不该来打扰它的生活，上赤，应该就是一个静到让人发呆的地方。

走在上赤河畔，枫杨树伸出宽大的手掌，绿叶婆娑，过滤掉太阳多余的热度。河畔是一副新模样，修建了人行步道，大理石栏杆做得精致，散发出新鲜的光泽。沿河是些枫杨树，这些枫杨树看上去有些年岁了，随手在树干一抓，便能抓一大把老人的皱纹来。枝繁叶茂的枫杨树，是上赤最好的伙伴，它们智者一样的身影，千百年来，从未离开过，守护着上赤的每一寸土地，每一轮明月，每一个呼吸；它们有顽强生命力，对土地却没有太多的需求，只要有泥土，有水，就会蓬勃生长，长成参天大树。时已入秋，但枫杨树依旧翠绿，旺盛的生命力可见一斑。据说，春天的枫杨树最婀娜多姿，当所有植物还在冬天里缩手缩脚，一丝轻如鸿毛的春的气息，就被枫杨树捕捉到，很快它的嫩芽就挤出厚厚的树皮，率先向上赤公告春的信息。然后，一串串花儿争先恐后地冒出枝头，挂满树梢。"俏也不争春，只把春来报。"枫杨树花没有艳丽的颜色，没有可爱的形状，简朴得如同一个个小喇叭，穿着素洁的略带淡青的裙子，它们时而窃窃私语，时而轻舞裙裾，时而害羞地躲进绿叶间，快乐、俏皮，充满童趣。待到春风老了，花儿就乘着风，依依不舍地离去，飘落在河上。那时，水面白花花的，落花流水，凄美的画面蜿蜒绵亘。

从河面飘过来的空气湿润清甜，思绪信马由缰。一河两岸，居住了二千多人，他们世代耕田，旺水季节，也放木排下广东；他们生活在这个小盆地里，自给自足，把欢笑、泪水晾干，压缩进薄薄的日子里。上赤河曾经恣意泛滥，上赤人艰辛的日子雪上加霜，多少客家汉子过早弯下了腰；如今，上赤的水被驯服了，上游下游都建了水库，水成为乖巧的孩子，它收敛起暴躁的脾气，顺从人类的意愿，为人类服务。老辈上赤人的记忆，一次次更新，上赤人的日子，一天天更新！

连接两岸有三座桥，各具特色，我喜欢中间这座。据说，上赤村有八景，其中之一就与这座桥有关，叫"平潭秋月"。

站在桥上，风拭擦我的想象，桥下"汩汩"的流水挽不住我奔腾的情思，我的目光越过时间的跨度，找寻"平潭秋月"最美的光影。

拨开时光的荆棘，我看到河边古老的码头，宽阔的河潭，漂浮着的木排犹如沉睡的巨龙，它们在养精蓄锐，等待撑排汉一声令下，便会乘着上赤河咆哮的河水，直奔潮汕。它们在撑排汉手中竹篙的指挥下，穿险滩，闯激流，历经九九八十一难，方达目的。"神仙老虎狗。"豁达开朗的撑排汉，常常用这五个字来表达撑排的艰辛与快乐，他们平静的目光，掩盖了不为人知的惊恐，脸上的笑和暗红肤色一样沉静。

让我的思绪再次飞越，我要邀来一轮明月，请她停靠在上赤的天空，近些，再近些，让月的清辉普照大地，让上赤河荡漾起的银光和心一起跳跃。月色朦胧，多情的少男少女身影朦胧，他们挽着手，挽着月亮的柔情，偎依着桥栏杆，美好的憧憬随桥下河水流向远方。多么浪漫的夜！风醉了，一头撞上河畔的枫杨树，树叶梭梭，惊得月亮躲进了云里。

"平潭月影"是老辈上赤人永远的青春记忆！

上赤的前世有苦难和贫困，上赤的今生充满欢乐和希望。2017年12月，上赤村入选福建省美丽乡村创建示范村。本年度，武平县只有两个村入选，在全省美丽乡村的建设热潮中，上赤村脱颖而出，其实力可想而知。

上赤河畔的人行步道，就是一条通往幸福的大道。我走着，想着。迎面走来一个老妇，挽着菜篮，热情地招呼："同志，从哪里来呀？""从县城来。""呀，远客，到家里食茶。"多么淳朴的乡亲呀！一股热流顿时涌上心头，客家人好客的古风，至今犹传！

谢绝了老妇的好意，我继续走着。和煦的秋风送来稻香，碧绿的枫杨树舞动着树枝，清澈见底的河水哗哗作响，两岸风格各异的房屋骄傲地挺立着，一幅乡村画卷，多姿多彩，在群山环抱中，无私地展现在我这个陌生人面前。

我多希望自己就是一棵枫杨树，站成上赤的形象，守候这里亘古不变的宁静，和上赤一起走过每一个春夏秋冬。

（发表于《泉州文学》2020年第2期）

雪落城门

闽西客家地区，正月常有打醮做会走古事的习俗。农历正月廿六日，便是武平县万安镇"魏侃夫文化旅游节"，当地老百姓习惯叫"剥皮公爹"生日。

正月廿六日，闽西武平乍寒还暖，春已萌动。田野里，一抹浅浅的绿，贴着地面洇染开来，几场春雨浸润了土地，湿润了人们的心田；性急的艾草，早已张开了毛茸茸的叶子，东一棵西一棵，各自占了片地盘，似乎有什么打算。房前屋后的柳树，枯竭了一个冬天的枝条，也苏醒了。

梁野山醒了，挡风岭醒了，石径岭醒了。万安也醒了。忙碌了好几天的万安人，准备好了艾粄、黄粄、米酒、鸡鸭头牲肉，呼朋唤友，轰轰烈烈过一个特别的节日。

万安圳里（主要指万安镇上圳村、下圳村）的天空是凝重的，和铺着的云层一样凝重，偶尔有冲天炮直上云霄，在云中炸响，却炸不开云的心事。

越来越密集的鞭炮声，在我的身边响起。这是迎接盛典的前奏，一阵阵轰鸣，打乱了人们的脚步，纷至沓来的人，也乱了心思。倒是倚立在树枝头的鸟雀，经过一阵骚动，平静下来，叽叽喳喳地议论起人来。

在小学校的一角，是一座庙。庙和学校连着，逼仄狭小，庙里供奉着的正是今天的主角——魏侃夫。

若非人们蜂拥而至，若非烧香祭拜的人拥堵在此，没有人能相信，这里竟然是名闻闽粤赣边的"剥皮公爹"安身之处。

我一向不喜欢"剥皮公爹"这个称呼，血腥、残暴，与心目中的神仙大相径庭。但翻开历史，直面封建王朝的统治者统领手段，莫说小小百姓，即便如魏侃夫这个退休县尹，也无法抵挡刽子手的屠刀。

魏侃夫是个好官、清官，所以今天的百姓会纪念他。

时间上溯至元末至正年间。魏侃夫任武平县尹。

魏侃夫从遥远的江苏南京江宁府来武平任县尹，从富庶的江南鱼米之乡，来到闽越蛮荒之地，我们无法揣摩他当时的心情，但我们可以想见，他很快就克服了时空落差，融入属于自己的角色。"其间他勤政爱民、正直廉洁、崇儒兴学，深受邑民爱戴。"这是武平人民对他的高度评价！

俗话说，叶落归根。魏侃夫在武平任期届满，本该回乡养老，然而，多年为官的他竟连回家的盘缠都没有。最终，他选择了城西十里的刘坊镇，作为终老之地。

刘坊何幸！刘坊百姓何幸！

刘坊背靠三座大山，东临县城，大面积土地适宜种植，又有较为发达的手工业为依托，自古便是富庶之地，百姓安居乐业。但此地亦成为匪盗眼中的肥肉，他们觊觎的目光，掠夺着刘坊的宁静与富足。百姓痛苦的哀怨声，针一般刺疼了魏侃夫的心，朗朗乾坤，怎能容纳污垢？

手中无权无钱的魏侃夫，面对第二故乡刘坊，面对第二故乡的父老乡亲，即使有万般无奈，也没有流露出来。是的，他已不再是呼风唤雨的一县之长，也没有万贯家财可以施舍，救民于水火，已不是他肩上的职责。然而，他心底的热血依旧在流，殷殷的爱民之心，仍然跳动着坚实有力的节奏，"责任、担当"，是他为官之道，亦是为民之本。

漏风的刘坊，需要一把保护伞，需要一道护身符，需要一座坚固的城池，抵御歪风邪气，阻挡山贼强盗贪婪的欲望，切断通往失德无义的途径，还刘坊以清风、宁静,以及按时升起的人间烟火。

魏侃夫站出来了!

脱了官袍的魏侃夫,走起路来不必再遁官步,轻松自如,甚至可以拄个拐;没人鸣锣开道,不用自报家门,他像个乡村老叟,不,他现在就是个乡村老叟,走东家,进西家,用现在的话来说,就是做宣传工作,他要说服大家,筑一座城墙,把刘坊围起来,围起一方平安。

恰切地说,这应该是一座土堡。长三华里,高二丈余,宽三尺,有东、南、西、北四个城门,历时一年多方建成。"公筑土堡聚守,环居而互卫,风鹤之警以息,因改地名为万安镇。"这是清嘉庆二十四年改建魏公庙碑记中的一段文字。

一个人,一座城。一座城,保一方安宁。万安万安,长治久安。多么美好的愿望!

城堡已消失在历史的长河,人的精神却依旧活在人的心中。万安人用最隆重的仪式,纪念一位退了休的清官,一位清贫得无法落叶归根的异乡人,一位用生命保护民众的老人!

魏侃夫带领万安百姓筑起城堡,抵御强盗,却被人诬告私筑城堡,要造反。高高在上的天子,最怕的就是江山不稳,一听有人谋反,不分青红皂白,即刻下旨,用最惨无人性的刑罚,处死一个忠君爱国、清正廉洁的前官员。

农历正月廿六日。"做寒",一场早春的雪埋住万安的炊烟,天空一片灰暗,藏不住的雪纷纷扬扬,人们涌向城头,他们的脚灌了铅似的,沉重,每踏一步都留下深深的印窝,很快又被雪吞噬。雪染白了梁野山,染白了挡风岭,染白了石径岭,也染白了万安人的头。万安大地白茫茫的,像魏侃夫的人生一样洁白纯粹。

城门口,屹立着魏侃夫。

他昂起头,静静等待那一刻的到来。雪静静地下。雪落在他的发际,眉宇,鼻尖,嘴唇,落在黑色的枷锁,落在他瘦弱却能挑起千斤重担的双肩。

他的眼神是那样的沉静,像风平浪静的大海,这深邃的目光,装不下龌龊的世界,装不下不平的世界,装不下百姓的眼泪。

魏侃夫要走了。一张乌黑的状纸,掩盖了他清白的一生。魏公无罪,热心公益的乡绅无罪,向往安宁的平头百姓无罪。城堡又何罪之有!

魏侃夫坦然。罪在我。

刽子手瞪着狰狞的眼,手中的刀比雪还白,他用手指试了试刀锋,脸上露出了满意的笑容。剥皮!这是刽子手显示最高深的行刑手法,能搅乱人胆汁的切割法，是古代检验行刑技艺的最高标准的代表之一，也是刽子手一生的骄傲。

雪，飘啊飘！

"午时三刻已到，行刑！"

尖刀刺破雪幕，刺疼人们颤抖的心。魏侃夫微微闭上眼睛，他关上眼帘，世界就消失了。亲人的痛哭，百姓的呐喊，震得雪都发抖，片片雪花也哭了！

雪染城门，血……

时间洗白了历史。皇恩浩荡，魏侃夫沉冤得雪，被追封为"光禄大夫"。但在百姓眼里，一个名号，一个官衔，怎么托得住魏侃夫的功德？他们自发起来，纪念魏侃夫，把他的功绩安放在每个人的心头。农历正月廿六日，这个既是魏公殉难之日，也是他的重生之日，成为万安代表性的节日，其意义千万斤重。

"剥皮公爹"，是万安人对魏侃夫的尊称，是百姓心中的神。"公爹"是客家话，是爷爷，也引申为神，比如"太阳公公"，客家话叫"日头公爹"。

"剥皮公爹"，叫了几百年了，他的故事也流传几百年了。时代不同，纪念的方式是否相同？我无法考究，也不想考究。我想，今天的纪念方式，便是最好的。还是让我们融入这场"走古事"的情境吧。

眼前的盛景，出乎意料，我本以为，一个菩萨生日，请请客，吃吃喝喝，热闹一番。没想到是那样的排场。

开场的龙灯队，清一色由年轻小伙组成，他们个个精神抖擞，挪腾跃闪，姿态优美有力，两条黄色巨龙，时而腾空，时而盘旋，抢夺宝珠。接着是狮灯，引狮人动作夸张，诙谐幽默，而狮子则步履蹒跚，憨态可掬。然后是主人公——魏公神像，魏公身穿官袍，神态威严，又显几分慈爱。魏公神像造型简约，黑帽金身红袍，我觉得这样很符合他的人生观，他一辈子清廉，生无横财，死未厚葬，清白做人，清廉为官。现在即使成了神，依然保持生前的秉性品格，这就是人们纪念他的原因吧！

"走古事"队伍很长，八仙方阵，西游记方阵，十番音乐方阵，腰鼓方阵，船灯，马灯，鼓乐队，等等。他们使出吃奶的劲，抖出浑身解数，尽情地表演，仿佛他们的力量使不完，他们的技艺演不尽。我在想，他们的心一定和我一样，有一股奔涌的泉水，在翻滚，要寻找一个缺口，发泄出来。

游行队伍从魏公庙出来，在大街小巷穿行，越来越多的人跟着队伍，队伍越来越长。魏公神像每经过一户人家，这家人便放一挂长长的鞭炮，鞭炮声连续响着，没有断歇。鞭炮声震动我的耳膜，也震动我的心弦。在鞭炮声中，我默念着诗人臧克家的诗："有的人活着，他已经死了；有的人死了，他还活着……"

锣鼓声渐息，鞭炮声停了。

老城墙遗迹，已经很难找到了，有人指着一段被房屋压着的土坎，告诉我那就是老城墙。这堆积的土层，被时光侵蚀得沟壑纵横，任何目光从此经过，也许都不会停留，更不会和今天大家所纪念的人物搭上关系。

幸好，"剥皮公爹"活在人们心中。

（发表于《散文百家》2020年第8期）

济川古事

五月，桐花绽放，路旁丛丛素锦，与天上的白云相映成趣。汽车行驶在大山的皱褶里，一路颠簸，让我们重温蜿蜒曲折一词的含义。摇晃中我胡思乱想，崇山峻岭里的村庄，会是一座怎样的山村，值得仙游的文友如此郑重邀请，非得把我们带到这遥远、偏僻的山沟呢？

踏上济川的土地，时候不早了，阳光普照，温度正好，就像文友的盛情，暖在心窝。从停车场一出来，眼前看到的是层层叠叠的浓浓淡淡的黑色屋瓦顶，这些古屋依村庄地形，从低到高，一层层往高处建，密密麻麻，这些山楼式建筑，凭着独特的建筑文化特色，一站就是千年，成为闽中南山地居民的典型代表。

昨夜一场豪雨，催醒了大山里的古村落济川。小巷石阶，潮湿润滑，像小孩笑窝中的一抹甘贻，亮丽起鹅黄色的苔藓。置身济川的老街古巷，回想文友初衷，突然领悟到其深义，心中陡生感谢之意，不禁要对任何事物，多看几眼，才不负文友一番美意。陌生的村庄，吹着古老的风，风中的故事，随脚步娓娓道来，导游的电喇叭，在古巷道回响，每一个音符，都能让人回味上好一阵子。

于茂故居是最先向我们敞开心扉的。门前大埕上，四根高高耸起的旗杆，令人敬畏，熏风猎猎，掀动旗帜，舞得天上的云都翻滚起来，搅得我心思涌动，我知道，于茂故居里，肯定有许多厚重的人文书册，能感动人。踏上几级青石板台阶，进入于茂故居大门，一个未知的世界朝我们铺展开来。一边欣赏屋内建筑构件，一边在故居的气息里生发感慨。

于茂故居为"五间厢"石木结构，门墙面用"青头石"装饰，大厅宽敞明亮，天井摆放花卉盆景，俨然一个小花园。这座建于明万历甲寅年（1614年）大屋，屋旁有马厩，体现大户人家的气派。主人林柘，字于茂，明万历年间（1537—1619年）在京为官，官居户部侍郎。于茂在殁前数年建的房子，历经数百年仍然保存完好，成为济川古民居建筑特色的佼佼者。故居的回廊户牖、屏风窗扇，均有浮雕，鹿、竹、松、鹤、花卉等，雕工精细，栩栩如生，一幅幅大自然和谐共生、悠然清明的气氛，浮现眼前，令人心旷神怡。

对于于茂的生前事迹，知之甚少，他在京城做大官，为官清廉，关心民瘼，曾上奏朝廷为家乡百姓减轻税负，他生前好善乐施，曾在村里捐资修建青龙桥。也许这就够了，施桥砌路，善莫大焉！如今，这座故居的第二春正在开枝散叶，因其保存完整，成为莆仙地域的典范古建筑，为游人提供参观游览乃至科学考察的理想之地，亦一大功德。

与于茂故居遥遥相望的于茂祖厝，淹没在一片黑瓦之中。于茂祖厝始建于明朝万历年间，为三进建筑。大埕一角，三对旗杆石横卧一旁，在明清年间，旗杆乃身份象征，只有考取举人、进士以上者，方可立杆悬旗，标榜门庭，光宗耀祖。林于茂任明朝万历年间户部金律司主事，自然有资格这么做。大门入口处，左右各有一个特大青石抱鼓石，这里原先是门房站岗处，年代久远，若非导游指明，我是看不出来这威严之处了。那对抱鼓石质地坚硬，顽强地坚守职责，几百年不变，倒是令人敬佩。它坚守着主厝里上、中、下厅三座屋，以及三个天井，屋已破败，天井亦堆积着杂物。导游说，这里要恢复原样。电喇叭里传出的拖音，像希望一样缠绕在我心上。

当我仰望着千年樟树时，恰好在樟树两旁的天空有两羽白云，天造地设般形成一对洁白的翅膀，樟树就仿佛展翅欲飞的苍鹰。但樟树是舍不得飞走的，脚下的土地是那么温暖，那么肥沃，正适合它扎深根脉，开枝散叶。它站在高处，怀抱济川，像一位坚韧而顽固的母亲，守望着每一个济川人。

要走，她早就走了，何必在此相守千年。她除了守着一代又一代家人，也在守着自己的生日。她的生日是唐末，可惜忘了生辰八字。忘了就忘了，多少个日子都过来了，何必计较一春一秋的得失。

她不想飞，但却希望子子孙孙飞黄腾达。她的脚下，一条铺设石头台阶的千年古道，把世世代代的济川人，引向外面的世界，这条仙游县为数不多的古驿道，由济川先贤林泽带头捐资，发动村民一起修建。济川地僻，经济落后，北宋治平年间，林泽荣归故里，见家乡贫困面貌，心中升起要改变家乡面貌的宏愿。"要致富，先修路。"这条至理名言，不单单适用于现今，也同样适用古代，不，应该这么说，是今人汲取古人的智慧，并发扬光大。林泽捐出自己在外经商赚来的资金，和村民一道，经过十几代人的艰苦创业，终于修好这条古道。

十几代人的努力，换来通往山外的便捷，古樟树看在眼中，记在心里。她伸展开枝叶，像一把巨伞，为过路人送上一片阴凉和祝福。晨雾里，她目送肩挑重担的村民走出大山;晚霞中,她张开双臂迎接满怀收获的子民归来。春天,她为背负行囊、远离故土的学子默默祝福;秋天,她为科举胜出、金榜题名的才俊暗暗欢喜。她目睹唐宋以来,林愈、林迪、林二才、李先著、林清伟等先后荣登进士榜,记得特别清的是南宋乾道五年(1169年),儒生郑侨殿试状元及第,报喜的锣声和祝贺的鞭炮声,响彻云霄,缭绕着村子上空,久久不散。

现如今,济川村清华"三连冠"、父子"双清华"与"父清华、子北大""兄清华、弟北大"等高考奇观不断涌现。古人今人一起抬起济川,加深加厚了这里的文化底蕴。

穿行在济川的小道,脚下的鹅卵石抬高了我的眼界,窄巷里的碓臼,千年不断水的宋井,勾留我的脚步,手忍不住要去抚摸那沾满时光的碓头,和伤痕累累的井沿。屋檐下的韭莲,开出紫色花朵,飘着淡淡幽香,更是把爱美的女士惊艳得欣喜若狂,寂寞开无主的花,却被路人视为圣物,想必这韭莲花也和女士一样心生欢喜。

还有一种香,醇厚且浓烈。这是书香!

济川村中竖着一块孝道碑,是纪念爱云公的。爱云公姓林名文,爱云是他的号,出生于明朝万历年间,是济川大部分人的祖先。爱云有文化有水平,却无意仕途,他甘愿把自己的学识传给村里,教化子孙。他教育有方,不拘泥于传统教育方式,因材施教,硕果累累。自古至今,济川书香浓郁,人才辈出。这块孝道碑由万历皇帝下旨,追爱云为"征士郎府军卫经历司经历"之职,树碑铭记,以荣门户。

而上表朝廷,请求旌表爱云者,是福建安溪人李先著。李先著自幼读书,因家道中落,只能外出游学;后流落至济川,机缘巧合,结识了爱云。爱云见其聪明伶俐,勤奋好学,收为门徒,最终成为义父子。李先著两年后考中进士,后去云南当布政使。爱云殁后,李先著悲痛难忍,因路途遥远,生前未能膝前行孝,懊悔不已。爱云先为师后为父,李先著和他的渊薮,皆因书起,书香飘过千载,愈来愈烈。

人间大爱,令人潸然泪下。大自然的爱,也让人叹为观止。济川有两棵千年古樟,一棵被当地人尊为神树,在济川村青松基点,前文已述;另一棵在云潭基点,与神树遥遥相望,它的奇特在于这是一株"樟抱榕"。"樟抱榕"是一种樟榕共生的植物奇观。千年古樟怀抱百岁榕树,它们相依相伴,风风雨雨渡过百多年,它们像对恋人、爱人、亲人,相濡以沫,令世人羡慕不已!

榕树生不"得地",附着在樟树身上顽强生长起来,济川人看在眼里,感动在心！他们把榕树的精神，变为能量，创造了济川人勤劳勇敢、顽强拼搏、力争上游的精神。樟树敞开胸怀，呵护榕树，共生共长，它的胸怀似纳百川之大海，包容万物。济川人从中得到启示，他们走出大山，闯荡世界，发扬互帮互助、宽厚容忍的传统美德，在全国各地、各行各业中，取得惊人成绩，也成就了另一番"商业奇观"，惊艳世人！据记载，"樟抱榕"双生树，在全国仅有两株，能见到这奇观，幸莫大焉！

济川好看的地方还多得很，碗山枪楼、云山书院、粮仓（林连伯故居）、拾德堂、屏山桥、宋桥、天堂宫，它们像上天遗珠，散落在济川。临走，导游的电喇叭还在念念有词：

东有日出明珠石鼓岩，

西有文笔如缘笔架山。

南有天坑飞瀑将军城，

北有奇观禹门三级浪。

东南有高龙溪流生态区，

西南有金钟高峡出平湖。

东北有十八中营屏山寨，

西北有云顶峰前保福寺。

在济川游玩，我觉得应该穿上汉服，手执纸扇，把自己送回唐宋朝代，踱着方步，头顶千年不变的阳光，脚踩百年相叠的鹅卵石，不吟诗，不作画，就这样在时光里行走，一直走过千年。

（发表于《速读》2021年第9期）

韵起龙苍

太阳照射到龙苍上空时，我情不自禁地慢下脚步。这是喧嚣的都市一角，一片燕尾翘脊的古大厝、洋气的番客楼，让见多识广的太阳，也忍不住要多看两眼。

龙苍是闽南的一座独具特色的村落。当我来到这里，龙苍就像一幅充满人间烟火、斑驳陆离的古画，一头扎进了我空旷的胸间。

龙苍好静呀！除了"嘶嘶"蝉鸣，偶尔几声受到惊扰的犬吠，公鸡悠闲的啼鸣，就是自己的脚步声。我不知道龙苍有多大有多宽，但我抬头便可见无垠的天空，和天空上仙子一般舞蹈的云；我不知道龙苍有几条路，我只走在一条悠长逼仄的巷道里，就迷失了方向，迷失了自己，迷失了时空。我仿佛在过去和现在之间来回穿越，一下子是现在的我，好奇地端详这古老的龙苍；一下子是过去的我，芒鞋竹杖，牵着一轮红日，吟唱着一曲南音，唤醒沉睡的夜。

龙苍的街巷好长好深呀，我的脚步一踏入，历史就把我拽进了它广阔深邃的怀抱。我一直以为我这个外地人对泉州有所了解，每每有家乡来朋友，我能口若悬河、滔滔不绝地把泉州介绍给朋友，让朋友们对我刮目相看。现在我不小心跌入龙苍历史的河流，我明白了自己的浅薄和无知。我从前给朋友们介绍开元寺、老君岩、九日山这些享誉中外的名胜，那只是泉州史迹的冰山一角，更多的东西像路边的野花小草，平常得没人关注，一旦沉下心来，却能发现原来泉州到处都有奇迹，村村堡堡都有自己的故事，越挖故事便越有味，引人入胜！

红得发紫的三角梅，从不挑肥拣瘦，只要给一点泥土，就蓬勃生长。在龙苍，三角梅是最常见的植物，路头，埕边，阳台，窗户，总是能看到它火热的生命之光。龙苍的故事，就像三角梅一样，随处都有。

在龙苍村口，一台锈迹斑斑的柴油发电机，开启了我的龙苍之行。若隐若现的柴油味，覆盖不住老去的岁月，喑哑的柴油机，已经沉默多年。20世纪七八十年代，轰鸣的机器声，是这里最欢快的生活乐曲，点亮夜晚，给村民带来生活方便，也是龙苍走进现代文明的标志之一。大浪淘沙，岁月如歌，柴油发电机失去了它应有的功效，但它身上记载着龙苍走过的痕迹，产生一种令人难以忘怀的触动心灵的情愫，我们称之为乡愁的东西。

乡愁是看不见的，它会左右人的灵魂，随时随地会出现在眼前。龙苍蜿蜒的小巷，连接着一个又一个惊喜，石墙上一幅幅充满时代印记的标语，把我带回少儿时代，延伸记忆的步履，想起那个轰轰烈烈的年代，脚步不禁沉重。历史的跫音在身后回响，埭村盐井旧址又使我眼前一亮。

如果时间溯洄到1958年以前，这里是一片长满海草的滩涂，觅食的海鸟自由自在，它们时而展翅高飞，时而如箭一般射向海面，叼起鱼虾，美美地饱餐一顿。龙苍人也在为物质的需求而努力。上了年岁的人不会忘记那战天斗地的火热场面，清除杂草，平整土地，汗滴变成浓烈的希望。纳潮，一个被遗忘的名词，在盐井旧址找出来，和记忆一起翻晒。高高竖起的风力水车，利用海水涨潮的时机，把海水引进盐场，此为纳潮。引来的海水进入蒸发区，一切就交给阳光，人们只需定时搅拌，阳光的魔手会撇去多余的水分，变出白花花的食盐。

生产食盐，是当时龙苍的重要经济来源，那年月，每当运送食盐时，长长的挑担队伍，连接码头的帆船，一路欢歌，是龙苍人永远抹不掉的喜悦。如今，龙苍人把这份喜悦收集起来，展示给后人，把前人的幸福叠加一处，体验今天更高的幸福指数！

一代人有一代人的幸福指数。清朝末年，从永春湖洋桃源迁徙而来的龙苍的先人，他们期盼着在龙苍扎下根来，吃饱肚子，繁衍生息。海的宽阔胸怀，山的坚韧意志，在龙苍有机结合，龙苍人在海岸一隅建起了自己的家园，披荆斩棘、栉风沐雨，荒蛮之地变为温馨家园，在不断壮大村庄的同时，龙苍人也不断丰满自己的品性，形成了良好的家风家训。

一座座造型迥异的番客楼，以不屈的姿态站成龙苍的坚硬的性格。龙苍人像石头一般强悍，又有与时俱进、精明善学、融会贯通的创业精神。栖身海边，得益于泉州港自古融通四海的便利，龙苍人从海上丝绸之路的起点——泉州出发，南洋是他们新的栖身地，他们卖苦力，流汗，凭着吃苦耐劳的精神，集腋成裘，赚了第一桶金。有了资本，精明的龙苍人做起了汽车配件生意，早年菲律宾马尼拉的颜拉拉（音）街，许多龙苍人就在此开店，成为这条街市的中坚力量。鲜衣玉食背后，是无数个披星戴月的劳作，鲜衣玉食之后，他们思念远在大陆的唐山。日久他乡变故乡，尽管许多人在南洋一带成家立业，但他们没有也不会忘记自己的根在哪儿。于是，一座座寄托相思的番客楼在龙苍耸起，番客楼钉在故乡的土地上，钉牢了番客们的根基。

"文章华国，诗礼传家"。后街仔旧楼的主人，把家风家训镌刻在石门楣上，也刻在子子孙孙的心里，成为家族共有的胎记。后街仔旧楼建于1936年，八十多年的风雨从二层楼房骑楼及小阳台吹过，从前后的拱券式外廊吹过，从正立面的西式山花吹过，吹老了那些能工巧匠煞费苦心雕琢的石雕、砖雕、彩画、拼砖、灰雕，吹不老浮雕安琪儿浪漫鲜活的模样，吹不老构思巧妙的信鸽和邮差的身影。望着信鸽和骑车的邮差，我在想，楼的主人一定和我一样，想念家乡。信鸽和骑车的邮差，承载着主人思乡的情感，万千渊薮，寄予薄笺，思乡之情犹如春夏秋冬之轮回，没有完结。前人亦有乡愁，我想，乡愁应是同样的揪心，同样是信鸽高飞时翅膀扇出的风，骑着单车的老邮差按响的铃声，以及老母亲倚门盼儿归的浑浊的目光，同样是异乡永远无法占据的灵魂高地。

龙苍的番客楼有几十座，每座大厝都蕴藏着家族的奋斗史，因此，大厝基本上以主人的名字或商号或吉祥词语命名。砖石、土木结构的建筑，托举着主人的功绩，流芳百世。龙苍本地缺乏建筑材料，大多从外地甚至从海外购得，通过帆船运到许埭头，再雇人搬运至龙苍。搬运过程艰辛，漫漫运输路，也是主人获得他人赞誉的过程之一。每当帆影归来，往往龙苍就又诞生一座番客楼，德兴祖厝、红猴大厝楼、裕生大厝楼、合发大厝、锦玉协兴楼、新德兴楼、津水楼、德来楼、加法加成楼、长发楼、后街仔旧楼、秀生楼、禹成楼、竽园楼、顺兴楼、憨金楼、友金楼、维兴楼等，相继建成。这些楼有中西合璧的、有古色古香的、有华丽的、有质朴的，造型各异，代表了主人的审美观，也显示各自的经济实力。

众多番客楼中，规模最大的要数红猴楼，这座以主人庄红猴名字命名的大厝楼，建于1935年，五开间、三进深、两边护厝，气势恢宏，是典型的中西合璧式建筑。高高翘起的燕尾脊，皇宫式的红瓦，红瓦筒带着滴水，敞亮的天井，以及大厝正面墙壁底部是精雕的石条砌成的石墙、上部是红砖墙，这些是传统的闽南建筑风格，而左边护厝是采用西式结构的三层楼房，设有大小阳台，引进西洋建筑特色。中国的古典艺术与西洋风情有机结合，别有风味，令人叹为观止。站在墙外，楼宇高耸，壁立森严，依稀可见的枪眼，当年用于防匪，而今成为人们眼里的稀奇之物。

旅菲华侨庄锦玉先生于1956年建成的锦玉楼，则是龙苍最豪华的番客楼。砖、木、石构建了三开间、二进深、三层楼房。中式主体，想必与主人根深蒂固的传统文化有关，西式部分又与主人在南洋受到异域风情的影响分不开；满屋的泥塑和浮雕，有宛若仙境的山水，有栩栩如生的人物，工匠的手艺，可见一斑，更有趣的是，雕塑里还有故事情节，令观者大饱眼福。既是无与伦比的豪华古厝，并不是凭空得来，手工打磨而成的每一块墙砖、柱石，会在手的触摸下产生不可想象的质感。从千里迢迢的南洋运来的地板砖，经过太平洋海风的洗礼，每一片都显得弥足珍贵。那些石柱，重逾千斤，每根都由十四个人抬，从码头搬运到龙苍，其艰辛，所耗财力，可见一斑。况且，还有用于装饰的琉璃瓦、石壁、花鸟纹、楹柱，均从南洋海运过来，十分难得。

锦玉楼楼顶正中圈轮有猛狮、飞马，这些来自异国他乡的物件，应该早已习惯了龙苍的烟火味了吧。

建筑是凝固的音符，一座座高低起伏的番客楼，连成韵律，谱就了龙苍的乡愁曲。番客楼在时光里发酵，华侨的故园情怀也在发酵，龙苍像一坛封缸的陈年老酒，蓄势待发。龙苍人正在开发这笔巨大的历史财富，假以时日，龙苍将打造成集华侨文化、闽南文化、宗族文化为一体的旅游热点，就像厝角的三角梅，火红，火热！

（发表于《泉州文学》2021年第11期）

周洪庆作品

"吞海"新征程

山不在高，有仙则名。泉州乃历史文化名城，还有"佛国"之称，"有仙则名"之处委实不少，其中最令我震撼的，便是泉州武当山的真武庙。

真武庙始建于宋，为郡守"望祭海神"之所。走进泉州武当山门，首先映入眼帘的是一座凉亭，凉亭左侧有一块天然巨石拱出地面，宛如龟背，上竖一块石碑，刻有"吞海"两个字。看到此碑，我大吃一惊。地球表面，海洋面积占71%，陆地面积仅占29%。不要说泉州这个小地方，就是整个地球上的陆地，也不可能吞海呀，而且人类的力量在大海面前更是渺小，怎么可能吞海呢？

看了相关资料，方知原委。此碑为明嘉靖十二年（1533年），时任晋江县令韩岳所立，意为真武大帝一旦显圣，其气势可以吞海。泉州面临大海，自古以来，当地居民多以打鱼为生，他们行于风浪之中，承受巨大风险，平安是他们最大的愿望，他们盼望能够征服大海。正如泉州市丰泽区政协学习和文史委、区司法局编撰的《海丝丰泽》所述，"吞海"石碑既是当地居民征服大海强烈愿望的写照，也是泉州海洋文化的历史见证，张扬了泉州行船人势可吞海的气魄。

"吞海"石碑其实不高，甚至可以说很矮，但在我眼里，它却仿佛高入云天，甚至"欲与天公试比高"。站在石碑前，我眼前似乎浮现出千帆出海的壮观场景，以及渔民们满载而归的灿烂笑容。

游览真武庙后的几天里，"吞海"两个字在我的脑海里挥之不去，不时将我的思绪带到古今中外。泉州是唐朝世界四大口岸之一、宋元时期之东方第一大港、古代海上丝绸之路的起点，曾经是全世界最繁荣、最有生气的城市之一，与近百个国家和地区有贸易往来，可谓生意兴隆通四海，财源茂盛达三江。

泉州人杰地灵，历史上曾出过2500多名进士，极尽殊荣，久负盛名。泉州还是中国第一侨乡，华侨高达750万人，分布在90多个国家和地区，新加坡、菲律宾、马来西亚、印度尼西亚等国的富豪和政要中，不少都是泉州籍华侨。纵观历史，与其说真武大帝一旦显圣，其气势可以吞海，不如说泉州人一旦拼搏，其精神可以吞海。

进入新时代，泉州这个"东亚文化之都"、列入国家"一带一路"倡议的21世纪海上丝绸之路先行区，又踏上了"吞海"的新征程。我想，泉州人一定能够创造新的辉煌。

（发表于《中国旅游报》2021年8月17日）

未成年人切莫成为"棍棒"

日前,中央网信办启动"清朗·暑期未成年人网络环境整治"专项行动,针对直播、短视频平台涉未成年人问题,明确禁止16岁以下未成年人出镜直播,严肃查处炒作"网红儿童"行为等。

随着数字网络的不断发展和智能手机的逐渐普及,不少人靠着网络直播,在网络推手、网络媒体、网络看客等利益共同体的推动之下一夜走红,名利双收。其中不乏未成年人,所谓"网红儿童"。一些"网红儿童"的父母也为此感到高兴,认为自己的儿女出息了;有的父母甚至主动将孩子打造成"网红",并接受商务合作,以获流量变现,殊不知其中暗藏"杀机"。

"网红"是由于某个事件、某个行为被网民关注而走红的人,或者由于持续输出专业知识、从事表演艺术而走红的人。未成年人尚处于学习阶段,成为"网红",往往是因为前者。他们"吸粉"的招数往往是搞怪作秀(包括自我展示,或者自我暴露),低俗甚至下流。而极个别未成年人因为后者而一时成为"网红",其输出的专业知识和从事的表演艺术也是流于肤浅,且不可能持久。

未成年人成名,不仅在一定程度上失去了自己的童年,而且由于社会经验少,自制能力低,往往骄傲自满,迷失自己,从而不思进取,耽误学业,毁了前程。古今中外,例子不胜枚举。

当代著名作家、学者余秋雨先生写过一篇题为《棍棒》的文章,告诫于人。大意是:树木有多种命运,最幸福的是能够长成挡风蔽日的参天巨树,最悲惨的是还在一棵小树木,还没有吸取足够营养的时候就被砍伐,做成了棍棒,成了驱赶禽兽、捶击万物的工具,甚至是伤人、杀人的凶器,再也无法回归茂密的森林。(余秋雨著《雨夜短文》,天地出版社出版)

未成年人切莫成为"棍棒"!

(发表于《宜春日报》2021年7月29日)

疫情面前,每个人都躲不起

自从疫情暴发以来,我国从中央到地方,各级党委政府高度重视疫情防控,采取断然、有效措施,阻止疫情传播,取得了举世瞩目的成绩,跑赢了世界上的几乎所有国家,赢得了很高的国际声誉,赢得了巨大的"红利"——GDP增长几乎一枝独秀：去年，在绝大多数国家负增长的情况下，我国增长2.3%；今年上半年则更加亮丽，增长高达12.7%！

但新冠病毒在国外不断变异，传播速率不断提高，且迅速传入我国，来势汹汹。如果不阻止疫情传播，后果不堪设想。在此情况下，需要全民行动起来，做好防护工作，建起群体免疫屏障，跑赢病毒。然而，一些民众或认为病毒离自己很远，或侥幸心理作祟，漠视疫情防控，不听政府的指令，与政府唱对台戏——不接种疫苗，不按规定、规范佩戴口罩，举办和参加大型聚餐活动，进出中高风险地区不遵守规定进行报备、隔离等等，让病毒有空可钻，成为病毒传播的"帮凶"，给疫情防控带来困难和隐患。

美国波士顿犹太人被屠杀纪念碑上，刻着德国新教神父马丁·尼莫拉忏悔的话：纳粹杀共产党时，我没有出声，因为我不是共产党员；接着他们迫害犹太人，我没有出声，因为我不是犹太人；然后他们杀工会成员，我没有出声，因为我不是工会成员；后来他们迫害天主教徒，我没有出声，因为我不是天主教徒；最后当他们开始对付我的时候，已经没有人能站出来为我发声了。（马丁·尼莫拉被捕入狱，备受折磨，险被处死）

漠视正义，全社会都要为之而付出代价，没有人能够躲得过去。漠视天灾，也同样如此。新冠病毒虽非纳粹之类的邪恶势力，但它的可怕之处和对人类的危害有过之而无不及。疫情面前，每个人都躲不起。大家唯一的选择是齐心协力，听从政府的指令，支持、配合政府打胜仗！

（发表于《宜春日报》2021年8月12日）

让诈骗者"狗咬刺猬"

当前，2021年普通高校招生录取工作正在进行中，广大考生和家长在等待录取通知书过程中，要增强防范意识，明辨诈骗伎俩，多查一查教育部和大学的官网信息，避免上当受骗。（《赣西晚报》8月19日）

这个提醒非常及时，准大学生及其家长们应可大有裨益。然而，诈骗无孔不入，并不限于某些时段，也不限于某些人群。

1993年的央视"3·15"晚会上，那英唱响著名词作家阎肃先生专门为晚会所写的"打假歌曲"——《雾里看花》（孙川作曲）："雾里看花，水中望月……"在诈骗套路层出不穷的今天，更加让人"雾里看花"，不知他人所言"哪句是真，哪句是假"。很多人因此而上当受骗，造成财产受损，甚至倾家荡产，乃至家破人亡。

为了保障人民群众的生命财产安全，维护社会稳定，政府想尽千方百计，采取多管齐下的措施。一是铺天盖地地宣传。通过报刊、电视报道，印发、悬挂标语，发放宣传小册子，建立村（社区）居民防诈骗群，以及干部、职工进村（社区）包户，提醒防诈骗和讲解防骗知识；二是依法打击诈骗犯罪。该查处的查处，该追责的追责，该判刑的判刑，而且做到虽远必究——尽力引渡境外诈骗嫌犯；三是建立防诈骗预警系统。通过多方联动，及时通过短信、电话，提醒可能上当人员……

但道高一尺，魔高一丈。诈骗者以日新月异发展的电信技术为载体，借助高科技化，进行隐蔽化作案、产业化发展、企业化运作和跨境跨国操作。面对这种情况，一些群众警惕性非常低，轻易相信诈骗者的鬼话，甚至在有关部门短信、电话提醒之后仍然我行我素，上当受骗。

关于治病，有个科学的说法：三分靠医生，七分靠自己（免疫力）。有个非常精辟的比喻：每个人的一生就是排队去往火葬场，医生的作用是防止有人插队，把插队的人拎出来往后面排，对于实在拎不动的，也只能随他了。防诈骗就像治病，政府工作人员就是医生，容易上当的人就是患者。所以，防诈骗主要还得靠人们自己——人人都要绷紧防骗这根弦，加强警惕性，提高"免疫力"，让诈骗者"狗咬刺猬"。

（发表于《宜春日报》2021年8月26日）

取消寒暑假须注意善后问题

自从"暑假托管服务"这个政策出来后,很快便引起人们的关注。随之而来的便是取不取消寒暑假这个话题,有人支持,也有人反对,可以说争议不断。

随着时代的发展,寒暑假暴露出不少弊端,主要为:一是孩子放假了,父母却没有放假,孩子无人看管或者老人看管无力,造成事故频发。最为突出的问题是,每年暑期孩子溺亡数以万计;二是假期校外培训机构见缝插针,为了自己的孩子不输在起跑线上,也为了孩子能够安全度过假期,家长们不得不跟风给孩子报名参加培训,高额花费让他们不堪重负;三是由于前面两个原因,一定程度上造成不少育龄夫妇不敢生、不愿生,国家生育政策无法真正落地。因而,近些年来,取消寒暑假的呼声渐高。

取消寒暑假涉及所有家庭,惠及所有人,包括教师们自身。群众利益无小事,何况减轻群众负担乃是大事。为此,笔者赞同与时俱进,取消寒暑假。不过,有关部门必须注意善后。

寒暑假的益处主要有三个:一是让孩子防暑、防寒;二是让孩子的脑力、体力休整;三是让孩子多接触社会、多丰富阅历、多亲近自然,锻炼生存和交流的能力。关于孩子防暑、防寒,随着科技的进步,如今几乎不成问题,学校里可给教室安装电扇、空调和暖气;孩子往返学校途中,校车、私家车、公交车大都装有空调,孩子不会受高温、寒冷之苦。关键是其他两个问题。笔者认为,这两个问题可以通过每天推迟上学时间和提前放学时间来解决。这样也可以弥补取消寒暑假之后教师所"损失"的休息时间。

此外,应该切实提高教师待遇。《教师法》规定"教师的平均工资水平应当不低于或者高于国家公务员的平均工资水平"。但一些地方政府抓住"工资"做文章,往往不考虑教师工资之外的其他待遇,比如在工资之外,单独给公务员发放所谓"综治平安奖""市对县、县对乡镇(部门)绩效考评奖"之类。所以,《教师法》所言"工资"应该改为"待遇"。同时,要将规定真正落到实处。

《职工带薪年休假条例》规定:"职工累计工作已满1年不满10年的,年休假5天;已满10年不满20年的,年休假10天;已满20年的,年休假15天。"取消寒暑假后,教师应该享受规定的带薪年休假。

(发表于《遵义》2021年8月号)

"减负不背包"是有益的"表面文章"

"双减"政策实施后，各种花式措施频出，比如：有些学校提倡学生在校完成书面作业，放学后将课本统一放在教室。

中办、国办的文件规定，"双减"指的是减轻义务教育阶段学生作业负担和校外培训负担。作为义务教育学校，按照规定要求安排学生作业，切实做好减轻学生作业负担即可，至于学生上学、放学背不背包，似乎与之没有什么关系。但学校提倡学生在校完成书面作业，学生书包放在学校，让学生在晚上和双休日不用为完成作业而烦恼，看上去真的挺美，确实有利于减轻学生的作业负担，与"双减"又不无关系。

由于义务教育阶段学生的身体尚处在成长阶段，他们的骨骼抗压、抗弯能力差，书包重了，时间久了，对他们的危害不小：容易造成腰部、背部、肩膀和颈部肌肉的劳损，甚至脊柱畸形；影响身高发育和骨骼弯曲，甚至引发脊柱侧凸疾病；引起身体不平衡、脊柱变形，出现手臂麻木、脖子酸痛、头昏、睡觉质量低下、血压异常、心脏病等问题。眼下，学生的书包大多过重，有的重达30多斤甚至40多斤，且有越来越重之势。为此，家长们甚感忧虑，有的家长在接送途中替孩子背书包，帮着"减负"。社会舆论也早已关注、抨击这种现象，建议实施"轻书包"计划，但未见有关方面采纳。如今有学校提倡"减负不背包"，让学生轻轻松松上学来，轻轻松松放学去，有益于学生的身体健康，善之善者也。

俗语说："包子好吃不在褶儿上。"意思是说，包子好吃在于面皮是否松软，在于馅料是否美味。这句俗语，通常用来告诫人们看人、看事、看物，要看实质，不要看表面。一般人听了这句俗语，会感觉很有道理。但内行人不以为然，因为他们知道，做包子捏褶儿，能够较好地收口、封口，让包子在蒸熟的过程当中不易破口，可防馅料外露、馅汁外流、馅香外溢，从而不影响包子的口感，同时也让包子更加美观，起到增加食欲的作用。"减负不背包"，好比做包子捏褶儿。

"减负不背包"，这种具有实际益处的"表面文章"，与金玉其外败絮其中、挂羊头卖狗肉之类表里不一，骗人没商量的卑鄙勾当，具有本质的区别。对于后者，我们应该坚决反对和拒绝；对于前者，我们应该表示赞成和接受。

（发表于《遵义》2021年10月号）

"省路"的快递企业走不远

随着电子信息技术和互联网技术的普及应用,电子商务得到快速发展,网络购物已经成为人们日常生活中的重要组成部分。而物流行业随着网购兴起,带来的快递上门服务,更是极大地方便了消费者。但是,近年来,一些快递上门服务却戛然而止,取而代之的是快递驿站以及快递柜。原本方便消费者的服务,如今却遭到了消费者的吐槽。

快递投送服务讲求快。所谓快,不是将货物快速投送到快递驿站或者快递柜,而是快速投送到客户预先约定的地方。只有在客户要求或者经客户同意的情况下,才能货物送到快递驿站或者快递柜。否则,快递服务降级了,快递成了慢递。由于快递驿站或者快递柜没有义务送货上门,体积大和重量大的货物投送到快递驿站或者快递柜,顾客要额外花时间、精力甚至请人进行搬运,增加了顾客的麻烦和费用支出。生鲜商品没有及时投送到位,还容易导致变质,产生退货纠纷。

"最后一公里",原意是指完成长途跋涉的最后一段里程,被引申为完成一件事情的时候最后的而且是关键性的步骤。习近平总书记曾在为民服务和联系群众的问题上,要求各级各部门重在解决"最后一公里"的问题。"最后一公里"也是党的十八大以来的热词之一。快递企业是作为以营利为目的商家,按理说为了招揽生意,为了留住"上帝",应该自觉注重服务"最后一公里"。可事实上,一些快递人员常常忽视"最后一公里",止步于"最后一公里"。

一位知名企业家曾说:"时刻记住,把'人'拿掉,'企'就成了'止'。"此乃至理名言。其中的"人",当然主要指的是顾客这个"上帝"。尽管几乎所有快递企业均有规定未按约定投送可投诉,但接受投诉并进行处理毕竟在事后,此时不良事件早已形成,不良影响难以挽回。所以,快递企业对于此事的最佳管理方式应该是事前严格对快递人员进行管理,切实做到服务人性化,提高快递服务质量,让客户真真切切感受到快捷服务的便利,避免企业输在"最后一公里"上。

(发表于《宜春日报》2021年9月23日)

家长必须负起防孩溺水责任

暑期即将来临,又到了许多小伙伴喜欢的游泳季,一些小伙伴已经按捺不住，想要到水边感受清凉了。在这炎热的季节，小布希望大家牢记一句话："生命安全高于天"，父母给你的生命只有一次，谁都没有理由不珍惜生命……（见"宜春发布"公众号6月28日）

从溺水到死亡，只有短短几分钟时间——可怕！2013年5月1日，经国务院批准，国家体育总局等五部门联合发布《第一批高危险性体育项目目录公告》，将游泳排在高危险性体育项目的第一位，位列高山滑雪、自由式滑雪、单板滑雪、潜水、攀岩等所有高危险性体育项目之前。在体育场上有人看护的游泳尚且属于高危，孩子们私自到水库、河流等处游泳，则更加高危。

每到暑假来临之际，学校、媒体和相关部门都会宣传儿童安全问题，提醒和希望孩子们珍惜生命，慎防溺水。但一些熊孩子就是不听，一些家长也麻痹大意，造成溺水事件频发，不少孩子匆匆告别人间。我国儿童非正常死亡原因当中，溺水排名第一。据统计，我国每年约有5.7万人溺水死亡，其中儿童占了56.8%，绝大多数发生于暑假期间。

而学校在暑假期间对孩子们的管理鞭长莫及，只能在放假之前对他们进行教育，但一些孩子事后往往将老师的话抛之脑后。未成年孩子的心智尚未完全成熟，对于危险的预知程度和死亡的害怕程度也比较低下。在这种情况下，家长们理应负起防止孩子溺水的责任。

有些家长抱怨，暑期孩子放假，父母没有放假。这是事实，但不是理由。孩子是父母生命的延续。人死不能复生。孩子万一溺亡，家长后悔、自责也来不及了；失子（女）之痛，一辈子也难以抚平。保护孩子也是家长的天职。动物护幼尚且尽职尽责甚至舍生忘死，何况是人。作为家长，应该想方设法防止孩子溺水。

防止孩子溺水，也是法律所规定的家长职责。《未成年人保护法》将"家庭保护"列为第二章（第一章"总则"之后），明确规定未成年人的父母或者其他监护人应当履行为未成年人提供生活、健康、安全等方面的保障，以及对未成年人进行安全教育，提高未成年人的自我保护意识和能力的监护职责。

暑假到了，为了防止孩子溺水，家长们一定要紧绷一根弦，多尽一点责，多出一份力，多想一些辙！

（发表于《宜春日报》2021年7月8日）

社会治理者应努力成为"上工"

高安市创新推行12345热线"未诉先办"工作机制，把"有一办一"变为"举一反三"，把"接诉即办"向"主动治理、未诉先办"层次深化，着力把矛盾"扼杀"在萌芽状态下，努力实现群众的难题"不诉就解决"，不断提升基层社会治理能力。（据《宜春日报》6月9日）

对付疾病，预防胜于治疗。《黄帝内经》上说："上工治未病，不治已病，此之谓也。"神医华佗曾说，他的两个哥哥都是医生，大哥能在别人还没有感觉到病痛的时候给予诊治，二哥能在病人稍有症状的时候给予诊治，自己只能在病人病情很严重的时候才能给予诊治。华佗认为他大哥是上工，二哥是中工，而自己只能算是下工。

社会治理者如同医生，应该学习"上工之术"，争当"上工"，努力"治未病"。正如医生仅能"治已病"会给病人带来损伤与痛苦，增加治疗成本一样，社会治理者如果只能"治已病"，也可能会增加行政成本，降低群众的获得感和幸福感。

高安市"一反常态"，创新推行12345热线"未诉先办"工作机制，通过对辖区"望闻问切"，准确"诊断"可能发生的"病症"，"对症下药"进行"医治"——从解决"未诉性""可能性""重复性"等问题入手，通过主动上门排查问题和诉求，掌握社情民意，加强易发生矛盾工作的统筹部署，把"未诉性"问题主动解决；同时针对季节性、地域性、关联性的问题，做好风险预案预判，并将热线数据进行定期多维度、精细化研究分析，为社会治理决策提供数据支撑，做到"可能性"问题提前解决……这种工作方式让人竖起大拇指。

期待其他地方向高安市学习，努力做社会治理的"上工"，并在"治未病"的途中精益求精，让社会更加和谐，让人间更加美好。

（发表于《宜春日报》2022年6月16日）

甘愿当"草"的女友同样值得称赞

近日，宜春丰城一女子被困暴雨中，打电话求助特警男友后，竟被男友"晾"在一旁……女子被困暴雨中，特警男友到场后先帮助其他人。（见"宜春发布"公众号7月5日）

古人云："儿女情长，英雄气短。"伟大的哲学家柏拉图说："爱情，只有爱情，可以使人为所爱的人献出生命。"爱情充满着魅力与魔力。热恋中的情侣往往眼里只有对方，甚至于感觉整个世界只有他们两个人。他们把对方放在最重要、最敏感的位置，只要是与对方有关的事，无论大小都会非常在意，生怕对方不高兴……而在现实世界里，热恋中的情侣也是互为最亲近的人之一。面对女友被困暴雨当中，如果那位特警首先帮助于她，乃是人之常情，也没有人会说什么，也不会受到单位的批评、社会的谴责或者道德的审判。但他没有忘记自己人民公仆的身份和践行为人民服务的宗旨，先公而后私、先人而后己。

那位特警名叫杨伟。他的事迹受到新华社、中央广播电视总台"中国之声"等中央媒体的关注，乃是给他颁发的宝贵奖状；他受到全国网友的一致怒赞，可谓胜过金杯、银杯的口碑。

其实，杨伟的女友李崇宇同样值得称赞！

她向男友打的求助电话，结果成了报警电话——男友迅速赶到现场帮助别人去了，而后又返回单位和同事换上防水服，再次赶到现场救援和指挥交通，再度把她"晾"在一边，时间可不短。

俗话说："女人婚前是个宝，婚后是棵草。"意思是，婚前男友、未婚夫对女友、未婚妻百依百顺，要星星不给月亮，婚后便不那么上心了。还没结婚呢，杨伟就把女友当成了"草"。如果换作其他女人，她可能早已气得不行了，甚至事后与男友分道扬镳。但李崇宇没有，她甘愿让男友把自己当成"草"。她理解他、谅解他，在受灾现场，远处默默地陪伴他，并拍下了他和同事在水中忙碌的身影。真是好样的！

（发表于《宜春日报》2021 年 7 月 15 日）

林东祥作品

老码头往事

  中堡镇是武平县地形地貌变化最大的地方之一，它处于巍峨的梁野山的东北坡，地势落差大，既有梁野山和观狮山等连绵的高山，也有地势平坦的中堡丘陵，还有与客家母亲河无缝对接的众多支流，中堡河不到20公里海拔从1500米（梁野山）直降至187.7米（潭溪里），不但水系密布，而且风光旖旎，物产丰饶，鱼米飘香，人杰地灵。

  河流不但是大地上生生不息的血脉，它哺育万千生灵，也给予两岸民众精神上不竭的养分。并且在早年间，是主要的物资和人员运输通道。围绕河流、码头、人员，演绎着数不清的酸甜苦辣五味杂陈的故事。

  武平人很多听闻"三田换两洋"的故事，故事中说，明清时期，因为武平境内没有汀江河，接待上级官员尤其是主管科考的学官不便，故用武平"三田"交换上杭"两洋"，这样，汀江河能够过境，而且有一处宝贵的码头。这个码头就在如今的岭头村—石壁坑渡口。

  在一个夏日的午后，我们走访了几位老人，郑干清（79岁），郑云树（84岁），谢振洲（74岁），听他们讲述古渡往事。

  老人们说，在没有开通公路之前，汀江河，水上运输和渡口是多么热闹和繁忙的，这边是石壁坑渡口，在这里过渡的很多到紫金山朝佛的香客，对门就是上杭的金山脚下（迳美）渡口，而且对面既是渡口，又是圩市，称为龙潭圩或金山圩，此处水路上接官庄，下通才溪，旧县，南阳，白砂，上杭城乃至永定峰市，既是交通要津，也是物资交易和人员集散地，更是各种信息交汇之地，从长汀船载大米土纸木材粮食大豆，而从峰市或者上杭城满载油盐布匹及各种日用百货副食，在码头上歇脚，卸货，时至黄昏或有他事，亦在金山圩停留过夜，平常都有几十爿船，在夕阳的余晖下，舟楫繁忙，人声鼎沸，很是壮观。

  上杭城至汀州（长汀）的官道也在他们村边经过，就近的地名是枧头渡—上石田—马头崇—悦洋—辣子山—大湾埔—风吹口—下坑—千家村。

  这里可以称为汀江的"黄金水道"，一江连三县（长汀、上杭、武平），一江带两山（紫金山、梁野山），而且两岸人口稠密，物产丰饶，人文荟萃，故饮食也颇具水乡特色，老人们说，在筵席上，鱿鱼、明虎（墨鱼）是桌上必备的，富户则有"八大盘"之排场，一般家庭，则有鱼粄、米粿、河鱼汤、红烧肉等富有特色的地方菜，当地有俗语："三爪圆鱼（甲鱼），四爪鳖，五爪乌龟爱飞别（要扔掉）。"意思是说，在江上捕到三爪圆鱼、四爪的鳖，都是吉兆，而五爪乌龟乃不祥之物，要赶紧扔掉。

渡口码头自有饮食的特色，经济不发达的时候，豆腐就是平民宝贵的蛋白质来源，而汀江豆腐柔嫩、洁白、韧性十足，既可烹煮白豆腐，亦可搭配各种鱼或肉，味美异常，而放排和拉纤苦力则钟爱炸豆腐和豆腐干，他们富有营养而且廉价，米酒也是最受欢迎的，几乎在渡口的日日夜夜，炊烟飘起处，都有米酒醉人的香气氤氲着，它使得这一方小天地有着迷离的梦幻的诗意的色彩。

这条水道更有独一份的景致，就是在寒冬的下雪天，村民一夜醒来，沿河两岸20里地，就有斑斑驳驳的肥美非常的"雪鱼"，那时，大家老少妇孺出动，随手拿上各种工具到河边捞鱼，不多的工夫有几十斤大大小小的渔获，只要简单烹饪，就是人间的美食了。

时光如梭，也像这不息的江水，有些美好的事物让人留恋，但也是无可挽回的了，直到20世纪70年代，这条水道仍然是畅通的，渡口上仍有木船摆渡，也有"枯藤老树昏鸦，小桥流水人家，古道西风瘦马。夕阳西下，断肠人在天涯"的唐诗宋词韵致，那时候，上杭城到官庄每天都有汽船往来，老人们说，到了1972年，溯河而上开通公路，慢慢地，陆上交通彻底取代水上交通，这条"黄金水道"，这个数百年的渡口就永远地退役了，老人们说，汀江是条有灵气的河流，在那时炸石开路时，他们亲眼见到像锅盖那么大的鳖，像小水牛那样的鱼飘在河中，有人不忍烹食。这20多年来，生态恢复越来越好了，他们说，希望有生之年，重见一回锅盖大的鳖，水牛样的鱼，这将是汀江的祥瑞，民众的福分。

（发表于《闽西日报》2019年7月29日）

林伟将军，永葆战士本色

林伟，1914年8月出生在福建武平县一个贫农家庭。17岁参加革命。经历了土地革命战争、二万五千里长征、抗日战争和解放战争。他从事过作战、通讯、机要、测绘、政工和院校等方面工作，在总部、军区和军兵种工作过，并到军事学院学习。他大部分时间是从事通信工作，为我军通信事业的发展付出了大量心血，作出了重要贡献，曾荣立两大功。中华人民共和国成立初，作为军队代表列席了第一次全国政协会议，聆听了毛泽东主席作的开幕词。他当选为北京市第一、第二届人民代表。1955年被授予少将军衔。荣获二级八一勋章、二级独立自由勋章、一级解放勋章。他是政协第五届全国委员会委员，中国人民解放军通信兵部副主任，1979年1月因病逝世。

林伟的女儿林冬旭在《怀念爸爸》中说，爸爸是个学习非常刻苦的人。参军前，他曾在乡下读了几年私塾，也就是小学文化程度。参加红军后，他先后做过许多工作也是边学边干，为了首长指挥作战需要，他学会了绘制作战地图，组织上让他负责通信工作，他从零开始，刻苦学习，从外行变成内行。四十岁时患有心脏病，带着战争留下的伤病，用巨大的勇气和毅力完成军事学院大学本科的学习任务，在漫长的革命生涯中，他干一行爱一行，从普通的军事指挥员成为独当一面的领导和技术专家。

林冬旭说，爸爸是个对自己要求极严，公私分明的人，在他的教育下，我从小就懂得，公家的东西尽管不要钱，但那是劳动人民的血汗。从我记事起，我们家上街买东西或出去玩，都是乘公交车或三轮车出行，没坐过公家的车。而计划经济时代，对公家配发的桌椅板凳，爸爸也教育我们要爱护，不能乱刻乱画，自己的东西丢了没关系，公家的东西绝不能丢掉。

战友的回忆——海军兵种指挥学院原副院长王强回忆林伟在20世纪50年代在青岛创建海军通信学校的有关情况时说，1957年9月，海军通信学校成立，林伟任校长，我任副校长。通校在林伟等几位老红军领导下，首先从培养政治思想作风入手，打好各方面业务基础，使全体人员意志奋发，朝气蓬勃，心情舒畅。他是全校唯一的少将，但对人很诚恳，一切以身作则。沙岭庄无正规教学楼，所有干部宿舍只有公共卫生间。林校长住在平房中的一间小房子，既是办公室又是卧室，吃在学校大食堂。全校只有一辆公用小车，用于接送来宾和科研工作。林校长一条背带绳都不用公家的，难能可贵。他常用长征艰苦奋斗精神教育全校教职员工和学员。在他的影响下，干部从不白吃白占，全校廉洁奉公，站好岗位，敬业作风也就培养起来了。学生们刻苦学习专业知识，教员们勤奋备课，全校教职员工心往一处想，劲往一处使。

林伟将军自从当红军后离开家乡，远离家乡的山水和亲人，先是戎马倥偬，长征、抗日战争、解放战争。中华人民共和国成立了，他身上的担子更重了，军事院校深造、开创海军通信学校以及担任解放军通信兵部副主任。但是，1960年因为积劳成疾，患上了严重的心脏病，不得不从繁忙的工作岗位退下来，后来又发生"文革"，他以重病之身与林彪、江青反革命集团作斗争，但他即使在病中，也是以惊人的毅力，坚持学习，不懈地写作，为党史军史保存了珍贵的资料。

1973年秋，他出路费请大嫂、姐姐和侄子4人到北京，见到他们就像见到了家乡的所有乡亲一样，虽然有病在身，但将军非常高兴，留亲人在北京住了50天。这次共花费了1000多元钱和300多斤粮油，都是将军自己负担的。并且没有利用权力让亲人住公家招待所，而是挤在很不宽敞的家里。

他非常关心家乡的建设，1974年秋天，武平县农业学大寨的干部参观大寨后，出于对家乡老将军的敬仰，60多人到北京看望将军，将军仔细问询武平县尤其是川坊村的情况，家乡农业生产怎么样，生产队劳力一年口粮多少，要家乡干部和社员向大寨学习，发挥自力更生精神，改变落后面貌。

林伟将军在回复川坊村乡亲的信中，几乎每次都强调："我们是社会主义，是共产党，不是国民党当官的，我们每个人都要劳动，不劳动就不得食。"(《写给侄子林太和的信》)

他给家乡的干部写信，从来不会提要对亲人进行照顾，总是要他们像普通社员一样，并且村里人要求将军代购皮衣、钟表及中药材等，将军总是不厌其烦地尽量满足他们的要求。

将军自从1930年初参加红军后，非常遗憾地没能重回武平，回到川坊村看看，但将军对家乡建设的关心，对家乡故土和亲人的惦念，即使身居高位，但他仍然以普通革命战士的身份一样坚守初心，保持晚节。

因为在战争年代多次负伤，加上紧张的工作节奏，林伟将军到北京后不久就患上了严重的风湿性心脏病。但他是个意志坚强的人，一工作起来就什么都忘记了。到通信兵部三年后终于病倒了。将军只得忍痛离开工作岗位，但他退而不休，仍然保持军人的生活作息。思想没有松懈，爱学习的习惯始终没有改变，他每天按时起床，听广播、读书、看报、记笔记、收集各种资料。

几十年间，无论是在长征路上，还是在抗日战争、解放战争和军队的和平建设年代，将军都经常写日记，把经历的重要事件详细地记录下来，他长期在红九军团和八路军总部做参谋，亲历首长的决策部署和许多重大战役。即使在病重期间，仍然以坚强的毅力撰写回忆文章和接待采写军史的同志。

将军对老一辈无产阶级革命家无限热爱和忠诚，1976年1月，周总理逝世，他非常难过。他不顾病重，参加了周总理的遗体告别仪式，他在给家乡亲人的信中和他留下的遗嘱中，都是以周总理的品德和精神作为榜样，教育家人。

1978年下半年，将军的生命已经进入倒计时，但他毅然承担了《抗日战争时期在八路军总部的朱总司令》一书的编写工作，在家里，在301医院中，不知疲倦地写作，不断地改，不断地核对，他怀着对朱总司令的深厚感情，把最后的老战士的忠诚余热奉献给军队和国家。

1978年11月，将军又一次闯过了病危关，稍稍有点精神，他又继续写书，他的记忆力很好，撰写的回忆录对朱德总司令、彭德怀副总司令和左权副参谋长在中华民族最危难时期的作战指挥和重大事件得以记录和保存。

将军对于死亡是非常达观的，他在遗言中说："一个人总是要死的，这是客观规律，你们不应该有什么悲伤。我常记着敬爱的周总理，当人们劝他不能长期这样每天二十小时工作时，他总是说，在革命烈士中千百万人倒下了，他们的诚挚愿望，应该由我们多做一点工作来为他们的愿望代做一部分。"

他交代亲人，逝世后不开追悼会，不搞遗体告别仪式，不惊动亲戚朋友。将军的遗言，字里行间充分显示了一个老战士和老党员宽阔的胸襟和崇高的思想境界，他总感到党和人民给予自己太多，自己对革命事业的贡献太少，时常为自己多年患病不能工作而内疚，他不但对自己很严格，而且要求家人也要做到。他要求身后不给组织和他人增添任何麻烦。

（发表于《闽西日报》2020年2月3日）

高山有美食

梧地村是中堡海拔最高的行政村之一，村落枕山而建，错落有致，因为大山是东西走向，故民居大都坐北朝南，光照充足，村民皆为连姓，不得不佩服他们祖先的智慧，据说他们的上祖原来在广东某处低洼地方，常遭水患，故数百年前一路北往，终于选择高山腹地繁衍安居。

大山从来不会亏待善待它的人，村民在桃花源般的仙境中乐天知命，自给自足，虽不富裕，但温饱无忧，无疑是生活中幸福指数非常高的了。大山是个宝，年年岁岁，奉献各种山珍，飞禽走兽，草木菁华，特别是出产的红菇品种尤佳，而勤劳的村民依托丰厚的大山养殖的象洞鸡年出栏几十万只，优质的风味跨州过省，各地食客倍加赞誉。

听闻该地的豆腐用一种特别的植物作为卤水点化而成，品味极佳，我们慕名探访，豆腐坊主已经84岁了，名为连仲钦，他说，经营豆腐已经30多年了，20世纪90年代前，村里原来有四五家豆腐坊，因为村民外出谋生者多，村民在家不足三成，现村里只剩下他一家。一块豆腐的价钱也从8分、2角、5角、8角到现在的1元，原先原料都是村民自产的大豆，一昚（甲）豆腐只需两斤三两左右，如今的都是商品豆，一昚要3斤。他每天打10昚，供应3个村。我们要见识一下那神奇的植物，他叫儿媳上山采一些，不到三刻钟就采回来了，这种植物村民称甜叶子,他的儿媳叫我们尝尝树叶的味道,细细咀嚼,果然有微甜。我们用植物识别对比软件"识花君",学名是"山矾",也不知道对不对。

老连介绍说,"甜叶子"的作用跟石膏相同,但因为是天然植物,食客无须担忧食用豆腐会得结石病,在周边村庄很受欢迎。

"甜叶子"一次采一大把(30—40斤),鲜叶马上下锅煮汤,然后沥去杂质待凉后就可以作为"卤水"使用,而他们不必天天去采鲜叶,生成豆腐后过滤的水可以作为明天的"卤水"来用,他一般采一次叶可以用半个月。

听说我们想了解传统的美食制作情况,有个40岁左右的阿姨名称兰满连,也热烈地参与到话题中,她平常在县城开有小食店,巧手制作簸箕粄和黄米粄深受食客青睐,她介绍了黄米粄的加工方法,大家知道,黄米粄品质的优劣与草木灰(叶柴)关系极大,叶柴(学名杨桐),若用生枝叶,则比干枝叶燃烧后的灰烬碱性强(同样向阳山坡比背阴处的好)。工序如下:1. 烧灰:(在干净空旷地燃烧叶柴取灰,燃烧时尽量让枝叶烧匀)。2. 滤灰:过滤的布要紧密(一般选用豆腐帕),为造就细腻的口感,豆腐帕上垫上两张草纸。3. 浸米:先是大米用冷水浸透,捏之柔软,滤液清亮(粳米和糯米比例一般是3比2或者4比1)。洗干净的大米然后用草灰水浸。4. 磨浆:草灰浸后熟米在石磨或电磨上磨成浆。5. 熟浆:铁锅洗刷干净,冷锅下油,文火慢热,米浆倒入锅内搅拌均匀,粄浆慢慢缩水成为粄团。6. 蒸粄:根据不同食用需要把粄团用蒸笼放锅中蒸熟。这样精心制作的黄米粄犹如鸡膏(油)般黄亮,诱人食欲。

大山是慷慨的,春夏有野芹、苦斋,秋冬有各种菇菌,一年到头苦笋甜笋白竹笋带着自然的芬芳和丰富的养分轮番登上村民的餐桌,绿色天然的美味在山民的舌尖激荡。

(发表于《闽西日报》2020年9月25日)

林默涵的人生导师

林默涵,出生于福建武平的偏僻山村,受五四运动对旧传统旧文化的决裂和"文学革命"的感召,他光荣地走过了从民主主义到共产主义的曲折道路,成为当代一位卓越的文艺理论家和杂文家、编辑家,中华人民共和国成立后长期担任文艺界领导工作,为社会主义文艺事业的发展和繁荣作出了多方面的贡献。

林默涵的"人生导师"究竟有谁呢?

1928年夏,16岁的林默涵开始走出家乡封闭的小天地,他来到了省会城市福州读师范专科，当时是考虑读师范不要学费，到了福州后，他住在清朝后期建造的方便武平林姓考生科考的宽敞的试馆中，试馆临街而建，有店铺可供出租，而租金供在榕学子使用，幸运的是，那几年福州上学的本家子弟只有他一人，故读书资费是宽裕的。

在福州读书时，林默涵在进步同学的影响下，积极投入中国共产党领导的各种革命活动，如饥似渴地阅读五四运动以来的新文艺作品，这时，鲁迅和郁达夫的作品对他影响很大。"可以说，郁达夫先生是引导我思考社会问题和人生意义的启蒙老师。他一下子把我从蒙昧混沌中叫醒了。我永远不能忘记这位热爱祖国并为她而失去生命的先行者。"（林默涵《雕塑家刘开渠》）而鲁迅那种彻底的大无畏革命精神和他那辛辣的笔锋，也使他由衷地敬佩。他们的书每本必读。

1936年7月，23岁的林默涵经柳湜引荐，到香港邹韬奋主编的《生活日报》编辑副刊。邹韬奋工作热情，待人诚恳，深为林默涵所敬重。当时全国各地青年读者纷纷给他写信提出各种社会问题：出路问题、生活问题、学习问题、婚姻问题，请求报社解答，邹韬奋总是尽力回答，并常常委托林默涵起草回信，由他过目签发。

1937年"卢沟桥事变"发生后，日寇步步进逼，国土大批沦陷，国内各种投降论调喧嚣尘上，林默涵思想也处于焦灼迷茫中，1938年的七八月间，在武汉，读到《解放》周刊上毛泽东的《论持久战》，他酣畅淋漓地一口气读完了文章。"越看越亮堂，越看越高兴。中国不会亡，但也不会速胜。我从心底里呼出了这句话。"（林默涵语）

1938年底，林默涵去了延安，他之所以去，影响最深的是《论持久战》，他说，因为那时内心最焦虑，抗战能不能胜利，喊口号是抗战必胜，最后胜利是我们的，总感觉那是空的，只有毛泽东讲的才是实实在在的，说服力很大。我当时精神状态很特别，看完后觉得什么问题都解决了，一下子轻松了，思想影响就这么深刻。

在延安，林默涵和哲学家艾思奇一起编辑中共中央新创办的综合性理论刊物《中国文化》，在创刊号上，林默涵一字一句地校对并编发了毛泽东那篇著名的《新民主主义的政治和新民主主义的文化》（即《新民主主义论》），林默涵认为，该文在政治上，提出了新民主主义的纲领，正确地回答了"中国向何处去"的疑问，指出了中国必须走社会主义道路的前途。在文化上，阐明了在共产主义思想领导下的新民主主义文化的内容和形式。没有这些理论和方针的指导，中国革命就不可能取得全面的胜利。

1942年，毛泽东的《在延安文艺座谈会上的讲话》（以下简称《讲话》）发表，从此影响林默涵的后半生，并为之坚持不懈地贯彻和实践。他的文艺主张、文艺政策、文艺理论和精神资源来源于《讲话》，并且在长期的文艺领导工作和文艺理论研究中总结了毛泽东的文艺思想。林默涵对毛泽东文艺思想深刻的领会和精确的阐发，使马克思主义文艺思想具有了完整的系统性，高度的科学性和强烈的战斗性。

"默涵同志一生磨砺甚多，阅历甚丰，他早年襄助邹韬奋编辑《生活日报》，在延安他六校毛主席的《新民主主义论》，十年浩劫后编辑注释《鲁迅全集》。他深受三个伟大人物的熏陶，继承三个伟大人物的精神，而又卓然不群，自我造化，形成他为人为文的高尚品格。"（刘白羽《丹心铁骨，高风亮节》）

林默涵曾说过，他们那一代人是幸福的。在他们一代，打垮了国民党蒋介石，推翻了旧政权、旧社会，一个新的中国站起来了。

当然，我们更应该认为，幸福是奋斗出来的。林默涵赶上了一个翻天覆地的大时代，受益于伟大人物的精神哺育，难能可贵的是，他一生中参加学生运动，参加革命文化工作，年轻时坐国民党的牢，老了又坐共产党的牢，坐国民党的牢是为了争取社会主义的明天，坐共产党的牢是同"四人帮"作斗争，而为人民幸福而不懈奋斗，为共产主义事业而斗争是始终如一地贯穿一生的。

最后用林默涵的一首诗作为此文作结：

> 已杳风华惭夙志，
> 仍将涓滴报斯民。
> 后波赴海超前浪，
> 老叶成泥育幼林。

（发表于《闽西日报》2021年1月13日）

《元初一》中的客家农耕生活

《元初一》，又名《一年使用杂字文》，作者为林宝树，武平县袁畲乡人（今属袁上村），他于清朝康熙三十八年中举，时年27岁，但中举后并未去做官，而是在家乡教书和农耕度日，后世人们常常把他与晋朝大诗人陶渊明相比较，从《元初一》对农业生产熟悉和详细记载的情况来看，虽然林宝树的声名只传扬于客家地区，不及声名远播的陶渊明，但他不但继承了陶渊明光明峻洁的人格，而且在农事生产上亲力亲为，可以说他在思想感情上与社会最底层的农民是息息相通的,这在"官贵民贱""士贵农贱"的封建社会中是难能可贵的,他在大约四十岁后开始创作通俗韵文《元初一》,而且通篇语言用客家话,《元初一》写作的本意是为上不起学的孩童读书识字之用的,他应该参照了《三字经》《幼学琼林》等流行的儿童启蒙读物,他是有平民情怀和社会责任感的乡村知识分子,正因为如此,他也超越了当时成千上万的文化人,因为《元初一》对客家文化的传播之功,故林宝树在客家文化的灿烂的历史星空中熠熠生辉。

《元初一》不计标点符号约4780字,自问世300多年来,一直为客家人所喜爱,"宁失千两金,莫失杂字文",是客家人对林宝树写作的最高褒奖。

《元初一》中有关农事活动的描写主要有三大段。第一段从"于今来讲农家事"到"有闲好烧芒头灰";第二段从"夏至到来热难当"到"检整粪寮堆秆草";第三段从"处暑最爱好天时"到"寻得事业自有功"。第一段34行476个字,第二段19行266字,第三段14行196字,三段相加938字,这还不包括零星涉及农事活动的文句,这些文字占全篇的22%,可见农耕活动在文中占有重要分量。

在漫长的历史时期,客家农村的社会经济主要由种植业、养殖业和手工业和商业贸易支撑,除商业外,其他产业均称为第一或者第二产业,是民生的基础产业。

兹列其中一段并释义:

于今来讲农家事,镬头铁钢与犁耙;
耕田正爱好秧地,作陂开圳水路佳;
扩烂泥团更好耖,牛藤牛轭当用他;
尿桶但肥打落脚,浸洋田肉容易耙;
作大田塍贮稳水,划去茅根拖草渣;
大墩之中无田坎,最怕溪水冲泥沙;
山田高埂并排壁,落垄湖窟凹凸斜;
田头地尾难种好,薯姜芋粟及黄麻;
春间日日去耕作,身穿蓑衣并笠麻。

释义:现在(给后生讲讲)农事生产情况,镬头(锄头)、铁钢和犁、耙是耕田的必备生产工具,开春耕作,是一年有好收成的关键,秧地需理好,夯实陂坝,疏通水圳,扩烂泥团,平整田地,尿桶挑肥做基肥,引水溶田,浸溶田泥,耙田就容易多了,田塍需作大,(使之)贮水充足,清除茅根草渣。大墩田没有(高的)田坎挡水,要防备雨天涨水冲上泥沙,山坑田高埂及排壁上,需整平沟垄。田头地尾也不要荒弃，薯、姜、芋、粟和黄麻等要根据季节见缝插针地间作，春天气候多变，雨水足，劳动时蓑衣和笠麻不能离身。

《元初一》文中讲到的农具有：镬头（锄头）、铁铡、犁、耙（大）、尿桶、蓑衣、笠麻、耙子（小）、匏杓、粪箕、茅镰、刀鞘、草篮、担杆、田刀、箩、谷笪、桶枋、竹杠、盐箕、撮斗、谷筛、辘轴、搪子、锄头（大扁）、水车、风车、楻尖等。畜力只有耕牛，这些耕种、收获、晾晒粮食的工具主要有竹、木和铁制农具，大部分工具是竹铁和竹木组合的，大型农具有犁、耙（大）、辘轴、桶枋、风车等。种植的作物有：谷子（水稻）、大薯、番薯、姜、芋、黄麻、麻子（芝麻）、豆子（黄豆、黑豆）、油茶等。其中水稻的种类最多，早稻（南安早赤）、糯稻（野猪糯）、大糯、杰子、番稿等。养殖业也是农业的组成部分，家养动物有牛、猪、羊、鸡、鸭、兔、鹅、狗，水产养殖有鲢鱼、鲤鱼、鲩鱼（草鱼）等。

农事活动则有：作陂、开圳、整秧地、浸谷种、掂谷子、耘田、脱秧、插秧、塞粪、捡稗草、斫田塍、割田塍、掂豆子、烧火土、上火土、补箩、破篾、箍桶枋、打禾、碾田、车谷子（风车）、入仓、踏禾稿（鸭）、堆秆草、摘茶籽、晒秆、犁田等。

在春耕篇中，《元初一》描述："春间日日去耕作，身穿蓑衣并笠麻；大家请人掂谷子，扯得直行无粒差"。"祭得墓完到清明，出水掂头又爱耘；耙子一张田里插，挪来送去甚艰辛；谷雨到来要插秧，翻耙秒烂轭牛肩；早晨脱秧昼边莳，腰佗背屈真可怜"。

在夏收夏种篇中，描述如下："六月小暑早禾黄，尝新禾饭荐馨香；请人补箩买谷笪，又爱破篾箍桶枋……大暑到来正打禾，盐箕撮斗谷筛箩；后生担秆岭上晒，辘轴碾田用牛拖"。

在秋收冬藏篇中，《元初一》云："番稿种在立秋边，种得田完莫挨缠；笼鸭上田踏禾稿，检整粪寮堆秆草。……九月九日是重阳，寒露到来菊花黄；霜降天气要晴暖，糯禾收割也停当。……立冬万物当成熟，家家屋屋赛收成；小雪之时是冬天，猎只牛牯去耕田，犁辕象鼻犁拔线，犁横刀上缚牛藤；改变天时转冷风，蛤蟆老鼠尽潜踪；少年后生莫懒惰，寻得事业自有功"。

畜牧养殖方面的描述有："好养牛嫲与牛牯，又肥又壮在家栏"。"笼鸭上田踏禾稿，检整粪寮堆秆草"。"小雪之时是冬天，猎只牛牯去耕田"。"捡鸡蛋，看猫兜，鸡鸭早夜要跟收；门前狗子孪孪叫，夜间恐怕贼来偷"。"又有屠户常打屠，朝朝宰杀剐牛猪"。从中我们可以知晓，当时饲养的家禽家畜主要有牛猪鸡鸭狗兔鹅鱼等，其中牛既是役畜，也为乡民提供肉食来源，狗看家护院，猪鸡鸭兔是养殖用来吃肉的，同时猪、鸡、鱼也可以用来作为牺牲（供品），这些动物可以满足客家山乡居民生活的肉食需求，同时兼顾耕种、祭祀等社会生活的需要。

《元初一》记载一年中拜佛祈福中很大部分是祈求风调雨顺五谷丰登，也就是与农事活动相关联的。比如："立春已过雨水来，烧灯送神切莫呆"。"初三扛佛保禾苗，落佛忾后做午朝"。"伏羲神农黄帝氏，掌苗使者五谷神；又请雷公并电母，风伯雨师加虔诚；又有田头地塅等，杨太伯公召几声；上至坑源下水口，通乡福主一切神；尽是恳求保禾稼，丰亨大熟救济民"。据不完全统计，与农事活动密切相关的有五月初三的保苗醮，六月初小暑时节的尝新禾，小寒时冬闲时的保安醮。祭祀的神明有伏羲、神农、黄帝、五谷神、雷公、电母、风伯、雨师、杨太伯公、福主等。

应该说，《元初一》反映的农耕生活包括春耕、夏收（种）、秋收、冬藏，是明清以来直至20世纪90年代前武平客家山乡农事活动的常态，清朝中期的知识分子林宝树用他那饱含感情的笔触生动地描述了这一状态，因为文章雅俗共赏而且通俗流畅，故填补了世志记载的缺漏。但随着时代的发展，现在和以后的农村肯定与林宝树先生所处的时代不一样了，这也使得他的文章更加珍贵，因为这些是盖上地域和时代烙印的，闽西山乡客家人混合着汗水和泪水，也包含在智慧的农耕文明的生活实录。

（发表于《环球客家》2021年第1期）

芙蓉院

我的故乡在闽西万山丛中，是客家人聚居之地，所以孩子们自出生以后，在妈妈的襁褓之外，就放在庭院的泥地里，放在大人劳动的野外的田埂上，不惧蚊虫叮咬，不怕风吹日晒，因为大人们要辛苦劳作供全家生活之用，故孩子们从小就开始吃苦，但也不会觉得怎么苦。所以大人孩子对无边无际的苍苍茫茫的山，对禽兽昆虫自有一份别有的感情，他们一般都是不会伤害它们的，外地人惊讶于我们家乡有那么多的禁忌和规矩，要融入其中，往往很不适应。其实，他们是不了解我的故乡，不了解客家人的精神和生活方式。我们的族群，原来是居住在中原一带的，因为历朝历代的战乱而颠沛流离，几经迁徙，走走停停，由于平坝上已经有人居住，不得不在当时人们认为瘴疠横行，蛇兽遍地的大山中立足，开辟荆棘，烧山驱兽，播种稻粟，垒筑梯田。我们的祖先是一往无前的拓荒者，也是山川大地的美的创造者，他们保持着古老中国的传统美德，敬重山川万物，在自然万物中学习和成长。看看在我们居住的地方，村居田园风景如画，生态植被绿意盎然，犹如进入陶渊明笔下的世外桃源之境。

在我居住的几处地方中，芙蓉院是印象最为深刻的。

芙蓉院坐落于某县某镇街市中，前临圩市街道，三层砖混结构房子，后有阳台、院子、菜地、鸡窠，面积约二百平方米。院中央植一干虬曲叶如梧桐高约二层楼之芙蓉树，仿照林黛玉之竹影摇曳、寂静凄清之潇湘馆而取名为阳光明媚、大方青春之芙蓉院，惜主人非妙龄仕女或多情才子，乃一粗黑中年汉子。

芙蓉树为八年前院子筑就笔者所植。头年插一树枝，次年有碗口粗，即开花，夜间花苞慢慢伸张，次晨已昂然开放。花有五瓣，如碗口大，似放大的梅花。初白色，而后经阳光的浸染慢慢变成粉红、红色，花朵也略微收敛似喇叭形，恰如青葱处女向成熟妇人的转变：初纯洁、单纯，后历世事愈显美丽、典雅、成熟、端庄而至风情绰约。一般为秋白露时开花，今年父亲辞世为新历六月十日，六月十四日芙蓉反常开白花，后无续者，树亦知我心否？

芙蓉花初开时满树绿叶映托出娇嫩美丽的花朵蜜蜂在花蕊上亲吻，顿时满院生机，花靓好个秋！汉代无名氏《涉江采芙蓉》："涉江采芙蓉，兰泽多芳草。采之欲遗谁，所思在远道。还顾望旧乡，长路漫浩浩。同心而离居，忧伤以终老"。《全唐诗》谭用之诗有"秋风万里芙蓉国，暮雨千家薜荔村"之句，伟人的"芙蓉国里尽朝晖"为当代人不尽传诵。芙蓉是美丽诗意和浪漫的象征，而敝人虽不居芙蓉国，但日夕栖于"芙蓉院"也是艳福不浅啊。

院中有树，故麻雀常来叨扰，找虫吃、谈恋爱或作短暂休息。如今生态改善，鸟类自由繁衍增殖所致，听人说雀肉奇香，能补肾缩夜尿，遂购一射把（弹弓），至荒野遍拾石子准备杀雀。不料几天不见一只，好容易来了，跳两跳又飞走，只得用来射树叶，如今弹弓已荒废不用。呜呼，百无一用乃书生。

院子后厢正对梁野大山，天气好时可见如东山风动石之古母石，傲然立于绝顶。无菊可采，有山可仰，山峦逶迤、雄迈，为邑中第一山。天天面晤大山，读书、码字累了远望大山，有时也能悟出些道道来。

院子闹中静，静中闹。烦了，看街上人来车往。车辆声、叫卖声、叫骂声……一派红尘繁华景象。间或农夫牵牛走过，不紧不慢。有时牛看场地干净，也想有所作为，乃留下一泡屎尿来，有官人题字、诗人作诗之风。不时有丧葬队经过，鞭炮声不绝，兼之西洋乐队高昂伴奏，可见即便凡夫俗子走时亦比来时热闹。

后院墙外即稻田,农人播种、施肥、收割,皆可现场观摩。除春秋季载水稻外,各季种各色蔬菜,多为芥菜、萝卜、包菜等家常菜。菜畦大小不一,错落有致。待到蔬菜开花季节,亦五色斑斓,美不胜收,画家在纸上作画,农人用锄头在田野上作画,倒也实用、自然、清新。

院中四十平方米菜园,栽些葱蒜辣椒、地瓜芋薯之类,由内人侍弄,因不大精心,有些荒芜。有时煮菜、汤要起锅时,摘些葱蒜青菜即可,真乃半个农家生活。依敝人积年经验,种青菜不易,大都青虫蛀食,打药又怕残留。而地瓜藤乃切合我辈疏懒之人,地瓜藤叶一年除冬季外皆可收获,且分蘖力强,枝蔓多叶浓密,从不需施肥打药杀虫,炒之鲜嫩可口,又可润肠养颜。诸君若有闲地闲心可多栽地瓜藤也。

芙蓉院承日月之精华,接风雨之洗礼;近察农人四季耕作,远眺大山气息变化。鸟声虫声声声入耳,市嚣猪嚎阵阵催眠。无躬耕之田,有方寸菜地;虽无红袖添香伴读,但有芙蓉娇花养眼;居信息时代,近农夫生活;无高楼之局踞,无庙堂之刻板窒息,无套房之隔绝自然。风也进得,雨也进得,日也眷顾,月也眷顾。困便睡,睡到自然醒;烦便啸,惊散蜂虫鸡雀。在如今多数人居于水泥丛林、污浊空气和不接天不接地的晨昏颠倒的现代生活时代,芙蓉院显得落伍、古板,但芙蓉院一头连着市井和人间烟火,一头贮满自然和田野山林,懒散而悠闲,质朴而自足,可遇也,不可求也。

(发表于香港《文汇报》2021年9月6日)

汀江西岸烽火燃

20世纪前半叶的汀江,越过历史的烽烟,这块土地历经了血与火的洗礼,历经了守旧与革命,奴役与奋争的搏斗。各色人物,各种力量,轮番上台,不断博弈。毛泽东、朱德、陈毅等老一辈无产阶级革命家在这里播撒革命火种,进行革命实践,狂飙突进,大开大阖。无数觉醒了的劳苦大众和知识分子群起抗争和不懈奋斗。从南昌起义军广东三河坝逆汀江而上浴血奋战闽赣边界,到红四军第一次入闽摧枯拉朽地砸烂反动政权。直至彪炳史册的古田会议和红四军第二次入闽,使汀江两岸的闽西和赣南红色中央根据地连成一片,"收拾金瓯一片,分田分地真忙"。

红军长征后,反动势力卷土重来。但汀江两岸的革命群众并没有屈服。仍然坚持长期的艰苦的斗争，"二十年红旗不倒"，直至迎来中华人民共和国的成立。

汀江中游西岸的武平县，在那些峥嵘岁月里，有着数不清的红色往事，散落在岁月沧桑里，拨开时光的重重迷障，打捞起尘封的往事，虽如吉光片羽，但也能告诉后辈如今幸福生活来之不易。

我出生的小山村旧称汤坊，属于杭（上杭）武（武平）交界之地，毗邻杭属的寨背村，以往，寨背是个大集市，奶奶就是寨背人，在我很小的时候，我奶奶经常对我提起，在"头番共产"和"两番共产"（指第一、二次土地革命战争时期）时期，寨背墟乱得很，经常打仗，一会儿白军来，一会儿红军来，拉锯似的争夺的很激烈。

我的父亲告诉我，爷爷是当时的赤卫队骨干，年轻时放下在上杭城里的钉砻店回乡闹革命，忽然，红军大部队不见了（指长征了）。爷爷没有跟上大部队，不然的话，如果幸运的话，又是一个长征老干部。而爷爷的亲戚，在上杭县的监狱里当差，一天，钟绍奎的国民党部队押来了个白白净净的文弱书生，在监狱里只是安安静静地看书，但这个书生一脸英气，亲戚说，这个书生不是普通人。后来得知书生被内奸出卖，在汀州城引颈就义，这个书生是共产党的领导人瞿秋白。

1928年，29岁的朱发古成为六甲村的第一批秘密党员，他稳健成熟，足谋多智又有扎实的社会基础。他创造了许多个第一：第一个创建红军赤卫队，开展打土豪斗争；第一个率部配合红四军解放武平县城；第一个率领县赤卫大队接受毛泽东、朱德、陈毅等红军领导检阅。红四军出击广东梅县后，他又不遗余力地筹粮筹款支援红军。但反动派不甘于他们的失败，"救乡团"头子钟绍奎以利诱收买叛徒，朱发古被叛徒出卖，于1930年7月在武平县城南门坝壮烈牺牲。在革命浪潮中，朱发古一家"满门忠烈"，全家都投身革命，他弟弟朱锦荣、妻子林营妹都为了解放劳苦大众而献出了宝贵的生命。

1927年，13岁的安丰村少年廖步云正在上杭私立中学读书。此时，蒋介石发动了"四·一二"反革命政变，反动浪潮也波及了偏远小城上杭，5月7日，他们最尊敬的老师张凯被反动派枪杀，张凯不仅是个好校长、好老师，而且是个出色的宣传鼓动家。心爱的老师被杀，使他对黑白颠倒的社会感到非常迷茫。

1931年，廖步云刚刚从上杭私立中学初中毕业，在当时可算是"小秀才"了，在人生的抉择路口，摆在他面前的路有好几条，在国民党的政府里任职，或者当教员，这样的路都很安逸。或者是过着食不果腹冒险干革命的生活。他回忆："中学毕业后，通过对红军与白军作对比分析，结果是红军好，白军不好。

安丰廖屋村有几个青年当白军后变坏变懒了，只有红军才是自己的军队。"所以廖步云在父亲的鼓励下勇敢地参加了赤卫队，后来成为红军指战员。

当年，相隔10里的川坊村的同岁青年林伟在自传中说："1931年秋，主力红军到本县，逐渐南进。中秋节之夜，店里无人，溃兵将镇上（指寨背——笔者注）抢掠一空，我店全部损失，在经济上给我打击很大。不久，家乡全部解放。这是闽西最大的一次革命，到处成立苏维埃，组织游击队、赤卫队，我当了少年先锋队长，打土豪，分田地。我家分得水田30余亩。"

而比上面两位同乡更早一些，1928年夏天，15岁的川坊村的林默涵已经考入福州师范专科学校，在进步同学的影响下，积极投入各种革命活动，开始阅读五四以来的新文学作品。相对于廖步云和林伟，林默涵的家境更好，但他们都把国家民族的责任扛在肩上，义无反顾地走上了一条危险的充满荆棘的道路。

1932年2月，红十二军克复武平、上杭城，以摧枯拉朽之势扫荡了钟绍奎反动民团势力。武平的土地革命斗争一片红红火火的景象，联四（上济、小岭村）的热血青年林辉才、王月楼（占先）等热血男儿参加了红军。王月楼随红军主力转战闽赣两年多后，参加了长征，在湘江战役中，他所在的红五军团三十四师（陈树湘师）作为全军的后卫部队，在湘江东岸与敌血战几昼夜，最后陈师长壮烈牺牲，王月楼重伤被俘，在押解途中机智地逃出牢笼，千辛万苦潜回家乡，终于迎来了胜利的曙光。

推翻奴役人压迫人的反动统治，参加革命的武装斗争，就意味着要把生死置之度外，"杀头好比风吹帽，坐牢好比逛花园"。石寿才是中堡乡上寮村人，土地革命战争时期，任中堡区苏维埃主席，闽西红军独立十师某团连长，红军长征后，坚持与敌斗争。1935年1月不幸在上杭才溪被捕，敌人对他严刑拷打，逼问游击队驻地，但他一言不发，后被押到中堡圩场，凶残的敌人对其一刀一刀地凌迟，他正气凛然，高呼"共产党万岁""红军万岁"，表现了大无畏的革命英雄主义精神而英勇就义。

红军长征后，反动势力卷土重来，对苏区群众疯狂报复，叫嚣对苏区"石头要过刀，人要换种"。革命斗争不得不转入地下，但仍然像地火一样燃烧不息。"革命妈妈"林客嫂的英雄故事感天动地，林客嫂是武东五坊村人，长征后不顾危险利用他们夫妇谋生的纸寮作为游击队的落脚点，其时，国民党实行移民并村的封锁政策，林客嫂夫妇冒险购买粮食、食盐、药品和其他日用品送到游击队手中。闽西特委魏金水、林映雪等经常出入他们的纸寮，林客嫂的儿子在游击队的影响下加入了共产党，成为游击队的地下交通站站长。敌人对林客嫂的"通匪"

恨之入骨，终于在1944年对他们下毒手了，林客嫂、林佩环全家被关进龙岩县监狱，虽然严刑逼问，但他们对游击队的情况守口如瓶，敌人无计可施，将她的儿子杀害于龙岩大桥下，将她丈夫林佩环和次子活埋，林客嫂强忍悲痛，装疯卖傻与敌周旋，敌人黔驴技穷，只得把她释放。

汀江西岸红土地，在土地革命战争时期，可以说是红彤彤连成一片，在中堡乡梧地村，当年有400多人，参加红军的有10多人，参加赤卫队和游击队的有80多人（《武平革命基点村简史》第262页）。这也可以说是当时各个村大致如此。笔者翻开《武平人民革命史》中的附录——《武平革命烈士英名录（1929年至1949年9月）》，全县共有烈士999名，其中汀江西岸的武东中堡和武北四乡共六个乡镇有烈士663名，占全县烈士的66.3%，据不完全统计，这六个乡镇走出了上将一名（刘亚楼），少将四名（林伟、廖步云、蓝文兆、罗斌），大校两名（林辉才、梁思久），还有新中国文坛宿将，全国文联党组书记林默涵。在1992年《武平县志》有传的有：除了前面的大部分，还有石寿才、朱宗炎（发古）、林客嫂等。

汀江西岸的武平红土地，他们的杰出儿女血战湘江，历经雪山草地常人难以忍受的艰难困苦，如铁流一样一往无前，经历百团大战和平型关战役等与日寇的殊死搏斗，终于取得了对日寇作战的全面胜利，而后在毛主席、党中央的领导下投入解放战争的"三大战役"，终于和全国人民一道迎接人民当家作主的新中国的诞生。

哪有什么岁月静好，而是有人为你负重前行。今天的幸福生活，是前人接力奋斗的结果。如今山川静好，人民安康，但我们永远要牢记今天的幸福，是一代又一代的人，用鲜血和汗水，用智慧和辛劳换来的。

（发表于《闽西日报》2022年5月9日）

难忘的童年往事

童年是多么令人回味和遐想啊，难怪最美最有幻想的是童话世界，那里集中了人类一切天真和梦想，瑰丽和希望。

因为童年隔离了成年世界的龌龊和凶险，势利和圆熟。童心无瑕，纯洁良善。一花一草，清清流水，湛蓝天空，昆虫世界，飞鸟牲畜，一切都是新奇和未知的，一切都在认知和成长中，而成人后甚觉无趣，清规戒律太多，人生的担子又重，故大部分成年人丧失了对世界探索好奇的心，即童心。

少年时希望长大，而成年后更希望成为那个长不大的少年，那个对斑斓世界有无限好奇心的少年。

20世纪70年代是集体化人民公社时期，大人们在生产队劳动，为一家老小的衣食温饱而辛苦劳作，虽然集体化后来证明效率低下和对生产力的极大浪费，但集体劳动也有好处，就是社员一同出工，一同收工，说说笑笑的，虽然效率低，但心情是愉快的。

人都是群居动物，一个人独处总是寂寞不能长久的，"男女搭配，干活不累"，对一些社员来说，生产队队长安排劳动，分配收成，一年到头都不用自己操心，也是一种幸运。当然，这些都是低效率的，实践证明，大集体式的走社会主义道路，不过是走不通的共同富裕的乌托邦，从历代农民起义"均贫富"到清代末年"太平天国"祸乱，平均主义的思想在中国人的脑沟里积累有多深，很多人不想思考，而妄想"均贫富"而占有财富的蛋糕。20世纪70年代也是个对军人崇拜的年代，小山村也受全国崇军习气影响。

最高领袖号召"深挖洞，广积粮，不称霸"，学校也不甘落后，就在后山挖了一条山洞。曲里拐弯，阴凉潮湿，孩子们倒好，逃课，捉迷藏，躲骄阳，但里面也脏得要命，不自觉的学生在里面大小便，臭不可闻，当然更危险的是没有安全保障，现在想起来也感到害怕，那时是多么缺乏安全意识，在南方潮湿多雨且土壤疏松的山体挖洞，随时都有可能塌陷的。

体育课，也称军体课，学生们每人用锄头把加工一下，当作练习杠子，一端削尖，锋芒毕露。有的心灵手巧的家长在尖端围上一圈红线樱子，曰"红樱枪"。我们大声喊着"中华儿女多奇志，不爱红装爱武装"，体育老师吹着口哨，喊着"立正""稍息""向左（右）转""向后转""向左（右）看齐"，两个小屁孩促对练习刺刀，"突子刺，杀"，有板有眼的运步，躲避、进攻等等。

有时学校会组织"拉练"，这都是仿照军队的说法，老师带着我们晚上出发，交代我们口令（煞有介事），黑灯瞎火地，从学校到谈蒙艮、车子前、庚背、寨背墟，然后回转到村里，一圈大概五六里吧，对当时营养不良的我们真够呛。

大人们经常搞民兵训练，大有"全民皆兵"的味道，而且进行实弹训练射击。

我们也进行枪支瞄准训练，记得用的是"老三八"枪，就是一次只能打一发子弹，我们称它为"卡拉砰"，动作要领掌握得好的，可以用实弹射击来奖励一下，我记得，我当时有幸奖励打了一发子弹。

每年村里每年都有一个青年有幸参军，他们是我们童年的偶像。

整个学校的师生都被动员起来了，到了青年参军的日子，敲锣打鼓，我们学校师生列队欢送，青年胸前戴着大红花，父母也戴着，一直送到三里路远的村背公路边，到了那里，公社武装部的人员会接新兵而去。

　　那时整片整片的山都是光秃秃的，随便站在一个小山包上，村舍、行人、农田历历可数，而我们学校后山顶上是非常平整的地方，我们在上面上体育课，搞些野外活动的，那里视野开阔，泥土松软，跑步、跳远等田径活动非常适合，我们无忧无虑地在那里生活了几年，少年不识愁滋味，那里看得最远的不过10多里外的山峰，我们看着层峦叠嶂，不知山外是怎样的世界，也浑然不知这纯真美好的童年生活很快就会一去不复返了。

（发表于香港《文汇报》2022年7月4日）

乡村狂欢夜

　　前些天镇上农民广场放映露天电影，我和家人闻讯前往观看，广场宽敞整洁，观众衣着时新亮丽，来的人也不少，但多数人对银幕上的故事似乎不感兴趣，只是作为晚上避暑散步休闲的一个去处，来来去去，似赶集一般，我驻足不到十分钟，再也找不到儿时看露天电影的美好感觉，闷闷地回家了。

　　三四十年前，每一个客家山村，或者说大部分中国的乡村，露天电影都是一场场欢乐的盛宴，那时，村里放电影的消息老师传达给学生，放学的儿童似百灵鸟般地高兴雀跃，路上把好消息告诉叔伯阿姨，回家催促大人早早做饭，此时，小伙伴愉快地拔兔草、喂猪、做家务，而后早早地扛着板凳，在银幕前占好位置，和同伴们在操场上追逐玩闹等待美好时光的来临。

　　公社的电影放映员在当时可是个美差，虽然不是公社的正式干部，但比干部们更洒脱，工作单纯且轻松，每次到各个大队，都是好酒好菜招待。他们干的是技术活，又远离政治纷争，在那个全面贫穷物资匮乏的时代，放映员无疑是个好职业。

　　有人聚集就成了临时的"集市"，有生意头脑的社员马上准备炒花生、瓜子、甘蔗等，摆在人流入口最好的位置，好的时候也能进账五块十块。

　　夜幕降临，操场上热闹起来，乡邻老友的问候亲切醇厚，姑娘小媳妇的窃窃私语间或爆出一两声笑声如银铃般清脆，更有婆姨伯妮的家长里短、庄稼活计、儿女大事等成了放映前最热闹的声音，大叔大爷们与老友亲戚打过招呼后，通常静静地坐着，互敬纸烟吧嗒吧嗒地吸着烟草享受难得的轻松时光。当然，这种场合对有些意思或者热恋中的情人是最好最合适的"沙龙",他们心神不定,坐立不安,用眼睛的余光快速捕捉心上人,而后又快速地收回,往往在电影最热闹时双双失踪。不久整个广场也似五味杂陈的副食店,浓香的烟草味,劳作一天后汉子的汗馊味,姑娘媳妇发梢散发出的淡淡的香皂味,随夜风而来,庄稼泥土田野森林的清新豁朗的混合味在氤氲弥漫和激荡穿行,当然,后来也能闻到隐隐的尿骚味,那是调皮儿童就地方便的"罪证"。

那时山村还没通电,放电影自带发电机,人们称柴油发电机为"电头",电头不时出故障,有的是线头连接不稳,有的是狗把线拉开了,人们只能耐心等待,寻找"事故"原因,小伙干部帮助检查线路出主意想办法,电筒的光线在操场乱晃,有的不良后生专对着俊俏姑娘媳妇脸上身上乱照,引来一片骂声,有时一等就是半小时一小时,当发电机重新启动,那轰鸣的声音无疑是天籁之音,人们欢声雷动,各归其位,当时人们的快乐是单纯的和容易满足的,价值取向和喜怒哀乐又如此雷同,因为翻来覆去就那么几部电影,人们对电影里的台词几乎都背熟了,往往电影里的人刚说上一句,有的人就高声说出下一句,《地雷战》《地道战》《平原游击队》《奇袭白虎团》《渡江侦察记》和《红灯记》《智取威虎山》《沙家浜》《海港》等"八个样板戏"的电影都是主要曲目,电影可以说是影响改变着山村人们的生活,人们唯一的娱乐就是看电影,而且只能一两个月才有一次的机会,人们崇拜英雄,憎恶坏人,一到英雄出现,银幕上叫好声一片,坏人作恶,人们切齿痛恨和愤怒,有的手电筒上好全新的电池一到坏人露脸,刺眼的手电筒光射向银幕上的"坏人",犹如解放军战士枪膛里射出的仇恨的子弹,敌我对垒,银幕下对敌方齐喊"打死他",而放映后几天内人们的话题也离不开电影,很多小孩的名字学着电影中英雄的名字来起,我们老师有一男孩,当时放的电影是《平原游击队》,队长是英雄李向阳,老师就给他的儿子起名"向阳"。

那时,我们小孩子走的最多的路就是赶到各地"打卡"看电影的路,涯(我)的村子是川坊,属两县交界地。往北往西是本乡的五坊、三峙村,往南往东是临县的寨背、福庄村,基本是都在五里以内,是每年几次必到的。当然,我们当时读小学,不可能临近每场电影去赶场,有的本乡的电影总能轮到本地看的,就不必去"赶场"了,学校老师也经常观测同学们的动向,会提醒同学邻村的电影最好不要去看,以免影响学习。当然,如果是考试过后,老师也会"开恩"带我们到邻村看新片的。当时的电影我们把它们分为两类,一类是"打仗的",另一类是"着长衫的",打仗的属于现代片,激烈有看头,"着长衫的"属于古装戏电影,动作缓慢,唱词文绉绉的听不懂,要到外村看电影须先打听是哪类电影，以免走了几里路看的是"长衫"电影，那对我们来说忒没有兴头了。

那是一个物质和精神双双匮乏的年代，在一个封闭的社会环境中，人们因简单而快乐着，露天电影承载着那个时代的社会形态、社交、娱乐和精神寄托等等社会功能，蓦然回首，我们怀念露天电影，但绝不愿意回到那个时代。如我等芸芸众生很多东西是不能选择的，如身份，如出生地，如时代等外在环境，但那段历史是真实存在的，就让那单纯美好的快乐印象永远留在记忆的胶片中吧。

（发表于香港《文汇报》2022年12月2日）

李顺仁作品

梁野山赋

　　千年古邑，三省边陲。山势延亘，梁野崔巍。繁花姣妍，点秀峰之瑰丽；茂林翠黛，掩峭壁之巇崎。极目南张，接绵邈之南岭；放眼北顾，连起伏之武夷。临风西观，脉形长飞霞影；倚石东望，岑头低腾晨曦。

　　若夫仙女湖畔，云寨村前。仙山一座，胜景万千。仙人石洞兮，日照峭壁嵁峻；仙女镜湖兮，月映碧波清涟。白云古寺兮，烟紫梵音袅袅；美丽新村兮，厦广民众忻欢。十里栈路兮，架绝岭而碕仄；百亩花卉兮，争姝颜而斑斓。至若古母巨石，绝世横空，悠然阅尽春色，神奇屹立山巅。十里飞瀑，一路欢歌，窾坎流淌浚涧，翩翩飘舞素纶。

　　嗟乎。水上有水，峰上有峰。万年不老，四景无同。若乃春雨霖霖，神山朦胧隐迹；夏日赫赫，丛林清爽啸风。秋月溶溶，挟暮归多游客；冬雪漫漫，飞鸟藏少影踪。

　　噫吁嚱！仙山兀突，神石俶奇；鹿鸣鹊唱，鸾翔凤栖。水车缓缓，石碓吱吱。青山绿水，紫气红晞。梁野寺宇，燃千年之香火；磐石玉韵，留不朽之雅诗。引友携朋，观瀑布于峭壁；对景排位，摄倩影于云崖。览眺群山，凌绝顶之苍石；觅寻饎馈，入斜谷之深溪。流连春花，醉风光而伫望；欣赏松雪，迷景色而忘归。长者怡然，稚子雀跃；骚人吟赋，情人依偎。心心相连，央视吟曲；农家欢乐，户户举杯。懿欤！

　　前贤砥砺，后昆作舟。曾为荒岭，今是绿洲。适逢尧天丽日，又值盛世清秋。杨柳春风，日出普照大地；山城儿女，林改勇立潮头。洪流翻腾，涤荡陈故；锦帆竞发，力争上游。金山银山，笑迎佳客；云梁烟野，再上高楼！

（发表于《中华辞赋》2020年第8期）

党旗飘飘赋

　　南湖启曙，镰斧开天。碧水澜兮红船荡，壮歌唱兮赤帜悬。撑危厦兮擎巨手，负道义兮献铁肩。

　　若夫南昌枪响，义气冲霄；井冈花红，旌旗漫卷。古田会议兮军魂铸成；遵义城头兮乾坤扭转。赤水周旋，乌江突贯；草地鞭驽，雪山策蹇。驱逐倭寇兮延安号鸣，横扫敌顽兮南北转战。头颅抛，青春献。狱中绣红旗，疆场饮飞弹。生命换来祖国新生，鲜血染红党旗招展。雄鸡高唱，旭日徐徐；百年追求，梦想实现。安志士兮赴义啸吟，慰仁人兮仰天长叹。

观夫山欢笑，水开颜。九州正丽日，赤县逢尧天。东海渔场，北方原野；南疆绿岛，西域雪山。涂歌里咏，燕舞莺翻。狮吼惊天兮雄踞，苍龙跃海兮飞旋。且夫，红雨随心，青山着意。壮志凌云，豪情无比。争朝夕，克艰难，顶风霜，战天地。军民携手，万众同行，接力行征，竞帆苍水。噫！历过峥嵘岁月，后有深刻体会：改革才能到绿洲，发展才是硬道理。小康乃宏图丕业，复兴作鸿志鹏程。一天接一天兮无歇息，一代连一代兮不休停。鲜红旗帜高扬，铮铮誓言不忘；为民谋福，为国图荣。伟人思想金光闪，求是精神塔灯明。兰质蕙心香郁郁，珠联玉接亮晶晶。理论实际紧密联系，马列主义一脉相承。焕焕兮中国特色，飘飘兮竖帜悬旌。

懿欤！碧海灏茫，大河滂沛；火红昨日，奋斗今朝。工人建楼兮房宇耸立；农民耕种兮瓜果香飘。黉校育人，夜修日读；沙场阅兵，地动山摇。五洋捉鳖兮蛟龙潜跃，天阙揽月兮嫦娥遨游。动车飞越兮无忧路远，航母行巡兮不惧浪高。国际风云兮任凭变幻，纵横捭阖兮我自横刀。

新时期继发展。亲民勤政，永葆本色初衷；自信文明，践行核心价值。依法治国树立新风，反腐倡廉弘扬正气。青山绿水，生态环保；都市繁华，乡村美丽。九州合唱扶贫战歌，勇敢担当为民弘旨。凭借崇高理想、信念坚贞；克服重重困难、问题罕异。雨后虹鲜，春来山翠。彤彤乎祥瑞云蒸，艳艳乎祯祺霞蔚。如此政党，举世何有？

噫吁嚱！红旗指处乌云散，赤帜飘扬太阳升。枪林弹雨战旗不倒，生产建设行帜卷腾，改革开放红颜不变，扶贫攻坚朱旆飘凌。

霞染登路，日照行程。赫赫兮千秋景业，煌煌兮伟大复兴。猎猎兮旆旐高举，嘚嘚兮战马驰行。

（发表于《中华辞赋》2021年第3期）

青山赋

绿水情怀，青山梦想。情怀映丽日而蕾开，梦想沐春风而花放！

神州峻岭染青，赤县绵山披黛；南国清泉汩汩，北疆碧水淙淙。青山连亘，绿意无穷。碧蓁蓁，苍簇簇；青郁郁，翠盈盈。修竹凝合烟雾，茂杉连接苍穹。层林秋红春绿，万木夏翠冬葱。其枝勃勃，其叶蓬蓬。噫戏！春至桃花源兮，觅翠心生喜悦；秋攀巉峭顶兮，登高忘却烦忧。夏入老树林兮，避暑咨玩涧水；冬临农家乐兮，尝馐交作觥酬。蜂飞蝶舞，鹊唱莺呕。山乡胜异，游客人稠。人纷纷置身于氧吧仙境；众乐乐穿行于瑶圃绿洲。

且夫绿洲，昔是荒岭。何曾忘却：春雨淋淋兮泥沙流淌；秋风浩浩兮尘土飞扬。峦山秃露，溪水浊黄。山路仄弯泥泞，村庄破旧苍凉。垄亩少瞧果熟，郊原少有花香。青壮爱留都市，女儿爱嫁他乡。呜呼！身处金山缺钞币，手持金碗缺食粮。树木不栽兮徐徐砍罄，山坡无垦兮渐渐见荒。责任不清兮林权不晰，发家无计兮致富无方。

改更权制。唤醒千山。一如浩荡春风吹郁雾，艳明霞影耀平川。乐乐乎家家欣喜，陶陶乎户户腾欢。跃跃乎欲施身手，冲冲乎欲改山颜。手持红权证，腹吃定心丸；热情迸发，干劲冲天。近谋种经作，远虑建家园。

观夫种花栽果，牧牛养蜂。冬菇挤簇，仙草连丛。灵芝岁阜，石斛年丰。麂鹿呦呦，雉鸡喔喔；蝶飞谷涧，凤落梧桐。且夫山珍食美，瓜果味佳。品绿茗兮陶而无我，饮米酒兮醉而忘家。雅士踏青觅翠，恋人观鸟赏花。噫吁戏！绿色青山，金山银山！

别墅崭新，高楼耸立。川流悠缓清澄，道路坦平宽直。山水相宜，物人谐适。村民起舞翩翩，阡陌开花历历。新风新事如歌，远景近光似画。

懿欤，青山如此多娇！懿欤，村寨如此多靓！

（发表于《中华辞赋》2021年第3期）

中国改革开放赋

八月十八，海宁观潮。心头振骇，赋辞以记。

横空出世，万马奔腾，银鸥鸣舞，回雪飘凌。沆浪滂滂兮素珠喷溅，迅雷阵阵兮骤雨靡倾。

大潮拥矣景旷奇，吾等观矣心澎湃。心澎湃兮夜难眠，岁如歌兮桑田改。

呜呼！难忘当年窘况，胸装满腹悁悒。寅吃卯粮，家无长物；群山缺绿，河道失流。路弯弯难行走，尘漫漫常飘浮。野荒芜少鸟叫，田瘦瘠难多收。曾记否？经典诗文，黉堂不学；流传剧目，台榭无观。楼厦为梦中之事，轿车是酒后之言。哀艰岁吟怨曲，仰飞鸿舞长天。阴霾笼罩，死水无澜。时光何济？韶乐谁弹？

然则十月惊雷晴空作，万钧霆力大块摇。匡谬兮颁新秩，清源兮注新标。知难迈步，借水行舟。吟呕瀚海。勇立潮头。发展才是硬道理，改革才能到绿洲。

火红岁月，齐奋时年。改革宏图，多遇风狂雨骤；小康丕业，常迎涛涌浪掀。飞桨扬帆，怎惧寒风凄瑟；乘风破浪，何忧烈日标悬。

观夫土地承包，激发农民活力；林权改制，唤醒沉睡群山。建立特区，摸索前行河石；流通贸易，自由配置资源。开放之门，渐开渐大；一带一路，愈走愈宽。安居工程，新村建设；南水北调，西电东送。利民利国，善焉善焉！

且夫雨后明霞灿蔚，春来花朵娇鲜。水茫茫其湛碧，蛟龙潜海；空渺渺其蔚蓝，北斗经天。地动山摇，军伍威声叱咤；风驰电掣，动车一路飞穿。北疆兮林茂，南国兮花香。草原兮马跃，湖海兮鱼翔。水绿山青，村如仙境聚云雾；路宽厦广，城似丹图映朝阳。文化精华，继承学习；崇高美德，彰显弘扬。政党初心，如星烁烁；核心价值，似日煌煌。百年梦想，实现小康。致富九州合唱，扶贫政府担当。攻城拔寨，入户扎乡。一景一村，统筹谋划；一人一策，无懈奔忙。噫吁戏！大众拾柴兮焰光高曳；众人摇桨兮船只飞航。

全心一意，竭智尽能；驿道传薪，征程奋勇。几年当作一天，几代追求一梦。尧天共富兮史册刊行，八极惠康兮诗文吟颂。曩昔卫鞅难昌秦国，临川二现昙花；万历新政衰微，百日维新沉痛。试问：哪朝改革建奇功？几国谋新为大众？

懿欤！长江万里，钱水千层；千帆竞发，万浪逐超。拉朽摧枯兮汤汤荡荡；排山倒海兮滚滚滔滔。

伟哉，列瀑横江兮钱塘潮水；壮哉，复兴鼎革兮改革大潮！

（发表于《中华辞赋》2021年第8期；2021年4月30日该赋获"抒写盛世大赋 庆祝建党百年——'司马相如杯'中华辞赋大赛"三等奖）

三尺讲台赋

君若从教，黉堂岁月岂能忘怀；我且赋言，忙碌人生犹该礼赞。

一支粉笔，万能金匙；三尺讲台，广阔天地。传道授业，神圣非凡；育俊濡良，庄严无比。庄严能让其厮守终生，神圣可令其鞠躬尽瘁。昨日风采扬飞，今朝芳华展示。侃侃兮而畅谈，善善兮以启海。深入浅出以释新词，博引旁征以明宏旨。饶培优渥，瞧小苗茁壮而轻欢；精耕细栽，见小树初荣而快慰。蜡炬明照，其为师者初衷；春蚕尽丝，此乃师者素志。架桥梁作心灵沟通，树榜样为人生策励。讲台乾坤大，由尔使才；教室舞台宽，任君耕艺。噫戏！

于其时兮，课时两节可短，备课改作却长。教案一则，剧本一章。目的要求明确，步骤方法显彰。旧知识须复述，新内容宜授详。演员导演编剧，数职一身担当。为释一词之义，挑灯贪夜风窗。阅典文，引资料；顶暑热，冒秋凉。孜孜而不知疲倦，矻矻而作别梦乡。聚精会神，批改作业；积年累月，俯伏案旁。晓学情，知教果；明短缺，晰优良。律己兮任劳任怨；耽心兮不声不吭。每每眼昏，驱昏以双眼揉捏；时时身困，解困以四肢舒张。完毕且舒心片刻，铃响又奔向课堂。隐消倦态，焕发容光。

融合课本，丕扬课之精华；融合课堂，一展师之风采。若夫范仲淹之《岳阳楼记》：学习叙议结合之巧招，栽种先忧后乐之志概。莫泊桑之《项链》：掌握精巧构思之法方，批判金钱至上之危害。朱自清之《荷塘月色》：言明情景交融之特征，道清自由民主之渴爱。教学相长，何融融兮进入学生；声色逼真，何勉勉兮化入境界。崇德励学，师之心兮只谓担当；敦教陶风，师之责兮无言旁贷。

粤若师之翘楚，当数春秋孔子，至圣先师。作春秋，序周易；定礼乐，修书诗。文之大成，创儒家思想之学派；天之木铎，立有教无类之新规。直道而行，崇身教而孜孜不倦；学而时习，重言传而汲汲忘疲。千古圣人，与世同在；万世师表，与日同辉。行是知之始，知是行之成。再道人民教育家陶行知：行后感发，感由心生。强调学与做合一，理与实并行。学科学之方，态度明确；新教育之事，目标鲜明。捧着一颗心来，培养生活力之创造；不带半根草去，冀望我中华之振兴。继而咏赞时代楷模张桂梅：矢志扶贫燃灯山村，创办黉校乞讨筹资。万户登门，千家劝学；含辛茹苦，任怨不疲。丹心向阳，春蚕破茧；蟾宫折桂，边陲竖碑。病魔缠身少欢乐，命运乖舛多伤悲。一个梦想引人关注，楷模称号实至名归。

懿欤！悠悠华夏，大师如云；浩浩神州，名家荟萃。区区聊举数例，济济述难尽致。

教人以法，扶是为了不需要扶；授人以渔，教是为了不需要教。讲台一站，杂念消除；言语一开，小我忘掉。蓝天理想放飞，瀚海兰舟纵棹。寄梦想兮，笑言桃李满天；写风流兮，回首人生无懊。

赋诗曰：讲台之上国旗红，学子莘莘凝眼瞳。优渥勤浇呵小树，枝繁叶茂是情衷。

（发表于《楹联博览》2022 年第 17 期）

贺大型水陆两栖飞机海上首飞成功

鲲龙飞降拍沧浪，
碧海蓝天任远翔。

银翼闪光身矫健,
中华续写一新章。

（发表于《中华诗词》2021年第4期）

长相思·中国结

千千结。万千结。如意吉祥龙凤蝶。依依把手携。
缨相接。意相接。团锦融情紧紧贴。心连齐奏捷。

（发表于《中华辞赋》2021年第6期）

长相思·挂红灯

皮灯笼，布灯笼，辉映团圆展笑容，高悬喜气浓。
宅门红，开门红，举事功成如素衷，顺风千路通。

（发表于《中华辞赋》2021年第6期）

习近平总书记颁授"七一"勋章

今日红星最亮明，
勋章纫佩泪花盈。
同心同志同荣耀，
薪火云程自奋行。

（发表于《中华诗词》2021年第8期）

赞三名航天员中国空间站首次太空授课

天上人间今咫尺，
探求奥密授真知。
青葱年少同堂学，
圣殿遨游定有时。

（发表于《中华诗词》2022年第3期）

曹富欣作品

年　味

省道上穿梭的车流
将游子归乡的心事倾诉
村道两侧，房前屋后
停放的车辆
争相传递着春节的热闹
一到晚上稀稀落落的灯火
早已淹没在璀璨的灯海
红红的灯笼悄悄
将年的讯息泄露
披红结彩的风景树
把新春的喜庆捧出
家家户户贴春联
将春天请进了家园
年味在每个人的心里
氤氲
在千家万户的庭院里
发酵
春风又把她送到天涯海角
太阳也给自己搽上了大红脸

（发表于《闽西日报》2021年2月9日）

樱花之魅

抵达樱花园
心便离开肉体的掌控
一树树红花像无数的火焰
挤满枝头

有的抛着媚眼

有的在风中嫣然浅笑

她们迎着阳光憨笑

被一群群蜜蜂亲吻

一阵风拂过

激荡得人们心潮起伏

这满园的不是花

是漫天的云霞

（发表于《闽西日报》2021年3月23日）

柳

你是春天最动人的旋律

一直被风惦记，握在手心

你是春的躯体最柔软的部分

却在人们心湖泛起涟漪

你轻盈的舞姿

滑入唐诗宋词元曲

绊住了无数铁汉的脚步

你的柔情

绾住了岁月的青丝

阳光为你一再停留

他思想着你的倩影远走天涯

月光下

那个吹着笛子的书生

醉倒在你的怀抱里

一眠不起

（发表于《今日新泰》2021年4月3日）

烟　花

你以灿烂的笑容
赢得人们的欢欣
宁愿自己被撕成碎片
你美化了人们的节日
点亮自己
将美丽种在了
亿万人的心里
有你的夜空
星星不感到寂寞
岁月也分外妩媚动人

（发表于《闽西日报》2021年4月27日）

草叶上的蜻蜓

路边的石椅上
坐着一个白发驼背的老人
他旁边的草叶上
停着一只黑蜻蜓
他投下的影子
加大了它的阴影
它就像一块磁铁
吸住了他的双眼
他封闭已久的大门
霎时打开了
他和它似乎有一个通道
相互进入
居然屏蔽了时间

（发表于《楚天声屏报·鄂州周刊》2022年5月20日）

餐桌上的蚂蚁

又到了吃晚饭的时候
他随便弄了两个菜下饭
刚拿起筷子又放下了
食欲被孤独掏空
老伴随儿孙们在外地
每到吃饭的时候
他摁不住思念的火苗往上蹿
他盯着餐桌发呆
一只蚂蚁爬过他的筷子
溜进了他盛饭的碗里
蝼蚁尚且偷生
他开始审视眼前渺小的生物
它叼着一粒饭
慢慢地退出碗边，退出餐桌
它风尘仆仆，为谁辛苦为谁忙
他看不到蚂蚁了
但看见了自己的大半生

（发表于《家庭周报》2022年10月14日）

钟卫作品

半山风景胜绝巅

"五一"只放几天假,时间很紧,出不了远门,于是几个朋友相约去登西山。

这个西山不是著名的北京西山,也不是其他什么名山胜景,是大多数小山城都有的城西的山岭。它有一个诗意的名字叫"灵洞仙山",可大家还是叫它"西山"亲切。它不是什么大家闺秀,却也自有一番可人的秀色。

年少时经常上西山,总爱攀缘峭壁,搏击冽风,征服绝顶。站在山巅,放眼四野,只见武平县城与各乡镇山村如一朵朵大小不一的野花,摇曳在群山洼里。平时觉得遥不可及的地方现在可以随意指点,真是惬意。无怪乎孔子说"登东山而小鲁,登泰山而小天下"。这巅峰绝顶,开阔了我的视野,涤荡了我的胸襟。

人到中年,历经生活的洗刷,常常觉得日子都有些泛白,于是也常常去西山染青。只是这时,少有年轻时的激情,总在半山腰便驻足。去的多了,才发现半山自有半山的妙处。

西山半山腰有一处地势平缓的坡地,依山建着一座平常的寺庙。寺庙一个正殿,两边厢房。正殿里供着各种名目的佛像,大多是新近重塑的。厢房住着几个斋公斋婆,不见和尚尼姑。庙前有一坪,坪前一个放生池,池边是繁花盛开的各种果树。站在庭前,但见桃李争荣,桂香盈袖;放生池清水涟涟,游鱼自在;两边山脊,延伸如藤椅扶手。端坐椅中,耳清目明,心旷神怡。这里虽不如顶峰视野开阔,却也能俯瞰山城。只觉那片水泥丛林远而迷蒙,恍恍然有一种隔世之感。寺庙周围林木葱茏,花树繁茂,令人流连忘返。这里有"泉水激石,泠泠作响;好鸟相鸣,嘤嘤成韵"的幽深,也有"枯松倒挂倚绝壁,飞湍瀑流争喧豗"的雄峻;左有"仙人下棋",右有"观音出浴";仙人井深莫可探,神奇奥妙;升仙台凉风习习,飘飘欲飞。抬头回望,顶峰兀然在前,摩天直上;低眉俯探,来路蜿蜒曲折,延绵无穷;易生人生坎坷,前路艰辛之感,顿失少年无畏,慨然前驱之志。红墙古庙,多筑于半山,其意大略劝人望峰息心,窥谷忘返;于是遁入空门,相忘于青灯古钟。其小机智,不亦谲乎?

然真正大智大勇者懂得半山的真谛。半山,不是出家人的遁世之地,乃是战士修身养性,养精蓄锐的佳处。志士们借这里的缓坡休息自己,借这里的甘泉装备自己,借这里的美景陶冶自己,然后以一种更饱满的精神状态去迎接挑战,征服绝顶。

北宋著名宰相李纲曾筑读书台于西山寺庙旁侧。他端坐半山，手握圣卷，神游造化，怎能不心领神会，通古今之变化，悟去留之得失？于是进退宫廷，出入江湖，宠辱不惊，忧难不惧，几起几落，终以"东京保卫战"名垂青史。

　　半山，还象征着谦虚，象征着进取，象征着希望在前，半山，正是大有作为，大展宏图的时节。

　　宋代另一位名人王安石晚年自号"半山"，颇耐人寻味，这位著名的政治改革家曾经登上巅峰，傲视群雄，而最终眷恋着"半山"。也许，顶峰是一种艰辛，一种寂寞，一种卓然不群，一种孤芳自赏；一种遗世独立的无奈，一种"前不见古人，后不见来者"的绝喊，还是一种前行无路，空向苍天的绝境。王安石深昧着绝顶的痛楚，渴慕着"半山"的回归。

　　半山风景胜绝巅……

　　（发表于《闽西日报》2021年5月21日）

刘春英作品

有感父亲北京游

小时候北京离我们很远，父亲离我们很近。长大后北京离我们很近，我们离父亲越来越远。北京是我童年听父亲讲过许多故事只能想象和向往的地方。

父亲前段时间来厦门玩，我和父亲说："我找找去北京旅游的老年团，你跟团去北京玩一玩。"父亲很高兴，但因父亲有事先回老家了。过了几天，父亲在老家打来电话说："老家刚好有组织去北京旅游的。""正好！"我的心里想。出发前我又提醒父亲要紧跟导游、跟紧导游。

父亲武平一中读书时走遍了大半个中国，在北京就住了28天，到老年才第二次去北京。父亲这次北京游，我生怕父亲看景点和历史文物太专注，会与团队走散，于是我再三提醒父亲要跟好导游，这也是我们兄弟姐妹的愿望。父亲前一次去井冈山旅游回来说："去旅游大家不看只顾拍照，跟着导游匆匆走过场。"我可以想象父亲与外出群体的游览目的"格格不入"，也看出父亲多少对同行们游览景点有些失落的样子。可以想象，父亲如平时看书一样独自看得全神贯注的那种神情，而导游带着"大部队"走远了。其实我的强调也是多余的，现在手机时代根本不担心父亲。或许是因为父亲岁数大了，子女们就如父亲当年牵挂年幼时候的我们一样。

这次父亲去北京旅游回到老家，高兴地和我电话里聊了以前的北京和现在的北京的异同。他说现在的国家博物馆之前叫历史博物馆；烈士纪念碑添加了一些建筑，现在有武警护卫；之前他们可以上去玩；金水桥一样，花灯和华表一样；之前他们可以进入清华、北大游玩，现在不能进去；之前西门那边有八大学院；电报大楼也改名了；之前的体育馆没有见到，不知道还在不在？矿业学院改名为矿业大学……可见父亲对少年时候的北京的深刻记忆，每一处的变化和名字更改以及建筑特点还如此记忆犹新。北京也是我2006年第一次省外旅游所选的地方，实现了少年时代想象的北京梦。2009年我依然选择再次去北京，是为了实现带女儿去北京游玩的梦想。女儿很高兴，出发前问：妈妈去北京可以看到长城和毛主席吗？我们坐飞机是不是很快就到北京了？女儿早早给自己写好了旅游行李清单，整理好自己的物品，盼着去北京的那一天早日到来。

父亲在我记事起就对我谈天文、历史、地理和那些伟大人物，其实父亲更多的时候是在"对牛弹琴"，因为那些离尚处年幼的我还很远，那时的我只在图画和书本里看过那些伟人,但父亲和我也聊得乐在其中。父亲给我讲的革命故事和伟人事迹等,让我从小知道世界很大,增强了我学习的动力,使我更加了解学习与工作的目的,从小懂得要热爱生活、珍爱生命。

父亲已经是一个白发老人。我们离父亲越来越远,因为随着人们城市化生活工作节奏的加快,不再是青春年少;父亲离我们很近,因为父亲与孩子血脉相融的爱不存在距离。北京离父亲很远,因为父亲几十年没去过北京,昨天的北京还在父亲少年的记忆里,但北京又离父亲很近,因为现代农村和城市融为一体,交通四通八达,距离不是问题,今天下午还在老家,晚上父亲就打电话说:"我已经到北京了。"我爱我的父亲,深如故宫,厚如城墙。

(发表于《闽西日报》2021年5月17日)

爱与初心

教育家陶行知先生说:"爱是一种伟大的力量,没有爱便没有教育,为人师者应当爱满天下。"我童年的梦想是成为一名人民教师,从未改变过这个初心。所以我总说的一句话是——因为热爱,所以执着;因为初心,所以从未放弃。

有人说过这样的一句话:"老师不经意的一句话,可能会创造一个奇迹;老师不经意的一个眼神,也许会扼杀一个人才。"师爱的一个重要内容是教师应尽量不伤害孩子心灵中最敏感的地方——自尊心。当然在从教中,我们必然会遇到一些调皮的孩子,有时性子也会比较急。

回想我刚毕业时,在武平中山古镇中心学校工作。一天,一个孩子跑到我身边说:"老师,志志又把东东推倒了。"又是这个志志,看着东东头上的一个大包,我不禁怒火中烧,气急之下我正准备叫同事传信叫她父母来,他却在一旁抹起了眼泪,原来,志志的父亲在他两岁那年就车祸去世了,他的母亲又远在深圳打工,他只能跟着年迈的奶奶相依为命,我的心顿时不能平静,让我思索万千。后来经过我进一步了解班级孩子的家庭情况,发现班级近一半的孩子父母外出打工,基本上是半年或一年才回来一次,有的甚至两三年才回一次家,孩子都是老人带,孩子们只知道父母出去打工赚钱给他们读书,过年会给他们买新衣服。有的孩子回避说爸爸妈妈的话题,为逃避想念之苦,爷爷奶奶就是他们的安全依靠,有的孩子嘴巴挂着爸爸妈妈过年就回来了,以满足自己期待父母回来的心愿。

面对身边这样的一群孩子,我的心久久不能平静,那时我深深感受到那些孩子们多么渴望父母能回到身边，我身为一名教师，最大的心愿就是用心爱每个孩子，弥补他们心里想念远在城市的父母之情。课余时间，我和孩子们精心布置活动室，让孩子们有一个快乐游戏的天地，我认真组织一个个生动有趣的活动；让她们走进一个个童话故事享受童年幸福，让孩子们知道我们生活在同一个地球，认识了国旗、国徽，知道了我们有五十六个民族，我们都有一个家，名字叫中国……我与孩子们一起游戏、玩耍，操场上留下了我们用石子、沙子和木板筑成的小山、古桥、长城、天安门，留下了我们用树叶拼成的美丽图案，也留下了孩子们那串串欢乐的笑声！在古镇的大街小巷留下我们漫步回家的足迹，山坡上、田野边留下我们采花捉虫、追逐奔跑的身影。

（发表于《闽西日报》2021年9月3日）

知青缘，客家情

在厦门，我们请婆婆娘家人小聚，选择了邻近生活小区的一个老乡客家餐馆。亲戚们对客家菜赞不绝口。喝酒欢娱之余难免想起我的婆婆，毕竟今天宴请的都是婆婆的娘家亲戚。

我们因喜事而开心喜悦，但我总感觉少了些什么。作为两个角色的我，一方面因女儿升学而幸福开心，另一方面又因婆婆而心生忧伤。婆婆当年在女儿这个年龄（18岁）也是高中毕业，高中毕业后就上山下乡到达闽西。当年路途的遥远，交通不便，直到婆婆退休以后这些亲戚除了一个最小的表姐和大舅去过，其他亲戚均未能前往。1998年，70多岁的大舅还是我带他去武平的。大舅当年坚决反对他最宠爱的妹妹嫁到闽西，因为大舅只有一个妹妹，也是一直最心疼的妹妹。当年大舅艰辛下海赚钱供妹妹读书，到了他妹妹高中毕业，婆婆在她同学的邀请下跟着上山下乡了。从小失去父亲的大舅生怕妹妹到人生地不熟的地方被人欺负，便苦劝她不要去，但阻止不了婆婆当年这位热血女知青的心，大舅也只好接受，以为暂时的分开将很快会和同学回来厦门，没想到一去就嫁到武平。大舅说："你要嫁到那边就不认你这个妹妹了。"外婆和大舅都担心至极、欲哭无泪。但是也没有阻止婆婆、公公在知青农场最艰苦岁月中燃烧的爱情。舅舅和外婆只能在厦门急得无奈，化着思念。婆婆因为她哥哥和母亲不同意她嫁到闽西，要求她回来厦门成家，婆婆开始生怕一回来厦门被拦住不让她再回闽西，直到她和公公完婚，有了孩子后，才回到厦门。婆婆一直在闽西从事教育工作，我成了她的同行，更有缘成了她的媳妇，她一辈子为教育呕心沥血、爱生如子、积极进取，受到学生们的尊重爱戴。她是古镇唯独的"特殊"的带有闽南口音的知青教师，也是武平唯独的"厦门知青女教师"。婆婆不愧是"嘉庚"中学培养出来的优秀女青年，为当年偏僻的闽西山区教育添砖加瓦。婆婆一生周转闽西南，她的故事说不完道不尽，但是她在闽西农场洒下的汗水和脚踏实地的足迹永远印在客家的山间，为客家孩子们的教育留下孜孜不倦的影子和永恒的记忆。

先生的童年，基本上是在厦门外婆家度过的，而大姑子是在武平武东奶奶身边度过的。当时公公和婆婆都在知青农场，公公是当年永定溪西知青农场的医生，婆婆是溪西农场知青，知青们回城以后，公公在化肥厂当了厂医，全家住在永定化肥厂，婆婆并没有回城，而是去了龙岩师范读书，毕业后回到永定做小学老师，公公婆婆当时因为工作的繁忙无法照顾年龄幼小的孩子，直到先生入学年龄公公婆婆才接到身边。结婚后我才了解到，婆婆生下大姑子后就被安排去读师范学校，大姑子便被送到武平武东老家。身在他乡的婆婆后来又生了二姑子。大姑子一直就在那山沟里度过了童年最关键年龄，成了那个时代的留守儿童，直到读书年龄才把她接到身边，公公看到七八岁的女儿黑不溜秋，和村里其他孩子一样远远地望着他，把他当成陌生人不敢靠近；尽管到了读书年龄已经接到父母身边，但彼此再也难以融入，直到公公婆婆去世时，这种心结也难以化解。人生无奈，人生无常，令人遗憾。

我们小聚时，去过武平做客的小表姐提起当年在武平她的姑丈姑姑（我的公公婆婆）做的白斩鸡的味道，回味无穷，津津乐道。表姐或许在想，在厦门多年吃了那么多白斩鸡，怎么就没有当年姑丈姑姑给她做的那种味道呢？我便一一介绍家乡特色菜的做法，直到她们豁然开朗。唉！只遗憾婆婆看不到她这些血脉相连的亲人快乐相聚的场景了，如果婆婆还在，她一定非常开心。只是没有如果，有的只是知青缘，客家情，闽南亲……

（发表于《闽西日报》2021年9月13日）

古镇情武东

武平县中山古镇的每个角落都留下我童年的足迹。

奶奶的娘家在新城村，记事开始奶奶经常带我去，满四合院子都是舅婆的孩子让我分不清。舅婆家办喜事，母亲经常打发我跟着奶奶去，跟着奶奶走多了路，于是给奶奶留下"我小时候最会走路"的印象。

外婆从城中村嫁到老城村。母亲经常把我放在外婆家，外婆带我到街上顺便回娘家看看，跟着外婆穿梭在中山古镇的每一条街巷。最开心的是小姨会带我去看电影、看戏。每一场电影和戏都是爆满，电影院有守门员，有些淘气的男孩子总会趁守门员不注意时，溜进去，没溜进去的男孩们在等待机会，"偷渡"进去的男孩子们在里面不断招手暗示同伴，电影院周边都是孩子的嬉闹声，热闹非凡。

我外婆家大门对面的一个中年圆脸妇女，我每次到外婆家都会遇到她，她每次都以取笑大声喊我"上坑兜人出来了""乡下人出来了"，她从来得不到我的回应，她会说"上坑兜人不应我"。母亲提醒我叫"大舅妈"，我依然不理睬她。直到我出来工作时，她送孙子入学看见我才会亲切地叫我的名字。每次听到她叫我名字，我都会想起她当年喊我"上坑兜人，乡下人"的情景。

父亲当年退伍以后在镇里工作，带我走的地方就更多了。小时候，父亲或带着我在古镇亲朋好友那儿喝茶和小酒。我在一旁等待，父亲则认真看广告信息，这是我最无聊的时候，因为我还不认识字，不懂父亲在看什么。甚至父亲会从镇政府特意走到车站看通知、公告什么的，看完返回，接着带我去看书看报，直到太阳下山父亲才带着我匆匆赶回家。

第一次去武平县武东镇，感觉好遥远。我在古镇工作时，认识了我家先生。我们在老城红房子成婚，结婚那天来了许多武东亲戚。平时会有武东的亲戚来我们家住上几天，有的找公公看病拿药。第一次去武东是1998年，由于住在县城的奶奶回武东，婆婆和永定的姑姑在武东照顾，乘周末休息时间我独自回武东看奶奶。一路上山清水秀，风景秀丽。班车在蜿蜒的黄泥路贴着山行驶，另一边是碧波荡漾的深水库，一到老家，小溪清澈见底，一片翠竹跃入眼帘，空气独好。回到武东，婆婆告诉我："那是六甲水库。"我曾听过其名，顿时感觉不那么陌生。我不禁赞叹，这里的空气好新鲜呀！这里的水好清澈凉爽呀！亲戚告诉我"这里的溪水是梁野山流下来的"，突然觉得很近，因为武东和中山古镇一脉山水相连。纯朴的亲戚们无比热情，问暖问寒，让我真正有回到家的感觉。一坐下来，亲戚就和我说这是自己的家，你公公出生的地方，他16岁就出去当兵了，后来一直在外面工作。对我讲起家族的历史、古今变化，人情世故，让我成家以后第一次感受到在婆家家族亲戚们集聚一起的氛围和人情温暖。虽然第一次回武东感觉远，但后来也没感觉有多远，因为那是先生童年走过的路，曾经的那条山间小路早就印记在我的脑海里。

先生入学前在厦门度过一段童年时光，后来又在永定和武平学习生活，除了客家话，闽南话也说得溜，刚来厦门那几年单位唯独他是武平人，没对象讲武平客家话，说的更多的是永定客家话或闽南话。一开始同事们以为他是永定人或者闽南人，由于我们来厦门之前全家一直在武平中山古镇工作生活，先生12岁时第一次跟着父母从县城步行回武东，还去过六甲大姑家。当时步行7个多小时的山路，当年那条回武东的风景独好的山间小路，先生一直记忆深刻。

印象古镇，朦胧武东。也许武东缘、古镇情，一切都是上天安排的。

（发表于《闽西日报》2021年12月8日）

登山记

遇见不同的人群，让你不一样的念头。感谢今天登山遇到的人，特别感谢在我转身退却时遇到的一对陌生的夫妇，因为偶然的遇见让我领略到更美的风景。今天傍晚因为去弟弟家，车停在大屏山脚下（即海沧大桥下）。我们决定先爬爬山，爬了一会儿朱先生说："不上去了。"我说慢慢走我们再上一段吧！他说："你上去，我在这里等你。"于是我独自继续向前。

这山尽管十几年前登到过山顶，那时跟着一群人自己完全属于被动盲目的跟从，带着各自的孩子边走边聊没有太关注风景，只记得路崎岖很不好走，陡坡很滑，我们很多时候是攀着树枝拉着对方手上去的，路上还很多刺，一边走一边摘除衣服上的刺，而且一路上下山我们没遇见任何其他人。其他风景没啥印象了。因为除了聊天和认真走路怕滑倒，路上的视线也被树枝遮挡住了，只能看见路边的小树、小花小草、藤蔓之类的，所以也甚感陌生。

走了一段遇见下山者，问：到山顶还有多远？答：远着呢！我说我现在登到一半了吗？答："没有，还远着呢。"我又问：这里上去大约还要走多久？答：还要很久。我再问：你整个走了多长时间？答："我们走了很久，一点多开始走的。"我看了一下时间说：你们走了三个多小时，我现在上去估计太晚了。答："肯定太晚了。"于是我一听也想下山了。似乎我问的话太过于开放性，饶了许久才得到具体的时间答案。此时刚好又来了另一群下山者，我又问：到山顶还远吗？对方爽朗的大声回答："很近呀！这上面就是山顶了。"一听此话便来劲了，几步之遥不上去才怪，转一个弯后走了几十个台阶果然到了山顶。只见有两条下坡路，不知此路是上山还是下山的路？因为路是下坡，第一感觉是下山的路。但总感觉刚才两个人说的话差距太大，心想：她们说的一定不是同一个山顶，只是我不知道两条路哪一条路上去而已。刚好有两个人上来便问：这条路可以下去是吗？对方答：我们是从山上下来。才知道要达到另一座更高的山要走一段下坡路才能翻越真正的山顶。于是接着向上，每转一个弯是一个不同风景，觉得眼看山顶就在眼前，但继续走了很久还是感觉弯路重重。又遇下山者问：上去还要二十分钟吗？答：可能还要半小时。感觉原路返回大约一个多小时，而且一路遇到的都是下山人，看了一下时间，正转身返回。正巧遇到一对夫妇走来，看他们同路，于是问：现在上去不会太晚吧？答："不会，才五点多。"我看了一下太阳说"太阳还挺高的就是了。"她说："对呀！太阳还那么高。"我看到大家都下山了，怕太晚我也准备想下山了。"不怕，还早着呢！"那我也继续上吧！那女的说："走吧！一起上去！"终于到达山顶。顿时视野开阔，心旷神怡，从高处往下看，山下物体沧海一粟。海沧大桥宏伟的桁架在东渡和大屏山两头，山、海、桥、高楼、轮船、马路和谐相融，在阳光下如一副绚丽多彩的水粉画，在云雾中如动态的淡水墨画，双子塔如两只母亲的手高高举起，召唤漂流在外台湾儿子的回归，又如两把利剑屹立在浩瀚的大海，随时迎接敌人的"挑战"；鼓浪屿如一个大花篮在水上漂动，一幢一幢古色古香的房子如一簇簇美丽的鲜花，给人民和海外同胞送去新年的祝福以及和平的心愿。厦门——神奇特区，古代建筑保留和现代城市建筑相得益彰，国际花园城市，一座厚重的文化圣殿。福建——福气之地，富饶福建，平安之城、享福之民。

走着聊着便熟了，女的说："等一下我带你走一条捷径，不要十分钟就可以到达山腰。"那么近的路太好了。果然她带我穿过茶馆另一条台阶路直线到达矮的山顶（山腰）。刚才上山是螺旋路。来回大约两个小时，看见朱先生还在原处，尽管我为了到达山顶远远超过了时间，也毫无怨言默默地在原处耐心等待。

鲁迅说："路是走出来的，走的人多了便成了路。"十年前这山路是走出来的，那时我们一路上下山没有遇见任何人。路好走了，路上走的人也多了。而我要说路也是问出来的。因为路太多了，会让你迷失方向；路也是跟出来的，因为别人的经验可以让你事半功倍；路也是带领出来的，因为有人引路你不会走弯路。人生如此。遇见的人何等重要？有人带入你迷茫，让你找不到方向，有人磨灭你的意志，打败你攀登的勇气；有人增强你信心，让你有前行的动力；有人开拓你思维让你感悟；有人开拓你视野，引领你直线前行不走回头路；有人带你走出迷茫，让你坚定初心，不畏艰险，笃定前行，勇攀高峰。

（发表于《闽西日报》2022年2月14日）

钟文芳作品

龙岩枫叶分外红

　　大舅在群里发了一组树叶绚丽缤纷的山道风景，还以为已退休的大舅又去哪里旅游了。不一会儿，大舅又发了文字："龙岩冬天的山色，血染枫叶分外红。1931年，时年31岁的陈振辉烈士在这里牺牲。请记住这些人，有他们才有现在的幸福安康。"

　　看到文字才明白，大舅发的这组风景，在外婆家龙岩市新罗区曹溪镇崎濑村。想起前阵子大舅给我看的老家布展要用的文稿，那文稿用作村镇历史文化教育基地的"陈兰故居"上。

　　那时我看到过关于陈振辉烈士的简介，还了解了我外曾祖母张招地的事迹。革命老妈妈张招地支持儿子陈仁发（红十二军战士，烈士）、陈仁村（交通员）、侄儿陈振辉（崎濑村第一任农会主席，烈士）、女儿陈兰参加革命，并把家作为当时农会的活动场所。陈振辉是在给游击队送米盐回家的路上，遭敌人暗杀牺牲的，年仅31岁。陈仁发是在大池九曲岭与敌军交战中牺牲，牺牲时年仅24岁。失去儿子侄儿的张招地相信共产党，坚决跟党走，三年游击战时，张招地家是游击队四个分区的中线交通线的交通站，她还承担交通员的工作。抗战时期张招地家是马坑支部的联络站，是魏金水、张木泉的接头户。外曾祖父早逝，外公也在30岁去世，外曾祖母经历早年丧夫、中年丧子这样艰难困苦的生活，家境贫寒，可为保护革命后代，她收养了陈振辉烈士和邱根造烈士的遗孤，将他们养育成人；生活无论怎样艰苦，她仍支持孙子孙女读书。也因为是烈属，妈妈才得以在中华人民共和国成立后以16岁的"高龄"开始入学读书，后以优异成绩考上龙岩卫校。妈妈选择龙岩卫校还有一个原因是不用交学费，并有一定的生活补助，可以减轻家里负担，支援大舅念书，后来大舅也以高分、物理近满分的成绩考上天津大学。

　　外曾祖母于我出生那年去世，我也只从家中长辈口中得知她的事迹，印象深的是小时听外婆说起战争年代时，家里煮了饭，常是一波人来吃，吃完了再煮，煮了又有人来，他们都是自己人。现在想来那应是外曾祖母家作交通站、联络站的情形。

　　还记得小时候听外婆讲起往事的惊悚，我似乎是第一次知道人世间还有这样的惨事，外婆说她曾见到过饥饿的人在路上行走，走不动到溪边喝水，可一低头后头就再也抬不起来了。那时无忧无虑的孩童心境，只知道这事太可怕，还不了解那正是天灾战乱引起的民不聊生的状况。

而今时代发展迅捷，特别是改革开放40周年的中国，正呈现出蓬勃发展的崭新面貌。外婆描述的曾经饥馑遍地的惨剧，已彻底翻页。

大舅退休后回崎濑老家祖屋旁盖起了别墅，常于闲暇时回老家种菜养鱼。外公当年亲手砌的池塘依旧碧波荡漾，倒映着"陈兰故居"四字。陈兰，外曾祖母的优秀女儿，这位经历传奇的姑婆，为革命做出了很大的贡献。曾外祖母如泉下有知，她的付出迎来后辈今天的幸福生活，一定会喜笑颜开；大伯爷们如泉下有知，他们的牺牲迎来现在的美好生活，一定会倍感欣慰。

不由想到今天，在不同的群里都看到这样的文字："有军人和警察的日子，每天都是平安夜，没有他们，你们吃一万个苹果都没有用。"配图是顶风冒雪站岗的军人，他们的军帽和军服都飘上了雪花，依然神情坚定目光坚毅。不由深以为然，热情地为这些传递正能量的微信点赞。就像歌里所唱："……我们曾经历了多少苦难，才得到今天的解放……"是啊，哪有什么岁月静好，都是有人替我们负重前行。于今天，致敬先烈。

（发表于《闽西日报》2019年1月18日）

静待花开

冬至那天和同事说起冬至风俗，想起夹在书页中的消寒图，于是找出。这属于文字式消寒图，内容为一副双钩描红书法"亭前垂柳珍重待春风"，每字九画，九字共九九八十一画。从冬至开始，每天按照笔画顺序填充一笔，九九之后，春回大地，一幅独属于你的九九消寒图即大功告成，怀着珍重待春风的心情，漫漫寒冬也就有了期待。

之前长期生活在南方，几番寒潮后寒风冷气常草草收场，所谓"一九二九不出手，三九四九冰上走，五九六九沿河看柳，七九河开，八九雁来，九尽杨花开"，这样的体验是没有的。说消寒有些勉强，我们那立春前田里已是"草色遥看近却无"，毛茸茸一片新绿。树木依然青翠，公园道旁、庭前屋后随处可见的桂树含金吐蕊，芬芳四溢；茶花树也是一树饱满欲绽花苞，只待春暖就要绽放得喜庆耀眼。

不似北方，来北方才更懂"岁寒然后知松柏之后凋也"，松柏之外的大树小树几乎落叶萧萧下，都是枝干槎桠的冬日新款。道路田野到处被白雪覆盖，数九寒冬，对"待春风"才如此珍重殷勤，分外迫切。

于是把消寒图复印分送给同事，向学生介绍，民俗是一个民族集体创作的抒情诗，九九消寒图是中国北方的一项传统民俗，有文字、圆圈、梅花三种图式。学生接受度很高，建议把消寒图贴在教室里，指派同学每天描红一笔，准备集体创作这"抒情诗"。

不由想起以往每到岁末，常找出家里雅致的花盆，摆上雅石，以清供水仙。"玉面婵娟小，檀心馥郁多。盈盈仙骨在，端欲去凌波。"遥想水仙的仙姿欲飞、清雅出尘，竟生出思乡之情。

算算日期，还来得及于放假前师生共赏水仙花，观赏水仙球茎从抽枝拔叶到含蕊怒放的全过程。于是托家人买，这才知道福建花农商家都不发水仙球茎到新疆，怕冻坏。想想也是，现在才"一九"，气温常已零下20摄氏度，朋友快递寄来的橘柚，刚拿在手中就像拿一冰疙瘩。孕育生命的水仙球茎，怕是会于路途中因冻受伤，便也作罢。不曾想一同事因事回福建，月底来新疆，于是拜托他购买。接过随同事万里飞来的水仙球茎时，不由对这以前看作寻常的水仙球茎也珍视起来。

把剥去棕褐色皮膜的水仙球茎放进已稀释好"矮健素"的温水中，浸泡了一夜之后，我和自称养了几十年水仙的罗老师开始雕刻水仙球茎了。这时的水仙球茎饱满呈象牙白色，罗老师用刀比我大胆，他把小刀横切进球茎，去掉多余的外皮，只待看到花芽才停下。这样能让水仙花植株矮化，长得更壮实，叶片卷曲秀气，花则显得亭亭玉立。而未雕刻过的水仙球茎，叶子会长得像葱一样挺拔，花反而开得小。

我拿出事先买好的花盆，花盆白底蓝色图案，清新雅致。把雕刻好的球茎放进花盆，蓄上清水，静待花开，余下的事就交给阳光了，我只要勤换水就行了。我还特意留了两颗没雕刻的球茎，准备指导学生雕刻。要让学生看到水仙花完整的开放过程，感受平常普通的水仙球茎是如何华丽转身的，领会前人礼赞水仙"清香自信高群品，故与江梅相并时"的诗句，当更能领会民俗之美，领会岁末清供的雅致与趣味。

（发表于《闽西日报》2019年1月25日）

海棠花开

清晨，月丽邀我去二十里店骑行，说是明天二十里店海棠节开幕，想趁着周末先去看看。下楼后发现要去的人还真不少,他们还在商议,于是我和月丽先行。

按门卫的指引,沿着大道,第二个红绿灯后一路向东骑行即可。我俩悠闲骑着车,戴着系带宽檐帽,裹上防寒又遮阳的大围巾,迎着早晨紫外线还弱的太阳,随意看着沿途风景,很是惬意。

"这花开得真奢侈啊。"月丽应和:"是啊,哪还要特意去看花海。"路边的花树高的是粉色居多的海棠花,矮的有呈整齐行道树状的红色榆叶梅,有的路段两旁栽种的是榆钱串串、枝条秀美的青葱榆树林,路旁花圃绿草茵茵,蒲公英黄色的花朵闪烁其间,竟是无心插柳的最好注脚。路面开阔平坦,骑到郊区,道路两旁的田野里是成片的青翠苗木,间或是已经上架的还未有绿叶的褐色粗大的葡萄藤,有时是一片花海——以海棠林居多。呼图壁这儿地势平坦,一眼望去,春天里各种颜色的新叶各种颜色的花朵在微风中轻轻摇曳,像缤纷的色带,向蔚蓝至清澈的天边延展。这时是呼图壁最美的季节吧,一时心情舒畅,只想放歌。

路上车辆不多,我俩骑行兼观景,偶尔看到大道旁伸展一条海棠花盛开的小路,兴之所至就弯进这小路。"好香啊,粉粉的甜香味,难怪这儿的蜂蜜喝着有一种粉香,大概就是海棠花蜜吧。"我们一路骑行,一边感受,这只有我俩骑行的果园风景,鸟鸣清脆,清风骀荡。

有时是被别具浓郁民族特色的音乐吸引,拐进小路,期望着"那儿不会有一群乐手在聚会吧",虽然后来发现不过是烧烤店播放的音乐,但两边的住房也颇具特色。

很快就到了二十里店,途经之前乘车去过的以维吾尔族特色美食闻名的"苹果休闲园",闽疆文化生态村,我们打听到北美海棠园就在前面,果然不多远,就看到一排熟悉的同事们的山地车,他们后出发的,倒比一路看风景的我俩先到。

一进园,仍是粉粉的花香,触目是花海,这海棠花颜色艳红,目测果树约三米高,竟是树树繁花,蜜蜂奔忙。花朵密密开满每一枝条,绿叶倒成了点缀。树下园中多了许多游客,三五成群似都忙于和花合影拍照,春装艳丽,似与花儿争艳。

"一堆美女。""怎么说话呢?堆是能用于美女身上的?多不具美感,应是一群美女!"和月丽调侃着,我们加快步伐。"先和他们会合吧,等会儿再拍。"看到嘀咕着"这造型美的,我也能拍出好照片"的忙于拍照的月丽,我不由提议。

"他们在那!"不多久我们就会合在一起了,于是赏花的队伍人多了,话题也多了，从海棠花的颜色、香妃海棠果的高价、三分之二的蓝天背景照片是否更美观等等聊开。一转眼，发现竟有不少人忙于在园子里树下拔草。"这是中午的午餐。"大妈的回答也幽默。"野菜吗？什么野菜？"用形色一辨别：蕺蓂。不说没见过这野菜，连这名字起先也叫不出。别名大荠、败酱草，蓂在古代是一种瑞草，有吉祥的意味。真长见识了。

"这海棠花也有白色的！""你之前没见过吗？如意生态园，一条路上几种不同颜色的海棠花站成一排呢……"一会儿我们这赏花队伍又散了。于是有人提议先合照，到此一游吗。"分两排，女士们蹲在前排吧。"蔚蓝的天空，满园怒放的海棠，一群开心的赏花人，这照片不美才怪。

"只恐夜深花睡去，故烧高烛照红妆。"满园海棠，而这"北美海棠园"还只是明天海棠节的分会场之一，还有公园大街道旁随处可见的海棠花，感觉真无法和苏轼对海棠特别爱惜、特别珍重的心情共鸣，只觉今儿回去，明天还可以再来。这海棠节是以"海棠花儿艳，龙呼一家亲"为主题的"海棠花季乡村旅游文化节"，历时7天。明天才是正式开幕的日子，届时有开幕式，有"十里海棠林，美丽乡村行"乡村振兴战略美丽田园民俗表演。明天来还可以对满园海棠，看具民族特色的新疆歌舞，逛"龙呼特色商品展"，品尝最正宗的新疆美食，还有摄影展、各种民俗活动、民俗表演……想想都那么美，或许哪天可以邀约月下赏海棠吧，不由心向往之。

（发表于《闽西日报》2019年5月17日）

遇　见

"你看你的鞋子粘上了花瓣，真好看！""是哦，我要把它拍下来。"于是叶红半蹲下来，给自己的鞋子拍特写。黑边橘红色的系带皮鞋上，沾着几片稠李小小洁白的花瓣，别具趣味，似是提醒刚才欣喜的发现。

在自行车棚前长着几株花朵洁白、花香浓郁的高大花树，用形色辨别才知道是稠李。第一次闻香见花时，那花是丁香般一束束散开的序状花型，花朵五瓣，颜色洁白，玉米粒般大小，细巧莹洁，很是漂亮。第二次去看，竟发现原来的序状花束变成了圆柱形，这么神奇，这花开着开着还会变形？和叶红一说，她兴致勃勃也去看，不过她想的和我不同，认为应先是圆柱形花束，再变成为散开状。两人皆惊叹不已，再认真一看，不由失笑，太稠密的花叶下竟是两颗稠李树，被我们误以为是同一株树，这应是种在一起的两个品种的稠李吧！鞋上的花瓣应是绕着花树时，晨露把片片莹洁小巧的花瓣沾上鞋子的。灰红色的操场跑道上，身着浅灰风衣、蓝色牛仔裤的叶红半蹲着专注地拍着鞋子上的有缘花瓣，殊不知这时的她，也成了我镜头前的风景。

刚刚看完摄影展，想想这照片起个什么名呢？"看花归来"？"惜春"？"遇见"？想到上次聚会上，叶红参与游戏抽到关于"幸福"话题的积极卡时说的话："我觉得我的幸福源比较多，和人分享阅读体会时的喜悦，下班回家写字时感受岁月静好，欣喜于生活中那些如花开鸟鸣日出的美景……"总觉得她气质高雅，面容恬静，因为拥有这么多幸福源，当然会觉得每天的太阳都不一样，每一天都是崭新的。

不由想到昨晚遇见的"唱见"，一位高中生吧，在世纪园入口前面的广场右侧树下独自放歌。身后栏杆下两处黄色光源间，这身着橘红风衣、把风衣帽子扣在头上、拿着插在音箱上的话筒低着头唱歌的年轻人，也是公园一景。稍远一些就是广场舞跳得正嗨的人群，不远处有人靠在对面的栏杆上听他唱歌。我和月丽给他拍照，还给他看照片："这样，年轻人，如果挺胸，摘下风帽效果会更好。""唱这歌的歌手就是这样唱的。"聊起才知道这位一中高一的学生，想在假期完成自己在世纪园的第一次唱见。"唱见，也叫歌见，试着唱了一下——年轻人在景区啊公园这些地方自己开唱。"这时，他的两位伙伴过来。"刚才天还没黑，刚开始唱时也没人听，我俩充当捧场者，还真尬。""没事，唱得挺好。""是啊，我们见证了世纪园第一次唱见，也有可能见证了一位唱将诞生。"果然摘下风帽的小朱同学再次亮嗓状态就不一样了，驻足聆听拍照的人也多了。

"唱一支你的同学都知道的歌，可以发到班级群中。"小朱同学机智地唱起了《琵琶行》，"自言原本是长安女……"当戏曲的唱腔一出来，仿佛眼前、当下热闹的世纪园也恍惚起来，我不由把镜头移向不远处盛开的海棠花树，花树下的水潭，似乎这灯光迷离中的流水与花树，和这意境更契合。一位胖胖的小男孩踩着滑板滑进镜头，还笑着比画了一下 yeah 手势；他旁边一个子特别高的初中女生，正对着手机看歌词；旁边一位 30 出头的青年，和着音乐的节拍轮换抖着左腿右腿；一对小兄妹，小妹妹缠着正听着歌不动的哥哥，拉着哥哥的手转了一圈……刹那间，只觉得这歌声和眼前的景色都这么美。

年轻人身上总是更多的创意，校园文化科技艺术节器乐演奏会上，一位拉大提琴的女生装扮特别别致，脸上的花瓣妆倒在其次，是她用一枝开着小小白花的干草叶沾在脖子上当装饰，别具风采。别说，还真有春之女神的风韵，靓丽典雅的脸庞，乌黑发亮的头发，端庄的气质，和脸上花瓣呼应的一枝干草叶，令人赞美青春的多彩与美好。

生活中总有这么多的遇见，让幸福源丰沛起来，让平常的生活也随之丰富。

（发表于《闽西日报》2019年5月31日）

最美的"兰"

兰，清雅芬芳，空谷传香。

闽地山野多建兰，被誉为"王者之香"。

这位出身农家的朴实女子，是否具有这般顽强坚韧而又清雅脱俗的品质，因此在她改名时，她睿智博学的丈夫以"兰"作了她的名字，从此她叫陈兰。

这对夫妻感情真挚深厚。她出行晕车时，丈夫会把她抱在怀里，让她舒适些。乍听这事时，心里特感动，她真幸福啊！她丈夫对她可是真疼爱，要知道她丈夫其时可是日理万机的国家领导人呢。真为他们的这份挚爱感动，这种经历过战火洗礼、患难与共的感情如此真挚，恰如兰之馥郁。

我记得第一次见到陈兰的情形。陈兰拉着我的手，对还在念书的我殷殷鼓励。那次她回龙岩是为给电影《红军的儿子》上映剪彩。《红军的儿子》讲述了这样一个故事：在战争年代，两个红军家庭都把孩子托付给老乡。新中国成立后找回的孩子中有一位腿有些残疾，当初把孩子托付给老乡的那位父亲心里愧疚，就把这孩子留在自己家中，从此更加呵护他，而把自家完好的孩子送到对方家里。谁知这两个孩子愈大愈像自己的父亲，两家就又把孩子互换了回来。从此这两位红军的儿子拥有了两个爸爸妈妈，拥有了两个家。

这对把腿有残疾的孩子留在家中细心呵护的善良的夫妻就是邓子恢和陈兰，他们把自家的孩子送到林伯渠家。

战争年代，有多少仁人志士舍小家为大家，他们的付出浸透了血泪，他们经历难以想象的艰辛。早年参加革命的陈兰在亲人被害后，重建交通站并担任了地下交通员，在极其艰苦的三年游击战争时期与邓子恢结为夫妻，从此这对革命伉俪转战大江南北。数九寒冬的淮北，陈兰咬紧牙关自己养育孩子，因条件限制，常常把孩子的衣服尿布缠在腰上用体温烘干，更别说遭遇一次次的突发情况、一次次的急行军。

在这样的艰难生活中，陈兰不忘坚持学习、进步，没上过学的她后来能读会写。只要革命需要，她兢兢业业担任了不少工作。抗战时期，她到田间地头和农民一起劳作，聊天谈心，关心疾苦。老百姓看着共产党高官的妻子这么勤劳知心，都更加积极地支持亲人参军，投身抗战事业。战争期间，陈兰做的是医院党的工作，每遇战斗、行军，或转移伤病员，她既要保证伤病员的安全，又要做好工作人员的思想工作，尤其要照顾好民夫、担架员的吃穿住行。这么重的担子，她却从不推辞，当时她身边还带着三个孩子，但自己却无法照顾，第二个孩子得了白喉不治而亡。

倥偬岁月，南北征战，无数先烈志士浴血奋战，才迎来新中国的诞生。未及好好修养，未及回乡好好看看母亲，陈兰又随邓子恢转任各地，1953年随邓子恢到中央工作。她的工作履历，践行了服从安排、哪里有需要就往哪里去的理念。

1953年11月，邓子恢回漳州、龙岩调研，顺道回到龙岩曹溪崎濑村，拜见阔别十几年的母亲张招地。在陈兰故居有这么一张照片，记载了他们见面的情形。摄影师抓拍的应是重逢的场景，身着深色中山装的邓子恢含笑轻拍着张招地的肩，似乎在说："妈，我们回来看您来了。"开心笑着的革命老妈妈张招地则拉着邓子恢的手，似在回应："好，回来就好，我很开心。"陈兰则轻扶着妈妈，一样开心笑着，眼中却似含着泪花。那是历经战火、饱经困难而终于回家看妈妈的欣慰。当初参加革命，把牵挂留给妈妈，北上抗日，一去十几年，无暇照顾亲爱的妈妈。而今终于回来，怎不泪盈于睫？

这是中华人民共和国成立后邓子恢第一次回龙岩，他走村串户、访贫问苦，探望革命烈士的亲属和土地革命时期的老接头户。革命老妈妈张招地当年支持鼓励儿女走上革命道路，把家作为农会的场所、交通站、联络站、接头点，这个光荣之家有两位好儿男为国牺牲，令人感佩她的大义。闽西红土地上，当初有多少这样的好妈妈，这样的英雄儿女！

陈兰故居朴实安谧，静静坐落在崎濑村村北，门映一方碧波荡漾的小小池塘，相邻新建的两幢大方美观的别墅，别墅是陈兰的侄儿、侄女退休后修建的。今天的村庄也已大变样。徜徉于陈兰故居，由衷感叹：今天我们过的平常普通的一天天，正是他们艰难困苦为之拼搏、为之奋斗得来的，从这个意义上说，我们更应倍加珍视每一天的美好生活。

（发表于《闽西日报》2019年6月21日）

钟乾保作品

青山片片茶飘香

青山绿水茶飘香，家家户户采茶忙。这就是我的家乡中国绿茶之乡武平桃溪，阳春三月的实情实景。

桃溪是一个令人向往的诗意茶乡，近年来武平绿茶被评为中国驰名商标，醇香回甘的绿茶，香飘大江南北，名扬四海五洲。

阳春三月，万象更新，柳绿花红，莺歌燕舞，桃溪万亩茶山上，是一派生机勃勃的景象。眼下正是茶树抽芽，采摘头春茗茶的最好时节。茶农们纷纷背着竹筐，戴着竹笠，披星戴月，弯下腰身穿梭在一行行茶树间，在一座座茶山中忙碌。一垄茶是一条绿带，万垄茶汇成了千万条如绿绸缎的玉带，在山谷里云雾中，如入万顷茶海。

层层叠叠的茶山上，到处弥漫着茶叶的芳香。远处山际薄雾轻飘，头上悠悠白云，山下溪水潺潺。茶农们的指尖在一行行的茶树间跳跃，好似在弹奏春天的音符，也好像技巧超群的舞女在跳跃。

武平桃溪远离城市的喧哗，这里山高林密，大小溪流星罗棋布，山风习习，雾气氤氲。是福建的绿茶之乡，种茶历史悠久，山山辟茶园，家家种绿茶，户户能制茶，人人爱品茶。

桃溪镇素有"绿茶之乡"的美称，是福建省主要绿茶生产地之一。其属中亚热带海洋性季风气候，最高海拔 1123 米，最低海拔 245 米，垂直地域的差异较大，这种较大的高低海拔差的气候条件和这里独特的土质非常适宜茶树的生长。优越的原生态自然条件和传统制作工艺形成了武平绿茶"香气高锐，滋味清爽，色绿形美"。明清时期是传统贡品，常饮此品可陶冶情操，修身养性，堪称为优质高雅保健饮品和馈赠亲友之佳品。

采茶阿姨告诉我：一斤茶叶要在茶园采摘将近一万颗茶芽，就是说，每一斤茶的诞生，都要上万次重复的动作。制茶艺人告诉我：做茶是这样的：生火、杀青、摊放、揉捻、烘青、捡黄叶去茶梗、入烘房、晾干、包装，道道工序，一道都不能马虎。

春茶已露尖尖芽，桃溪处处春茶香。走进桃溪茶乡，行走在山水画廊中，在山清水秀、鸟语花香的茶山小路上，呼吸着山野间清新的空气，远离世俗，不负春光，不负岁月，在悠悠茶香中，寻找心中的世外桃源，打包一份春天的滋味。

（发表于《环球客家·林业专刊》2019 年 9 月号）

郑兴华作品

我居深山有明月

采菊东篱下，悠然见南山。陶渊明的桃源生活，我此生羡慕已久。所以当儿女们各自学成进入了社会工作后，我便离开了喧嚣的城市，回到了武平边远的家乡，独自耕种起自家那一亩三分责任田来。我家四面环山，屋隐竹林。晨沐清风，夜照明月，甚是风光秀丽。

现在田里种点粮食作物，已经基本上利用半工段式的机械操作了。耕地请人家拖拉机，插秧请人家插秧机，收割请人家收割机，自家就做一下平时作物生长期的田间管理。所以，现在种田确实比以前轻松多了，不过收益也几乎没有了。收获的价值，基本上都给了请来干活的机械师傅了。这样一来，就完全达不到我半老余年回归乡村"自己动手，丰衣足食"的初衷了。

三年前初夏的一天，午间下了好大一阵雨。我吃过饭，忽然想起一群刚出窝才个把月的小鸡仔还没回屋里呢。我心里想：坏了，小鸡们淋雨了，要是淋坏了咋办？我连忙戴上斗笠去屋后山坡竹林里寻找。咳，母鸡还挺精的，竟把它的"孩子们"带到竹林里，我挖笋时偶尔歇息的小棚子里躲雨了。我心里一乐，朝它一伸手：真棒，奖个大拇指！

雨还在下，我摘掉斗笠，坐在棚子里的石头上。正想吟上二句，表表这有趣的事儿。突然，面对四围的竹林，看着脚边的鸡宝宝们，一个新颖的想法涌上心头：唉，闲着也是闲着，我何不搞点事做？自己一个六十左右的半老头子，可还有把子气力啊！

这一晚，我想了又想，渐渐的，把思路理清晰了，计划就随之而来了。第二天，我进了趟县城，跟家人说出了我的想法：我要在老家搞林下养殖。

儿子儿媳听了有些惊讶：老爸，怎么突然有这想法？女儿们却直接表明态度：搞什么呀，我们都不差钱的，您身体硬朗要回老家住住可以，生活上要多少钱我们都给您，养什么的，就不要去弄了……

我说，现在不是实行林改了嘛，很多人搞林下养殖都挣钱了。孙儿孙女都上学了，接送一下你们自己做得到，一点家务你们各自下班后辛苦点就行。你们的老妈，打明儿起也回乡下帮我……

老婆子也想回老家住，所以她以"一票否决权"最终达成了我的计划。儿女们有孝心，但最后也只能无奈地允许我：那就试试吧，若搞累了，就停下。我说，行！

得到儿女们的许可和支持，我们就以屋后的竹林为基地，开始林下养鸡养鸭，种植灵芝、木耳、香菇等等。一开始，我从市场上买了二百来只半大鸡仔，一百来只半大鸭仔放在竹林里饲养，慢慢地就选留种鸡自繁自育鸡苗。我在竹林低洼处趁着地势挖了口山塘，引入山泉水供鸡鸭自行饮水游玩。买了许多灵芝木耳香菇菌种在另一边林下种植。平常活计少时我们自己悠悠干着，活计多时请了一些临时帮工。这样人不累，事也做开了。不多久时间，我和老婆子就搞得满山坡上"鸡鸣鸭叫，菌儿冒帽"了。一年下来，半玩似的就有二万多元的收益。我们老两口都心里美滋滋的。日子过得感觉比陶渊明还悠然自在。

有个朋友参观了我的林下养殖羡慕地说："你这算盘打得精啊！你用儿女们各家一年买鸡鸭鱼肉的钱当作林下养殖的本钱经营，反过来他们大家一年四季全都吃上了你们养的土鸡土鸭和笨鸡蛋；吃上了你们用鸡鸭粪便等有机肥料种出来的稻米，提高了日常饮食的营养和质量。你按时需要将自种的稻谷加工成大米供应给儿女们各个家庭四季吃用，剩下的米糠用来饲养家猪，年底时宰杀了各家分分过年享用。无形中提高了粮食作物种植的价值。这一来一去的，真是划算……"

我哈哈一笑道：还有呢，儿女们每年工作闲暇之时，都要去旅旅游，好减减工作压力。自从我搞了林下养殖，他们有空都回我这儿来度假。他们聪明着呐，回我这儿山前山后转转，绿色旅游就有了，饿了回屋还有土鸡土鸭山珍野味吃。孙子孙女都见天闹着要去爷爷奶奶那儿了。这不，他们又省了不少钱哪……

我细想，每个人匆匆世上几十年，就像一次奢侈而又平凡的旅途。我做过乡村教师，做过国企工会干事，一晃就是大半生过了。老了老了回归乡村，悠闲自乐，终日赋诗填词的，虽然人诩清雅，但总觉得余热没有发挥，大有虚度光阴之感。现在搞了这林下养殖，便就充实了许多。不单更有了老来心闲意淡的生活情趣，也从中锻炼了身体，甚至还有了每年不错的收益。既减轻了儿女们的负担，也满足了自己。照这样子坚持下去，我的人生旅途就更加丰富多彩了。

（发表于《闽西日报》2022年12月23日）

练丽丹作品

阳光，温暖而幸福

我喜欢阳光，冬天的阳光，因为它温暖。

春的阳，秋的阳，对我来说没多大差别。反正不都经常在天上守着吗？春天，往往是风的和煦，绿的盎然夺了春阳的艳美；秋日，也往往是天的湛蓝，云的高远，抢了秋阳的风光。而夏天的阳，是最不喜欢的，火辣辣的，让你无处躲藏，就连立在树荫下，也因了它的存在而饱受热浪袭击，让人心生烦躁，哪得片刻风轻云淡般的舒闲？唯有冬的阳光，既不燥热得把心情扰乱，也不平庸得让人忘记它的存在。

冬天的阳光并不常见，一出来就容易被人仰望，尤其是冰雪覆盖下的北方。只为不常有，所以更显珍贵。不管是南方还是北方，只要它一出现，想必没有人不喜欢的。哪怕她的光微微弱弱。当然，要有一定的热度才好。我喜欢有热度的冬阳。此时走在路上，是何等的温暖！若在公园里找个椅子小憩，让阳光毫无保留地直射下来照遍全身，过不了多久，那吸收了太阳能量的外衣，便热乎起来，整个人也跟着热乎起来。闭上双眼，再小寐一下，又是何等的惬意！只要你不离开，就这样让它亲吻着你的脸，覆盖于你的身，就不用担心刺骨的寒风再来偷袭，而此时风吹过脸面颊，也如春风般温暖而不是寒冷了。懒懒洋洋地晒着太阳，温温暖暖地暖着心窝，这时候什么也不想，只享受冬日里阳光的抚摸，只感受大自然难得的赐予，日子，原来可以这么逍遥自在。

我喜欢阳光，冬天的阳光，因为它犹如幸福。

初冬，家门前一位耄耋之至的老太太，穿一身旧衣裳，倚着墙，坐在小凳上，懒洋洋地晒着太阳，半眯着眼，半微笑着，一脸满足的样子。这是谁呢？是什么画面呢？哦，不用去猜，这不重要。只要明白，生活其实就这么简单：有吃有穿，有太阳晒晒，有就满足了，温暖了。哪怕你是腰缠万贯的富翁，过着荣华富贵的生活，最终不也要化为一抔黄土？敢说就一定比这位晒太阳的老妪幸福吗？其实，幸福很简单，就是有吃有穿，有太阳晒晒而已。

曾看过一句话："为了看看阳光，我来到这个世界上。"不是每个婴儿都有机会来到这个世界上，也不是每个婴儿都能健康地长大成人，也不是每个成人都能无忧无虑地活到老年，所以，当我们抱怨生活不公的时候，当我们自感不幸的时候，当我们哀叹命运多舛的时候，请在头脑中感受一下这个老太太晒太阳的画面吧！

也可以这样说："来到这个世界上，只为了看看阳光。"哦，幸福可以很简单，越简单的生活越幸福。

（发表于《闽西日报》2021年12月23日）

白鹭，以雪花的身姿

立于高空木栈道
远眺　目光所投之处
你必定会出现

果真　苍翠间
你以雪花的身姿
被我的期盼唤出

雪花点点
一朵　两朵
足以弹落心尘

想象　我也是
其中一朵
只管翩跹

不管世人
如何打听下落
我　早已
遗忘了人间

（发表于《闽西日报》2021年4月20日）

送　别

每次要走的时候
父亲都要送我
用欲滴未滴的泪光
用欲挥未挥的手
唯独不用言语

起先送到站台
后来送到进站口
再后来只送到家门口

送别的路
一年短过一年
余生的路
也一年短过一年

（发表于《闽西日报》2021年7月28日）

梦之湖

是谁
把云从天上扯下来
折叠进山峦里
裹上一层层的梦

又是谁
让天空跌进湖里
湖，瞬间变得透蓝
被风推醒的涟漪
也开出了朵朵兰花

此时
阳光落在翡翠上
翡翠落在湖上
湖，落在我心上

我倒空所有杂念
只为了装进一片湖
（发表于《闽西日报》2022 年 1 月 18 日）

春　画

晨风披上薄雾
把村庄紧裹在静谧里
几声鸡鸣
把静谧叫得更静谧

午后阳光在屋后吹口哨
把孩童们的撒欢碰响
休憩的稻穗低着头
盘算着今年的收成

余晖里扛犁锄的老农
走在阡陌间
哼着小曲儿
一不小心
又踩醒了明天的梦
（发表于《闽西日报》2022 年 3 月 8 日）

好日子

那日，去东留看李花
不是为了爱情
而是为了一场雪

你说，那年北方的邂逅
雪花在枝头睡得正酣
我们在树下羞涩地
比画着未来

眼前的李花
分明是我寄回的雪啊
看你细数着
像数着一粒粒日子

我偷笑，你嗔怒
淡淡花香，飘进
你的发丝，我的手心
待到熟李时节
我想，日子一定满山
红透
（发表于《闽西日报》2022年3月28日）

烟雨田园

这是谁在拼图
把田畴越拼越美
把日子拼接得不留空虚
让楼层随攀升的梦想一起长高

这又是谁的村庄

被沉默的大山珍藏

被蓝天白云呵护

被山外雾岚般的乡愁惦记

春风时不时来一次刷新

绿的更绿，红的更红

春意又浓了一分

愿景又真实了一分

（发表于《闽西日报》2022年4月5日）

渔　歌

不让它坠入暮色

绿洲，拽住光影

想把微光留下

古老宽阔的河面

不知停过多少只蜻蜓

是水下的诱惑

还是云霞揉进的梦

让它与暮色对峙

久久不愿离去

渔舟不唱晚

渔人也不放歌

也不想摇进谁的

诗情画意里

渔人只想继续撑篙

撒网，打捞满舱的星光

点亮全家人的饱暖

（发表于《闽西日报》2022年4月12日）

古桥绿荫

守着一座村庄
扛过行人沉缓的步履
扛过千年风雨
扛过千年沧桑

一定是怕你容颜老去
大自然用绿荫为你梳妆
也一定是怕你孤独
流水为你歌唱
一首又一首的情歌
陪你到地老天荒

不会的，你不会老去
艳阳还在，春天还来
流水之上的袅袅炊烟
还在
（发表于《闽西日报》2022年4月26日）

那双手

一

那双手
长满了季节的硬茧
抡起初春的犁锄
掘出金秋的收成
那双手
握满岁月的风霜
扫去城市一天的疲倦

擦亮行人舒畅的心情

那双手
滴满忙碌的汗水
飞舞在机器流水线上
织出生活的波澜不惊

二

那双手
抬起过黎明
摁下过夜幕
那双手
拖曳着艰辛
捧出了芬芳

那双手
安抚过沧桑
擦拭过泪光
那双手
背负过沉重
藏掖过苦难

三

如果，你偶然
看见那双手
请在内心
默默向它致敬
向平凡的心灵仰望

再如果，你有机会
握住那双手
请用你的悲悯
传递人间的温情
并祈祷它一生平安

（发表于《闽西日报》2022 年 5 月 3 日）

山里的桃花

凝视你的时候
四周便安谧下来
此刻，我可以静静读你

年年花开，花落
春来，秋去
你早已坦然
那些世人
炽热的爱的呓语
感伤的叹的声息
妩媚的笑的欢愉
逝去的忆的余温

一如你花容淡淡
你最美的时节
就是把一抹浅粉的云
氤氲在青翠环山里
与农舍，篱笆，田畴相依
不言，不语
静默开花，结果
无关谁的一切

（发表于《闽西日报》2022 年 5 月 10 日）

落桐花

人们称你是五月雪
可你四月就来了

洁白的花瓣里
一点嫣红花蕊
那是藏不住的情愫

风轻轻一碰
便簌簌满地
像极了我的思乡泪
纷纷落泪

桐花，别再落了
就在树上吧
我的故乡安然
（发表于《闽西日报》2022 年 5 月 24 日）

王丽作品

武平千年榕母——外婆的情怀

  武平十方鲜水村的古榕树历经千百年,仍然郁郁葱葱,树主杆粗大托起各个分支迎着阳光雨露延伸至四面八方。如此千年榕母不知经历了多少个朝代,见证了多少历史,看遍了多少沧海桑田,阅历了多少人间烟火、人情冷暖……她就静静地矗立在那儿,昂首挺立,不折不挠,婀娜温婉,一如外婆的情怀。

  偶听夫提起小时候的事,说这棵大榕树伴随着他成长,小时候经常去外婆家,一定会攀爬到榕树上玩耍,到现在亦如是,只是现在是作为一个父亲带着我们的孩子爬到榕树上玩,让孩子们也体会下夫小时候的乐趣。他们爬到树上,一如钻进了外婆的怀抱,感受着外婆的体温。对于孩子们来说外婆是他们的外曾祖母。如今,外婆已九十四岁高龄,且自从外公走后,身体每况愈下,已然抱不动曾孙儿们了,但是每次我们去看她,她都依然和蔼可亲地看着孩子们,招呼着孩子们,她的脸上尽是满足和幸福。外婆麾下儿女辈、孙儿辈、曾孙儿辈已然像千年榕母般茂密的枝丫不断延伸且蓬勃发展。

  常常听婆婆、姨母们说起她们小时候的事,年轻时候的事,外婆的故事,外婆与外公的爱情。据说外婆原来是十指不沾阳春水的官家千金,而外公是一个老师,在当时来说是十足的"下嫁",一切也因缘分和外公谦谦君子、温文尔雅的好品行。嫁给外公后,由于家庭条件有限,外婆把当时随嫁嫁妆——金银首饰全部当了用以支持外公求学。而外婆自己也一直未放弃学业,结婚有了孩子以后依然在上学,直至怀上排行第三的婆婆,挺着大肚子不方便才不得已放弃学业。以当时外婆的学历和资历,外婆完全可以入城在单位供职,但因当时的条件,生育的儿女多,外婆扎扎实实挑起家庭的担子,放弃大好前程,在家相夫教子,抚育儿女,而且外婆是嫁给了外公之后才开始任劳任怨的埋头苦干……在那个年代,像外婆这样励志的女子鲜少有之,我想一切皆是因为对外公的爱,爱就是无私的付出和奉献。据说外婆与外公携手走过72个春秋从未拌过嘴,一直都是相互搀扶,相敬如宾。而外婆对待他人亦如春风般温情友善,对后生晚辈更是无限的包容和淳淳挚爱。外婆的爱与胸怀像千年古榕一样,包容着四季更替,包容着风霜雨雪,更孕育着时代赋予的坚韧和巾帼力量。

  外婆,在当地无论男女老少基本上人都称呼她"梅梅",不仅仅是因为她的名字中带个"梅"字,更是一种尊称和"梅梅精神"的文化熏陶,外婆现在还会每天读书看报看时事新闻，她不仅教育好了一代又一代的儿孙辈，更是这种"梅梅精神"感染了后辈以及周边所有的人。近几年，每年春节大年初二，外婆麾下儿孙曾孙全部齐聚外婆家团聚并开展"梅梅杯"诗词大赛，外婆亲自给比赛优秀的孩子们颁奖发红包。孩子们勇于发言，勇于表演，奋发向上的蓬勃朝气不正是"梅梅精神"的传承和延续吗？在我看来，"外婆"两字不仅是一个称呼，更是连接着众儿孙齐心向上的根，是外婆"梅梅精神"耳濡目染家风的熏陶激励子孙后代永葆赤子之心并奋发图强！

如果把人的一生比喻成一棵树，那外婆就像那千年榕母，用茂密的枝叶为他人遮风挡雨，让爱一代一代传承和延续。千年榕母长立于天地之间，一如外婆母亲般的柔情在我们的心中幻化成永恒。

外婆的爱像春风，像夏花，像秋雨，像冬阳永浴家园，祈愿已进入耄耋之年的外婆身体康健，福寿绵长！

（发表于《启明星·校园文学》2021年4月号）

保持热爱　终将可爱

下班时，遇见公司大堂的保安小姐姐，她说"很羡慕你的脸蛋，很好看"，还说"你本人比上墙的照片好看多了，很有气质，照片体现不出你的气质"。我很愕然，虽是溢美之词且清且浅，但内心还是欣喜，我从来都不知道也没有想过我普通的外表可以得到别人的欣赏和赞赏。出生农村，家境不好，极其普通不起眼的外貌，从小到大一直生活在自卑的漩涡里。兄弟姊妹中排行老大，父母从小就教育我应为弟弟妹妹做好表率和榜样，家庭责任一直是我身上的担子和坚持的理由，性格自然也受影响，较为内向不苟言笑。除了学习成绩优异时有自信和成就感外，大多时候，种在骨子里的还是自卑，我不敢主动交友，不敢主动提出需求，我甚至不知道自己想要什么，从不知道为自己争取什么。

刚上大学步入校园时，校园登记处要登记军训军装尺寸和鞋子号码，"两耳不闻窗外事"的我从来都不知道自己的鞋子号码，也没有号码的概念，我说不知道，引来了学长学姐们的哈哈大笑，他们无法理解。后来，大学期间，因为申请助学金被辅导员当着全班同学的面羞辱，她说我家境不好是因为我父母孩子多违反计划生育造成的，本身就是在拖累社会，不能成为申请助学金的理由。那时候的我，多么的难堪和伤心啊，我躲在一处教学楼侧的草坪足足哭了一个下午。但是我从来都没有抱怨过，我一直自立自强，我学习成绩好，并且勤工俭学，锻炼自己各项能力。后来，因为我的学习成绩好，组织能力强也当上了协会理事和班干，而且评先选优班级民主票选每次票数都是遥遥领先。每临期末考，我会辅导帮助班里大部分同学复习、备考，所以班级的挂科率总是最低，也得到同学的一致好评。我的自信在自己的努力下不断提升。

毕业后，我如愿顺利找到工作，并且一直坚持到现在，工作岗位上我也是兢兢业业，脚踏实地扎实打好基础，用能力用业绩证明自己，一路顺遂。我的弟弟妹妹也相继大学毕业参加工作，所幸所傲的是，我的弟弟妹妹们都非常争气，都通过自己的努力事业有成，家庭美满。曾经被人辱作违反计划生育拖累社会的兄弟姐妹也在朝夕间为社会作贡献，虽非大富大贵，但家庭和睦、互助互让、脚踏实地，有事业心、有进取心、敢拼敢为，已是最大的满足。我的父母，为了家庭为了孩子一辈子忍辱负重的坚持终于守得云开见月明，倍感欣慰和满足。

而今，无论工作还是生活，各个方面，我都自信满满，充满阳光。所以，无论什么时候，我们都不能妄自菲薄，不能生活在阴暗的自卑里，要相信，每个人都有自己的闪光点，保持热爱，坚持初心，自立自强，终将可爱！

（发表于《闽西日报》2022年11月18日）

祝福祖国

从小，我们认识的第一种颜色
便是红色，那红
是党旗的红国旗的红，是中国红
仰望，红色旗帜在蔚蓝色的天空中飘扬
闪亮的眼眸眨去了夜的黑
脚下的路在延伸
抵达红色地平线

从小，我们就学会一个名词：中国
我们唱：党啊，亲爱的妈妈
我们唱：我们都有一个家，名字叫中国
歌声嘹亮，萦绕在每一寸国土

一个深入骨髓的名词
点燃每个国人的热血
让每一颗心沸腾
在红色土地上，沸腾

中国，母亲，祝福你
奋进在中国式现代化的新征程上
只想在您红色怀抱里，徜徉恣意撒娇
抚摸您心的脉动，并时刻自省
吾辈自强
（发表于《闽西日报》2022年10月25日）

雨后彩虹映平川

一场暴雨
洗尽城市的喧哗
天空蔚蓝　云朵柔白
宛如瞬间打开一扇天窗

在记忆的屋檐下
我们埋头太久
中年的褶皱
埋藏着
各种形状的雨
或许曾经的蛰伏
都是为了今天的遇见

一群白鹭翱翔于笑容里
连同一切可放飞的情绪
二十年林改吹来的绿风
我握着彩虹的刹那
姹紫嫣红的弧度

这是希望的如约兑现

（发表于《闽西日报》2022年9月6日）

秋天站立在家乡的路口

秋天站立在家乡的路口
像母亲散落在家门前的目光
一层，一层，扫过田野
穿过城市和乡间的忐忑

秋天又偶尔落在母亲的气息里
那个听闻汽笛声
一次次拔腿奔跑的粗喘
盼儿归家的心情，一次次点燃和煮沸

大山，收藏起一年又一年的光阴
我不敢触摸那渐渐老去的乡音
生怕，一触碰
秋天就落在母亲的白发里

（发表于《闽西日报》2022年8月16日）

夕阳（外一首）

霞光映射的远山
偷偷躲进了太阳的梦里
缠绵月的呼唤
迷恋白云飘逸的芬芳
听风的甜言蜜语
抚摸天空的眷恋
最后一刻的回眸一笑
血色渲染的红
浪迹在群山的温柔海洋

山　桂

一株长在峭壁的山桂

九根枝丫

在风雨中，拥抱前行

顶着烈焰，狂风，暴雨，霜雪

一路奔跑，一路芳香

为了晨起的日出，遥望到日落

一把大伞撑起一片阴凉

茫茫黑夜里，每一片叶子都闪耀着星光

守护丛中的花草儿

听风语，听鸟唱，听虫鸣

在三年六个月春夏秋冬的涟漪里

九根连理枝荡起绿的双桨，扬起风帆

以向上的姿态

微笑昂首前行

（发表于《渤海风》2021 年第 2 期）

城里的月光

一

从朱紫坊漫步到三坊七巷

三五成群，在有福之州

一起抬头望，那一轮明月

很圆，很圆

因为那是城里人的梦呵

二

一方月光照亮了你的笑容
你照亮了谁的梦？

三

一久违的朋友说：走过很多城市，还是最喜欢福州
我说：恋一座城，爱一个家
（发表于《大渡河》2021年第2期）

墙

一截断墙
墙根处还有原房子的影子
听说是兄弟俩
争执墙的位置推倒的
几年过去了
看不到新房
只有墙两边杂草
替人表达着
（发表于《神州文学》2022年6月号）

萤火虫

菜叶里挑出一只萤火虫
孩子第一次见
我告诉他
它能发出忽闪忽闪的光
像召唤，又像是暗示
在没有路灯的村庄

看着它们，就敢回家

孩子把它装进空矿泉水瓶
我们一起期待着
夜晚来临
（发表于《特区文学》2022年第4期）

风中的狗尾巴草（外一首）

它作为我们小时候的玩具
兄弟姐妹常常比较
谁摘的长
似乎谁就有了生活的权利
我们都看过
阳光俯下半个身子
它在风中摇曳
谦卑的样子
像极了我们的人生
而眼前的它
还要晃动多久

竹林深处

阳光从密密的叶子漏下来
竹林的山地干净的，除了落下的竹叶
没有更多铁芒萁，杂草
父亲清理着一些长歪的、过密的竹子
汗水湿透了衣衫和浸透了发丝
像幽深的竹林隔绝了半片阳光
像小时候那潮湿的生活
父亲说，要适度阻止竹子的生长蔓延
否则所有的竹子都长不粗壮

否则会影响山上杉木的生长
可是说到竹子的价格,父亲沉默了
(3元一百斤竟撑不起人工成本)
父亲拖着沉重的步子继续走进竹林深处
山里传来一阵阵厚重的回音
影子在摇动
我竟分不清,风从何处来
(发表于《三角洲》2022年7月号)

邂逅女神

初春里
烟雨中
你浅浅的微笑
似山中万绿丛中的点点菲红
温柔了湖光,惊艳了山川,醉美了云中村寨
梁野山下,仙女湖畔
或领首,或低眉,或回望
烟雨中朦胧的婀娜和频频的笑靥
一如山间吐露芬芳的嫩芽,含羞
你,何时走进武平梁野仙湖画卷?
是你装饰了烟雨仙湖
还是蒙蒙烟雨装饰了你的梦?
(发表于《今日新泰》2021年3月9日)

柳

着一身飘逸的绿色汉服在春天里飞舞
纤细的婀娜,万般风情
弯弯的眉毛镶嵌着盈盈的微笑
燕子的欢呼雀跃为你伴奏
优雅的舞姿是青翠的葱茏

我听见你少女般羞涩的心跳
和风细雨里的含情脉脉，浅浅低语
飞逸的秀发散发着淡淡春泥的芳香
从唐诗宋词走来，柔柔的
我猜，你是嫦娥姐姐的另一种形态
你翘起嘴角"噗嗤"一笑

微风荡漾，你挥挥手
把云彩留住，把春天拥入怀里
而我，是春天星辰里那轮弯弯的月亮
永远地照耀和守护你天真烂漫的样子
（发表于《今日新泰》2021年4月3日）

冬日里的山茶花（外三首）

任何词语在你面前都显得苍白
朵朵粉黛牵动了冬天的情怀
每一朵花的微笑，点缀
在一片一片层层叠叠的绿叶之上
绽放的冬天
托举的是一个又一个的春天
簇拥的绿叶，无声无悔地付出
像渐渐衰老的母亲
在热切的目光中
盼出另一个春天

石缝里的冬青

一株冬青从石缝里蜿蜒生长
略微粗壮的根茎牢牢地抓着石壁
一个手掌大小的石头托起生命的重量
青翠的叶子点燃了冬天的绿意

结出火红的硕果
园艺家说培养十几年了
原本可生长在一片广阔的沃土
十几年扎根留守,以同样的姿势
从这片阳光转移到那片阳光
轻轻举起希望
我看见,枝头
荡漾着孩子们甜美向上的微笑
在一片片绿色的云彩上面

栾花开时

绯红的蝴蝶迷恋叶的芬芳
幻化成栾花,把冬天点亮
绚烂成诗,锁定字里行间氤氲的美好

是花?
那一片片的娇艳明明是叶子的形态
在寒风的娇羞里,天空是无垠的衬托

是树?
如此芬芳浪漫,在红尘中傲娇昂首
却明明有一种剔透的柔情

冷风中,栾树摇曳的身姿
渐渐站成母亲的模样
小城替我喊一声,母亲
可是,每喊一声它就褪去一层华丽
一如层层剥落慢慢矮去的冬天

白　鹭

仙女湖，与白鹭的美丽邂逅
那翩翩起舞的洁白无瑕
纯净的，像不食人间烟火的仙女
踏着湖面，一跃而起
飞舞的样子，骄傲地
像灵动的雪花
落入了南方的冬天
也沉进了游人的心底
清清的湖面，我看不见青山的倒影
只看见你，深入湖心的娇媚
（发表于《今日新泰》2021年12月16日）

红嫁衣

爸爸说：女儿，你出嫁的时候我一定会哭
家乡的习俗父母不能看女儿穿着嫁衣出门
子夜，爆竹声中喜讯的亮光
和角落里闪闪的泪光
辉映在不舍的夜色阑珊处

第二天，男方婚宴
我穿上红嫁衣敬酒
妈妈说：真好看

母亲欣喜的泪花
和着父亲忧郁的目光
随着流光，镶嵌在我的衣领上
一抹暗香，沉甸甸的，闪着金光

多年以后，那一袭红

依然热烈　深沉

（发表于《速读》2021 年第 2 期）

暮　色

天空拉下的帷幕

将夜色一点一点拉近

山与山的旷野之间

父亲踩着打谷机拍打着谷穗

母亲，渐渐缩小的影子

淹没在黄昏和稻草中

一茬一茬绑好的稻草齐齐地撑开

码在收割后的田野

像收拢又重新撑开的天空

暮色将晚，我渐渐看不清父母的样子

旷野之间突然的鸟鸣

加深了暮色

也加深了我的担忧

（发表于《速读》2021 年第 5 期）

独木桥（外一首）

曾经，独木桥扛起了两岸的生活

小桥，流水，乡间的炊烟

走在独木桥上的人

每走一步便会晃动一下

带着那个时代生活的节奏感

还有，随时都会滑落水的担忧

可是，不得不走过去呀

肩上挑着的担子在晃动着

独木桥也在晃动着

多年以后，一个人扛起生活
走在钢筋混凝土的大桥上
依然感觉脚下还在晃动着

拖 鞋

穿上它
可以卸下皮鞋的快节奏
卸下皮鞋的笑容和浓妆
以真实的心情
在一个温暖的港湾，停歇

也许也曾埋怨带不了你想去的远方
也曾埋怨给不了你想要的优雅
可穿鞋，就像家中的另一半——
如人饮水，冷暖自知
（发表于《四川人文》2022年春季卷）

夜晚的椅子

"咯吱，咯吱……"
自从爷爷脑血栓后，就只能撑着
一把椅子移动
年轻时待不住，想逃离的地方
不得不每天围着前坪后院
转来转去

此时，夜色落下来
压住了椅子的摇晃
清凉的夜晚
夜光把他的影子留了下来

匀在回归线上

（发表于《鄂州周刊》2022年6月10日）

指尖上的光（外二首）

一片阳光

透过窗户，斜斜地照进外婆的病床

照亮了外婆脸上的皱纹和抖动的双唇

每每来人，外婆总是轻轻地招呼

用久躺病床沙哑微弱的声音

还会用颤抖的手，摸摸

走近看望和照顾她的人

一切还保持着以往的礼节和亲切

一个九十六岁老人的端庄

似乎掩盖了她躺床数月的事实

也似乎忘记了她大腿骨折

一束光在她的指尖上传递

下班的路

总是觉得车速太慢

路上经历过什么，我没有在意

除了外表的淡定，内心的焦急

就是手机微信或者电话处理工作的事

唯有宝宝

能让路途近一点

一缕夕光斜斜地照进车窗

车子和时间赛跑

还要再快一些呀

一抹晚霞就要暗淡下去

霜　降

清晨，邂逅一场淅淅沥沥的小雨
推开窗，望望
一股寒风卷着秋意姗姗来迟
昨日穿的短袖花裙子还在阳台晾晒
风中飘逸的样子
完全忘记了现在已是深秋时节
霜降至，冬即来？
一个秋天似乎要在这场悄无声息的烟雨中消逝
我还来不及远眺，我还来不及回头
季节的更替早已隽永了岁岁年年
也眷顾了我们一脸的风霜

（发表于《启明星·校园文学》2021年6月号）

翻滚的云朵

阳光挂在初冬的山头
云朵在燃烧
沸腾的血液卷起层层浪花
天幕下，绽放的蔚蓝席卷着柔软的洁白
层层推进，给山坳披上嫁衣

天边的浪潮在澎湃
此时，旷野太小，村庄太小
山上绿色的云彩按捺不住悸动的心跳
向着天上的云朵，移动

上山的路越来越清晰
路边的树把手伸向蓝天

想要抓住那奔腾的豪迈

以及乡音之上

天空的微笑

（发表于《闽西日报》2022年12月6日）

邱美德作品

第一次出车险

夕阳西下。

下班，驱车回家。一处十字路口车来车往，我往左拐弯，车轮顺着美丽的弧度。但是，突然，"哐当"一声，车身剧烈地颤三颤。呜，坏了，出险了！

原来，一辆直行车左前门无间距地贴上我的右车头，"入木三分"呐。若按"接吻"层级分类，该是"你中有我、我中有你"最高模式。

我走下车，对方也走下车，出来两人，互相望着……望人，望车。还好，所幸，彼此都没有伤情——这是大事，最紧要的，其他的均是小事吧。

"咋样好？"对方一开口，立判"善茬"，我原来挺担心他狠角色的面相。

波澜不惊，亢奋、激烈等场景并没有出现，这些完全超出了我的意料。

"报警处理。"我露出个大大的笑，不过自己也感觉很勉强。平生第一回出险，我想起以前朋友圈流传的"金玉良言"——不管任何情况，遵守规定报警，就是对自己最好的保护。

"由你报警。"

"呃，哦，我没报过，报警电话是什么号码呀？"我苦笑，生活知识储备可怜见啊。

"122。"

"叮铃铃"，一串铃声响过，有人接起电话。好像那人，坐在电话机旁专候着我的电话似的。心情，一下子变得不那么糟透了。

"你好，交警大队，请说……"

"你好，我报警，刚刚发生一起撞车事故，我是车主之一，我们现在武平县城的中心桥头位置。"

"人员有没有受伤的？"

"没有。"

"那你们稍等一下，我们马上派人过来。"

复上车，我把车后退一点。当时不知怎么想的，也许仅想让逼仄的爱车"喘"一口气吧。殊知，此是交通纠纷大忌，"破坏现场"来着。

正是下班高峰，车来车往，有点阻碍交通哇。

徐徐停下一车，车窗摇下，探出一个脑袋，问："表叔，人有事没有？"

"噢，嘀嘀，没有，不要紧，你忙你的。"

"咦，邱美德，是你呀，什么情况呢？"一人头发稀疏，在一旁放好摩托车，向我走来，关切地问。我一时间想不起来他是谁。

"噢，多年不见，你大概忘了我，我是森牯的同学，我们在他家一起喝过茶的。"经他提醒，在我朦胧记忆中，多年前，似乎有这么一回事。

"发生交通意外，没关系，我陪陪你，让你不会那么孤独无助。"

我的心弦震颤了，本来是一个几乎不相干的人，我的这种遭遇，一不小心就可能摊上琐事，唯恐避之不及，怎还蹭上来呢？

不一会儿，交警叔叔就到了。我开始半点不紧张了，因他们是公平正义的社会守护者。一大摊子事儿：现场拍照、紧急挪车、疏散交通、口头询问、快速记录、简易处置……主责是我"拐小弯"，我全程几乎待着，交警的专业素质表现得超强！

"24小时内记得报保险。"交警叔叔最后不忘提醒我一句。

唔，保险又是打什么电话呀？我突然想起，微信里可有保险业务经理的电话，直接拨过去，经理挺关心地询问相关事宜。这一刻，我觉得冲着经理的热情所交保费都是值得的。

报备保险，按照程序走呀走。

终于，安静下来了。对方车主去广东，他在潮州开了一家装潢公司，那么受损车修理成了"跨省"业务。

"真是对不起，总的要浪费你许多时间。"我说。

"没关系，你又不是故意的。"

我们互换电话，颔首微笑，挥手告别，好像老朋友似的。

（发表于《闽西日报》2022年8月19日）

吴小光作品

梁野山游记

醉美四月，邀三五好友，早餐后便开始徒步登山。和煦阳光洒满丛林，烂漫山花随风摇曳，一路林荫，置身林间，仿佛不停地与负氧离子撞个满怀。走在崎岖蜿蜒的山路上，曾在梁野山护过几年林的我对路况并不陌生。时隔多年，溪水更清澈地流淌着，流向远方……岸边草叶上，露珠在阳光的照耀下晶莹发亮。林间，黄猄生性胆小，只听到声音不见影子，轻盈的松鼠穿梭跳跃，白鹇渐行渐远……

登顶，古母石巍然屹立，日夜守望着文明城市的和谐与兴起，无畏风吹雨打，不惧严寒酷暑，它总是那么的从容自如，不管岁月如何穿越，它依然坚强挺拔。眼前，一座座山紧紧相连，形态万千，放眼远山，重峦叠嶂，被缥缈的云烟笼罩，看不到边际，群山都在脚下，无限美景尽收眼底。白云悠然，仿佛从头上掠过，身处其间饱享一览众山小的视觉盛宴，深感风景这边独好。美啊，武平！无愧是全国林改第一县。

不见瀑布先听到"轰轰隆隆"的瀑布声，云寨瀑布从山上顺着岩石倾泻而下，像一条勇敢的巨龙飞抵深潭，汹涌的急流拍打着岩石，溅洒的水花随风吹向我的脸，好大的一片水雾腾起，阳光射在水雾上，照出了千丝万缕的光彩，眼前忽现一道道彩虹。

在幽静的山林间有许多森林人家。独特的建筑设计显得优雅、宁静，屋子不大，但打扫得十分干净。外坪很大，坪里种了各种蔬菜一茬接一茬，随处可见的野生的繁花，别有一番美妙的意境。

民以食为天，云寨的美食不可辜负。山上下来已过午饭时间，目不暇接的土生土养家畜、野生绿色食品及传统美食令肚子增添了些许饥饿。刚出锅的鸡肉香味扑鼻，刚夹到嘴里马上就感悟到了肉质细嫩、味道鲜美，令人百吃不厌；薯包子香酥可口、鲜嫩爽滑，使我回味无穷；酿豆腐细腻柔软，感到耐嚼还顺滑。几个朋友一起小酌一杯，犒劳登山归来劳累的人儿，人生难得几知己，美好的景色更让人如痴如醉……

紧接着，仙女湖美景映入眼帘，蔚蓝的湖面甚是平静，郁郁葱葱的山冈和明媚的太阳倒映在湖中，呈现出"万绿丛中一点红"和"蔚蓝之中绿更浓"的美感，很难分出哪里是水哪里是天？仙女湖好大啊！装得下无垠的山冈和天空。湖里一群群鱼儿在水的世界里畅游，湖里仿佛很富有，似乎什么也不缺。清风徐来，波光粼粼，美不胜收。

时光随着夕阳慢慢溜走。来时恨晚，意犹未尽。拍照记下了瞬间，却让记忆永远犹新。心中期盼下次再会绝美的胜景，憧憬邂逅久违的友人。

（发表于《闽西日报》2022年4月29日）

文发添作品

弘扬伟大抗美援朝精神

抗美援朝七秩前，英雄壮举势惊天。
身燃烈焰陶风骨，胸堵枪膛践誓言。
独守山头披日月，单揣炸药灭精尖。
炎黄血性儿郎勇，共谱中华崛起篇。

（原载于《诗词月刊》2021年第12期）

庆祝中国共产党成立100周年

红船谋远，百岁历艰程，大纛高擎皆胜景；
赤县创新，亿民兴伟业，巨轮疾驶尽奇观。

（原载于《楹联博览》2021年第13期）

题兴贤坊国学馆

泼墨尺宣，画就山川锦绣；
倾心一技，栽成桃李芬芳。

（原载于《楹联博览》2022年第15期）

题兴贤坊茶楼

闲坐茶楼思远古；
静听坊道叙沧桑。

（原载于《楹联博览》2022年第15期）

陈文荣作品

题中国共产党成立 100 周年

问天下苍生，谁救国救民于水火？
看今朝华夏，我兴邦兴业耀乾坤！

（原载于《楹联博览》2021 年第 18 期）

题陈云纪念馆

救国救民，赴汤蹈火；
兴邦兴业，沥胆披肝。

（原载于《楹联博览》2021 年第 18 期）

题中国人民抗日战争纪念馆

发扬抗战精神，千秋不忘老八路；
光大维和传统，万众常夸新四军！

（原载于《楹联博览》2021 年第 18 期）

题残疾朋友

与健全人并美；
和高尚者同贤。

（原载于《楹联博览》2021 年第 18 期）

题均庆寺牌楼背面侧柱

北往南来,四面八方朝古佛;
子传孙教,千秋万代献仁心。

(原载于《楹联博览》2021 年第 18 期)

迁居联

面对青山多瑞气;
家邻名校满书香。

(原载于《楹联博览》2021 年第 18 期)

习联感悟

无利无名终不悔;
有为有乐永相随。

(原载于《楹联博览》2021 年第 18 期)

题捷文村

昔日山中砍树年年苦;
今朝林下生金户户欢。

(原载于《楹联博览》2021 年第 18 期)

邱启彤作品

题兴贤坊国学馆

细研书画题新句；
漫向琴棋约故人。

（原载于《楹联博览》2021 年第 15 期）

谢胜汉作品

春　联

眉开眼笑执牛耳；
志壮情豪迎虎年。

（原载于《楹联博览》2021 年第 18 期）